新 潮 文 庫

文 人 悪 食

嵐山光三郎著

目次

解説　坪内祐三

本文イラスト　嵐山光三郎

文人悪食

夏目漱石——ビスケット先生

なつめ・そうせき（1867〜1916）東京生まれ。東大英文科卒。近代文学の祖。俳句・漢詩・書画の傑作も多い。『坊っちゃん』『三四郎』『それから』『門』『こゝろ』『明暗』など著書多数。

漱石が神経衰弱になったのは留学さきロンドンの食事がまずかったから、という説がある。あるいはまた、ロンドンの食事がまずいという風評は、漱石が神経衰弱になったところから始まったという言いかたもある。漱石がロンドンに官費留学したのは、明治三十三年で、漱石は三十三歳だった。漱石のロンドン留学は二年間で、下宿先はすきま風がビュービューと入りこむみすぼらしい部屋であった。そのころの『漱石日記』を読むと、出航してすぐ「胃悪ク腹下リテ心地悪シ」とあり、船の食事からしてすでにあわなかった。途中、コロンボ港で食べた「ライスカレ」以外は、船内の食事に辟易《へきえき》している様子がわかる。

ロンドンに着くと、「ウチノ下宿ノ飯ハ頗《すこぶ》ルマヅイ」（二月十五日）とあり「一週25 shil.デハ贅沢《ぜいたく》モイヘマイ夫《それ》ニ家計ガ頗ル不如意《ふによい》ラシイ可《か》愛想《わいそう》ニ」とつづいている。

それでは、漱石は、いったい、ロンドンでどんなものを食べていたのか。

三月四日、Brockwell Park で花園を見たあと午飯《ひるめし》を喫し、「スープ一皿 cold meat 一皿プッヂング一皿蜜柑《みかん》一ツ林檎《りんご》一ツ」。

三月五日「Baker Street ニテ中食ス肉一皿芋菜茶一椀《わん》ト菓子二ツナリ一（シリング）十片《ペンス》ヲ払フ」。

四月五日「宿へ帰ツテ例ノ如《ごと》ク茶ヲ飲ム今日ハ吾輩《わがはい》一人ダ誰モ居ナイソコデパンヲ一片余慶《よけい》食ツタ是《これ》ハ少少下品ダツタ」。

四月二十日「今日ノ昼飯　魚、肉米、芋、プヂング、pine-apple、クルミ蜜柑」

と、二年間の日記で具体的な食事としては、この四回が出てくるだけである。あとは、茶を飲んだり、西洋人は食事や芝居でも「執濃《しつこ》イ」のが好きだ、とあるぐらいである。

この四例を見る限り、ブレットの下宿の食事は質素ではあったが、それ以外の食事はけっこう上等であることがわかる。もっとも、普段の食事が貧相なので、たまたま外食して印象に残った食卓だけを列記した、とも考えられる。

気になるのは、

三月二十九日「カルルスバード一瓶ヲ買フ」
とあることで、カルルスバードとは胃腸薬のことである。『倫敦消息《ロンドンしょうそく》』には「顔を洗ふ前に毎朝カルルス塩を飲まなければならない」とあるから、この薬は漱石の常備薬であったことがわかる。漱石は一カ月に、ほぼ一瓶のわりでカルルスバードを服用していた。

神経性の消化不良症であった漱石は、英国流の生活になじめず、神経衰弱となり、ロンドンで発狂した、という噂《うわさ》が流れた。それは、英国の食事が口にあわず、最初の下宿では、昼食がわりにビスケットを食べた、という状況からも推測できるかもしれない。貧乏学生がロンドンの薄暗い部屋で「昼食がわりにビスケットを齧《かじ》る」様子は、いまの時代から見ると、いかにも哀れに思えるが、酒を飲まない漱石は、ビスケットや砂糖つきピーナッツが好きだった、というのが本当のところだった。当時、ビスケットを昼食がわりに食べるのは、じつにオシャレなことだったはずである。

英国の食事がまずいという風評は、装飾過多の「フランス料理がうまい」という発想から来るもので、英国の料理は地味で質素だが食べて神経衰弱になるほどのものではない。ジャガ芋煮にしてもタラのソテー、キドニーパイにしても日本の田舎料理に通じる素朴さがある。

漱石の『倫敦消息』によると、朝食はオートミールが必ず出る。それに、ベーコン、玉子、トースト、紅茶といったものだ。コーヒーとパンだけのフランス流朝食より豪華であり、胃弱の身にとってはオートミールはうってつけである。

意外なのはカレーがないことで、カレーはこのころのロンドンでは、まだ普及していなかったということだろうか。

いずれにしても、英国での漱石の食事は、それほどひどいものではなく、帰朝後の漱石が英国流料理と三時のお茶を好んだことからも、それは類推できる。

漱石の神経衰弱は、もともと思いつめる天性の性格からくるもので、官費留学生という精神的圧迫と、英文を「読めても話せない」という状況、妻の鏡子へ手紙を書いても返事が来ないことによる孤独感からいっそう強まった。ノイローゼになれば食事も喉《のど》を通らず、無理に食べてはカルルスバードを服用する、という悪循環だ。留学中の九月十九日に正岡子規が死んだことの精神的打撃は、さぞかし大きかったろう。留学期限がきれる直前、文部省は、漱石と同じ船で留学したドイツ文学者の藤代禎輔《ていすけ》に「夏目精神に異常あり。保護して帰朝せらるべし」と電報を打つに至った。

漱石は帰朝後の『文学論』に、官命だから英国へ行っただけで、自分の意志では英国などへ行く気はなかったとし、英国では「尤《もっと》も不愉快の二年なり」と語っている。極度の精神的圧迫からノイローゼになるのだが、ロンドンに着いたとき、

絵所を栗《くり》焼く人に尋ねけり（二月一日）

なんていい匂《にお》いがしてくる俳句を作ったりしている。また、「ウチノ女連ハ一日ニ五度食事ヲスル」と驚いている。午前と午後のティータイムをとるため一日五食となるのだが、帰朝後の漱石はさっそくこの習慣をとり入れており、「尤も不愉快の二年」の食生活が漱石の食生活の基礎になっていく。

帰国後の漱石の日記から食べ物の項をひろっていくと、

京都二條《にじょう》の橋のたもとの西洋料理。京都鍵屋《かぎや》の西洋菓子。観世《かんぜ》落雁《らくがん》。月餅《げっぺい》。大阪朝日新聞社のホテル晩餐会《ばんさんかい》。京都一力亭。ザボンの皮の砂糖漬（貰《もら》い物）。開化丼。鰻《うなぎ》飯（自宅）。神田川の鰻。紅屋の唐饅頭《とうまんじゅう》。彼岸のお萩《はぎ》。星が岡茶寮（寺田寅彦《とらひこ》送別会）。秋田蕗《ふき》の砂糖漬（貰い物）。越後《えちご》の笹飴《ささあめ》（貰い物）。浜町の常磐《ときわ》（講談の帰り）。西洋軒のすき焼。鶉《うずら》料理。鶏《とり》のすき焼。ロシアの揚げパン（中に米の入りたるものと、肉の入りたるものと、カベツの入りたるものとの三種あり）。ジャム。サーヂン。松本楼（虚子が来てとりよせた西洋料理）。上野精養軒（会合）。藤村《ふじむら》の菓子（ヨウカン。小宮豊隆《とよたか》が持参）。銀座仏蘭西《フランス》料理。海老《えび》フライ。小川町風月堂で紅茶と生菓子（痔《じ》手術の帰り）。あんころ（京都三年坂阿古屋茶屋）。京都の旅さきで買った缶詰、鶏、ハム、チョコレート、ユバと豆腐。京都河村の菓子（貰い物）。

といったものが出てくる。

そのほとんどが洋食であり、帰国後の日本人がすぐ食べたがる和食や蕎麦《そば》は見あたらない。帰国してなお脂《あぶら》っこい洋食を食するのである。日本食でも鰻丼、開化丼、すき焼といったこってりとした料理である。その他に目立つのは甘い菓子類である。とくにビスケットを好んだ。

『書簡』のなかに「ビスケットをかぎりて試験の答案を検査するにビスケットはずん〳〵方付くけれども答案の方は一向進まない」「ビスケットは事件頗る進行して最早《もはや》一個もない」（いずれも野村伝四《でんし》宛《あて》）、「君に桜の実をもらひ其《その》後ある人よりビスケットを貰ひ両三日前乙なる西洋料理を御馳走《ごちそう》になり果報相つゞき候結果下痢を催ふし」（芥舟先生宛）と、ビスケットをやたら食べたことが出てくる。ロンドンで昼飯がわりにビスケットを食べた件も、妻の鏡子宛に書いており、ビスケットを食べはじめると、やめられなくなりつい食べすぎてしまう。

ザボン砂糖漬を送ってくれる林久男へは、送ってくれた礼をていねいに述べ「あのザボンの砂糖漬の偉大なるには驚き候西郷隆盛の砂糖漬の様なもの」と絶賛を惜しまない。漱石が、甘い菓子類が好きなことは知られていて、友人はなにかとそういったものを送る。笹飴を送ってくれた森成麟造《もりなりりんぞう》へは「笹飴は私はたつた一つしか食べませんあとはみんな小供が食べてしまひました。さうして笹を座敷中へ散らばらしていやはや大変な有様です」と書き、送ってもらった喜びを隠さない。漱石は好きな菓子を送ってくれた人へは、格別に心躍る礼状を書くのである。また、『日記』に、「秋田蕗の砂糖漬を食つて細君に叱《しか》られる」とあり、あまり甘い菓子ばかり食べて、鏡子夫人に叱られることもたびたびであった。

このころの漱石の食欲は、いやがうえにも旺盛《おうせい》である。漱石が蕎麦好きだと思われるのはロンドンから鏡子夫人へ送った手紙に、「日本に帰りての第一の楽しみは、蕎麦を食ひ日本米を食ひ日本服をきて、日のあたる縁側に寝ころんで庭でも見る、是が願ひに候」とあるからだが、これはロンドンで考えることであって、日本においてきた妻へのサービス心から出た文面である。そのことは、次男夏目伸六の追想記『父・漱石とその周辺』によると、「父が心から蕎麦を食いたいと思ったことは、生涯を通じて、そう幾度とあったと思えない」とある。のみならず、うどん好きの男を見ると漱石は「あんなものは馬子《まご》が食うもんだ」と馬鹿《ばか》にした。

漱石の宴会嫌いは、酒席の雰囲気になじめなかったことと、胃酸過多のため日本料理に食欲をそそられなかった理由による。

漱石の日常の食事はつぎのようなものであった（『父・漱石とその周辺』）。

●朝食は耳を落とした食パンを、火鉢の網へ乗せて自分で焼き、バターをつける（子らがせがむと少しずつちぎってくれた）

●落花生を砂糖でかためた駄菓子（大好物）
●松茸《まつたけ》（和辻《わつじ》哲郎ら友人から貰った）
●がんもどきの煮物（淡泊な豆腐より油気のあるものを好んだ）
●きじ鍋《なべ》、鴨《かも》、山鳥、猪《いのしし》の雑煮
●飯田橋から九段へ抜ける道筋の洋食屋
●牛鍋（書斎のガスストーブの上でぐつぐつと煮る）
●神楽坂《かぐらざか》川鉄の鳥鍋（とりよせた）
●神楽坂田原屋、四谷《よつや》三河屋の洋食
修善寺温泉で倒れて、入院するようになってからは、
●アイスクリーム（アイスクリーム製造機が自宅裏庭にあった）

といったところである。

落花生の砂糖まぶしを食べると胃に悪いため、鏡子夫人が隠してしまうと、漱石は、それを捜し出してこっそりと食べたという。

漱石の作品が売れ出したのは、帰国後二年目の明治三十八年『吾輩は猫である』を発表してからのことで、明治三十九年に引越した本郷《ほんごう》の西片町の家へは、友人やら弟子がつぎつぎに集まるようになった。

酒癖の悪い鈴木三重吉、一度にトンカツを六枚食う内田百閒《ひやっけん》、自分の家にいるつもり

の小宮豊隆、自分が金を払って洋食出前をとる高浜虚子など多士済々だ。あまりしょっちゅう来られても困るので、客と会う日は木曜日になった。それでも野上豊一郎、森田草平、滝田樗陰《ちょいん》、野間真綱《まつな》、松根東洋城《とうようじょう》、寺田寅彦、まだ学生の芥川龍之介や久米正雄らがつぎつぎとやってくる。来るたびに宴会になり、川鉄から鳥鍋をとり、どんちゃん騒ぎになり、鈴木三重吉が悪酔いする。三重吉は、虚子や寺田寅彦にはつっかからなかったが、なじみの小宮豊隆や森田草平やさらに若い内田百閒には異常なからみかたをした。

売れっ子になった漱石のもとへは客がつぎつぎと来る。そのへんの事情は夏目鏡子夫人の『漱石の思ひ出』に詳しい。西片町から早稲田《わせだ》へ移ってからも、鈴木三重吉、小宮豊隆らはしょっちゅうやってきて、勝手に鰻丼の出前を注文して、漱石に嫌味を言われている。

漱石は、来る者は拒まずの鷹揚《おうよう》なところがあった半面、妙にケチでちょっとしたことにこだわった。自分は酒を飲まないのに、来る客は暴飲暴食して夜十二時まで帰らない。鏡子夫人が「いいかげんにお帰り」と追いたてると、それから客は近くのおでん屋に飲みにいく。おかげで、金曜日の大学の授業は申しあわせたように休みになった。

息子の伸六が風邪をひくと、神楽坂の田原屋からポタージュ・スープとメンチボールをとりよせる。安倍能成《あべよししげ》や東洋城が来ると、メンチボールやえびフライをとりよせる。

漱石は甘い菓子をそのあいだに食う。妻に隠されると、散歩の帰りがけに菓子を買ってきて書斎でぽりぽりと食う。

江口渙《きよし》が訪ねて来て、話が胃病に及んだとき、漱石は、

「こんな苦痛をがまんして生きていかねばならないのは嘘《うそ》の世界だ」

と言い、言い終らぬうちに目の前の菓子鉢から蕎麦饅頭をつまんで、ぱくりと食い、

「そのくせ痛くないときは、こんなものに手を出すんだね」

と言ったという。

夏目伸六は、久米正雄の話として「胃腸病の患者は、のべつ何かしらを食べていないと、しくしくと胃が痛む。そのためいつも意地汚く食べるのだ」として、「父はそうした欲望と戦いながら、なかなかこれを抑制することが出来なかった」と述懐している。

木曜会で客に洋食や鍋をふるまうのは、食べる代行者を求めていた、という感がある。自分の食欲は旺盛なのに、腹いっぱい食べられないいらだちがある。

家に出入りしていた森田草平が、平塚雷鳥《らいてう》女史と死の道行に失敗し、東京へ連れ戻された。すると漱石は森田を自宅に預ることにした。このあたりは漱石は面倒見がいい。一室に閉じこもった森田があまりにうちしおれているので、鏡子夫人が内証で酒の燗《かん》をつけてやる。すると漱石は、

「森田は客ではないから酒など出すな」

と怒るのである。寛容といらだちが漱石のなかに同居している。

漱石が食事に関して並々ならぬ関心を持っていたのは、『坊っちゃん』にも出てきて、坊っちゃんは、天麩羅《てんぷら》蕎麦四杯を食べて、天麩羅先生とあだ名をつけられる。

また、『三四郎』には精養軒が出てくる。主人公の三四郎は、あまり気乗りをせずに精養軒へ出かけていく。漱石日記には、ちょくちょく精養軒での会食の記録があり、当時の精養軒は文士の会合によく使われていた。

漱石のころの精養軒は上野と築地《つきじ》にあった。いまは上野の国立博物館や美術館の付属食堂として精養軒があり、博物館のカビ臭い陳列品の下からプーンとカレーの匂いが漂ってくる。五百円のポークカレーは、値が安いわりにはなかなかしぶといこくのある味である。

博物館の重厚な建築と、その地下室から漂うカレーの匂いは、あたかも漱石が体感したロンドンの憂鬱《ゆううつ》を思わせる温度感だが、残念ながら漱石がロンドンでカレーを食べたという記録はない。

某日、私は上野精養軒本店へ行って、いくつかの洋食を注文した。エビフライ千五百円。牛ヒレステーキ千六百円。オードブル千二百円。ハヤシライス千円。現在の精養軒は、かつて西洋料理の殿堂として君臨した地位は失っている。大衆レストランといったほうがいい。ウェイトレスは、自分の店がなにを売っているかを知らない。ドーンと投げつけるように料理を置いていく。値が安いのだからその程度はしかたがないが、ウェイトレスは、かつて精養軒がどれほどの評価をうけた名店であるのかを知っているのだろうか。オードブルには生気がない。四百五十円の冷しポタージュのなかに、わずかに年輪のある味の余韻が感じられた。テーブルの上で栄光が風化していく。しかし、このつれなさもまた漱石がロンドンで体験したものと思えば納得がいく。

明治四十三年、漱石は胃潰瘍《いかいよう》が悪化して内幸町《うちさいわいちょう》の長与胃腸病院に入院する。漱石は四十三歳で、朝日新聞に『門』を連載開始した年であった。八月に伊豆修善寺温泉へ転地療養するが病状は悪化し危篤《きとく》状態となる。

そのときの様子を鏡子夫人の回想録で見ると、出血の前の日、「西瓜《すいか》の汁をすすっていたが、そのなかに一粒の種子《たね》が入っていてそれを知らずに呑《の》みこんで心配した」とある。

「顔色がまるで半紙みたいで、鏡子が近づくと、ゲエーといやな音をたて、鼻から血がぼたぼたとしたたり落ちる。鏡子につかまっておびただしい血を吐き、鏡子の着物を胸から下一面、紅に染めた」

カンフル注射をうってどうにか一命をとりとめ、絶食の翌日は葛湯《くずゆ》を飲み、アイスクリーム二匙《さじ》。鏡子夫人に「アイスクリームをもう一匙よこせ」とせがむ。倒れてからの鏡子夫人の日記には、八月二十七日の項に、「小宮豊隆、渡辺和太郎《わたろう》香水トビスケットヲモラウ」とあった。ただし、このビスケットを鏡子夫人が漱石に与えたかどうか。療養食が、葛湯、オートミール、お粥《かゆ》とすすんでいくうち、

「なにしろお腹《なか》がすいてしかたないと見えて、むやみとたべたい様子で、いつもお医者さんと喧嘩《けんか》です。私がいるとうるさい、また何か言われそうだ。自分ではねながらいろいろ献立を頭の中でこさえて、やれ西洋料理だ、今度は鰻だというふうに想像の中で御馳走をならべてみるのだと申しておりました」(『漱石の思ひ出』)

その後、漱石は胃潰瘍と強度の神経衰弱で入退院をくりかえし、そのあいまに『彼岸過迄《まで》』『行人』『こゝろ』を執筆していく。

このころの好物はアイスクリームとビスケットである。日記に、

「粥も旨《うま》い。ビスケットも旨い。オートミールも旨い。人間食事の旨いのは幸福である」

と記されている。

大正五年、四十九歳の漱石は『明暗』を朝日新聞に連載しはじめた。十一月二十一日、漱石は築地精養軒でひらかれた辰野隆《たつのゆたか》の結婚式に出た。漱石は気がすすまず、行くのをしぶるのだが、新郎新婦のたっての頼みで、いやいや出かけた。

精養軒に行くと、席が男女別々になっている。鏡子夫人は、食卓に南京豆《ナンキンまめ》が出ているのを見て「悪いものが出ている。私が側《そば》にいたらとめるのに」と心配した。

案の定、漱石は南京豆を食べた。

その翌日、漱石は通じがなくなり鏡子夫人に浣腸《かんちょう》を頼んだ。昼すぎに女中が「檀那《だんな》様がだいぶ苦しい様子だ」と言うので、鏡子夫人が書斎に行くと、「189と小説の回数を書いた原稿紙に打つ伏せになっていた」。

鏡子夫人が次の間に床をしいて寝かせると、漱石は、「人間もなんだな。死ぬなんてことは何でもないもんだな。おれは今、こうやって苦しんでいながら辞世を考えたよ」と言う。

そして眠ってしまい、夜におきだして、「何かを食わせろ」とせがむ。トーストの薄いのを三切れ持っていくと「こんなに薄くちゃいやだ」と駄々をこねた。

二十二日から二十七日までは薬と、アイスクリームと果汁を少しずつ与えられた。二十八日に内出血のため、胃部が瓢簞《ひょうたん》のようにぷくっとふくれた。

病院に運ばれると、和辻哲郎が来て「不思議な気合い術があるからやってみろ」とすすめるが鏡子夫人はそれを断った。

臨終の十二月九日の様子を夏目伸六はつぎのように記している。

ふと眼を開けた父の最期《さいご》の言葉は、

「何か喰いたい」

という、この期に及んで未《いま》だに満し得ぬ食欲への切実な願望だったのである。で、早速、医者の計《はか》いで一匙の葡萄酒《ぶどうしゅ》が与えられることになったが、

「うまい」

父は最後の望みをこの一匙の葡萄酒のなかに味わって、又静かに眼を閉じたのである。

森鷗外——饅頭《まんじゅう》茶漬

もり・おうがい（1862～1922）島根県生まれ。東大医学部卒。陸軍軍医のかたわら多彩な文学活動を行った。小説に『舞姫』『雁』『阿部一族』など、翻訳に『於母影』『即興詩人』など。

鷗外の好物は饅頭茶漬であった。ごはんの上にアンコ入りの饅頭を割ってのせ、煎茶《せんちゃ》をかけて食べた。

鷗外については、近親者による回想記が数多く出ている。先妻とのあいだに生まれた長男森於菟《おと》著『父親としての森鷗外』（ちくま文庫）、長女森茉莉《まり》著『父の帽子』（講談社文芸文庫）、『記憶の絵』（ちくま文庫）、次女小堀杏奴《あんぬ》著『晩年の父』（岩波文庫）、妹小金井喜美子著『鷗外の思ひ出』（八木書店）などだが、これだけさまざまな回想記を書かせる鷗外という人物は、家族から見てもじつに興味深い対象だったのだろう。鷗外は謹厳な軍医・作家というイメージが強いが、家族に対してはきわめつきのやさしい父親だった。

この五冊の回想記を読みくらべてみると、それぞれ微妙な膚《はだ》あいの違いがあり、だれに対しても異常なほどやさしく、まるで女性のような、ナイーブな鷗外像が浮かびあがってくる。

森茉莉は「父の愛は私に対しても他のきょうだいに対しても、素晴しく、その表現は完全以上であり、殆《ほと》んど常識の外れたものであった」として、「魅力の多い女に介抱されたことのある男でも、父ほどではないだろう」と述懐している。

森於菟は、「父の平常の生活ははなはだ簡素で祖母や母の作った惣菜《そうざい》料理で不平なく、それもあまり味の濃くないかつ柔かに煮た野菜を好んだ。軍医部長、医務局長、博物館総長として出張の時は卵子焼、梅干以外は口にせず、役所への弁当には握飯や食麵麭《パン》などが入れてあった」、そして「山県《やまがた》（有朋《ありとも》）公の椿山荘《ちんざんそう》に招かれる時上等の西洋料理を頂戴《ちょうだい》したあとで、山県公が漬物でお茶漬を食うので止《や》むを得ずお相伴《しょうばん》するのが迷惑だといっていた。何でも純粋なものを好むのである。家で料理をするものが差支えの時に暖い飯に醬油《しょうゆ》をかけて食って私等にもそうさせた事があるがこれは書生時代の経験かららしい。また珍らしいのはこういう時に生菓子の餡《あん》を飯につけて茶漬にして食うことである。一体に酒よりは甘い物の方を好んだ」と回想している。

小堀杏奴は、父は「甘い物を御飯と一緒に食べるのが好きで、私などどう考えてもそんなことは出来ないが、お饅頭を御飯の上に乗せてお茶をかけて食べたりする。小豆《あずき》を甘く煮てそれと同じようにするのは真似《まね》してみるとちょっとおいしかった。私はまた甘い物と御飯は到底一致出来ないものだと思っていたから、そういう物が出ると一番後まで残しておいてお茶を飲みながら食べた。父はそれを嫌って、そんな事をすると他処《よそ》ではもう済んだと思って、まだ食べないうちに持って行ってしまうぞなどと言った」と回想している。

鷗外は甘党で、子供のころから、くずもちなど甘い物を好んだが、饅頭茶漬というものはどう考えても珍妙である。饅頭茶漬に関しては、森茉莉が、「私の父親は変った舌を持っていたようで、誰がきいても驚くようなものをおかずにして御飯をたべた。どこかで葬式があると昔はものすごく大きな饅頭が来た。（中略）その饅頭を父は象牙色《ぞうげいろ》で爪《つめ》の白い、綺麗《きれい》な掌で二つに割り、それを又四つ位に割って御飯の上にのせ、煎茶をかけて美味《おい》しそうにたべた。饅頭の茶漬の時には煎茶を母に注文した。子供たちは争って父にならって、同じようにしてたべた。薄紫色の品のいい甘みの餡と、香《にお》いのいい青い茶〈父親は煎茶を青い分《ぶん》の茶と言っていて、母親も私たちもそう言うようになっている〉とが溶け合う中の、一等米の白い飯はさらさらとして、美味しかった。これを読む人はそれは子供の味覚であって、父親の舌はどうかしている、と思うだろうが、私は今でもその渋くいきな甘みをすきなのである。たしかに禅味のある甘みだ」（『鷗外の味覚』）と書いていて、これを読むと、なにかうまそうな気にもなってくるが、鷗外の好物が、饅頭茶漬とあっては、これは、その原因をさぐらねばならない。鷗外が生まれた島根県津和野の郷土料理に、これと似たものがあるかもしれず、資料をいろいろと調べたが、そのようなものは見あたらなかった。どうやら、饅頭茶漬は、鷗外が考えたオリジナル料理としか考えられないのである。

鷗外がドイツ留学で学んだものは衛生学である。これが大いに関係がある。鷗外は二十二歳のとき軍医としてドイツに留学して実験衛生学の権威ペッテンコオフェル教授のもとで学び、さらに細菌学者コッホについて衛生試験所で研究に従事した。

細菌学を学んだ鷗外は、なまものに対して極度の警戒心を持つようになる。当然ながらなま水は飲まないが、果物もなまで食べることができない。果物は、煮て食べた。「父は果物の煮たものが、好きだった。白いお砂糖の蔭《かげ》の淡緑に透徹《すきとお》る梅、橙色《だいだいいろ》の杏子《あんず》、琥珀色《こはくいろ》の水蜜桃《すいみつとう》、濃い紅色の天津桃《てんしんもも》、初夏《はつなつ》から長い夏の終りまで、それらのものが次々と父の食膳《しょくぜん》に上った」（森茉莉『幼い日々』）、「父は野菜を淡泊《あっさ》り煮たものと、果物を煮て砂糖をかけたものとが、好きだった。五月、六月、七月、と次々に出る野菜と果物が父の膳に上った。それは毎年のことであったが、今年は最後だ、ということが、二人の胸に、あった。蕗《ふき》、空豆、梅、豌豆《えんどう》、杏子、そうして胡瓜《きゅうり》、茄子《なす》、水蜜桃、白瓜《しろうり》、死期はだんだんに近寄って来た。四月頃から妹と弟とは食卓を別にされていた」（同『父の死と母・その周囲』）。死んだのは大正十一年七月で、最後の食事は桃を煮たものであった。細菌の研究をすると、いっさいのなまものに入っている菌のことを知らざるをえない。その結果、果物まで煮てしまうという極端な潔癖症になる。

なまものが嫌いだったから、饅頭は蒸《ふか》してあり、鷗外には理想の食べ物だった。

鷗外と漱石の共通点は、官費留学生だったことである。漱石はロンドンの食事に辟易《へきえき》しながらも、帰朝後は洋食を好み、肉が好きで脂《あぶら》っこいものを好んだ。鷗外は、洋食を嫌うことはなかったが、どちらかというと、和食派であった。森茉莉は「ある日父の部屋へはいって行くと、父が薄い日本紙に墨でお膳や料理の絵を描いて、絵の具で塗っているのを見つけ、父が自分と同じように絵を描いては塗っているので大いに感激したが、それは父が懐石料理を研究していたので、古本を探してきて、どういうわけか写していたのである。私の父も卵がすきだったらしく、旅先で、よその家に泊めてもらっているようなとき、ちょっとおかずに飽きてくると町で卵を買ってきてご飯の上にかけてたべたらしい。また父が半熟卵をたべるのを見ていると、四角い象牙の箸《はし》のとがった角で、コツコツと軽く殻をたたいて、じょうずに蓋《ふた》を取るので、子どもたちはおもしろがって、自分のもやってもらった」（『卵料理』）と書いている。また、森於菟は「私は父と二人きりで落付いた日本料理屋のしんみりした奥座敷に、黒い塗膳を前にして向い合っていた事を思い出す。神田川の奥座敷である。父は独身でとかく宴席なぞで夕食する場合が多いのを、一年に一、二回私をつれて一流の料理屋で馳走《ちそう》してくれるのであった。父は紋服に袴《はかま》でゆったり胡座《あぐら》をかいて盃を手にしている。平常酒をたしなまぬがこういう時には特に上機嫌でわずかばかりの酒を特別ゆっくりのむのである」(『父の映像』)と書いている。野菜煮や焼き茄子、枝豆、そばがきも好んだ。小堀杏奴は「好物といえば茄子や胡瓜、筍《たけのこ》の煮たの、桃、杏《あんず》、梅などを煮てお砂糖かけて食べるのをひどく好んだ。嫌いなものは鯖《さば》の味噌煮《みそに》と福神漬《ふくじんづけ》で、鯖は下宿屋で、福神漬のほうは戦地で毎日食べさせられたからだといっていた」(『思出』)と書いている。千住《せんじゅ》に住んだころは、来客があると鰻《うなぎ》を出すが「自分は中串《ちゅうぐし》を」と言った。しつこい味の鰻はあまり好物ではない。牛乳が嫌いだった。母親が砂糖や葡萄酒《ぶどうしゅ》を加えて飲まそうとしたが、机の上に手つかずのまま残されていた。隠元豆、ソラ豆を好んだ。ソラ豆を食べるときは机の横にいつも濡《ぬ》れた布巾《ふきん》を置いた。指をふくためである。清潔を好む。

子どもたちを連れて上野精養軒、銀座資生堂といった人気レストランへ出かけたが、「マヨネーズのようなドロドロしたものは食うな」と言うのが常だった。ドロドロした洋食は、作っているときも、皿に盛るときも細菌が入りやすくて衛生上よくない、という持論だ。つまり店で出すドロリとしたものは、衛生学上、許されざるものだったのである。

以上のことから類推すると、珍奇な饅頭茶漬は、鷗外の志向からみれば、当然の帰結として発想される食事であることがわかる。

鷗外の握り飯好きは有名で、具に味つけ玉子を入れたものと、小魚煮を入れたものを二つ持ち歩いた。そのうえ、アンパン好きだ。銀座木村屋のアンパンを好んだが、木村屋は繁盛《はんじょう》していて客扱いが悪い、と怒っている。

鷗外は洋食をまるっきり嫌っていたわけではなく、店で作る洋食は衛生上よくないという理由からの嫌悪《けんお》で、自宅で作るぶんにはかまわない。四十五歳のころ、レクラム料理というものを作って客に出した。そのことは小金井喜美子が書いている。

「明治四十年頃観潮楼歌会といはれるのをなすつた頃、その御馳走をレクラム料理といひました。会の度毎《ごと》に小さなレクラム本を繰返して、今度は何にしようか、と楽んでゐられました。自分の好き嫌ひではなく、作るに手のかゝらず、皆さんのお口に合ふやうにとのお考でしたらう。それを調理するのには、洋食といへば一口も食べられぬ母が当りました。相談役は私です。たゞ正直に、厳重にその本に依《よ》るのでした。材料だけは選びましたから、むつかしい物でないのは、食べにくゝはなかつたでせう。立派な西洋料理、などといつた人もありました」(『鷗外の思ひ出』)

観潮楼歌会は、鷗外が、自宅へ、与謝野寛《よさのひろし》、伊藤左千夫、佐佐木信綱《のぶつな》ら歌人を呼んで催した歌会である。明治四十年、鷗外は陸軍軍医総監になり、心身ともに絶頂のころであった。ドイツのレクラム出版社から出版されたレクラム文庫（ちなみに岩波文庫はこのレクラム文庫を範とした）の料理本をもとに調理した。（過日、東大図書館に、鷗外が製本したレクラム文庫の料理本が所蔵されているのを発見した）歌会の様子は森茉莉によると、

「二階の観潮楼に大勢の人が集まって、夜遅くまで賑《にぎ》やかに笑ったり、話したりしていた。その日は母は、大変忙がしそうに女中を指図して、お膳立てをしたり、料理の加減を見たり、酒を温めたりしていた。千駄木の家の台所は、長い廊下の東の端に近かったし、観潮楼は西の端だったから、長い廊下を運ぶだけでも大変だった」「夕方から一人、二人と集まって来る。父はその日は軍服を脱がずにいて、そのまま葉巻を楽しそうに点《つ》け、それを右手にそっと持って、二階へ上って行った。父が上ったと思うと、二、三人の人の、低いが華やかな笑い声が起こる。始めの内は低い笑い声は、四人、五人と人がふえる度に高まって、お膳を女中が運び出す頃には、どよめくような笑いが観潮楼を揺すぶるようにして湧《わ》き起った。少し静かになったと思うと又湧き上る。怒濤《どとう》のような笑い声だった。その声は大きな波が打《ぶ》つかって来て岩を洗い、引いていっては又ザーッと打ちかえして来るのに似ていて、華やかな、幸福な響きを、私の小さな耳に響かせるのだった」（『幼い日々』）

という様相であった。

味のほうは、はたして、どうであったか。森家の洋食は塩胡椒《こしょう》の味だけでホワイトソースやトマトソースも使わないドイツ流だ。挽肉《ひきにく》から出る肉汁《スウプ》だけでたべるキャベツ巻きや、ジャガ芋コロッケといった質素なものだ。しかし、鷗外の家で作る洋食を食べる、という晴れがましさが、客にとって至上の光栄であったことは推しはかることができる。

こういう席では、酒嫌いの鷗外も日本酒を飲んだ。鷗外は親友の賀古鶴所《かこつるど》が大酒を飲むのを痛快とし、機嫌がいいときは、自ら酒を飲んだ。ドイツ留学中の研究に「ビイルの利尿作用に就いて」という論文がある。これはビールを飲むと小便がしたくなるのはなぜか、という研究で、鷗外は友人と一緒にたびたびビールを飲んで自分を実験材料にした。

しかし、自分の子には酒を禁じた。精養軒でデザートに出るミルクシェーキを「アルコールぶんがあるからだめだ」と、とりあげてしまう。ここにも、医者としての鷗外の異常に神経質な一面が出ている。

鷗外の役所での弁当は、決って、握り飯二個であった。森於菟は「千住の家から役所に通うようになった父は常に弁当を持って行き、また一週一、二回は東亜医学校というのに衛生学の講義に立ち寄った。この弁当は祖母が必ず手ずから作り二箇の焼握り飯ときまっていたが、その中味は炒《い》り卵とか小魚の辛く煮たものとか心づくしの品であった」(『鷗外の母』)と書いている。それを見た役所の同僚は「よほどの倹約家だ」と思っていたが「よくみたら上等の握り飯だった」と述懐している。鷗外は、衛生上の問題がなければなんでもよく食べる人であった。淡泊な味の質素なものを好んだが、すべて最良の質のものである。握り飯がその一例である。鷗外が行った店は、日本料理店神田川、上野精養軒、九段富士見軒、赤坂偕楽園《かいらくえん》、築地《つきじ》精養軒、カフェ・プランタン、銀座天金、伊予紋《いよもん》、八百善《やおぜん》、奥山の万盛庵、本郷《ほんごう》三丁目青木堂、鉢の木《はちのき》、銀座資生堂、富貴亭、上野の牛肉料理店世界、不忍池《しのばずのいけ》の傍の鰻屋伊豆栄《いずえい》である。

子どもらを連れて、じつにまめに人気店へ行っている。森於菟は「一年に二度くらい料理屋へつれて行ってくれる。これは上野の精養軒か九段の富士見軒か、赤坂の偕楽園である。当時東京中で眼ぼしい西洋料理屋と支那料理屋とは以上三軒であった。私には初めて食べた支那料理の美味しかった事、小皿に盛ったのが幾種類ともなく出てくるのに驚嘆した記憶が後まで残っている。また神田川に鰻を食べに行った時は長く待たされるのですこぶる退屈した事と、父が盃の中を見て箪笥《たんす》の環が四つ田の字を囲んでいるのを『くわんだがわでは仮名遣いがちがう。』といった事を覚えている。こういう時の父はことに物静かである。少しばかりの酒をゆっくりのむ。美しい女中を一人私につけて食べこぼしの世話をさせる。そして黙ってにこやかに私を見ている」(『父親としての森鷗外』)、小堀杏奴は「私たちにとって一番思出の深いのは本郷三丁目にある青木堂で、その他鉢の木、銀座の資生堂、上野の精養軒などよく行った。青木堂ではその頃よく、燐寸《マッチ》の箱くらいの大きさで、油絵のペエパアの貼《は》ってある小《ちいさ》い箱に入ったチョコレエトを買ってもらった」（『思出』）、森茉莉は「私は母にお化粧をして貰《もら》い、軍服を着た父や、美しい母に伴《つ》れられて方々へ行った。佐佐木さんの園遊会や、岩崎さんのお庭、伊予紋や八百善、神田川、天金に、十二カ月。上野の山のお花見、浅草の仲見世、奥山の万盛庵」（『幼い日々』）と回想している。宮中の催しに招かれたときは、デザートに出たキャラメルやチョコレートや干菓子《ひがし》を、軍服の隠しに入れて、子に持ち帰った。「天長節の日、父親が宮中から持って帰る白木綿の風呂敷《ふろしき》包みは、私の有頂天な夢をかきたてた。風呂敷包みを解くと、緋色《ひいろ》の練切りの御葉牡丹《ごようぼたん》、羊羹《ようかん》の上に、卵白と山の芋で出来た鶴《つる》が透徹ってみえる薄茶入りの寒天を流したもの、氷砂糖のかけらを鏤《ちりば》めた真紅い皮に漉《こ》し餡《あん》を挟んだ菓子、なぞがひっそりと入っていた。明治の文学者は多くの報酬を得たとはいえない。それらの煌《きら》めく菓子たちは大てい戴《いただ》きものであって、私たちが常用したのは本郷、青木堂のマカロン、干葡萄入りビスケット、銀紙で包んだチョコレエト、ドロップ、カステラなぞであった。どこかの遠い知人から送られてくる、白い薄荷《はっか》糖は甘く、品のいい蜜の味。種のない白い干葡萄。これらは年に一度の楽しみで、あった」（森茉莉『お菓子の話』）。鷗外はその気になれば、『東京料理店散歩』を書けるほど、店に精通している。そのかわり、料理店へ行って、品書きや看板の文字に誤りがあると、口うるさく誤字を指摘して、子らにうるさがられるのだ。たとえ品書きでも、誤字誤用は許せない性格であった。そのへんの厳格さもまた異常に神経質である。この性格から鷗外は論争を好んだ。坪内逍遙《しょうよう》との間の没理想論争が有名だが、専門の医学界でも「医界時報」を相手に傍観機関論争をやり、文部省相手に仮名遣意見を述べて反対し、五十歳のときは進級令改正案に反対して辞職を申し入れている。

厳密な潔癖症が妥協を許さない。それが料理に関しても貫かれた。細菌に対する異常なまでの恐怖心がある。森茉莉は、果物は煮たものだけを与えられて育ったから「親類の家で水蜜桃の生を食べてはその美味に驚き、谷中《やなか》清水町では氷水を覚えた」と述懐している。

鷗外が死んだときの雑誌「新小説」追悼号で、かつての論敵坪内逍遙は、「森君が亡《な》くなられたのは文壇の大きな損失である」としたうえで「君の前には其頃《そのころ》刃向ひ得る敵はなかつた」「君の努力は主として批判であつた」「君はなんでも出来た人であつた」「性欲《せいよく》研究を真先に随分大胆な形式で発表したのも君であつた」と述べている。そして「どことなく曲亭馬琴を連想させる窮屈さがあつた。或《あるい》は其性格にも、幾らか似たところがあつたらしい。就中《なかんずく》、其多方面な点、勝気な点、理窟《りくつ》ずきな点、精力の絶倫な点に於《お》て」と結んでいる。

鷗外は精力絶倫の人として、論敵にまでその名がなり響いていた。

鷗外は葉巻好きであった。どこへ行くにも葉巻を手放さなかった。小堀杏奴は「おかしい話だが父は便所のなかで葉巻を吸うらしく、父の這入《はい》った後に行くとちっとも臭くなく、かえって好《よ》い匂《にお》いがするので姉と私とはよく父の這入った後を選んで行ったものだ」と書いている。森茉莉も、子どものころ父親の膝《ひざ》に坐《すわ》ると、葉巻の甘い香りに包まれた、という。鷗外の葉巻は、洋行帰りのダンディズムに包まれ、それが明治という時代のなかで、たおやかな光彩を放っている。

そのいっぽうで、鷗外は焼き芋好きであった。鷗外は、宮内省図書頭《くないしようずしよのかみ》であったころ、焼き芋をとりよせて食べることがあった。職員が「閣下は焼き芋がお好きですか」と訊《き》くと「焼き芋は消毒してあって、滋養に富んでいるからなあ」と答えた。

鷗外は若いころから焼き芋好きで、友人にも焼き芋のよさを説いてすすめている。妹の喜美子が、父から頼まれて本郷の藤村《ふじむら》で羊羹を買って持ち帰って、鷗外が「この羊羹は上等だね」と言ったところ、祖母が得意そうに「書生の羊羹とは違いますよ」と答えた。書生の羊羹とは焼き芋のことで、鷗外の焼き芋好きは周囲のみんなが知っていたことであった。

鷗外は、厳密で妥協を許さぬ几帳面《きちようめん》な性格の半面、焼き芋のような庶民的な味を平気で食べる鷹揚《おうよう》さがある。鷗外が一番意識したライバルは漱石だが、その漱石はビスケットを好んだ。焼き芋とビスケットの違いが、両者の文芸の差に反映している。

大正十一年七月、六十歳にして鷗外は死ぬが、この年の元旦《がんたん》は顔色が悪く、萎縮腎《いしゆくじん》、肺結核が進行していた。

元旦に宮中拝賀ののち、津和野藩主の小石川の家へ立ちよってから、妹の喜美子の家へ立ちより「打ち止めだ」と言った。喜美子の家で、汁粉を一杯食べて、「服が重くて肩が凝る」とこぼした。このときの鷗外の服は金モール一面の礼服である。そのとき「このごろは頭だけで生きているような気がする」と語った。食事の量も減った。

この年の三月、欧州へ行く於菟・茉莉を東京駅で見送った。四月から五月にかけて正倉院御物《ぎょぶつ》参観のため、公用で奈良へ出張するが、奈良では病臥《びょうが》することが多かった。そして六月十五日から欠勤する。死ぬ一カ月前まで公務をこなした意志の人であった。死ぬ三日前の七月六日、賀古鶴所に遺言を口述した。その内容はつぎのようなものである。

余は少年の時より老死に至るまで一切秘密無く交際したる友は賀古鶴所君なり。ここに死に臨んで賀古君の一筆を煩《わずら》わす。死は一切を打ち切る重大事件なり。奈何《いか》なる官憲威力と雖《いえども》此《これ》に反抗する事を得ずと信ず。余は石見人《いわみのひと》森林太郎として死せんと欲す。宮内省陸軍皆縁故あれども生死別るる瞬間あらゆる外形的取扱いを辞す。森林太郎として死せんとす。墓は森林太郎墓の外一字もほる可《べか》らず。書は中村不折に依託し宮内省陸軍の栄典は絶対に取りやめを請《こ》う。手続はそれぞれあるべし。これ唯一《ゆいいつ》の友人に云《い》い残すものにして何人の容喙《ようかい》をも許さず。

この遺言の読みかたはいろいろあって、中野重治《しげはる》は「殆《ほとん》ど絶望的な最後の反噬《はんぜい》」とし、高橋義孝《よしたか》は「人間らしく生きることのできなかった恨み」と分析する。鷗外は、最後のどたん場で、また論争をいどんだのである。臨終の枕元《まくらもと》の様子を、喜美子はつぎのように記している。

部屋の中は穴の底のやうで、皆息を呑《の》んで居《お》りますので、とぎれとぎれのお兄い様の息が間遠《まどお》に聞えるばかりでした。そしていく時過ぎたでせう、つと賀古さんは顔を寄せて礼をなすつて、「では安らかに行きたまへ。」立つて部屋をお出になります。はつとした時、お医者は厳《おごそ》かに、「御臨終でございます。」謹んで申し渡されました。皆一様に礼をして言葉もなく、暫《しばら》くして顔を上げた時は誰の目からも留度《とめど》なく涙が流れて居りました。(『兄君の最後』)

漱石の臨終には、友人や門弟が多く集まった。鷗外にも、友人や門弟は多くいたが、鷗外は、親族のほかは、友の賀古鶴所一人に自分の死を託した。かつて観潮楼に集まった文人もいなければ、公務をつとめた役人もいない。のみならず宮内省陸軍へのケンカごしのつっかかりかただ。安らかな死ではなく、いどみかかる死であった。この死にかたに関しても鷗外の衛生観念が強く作用している。友もまたなまものは危険と見なし、煮つめて煮沸《しやふつ》した関係でないと心許せなかった。鷗外の死後、喜美子が命日に鷗外の家へ行くと桃の煮たものが出された。喜美子は、未亡人となった義姉と一緒に桃煮を食べ、

「お終《しま》いのころによくこれを召しあがりましたねえ」

「ええ、好物でしたから」

と語りあった、と記している。

幸田露伴——牛タンの塩ゆで

幸田露伴に『鹹加減《しおかげん》』という小品（明治四十年）がある。名調子である。

「子を持つて親の恩を知りしは二十年のむかし、今又女《いままたむすめ》を嫁《よめ》入らせて、事新《ことあたら》しく亡母《なきはは》の有難《ありがた》きをぞ思ひ悟るなる」

で始まる。苦労して育てあげた娘を、他人の家へ手放した女親は、婿《むこ》のおもわくや姑《しゅうとめ》の機嫌が気になって、考え始めると、夜も眠れない。しばらくしてから鬼三疋《おにさんびき》の小《こ》姑《じゅうと》に喜ばれそうな手土産を持って、娘の嫁ぎ先を訪れると、夫や親はちょうど留守で、娘ひとりがいる。夕食が出る。その汁《つゆ》を飲むとしょっぱいのなんの、ひと口飲んで吐き

こうだ・ろはん（1867〜1947）東京生まれ。1890年代、美文を特徴とした尾崎紅葉と並び、男性的な文体で人気を博した。小説『風流仏』『五重塔』、史伝『運命』、評論『評釈芭蕉七部集』などがある。

出しそうになるが、無理して飲みほした。すごくまずい。

娘は手伝い女中を呼びつけて「こんな汁、喉《のど》へも通るものじゃない」ときつく叱《しか》りつけた。「御母様《おつかさん》御免《ごめん》なすって下さいまし。たまの御来臨《おいで》にこんな不調法《ぶちようほう》を為《し》まして」。すると母親は「いや、ほんの少し御加減《おかげん》が東京風でなかっただけの事です」ととりなした。しばらくして娘と二人になると、母親は、声をひそめて、女中の叱り方が悪い、と娘をたしなめた。

母親は、西郷隆盛の例をあげた。西郷さんが弟の家で食事をしたとき、とてもからいお汁が出た。弟が料理番の婆《ばあ》やをひどく叱ると、西郷さんは「汁の甘いからいくらいのことで、左様《そう》人を叱るには及ぶまい」とさとしたという。「今のような調子では下《しも》がなつきません」と。

これを読むと、露伴が娘の幸田文《あや》をこのように育てた、という気分がわかる。露伴は文にむかって「おまえは赤貧洗うがごとき家《うち》へ嫁にやる」と言った。

では、露伴が、この母親のように味覚に寛大であったかというと、まるで逆である。露伴は健啖家《けんたんか》で、まずいものは口にしなかった。そればかりか、食事の段取りがちょっとでも悪いと不機嫌になった。幸田文の回想『正月記』によると、正月に用意した酒肴《しゆこう》は、からすみ、雲丹《うに》、このわた、紅葉子《もみじこ》、はらご、カヴィヤ、鮭《さけ》のスモーク、チーズ、タン、ピクルス、おきまりの口取、数の子、野菜の甘煮《うまに》、豆のいろいろ、ゆばに菊のり、生椎茸《しいたけ》、鮎《あゆ》の煮びたし、雉《きじ》の味噌漬《みそづけ》、だしはやかましくかつお、昆布、鶏《とり》骨を揃《そろ》え、油は胡麻《ごま》、椿《つばき》、ヘット、鳥、と備え、これらを生かす薬味類、であった。ウィスキーはより好みして浅草の山屋、銀座の明治屋、亀屋《かめや》へ自分で買いに行ったが、多くは清酒を用いた。文は、これらの品々を、段取りよく出すために四苦八苦して、油障子によりかかって台所の憂愁を味わった。

露伴は牛タンの塩ゆでが大好物で、文は、生きていた時のぬるぬるを思って、気味が悪くて手が震えた、という。

『鹹加減』には、続編の『水の味』がある。

今度は、嫁に行った娘が里帰りをする。昼食は玉子とじの椀《わん》、小丼《こどんぶり》の浸物《ひたしもの》、小皿の香《こう》の物《もの》。椀の汁はほどのいい味加減で、「先日、差しあげましたのとは大違い」と娘は喜んで母も機嫌がいい。もう一皿香魚《あゆ》の塩焼があった。これは食べてみるとてもいい味で、娘は黙々とかみしめるように食べた。

しばらくすると、母親がまた叱った。

「過日《このあいだ》も食物《たべもの》の御話をして今日《きょう》もまた食物の御話では、何だか余り下卑《げび》て卑《いや》しい様ですが、今のはただの市中《まちなか》の魚屋から買ったものではありません」

娘はその香魚を、「味《あじわい》の優《まさ》れるを悟りても、たゞ心の中《うち》に褒め悦《よろこ》びしのみにて何の挨《あい》拶《さつ》の言葉も出《いだ》さずに」食べた。母は「普通の品とは大分《だいぶ》立優《たちまさ》って居《お》るのが汝様《おまえさん》にも分らない事はありますまいのに」一言の挨拶もないことを、「吾家《うち》ですから何様《どう》でも構わないようなものですが、若《も》しお前の旦那様《だんなさま》の母御《ははご》の御一族の方《かた》やなんぞへ御招《おまね》きなどを受けて、今の様に気の至らない事だった日には、おまえさんの評判が思いやられてなりませんよ」と叱るのである。

母親は、細川勝元の故事を持ち出し、勝元が饗応《きようおう》されたさきで、出された鯉《こい》を「淀川《よどがわ》の鯉」と見やぶり、それをほめたため、他の客より格上になった話をする。

露伴の料理談には、説教をたくみにとり入れながらも、話に花があり江戸の余韻が漂っている。

「鮭《さけこ》買うたらば氷頭《ひず》を取れ、大根買はば干葉《ひば》を造れとは、男の口からは云《い》ひにくけれど、鴨《かも》をこなしてたゝきつくらず、海鼠《なまこ》つくりてわたを捨つるは、女の手からは大たば過ぎたり」

これも露伴の言である。かなりうるさい。うるさいが露伴の言う通りである。「男の口からは云いにくけれど」という気分が露伴である。言いたくはないけれど言いたいのだ。明治の男も妻には手を焼いていた。こうも言う。

「飯鮹《いいだこ》もはた長鮹《ながだこ》も見わけぬやうなは、よき細君《さいくん》とは申すべからず」

おっしゃる通り。

「あはれ世間の女性達《によしようたち》、報《むくい》は直《すぐ》にあらはるべし、五味《ごみ》はいつでもうそをつかねば」

露伴の言う五味とは、甘さ、塩からさ、苦さ、酸《す》っぱさ、辛さ、である。五味のうち、苦さと辛さは飲膳《いんぜん》の補佐であり、酸もなければないでよいが、塩と甘みは不可欠のものである、とする。

塩に関しても、露伴は一家言あるが、甘みに関しては蔗糖《しょとう》をよしとした。「古《いにしえ》の未開の民《たみ》は砂糖を知らず。ただ僅《わずか》に飴蜜《あめみつ》を知るのみなり。甘きに於《お》ける古今分野の差は大なりと云ふべきなり」

露伴は小説家であるとともに考証家であり、料理学の古典に詳しい。もともと食いしん坊だから、そのへんは興味を持ってじつによく調べている。知識と舌がともに達人の域である。そのくせ、食通の常で、食道楽を口にする者を嫌った。大酒飲みで、晩酌を欠かさず八十歳まで生きた。

露伴と同年生まれに漱石、子規、紅葉がいるが、露伴ひとりが長生きをした。食事に関しては、この三名に比して、ぬきんでて健啖家だった。味に関してもうるさかった。ことに酒の肴《さかな》を吟味した。

芽ウド、ホウレン草、瓜《うり》、初茸《はつたけ》、松茸《まつたけ》、松露《しょうろ》、海苔《のり》、海雲《もずく》、若布《わかめ》、さや豆、ミツバ、ビワ、リンゴを好んだ。豆腐、豆腐皮《ゆば》、浜納豆、柚味噌《ゆずみそ》もよしとする。しかし、いたずらに高価な肴を求めるのは俗だとする。初茸や松茸は、明治時代はいまほど高価ではなかったとはいえ、かなり贅沢《ぜいたく》である。

粗食を食べて冷水を飲む清貧生活は「ことさら願ふ可《べ》きにはあらず」とした。食うものを食わず、躰《からだ》を弱くし、病気になり、自ら苦しみ、自ら悶《もだ》え、父母妻子を悲しませるのは「愚《ぐ》のはなはだしきもの」である。「孟子《もうし》は飲食の人を賤《いや》しみたれども、そはおのづから別に意ありてのことにして、飲食のことはおろそかにするも可《か》なりとなせるが如《ごと》きにあらざる」と言う。「道《みち》を尊《とうと》び物を卑《いやし》むの人、やゝもすれば飲食を蔑視《べっし》するは非なり」。

じつにはっきりしている。

露伴は、貧乏幕臣の四男で、幸田家のなかでは劣等生である。露伴の兄妹は、実業家、軍人、学者、ピアニストといった秀才が多いが、露伴は、東京英学校（青山学院）を中退し、北海道余市《よいち》へ電信技手として赴任した。父からは「大工になれ」と言われた。漱石、子規、紅葉にくらべ、最初は文学への道は閉ざされていた。そのままいけば一生を電信技手として過ごしたはずである。余市で逍遙の『小説神髄』を読んだ十九歳の露伴は、いても立ってもいられず、身のまわりのものを売り払い、職場放棄をして東京へ戻った。北海道余市から函館《はこだて》に出て、海峡を船で渡り、福島までは徒歩で、あとは汽車で帰った。

『風流仏』を書いて一気に流行作家にのしあがり二十二歳で読売新聞社に入社した。露伴が入社したとき、学生作家の紅葉も同時入社してきた。露伴は、入社しても、社にしばられるのが嫌で、客員となった。そのため給料は紅葉の半額の月額十五円だった。露伴は原稿料が入ると、その金で温泉めぐりの旅に出た。

このころの小説は妖怪《ようかい》や化け物ばかり出てくる。書く内容に凄《すご》みがあり、面白くて人気が出て、一年後には朝日へ引きぬかれた。朝日系新聞「国会」に連載した『五重塔』で、文壇に確固たる地位を築いた。このとき二十四歳である。職人話が得意だった。

紅葉の硯友社《けんゆうしゃ》一派のように徒党を組まず、一匹狼《おおかみ》で諸国行脚《あんぎゃ》する露伴は、世間からは、現実離れした流浪《るろう》作家とみられた。カスミを食って生きている謎《なぞ》の放浪作家のイメージがあった。ところが、現実離れして見える人は、きわめて現実的なのである。

余市から帰る途中、露伴は盛岡で二銭で買ったゆで玉子を食べて死にそうになった。玉子が腐っていた。吐いて倒れているところを、通りすがりの旅人より薬をもらって助かった。だから、「色の悪きは食はず、飪《にえばな》を失《うしな》へるは食はず、時にあらざるは食はず」（『三端』）と言うのである。旅の途中に食べる山草野草にも詳しい。山野草は、天の性と純をもって萌《も》え出《い》ずるものであり、「甚《はなは》だ悦ぶべきもの」とする。

高山の雪につちかわれ、広野の露を吸い、滝のしぶきを浴び、あるいは沼の雨で肥《こ》えた山野草は、神のわざ、時のわざ、地の精、水の精であり、太古の姿をとどめて、自分の胸に清く吹きつけ、「吾《わ》が血に泉のすずしく流るゝを覚ゆ」という。

露伴という筆名は、旅をして野宿し、露を伴侶《はんりょ》とするという意味である。露伴が書く旅さきの食事は、目を洗われるようにすがすがしい。はっとする新鮮な生のいぶきがある。それは多分に、露伴の筆力によるもので、貧しい僻地《へきち》の粗食は、露伴によって新しい生命《いのち》を与えられる。

わらびは「握《にぎ》り拳《こぶし》をふりあげて山の横面《よこつら》はる風吹く頃のやさしき姿」であり、「咬《か》むに舌ざはり微《やさ》しく滑《なめ》らかにして、云《い》ひ難《がた》き嘉味《かみ》」と書く。わらびひとつに、えんえんと中国故事を引用し、山村のわらびとりの話、信濃《しなの》のわらび、早池峰《はやちね》のわらび、と、自分が食べたわらびの味を書きわける。

穂高の下の五千尺旅館では、珍しい山菜にありついた。「名をただせば、こあみと答ふ。つばきの類《たぐい》にわびすけがある如く、いと侘《わ》びてしをらしく」酒の肴によかった。家に帰って蔵書で調べるが、小葵《こわさび》はあったがこあみは見つけられなかった、と残念がる。食欲旺盛《おうせい》で、かつ研究熱心である。

山でおけらを食べた。おけらは万葉集の歌にうけらが花とあるもので、たいへん風雅なものである。毛をとって茹《ゆ》でて水にさらして、水気をしぼって、胡麻にあえて、醤油《しょうゆ》をかけると、舌ざわりはざらりとして、たらの芽に似ている。この花を詠《よ》んだ昔の歌人が偲《しの》ばれて、万葉人になったようである。

と、さんざん講釈をしてから、「しかし、たらの芽ほどはうまくない」と感想を述べる。都の姫君令嬢で万葉集を好む女性ならば、美しい眉《まゆ》をひそめて「コーリフラワー

（カリフラワー）のほうがおいしいと言ふだらう」と。食味に厳密である。実際に食べていなければ、こうは書けない。

　露伴は『遅日雑話』で、飲抜無尽《のみぬけむじん》について書いている。これは会費を持ち寄って痛飲する宴会だった。何人かの仲間が集まり、そのなかからわがままな主人の役、会計を担当する番頭格の三太夫《さんだゆう》をきめ、あとは客人役をする大名遊びである。主人は、わがまま放題をもってよしとし、三太夫役はきりもりする。わがままな主人は、とんでもないところへ客人を連れていくから、三太夫役の腕の見せどころとなる。会費を使い切ったところで宴会は終りとなる。三十円も集まれば、三太夫の腕ひとつで十人は一夜の豪遊ができた。露伴が三太夫役になると、金づかいが荒いのでたちまち破産したという。

　こういう遊びをした仲間は、画家の久保田米僊《べいせん》、富岡永洗《えいせん》、東京美術学校の校長だった岡倉覚三（天心）、作家の饗庭篁村《あえばこうそん》らであった。岡倉覚三は馬の御前といわれ、小紋縮緬《ちりめん》のぶっさき羽織で、腰に馬乗提灯《うまのりぢようちん》を打ちこんで、馬に乗って白昼の町内を乗りまわした。

　こういった先輩は遊びにたけており、露伴のような若手は、シャレや符牒《ふちよう》や合言葉がわからず、おろおろした。天下の毒舌で恐れられた斎藤緑雨ほどの者でも、この連中かららは野暮扱いにされたという。露伴はこの仲間の遊びのなかに、江戸の名残を見ている。時代は明治、大正とすすんでいくけれども、露伴の嗜好《しこう》は、江戸の余熱でほてっている。

それも、粋《いき》というよりは、火種ともいうべき、好奇心のかたまりの旺盛な食欲である。露伴は、江戸人の胃袋を持ちつつ、近代にめざめた人である。牛タンの塩ゆでを好んだのもその一例だが、肉食を好んだ。随筆のなかでも鶏肉《とりにく》と鶏卵の普及を説いている。その晩年になっても料理への興味はうすれず、編集者に会うと「なにかうまいものに出くわしたかね」と訊《き》くのが挨拶がわりだった。

小林勇は『蝸牛庵訪問記《かぎゅうあんほうもんき》』で、晩年の露伴の食欲について書いている。「先生の料理への造詣《ぞうけい》の深さはとうてい私には話せない。もし先生が話したことをしっかりノートしておいたなら、たぐい稀《まれ》な料理の本ができたであろうと思う」と。

小泉信三が銀座のどこそこの家の料理がうまいというので、小林勇は露伴を連れて行った。店を出るとき「小泉君がうまいといってもうまくないね」と露伴は言った。このとき露伴は六十五歳だが、だいぶ酔っており、「これから強い酒を飲もう」と言って小林を恐れさせた。

また、別のとき、銀座のある店のビフテキがうまいときいて、それを言った。つぎに露伴に会うと「たしかにあの店はうまかった」と言われた。小林はあわてて、「まだ自分は食べてない」と白状すると、「なんだ、人に毒見をさせたのか」と笑われた。

露伴には合理的な一面がある。

明治四十五年に書いた『供食会社』は、現在のファースト・フード店の予見である。

朝、昼、晩、三度の炊事の面倒さは、かなりの労働力の損失になる。そこで、食事の供食会社ができて、清潔で安い食事を提供してくれれば非常に便利である、と。アメリカでは、最近チャイルド・レストランというものが盛んで、これは高級レストランでもなければ、喫茶でもなく、いたって手軽なレストランである。清潔で迅速で上品で、少しの虚飾もなく単に食事を要領よく出す。こういう店を多く作ればいい、という。大金を投じ、同組織のものを各都市に設け、米屋のかわりに供食会社を設立すれば、個人にとっても一都市にとっても甚だ有益だろう、と言うのである。江戸の胃袋を持ちつつ、近代に目がいっている。かといって、新しい味に、むやみに賛成するわけではない。金米糖《こんぺいとう》、達磨糖《だるまとう》、氷砂糖の類は大いにすたり、それにかわって、キャラメルだのヌガーだのが出たが、「さっぱり感心しない。包み紙や箱の気のきいたのが勝利をおさめるのは、おかしい」。

『炉辺漫談』では、レモン水とカルピスをほめている。病人には牛乳もいいが、酒の類を与えてやればいい、という。ビール、葡萄酒《ぶどうしゅ》、ポルト酒、日本酒も、病気によっては有効であると説き、クミスをすすめている。クミスは、「脱脂乳凡《およ》そ四合瓶一杯に、砂糖一オンス、それから優等品のイーストを茶匙《ちゃさじ》一杯、それを入れて、そして瓶口《びんくち》を針金でもって緊《きび》しく閉じ、それを涼しい暗い場所に置いて、それから五日間ばかり毎日振り動かして置くのである。瓶は勿論《もちろん》、醱酵《はっこう》の際に非常に沸騰《ふっとう》するから十分に丈夫な瓶でなければ破裂するおそれがある。手数はいらない。そうするとその僅《わず》かの日数でもって出来あがる。それをシャンペンを扱うような心持で針金を外し、コルクを少し動かせば、醸造が出来た時は恐ろしい勢いで沸騰して溢《あふ》れ出る」と、微に入り細に入り作り方を教えている。これをソーダ水で割れば、アルコール分も減って、病人にいいと説く。味が東洋的で日本人にむき、「ジンギスカンは常用者であった」と。

露伴は、明治四十三年に妻を亡《な》くし、大正元年に新しい妻と再婚した。再婚した八代子は、露伴とあわず、しょっちゅうけんかをした。そのことは幸田文の随筆に書かれている。

露伴の家は、誕生日を祝う習慣があった。貧しいなりに、誕生日には祝い膳を出して、家族で晩餐《ばんさん》をともにする。

それが、新しい妻八代子になってからは、露伴の誕生日は忘れがちになった。文は、継母《ままはは》への遠慮があって、父親の家へ押しかけて料理を作ることができずにいた。そんなとき、文は料理の出張を思いつき、小ぎれいに作る八新亭を呼んで、祝い膳を献上することにした。八代子も喜んで、自分も席につらなり、宴は和気あいあいのうちに進んだ。しかし、いつまでたっても御飯が出てこない。露伴は「飯」と言ったが、料理屋は飯までは持ってこない。道具をしまいかけた板前があっけにとられて、「御赤飯御用意なさらなかったのですか」と言った。八代子は「料理屋だからおこわの折を持って来ると思っていた」と言った。露伴は坐《すわ》りなおして無言で八代子を睨《にら》みすえ、八代子も平然と露伴へ目をあわせた。露伴は、もはや怒る気力を失っていた。

これ以来、露伴は、誕生日の祝い膳を、意固地になって気にした。文によると、露伴の本当の誕生日は七月二十六日なのだが、早くやったほうがすっきりするので、二十三日になったという。露伴が亡くなる昭和二十二年七月三十日の一週間前に、最後の誕生日をむかえた。

死を目前にした露伴は、わずかの粥《かゆ》か流動食しかうけつけなくなっていた。文は、露伴につききりで看病しており、誕生日の祝い膳を作った。敗戦直後で食料は不足していた。それでも文は、お椀《わん》、野菜の甘煮、ひたしもの、塩焼、赤飯の膳を作った。塩焼は小さい鯛《たい》でわびしいものであった。

文は「形ばかりでございますが」と、祝い膳を露伴の枕元《まくらもと》へ持っていった。露伴は、「折角《せっかく》だがとてもたべられない」と言い、蒲団《ふとん》の上に載せろと言った。文は、祝い膳があまりに粗末なので見せたくなかったが、おそるおそる蒲団の上へ載せた。

「眼が椀から皿へ、皿から皿へだんだんまじめに見て行った。今なにか云われるか今なにか云われるか、私はこわさで一杯だった。父は長いこと茶碗《ちゃわん》へ盛った赤の御飯や小さい鯛や甘煮を丁寧に見ていた。もう私はとてもたまらなかった。膳をさげようとすると、とっと父の左手が伸び膳のへりに指が鍵《かぎ》にかかって、私の方へぐっと手ごたえがした。

ぐっ、ぐっと徐々に、もっと力を入れて手前の方へ引きよせ、そのあいだじゅう横眼に流れた眼がまだ皿から皿へ、ゆっくり移っていた。なんとしても私も手が放せなかった。負けては大変だとおもって、ぎゅっと引くといっしょに御飯も皿もずっとずり寄って、吸物があふれ、父はするすると夏がけの下へ手をひっこめ、しずかに仰向きになると眼を閉じたままにこっと笑った」（幸田文『菅野《すがの》の記』）

文は、「うちは貧乏だったから、父が子のときは、こんなお膳だったのだ」と考えた。露伴は、眼を閉じたまま、いつまでも笑っていた。そして「早くおあがり」と言った。小さい鯛は四人で分けて食べた。最初に箸《はし》をつけた娘の玉子が、「水無月《みなづき》や鯛はあれども塩くじら」と、露伴をまねておどけて言った。

七月二十七日、露伴は、文にむかって、「じゃ、おれはもう死んじゃうよ」と言った。末期《まつご》の水は、ごくりと喉仏《のどぼとけ》が動いて通っていった、と幸田文は伝えている。

正岡子規——自己を攻撃する食欲

まさおか・しき（1867〜1902）愛媛県松山生まれ。「ホトトギス」を創刊し、文章革新運動を推進、高浜虚子らの門弟を輩出した。歌集『竹の里歌』、俳論『俳諧大要』、随筆『病牀六尺』など。

　正岡子規はもともと食い意地がはった男であった。学生時代から友人にたかって食う術にたけている。天才特有の傲慢《ごうまん》があり、他人がおごるのは当然だという無頓着《むとんちゃく》さだ。明治二十八年、静養のために松山に帰った子規が漱石の下宿に居候《いそうろう》したときのことを、漱石はつぎのように語っている。

「大将は昼になると蒲焼《かばやき》を取り寄せて、御承知の通りぴちや〳〵と音をさせて食ふ。それも相談も無く自分で勝手に命じて勝手に食ふ。まだ他の御馳走《ごちそう》も取寄せて食つたやうであつたが、僕は蒲焼の事を一番よく覚えて居る。それから東京へ帰る時分に、君払つて呉《く》れ玉へといつて澄まして帰つて行つた。僕もこれには驚いた。其上《そのうえ》まだ金を貸せといふ。何でも十円かそこら持つて行つたと覚えてゐる。それから帰りに奈良へ寄つて其《そ》処《こ》から手紙をよこして、恩借の金子《きんす》は当地に於《お》て正に遣ひ果し候とか何とか書いてゐた。恐らく一晩で遣つてしまつたものであらう」

子規から見れば漱石は友人だから、これぐらいのことは平気でやる。また漱石は漱石で金銭のことに神経質で、そのことをしつこく覚えている。いずれにしても子規に金銭感覚は欠如している。

恐るべき書がある。子規が死の前年の明治三十四年九月から死の直前まで書きとめた『仰臥漫録《ぎょうがまんろく》』という日録である。この日録には、病床より描いた水彩画、俳句とともに、ほとんど狂気としか言いようのない食事献立がめんめんとつづられている。

ほぼ同時進行で新聞「日本」に書きつづけた随筆集『病牀《びょうしょう》六尺』を表舞台とすれば、公開するつもりのない秘密日記『仰臥漫録』は裏の告白である。この二冊をあわせ読むことによって死ぬ寸前の子規のすさまじい苦痛、煩悶《はんもん》を知るのである。『病牀六尺』は、「○病牀六尺、これが我世界である。しかもこの六尺の病牀が余には広過ぎるのである。僅《わず》かに手を延ばして畳に触れる事はあるが、布団《ふとん》の外へまで足を延ばして体をくつろぐ事も出来ない。甚《はなは》だしい時は極端の苦痛に苦しめられて五分も一寸も体の動けない事がある。苦痛、煩悶、号泣、麻痺剤《まひざい》、僅かに一条の活路を死路の内に求めて少しの安楽を貪《むさぼ》る果敢《はか》なさ、それでも生きて居ればいひたい事はいひたいもので、毎日見るものは新聞雑誌に限つて居《お》れど、それさへ読めないで苦しんで居る時も多いが、読めば腹の立つ事、癪《しやく》にさはる事、たまには何となく嬉《うれ》しくてために病苦を忘るゝやうな事がないでもない」

で始まる。

俳句もあれば碧梧桐《へきごとう》夫妻がきたという日録雑記も出てくるし、信玄と謙信、鉄砲は嫌いだが猟は好きだという話、漢語のうんちく、料理の話などテーマは縦横無尽で子規の博識がいかんなく発揮されている。病床六尺のなかにとじこめられた子規の表現力が死への予感を秘めつつ四方八方に飛ぶ。肉体は六尺の上だが精神は世界を散歩する。

子規は「自分の見たことのないもので、ちょっと見たいもの」として、

一、活動写真
一、自転車の競争及び曲乗
一、動物園の獅子《しし》及び駝鳥《だちよう》
一、浅草水族館
一、浅草花屋敷の狒々《ひひ》及び獺《かわうそ》
一、見附の取除け跡

一、丸の内の楠公《なんこう》の像
一、自働電話及び紅色郵便箱
一、ビヤホール
一、女剣舞及び洋式演劇
一、鰕茶袴《えびちゃばかま》の運動会

をあげている。

病床にいて思いは広く世界を歩いている。『病牀六尺』は捕われた肉体を強靭《きょうじん》な精神が凌駕《りょうが》する格闘の記録として読者の心を震えさせるが、その舞台裏の凄絶《せいぜつ》さは『仰臥漫録』に、あたかも自己告発のような食事の記録として残されている。

すさまじい食欲である。

三度の食事と間食と服薬とカリエス患部繃帯《ほうたい》の交換の繰返しのなかで、子規は、食いすぎて吐き、大食のため腹が痛むのに苦悶し、歯ぐきの膿《うみ》を押し出してまた食い、便を山のように出す。子規は「自分は一つの梅干を二度にも三度にも食ふ　それでもまだ捨てるのが惜《おし》い　梅干の核《たね》は幾度吸はぶつてもなほ酸味を帯びて居る　それをはきだめに捨てゝしまふといふのが如何《いか》にも惜くてたまらぬ」性格であり、長塚節《たかし》が送ってよこした三羽の鴫《しぎ》を翌日の昼食に焼かせて三羽とも一人で食い、粥《かゆ》三わん、梨《なし》、葡萄《ぶどう》もあわせて食い、間食に牛乳一合、菓子パン大小数個、塩煎餅《しおせんべい》、夕食は与平鮓《よへいずし》二つ三つ、粥二碗《わん》、まぐろさしみ、煮茄子《になす》、なら漬、葡萄をたいらげ、さらに夜食として林檎《りんご》二切、飴湯《あめゆ》を飲んだ。鴫が届いたときは、

淋《さび》しさの三羽減りけり鴫の秋

と詠《よ》んでみせる。

病床のうめき声が油枯れの肉体から木枯しのようにひゅうひゅうと響いてくる。生死のはざまをさまよう食欲で、「餓鬼」としての自分の肉体を観察している。生きることはどういうことか、食うとはどういう意味かをつきつけられる。子規は貪るように食う。あさましく、見苦しく、とどまることを知らぬ食欲である。ここで、『病牀六尺』のつぎの一節に思いあたる。

「○余は今まで禅宗のいはゆる悟りといふ事を誤解して居た。悟りといふ事は如何なる場合にも平気で死ぬる事かと思つて居たのは間違ひで、悟りといふ事は如何なる場合にも平気で生きて居る事であつた。

○因《ちな》みに問ふ。狗子《くし》に仏性《ぶっしょう》ありや。曰《いわく》、苦。

また問ふ。祖師《そし》西来の意は奈何《いかん》。曰、苦。

また問ふ。…………………………。曰、苦。」

『病牀六尺』は読者を意識した随筆である。新聞社が子規の躰《からだ》を心配して休載の日をつくると、子規は、

「僕ノ今日ノ生命ハ『病牀六尺』ニアルノデス。毎朝寐起《ねおき》ニハ死ヌル程苦シイノデス。其中デ新聞ヲアケテ病牀六尺ヲ見ルト僅ニ蘇《よみがえ》ルノデス。今朝新聞ヲ見タ時ノ苦シサ。病牀六尺ガ無イノデ泣キ出シマシタ。ドーモタマリマセン。若《も》シ出来ルナラ少シデモ（半分デモ）載セテ戴《いただ》イタラ命ガ助カリマス」

と訴えた。『病牀六尺』は死を直前にした子規の唯一《ゆいいつ》の生きる支えであった。『病牀六尺』を執筆する体力を維持する目的で、子規は食いに食った、と言うこともできる。食えば悶絶の苦しみを体験する。子規の躰をむしばんだ結核は、食べて栄養を補給することが重要な養生法であったという実情があるものの、子規のあさましいほどの食欲は、絶食の対極にある飽食の地獄である。うまいまずいの領域ではない。食べることは自己への攻撃であり、食って苦しみ、自分の正体を捜そうとする修行僧のような強い精神力に支えられている。病床にあって、「死ぬことが悟りではなく、いかなるときも平気でいることが悟りだ」という地点に到達した子規にとって、母や妹律《りつ》がおどろくほどの粗食で耐えていることなどは問題ではない。

子規にとって食事は自分の欲のなかへの探険であり、食えば地獄の悶絶に至ることを知りつつ、強靭な精神力で食べることに執着する。食べて、やせ衰えた体軀《たいく》の声をきく。胃と喉《のど》は「食いたい」と叫んでいる。なさけない悲しい胃に殉教しようとする精神は、子規にあっては、知に飢えた脳が文献、学術図書を読もうとしているのに類似している。知の飢えが人を学問へと誘いこみ、文献、書物を読めば「あれも読みたい、さらにさきを知りたい」と思い、とめどない探究力が学者を知の迷路へひきずりこむのに似て、子規は人間の欲の根源のなかへ瀕死《ひんし》の肉体をほうりこむ。知識の飽食の果てが学者を空漠の地平へ連れ去るとすれば、食欲への狂気の殉教は子規を虚無の薄暗がりへひき入れていく。それでも知を求めて空漠の地平をめざした人を世間は嗤《わら》わないが、ひたすら食うことに賭《か》けた人を世間はいやしいとして嗤う。自尊心が強い子規にとって、世間に嗤われることは一番の恥辱であるはずである。その危険地帯へ入りこんだ子規は、

「逆上するから目があけられぬ　目があけられぬから新聞が読めぬ　新聞が読めぬから たゞ考へる　たゞ考へるから死の近きを知る　死の近きを知るからそれまでに楽《たの》しみをして見たくなる　楽みをして見たくなるから突飛《とつぴ》な御馳走も食ふて見たくなる　突飛な御馳走も食ふて見たくなるから雑用《ぞうよ》がほしくなる　雑用がほしくなるから書物でも売らうかといふことになる……いやいや書物は売りたくない　さうなると困る　困るといよいよ逆上する」

という状態になり、自殺しようとする。

「さあ静かになつた　この家には余一人となつたのである　余は左向に寐たまゝ前の硯《すずり》箱《ばこ》を見ると四五本の禿筆《ちびふで》一本の験温器の外に二寸ばかりの鈍い小刀《こがたな》と二寸ばかりの千枚通しの錐《きり》とはしかも筆の上にあらはれて居る　さなくとも時々起らうとする自殺熱はむらむらと起つて来た　実は電信文を書くときにはやちらとしてゐたのだ　しかしこの鈍刀や錐ではまさかに死ねぬ　次の間へ行けば剃刀《かみそり》があることは分つて居る　その剃刀さへあれば咽喉《のど》を掻《か》く位はわけはないが悲しいことには今は匍匐《はらば》ふことも出来ぬ　已《や》むなくんばこの小刀でものど笛を切断出来ぬことはあるまい　錐で心臓に穴をあけても死ぬるに違ひないが長く苦しんでは困るから穴を三つか四つかあけたら直《すぐ》に死ぬるであらうかと色々に考へて見るが実は恐ろしさが勝つのでそれと決心することも出来ぬ　死は恐ろしくはないのであるが苦が恐ろしいのだ　病苦でさへ堪へきれぬにこの上死にそこなふてはと思ふのが恐ろしい」

子規は錐と小刀の絵を描いて自らの心をおさえるのである。子規の精神は自分の肉体を飼育しようとしている。子規にとって肉体は他者であり、実験動物を観察しようとする尋常でない気魄《きはく》がある。でありながら、苦しむのはほかならぬ自分であり、肉体は病床六尺の上にある。それをもてあそんでやろうという野心だけが立ちあがっている。

子規はスケッチをする。糸瓜《へちま》、菓子パン、病室よりの風景、朝顔、夕顔、と目に入るさまざまを写生し、「カン詰ノ外皮ノ紙製ノ袋」に脱脂綿を入れ、歯齦《はぐき》の膿を拭《ぬぐ》う。『仰臥漫録』では、事物をスケッチする自分を観察する。自分の飢餓を写生しようとする。「仰臥」とは俯《うつぶ》すことができず仰向けのままの状態であり、麻痺剤を用い、大量の便を出しながら、その自分を写生するのである。

私は『病牀六尺』の子規の心境に自分をおくことができないが、九年前吐血して入院した経験から思いおこすと、病室では食事のみが事件なのである。あとは見舞客と移りゆく窓外の風景ぐらいが主たる出来ごとであり、患者にとってはその日の食事が唯一最大の関心事である。食べることに関しては子規に負けない好奇心がある私でも、食べて苦しむのが嫌で、食べて苦悶する恐怖心が先行した。食べる快楽と痛みを天秤《てんびん》にかければ痛さからの解放のほうを選ぶ。いや、痛いのが怖いのは子規も同様だが、子規の食欲は怒濤《どとう》となって荒れ狂うのである。

ここで私は自分の体軀のことを思う。二十代の私はガリガリにやせていた。その後あらゆるものを食べつづけ醜く太った。ことに料理の話を書き始めると、自分の空想に刺激されて食魔の森へ入りこむ。やせようとしても空腹に耐えきれない。ところが、『仰臥漫録』を通読し、ぴたりと食欲が止った。一カ月に八キロやせた。一気に拒食症の症状となり、ふらふらして足が宙に浮き、仕事が手につかない。約束した仕事をいくつもすっぽかした。友人は「無茶はやめろ」と言うが、どうすることもできない。子規の狂気にも似た食欲が、私を震えさせるのである。私は、「食べる力」もまた精神力であることを知るに至った。

『仰臥漫録』は公表することを拒否した秘密の日録であり、『病牀六尺』は公表を意図した随筆で表裏一体であるが、子規は『病牀六尺』を他者のなかの自分にむけて書き、『仰臥漫録』は自分のなかの他人へむけて書いた。

自殺を考えた明治三十四年十月あたりから子規の食欲は、やや落ちはじめ、翌年三月十二日におだまき、さしみ、豆のもやし、ぬく飯二わん、牛乳を食してからは麻痺剤服用日記がつづいていく。死ぬ二カ月前は、麻痺剤の服用と、食うものは懐中汁粉や豆腐になっていく。

『病牀六尺』は死ぬ二日前まで書きつづけられている。死ぬ三日前は芭蕉《ばしよう》の句「蚤虱《のみしらみ》馬のしとする枕許《まくらもと》」への論考で、ここへ泊った芭蕉はそれほど臭気に辟易《へきえき》はしなかったろう、としている。これを書いた子規の病床の臭気がはたしてどれほどのものであったか。最後の様子は碧梧桐の『君が絶筆』に描写されている。仰臥のままの子規は唐紙の貼《は》りつけてある画板へ「糸瓜咲て」とすらすら書き、少し下げて「痰《たん》のつまりし」とつづけて一息つき、同じ高さに「仏かな」と書いた。さらに、

痰一斗糸瓜の水も間にあはず

をとゝひのへちまの水も取らざりき

の二句を書いて、筆を投げすてるように置いたが、筆の穂先がさきに落ちて、白い寝床の上へ墨の痕《あと》がついた。三十五歳になる直前であった。

島崎藤村——萎《しな》びた林檎《りんご》

島崎藤村は「萎びた林檎には特別の味がある」（『身のまはりのこと』）と書いている。こういうツーンとすえた嗅覚《きゆうかく》は藤村特有の表現である。それも、「春先を過ぎて五月頃まで残つた萎びた林檎の味といふものも、なか〳〵捨てたものではないと思ひますね」という。ひとすじ縄ではいかない。藤村を中心とした自然主義の文学は、与謝野《よさの》晶子や白秋の新詩社連中からは、「貧乏性の文学」「暗い閉鎖的な独白」と冷笑されたけれども、贅沢《ぜいたく》な田園生活をおくった白秋でも、萎びた林檎の味には手が届かなかった。

藤村が生まれ育った木曽《きそ》地方は、古来より簡素な山家《やまが》料理ぐらいの食べ物しかなかっ

しまざき・とうそん（1872〜1943）長野県生まれ。北村透谷らと「文學界」を創刊。『若菜集』で、詩人としてスタート。浪漫主義詩人の代表となる。のち自然主義派の作家に。『夜明け前』は記念碑的大作。

た。『西筑摩《ちくま》郡誌』は、木曽人の特質として「よく衣食の粗野なるに安んじて質素なりき」「古《いにしえ》の木曽料理は塩魚のみを以《もっ》て旅人に知らるる」と記している。

藤村は、典型的な木曽人であり、座右の銘は「簡素」であった。

藤村の長編小説『夜明け前』には、いくつかの木曽料理が出てくる。

①寝覚《ねざめ》の床《とこ》の入口にある蕎麦《そば》屋。(名物)

②簡素で清潔なのしめ膳《ぜん》。酒のさかなには山家の蕗《ふき》、到来物の蛤《はまぐり》の時雨煮《しぐれに》。

③焼きたての御幣餅《ごへいもち》。(こころもち平たく銭形に造って串《くし》ざしにしたのを、一つずつ横にくわえて串を抜くのが土地の食い方)

④囲炉裏ばたに集まり、馬小屋の馬の顔をみながら酌《く》みかわす別れの酒。

⑤茄子《なす》の芥《から》しあえ。豆腐あんかけ。玉子焼き。小芋、椎茸《しいたけ》、蓮根《れんこん》の煮もの。(宴会料理)

⑥焼海苔《やきのり》、柚味噌《ゆずみそ》、牡蠣《かき》の三杯酢。

といったあたりである。主人公の青山半蔵は、焼海苔と柚味噌と牡蠣の三杯酢を肴《さかな》にして、「さびしい時雨の音をききながら」酒を飲む。こういう場面は藤村特有の筆致である。

⑦焼味噌。

も何回か登場する。半蔵は、「二合ばかりの酒、冷くなつた焼味噌、そんなものが勝手口の戸棚に残つたのを」探し出して飲む。

いずれもうまそうではない。それは当然のことで、藤村は主人公の淋《さび》しさと苦悶《くもん》を書いている。料理に対して冷淡である。小説に登場する料理は脇役《わきやく》であり、場面設定の小道具にすぎない。『夜明け前』は、藤村の父島崎正樹をモデルにした小説である。明治維新の時代に、王政復古につくしながらも座敷牢《ろう》に押しこめられて狂死した父の生涯を書いた大作である。出てくる食事がうまそうでは話にならない。

木曽料理以外では、将軍がオランダ使節に供応する膳料理が出てくる。「その食事は彼等和蘭人《オランダ》に、この強大な君主の荘厳《そうごん》と驕奢《きようしや》とにふさはしからぬほどの粗食とも思はれた」と。いっぽう、フランス公使館で供せられた料理に、日本代表は「獣《けもの》の爪《つめ》のやうなフオーク」におどかされ、チーズは、「僅《わず》かにその香気を嗅《か》いで見たばかり」とある。

藤村が『夜明け前』を書いたのは五十七歳から六十三歳にかけての六年半で、小諸《こもろ》にいた三十代のように貧乏ではない。名をなして多額の印税を手にして、麻布《あざぶ》飯倉《いいくら》片町に居を構える大家であった。食に関して、含蓄ある随筆を書いており、実生活においても、上等品を食べている。

ここで、藤村はまずい料理を書く達人であった、という裏技に気がつくことになる。うまいものをいかにうまそうに書くかは作家の腕の見せどころである。藤村はそれをやった。しかし、まずい料理をいかにまずく書くかも、また、見せどころである。料理がうまいか、まずいかは、食べるときの状況が左右する。同じものを食べても、食べた人間が、いつどういう状況で食べたかで、うまくもなればまずくもなる。結婚式の葡萄《ぶどう》酒《しゅ》は甘いが、別れ話の席の葡萄酒は苦い。藤村はそれを知りつくしていた。うまい料理を知っている人間のみが、まずい料理をまずそうに書くことができる。まずさのなかに、しんしんと冷える悲しさがなければならない。

失意の半蔵が、勝手口の戸棚にある冷えた焼味噌で酒を飲むという設定は、いかにも苦そうだ。苦いのだが、悲しく、淋しい、萎びた甘さがある。それは状況を食べているのである。ここにおいて、藤村が、冷淡に書き出す料理は、一見脇役のように見えて、主役であることが見えてくる。これこそ自然主義文学の極意であった。芥川龍之介に、「欺瞞《ぎまん》だ」とののしられながらも、夏目漱石をして、「まったく新しい」と言わせた裏技なのである。芥川は、藤村の小説『新生』を読んで「藤村のような偽善者はいない」とののしったけれど、このとき、すでに芥川は藤村の罠《わな》にはまっている。なぜなら、藤村は、「嫌われよう」として『新生』を書いたからである。藤村の意識には「嫌われる快感」があった。さらに言えば「嫌われることによって得る利益」という打算があった。「嫌われる」ことを売りにしている作家に対し、芥川ほどの人が「嫌いだ」と言ってしまうのは、サービスのしすぎである。

藤村は料理をまずそうに書く達人であったが、それは恋愛をまずそうに書く達人でもあり、自分を嫌われ者にして売りつける寝業師なのである。

藤村は粗食淫乱《いんらん》の人である。「貧しい食事に豊かな性欲」を貫いた。藤村には、旧家島崎家に沈澱《ちんでん》した血の頽廃《たいはい》がある。父は近親相姦《そうかん》、母に姦通という忌《いま》わしい事実があった。山国の閉鎖的な生活のなかで、血族結婚や乱倫を背景として、藤村は育った。四十歳になった藤村が十九歳の姪《めい》こま子と肉体関係におちいり、こま子を妊娠させたことも、一族の頽廃と無関係ではない。こま子は次兄広助の次女であり、十八歳で、藤村の家事手伝いにきていた。藤村は「とんでもない叔父さん」である。とんでもない叔父さんは、悩んだすえ、「懺悔《ざんげ》による罪の浄化と新生」と称して、告白小説『新生』を朝日新聞に連載した。とんでもない叔父さんは、その経験を小説にして、自分を救済し、「死からの再生の記録」をつづった作家として、のちに日本ペンクラブ会長にまで就任するのである。芥川が「老獪《ろうかい》なる偽善者」と思ったゆえんである。

小説『新生』のなかに、「葡萄酒」という隠語が登場する。これがなんのことであるのかがわからない。この時代の葡萄酒は、簡素を座右の銘にしていた藤村には、いかにも似合わないからである。

藤村が料理に関して書いた随筆は、含蓄と示唆《しさ》に富んだ内容である。晦渋《かいじゅう》で、曖昧《あいまい》で、含蓄があるところが藤村の特質である。一例をあげる。

「すこしは酒をやると聞いて、日頃疎遠《そえん》に暮して居る親戚《しんせき》の女の人なぞにも、にはかに親しみを覚えるやうなことがある。どうしてすこしどころか、ウイスキーを生《き》で三四杯ぐらゐはいくと聞いたのも、わるくない」

　これは『飯倉だより』という随筆で、兼好の『徒然草《つれづれぐさ》』を踏襲している。同じく『力餅《ちからもち》』では、まず西餅屋という店を紹介し、空腹で険路を登るときは、力餅が力づけてくれると説明し、その上で「多くの立志伝中の人物が、発憤の逸話なぞを引き合ひに出すまでもなく、この世の旅の途中に、何等かの形で力餅を味はないものは、おそらく、なからう」と言う。力餅はあくまで比喩《ひゆ》である。藤村の食べ物話は、訓話的な人生論に転化していく。

「めづらしい果物などの手に入つた時には客がなくて、客のある時にはまた生憎《あいにく》何ももてなすやうなもののないことが多い。私の家ではわざ〳〵町から買つて来たもので客をもてなすやうなことをしない。その時にあるものを出す。そんな風だから客にでも振舞ひたいと思ふものは兎角《とかく》家のものの口に入つてしまつて、たまに訪ねて来て呉《く》れた人には空茶《からちや》ばかりを勧めるやうなことが起つて来る」

　これも藤村版『徒然草』である。この手は他にもいくつかあって、

「蕨《わらび》取りは、気散じなものではあるが、しかし何となく憂鬱《ゆううつ》な感じの伴ふものだ。秋の栗拾《くりひろ》ひ、それから茸狩《きのこが》りなぞとは趣きを異にする。あれは春先の山の上にある憂鬱だ」

「馬場裏（注・小諸）の家は草葺《くさぶき》で、落葉松《からまつ》の枯枝から出来た生垣《いけがき》には南瓜《かぼちや》の蔓《つる》を這《は》はせたこともある。ある年のこと、南瓜の蔓は生垣を覆《おお》ふばかりに延びて、黄色い徒花《あだばな》の

咲いた後には沢山な南瓜が生《な》つた。私の家では食ひきれないほど沢山に取れた。近くにある桑畠《くわばたけ》の持主から抗議を申し込まれて見ると、あの南瓜は近い桑畑の肥料を吸ひ取つてしまつたものと分つた。あれぎり南瓜を生垣に這はせることも止《よ》した」

ここに出てくる南瓜は小諸時代の藤村を暗示している。藤村は小諸に教師として六年間いて、そのとき世話になった恩人の木村熊二《くまじ》(小諸義塾塾長)の私生活を小説『旧主人』で暴《あば》き出した。同僚教師の丸山晩霞《ばんか》をモデルにして小説『水彩画家』を書いたが、そこで展開された男女の愛憎三角関係は、藤村自身の体験で、傷つけられた晩霞は抗議文を「中央公論」に書いて、藤村と絶交した。藤村は小諸義塾の友人から肥料を吸いとって小説の花を咲かせた。

藤村は恩人の秘密を勝手に暴き、友の秘密も暴き、一族の秘密も暴きたてた。暴くものがないときは自ら事件をおこして、それを告白して自己を暴く手法をとった。だから、藤村の読者は、藤村を「いやだ、いやだ」と思いつつも読まされてしまう。藤村のことは、白秋が嫌い、吉井勇が嫌い、荷風が嫌い、谷崎が嫌い、鏡花が嫌い、志賀直哉が嫌っていた。青野季吉《すえきち》は「藤村が同年輩の友達なら、喧嘩《けんか》別れになっていたろう」としつつも、好き嫌いをこえて「つねにある魅力を感じていた」と言っている。藤村は、うっとうしがられ、嫌われながらもその手の読者をかかえていた。

小諸時代の食事に関して、藤村が書いているのは、およそつぎのものである。

①地大根。（形が小さく根元に蕪《かぶ》のような赤味がある。藤村はこの地大根を壁に掛けて干し、沢庵《たくあん》とした。固い大根だが、藤村はこれで漬けた沢庵に愛着をよせていた）
②蕪。（木曽の蕪の種をとりよせて小諸でまくと、木曽の蕪とほとんど変らないものが収穫された。しかし、二年目からは貧弱な小さい蕪になってしまった）
③細い筍《たけのこ》を輪切りにして具とした味噌汁。（小諸では一日に二度味噌汁を食膳に供する習慣があり、藤村は朝夕に食べた）
④塩漬けにした黄色い地梨《じなし》。梅酢《うめず》で漬けた紅《あか》い寒臘梅《かんろうばい》。茄子や紫蘇《しそ》の実の味噌漬。
⑤越後路《えちごじ》から売りにくるワカメ。（野菜がきれる四月に売りにきた）
⑥木《き》の芽田楽《めでんがく》。筍鮨《たけのこずし》。蓬餅《よもぎもち》。
⑦おにかけ。（小諸地方の麺《めん》類）
⑧鮠《はや》。（千曲《ちくま》川で釣れたものを売りにきた。釣りたての鮠を田楽にして食べた）
⑨鯉《こい》。（水田に放して飼うため、泥臭くて、藤村はあまり好まなかった）
⑩雀《すずめ》焼き。（カラスを焼いて売る家がある、と藤村はあきれている。木曽ではつぐみ、あとり、みやま、ひわが獲《と》れるので、雀を食べる習慣はない）
⑪蕎麦。（小諸では、祝いの席では、酒宴のあとに蕎麦を出した）
　おおよそこんなところで、野菜や漬け物の多いことは木曽地方の食事と似かよっている。

東京の飯倉片町に住んだころは、蚕豆《そらまめ》売りや青梅売り、唐辛し売りが、声をあげて売りにきた。酒粕《さけかす》を壺《つぼ》に入れて茄子を漬けた。藤村の少年時代に食べたなつかしい味だ。じゅん菜、青隠元《あおいんげん》、瓜《うり》、茄子を好んだ。このころはフランス帰りだから舌も洗練されていた。近所にはひいきにする焼き芋屋、泥鰌《どじょう》屋があった。「簡単な食事でも満足してゐる私達の家では、たまに手造りの柳川《やながわ》なぞが食卓に上るのを馳走《ちそう》の時とする。泥鰌は夏のものだが私はあれを好む。年をとるにつれて殊《こと》にさうなつた」と藤村は書いている。

葡萄酒は飲んでいたはずなのに、書いていない。藤村が「文學界」同人に参加したのは二十一歳のときで、そのころのことを、同人仲間の平田禿木《とくぼく》は「私は葡萄酒をさげて藤村のところへ行きましたが、一緒に飲んで、酒も旨《うま》いもんだねえと云《い》うような事で、大いに盛りあがりました」と回想している。

藤村が姪のこま子と肉体関係におちいったのは四十歳であったが、それを小説『新生』に書くのは六年後のことである。この間、藤村はこま子との関係を清算するためにフランスへ逃げていた。藤村はなかばフランス永住を決意していたが、世界大戦に遭遇して帰国を余儀なくされた。帰国するとこま子との肉体関係が復活した。こま子は二十五歳の女になっている。それは、藤村がパリで飲んだ熟成した葡萄酒のようではないか。『新生』のなかで、藤村は、こま子を芸術的女性として描いている。「彼女を芸術的な女に仕立てて、煩《わずら》いのないものにしようとした」と分析したのは平野謙である。藤村はこま子から逃れるために『新生』を書いた。『新生』に書かれるまで、こま子の父も、親戚の者も藤村とこま子の関係を知らなかったから、読んでから驚き、あわてふためいた。

藤村はワイルド『獄中記』を愛読していた。ワイルドが芸術的生活によって現実生活の不名誉を挽回《ばんかい》しようとしたように、藤村もサーカス芸のような名誉挽回小説を書いて先手を打った。

藤村の食事は野菜や漬け物が中心で植物的である。愛欲を増長させる肉食は出てこない。食に対しては粗食をよしとする態度を貫いた。食はとるに足らぬものとして扱われるが、愛欲のほうはじっとり執念深い。こういった粗食淫乱は、青年の特質である。貧乏青年は、藤村に限らず、みな粗食淫乱である。藤村が薄気味悪がられたのは、粗食淫乱を生涯貫いたことである。これは、とりもなおさず、藤村は生涯が青春であったことを意味する。そこに、嫌われつつも読まれた藤村の力がある。

藤村の文壇デビューは二十五歳のときに出した詩集『若菜集』で、巻頭に「序のうた」がある。

心無《こころな》き歌のしらべは
一房《ひとふさ》の葡萄《ぶどう》のごとし

なさけある手にも摘《つ》まれて
あた丶かき酒となるらむ

若き日の藤村にとって、一房の葡萄は、「心無き歌のしらべ」なのである。藤村は、葡萄そのものには価値を見ていない。それが、「なさけある手にも摘まれて」「あた丶かき酒となる」のである。

これが藤村の詩作の、最初の一節であることを考えると、「葡萄酒」という隠語の意味が見えてくる。一房の葡萄はこま子であり、それをなさけある手で摘むのは藤村である。第二節はこうである。

葡萄棚ふかくか丶れる
紫《むらさき》のそれにあらねど
こ丶ろある人のなさけに
蔭《かげ》に置く房の三つ四つ

葡萄棚の葡萄は「こ丶ろある人」のなさけによって摘まれる。若き日の藤村は三つ四つと遠慮がちに書いたが、実際にはもっとずっと多く摘んだ一生をおくった。

小説『新生』のなかで、年輩の主人公と娘は「葡萄酒」という隠語をかわしあい、これが肉体的な睦《むつ》みあいのことを暗示することは、なんとなくわかる。しかし、藤村は象徴派詩人ではなく自然主義の人である。性愛関係を隠喩《いんゆ》によって表現することはよしとしない。現実に見えるものを、風景も心理も写生する立場である。「葡萄酒」という言い方は、具象であり、それが隠語であることも具象である。その具象の背後には、『若菜集』の最初の詠嘆があった。心なき一房の葡萄は、性愛の熟練者藤村の手によって摘まれ、仕込まれ、芳醇《ほうじゅん》な葡萄酒となってしたたり落ちる。

『若菜集』は葡萄詩集といっていいほどに葡萄が多く登場してくる。「秋思」と題する詩の第一節は、

秋は来《き》ぬ／秋は来ぬ／一葉《ひとは》は花は露ありて／風の来て弾《ひ》く琴の音に／青き葡萄は紫の／自然の酒とかはりけり

ここでも「青き葡萄」は、酒となることによって価値を与えられる。
「狐《きつね》のわざ」は、こうである。

庭にかくるゝ小狐の／人なきときに夜《よる》いでて／秋の葡萄の樹の影に／しのびてぬすむ

つゆのふさ
恋は狐にあらねども／君は葡萄にあらねども／人しれずこそ忍びいで／君をぬすめる吾心《わがこころ》

葡萄園は藤村にとって恋の園である。恋は狐のようなもので、人気《ひとけ》のない夜にしのんで盗むものなのである。二十五歳にして、藤村は自分が葡萄園にひそむ恋する狐であることを予感していた。

「葡萄の樹のかげ」と題した詩は、姉と妹が交互に合唱する歌謡であり、葡萄畑で姉妹が葡萄への思いをうたいあげる。

『若菜集』からの熱心な読者であれば、藤村が『新生』で暗号のように使った「葡萄酒」の意味をたちまち解読できたであろう。現実には、藤村の読者は詩集派と小説派にわかれており、藤村の詩を愛唱していた人々は、小説『破戒』以降の私生活を嫌った。

藤村は人生を切り売りした人である。藤村は七年という言葉をよく使った。およそ七年単位で生活設計をした。小諸の生活が足かけ七年、『新生』から『嵐《あらし》』までが七年、『夜明け前』には七年間をかけた。息子楠雄《くすお》への手紙でも「人生は七年を一期と考えて計画をたてよ」と指示している。姪のこま子が藤村の家へ来て、最終的に別れるまでが七年である。藤村は、その場その場を漂流しているように見えて、冷徹な現実主義者であった。読者も七年周期で捨てていった。フランスへ行く前には、新潮社に著作権を売り払っている。

「序のうた」には、つぎのような最終節がある。

そは歌の若きゆゑなり
味ひも色も浅くて
おほかたは噛《か》みて捨つべき
うた、寝の夢のそらごと

こま子もまた「噛みて捨」てられる運命をたどった。「序のうた」が、藤村とこま子の運命を予告している。最初に書いた詩に呪縛《じゅばく》されるように二人は結びつき、別れるのである。それは詩の呪縛であると藤村が見せかけた、というのが本当のところだろう。藤村は自己の作品に殉教するほどやわではない。ただ、『新生』を書きながら、『若菜集』の最初の一節が頭にあったことは推測できる。そこから、きわめて具体的な「葡萄酒」という隠語が出てきたのではないか。

パリで、藤村は、陰々滅々《いんいんめつめつ》とした葡萄酒を飲みつづけた。自己嫌悪《けんお》と犯した罪への恐怖、女性への復讐《ふくしゅう》と怨念《おんねん》、計算と逃避、そういった内心の不安に加えて世界大戦の波が襲いかかった。逃げるように帰ってきた日本には、封印したつもりの女が待っていた。女は熟成している。この情炎の葡萄酒は飲まずにはいられなかった。

藤村と別れたこま子は、台湾に渡ったのち日本へ戻り、左翼学生と同棲《どうせい》し、警察に追われ入獄した。藤村に金を借りにきたが、藤村はぴしゃりと断った。こま子は精神に異常をきたし、藤村が再婚してからも、自分が正妻であると信じつづけて、悲惨な生涯を閉じた。

樋口一葉——ドブ板の町のかすていら

ひぐち・いちよう（1872〜1896）東京生まれ。中島歌子の萩の舎塾に学び、半井桃水の強い影響を受ける。明治時代の貧しい女性を描いた『にごりえ』『たけくらべ』『十三夜』などがある。

一葉は極度に小食で料理に興味がない。眠るひまをおしんで小説を書いていた。栄養失調である。

二十四歳の生涯というのが短すぎる。一葉があと十年長生きしていれば、林芙美子《ふみこ》のようにブクブク太って傲慢《ごうまん》になったかもしれず、その芽をさがし出したい。しかし、一葉の生涯は二十四歳にして見事に完結しており、「あと何年生きていれば……」という仮定は無意味である。

死の寸前の一葉は、和田芳恵《よしえ》がいう「奇蹟《きせき》の十四カ月間」であり、この短期間に『たけくらべ』『にごりえ』『大つごもり』『十三夜』『わかれ道』を書いている。一葉は、泣き虫でありつつ冷静でかつ皮肉屋だ。気が強いのにひっこみ思案で自閉ぎみだ。一葉の小説を評価した露伴でさえ「息づまる、心のゆとりのない性格があわれ」とみていた。

死の前年、一葉を訪れた斎藤緑雨は「痩《や》せ姿の面やう、すごみを帯びて、唯口《ただ》もとにいひ難き愛敬《あいきよう》」のある姿を見た。このとき、すでに栄養失調による肺結核が進行していた。

一葉の喉《のど》はひどくはれ、高熱がつづいた。耳も遠くなった。持病の肩こりや頭痛はいっそう悪化していた。緑雨が鷗外に頼み、鷗外を通じて名医青山胤通《たねみち》博士の診察をうけた。青山博士は「入院しても無駄だ。せいぜいおいしいものでも食べさせてやりなさい」と妹の邦子《くにこ》に言った。処方として「おいしいものを食べさせてやりなさい」としか言えない食卓は、いかなるものであったか。

青山博士の診察をうけた明治二十九年は一葉の小説が一気に世評を高めた年で、この年の暮れに一葉は死ぬのだが、金まわりはよくなっていた。

一葉は、死の寸前になって、若手人気作家として成功した自分を知るのだが、『日記』によると、自分が評判をよぶのは得体の知れぬ浮草のようなもので、おそろしいのは手のひらをかえす人の世だ、と懐疑してみせる。

萩《はぎ》の舎《や》の姉弟子であり、かつライバルであった三宅花圃《みやけかほ》は、一葉を「ひがみ根性が彼女のあらゆる欠点の根源をなしてゐた」と記している。

葬式の日に、森鷗外が馬に乗って棺《ひつぎ》に従って会葬すると申し出たが、妹の邦子は、「こんなみすぼらしい葬式に、恥かしくて来ていただけるものですか」と断った。

『にごりえ』は、女言葉の書き出しが艶《つや》っぽく、喚起力のある文体で菊の井の淫売婦《いんばいふ》のお高《たか》が客引きするセリフから、ぐいぐいと黄昏《たそがれ》どきの色恋話にひっぱっていく。話は、主人公のお力《りき》が無理心中で惨死《ざんし》するところで終るのだが、この小説のなかに一葉の、食べ物への嗜好《しこう》が見える。

『にごりえ』の概要はつぎのとおりである。

①章。お力は中肉で背格好がすらりとして洗い髪に大島田を結い、襟元の白粉《おしろい》よりも素肌のほうが白い姉さま風の色っぽい女だ。生意気だとの評判もあるが、本性がいいから（一葉はお力に自分を託している）店の人気娘になっている。（この章に登場するのは、酒場の安い「御料理《おんりようり》」）

②章。雨の日に山高帽の男が通りかかり、お力はこの男、結城朝之助《ゆうきとものすけ》を強引によびこんで祝儀《しゆうぎ》をばらまかせる。お力の腕の見せどころで、お力は店の仲間に感謝される。（結城には一葉が失恋した半井桃水《なからいとうすい》が重なっている）

③章。結城はお力のもとに通い出し昵懇《じつこん》の仲となる。ある月のよい晩、結城にお力が

源七との顚末《てんまつ》を話す。源七は大きな蒲団《ふとん》屋をひらいていたが、お力の馴染《なじみ》となり、金をつかいはたして菊の井の近くのボロ家に妻と子の三人で住んでいる。醜男《ぶおとこ》で取り柄はなにもない。日雇い仕事にあけくれ、家庭はすさんでいる。その源七の子が、桃を買っているのを二階の窓からお力は、結城に見せる。（「あの水菓子屋で桃を買ふ子がござんしよ、可愛《かわい》らしき四つ計《ばかり》の、彼子《あれ》が先刻《さつき》の人のでござんす、あの小さな子心《こごころ》にもよく〳〵憎《に》くいと思ふと見えて私の事をば鬼々《おにおに》といひまする」）

④章。（源七の家庭の様子）ドブ板をはさんだ棟割長屋《むねわりながや》の突当りに源七のみすぼらしい家がある。（「端《はじ》を少し囲って青紫蘇《あおじそ》、ゑぞ菊、隠元豆《いんげんまめ》の蔓《つる》などを竹のあら垣に搦《から》ませたるがお力《りき》が処縁《しよえん》の源七が家なり」）

源七の妻のお初《はつ》は二十八、九で、年より七つはふけて見え、眉毛《まゆげ》もぬかず、見るかげもない姿だ。湯上りの夫の源七にお初は冷奴《ひややっこ》を出す。（「お前の好きな冷奴にしましたとて小丼《こどんぶり》に豆腐を浮かせて青紫蘇の香《か》たかく持出せば、太吉《たきち》は何時《いつ》しか台より飯櫃《めしびつ》取おろして、よつちよいよつちよいと担《かつ》ぎ出す」）

源七に食欲がなく、食事をやめると、妻は、「夫《それ》は菊の井の鉢肴《はちざかな》は甘《うま》くもありましたらうけれど、今の身分で思ひ出した処《ところ》が何《なん》となりまする」と悲しむ。そう言われて源七はふてくされてゴロリと横になる。

⑤章。（お力の日常）つね日頃は男をだますのがお力の商売なのに男の薄情をうらん

で頭痛をがまんしている。七月の晩、下座敷の宴会にまじっていたが「何かを思ひ出したやうにああ私は一寸無礼《ちよツとしつれい》をします」と中座し、店の外に出てフラフラ歩いているところを結城によびとめられる。

⑥章。結城はお力の身の上話をきく。お力は貧乏人の娘で、七歳のとき、米を買いにやらされる思い出が語られる。米を買って帰ってくるが、あまりの寒さに手足がかじかんでドブ板の氷にすべって、米をドブへ落としてしまう。この事件は、一葉自身の経験にもとづいているかもしれず、小食で栄養失調となった一葉の生活がわかる。

「帰りには寒さの身にしみて手も足も亀《かじ》かみたれば五六軒隔てし溝板《どぶいた》の上の氷にすべり、足溜《あしだま》りなく転《こ》ける機会《はずみ》に手の物を取落して、一枚はづれし溝板のひまよりざら〳〵と飜《こぼ》れ入《い》れば、下は行水《ゆくみず》きたなき溝泥《どぶどろ》なり、幾度《いくたび》も覗《のぞ》いては見たれど是《こ》れをば何《なん》として拾はれませう、其時《そのとき》私は七つであつたれど家《うち》の内《うち》の様子、父母《ちちはは》の心をも知れてあるにお米は途中で落しましたと空《から》の味噌《みそ》こしさげて家《うち》には帰られず、立《たつ》てしばらく泣いて居たれど何《ど》うしたと問ふて呉《く》れる人もなく、聞いたからとて買《かつ》てやらうと言ふ人は猶更《なおさら》なし、あの時近処《きんじよ》に川なり池なりあらうなら私は定《さだめ》し身を投げて仕舞ひましたろ、話しは誠の百分一、私は其頃から気が狂つたのでござんす」

　お力が、気がおかしくなって淫売婦となったのは、買いに行った米をドブに落としたことに始まる。少女体験として、米をドブに落としたことがえんえんと語られる。帰りが遅いことを心配した母に連れられて家に帰るが、母はだまっている。父もだまっている。だれ一人としてお力を叱《しか》る者はなく、「家《うち》の内森《うちしん》として折々溜息《ためいき》の声のもれるに私は身を切られるより情なく、今日は一日断食《だんじき》にせうと父の一言いひ出すまでは忍んで息をつくやうで御座んした」

一葉の少女体験がお力に反映しているとみるならば、一葉が拒食症となったことが、これより推測できる。

⑦章。お力は源七一家の貧乏状態を見るに見かねて、源七の子太吉に菓子の「かすていら」を買い与える。それも、新しい旦那《だんな》となった男の金で買う。お力が、太吉に「かすていら」を買い与えるのは伏線がある。お盆で、源七は仕事に出る張りがなくなり、「酒を買って来い」と言ったら女房に「そんな余裕がどこにある」と愚痴られる。「お盆だというのに子供に白玉ひとつこしらえてやることもできない」「お彼岸《ひがん》がくればボタモチやダンゴを配って歩くのがしきたりなのに、うちは仲間はずれでだれもきません」とお初は涙を流す。空が暮れかかったころ、息子の太吉が「かすていら」を持って軽い足どりで家に帰ってくる。「どうしたのだ」とお初が訊《き》くとお力に買ってもらったとわかり、お初は逆上する。

「あの姉《ねえ》さんは鬼ではないか、父《とと》さんを怠惰者《なまけもの》にした鬼ではないか、お前の衣類《べべ》のなくなつたも、お前の家《うち》のなくなつたも皆あの鬼めがした仕事、喰《くら》ひついても飽き足らぬ悪魔にお菓子を貰《もら》つた」とお初は怒り、「汚い穢《むさ》い此様《こん》な菓子、家《うち》へ置くのも腹がたつ」と叫んで、バカヤローと怒鳴って裏の空地へ投げると、ドブのなかへ落ちた。

源七夫婦はすさまじい夫婦ゲンカになってあげくのはて、お初は、子の太吉を連れて家を出るのである。

⑧章。（終章である）お盆がすぎて幾日かたったころ、この新開地を出ていった二つの棺があった。お力と源七の遺体である。お力は源七の無理心中の相手にされ、源七に殺された。「いや、あれは合意のうえだ」と言う人もあり、真相はわからない。「諸説みだれて取止めたる事なけれど、恨《うらみ》は長し人魂《ひとだま》か何かしらず筋を引く光り物のお寺の山といふ小高き処《ところ》より、折ふし飛べるを見し者ありと伝へぬ」として、物語は終る。

お力はやむにやまれぬ同情から「かすていら」を買い与えた。その子の父親をダメにしてしまったことへの煩悶《はんもん》があり、免罪符として「かすていら」を買う。そこには、どうしようにもしようがないお力の心情がある。善意がある。ドブ板の町にしゃれた西洋菓子の「かすていら」は、いかにもふつりあいだ。

一葉の作品を「泣きての後の冷笑」と評したのは斎藤緑雨だが、お力のやさしさが、そのじついかに残酷であるかを一葉は見ている。

『にごりえ』には、数多くの料理が登場する。そこに、鮮烈な死への誘惑と、震える余韻がある。淫売酒屋菊の井の窓から見る「水菓子屋の桃」が鮮やかだ。捨てた男の息子が水菓子屋で桃を買うシーンを新しい旦那と見る時間の濃密な悲しさ。源七の家に出る冷奴は鋭角の緊張がある。荒れた空地に青紫蘇が生え、行水のあとに、「小丼に豆腐を浮かせて青紫蘇の葉をのせて出す」ところは、鏑木清方《かぶらぎきよかた》でなくても一枚の絵にしてみたい衝動にかられる。お初がののしる「新開地の菊の井の安御料理」には悪場所のつれない温度感があり、悲惨な結末を生む「ドブ板の町のかすていら」は、それが善意の「大袋」であるだけに、悪い予感と不安をふくらませていくく微熱をはらみ、それらの根底には、お力が七歳のときに転んでドブへ落としてしまった米の記憶が悪夢の天の川のように散らばっている。食べ物が魔的な光彩を放っている。食べなくては生きていけない人間の業《ごう》そのものへの問いかけがあり、食べ物の背景に事情がある。菓子や果実や料理が、こちらを覗きこんでいる。

一葉の父則義が事業に失敗して死んだのは、一葉が十七歳のときである。萩の舎の内弟子になったのは翌十八歳である。一葉の一家は、この年より本郷菊坂の借家に移り、裁縫、洗濯などの内職で生計をたてた。

萩の舎は、良家の娘がよりつどう塾であったから、一葉は貧乏のつらさを、身をもって味わう。

萩の舎同窓の伊東夏子『一葉の憶《おも》ひ出』には、料理がいくつか出てくる。

「それは小食で、御馳走《ごちそう》して張り合ひの無い人でした。人並に食べたのは、おすし位のものでした」

「食べものに仇名《あだな》といふとをかしうございますが先生（中島歌子）のところでおひるをいたゞきました時は胡瓜《きゆうり》もみに生卵のかゝつたのが出まして、その胡瓜もみが温かかつたので、〈生煮えの胡瓜もみ〉といふ名を樋口さんがつけまして、才女らしい閃《ひらめ》きを見せたことがありました」

この「生煮え」に関しては、似た表現が『たけくらべ』に出てくる。「龍華寺《りゆうげじ》の藤本は生煮えの餅のやうに真《しん》があつて……」という部分で、この寺は「庫裡《くり》から生魚を煽《あお》ぐ煙がたなびく」のである。『たけくらべ』にわずかに出てくる料理は、寿司《すし》である。お転婆《てんば》娘の女王美登利《みどり》（一葉が仮想したもうひとりの自分）へ、母親が「あとで寿司でもあつらえようか」というだけのシーン。アンパンも出てくるが、もうひとつは、寺の大和尚《おしよう》が「肴《さかな》は好物の蒲焼《かばやき》を表町のむさし屋へ大串《おおぐし》をあつらえる」というくだりだ。

一葉は、御馳走として蒲焼を好んだ。伊東夏子の回想に「訪問すると、鰻《うなぎ》飯など、馳走して、その人が帰ると、追ひかけるやうに、手紙で金を借りたいと、申し込んで来る事もあつたさうで、それは切迫《せつぱ》つまつた手段であつたらうと思ひますが、貸す方では、否《いや》を、言はせぬやうにして金を借り出すものだと、これも好《よ》く思はれてゐませんでした」とあって、一葉に、鰻飯を御馳走になるのは、かなり恐ろしい。

普段の食事は質素なもので、青山博士より結核と診断され「せいぜい、おいしいものを食べさせてあげなさい」と言われて妹の邦子が作ったのは、大根煮であった。そのことを妹の邦子が「昨夜姉が、大根の煮たので、飯が喰べたいと言ふて、御粥《おかゆ》を喰べましたよ」と伊東夏子に報告しているから、一葉のほうから大根煮を頼んだのである。

伊東夏子の回想によると「お夏さん（一葉）はどんな苦しい生活のときでも、お訪ねするとようこそ〳〵と心から喜んで迎へられ、家中探しても八十銭か五十銭しかないときでも夏なら氷水を、冬なら温いもの、時分時《じぶんどき》になれば蕎麦《そば》などとつてもてなされる人でした」とあり、鰻飯を注文するときは、しっかりと相手を見ていた。

一葉は、如才なくふるまうたちで、「お世辞がよくて、まるで待合のおかみさんのようだ」（花圃）と評される半面、皮肉な観察と評をする性格で、つまり相手を見る人だった。

一葉はいろいろな人から借金をしており、腕前は石川啄木といい勝負だ。

金の心配をせずに小説を書きたいと願った一葉は、パトロン探しに奔走する。別れてからも半井桃水に借金を申しこんだこともその一例で、そのことを和田芳恵は「紫式部が道長に対するような考えで桃水に対した」と評している。

天啓顕真術会《てんけいけんしんじゆつかい》を主宰する久佐賀義孝《くさかよしたか》という怪奇な人物に近づき金をひき出そうとした。久佐賀はその見返りに、妾《めかけ》になることを要求した。

流行作家村上浪六《なみろく》へ借金を申しこみ、断られると「毒筆の人」と痛烈に罵倒《ばとう》する。

お力のモデルは、一葉が最後に住んだ丸山福山町（現在の文京区西片一丁目）の家の隣の酒場の女だった。一葉は、その女たちの恋文を代筆してやった。吉原で死んだ遊女たちの遺体が運ばれてくるのをじっさいに見ただろう。そんな日常の体験から一葉はお力のイメージをふくらませたが、そのじつお力は自分なのである。

花圃の回想によると、一葉は「モデルを尾行」する人で、「此《こ》の人をモデルにしたいと思ふと、何処《どこ》までも其《その》人に尾《つ》いて行つた」という。萩の舎の塾生もよくモデルにしたから、すぐわかってしまった。

一葉は作家の本能で目に入るものを尾行していた。それは食生活に関しても同じで、『にごりえ』に出てくる数多くの菓子、料理、果実は、自己の食生活を尾行した結果である。料理がその背後にしょいこんでいる状況もまた尾行しているのである。なにかを尾行する自分をも、もう一人の一葉が尾行している。それが端的に表れるのが一葉の『日記』である。

明治二十四年四月十五日、十九歳の一葉は初めて半井桃水宅を訪れた。あれこれ話しているうちに夕食時になり、一葉は食事をしていけと言われる。「初めてお会いしたのに食事をいただいたりしては」と幾度も断るが、桃水がくりかえしすすめたため「お断りもできず頂だいした」と日記に書かれている。

同じ年の六月十七日、一葉はまた桃水を訪れるが、桃水が出かけていたため夕方まで待ち、「いつものように夕ご飯を出して下さった。おことわりするのも悪くて頂だいして」終ったころ桃水が帰ってきた。料理に自分を観察させている。

桃水は料理を作るのが得意で、翌二十五年二月、雪の日に平河町の桃水の隠れ家を訪ねた一葉に、手づくりの汁粉をふるまったことは、のちのちまで一葉の心に残った。一葉の桃水への恋心が高まるのは、このときが絶頂である。

雪の降る夜の一杯の汁粉は、全身が震える至福の味であったろう。

このあと、一葉は桃水との浮名の噂《うわさ》をたてられ、萩の舎塾長中島歌子に厳重な注意をうけ、桃水との交際を断つ。

二十五年夏の『日記』では、半井桃水をうらみつつも、雪の日の食事を思い出して涙を流す。桃水が「ぼくは五目寿司を作るのがうまい。近くあなたを正客にしてご馳走しましょう」と言ったことも心残りで「あの方のお手づくり料理はいつの世にどうしていただくことができるだろうか」というくだりは、『源氏物語』に登場する女性のような語り口だ。

桃水への恋ごころは料理がらみであり、『日記』の形をとりつつも自分と料理と桃水を俯瞰《ふかん》し、上空から尾行する目がある。

『日記』には、それ以降になると、馬場《ばば》孤蝶《こちょう》、平田禿木《とくぼく》、川上眉山《びざん》が本郷福山町の家に来たときに「鰻などをとりよせた」とあり、このときは『にごりえ』が売れて、金まわりがよかった。しかし一葉の小説が評価をうけたあとの日記は、まるで面白くない。一葉の『日記』が光彩を放つのは、桃水への恋心に悩んでいたころのものである。『日記』を私小説として書いていたころの一葉の作品は、観念的で零落した令嬢悲恋小説の域を出なかった。それが二十二歳で『大つごもり』を書くあたりから、小説に私生活が反映するのである。『大つごもり』を契機として、小説と日記の立場が入れかわり「心の秘密」という形式で書きためていた日記が、一気に小説舞台へ飛び出す。『にごりえ』に出てくる菓子、果物、料理がその背後に物あり気な事情をしょって、起爆の予兆をはらんでいるのはそのためである。一葉の文体には、爆発を誘起させる煮物の匂《にお》いがする。

一葉の食卓は栄養失調であった。栄養失調であるがゆえの不穏な殺気をはらんでいた。雪の日に桃水宅を訪れた一葉が、こごえたまま何時間も待ち、やがて起きてきた桃水から差し出された一杯の汁粉は、一葉の一途《いちず》な恋心に点火され、一気に破局へとつきすすむ。それは『にごりえ』のお力が源七の息子に「かすていら」を買い与える状況とまるで同じではないか。一葉は、人の営みのなかに持つ、食べ物の善意と悪意の表裏二面の崖《がけ》っぷちを見ていた。

伊東夏子は、「鰹節《かつおぶし》を削るやうに、あの人は自分の命を小説で削り減らした」と語っているが、一葉の病床を見舞ったとき、つぎのような回想を残している。

「お見舞にお菓子などを貰ひますと、私が甘い物が好きなのを知つてゐまして、いつも、これがおいしさうよとか、あれがおいしさうよとかいつて、手で割つては私に呉《く》れたものでございます」

伊東夏子は、さらにつづけて、

「それで私は妹さんに、お姉さんの黴菌《ばいきん》を四万や五万ぐらゐ、あなたとわたしは飲んだわけだね、と笑つて話したことでございます」

と皮肉まじりに結んでいる。

泉鏡花――ホオズキ

泉鏡花は食べることが恐ろしく、食べ物への強迫観念から逃れられない性格だった。鏡花の食物嫌悪《けんお》症を示す逸話に、豆腐の腐の字を嫌って豆府と書いた事実がある。愛用の煙草《たばこ》「小府」の府の字をとって豆府と書いた。

鏡花が豆府を好んだのは、ひとえに貧乏性であったことに始まるが、鏡花流は豆府をぐらぐらと煮て食べるやり方で煮沸《しゃふつ》滅菌効果があった。

魚の刺身は食べられない。シャコ、タコ、マグロ、イワシはゲテ魚としてとくに嫌った。魚のなかでは、柳かれいと塩鮭《しおざけ》を焼いたもの、あとは鯛《たい》のうしお汁ぐらいしか食べ

いずみ・きょうか（1873〜1939）石川県金沢生まれ。父は彫金師。尾崎紅葉の門弟として小説を学ぶ。幻想的・伝奇的作品で一世を風靡。漱石もその才能を賞賛した。『高野聖』『婦系図』『歌行燈』など、作品多数。

ない。ソラマメは一粒食べると一粒ぶん腹が痛くなったという。肉は鳥以外食べない。

春菊は生涯口にしなかった。春菊の茎に穴があいており、その穴にはんみょうという毒虫が卵を産みつけるからだという。

茶は、ほうじ茶をぐらぐらと煮て殺菌し、塩を入れて飲んだ。番茶は独得のいれ方があり、「桜木の小ぶりの長火鉢で炭をまっかにおこし、そこへ南部鉄びんで湯をチンチンにわかし、ばんこへほうじた茶葉を入れて鉄びんの熱湯をそそぐ。ちゅううっと鉄びんの湯がばんこの上までのぼってくるのをよしとした」(泉名月)という。

酒は毎晩二合ほど飲んだが、それも徳利が指で持てないくらいの唇が焼けるほどの熱《あつ》燗《かん》で、「山茶花《さざんか》にこの熱燗のはつかしき」という句がある。

木村屋のアンぬきアンパンを好んだが、表も裏もあぶって食べ、指でつまんでいた部分はポイと捨ててしまう。リンゴはすず夫人が、十二分に手を洗ってからむき、それもリンゴの実に手がふれないようにむく。鏡花はリンゴの頭と尻《しり》を指で持ち、コマが廻るようにくるくる廻しながら横側だけをかじった。

バイ菌恐怖症で旅行に行けず、出かけるときは、煮立てた酒を魔法壜《びん》につめて、汽車のなかでチビチビ飲んだ。汽車のなかでは湯をわかして茶を飲むことができないので、画家の岡田三郎助夫人が固型アルコールのコンロを進呈した。鏡花はこのコンロを持ち歩いて汽車のなかで湯をわかしたという。汽車のなかで、すず夫人がアルコール・ランプに火をつけてうどんを煮て、車掌に叱《しか》られ、鏡花がやりかえしたという話がある。

大根おろしは煮て食べた。

とにかくバイ菌が怖くて、アルコール綿の入った携帯用消毒綿入れをしじゅう懐《ふところ》に入れて、指先をふいていた。畳でおじぎをするときは、手の甲を畳の面にむけ、手の甲を浮かせて頭をさげた。町の便所は、小便がはねかえるから使わない。

万事がこの調子である。

鏡花と親交のあった文人仲間は、いずれもその奇矯さと異常性に遭遇し、驚嘆している。

どんなものでも沸点まで煮なければ決して口にしなかった鏡花である。真夏のカンカン照りの日でも、鳥鍋《とりなべ》をぐらぐら煮て、煮え燗の酒をふうふう吹きながら飲んでいた。

小島政二郎《まさじろう》の回想によると、水上《みなかみ》滝太郎、久保田万太郎、里見弴《とん》と大根河岸《がし》のシャモ料理「はつね」で、偶然、鏡花と会い、さしむかいで一つ鍋をつつくこととなった。小島政二郎が煮える具をかたっぱしから食べていると、鏡花は鍋の真中に五分に切った葱《ねぎ》をせっせと並べ、「小島君、これからこっちへは箸《はし》を出さないようにしていただきたいものですな。そっちはあなたの領分、こっちは私の領分、相犯《あい》さないようにしましょう」とジロリとにらみつけた。

谷崎潤一郎、吉井勇と鳥鍋を会食したときは、美食家の谷崎は、ナマのままでも肉を食べるほうだから、ちょっと煮えるとすぐ箸を出し、グツグツとよく煮えるのを待っている鏡花のぶんも食べてしまう。鏡花はたまらず鍋に線をひき、こっちは自分の領分だから手を出すな、と抗議した。

辰野隆《たつのゆたか》は、鏡花が「チョコレートは蛇の味がするから嫌だ」と言ったと書いている。

吸物でも、なかに柚子《ゆず》の皮のひとけずり、青物が入っているといっさい手を出さない。

見た目が悪いものはことごとく嫌いで、「シャコ、タコ、エビなどというのは、いったい虫ですか、魚ですか」と悪態をついていた。エビは人間の屍体《したい》を食うと言ってとくに嫌った。ところが酒席で酔っ払って、膳《ぜん》の上のタコをワサビ醤油《じょうゆ》でペロペロと食べてしまったことがある。同席していた画家の小村雪岱《こむらせったい》（鏡花本の挿絵や装丁をした人）が、翌日、「昨夜はどうなすったんですか。タコを食べましたよ」と言うと、さっと顔色が変り、腹が痛いと言い出して、あわてて家へ帰った。

また、岡田三郎助の招待で中国料理を食べに行ったとき、鏡花は最初のうちは用心ぶかく構えていたが、酒が入ると、少しずつ、いろいろな料理に手を出した。そのなかで、「こいつはオツだね」と言って大いに気にいって食べた料理があった。食後に、「あれは蛙《かえる》だよ」ときかされた鏡花はガゼン顔面蒼白《そうはく》になり、あわてて持薬の寶丹《ほうたん》を懐からとりだして一袋全部一いきに飲み下し、「とんだことをした」と震えた、という。

鏡花の食事に対する病的症状は、精神科医吉村博任《ひろとう》によると、「食物異常嫌悪」（Cibophobia）という強迫観念で、当時流行した赤痢、コレラの疾病《しっぺい》恐怖が深く関連している。鏡花は若いときから胃腸障害があり、好き嫌いが激しかった。

明治二十八年、紅葉門下の小栗風葉《おぐりふうよう》がコレラにかかった。このときの鏡花は、逃げたいが逃げられず、身も凍るほどの恐怖を覚えた。一つ屋根の下の弟弟子がコレラにかかって、生死の境をさまよっているのに耐えられない。鏡花自身三十歳のころ赤痢にかかり、その後遺症で胃腸病が悪化した。痘瘡《とうそう》（天然痘）、腸チフスとともに、コレラ、赤痢は四大伝染病で、この時代に、大量の死者が出た。住んでいる町内の一丁ほど離れた場所にコレラ患者が発生したとき、鏡花はあわてて引越したほどである。

鏡花は蠅《はえ》を憎んだ。『蠅を憎む記』には、仮眠中、蠅に襲われて死にそうになる幼児が描かれているが、蠅がバイ菌を運ぶのをひどく恐れた。悪魔の蠅に襲われるのは鏡花の化身である。バイ菌を恐れるあまり、煙管《きせる》の吸口に千代紙を丸めて自家製のキャップをはめ、吸うたびにとりかえていた。煙管だけでなくちろりや土瓶の注ぎ口にもキャップをはめた。麹町《こうじまち》の借家では階段の拭《ふ》き掃除のために三枚の雑巾《ぞうきん》が用意されていた。階段の上段、中段、下段によって埃《ほこり》の量が違うため、三枚の専用雑巾を用意するのである。

執着性の強い潔癖症は、鏡花の育ちによる影が濃い。鏡花は、明治六年、金沢の彫金師泉清次の子として生まれた。母親すずを九歳で失い、彫金師の父のもとで成長するが、親との依存的信頼関係が体験されていない。十七歳のとき、尾崎紅葉に玄関番として入門を許されるが、二十歳のとき父が死んで帰郷した。泉家は極度の窮乏状態であった。そのまま金沢で八カ月過ごすあいだに、鏡花の神経衰弱症は刻々と悪化進行し、やせ細った迷路のいきどまりで立ち往生する。自殺しようとして紅葉の激励の手紙に救われる。紅葉門下にならなければ、学歴も教養もなく、自立しえない鏡花は発狂したか、自殺したか、どちらかであろう。鏡花の作品は、狂気と日常のぎりぎりの接点で、蒼《あお》い炎をあげるのである。

紅葉門下に入った鏡花は、紅葉の口述筆記を担当するが、文字がわからず往生する。鏡花の、漢字にルビをふる独得の文体は、川端康成の『文章読本』によって華麗なる美文とほめられ、「文章の彫琢《ちょうたく》」として鏡花ファンを魅了するが、あの「舞文の妙」は「文字を知らなかった」ことの反動として生まれた。

鏡花にあっては、私生活の異常潔癖症が、反転して文芸に結実する。鏡花の作品は化け物が多く登場し、怪異と耽美《たんび》性にみちている。しかし、その化け物はいずれも人間以上に純粋であり、精神性が高い。化け物や幽霊の話を書くのはじつは化け物を恐れるためである。死を願望しながらも、コレラや赤痢がひたすら怖いのである。

鏡花は、幽霊が実在することを信じて疑わなかった。観音力を信じ、机の横には観音像が置かれていた。観音が化け物や悪霊《あくりょう》を封じるためである。また、文字に文字霊があると信じ、原稿で訂正した文字は、墨で黒々とつぶした。消した文字霊を抹殺するためであった。原稿用紙の前には神棚に供える小さな御神酒《おみき》徳利が置かれていた。これは硯《すずり》に入れる水であるが、執筆の前に原稿用紙の上に、一、二滴の清めの水をまくのである。麹町の借家は、二階へ上る階段の入口が襖《ふすま》となっている。一見すると、階段がどこにあるかわからず、忍者屋敷のような造りとなっていた。

日常生活の奇行と、独断的で異様な執筆環境は、マニアックな鏡花ファンを作り出すのに有効であった。紅葉が死ぬと、硯友社《けんゆうしゃ》は文壇から無視され、自然主義の風潮が高まり、鏡花は旧派として締め出され、とり残されるが、そうなればなるほど鏡花の強迫観念はつのっていく。

母すずへの思いが強く、鏡花の文芸は母性憧憬《しょうけい》のさいたるものであり、妻の名が母と同じくすずであることも偶然ではない。ここにも好き嫌いが激しい鏡花の性格が色濃く反映されている。

鏡花は雷を嫌った。麹町の家の天井には雷よけのおまじないのとうもろこしがぶらさげられていた。犬が嫌いであった。犬を見るとステッキを背中に隠して身構えた。狂犬病にかかった人を見てから犬を憎むようになったのである。

雨蛙が嫌いだった。広津和郎《かずお》の回想『年月のあしおと』によると、広津邸へ行った鏡花がまだ小さかった和郎を抱いて庭に下りると、青桐《あおぎり》の枝にいた雨蛙が小便を鏡花の手にかけた。そのときの鏡花のおどろきは尋常でなく、「あっ」と悲鳴をあげて、手水鉢《ちょうずばち》へすっ飛んでいった。雨蛙に小便をかけられるとイボになると書生から言われると、それを信じて、顔色を変えて手を何度も洗った。

強迫観念性病理は、歳《とし》をとるといっそう強まり、執筆中に原稿用紙の上に蠅が飛んでくると、すぐさま追い払って、御神酒徳利の水をはらはらとまいた。執筆中、邪念が入って筆が止ったときも、水をまいた。

鏡花に斜汀《しゃてい》と号する実弟がいた。斜汀は鏡花に借金を申しこみ、断られて疎遠《そえん》になったが、借金だけが理由ではない。斜汀は千葉印旛沼《いんばぬま》の農家の娘と結婚したが、斜汀の妻が結核になったため、結核菌がうつるのを虞《おそ》れて弟を遠ざけたのである。斜汀が妻の実家でとれた生玉子を持参して鏡花の家を訪れると、鏡花は「茶碗《ちゃわん》に菌がつくから飯を食わせるな」と命じ、生玉子をつっ返し、斜汀が帰ったあと「斜汀が座ったざぶとんを焼いてしまえ」と言った。

この異常心理から発する鏡花の作品を、夏目漱石は「狂想デアル」と批判し、佐藤春夫は「美しき奇想」とたたえた。

鏡花の小説に『酸漿《ほおずき》』という作品がある。芸者が病院へ見舞いに行った帰りの電車のなかで、汚い老婆《ろうば》に会う。その老婆がホオズキをぐちゃぐちゃかんでいるのを見て、気味が悪くなって電車を降り、蕎麦《そば》屋へ入って天ぷら蕎麦を一口すると、蕎麦のなかにホオズキが入っている幻覚に襲われる。ホオズキを呑《の》みこんだ気になって、家へ帰って吐くのである。それは、じつは喀血《かっけつ》であり、喀血するたびに、ああホオズキが出たと思うようになる。

これを「狂想」と見るか「美しき奇想」と見るかは人によりけりだが、鏡花は、喀血する人を見て「ホオズキだ」と想像したのではなく、ホオズキを見て、そこに喀血を連想したはずである。鏡花の病理は、日常のささいな事物に恐怖世界をかいま見る。そこには鮮烈に噴射する死の影がある。口にするものへの恐怖は、日常の現象を、まるで違う冥界《めいかい》へひきずりこむ。

鏡花が十九歳のときの小説に『蛇くひ』という作品がある。紅葉邸の玄関番として住みこんだ翌年の小説で、発表されたのは六年後の明治二十一年であった（「新著月刊」）。これは「応《おう》」とよばれる「まれびと的集団」の食事を描写した部分である。（鏡花の文体は、声を出して読むと効果的である。音の響きに敏感な聴覚の作家であるから）

「……渠等《かれら》は己《おのれ》を拒《こば》みたる者《もの》の店前《みせさき》に集《あつま》り、或《あるひ》は戸口《とぐち》に立並《たちなら》び、御繁昌《ごはんじやう》の旦那《だんな》吝《けち》にして食《しよく》を与《あた》へず、餓《う》ゑて食《くら》ふもの、何《なに》なるかを見《み》よ、と叫《さけ》びて、袂《たもと》を探《さ》ぐれば畝々《うね〳〵》と這出《はひい》づる蛇《くちなは》を掴《つか》みて、引断《ひきちぎ》りては舌鼓《したうち》して咀嚼《そしやく》し、畳《たゝみ》とも言《い》はず、敷居《しきゐ》ともいはず、吐出《はきいだ》しては舐《ねぶ》る態《さま》は、ちらと見《み》るだに嘔吐《おうど》を催《もよほ》し、心弱《こゝろよわ》き婦女子《ふぢよし》は後三日《のちみつか》の食《しよく》を廃《はい》して、病《やまひ》を得《え》ざるは寡《すく》なし」

「蝗《いなご》、蛭《ひる》、蛙《かへる》、蜥蜴《とかげ》の如《ごと》きは、最《もつと》も喜《よろこ》びて食《しよく》する物《もの》とす。語《ご》を寄《よ》す（応《おう》）よ、願《ねが》はくはせめて糞汁《ふんじふ》を啜《すゝ》ることを休《や》めよ。もし之《これ》を味噌汁《みそしる》と洒落《しやれ》て用《もち》ゐらるゝに至《いた》らば、十万石《まんごく》の稲《いね》は恐《おそ》らく立処《たちどころ》に枯《か》れむ」

「最《もつと》も饗膳《きやうぜん》なりとて珍重《ちんちよう》するは、長虫《ながむし》の茹初《ゆでたて》なり」

「一本榎《いつぽんえのき》の洞《うろ》より数十条《すうじふでう》の蛇《くちなは》を捕《とら》へ来《きた》り、投込《なげこ》むと同時《どうじ》に目《め》の緻密《こまか》なる笊《ざる》を蓋《おほ》ひ、上《うへ》には犇《ひし》と大石《たいせき》を置《お》き、枯草《こさう》を燻《ふす》べて、下《した》より爆燧《ばツ〳〵》と火《ひ》を焚《た》けば、長虫《ながむし》は苦悶《くもん》に堪《た》へず蜒転《のたうち》廻《まは》り、遁《のが》れ出《い》でんと吐《は》き出《いだ》す繊舌《せんぜつ》炎《ほのほ》より紅《あか》く、笊《ざる》の目《め》より突出《つきいだ》す頭《かしら》を握《にぎ》り持《も》ちてぐツと引《ひ》けば、背骨《せぼね》は頭《かしら》に付《つ》きたるまゝ、外《そと》へ抜出《ぬけい》づるを棄《す》てて、屍《しかばね》傍《かたへ》に堆《うづたか》く、湯《ゆ》の中《なか》に煮《に》えたる肉《にく》をむしや――むしや喰《く》らへる様《さま》は、身《み》の毛《け》も戦慄《よだ》つばかりなりと」

鏡花流の総ルビ文体だが、「うねうねと這う蛇をひきちぎって食い」、「ヒルやトカゲを食い、糞汁を味噌汁として飲み」「長虫はゆでたてがよい」というのだから、鏡花の嗜好《しこう》からは正反対の描写である。これが谷崎の作だというのならば納得できるが、食事恐怖症の鏡花の作とすると、鏡花の病理を詮索《せんさく》してみる必要がある。

佐藤春夫は、「食べ物に気むずかしい鏡花が、作品の上で案外悪食家《あくじき》であるのは、一般の人々が日常平気で食べている普通の食物が鏡花には皆蛆《うじ》や蛇などのように映じたのではないか」とし、自然主義の主張が鏡花の芸術に与えた影響を論じている。

鏡花という作家は、日常の裏返しの冥界のなかに作品を投影してきた作家であり、そこから推測すれば、わざと恐怖を体験する自己治療と考えることもできる。小説のなかに自らの恐怖世界を描き、見えざる未知の欲望を代行させる。

それは、鏡花の他のいっさいの小説も同様であって、自殺願望の鏡花は、小説の主人公を殺すことによって、現実の自分の自殺を予防してきた。鏡花は自分で調理した小説という「架空の料理」を食って生きた妖怪《ようかい》である。だから、現実の食事は、小説という料理を作りだす肉体を維持すればいいのであり、しかし、現実の料理を目の前にすると、人並みはずれた前病性格である強迫性格から、つぎつぎと妄想がふくらみ、ホオズキを見れば結核患者の吐く血が現出するに至った。それに幼時からの愛情不足による自閉が加わる。三十歳前に赤痢にかかった鏡花は、以後、胃腸をチクチクと痛めつづけ、その心気症状がますます食事への恐怖をつのらせる。

鏡花の師である紅葉が三十六歳で死んだとき、鏡花は二十九歳であった。鏡花はすずと同棲《どうせい》していたが、そのことが紅葉にばれて叱責《しっせき》され、すずと別れた直後である。後に鏡花は門弟を代表して弔詞を読んだ。臨終の席へ門弟を集めた紅葉は、

「これからは、まずいものを食って長命《ながいき》して一冊でも一編でも良いものを書け」

と言い残した。それは鏡花へどのような心理的影響を与えたか。鏡花は師の言葉通り、六十五歳まで生きた。死の前は喀痰《かくたん》のなかにわずかに血液混入があり、鏡花は、そこにホオズキを見たのだろうか。いや、ホオズキ幻覚は、小説を仕上げたことにより昇華さ

れているから、血痰のなかに死がしのびよるほおずき色の夕暮れを見たかもしれず、絶筆は、「露草や赤のまんまもなつかしき」という句であった。

　鏡花は酒好きであったが酒は弱かった。二合ほど飲むとベロンベロンに酔っぱらい、生来の依怙地《いこじ》な性格に火がついて悪態をついた。決して粋《いき》な酒飲みではない。鏡花が塩鮭を食べたのは、塩鮭が江戸ッ子の食べ物であったから、食べるよう努力した結果である。鏡花は、江戸趣味であり、麴町の家の造りも家具調度も骨董《こっとう》趣味で、着物も自分の流儀を崩さなかったが、酔うとボロが出た。架空宇宙を構築し、日常をそのなかへ泳がせようとするのだが、しょせん貧乏彫金師の小倅《こせがれ》である。生粋《きっすい》の江戸ッ子に徹することができない。その意識と日常のずれのはざまに、鏡花文学の薄暗がりがある。

　妖怪を描くが妖怪を恐れ、紅葉を熱愛するがそれ以上に憎み、女が好きだがすず夫人におさえられ、時流からはずれるのを恐れるが偏屈で、自殺願望があるが死を恐れる。この矛盾したジレンマは、矛盾の幅が極端であるだけ自我分裂をおこす。

　食事の席で、鏡花はしばしば傲慢《ごうまん》であった。内務大臣後藤新平が西園寺《さいおんじ》公の故智《こち》にならって、有名文士を自邸に招待したとき、鏡花も招かれた。豪華な西洋間で、フカフカの椅子《いす》で他の文士がかしこまっていると、鏡花は「わたしは腰掛けといふのが不得手で……」と、着物のまま椅子の上に坐《すわ》ってアグラをかいた。ワインが出ると「日本酒のごく熱いところを一本」と注文し、里見弴にむかって、「弴さん〳〵」と大声で話した。

鏡花は、いつもはひかえめでおとなしい性格なので、居あわせた他の文士はひどく驚いたという。

着物姿で椅子の上に坐るのは鏡花流で、どこまでも自己流を押し通す鏡花の面目があるが、酒が入ると、サルマタや肌着が見えて、とても江戸趣味とはいいがたくなる。帝国ホテルに、鏡花作品を翻訳したいというアメリカ人女性に招かれたときもこの流儀で、椅子の上にアグラをかき、出てくる西洋料理にいっさい手をつけない。思いあまったボーイが、鏡花の注文により、熱燗と玉子焼を持ってくると、それだけ手をつけ、アメリカ人女性はその奇矯ぶりにますます鏡花に興味を持つ。これは鏡花特有のやり口である。そのうえ、アメリカ人女性が日本語がわからないことをいいことに、通訳の人に、「日本語を勉強してから出なおしてこいと言え。自分の小説は西洋人なんぞに読まれたくはない」と毒づくのである。

そのくせハイカラ好みで、帽子はクリステー、練ハミガキはクロノス、葉巻は舶来の上等品を好み、シップ薬はアンティフロディスステイン、あせもの粉はアメリカ製で、ワイン、ブランデー、ウィスキー、ベルモットも好んだのである。

煙草好きで、貧乏なときは、枯葉やとろろこんぶを煙草がわりに煙管につめて吸った鏡花である。極貧の自殺寸前の生活から、時代の寵児《ちょうじ》にのしあがった鏡花だが、その時間のはざまは大波小波で揺れつづけた。

鏡花の代表作『婦系図《おんなけいず》』は、すずとの同棲を紅葉に厳しく叱責されたことへの意趣返しで、鏡花が結婚するのはまだ早いと見てとった紅葉が、「俺をすてるか、女をすてるか」と怒った場面の再現だ。「切れるの別れるのッて、そんなことは芸者のときに……」は、そのときの鏡花の心境で、師の死後もそのときの怨《うら》みを鏡花は忘れずに作品として昇華させる。

鏡花は、自らの作品を食い、唯一《ゆいいつ》それのみが鏡花の嗜好であった。

鏡花の数少ない好みは梅干で、すず夫人が蠅が来ないよう連日あおぎつづけて干した梅を十年以上漬けこんだもので、羊羹《ようかん》のように透明だった。この梅干もまた鏡花の狂想奇想観念の一粒といえるだろう。

有島武郎——『一房の葡萄《ぶどう》』

ありしま・たけお（1878〜1923）東京生まれ。学習院で学んだ後、札幌農学校を卒業。「白樺」同人。人道主義作家として理想を追求し、自己の所有地を解放。『カインの末裔』『或る女』が代表作。

有島武郎が雑誌「赤い鳥」に書いた『一房の葡萄』は、その後国語教科書に載って、日本中の学生に読まれた。有島武郎には他の著作も多くあるが広く知られるのは、この一作のみである。これを読んだ世代は、葡萄を食べるたびにふと『一房の葡萄』を思い出す。

話の概要はこうである。

「僕」（有島武郎）は小さい時に絵を描くことが好きだった。「僕」が通っている小学校は横浜の山の手にあって、教師は西洋人ばかりであり、生徒も西洋人が多い。「僕」は二つ年上の西洋人ジムが持っている舶来の西洋絵具が欲しくて、昼休みに藍《あい》と洋紅の二色を盗んでしまうが、ジムに見つかり、二階の教員室につき出される。すると先生は、泣きじゃくる「僕」をいたわり、二階の窓まで高く這《は》いあがった蔓《つる》から一房の西洋葡萄をもぎとって膝《ひざ》の上に置いてくれた。そして「明日はどんなことがあつても学校に来なければいけませんよ」と言う。翌日、「僕」が学校へ行くと、ジムが飛んできて、手を握って、二人で先生の部屋へ行く。先生は、「二人は今からいいお友達になればそれでいいんです」と言いながら、また葡萄をとってくれる。先生は、真白い手の平に葡萄を載せて出してくれる。そして「僕はその時から前より少しいい子になり、少しはにかみ屋でなくなつたやうです」と結ばれている。

なんでこんな上流階級の話が強く印象に残っているのだろうか。西洋人の先生が「もういつてもようございます」と言うシーンは恥ずかしいし、先生に対して「僕」が「あの位好きな先生を苦しめたかと思ふと、僕は本当に悪いことをしてしまつたと思ひました」と言うのも優等生すぎる。にもかかわらず、米軍配給の豚餌給食を食べていた鼻たれ生徒たちは、みな、この話に感動したのである。『一房の葡萄』は、やさしい先生と純情少年の交流を書いた美談であるから、それを教科書に掲載する意図はわかる。『一房の葡萄』が教科書に掲載された時代には、ほとんどの学校に葡萄棚などはなかったのであり、美しい西洋人の先生も生徒もいなかった。いま『一房の葡萄』を読みかえしてみると、そのへんがいちいちいらだつのである。いらだちながらも、なお、ある種の感動をおぼえるのは、まぎれもなく『一房の葡萄』の持つ鮮烈なイメージである。デブの教頭がとってくれるいちじくだったらこうはいかない。横浜の山の手、外人学校、舶来絵具を配しながら、西洋の美人教師が白いリンネルの着物につつまれた躰《からだ》を窓からのび出させて、葡萄の一房をもぎとり、大理石のような白い手の上に粉のふいた紫色の房を載せ、銀色の鋏《はさみ》でぷつりと二つに切るシーンが、嘘《うそ》のようにまぶしいのである。

有島武郎の悲しい分裂がここにある。

この物語に有島武郎が書いていることは、ほぼ事実に即した体験である。武郎は、五歳のとき、英会話習得のため横浜山手居留地の米人牧師の家へ通い、六歳で同じく山手居留地横浜英和学校に入学した。そのときの記憶をもとに書かれている。書いたのは軽井沢の別荘で人妻波多野秋子と情死する三年前のことである。

「僕はかはいい顔はしてゐたかもしれないが、体も心も弱い子でした。その上臆病者《おくびようもの》で、言ひたいことも言はずにすますやうなたちでした。だからあんまり人からは、かはいがられなかつたし、友達もないほうでした。昼御飯がすむと（中略）僕だけはなほさらその日は変に心が沈んで、一人だけ教場にはひつてゐました」

と武郎は書く。これもその通りだろう。ここにあるのは武郎が否定したブルジョア世界の抒情《じよじよう》である。武郎がブルジョア階級であることは、生まれがそうなのだからしかたがないが、このころの武郎はキリスト教から離れて唯物論《ゆいぶつろん》思想に近づいていた。私有財産否定の理念に基づいて北海道有島農場を解放したのは大正十一年である。奇《く》しくも『一房の葡萄』が唯一《ゆいいつ》の単行本として叢文閣《そうぶんかく》から出版された年である。『一房の葡萄』には追いつめられた武郎がいる。ここに登場する「僕」は、武郎によって切り捨てられねばならなかった「僕」である。その「僕」を武郎は謳歌《おうか》した。武郎はひらきなおっている。

武郎は無類の美形である。その美貌《びぼう》は日本の近代文学者のなかで屈指であり、長男行光は日本映画界の人気スター森雅之《まさゆき》となった。生まれがよく、性格は純正求道《ぐどう》的で、人にやさしく、米国ハーバード大学に籍をおいた秀才で、北海道に農園を持っているというのだから、絵に描いたような貴公子である。ヨーロッパ各地を歴訪し、絵はうまく、帰国後は大学教授になり、弟は有島生馬《いくま》と里見弴《とん》である。財に恵まれ、才に恵まれ、容貌に恵まれ、そのうえ偉ぶらない自省の人であり、現在でも、これほど男の条件が揃《そろ》っている人はちょっと見あたらない。まったくの話、西洋葡萄がよく似あう人物なのである。葡萄色の深い憂愁をたたえ、全身に鮮紅色の液が流れ、視線は透明でとろりと甘い。

武郎がいかにやさしい性格であったかに関しては、つぎのような逸話がある。小学校へ行く前、米人牧師に英語を習っていたが、二歳下の妹愛も一緒だった。なにかの御馳《ごち》走《そう》日に、その妹が先生に叱《しか》られて、みんなが貰《もら》えるお菓子を貰えずに、一人でどこかの部屋に閉じこめられていた。武郎は妹が可哀《かわい》そうでならず、どうにかして自分の菓子を妹にやりたいけれども、やれば先生に叱られる。それで自分の菓子を口のなかに隠して、そっと妹が閉じこめられている部屋に忍びこみ、口のなかから出してわけてやった。妹愛は折にふれてそのことを思い出し「あの事だけは忘れられない」と言っていた。

こういったやさしい性格は成人してからも変らず、芸者たちにもてた。新橋の料亭新喜楽で、デモクラシー運動指導者たちの会合があり、大山郁夫《いくお》、生田長江《いくたちようこう》、室伏高信《むろぶせこうしん》といったそうそうたる闘士にまじって、武郎は幹事として出席した。そのときの武郎のお客ぶりは他を圧していたという。武郎は酒を飲まないが、白熱する議論の席で、微笑をたやさず芸者と談笑し、座敷はすっかり武郎にさらわれた。いつのまにか武郎の周囲に芸者が集まり、一同は「なるほど、これは一等俳優だ」と感じいったという。根っから育ちがいい。

では、そういう武郎がなにを好んで食べたかと、著作集をあらいざらい調べてもサンドイッチと子の弁当以外ほとんど記録がない。妻安子は結婚七年後に死に、武郎は三人の子を育てつつ、子がまだ小さいうちに情死してしまったため、武郎の日常生活を書き残す人がいないのである。

武郎は三人の息子をひどく可愛《かわい》がり、長男のフットボール大会があると弁当を持って朝から応援に行った。弁当は武郎の母幸が作ったものである。

北海道の有島農場（ニセコ狩太農場）ではコメを作っていた。有島記念館には、「食味自慢・特撰有嶋米」と印刷された赤い荷札が残っている。「量目正確」と印刷されているところが律義《りちぎ》な武郎らしい。農場では、その他に野菜も作っており、農場の帳簿には、几帳面《きちようめん》な武郎のサインがある。有島農場では、農場を小作人に無償贈与するときも、自分に対して借金をしている人は皆済せよ、と言っている。皆済したうえで、その全額を共生農場へ寄付するというのが武郎の方針だった。

小説『カインの末裔《まつえい》』は、北海道の荒野から生まれた農民の話で、麦、粟《あわ》、大豆が出てくる。北海道時代の武郎は、自分の農場でとれるものを常食しており、食事は主として菜食だった。質素であった。その食傾向は、武郎が親しかった高村光太郎の田園生活に近い。武郎は、光太郎が造ったブロンズの手を持っており、その手を歌った詩がある。

孤独な淋《さび》しい神秘／手……一つの手／見つめてゐると、肉体から、霊魂から不思議にも遊離しはじめる手。／存在の荘厳《そうごん》と虚妄——神か——無か。／おお見詰めてゐると、／凡《すべ》てのものが手を残して消え失《う》せて／無辺際の空間に、ただ一つ残りある手。

光太郎は武郎より五歳下である。光太郎には妻智恵子《ちえこ》がいたが、武郎の妻は子を残して早々と死んだ。それに武郎は生前の妻安子とは性格があわず離婚を考えていた。安子は陸軍中将神尾光臣の次女で、父の友人から持ちこまれた縁談であった。武郎にとっては、光太郎のように、性愛も食欲もむさぼり食いあう女が必要だった。武郎は、光太郎のブロンズの「手」のなかに自分が果たせぬ夢をかいま見ている。「結婚！　非常に恐しい籤引《くじびき》だ」と武郎は日記に書いている。それは友人森本厚吉の結婚生活を見ての述懐だが、武郎の結婚も似たようなものだ。安子は温厚誠実な妻ではあったが、武郎の飢渇《きかつ》する心についていけない。武郎には、温厚誠実にみえてそのじつ大胆不敵な爆弾のような女性が必要であった。その不満は情死する波多野秋子につながっていく。

小説『カインの末裔』のカインは、『旧約聖書』に出てくるアダムとイブの長男で、弟のアベルとともに農を業《なりわい》としている。弟を殺して、神に追われて地上の放浪者となった。罪人の代表である。武郎は、この小説の主人公である放浪農民に、カインを見ており、自らのうちにもカインを見ている。

してみると、武郎が自らすすんで志願した農業は、本来的にやりたい仕事ではなく、あたかもカインのような贖罪《しよくざい》意識に基づいていた気分が見えてくる。有島農場を解放したのは、要するに農業が面倒くさくなっただけではないか、と。

武郎が属した白樺《しらかば》派は、理想主義に根ざしているが、性欲も食欲もみな旺盛《おうせい》だ。志賀直哉や実篤《さねあつ》を見ればわかる。大いに女を愛し、大いに食い、大いに自然に接した。長生きした者が多い。農場を持っていたのだから、武郎はむさぼり食えばよかった。酒も飲んで図々《ずうずう》しくなればよかった。そうすれば波多野秋子という三十歳過ぎの芝居気たっぷりの人妻と情死することはなかった。

若き日の武郎の写真を見ると小太りである。札幌農学校予科へ入った十九歳のときは丸々と太っている。アメリカ留学中の顔も、晩年にくらべると太っている。二十五歳から三年間はアメリカ生活で、その後一年間ヨーロッパを旅し、その四年間は洋食である。ロンドンで漱石のように胃潰瘍《いかいよう》になったという形跡もない。有島家は裕福で、ナポリでは弟の生馬と会い一緒に旅行をした。アメリカの最後の滞在地では農場で働いている。元気そのものである。

安子と結婚したのは帰国二年後の三十一歳のときで、東北帝国大学農科大学教授になっていた。札幌市内に一戸を構え、父親が用意してくれた農場があり、農場管理人もいるし小作人もいる。いたれりつくせりの環境だ。安子とは気があわずに離婚を考えたもののの、子がつぎつぎと三人生まれ、ずるずるするうちに安子が病気で死んでしまった。三十八歳で妻に死なれ、三人の子が残ったとなると世間は同情する。武郎は母のいない息子たちを気づかい、息子の同級生を呼んで食事会を催した。その時代を秋田雨雀《うじやく》は「健《すこ》やかな生活」と書いている。父子家庭ではあるが生活には困らない。「有島君ほど生を愛した人は少ない」と雨雀は言う。安子の病死は不幸ではあったが、武郎は安子とあわずに、ともに離婚を考えていたから、安子が死なければいずれ離婚していたかもしれぬ。死別も生別も別れには関係ない。

妻に死なれた武郎は女性にもてた。子どもが三人いようが、そんなことは武郎に限って問題ではない。知的で、温厚で、女性にやさしくかつ美丈夫である。世の女性たちが放っておくはずがない。そのへんのことは、生田長江がはっきりと書いている。

「有島氏が一寸位《ちよつとくらい》魅力がある異性にぶつかったからとて、たやすくその虜《とりこ》となるような人物でなかったことは明白である。なぜといって妻帯者であると独身者であるとを問わず、大抵の人々ならば、直《す》ぐに間違いをおこしたいとねがったりしそうな、それほど魅力を持った美しい異性達が、氏の周囲に群れていたというのは、余程もう以前からのことなのだから」

妻に死なれた武郎にまず近づいたのは神近市子である。さらに与謝野晶子がいる。望月百合子《もちづきゆりこ》がいる。世間に名が知れただけで、これだけの女性が噂《うわさ》にのぼっている。これらの女性と肉体関係があったかどうかは、武郎が、「波多野秋子と会うまでは純潔を守った」と言っているから、それを信ずるしかない。

晶子は、武郎が死んだときに、「悲しみて」と題して二十首を詠《よ》んだ。

君亡《な》くて悲しと云《い》ふをすこし超え苦しといはば人怪しまむ
末つ方隔てを立ててもの言ひき男女《おとこおんな》のはばかりにより

信濃路《しなのじ》の明星の湯に君待てば山風荒れて日の暮れし秋
死なんとも云はで別れし人ゆゑに思ひ上りも無くなりにけり
いにしへの礼記に挙げしまじらひにありあらずとも云はんことかは

晶子は鉄幹という夫がいながらも、ここまですれすれの謎《なぞ》かけをしている。また、松下八重はつぎのように書いている。

「多くの人が尊敬し、お慕いしていたあの先生を波多野さんお一人が永久に私達から奪ってしまったかと思いますと、死んだ方《かた》にすまないんですけれど、ついお恨《うら》みしたくなります」と。

これほど女性に人気があった武郎は、どこにも不幸の影は見あたらない。

武郎は、安子に死なれても、世俗的生活は絶好調であった。妻の死後すぐに書いた評論『惜《お》しみなく愛は奪ふ』は「己れを愛する欲求」を赤裸々に告白した内容で、世の高評を得た。小説『カインの末裔』も評判がよかった。高評を得た背後には武郎への同情があったかもしれない。すべての条件が揃いすぎると、人は不幸と破滅を希求するものなのだろうか。武郎のストイシズムには、あらゆるものを得てしまった人間特有の虚無感が漂いはじめる。

小説『カインの末裔』に大福もちが出てくる。その大福は、『一房の葡萄』のように祝福されたものではなく、忌《い》むべき対象である。酔って農場の家へ帰った農夫仁右衛門《にんえもん》は、眠っている妻を横抱きに抱きすくめて、「可愛《めんこ》い獣物《けだもの》ぞい汝《われ》は」と言いながら、買ってきた大福をぐちゃぐちゃに押しつぶし、息がつまるほど妻の口にあてがうのである。ここには大福への嫌悪《けんお》がある。食べる行為が醜悪で獣的に悲惨である。この夫婦は、同じ農場で働きながら、食事は別々である。妻は淋しく独りで夕飯を食べている。そこには、生前の安子と武郎の生活の投影があった。

武郎は酒を嫌った。大正十二年、自ら編集する雑誌「泉」に小説『酒狂』を書いた。それは酔った知人に自宅を訪問される嫌悪にあふれている。

「酒ぼてりのする油ぎつた皮膚と、それに疎《まば》らに生え延びた粗剛な頰髭《ほおひげ》とが、長く人膚《ひとはだ》に触れなかつた私の感覚におぞましい不快さを伝へた、菜食に慣れた鼻先きに血生臭い獣肉をつきつけられたやうな」と。

この酔客は、「私」にからみ、酒を飲ませろと凄《すご》み、最後は湯漬けを食わせろと言う。憐《あわ》れみと嫌悪の情に襲われつつも、「私」は湯漬けを食わせ、部屋に泊めてやるのだが、男は翌朝姿を消している。この男の酔いかた、からみかたがめんめんと描写される様は、こうでも書かなければ武郎の気がおさまらなかったためだろう。

武郎のところへは、無政府主義者が金をたかりにきた。そのことは、最後の「泉」に『独断者の会話』として書かれている。無政府主義者が、武郎を「同志」だと言って、なんだかんだと金をせびりにくることに、武郎は耐えられなかった。武郎は書く。「今日のアナーキストのとるべき道はたった二つしかない。一つはテロリズムである。一つは最小極限度のパンに依《よ》って、大多数の人類とともに苦しみながら、その中から仕事をなし遂げてゆくことである」と。しかし武郎の理想主義が現実のアナーキスト運動に通用するわけもない。武郎は、人間の純真さを謳《うた》うために、少年時代の記憶である『一房の葡萄』を書かざるを得なかった。そこには、金をせびる悪《あ》しきアナーキストではなく、大理石の手をした西洋女性教師がいるのである。

『一房の葡萄』を書いた武郎はすでに四十二歳となり、キリスト教を棄教し、アナーキズムを支援しつつも懐疑しかけているときである。武郎は虚無の孤独の扉を開け、愛と死の享楽《きょうらく》へ入りこもうとしていた。

波多野秋子は「婦人公論」の記者で、三十歳をすぎていた。秋子は十歳上の夫春房がいるが、通俗的な夫を嫌って、武郎に近づいていった。武郎は最初は恐ろしくなって逃げるが、秋子のあまりの積極性に押されて肉体関係を結んでしまった。そのことは、生田長江が「それほどの人とも思えない波多野夫人くらいにぶつかって、有島氏ほどの人があんなに脆《もろ》くも落城してしまったのは、運命だなと長嘆息するしかない」と述懐している。

妻秋子の不倫を知った夫は、武郎を脅迫して、金を出せと言った。その間の事情は、なかに入った足助素一《あすけそいち》が詳しく書いている。

夫波多野春房は「秋子は十一年間妻として扶養したし、その前にも三四年間引取って教育したのだからただでは渡せない。自分は借金があり、外遊したいから、賠償金を一万円出せ」と言った。すると、武郎は「自分が命がけで愛している女を、金に換算する屈辱を忍び得ない」と拒否した。「それなら警視庁へ行こう」と波多野春房は言った。この時代は姦通罪《かんつうざい》があった。武郎は「同行しましょう」と答えた。武郎は、春房の執拗《しつよう》な脅迫に疲れて、すべてを清算する決意を固めたが、春房は、「監獄に入ってみろ。なんにも知らない三人の子供はどうなる。老母はどうなる」とさらに脅迫した。

波多野春房には、娘のような秋子を幼少のころから教育して、一人前の女にしたという自負がある。春房は秋子を愛しているが、秋子は春房にはあきて、ロマンチックな野望を夢想する危険な女へ成長していた。武郎だけでなく、芥川龍之介にも近づいた。秋子は幼少のころの家庭の不幸から、暗い影を持ち、芸術的な死を憧憬《しょうけい》する女になっている。武郎はかっこうの標的であった。

春房が言うように、姦通罪で告訴されれば武郎のそれまでの業績はすべて葬《ほうむ》られる。世間は武郎を姦夫として罵倒《ばとう》する。それでも武郎は、「愛する女を金では買えない」と言いはった。秋子は、金を払うことをすすめる。そうなれば、それなりに秋子の思い通りだ。

しかし、武郎は金を払わなかった。このことは、足助素一の分析によると、「武郎の純粋精神の結果」ということになるが、そのじつ武郎のなかに、死へにじり寄る意志があった。そのヒロイックな情死願望は秋子の芸術死志向と重なって、二人は、あっけなく情死してしまう。それは復讎《ふくしゅう》の鬼と化した春房への答でもあった。

虚無と無力感のはてに、武郎は、純粋精神としての『一房の葡萄』の再現を捜し求めていた。そこへ秋子が飛びこんできた。金をせびる春房もうってつけの悪役だった。軽井沢別荘浄月庵の部屋にあるただ一本の梁《はり》に首をつって武郎は死んだ。死の一カ月後に発見された遺体は腐乱していた。その様子もまた、もうひとつの『一房の葡萄』なのである。

与謝野晶子——一汁一菜地獄

よさの・あきこ（1878〜1942）大阪府生まれ。明星派の代表的歌人。処女作『みだれ髪』で女性の官能を大胆にうたい世間に強烈なインパクトを与えた。歌集に『小扇』『恋衣』などがある。

与謝野晶子ほど、年齢によって人相が変った女性は珍しい。写真技術の差もあるのだろうが、あるときは天からの舞姫のように美しく輝いているが、別の写真では幽鬼のように目が落ち窪《くぼ》んでいる。大正八年の記念写真では、晶子は夫と八人の子に囲まれて写っているが、丸髷《まるまげ》を結って中央に坐《すわ》っている晶子は、ひたすら生活に疲れた下宿屋のオバさん風情《ふぜい》である。ここには『みだれ髪』をかかげてデビューした歌人の華やかな余韻はない。この年、晶子は四十一歳である。すでに十二人の子を産んでいる。

最初の子を産んだのが二十三歳で、十七年のあいだに合計十二人の子を産んだ。躰《からだ》が休まるときがない。つねに妊娠状態である。二十八歳のときは双生児が生まれ、一女が死産、三十九歳のときの子は二日後に死去している。

「やは肌のあつき血汐《ちしお》にふれも見でさびしからずや道を説く君」と詠《よ》んだ歌人は、出産に疲れはてた。このころの晶子は第十六歌集『火の鳥』を出してはいるが、歌人としてよりも社会評論家として活躍しており、平塚雷鳥《らいてう》女史とともに女性運動家論客として名が通っていた。

歌集『火の鳥』には「女より智慧《ちえ》ありといふ男達この戦ひを歇《や》めぬ賢こさ」という戦闘的な歌が出てくる。そのいっぽうで「後の世を無しとする身もこの世にてまたあり得ざる幻を描く」という歌も出てきて、四十一歳の諦観《ていかん》と身もだえがあり、私はこのころの晶子の歌が好きだ。目は落ち窪んでも「やは肌のあつき血汐」は、余熱を保って脈うっており、晶子の躰のなかでは、まだ妖《あや》しい魔物が身をよじりながらうごめいている。『みだれ髪』には桃色、夜の帳《ちょう》、恋二万年、接吻《せっぷん》、乳《ちち》、逢魔《おうま》、油、奥の室《ま》、といった艶《つや》っぽくこってりとした味がしみわたり、その毒々しいほどの色情が「猥行《わいこう》醜態」「乱倫の言」との批判をうけた。こういう短歌を作る女性だから食欲のほうも旺盛《おうせい》であった。

晶子の実家は、現在の堺《さかい》市甲斐町《かいのちょう》の菓子商駿河屋《するがや》である。明治十六年版の『豪商案内記』に駿河屋の繁盛《はんじょう》ぶりを示す版画が描かれている。駿河屋は羊羹《ようかん》で知られ、宮内省御《くないしょうご》用達《ようたし》を賜わるほどの老舗《しにせ》である。代々食道楽の家柄で、大阪より魚が新鮮でうまい堺港に移りすんだ。夜の食卓にはおいしいものばかり十品は並んだという。

晶子は後妻の子で、先妻の子は使いにくいため「わたしは菓子屋の店で竹の皮で羊羹を包みながら育った」（『清少納言《せいしようなごん》の事ども』）という。そのころ、「夜なべの終るのを待って夜中の十二時に消える電灯の中で両親に隠れながらわずかに一時間か三十分の明りを頼りに清少納言や紫式部の筆の跡を偸《ぬす》み読み」して、古典の学識を身につけた。

本好きの娘で、かつ、おいしいものを食べて当然という環境で育った。そういう多感な文学少女が読売新聞に載った鉄幹の短歌に衝撃をうけた。それは「春あさき道灌山《どうかんやま》の一つ茶屋に餅《もち》くふ書生袴《はかま》つけたり」という歌であった。晶子は「与謝野の歌は従来《これまで》の歌に比べると非常に無造作に作られたやうなものでした。之《これ》なら自分にも作られないことは無からうと思はれるやうなものでした」（『晶子歌話』）と回想している。このとき晶子は十九歳である。晶子は「餅食ふ書生」に目をむける新鮮な歌風に感動したのである。あるいは「餅食ふ書生」は鉄幹自身かもしれず、鉄幹の歌には、それまでの旧派の沈んだ暗さがなく、晶子は「これだ」ととびついたのである。

晶子は鉄幹が主宰する「明星」に投稿するようになり、三年後に二十二歳で鉄幹と結婚した。それまでの晶子の姓は鳳《ほう》である。

結婚したものの鉄幹は坊主《ぼうず》の息子であり、それも貧乏寺の出だった。食事は一汁一菜である。新婚の晶子が汁とお菜と魚の煮つけを食卓に出すと、鉄幹は「こんな贅沢《ぜいたく》は許さない」と言い、晶子はあっけにとられた。また尾頭つきの煮魚を出すと、「魚は三枚に下ろして片身ずつ食べるものだ」と怒られて、晶子はあきれて実家へ帰りたくなったという。

鉄幹は貧乏でかつケチである。雑誌「明星」の経費は前夫人滝野の実家より金を出してもらっていた。鉄幹は若き詩人にありがちな自信過多で誇大妄想ぎみの人物だ。晶子と鉄幹をとりあった山川登美子《とみこ》もまた資産家の娘である。

鉄幹の父は僧侶《そうりよ》でありながら、ラムネ製造などの仕事に手を出して失敗し、流浪《るろう》のあげく、鉄幹は口べらしとして他の寺の養子となり辛酸をなめている。家を出て教師となり、最初は教え子浅田信子《さだこ》と恋仲になった。信子は素封家の娘である。最初の妻林滝野も素封家の娘である。貧窮生活で育った鉄幹は、素封家の娘に手を出すくせがあり、しかも美男で才気があるから「千人の恋人をもって当然」という自負があった。

鉄幹は女扱いに関してはプロである。そこへロマンティックな文学少女晶子がスポンとはまってしまった。実際に生活を始めてみれば、見た目とは裏腹にケチで食事も貧しい。

世間には「鉄幹を妻子と別れさせ、強引に結婚したエキセントリックで奔放な女」と晶子を批判した人もいたけれども、なに、図太いのは鉄幹のほうである。その乱倫の最中に『みだれ髪』が出たから、この歌集はスキャンダル効果を背景に売れた。スキャンダラスな評判を背負い投げして、きらめく恍惚《こうこつ》世界を展開させることが文芸の力である。晶子はその力業をやった。

幼年時代の晶子は、乳母や女中とともに、大阪の町へ行ったり、松茸《まつたけ》狩りをしたり、住吉《すみよし》大社の夏祭を楽しんだ。寺へ養子に出された鉄幹は、そういう享楽《きょうらく》とは無縁で育った。晶子は、結婚当初、そういった生活のギャップに悩んだはずである。晶子ほどの才覚がある女性ならば、ケチな夫には見切りをつけて、さっさと離縁してしまいそうだが、なかなかそうはいかない。結婚した翌年、長男光が誕生した。自宅には石川啄木が訪ねてきて居候《いそうろう》する。晶子は、またたくまに「明星」歌壇の寵児《ちようじ》になっていく。ただでさえ貧乏なのに、啄木を寄宿させるのは晶子の度量である。二十三歳で晶子の筆力は、すでに師である鉄幹を超えている。与謝野家の家計は人気歌人晶子の手にゆだねられた。鉄幹は「金の卵を産む妻」を手に入れたのだ。

与謝野光の回想『晶子と寛の思い出』にはつぎのようなエピソードがある。

深尾須磨子《すまこ》が「与謝野晶子論」という講演をして晶子をほめたたえるが、そのなかで、「極貧のなかで育って……」というくだりがあった。講演を聞いた晶子の妹さと子は怒って「晶子は極貧の中で育ったんじゃない」「与謝野の家《うち》は極貧だったけれど」と楽屋まで出かけていって抗議したという。文学的イメージをたかめるために部分を誇張すると、現実を知っている家族は一言言いたくなる。文壇といってもたいした収入があるわけではないが、晶子はお三時《やつ》にはお汁粉や和菓子を作って子どもに与えた。そのへんはさすが菓子屋の娘である。

お彼岸にはおはぎを作った。小豆を水に漬けておいて茹《ゆ》で、摺《す》り鉢で摺り、カスをすてて木綿の袋で漉《こ》してアンコを作る。光は、お重につめたおはぎを馬場孤蝶《こちょう》のところへ届けさせられた思い出を語っている。

月見団子も作った。ご飯を蒸してつぶして芋とまぜて、里芋の形をまねてとんがり帽子の団子を作って黄粉《きなこ》をまぶして、すすきを活《い》けて月を見る。

こういうときの晶子は、たおやかでやさしい母の顔をのぞかせる。長男光を産んだ二年後に次男秀を産み、さらに三年後に双生児の八峰、七瀬を産む。二十代で四人の子を産んだ晶子は三十歳、三十一歳、三十二歳とたてつづけに子を産む。休むひまがない。三十四歳で八人目を産み、いくら当時の人々が大家族制とはいえ、このあたりがうちどめと思われるのだが、三十六歳、三十七歳、三十九歳、四十歳とつづけて四人を産むのである。

晶子は専業主婦ではない。生涯に詠んだ歌は五万首である。一家の収入を支え、女性論を書いて論争し、童話を書き、源氏を訳し、三十三歳のときはシベリア鉄道経由でパリへ旅行する。なみの体力では躰がもたない。

与謝野家の一汁一菜で、よくぞここまで躰がもった。二百人余りいる門人の世話があり、来客の応対があり、短冊《たんざく》の用意や新聞雑誌の歌欄の選に追われる晶子は、ほとんど日常的に子を身ごもっていた。夜は十二時前に寝ることはなかったため朝食は子どもたちだけでとった。

堺の実家にいたときは、「コメは俵に入れて蔵に積んであるもの」と思っていた晶子は、実家から送られた嫁入り道具を質に入れて家族のコメを買う日々であった。

晶子は酒を飲む。『みだれ髪』のなかに酒を詠んだ歌が出てくる。「紫の濃き虹《にじ》説きしさかづきに映《うつ》る春の子眉毛《まゆげ》かぼそき」。さかずきのなかに繊細な眉毛が映っているという酒席の歌である。「まゐる酒に灯《ひ》あかき宵を歌たまへ女《おんな》はらから牡丹《ぼたん》に名なき」「許したまへあらずばこその今のわが身うすむらさきの酒うつくしき」。酒がいっぱい出てくる。しかし鉄幹は酒を飲まない。

光の回想によると、晶子は疲れたとき、寝しなにコップ一杯の冷酒を飲んだ。そういうときの晶子はじつに嬉《うれ》しそうだったという。煙草《たばこ》は鉄幹も晶子も吸う。晶子は朝日、鉄幹は敷島だった。光が晶子に「煙草をやめたらどうか」と言うと「やめて二、三年命が延びるのだったらやめない」と答えた。

夕食は一汁一菜で、豆や芋の煮物が出た。子ども用にほうれん草のゆでたものや、ニンジンといった質素なもので、肉よりも魚を好んだ。せめて煙草くらい吸わないとやっていられない晶子の気分もわかる。晶子は食道楽の家庭で育ったため、料理の作りかたには通じている。やればいろいろと作ることができる。与謝野家の一汁一菜主義にあわせて作らないだけである。経済的な不如意《ふにょい》もある。質素な食生活に耐えていられるのは、ひとつは多くの子の存在である。そしてもうひとつは鉄幹である。

晶子は鉄幹に惚《ほ》れぬいている。

鉄幹と結婚するためには山川登美子との確執があった。登美子は、鉄幹との恋をあきらめ郷里福井小浜《おばま》へ戻って結婚したが、二年後、夫と死別し上京してきている。

鉄幹は「古歌《ふるうた》のきよき調べをつぐごとくむかしの恋にまたあへるかな」と歌っている。「むかしの恋にまたあへるかな」と歌われたのでは晶子は立つ瀬がない。多情な鉄幹は昔の恋人であった登美子を思い出している。やけぼっくいに火がついた。「常世物《とこよもの》はたちばなを嗅《か》ぐごとし暫《しば》し絶えたる恋かへり来ぬ」とも歌っている。しばらく絶えていた恋が、たちばなの花の香りのように来る、と歌われたのでは、晶子は動揺する。

二人の子を産んで、激しい恋のあとの倦怠期《けんたいき》に入っている鉄幹は、臆面《おくめん》もなく登美子への恋歌を発表する。この、はなたちばなの歌は、男の心情が正直に出ている。男が浮気をするのは妻の妊娠中と相場が決っている。夫と死別した登美子の上京は、恋愛の達人鉄幹から見れば願ってもないチャンスである。鉄幹は恋愛至上主義者で、夫婦関係に関しては極めて自由な見解を持っていた。だから前妻の林滝野と別れて晶子と一緒になった。晶子はたちまち危機に直面した。

山川登美子に対しては晶子は、同性愛的な友情を持っている。晶子が二十一歳のとき、鉄幹は晶子と登美子を連れ、三人で京都の永観堂へ行き、泊っている。このとき、鉄幹には妻がいたため、晶子・登美子はともに弟子であった。真情あふれる三角関係である。晶子は上京した登美子と、合著で第四歌集『恋衣』を刊行するが、そのいっぽうで双生児を産み、鉄幹との夫婦仲を見せつけずにはいられない。『恋衣』に載った晶子の歌をひとつ。「海恋し潮の遠鳴りかぞへては少女《おとめ》となりし父母《ちちはは》の家」。このころ晶子は、堺の実家へ思いをはせている。

晶子の作品で有名なものに「あゝをとうとよ、君を泣く、／君死にたまふことなかれ……」の長詩がある。この詩には「旅順口包囲軍の中に在る弟を歎《なげ》きて」と副題があり、これは大町桂月《けいげつ》によって「危険思想」として激しい非難が加えられた。晶子は抗議して「少女と申す者誰も戦争《いくさ》ぎらひに候」と言った。りんとした口調で気性が激しい。晶子は男眉で、口をへの字に曲げて、顎《あご》が張って男まさりである。どの写真を見てもカッと見開いた黒々とした瞳《ひとみ》で撮影者を見つめている。男まさりだが肉体には女の鮮血がとうとうと流れている。強靭《きょうじん》な意志が、母親と女の二役をこなさせた。日本最強の母、最強の女でありながらも、晶子がくりかえし嫉妬《しっと》して苦しめられたのは前妻の林滝野の存在であった。晶子の歌「やすみなく火の心もて恋ふるなるわれにいつしか君飽きぬらむ」は、多情の夫に嫉妬する晶子の心情が出ている。晶子が飽くことなく子を産んでいくのは、鉄幹の心離れの不安がそうさせたのではないかと思えるほどだ。一汁一菜の食生活であっても、腹はいつも胎児でふくらんでいる。「恋を食って生きる」と言えば妄想的になり過ぎるが、晶子は、鉄幹という男に修羅の妄想を食わせられ、それをエネルギーとして生きた。鉄幹の存在なくして晶子はなかった。とすると晶子の食事は鉄幹その人であったか。

晶子は鉄幹とよく旅をしている。温泉好きで、いまでも古い温泉地へ行くと鉄幹、晶子の歌碑によく会う。信州星野温泉、箱根、伊豆温泉、上諏訪《かみすわ》温泉、十和田湖、函館《はこだて》、金沢、別府、日光、浅間と、著名な温泉はくまなく行っている。鉄幹と結婚以後、ほぼ毎年旅をしている。これは各地でひらかれる歌会に招かれるためで、行けば収入があった。旅は晶子にとっていまでいう営業であって、その収入で家計の一部を支えた。とはいうものの温泉地へ行けば旅館で御馳走《ごちそう》がふるまわれる。それは、多くの子をかかえて一汁一菜で暮らす晶子にとっては、目がさめるほどの栄養源であったろう。旅行をしているときの晶子の目は、いずれも生き生きと輝いている。

晶子の子や嫁たちの回想記を読むと、晶子は鰻《うなぎ》の白焼きが好きだったことがわかる。はもの湯引きも好んだ。魚屋にはもの湯引きを注文してとりよせると、骨切りをしていないため捨ててしまったこともある。

晩年のことだが、長男光の妻迪子夫人が小鯛《こだい》を買ってきて煮つけて出すと「私が育った堺は明石鯛《あかし》というのが食べられ、目の下何寸といって買った。東京でいう小鯛は鯛ではない。鯛というものは少なくとも目の下四、五寸はあるものです」と言った。他の好物は、ごまどうふ、ゆり根、そら豆、蒸しずし、すっぽん料理だった。あゆの干物《ひもの》をもらうと「あゆの甘露煮を作ってくれ」と注文し、できあがった甘露煮を食べ「まあまあです」と批評した。（『好物あれこれ』）

「たらの白身を昆布でゆっくり炊《た》いたものが食べたい」とも言い出す。そら豆を「味のついたように、味のないように、味つけをしてみて下さい」というのは、短歌の指導のようでなかなか難しい。関西風の薄味という意味だが、そうなら最初から薄味と説明したほうがわかりやすい。

「くわいのすりおろしをからっと油で揚げて笹《ささ》がきごぼうと甘辛く煮つけて下さい」と言われても、嫁は困ってしまう。「おろしがねのこまかい目のほうでおろしたくわいに、ちょっと塩味をつけて、少し片栗粉《かたくりこ》をまぜ、この揚げ物を笹がきごぼうと一緒に甘辛にとろ火で煮つけるの。それだけです」と晶子は言ったという。晶子は日本中津々浦々を旅行してそれぞれの土地の名物料理を食べつくしていた。

晶子の叔父に五郎鯛という魚問屋があり、晶子は三歳ぐらいのとき、そこに預けられたことがあり、魚にはうるさかった。嫁に入った与謝野家は一汁一菜の家であったが、子が大きくなり遠慮をしなくなると、本来のおいしい料理好きが顔を出す。

晶子の生涯の食生活は、いとおしいほど純である。貧乏生活をしながら多くの子どもたちに食べさせるのは、さぞかし工夫が必要であったろう。

子どもを寝かしつけるとき、晶子は枕《まくら》もとで毎晩お伽噺《とぎばなし》をしてきかせた。貧しい家庭で玩具《おもちゃ》ひとつ買えない生活だから、せめてお話のなかだけで贅沢をした。ひとつは美しい貝のなかへ入っていく話で、もうひとつはお菓子の家の話であった。晶子のお伽噺は、子どもの望みで、話の筋はどのようにも変えてくれたという。子どもたちは、お菓子の家の話が好きで、その話を何度も何度もきかせてくれとせがんだ。

このおだやかでつつましやかな生活のなかからは、驕慢《きょうまん》といわれ爆弾と恐れられた晶子の歌風は想像しがたい。晶子は鉄幹の前では、弱くしおらしい女であった。死ぬまで鉄幹を師とあおいでいた。貞淑な妻であった。見かたによっては、晶子ほどの激情の女を、まるで魔法使いのように虜《とりこ》にした鉄幹という人物は、天性のプレイボーイということもできる。鉄幹のような男に嫁いだことが、晶子にとって生涯の幸せであった。

鉄幹は恋人を作っては、そのたびに晶子にざんげをした。ざんげをされるほうはたまらない。晶子は歌う。「ゆるしたまへ二人を恋ふと君泣くや聖母にあらぬおのれの前に」(『舞姫』)。この歌を作ったとき、晶子は二十七歳で、山川登美子が上京していた。この二年後に登美子は死に、鉄幹は「君なきか若狭《わかさ》の登美子しら玉のあたら君さへ砕けはつるか」と悲痛な歌を詠む。歌人としての鉄幹は、このときが絶頂で、以後は衰える。そのときの晶子の歌は「なき友を妬《ねた》ましといふ一事よりやましき人となりにけるかな」である。ここまでくれば夫婦の仲は決裂する。前妻滝野との離婚も鉄幹の歌がひきがねとなった。しかし、ここからの晶子がしぶといのである。もう一首「背とわれと死にたる人と三人《みたり》して甕《もたい》の中に封じつること」があり、これが晶子の決意であった。

晶子歌集の二千首選出を依頼された佐藤春夫は、晶子の「わざはひかたふときことか知らねどもわれは心を野晒《のざら》しにする」をとりあげて、「晶子は真情の流露を詩人の使命としたのでしょう」と書いている。心を野晒しにすることをよしとするところが、詩人の俗人へのわかれめなのである。晶子は「恋を食べて生きた」かに見えるが、それは鉄幹を媒体としての虚空《こくう》無限の恋の概念であり、割り切って言えば晶子は鉄幹の浮気で食事も喉《のど》を通らない日々を体験したのである。田辺聖子は「晶子の瞳は男女の地獄を見た目だ」と言っている。裏をかえせば、鉄幹は「地獄を食わせた男」ということになる。

晶子は生涯「心を野晒しにした」歌人で純粋無垢《むく》であったが、六十三歳で死ぬまでデビュー作『みだれ髪』の呪縛《じゆばく》から逃れられなかった。「永遠の少女」でいようとする晶子は、老いて子育てに疲れてなお、老婆《ろうば》の乱れ髪で世間を射すくめる。

長男光の妻迪子夫人の回想に、ほうれんそうのごまあえの話が出てくる。晶子は、迪子夫人が作ったほうれんそうのごまあえを箸《はし》ではさんで、「おー、気持の悪いこと、まるで青がえるのはらわたのようですね。切り方が長すぎるのです」と言った。

永井荷風——最期《さいご》に吐いた飯つぶ

ながい・かふう（1879〜1959）東京生まれ。アメリカ、フランス滞在を経て『あめりか物語』で好評を得る。その後、反自然主義作家として人気を博す。1952年文化勲章。代表作に『腕くらべ』『濹東綺譚』がある。

荷風が昭和十二年、「中央公論」に発表した『西瓜《すいか》』という随筆の冒頭に、

持てあます西瓜ひとつやひとり者

という句が載っている。

この句は昭和八年の日記にも出てくるが、荷風の友人が大きな西瓜を送ってくれたことへの感想で、荷風は、送られた西瓜に迷惑している。一人暮らしの身へ「家族団欒《だんらん》の

象徴」とも思える西瓜を送られるつらさがある。

「わたくしは子供のころ、西瓜や真桑瓜《まくわうり》のたぐひを食《くら》ふことを堅く禁じられてゐたので、大方そのせいでもあるか、成人の後に至つても瓜の匂《におい》を好まないため、漬物にしても白瓜はたべるが、胡瓜《きゆうり》は口にしない」

と荷風は記している。それにつづいて、

「然《しか》しわたくしが西瓜や真桑瓜を食ふことを禁じられてゐたのは、恐るべき伝染病のためばかりではない。わたくしの家では瓜類の中《うち》で、かの二種を下賤《げせん》な食物として之《これ》を禁じてゐたのである。魚類では鯖《さば》、青刀魚《さんま》、鰯《いわし》の如《ごと》き青ざかな、菓子のたぐひでは殊《こと》に心太《ところてん》を嫌つて子供には食べさせなかつた」

というのが荷風の家のしきたりであった。

荷風の父永井久一郎は、内務省衛生局に勤めていた高級官僚で、のち日本郵船の上海《シャンハイ》支店長として赴任しており、家の気分はハイカラだった。十七歳の荷風は父について上海で生活したため、若くして海外生活を体験している。その十七歳のとき荷風は吉原に遊んでいるから、このときよりすでに放蕩《ほうとう》の芽が出はじめている。

荷風の舌は若くして奢《おご》っていた。

贅沢《ぜいたく》ゆえに、食べ物の味に関して書くことを一段低く見ている。そのためか、荷風全集をすべて読みきっても、料理や味についての著述が極めて少ない。

パリへ行ったのは明治四十年、荷風二十七歳のときだが、そのときのことは『遊楽の仏京巴里《パリ》』のなかに記されている。

「今余がフランス滞在中に見聞したる所のものを、少しく御紹介して見やう。／其《その》一例を料理屋に就《つい》て見るに、其の営業時間を守る点に於《おい》て、尚《なお》官省の如き者があるかと思へば、又夜を徹して意とせざるものもある。前者の料理は日本のそれに比して、非常に価《あたい》が安いが、昼は十一時から午後二時位迄《まで》とし、晩は五時、遅くも八時位を限とし、夫《そ》れより以後になると、客もぱつたり行《ゆ》かなければ、又料理もこしらへて無いのである。後者の料理屋になると贅沢なもので、従つて料理の価も高く、お客は主として芝居帰りの人々で、夜中から始めて、飲むやら歌ふやら踊るやら、夜《よ》の明けるまで狂気になつて騒ぐのである」

このパリの経験から、荷風は、

「然し日本の西洋料理といふものは、全く安いのに実用ばかりで、是《これ》ほど趣味のないものはない。／自分は東京の西洋料理屋は、東京の日本の料理屋よりも、沢山歩いて知つてゐるけれども、皆駄目である」（明治四十五年『「味」は調和』）

としている。

「ま、築地《つきじ》の精養軒あたりでも、そんなに悪いんぢやないけれども、行つて見ると、構へは大変立派だが、出て来るボオイが気が利《き》かないし、その又ボオイの洋服なんかも穢《きたな》

くて矢張《やっぱ》り厭《いや》である」（同）
パリで贅沢三昧《ざんまい》を体験した荷風から見れば当時の文人が好んで通った築地精養軒もこの程度となる。（荷風は漱石より十二歳下である）

荷風の日常生活は、日記『断腸亭日乗』に克明に記されている。大正六年（三十七歳）から昭和三十四年（七十九歳）の死の直前に至る約四十二年間の日記である。この膨大な日記のなかで、「食」に関する興味ある記載はつぎの三点である。

①昭和十五年八月（銀座食堂での感想）
②昭和二十年八月（谷崎潤一郎との会食）
③昭和三十二年（浅草アリゾナの昼食）

①の昭和十五年、荷風は銀座へ出て銀座食堂で食事をした。
「南京《ナンキン》米にじやが芋をまぜたる飯を出す。此《この》日街頭にはぜいたくは敵だと書きし立札を出し、愛国婦人連辻々《つじつじ》に立ちて通行人に触書《ふれがき》をわたす噂《うわさ》ありたれば、其有様を見んと用事を兼ねて家を出《い》でしなり。尾張町《おわりちょう》四辻また三越店内にては何事もなし。丸の内三菱銀行に立寄りてかへる。今日の東京に果して奢侈《しゃし》贅沢《ぜいたく》と称するに足るべきものありや。笑ふべきなり」

欄外に朱筆があり、
「贅沢ハ敵也《なり》ト云《い》フ語ハ魯西亜《ロシア》共産党政府創立ノ際用タル街頭宣伝語ノ直訳也ト云」

この記載のあとに、八百善《やおぜん》、伊予紋《いよもん》、築地茶料理喜多、竹川町花月、代地河岸《だいちがし》深川亭、山谷《さんや》鰻屋《うなぎや》重箱、日本橋小松といった高級料理店の記載がある。もともと贅沢を知らない女たちが「ぜいたくは敵だ」と言う風潮を笑うのである。

②の昭和二十年八月、空襲で麻布《あざぶ》の家を焼け出された荷風は岡山に滞在する谷崎潤一郎(荷風より七歳下)を訪れて御馳走《ごちそう》を食べた。

「宿屋の朝飯、鶏卵、玉葱《たまねぎ》味噌汁《みそしる》、はや小魚つけ焼、茄子《なす》香の物なり、これも今の世にては八百膳《(ママ)》の料理を食するが如き心地なり」

と八月十五日の日記にあるが、その前日は牛肉のすき焼きと日本酒だった。帰りの弁当は白米のむすびに昆布佃煮《つくだに》と牛肉が添えてあった。空襲で人々が焼け出され、食糧不足でコメが手に入らない時代に、谷崎は銀行から預金全部を引出して、荷風を饗応《きょうおう》したのである。そのとき、谷崎は『細雪《ささめゆき》』を執筆中であった。その谷崎が、全預金を引出して荷風にふるまった(谷崎『疎開《そかい》日記』)のは、常識を超えており、荷風の贅沢に対する畏敬《いけい》があった。谷崎から見て、荷風の舌は「おそろしい」存在だった。それ以前に荷風が書いた「食べたくない料理をたべさせられた挙句、之《の》に対して謝意を陳べて退出するに至つては、苦痛の上の苦痛である」という一文を谷崎は読んでいたのかもしれない。

③昭和三十二年ころから、荷風は、浅草の洋食屋アリゾナにいりびたる。七十二歳にして文化勲章を受けた荷風は七十八歳で、日記には、連日アリゾナの名が登場する。この年荷風

章しても、荷風の浅草ストリップ劇場巡りはやまなかった。日記からは荷風特有の風俗評や罹災《りさい》記事は消え、ただ、浅草アリゾナ、浅草アリゾナという店名がメモされるばかりである。

『断腸亭日乗』によると、荷風は、味に関してはふれないものの、料理屋、レストラン、カフェへはまめに出かけたことがわかる。それも、ひとつの店が気にいると、その店へばかり通う。それがある期間をおいて、パタリと行かなくなる。女を捨てるように、ぷっつりと縁を切る。気ままで思いこみが激しく、かつ薄情だ。

大正六年からよく通った店は、銀座風月堂、芝公園瓢簞池《ひょうたんいけ》の茶亭、鰻屋小松、上野精養軒、有楽町東洋軒、築地精養軒、山形ホテル、永坂更科《さらしな》、日吉町カフェ・プランタン、麻布鰻屋大和田、あたりだが、大正十四年十月の項で、銀座風月堂がまずくなったと書いている。

「風月堂震災後料理人変りたるにや、料理従前の如く美味ならず。この日牛肉のパテイ一皿を食するに塩辛きのみにて滋味に乏し。野菜の料理殊に劣れり」

うまいときは、その美味にはふれず、まずくなると、ばっさりと切り捨て、そのまずさを記録するのである。

大正十五年になると銀座太訝《タイガ》に行くようになる。太訝は酒も食事も出すカフェであったが、しばらく通ううち女給お久と肉体関係を持つ。お久によくない情夫がいたこともあって、荷風は手切れ金を払って縁を切った。荷風が行く店はすべて女がらみだ。身請けした芸妓《げいぎ》を連れて行くか、あるいはその店の女と関係ができる。太訝のお久を連れて汁粉屋梅月へ行く。神楽坂《かぐらざか》田原屋、帝国ホテル食堂、銀座洋食屋藻波《モナミ》、銀座カフェ黒猫、神楽坂中河亭、銀座花月、牛門の遅々亭、銀座食堂、なども出てくるが、なんといっても太訝通いが目立つ。

昭和七年ころからは銀座オリンピク洋食店、新橋のカフェ銀座パレス、銀座ラインゴルド、浅草鳥屋金田、銀座キュペル、銀座千疋屋《せんびきや》、馬武児《マーブル》、銀座松喜食堂、銀座竹葉亭、不二屋。これも女がらみだ。芸妓や店の女との逢引《あいびき》である。銀座太訝へはあいかわらず通っていたが昭和十年、太訝は閉店し、森永菓子店があとを買いとる。

昭和十三年には、その森永の新しい店へ女たちを連れて行く。じつにまめである。不二屋へもよく行く。浅草カフェ・ジャポン、浅草ハトヤ喫茶店、牡蠣《かき》料理まるや、弁天山小料理丸留、銀座コロンバン、吉原角町寿美礼《すみれ》、玉の井おでん屋香取屋《かとりや》、といった店が出てくるが、昭和十五年になり、食糧不足の世情となってようやく店の名にかわって、コメ、バター、パン、アスパラガス、といった具体的な食品名が記されるようになった。戦争で、店が閉店されていった。日本橋鰹節《かつおぶし》屋の前に行列ができ、寿司《すし》屋に魚はなく、野菜が不足する。こんなとき荷風は、飢えをしのんでアポリネール詩集を読む。空襲で麻布の家を焼かれる昭和二十年の罹災記事のあたりが『断腸亭日乗』で一番面白く、圧巻である。

戦争が終って世情がやや安定すると、荷風の足はもっぱら浅草へむかい、浅草天竹、浅草飯田屋、浅草つるや、浅草ボンソワル、浅草フジキチン、浅草汁粉屋梅月、といった店へロック座の踊り子たちを連れて行く日々がつづく。晩年は浅草アリゾナが多くなり、「正午浅草、夜大黒屋（市川の自宅近く）」となる。

荷風が通った店の中には、いまも残っている店がいくつかあり、荷風の時代といまの店の味が同じかどうかはわからぬが、晩年に通った店は高級店ではない。値は安く格別上等でもない。大黒屋は荷風の自宅近くの京成八幡《やわた》駅前にあって、二年前カツ丼《どん》を食べに行ったが、半分残した。そのころカツ丼は八百円だったから、それなりの味で、まずいと言ったら店に申しわけない気がする。まずくはないがうまくもないといったところだ。

浅草アリゾナは、店を閉めてしまったが、また再開して、ビーフシチューがうまい。昭和四十六年に小門勝二氏と行ったときは荷風が好んで食べた牛肉と野菜の煮込んだのを食べたが、そのころはさほどうまくはなかった。小門氏は日記の最後のころに小山氏の名で出てくる毎日新聞記者で、のち荷風研究家となった。私は自分が編集している雑誌で「浅草の荷風」特集をやり、小門氏が荷風と散歩した浅草をくまなく取材した。私が三十歳のころである。

荷風はキッチン・アリゾナで、ビール一本となにか一品（エビフライ、ビーフシチューのたぐい）の洋食を注文し、五百円札を一枚置いて釣り銭をとらずに店を出るのが常だった、と小門氏が説明してくれた。荷風が愛用した店だと思うとありがたく思えるが、アリゾナもまたどこにでもある普通の洋食店であった。荷風が最後にたどりついたのはこういう店だったのである。

それは荷風という人物の生涯を見ればわかることで、荷風は生まれたときから金持ちの息子だった。十七歳にして吉原で遊び、つづいて上海の享楽《きょうらく》を知り、十九歳で落語家朝寝坊むらくの弟子となって道楽の限りをつくし、二十一歳で歌舞伎《かぶき》作者見習いとなった。二十三歳で渡米して娼婦《しょうふ》イディスとの交情が深まり、「淫楽《いんらく》の中に一身の破滅を冀《ねが》ふのみ」（『西遊日誌抄』）の日々を過ごし、二十七歳でフランスのリヨンへ行き、二十八歳でパリで芝居やオペラに通い、帰国するや一躍人気作家として脚光を浴び、三十歳で慶應《けいおう》義塾大学の教授となる。

漱石がロンドン留学でノイローゼになり、鷗外が沈痛の思いでドイツより帰国したのにくらべると荷風は、やり放題の放蕩をしつくして帰国した。男ならだれでもやってみたいわがまま放題で、その淫行のすべてが小説に結実して評価をうける。神ならば、こんな男には天罰を加えたいと考えるだろう。それを自ら熟知している荷風の作品は不良の哀感を情緒と孤独にまぶして調理した和風味で、洋食の味でたくみに中和している。

自ら天罰を願って、破滅を志向する確信犯である。悪い男が悪さを調理する芸はこういうことであり、つまりは作家の面目がここにある。

荷風は四十二年間にわたる日記のなかで、通った店と、肉体関係を持った女は固有名詞入りで克明に記しているものの、女との性戯と料理店の味に関しては一切書いていない。料理店に関してはわずかに、「評判が落ちた」だの「まづくなつた」との風評を記すだけである。

荷風は、大正六年の「文明」に『洋食料理』(のち『洋食論』と改題)という表題で石南居士《こじ》の署名で書いている。その概要はつぎのようなものだ。

●洋食は銀座通り、神田小川町あたりがよく、フランス料理の故事来歴は浅学の自分は知るところではないが、神戸、横浜あたりのホテルから始める。銀座竹川町のコットという店が評判がよかったがいまはなくなった。築地明石町《あかしちょう》のオテルサントラルの食堂は代替りしてから評判が落ち、日比谷《ひびや》帝国ホテルはよろしかるべきはずなのにまずく、毎日同じ献立に閉口していると客が言っている。

●木挽町《こびきちょう》精養軒は松本楼にも比すべき店だったが屋体が広いだけで料理はへたで、どこの国の料理を模しているかわからない。ことに給仕人の無作法には驚くばかりだ。

●芝口の有楽軒はまずいビーフステーキ、マトンチョップを出し女給が美形なのでもっていたが近来景気がおちた。料理はむやみと塩辛い。なにごとも栄枯盛衰は世の習いで、東京の牛肉と言えば以呂波《いろは》に限るといわれたが、いつのまにか常磐《ときわ》のほうが評判となり、近ごろは松喜という店が流行している。一時評判がよかった宝亭と三橋亭は、いまは東洋軒、中央亭にとって代わられた。

●京橋三橋亭は閉店して上野と日本橋に同じ名の店があるが、料理は言うに足りない。麹町《こうじまち》富士見軒は老舗《しにせ》でレンガ造りの門は見ばえがいいものの料理はひどかったが、近くに軍人の居宅があるため繁栄して味はややよくなった。

●料理屋ばかり攻撃するのは片手落ちで、客のほうも知識がなく、洋服の着かたを知らずに洋服を好み、杖《つえ》の持ちかたを知らずに杖を持ちたがるのと同じで、味を知らない客が料理をむさぼり食う風潮である。

●洋食店の給仕は女が多いが、料理の名も知らず、五、六人ずつ一団となって椅子《いす》に腰かけて雑談にふけり、客の注文を聞かない。テーブルに白布をかけて花を飾るのはいいが、白布の上に汁がこぼれてシミだらけで、ナイフとフォークは真黒に錆《さ》びている。ボーイは勘定のつり銭を早く持ってこず、日本の洋食屋は形だけあって内容がない。

ざっとこんな内容で、第三者の評判という形で、店をけなす。

大正五年は荷風は三十六歳で慶應大学教授をやめた年である。慶應教授となった荷風は授業はきちんとやるものの、私生活では芸妓を身請けしては捨てる放蕩三昧で、他の教授から批判された。女と別れるときは弁護士を通じて手切れ金を支払うのが荷風の流儀で「女とできるときに別れるときの金を考えている」と荷風は語っている。
この洋食論は、フランス仕込みの荷風の本音で、だからこそ石南居士という別名を使った。荷風にとって料理は女がらみであり、女なくして料理を楽しむことはできない。

荷風の料理観は「調和」にあって、「家《うち》の趣味が渋くさへ出来て居たら、其処《そこ》に芸妓《げいしゃ》でも居れば大概の料理は相当に旨《うま》く食ふ事が出来る。（中略）八百善だとか、常盤だとか、そんな処《ところ》へ行かなくても、普通に人の行く家《うち》――小さい座敷さへあれば可《い》い。（中略）ハイカラでない芸妓つまり旧式の芸妓を呼んで、昔の芝居の話でもして居れば、そんなに凝つた物でなくても、充分満足する事が出来る。（中略）日本の料理といふものを考へて見ると、日本の食事全体が『遊び』か『飾』見たやうになつて居て、其処に猶且《やはり》、芸妓、酒、それから又料理、かう三つ揃《そろ》つて、始めて完全するやうに思はれる。／それと同時に又日本の料理は、空腹を満たすとか、滋養分を取るとかいふ事には、非常に不適当に思はれるんです」（『「味」は調和』）
となるのである。この論は、だから、ふだんちょっと昼食を食べるときは、洋食のほうがいいという結論にむかっていく。
女と料理のかかわりについては、大久保にお房という女と暮らしていたときのことを荷風は回想している。

「市ケ谷饅頭谷《まんじゆうだに》の貧しい町を通ると、三月の節句に近いころで、幾軒となく立ちつゞく古道具屋の店先には、雛《ひな》人形が並べてあつたのを、お房が見てわたくしの袂《たもと》を引いた。ほしければ買つてやらうといふと、お房はもう娘ではあるまいし、ほしくはないと言つたので、そのま丶歩み過ぎ、表通の八百屋で明日たべるものを買ひ、二人で交る〴〵坊《ぼう》主持《ずもち》をして家にかへつたことがある。何故《なにゆえ》とも分らず、此晩の事が別れた後まで永くわたくしの心に残つてゐた」(『西瓜』)

これが荷風が好む料理なのである。味は料理じたいの味ではなく、その味が置かれた状況なのである。荷風は自分が薄情な男であることを知っている。薄情であるがゆえに、薄情が料理にしみこむ、ほどよい孤独を食べようとし、またそれを小説に書いた。

荷風にあっては、生まれたときが絶頂で、それからたった一人の死に至るまでのひたすら下降していく時間を楽しんでいるふしがあるが、しかしそれは荷風が「見せよう」とした芸であり、本当のところは、荷風は、一瞬一瞬がつねに絶頂であった。

フランスから帰国して一躍人気作家となり、多額の印税が入り、女を連れて高級料理屋をまわっているその濃く妖艶《ようえん》な時間のなかで、荷風は、すでに晩年の孤独な死を見定めていた。だれにも見とられずに、安いカツ丼の飯つぶを吐いて死ぬ自分が、荷風にとって一世一代の作品であったはずだ。やりたいことを、だれにも文句を言わせずにやりぬいてきた荷風である。市川のボロ屋でのたった一人でのぶざまな死は、荷風が遠大な計画のもとにすすめてきた至福の完結であった。

市川の自宅の写真を見ると、畳の上にじかに七輪や鍋《なべ》や食べかすを置いて荷風が写っている。かつて『洋食論』のなかで、レストランの白布にシミがついていることをせせら笑った荷風は、すすけて、シミがついた畳の上で晩年を送った。畳の上には牛肉大和煮やMJBのコーヒー缶、宝ミリン、ウエルチのオレンジジュースが雑然と転がっている。この部屋のなかで七輪を渋うちわではたき、米を炊《た》き、鍋を煮る。淫楽の限りをつくしてたどりついた最後の一室がこの部屋であった。部屋に散らばっている缶詰や嗜好《しこう》品《ひん》は、当時は手に入らない高級品である。「一代の蕩児《とうじ》」は破れ畳の上にきちんと膝《ひざ》を折って、ネクタイ姿で坐《すわ》っている。遊興で身をもちくずした旦那《だんな》がさとりきった心境にいるように見える。

荷風がひいきにしていた浅草の踊り子が、市川の荷風宅を訪ねたところ、荷風は、門前払いを食わせてなかへ入れず、踊り子は泣きながら帰った、という。荷風が一世一代をかけてたどりついた畳部屋へは、どれほどの女でも入れたくはなかったのだ。

昭和三十四年四月三十日、吐血して死んでいる荷風を通いの手伝い婦が発見した。荷風七十九歳。多額の預金が残されており、それは、荷風の世間との手切れ金だったように私には思える。

吐いた血にまじって、飯つぶが散っていた。最後に食べた大黒屋のカツ丼の飯つぶである。荷風は、吐いた血まみれの飯つぶのなかに、最後の作品を見ていたのではないだろうか。

斎藤茂吉――もの食う歌人

さいとう・もきち（1882～1953）山形県生まれ。東大医学部卒。青山脳病院院長のかたわらアララギ派の代表歌人として活躍。『赤光』『あらたま』『ともしび』『白き山』などの歌集がある。

茂吉は鰻《うなぎ》好きで、鰻の蒲焼《かばやき》を目の前にするとコレコレコレと言って目を細く細くした。その様子は斎藤茂太《しげた》『回想の父茂吉・母輝子《てるこ》』に詳しく書かれている。斎藤茂太と茂太夫人の縁談がまとまったとき、両家の顔合せが築地《つきじ》の竹葉亭であり結婚前の茂太夫人が緊張のあまり食べ残した鰻を、茂吉は「それを私にちょうだい」と言って食べてしまった。茂吉は、鰻を食べると「数分で樹々《きぎ》の緑が鮮かに見える」というほどの鰻信奉者だった。

また、ある日、茂吉が疎開《そかい》した山形県大石田で会食に鯉《こい》の料理が出た。茂吉は隣の膳《ぜん》の鯉をしげしげと眺めてから、その鯉と自分の鯉を替えて下さいと言った。隣の鯉のほうが大きく見えたためで、隣の人は承知して鯉をよこした。一度とりかえてみると、さきほどまで自分の席の前にあった鯉のほうが大きく見え出し、茂吉は、またもとの鯉をもどしてもらった。

「アララギ」選歌の席では、夕食に鰻の蒲焼を出前で注文した。弟子の夫人が気をつかって一番大きい鰻を茂吉の前に置くのだが、茂吉はするどい目で鰻の大小を鑑定して「君、そっちのほうが大きいから替えてくれ」と言い、鰻はあちらこちら移動して、結局、最初に並べられたとおりに戻った、という。

私が弟子ならば、茂吉にだけ特上の大盛り鰻を注文するが、そうなるとなったで茂吉はへそを曲げるだろう。自分だけ大盛り特上を注文するのは茂吉の性分にあわない。

斎藤茂太は、茂吉のそういった性格を「ひと言で言えばマジメ人間である」とし、「典型的な執着性、粘着性を中心にして展開するが、その性格の中に、臆病《おくびょう》、社会的体面へのこだわり（養子の立場も無縁ではない）、冒険を好まぬなどの要素も存在する」と分析している。

茂吉は青山脳病院院長であり、精神科医として日本を代表する権威であった。社会的体面は当然ながら必要である。日本の歌人は、『万葉集』の時代から社会的敗者の伝統があり、敗者でない人は、みな不幸になりたがるという傾向がある。そんな文学風土のなかで茂吉が最後まで崩れなかったことは、むしろ奇蹟《きせき》といっていい。

初顔合せの席で、息子茂太の許嫁《いいなずけ》の鰻を食べてしまった茂吉は、その後、茂太の嫁がかいがいしく働くのに感激し、

このゆふべ嫁がかひがひしくわがために肉の数片を煮こみくれたり

と歌っている。料理をほめて、相手をたたえる。また、「強羅《ごうら》漫吟《まんぎん》」には、

東京の弟がくれし稚鯉《おさなごい》こよひ煮たればうまらに食《く》はむ

とある。鯉が好物だった。

茂吉が、食べ物に対して人一倍敏感だったことがわかるが、自分では、「食物について、自分は取りたてて云《い》ふほどのことはない」と書いている。それは「食通、即《すなわ》ち食物の通人が書いた書物などを見ると、実に微《び》に入り細に亘《わた》り、非常に愉快を感ずるけれども、自分はさういふ場合に逢著《いあわ》すればそれで感謝するし、逢著せなくてもそれで我慢の出来ぬといふことはない」。

「酒は、素質からいへば決して嫌ひではないから、大学を出て助手になりたてあたりは

可なり飲んだが、殆《ほと》ど『機会飲』といふ奴《やつ》で、晩酌なども先《ま》づしたことがない」（『茂吉小話』）

茂吉は病院の官費患者とおなじ米を食べていた。粗食でもいっこう気にとめない。山形県金瓶《かなかめ》村（現在の上山《かみのやま》市）に生まれた茂吉は、茄子《なす》や茗荷《みようが》や山菜といった素朴な山間の料理を好んだ。山形の実家で、東京からトマトの種を取り寄せて、まいて育てたものの、「これは見掛《みか》け倒しだ。紅毛人のものは口にあわない」と言って、せっかく実ったトマトをみな捨ててしまった。第一歌集『赤光《しやつこう》』に、

赤茄子《あかなす》の腐れてゐたるところより幾程《いくほど》もなき歩みなりけり

がある。赤茄子とはトマトのことである。『赤光』が出たとき、茂吉は三十一歳で、歌集には鮮烈な赤い光が飛び散っている。子規の影響がまだ強いというものの、田園を赤光で染めあげる視線は茂吉独特の才能である。読み返してみると、食に関するものが多いことに気がついた。

紅蕈《べにたけ》の雨にぬれゆくあはれさを人に知らえず見つつ来にけり
ほのかなる茗荷《みようが》の花を目守《まも》る時わが思ふ子ははるかなるかも

いちめんに唐辛子《とうがらし》あかき畑《はた》みちに立てる童《わらべ》のまなこ小さし
くろぐろと円《つぶ》らに熟《う》るる豆柹《まめがき》に小鳥はゆきぬつゆじもはふり

紅蕈、茗荷、唐辛子、豆柿は、田園のなかで異光を放つ妖《あや》しい生命力を秘めている。
さらに四首がある。

ひとり居て朝の飯食《いいは》む我が命《いのち》は短かからむと思《も》ひて飯《いい》はむ
上野なる動物園にかささぎは肉食ひゐたりくれなゐの肉を
けだものは食《たべ》もの恋ひて啼《な》き居たり何《なに》といふやさしさぞこれは
あま霧《ぎら》し雪ふる見れば飯《いい》をくふ囚人のこころわれに湧《わ》きたり

茂吉はひたすら食にこだわっている。けだものが食べものを欲しがって啼くのを「なんというやさしさだ」という目で見ている。あるいは、ひとりで朝食を食べる自分を、早死にするだろうと嘆いてみせる。と同時に、動物や人が、なにかを食べなければ生きていけないことへのやるせない諦観《ていかん》がある。
茂吉は第一歌集から「もの食う歌人」であった。『赤光』には「死にたまふ母」を追悼して、つぎの歌がある。

山ゆゑに笹竹《ささたけ》の子を食ひにけりははそはの母よははそはの母よ

茂吉は三十九歳でヨーロッパに留学したが「自分は一度も自分の宿で日本飯を炊《た》いて食べたことはなかつた」と述懐している。最初に着いたさきはベルリンで、友人にケンペンスキーという高級料理店へ連れていかれて家鴨《あひる》の焼いたのを食べ、「非常に旨《うま》いとおもつた」と書いている。健啖家《けんたんか》である。

つぎにウィーンに行って、ウィーン大学神経学研究所で勉強した。そのときは、宿の近くの場末の安食堂で、労働者にまじって固い肉や塩湯のようなスープばかり食べて過ごした。上等の料理は食べなかった。そのうち、古本屋で神経精神学の本を見つけると、その本代のために食費を倹約して、夜は留学生仲間とつきあわなくなり、「斎藤は神経衰弱だ」と言われた。

健啖家ではあるが、食わなければ食わないですむ。留学生は、ときどき日本飯を炊いて食べるもので、茂吉も二、三度友人から日本食を呼ばれたが、自分では炊かなかった。山国育ちで、トマトを嫌ったわりには、外国では、その国の食事に素早く順応する。「要するに自分の食事は、都合次第、行きあたりばつたりだ」と茂吉は言う。そのころ、ナポリで詠《よ》んだ歌に、

黒貝《くろがい》のむきみの上にしたたれる檸檬《れもん》の汁は古詩《こし》にか似たる

がある。これはじつにうまそうだ。

ウィーンで一年半ほど過ごしてから、ドイツのミュンヘンへ行った。「ミュンヘン漫《まん》吟《ぎん》」は最初に、

大馬《おおうま》の耳を赤布《あかぬの》にて包みなどして麦酒《ビイル》の樽《たる》を高々はこぶ

が出てくる。無精な茂吉もウィーンに行ってからは「たびたび日本飯を炊いた」とある。歌集『遍歴』に、

イタリアの米を炊《かし》ぎてひとり食ふこのたそがれの塩のいろはや

はるかなる国に居《お》りつつ飯《いい》たきて嚙《か》みあてし砂《すな》さびしくぞおもふ

とあるのは、そのころの歌である。

ゼノアでは、

港町《みなとまち》ひくきところを通り来て赤黄《あかき》の茸《きのこ》と章魚《たこ》を食ひたり

とある。食ってばかりいる。茂吉の歌は、子規、左千夫派ゆずりの写生力が強く、浪漫《ロマン》派のような思いこみによる幻視がないため、歌集を旅行記として読むことができる。大正十三年十月五日に、茂吉はイタリア、ゼノアの港町でキノコとタコを食べたのである。それが簡潔にわかる。

三年間にわたる留学を終えて帰国すると、家族が住む青山脳病院が全焼していた。

やけのこれる家に家族があひよりて納豆餅《なつとうもちい》くひにけり

かへりこし家にあかつきのちやぶ台に火〓《ほのお》の香《か》する沢庵《たくあん》を食《は》む

もの呆《ふ》けしごとくになりし吾《われ》と妻と食卓に少しの蕎麦《そば》をくひたり

そのときの心境を詠んだ歌である。茂吉は蕎麦好きで、留学前の歌に、

いささかの為事《しごと》を終へてこころよし夕餉《ゆうげ》の蕎麦《そば》をあつらへにけり

がある。

茂吉の歌に出てくる食べ物は、どれもこれも生きている。それは、茂吉が「食べ物は、そのときあるものでいい」と言いながらも、そのくせ、大の食いしん坊であったことの証明である。料理は、茂吉の歌によりそって、茂吉の心情をそのまま映し出す。茂吉の膨大な歌のなかから、料理に関するものだけをとり出して料理歌集を作れば、さぞかし上等で、贅沢《ぜいたく》なおいしい本ができるだろう。

それは、茂吉の歌づくりが「生きている意味を自分に言いきかせる」作業の結実だからだ。啄木のようにひねくれず、牧水のように飲みすぎず、子規のように威張らず、晶子のように溺《おぼ》れず、ひたすら生への骨太の愛惜にみちている。

茂吉が歌う料理には、悲哀と孤独につつまれたものもあり、たとえば帰国後の歌がそれにあたる。

料理にはうまいものもあれば、まずいものもある。食通本は、味覚の細部にたちいって味の好悪《こうお》を断じるが、そういった料理本に決定的に欠落するのは、食べる側の精神的状況であり、状況なくして料理はない。それを、もののみごとに描き出してみせるのが、茂吉の食べ物の歌なのである。

鰻に関してはかなりこだわっている。

「自分がはじめて上京した明治二十九年頃も、蕎麦のもりかけ一銭六厘《りん》時代に鰻どんぶりは五十銭もした。それだから客人も半分食べて半分残すといふのは常識とされてゐた。下町の都雅な客人が皆さうしたところを見ると、やはり常識といっていいやうである。その残りを少年であつた自分などは御馳走《ごちそう》になつた」(『茂吉小話』)

その後、鰻が養殖されて安くなると、京橋日本橋の高級鰻店はもとより、渋谷道玄坂や浅草の安い店へも、よく通った。こういう茂吉であるから、こと鰻となると、少年のように目の色が変るのも無理はない。茂吉が鰻を詠んだ歌は、例えば昭和二十五年刊『ともしび』に載っている。

ゆふぐれし机のまへにひとり居りて鰻を食ふは楽《たぬ》しかりけり

留学中は、さぞかし鰻が恋しかったであろう。鰻を前にすると、茂吉は、ひたすら鰻賛歌になってしまう。

昭和四年になると、日常吟として、

はかなごとわれは思へり今までに食ひたきものは大方《おおかた》くひぬ

という歌が出てくる。この年、茂吉は四十七歳である。火事で焼失した青山脳病院を復興して院長に就任し、詩誌「アララギ」の代表歌人となり、社会的評価は確固たるものになっている。その茂吉は、「食いたいものは食いつくした」と述懐する。これもまた正直な吐露である。食いたいものを食いつくしてしまった過去へのやるせない自己観照がある。食への力が衰えてくる。それをうち消すように、一月某日として、

あたたかき飯《いい》くふことをたのしみて今しばらくは生きざらめやも

の歌がある。

茂吉は闘っている。

あたたかい飯を食うという、ただそれだけの楽しみに生きる力を見出《みいだ》す意志をとり戻そうとしている。このころの茂吉の歌には、初期歌集『赤光』『あらたま』時代の鮮烈な光はない。まっかな唐辛子畑のなかに立ちつくす少年の目が消えかけている。

この歌のあとに「一月廿九日、仰臥《ぎようが》、耳に心臓の鼓動をきく」と前書きして、

こぞの年あたりよりわが性欲は淡《あわ》くなりつつ無くなるらしも

がある。

正直な人である。

このあと、茂吉の生涯における一大痛恨事がひかえている。妻てる子の不行跡を新聞が報じ、茂吉は不慮の「精神的負傷」をうけ、以後、事実上の夫婦ではなくなる。茂吉が五十一歳のときであった。

茂吉の妻てる子は、親戚《しんせき》である斎藤紀一の次女で、茂吉は婿《むこ》養子として斎藤家に入籍した。家つきの娘であるうえに、自由気ままな性格だ。てる子は、たまに物を煮たり、炒《いた》めたりはするが、茂吉は、ほとんどてる子の料理を食べてはいない。

晩年の斎藤てる子は、ひとりで世界各地をどこへでも旅をする超元気老人として世間の人を驚かしたが、茂吉存命中のふるまいは、並のわがままさではない。その様子は、斎藤茂太が回想記のなかで詳述している。それによると、「てる子の煮た大根やにんじんを食べるとガリガリという音がした」という。カルシウムが不足しているとして、卵のカラを粉砕機でひいて粉にして食べさせた。茶ガラにも栄養があるとして乾かしてふりかけにした。野菜が半生なのは、新聞の記事で、野菜を煮すぎると栄養分が失われるということを読んだからである。そのうち、斎藤家のなかに消化不良症が蔓延《まんえん》し、便のなかに卵のカラや茶の茎の一部が原形のまま発見された。斎藤茂太はその症状を「母原性悪性消化不良症」と名づけている。

山形から歌人結城《ゆうき》哀草果が、手土産にわらびをさげてやってきた。家には妻のてる子しかいなかったが、茂吉はよろこんで、わらびを料理するようにてる子にたのんだ。茂吉は、大のわらび好きで、わらびの味噌汁《みそしる》、にらの玉子とじがあれば機嫌がいい。てる子が料理したわらびを一口食べた茂吉はあまりのまずさに怒り出し「俺たちにウラミでもあるのか」と怒鳴った。

てる子の交遊関係における不行跡が新聞に報じられて、茂吉は沈痛極まりない窮地に立たされた。折しも、第十歌集『白桃《しろもも》』の作歌にかかっているときであった。茂吉に、青山脳病院院長という仕事がなければ、ここで、キレてしまうところである。茂吉は癇《かん》癪《しやく》持ちである。冷静沈着で粘り強く見えるが、いったん怒り出すと、きわめて攻撃的になる性向は、太田水穂との病雁《やむかり》論争（茂吉の歌と芭蕉《ばしよう》の句との関連をめぐる論争）で立証ずみだ。その茂吉が耐えた。

茂吉をかろうじて支えたのは、歌である。全生命力を歌にかけることで、茂吉は、崩れる寸前の自分を支えた。『白桃』に、つぎのような歌がある。

夕食を楽しみて食ふ音きこゆわが沿ひてゆく壁のなかにて

芭蕉の幻住庵址を訪れたときの旅中吟であるが、気分は孤独の極にいる。しかし、茂吉の表現力が光るのは、「白桃」と題した、

ただひとつ惜しみて置きし白桃《しろもも》のゆたけきを吾《われ》は食ひをはりけり

である。ここには「食ひたきものは大方くひぬ」と詠じた無力感の果てに、人間の根源的孤独を見つめる諦観がある。しかしその絶望が死や破綻《はたん》にむかうのではなく、孤絶のなかに、白桃の豊潤な甘さがうっすらと浮いている。この果てしない悲しみが、男の本来的な孤独なのである。五十歳を過ぎた男でなければ、こんな歌は詠めない。

この歌に関して、茂吉は、岡山医科大の友人が名産の桃を送ってくれ「惜しみつつ其《それ》を食つてゐると、身も融《と》けるやうな感じ」になったとして「食と色との欲は人間にとつて最も強い衝動であるなら、一方が強ければ一方は弱く、一方が不満なら一方が満といふ具合になるのではなからうか」（『色と食と』）と自己分析している。このとき、茂吉は柿本人麻呂《かきのもとのひとまろ》に傾倒し、悲痛の事件から自分を救済しようとしていた。食を満たすことによって「精神的負傷」を克服しようとし、食を満たした果ての空漠に、やりどころのない恋情を吐露してみせるのである。

「白桃」を詠んだ茂吉は、若き日に神田の貸本屋から借りて読んだ子規の『竹の里歌』が頭をよぎったはずである。子規の「柿の実の渋きぞうまき」といった調子の歌にふれたことが、茂吉の歌の出発点であった。子規が柿の「渋きぞうまき」を歌ったことに対し、茂吉は、「食い終った桃の空漠」を置いてみせた。この「白桃」一首で、茂吉は、自らの歌の始まりに帰ったのである。

子規は食魔であった。そのことを思い出した茂吉は、同じく随筆『色と食と』のなかで「子規は病のために色欲の道は絶たれてしまつたから、食欲の方に移つたのだらうと、(中略)何しろ晩年の子規は人麿《ひとまろ》の恋情などは毫《ごう》も羨《うらやま》しくおもはなかつたとおもふ。それほど彼は食ふことばかり考へてゐたやうである」と書いている。茂吉は、子規と同じく食い物のことを詠んでいるのだが、茂吉には食欲のなかに、形を変えた色欲が潜んでいることを自覚している。『白桃』以後、茂吉の歌は、「今歌わずんば」の気魄《きはく》が恐ろしいまでにみなぎり、絶頂期をむかえるのである。

当然ながら、茂吉の歌は、食べ物ばかりが対象ではない。しかし、『白桃』以後に出版された七つの歌集には、食への希求が見え隠れしてつきまとう。

茂吉は食い意地がはっていたが、外来診察日には、ニンニク、タマネギ、タクアン、ダイコンオロシは食べなかった。そのことを、斎藤茂太は「口臭を気にしたからだ。嗅《きゆう》覚《かく》に敏感で、よけい神経質になったのだろう」と説明している。歌人としてぎりぎりの断崖《だんがい》に立っても、医者としての茂吉は敢然として自立して、乱れるところはなかった。そういった強さが、妻てる子と反発しあったのかもしれない。

『白桃』につづく十一歌集『暁紅《ぎようこう》』に、

朝《あさ》な朝《あさ》な味噌汁のこと怒《いか》るのも遠世《とおよ》ながらの罪のつながり

がある。

十二歌集『寒雲《かんうん》』には、

餅《もち》のうへにふける青黴《あおかび》の聚落《しゅうらく》を庖丁《ほうちょう》をもて吾《われ》けづりけり

がある。

それが、最後の歌集『つきかげ』では、

われつひに六十九歳の翁《おきな》にて機嫌よき日は納豆など食む

という心境に達する。

冬粥《ふゆがゆ》を煮てゐたりけりくれなゐの鮭《さけ》のはららご添へて食はむと

には、『赤光』時代を思わせる「くれなゐの鮭のはららご」が鮮烈ににじんでいる。

大栗《おおぐり》の実をひでて食まむとこのゆふべ老いたるわが身起きいでにける

死の二年半前でこの食欲である。大栗の実なんて、じつに雄大で、きっと歯も丈夫だったのだろう。老いた自己をちらりと見せて、納豆を出してこちらを安心させても、そのいっぽうで生を歌いあげようとする意欲はいささかも衰えてはいない。

胸をうつのは、これらの歌につづく一首である。

わが色欲《しきよく》いまだ微《かす》かに残るころ渋谷の駅にさしかかりけり

うーん、そうなのか、と私はうなった。

種田山頭火——弁当行乞《ぎょうこつ》

山頭火は大飯食いの行乞僧であった。とにかく食う。モリモリ食う。ガンガン飲む。酒を飲み、水を飲み「水飲んで尿《しと》して去る」とうそぶいて五十七年の生涯を閉じた。山頭火には「さすらいの俳人」としての評価が定着している。妻子を捨て家も捨て、一笠一杖《いちりゅういちじょう》を手にして、破れた僧衣をまとい、十四年を漂泊行乞の境涯ですごした。そこから清廉《せいれん》な漂泊詩人のイメージが生まれた。しかし、だまされてはいけない。山頭火はいささかも悟らず、脱俗しきった形跡はない。したたかであり、欲の人である。だからこそ珠玉の句が生まれた。山頭火で有名な句は、

たねだ・さんとうか（1882〜1940）山口県生まれ。荻原井泉水の門下。出家し托鉢をしながら友人の家を転々、自由律俳句をものした。死後、永六輔氏らの努力で巷間知られるようになった。

うしろすがたのしぐれてゆくか
鉄鉢《てつぱつ》の中へも霰《あられ》
分け入つても分け入つても青い山
てふてふうらうら天へ昇るか

あたりが知られている。アメリカで一番親しまれている俳人は芭蕉《ばしよう》ではなく山頭火であり、

まつすぐな道でさみしい

が一番人気である。アメリカの俳人は「This straight road, full of loneliness.」と訳されたこの句を暗唱している。それで、私もアメリカ人に英訳を教えてもらって暗唱してしまった。アメリカ人は「フル・オブ・ロンリネス」のフレーズが好きで、やたらとこれを使いたがる。エンパイアステートビルだろうがハンバーガーだろうが大統領官邸だろうが、「フル・オブ・ロンリネス」と形容すれば句になってしまう。

山頭火は「淋《さび》しい俳人」として、アメリカにまで浸透してしまった。山頭火の句には、

人間の根源的な孤独が透徹しており、一見なんの変哲もない風物情景のなかに淋しさを感じさせてしまう。そこに、山頭火の力業があった。これは、脱俗しない鉄の胃袋のなせる業である。

山頭火には食べ物の句が多い。日記でも、食事のことばかり書いている。あとは、酒と鰯《いわし》である。死ぬ前年の旅日記に「私は五合食べる」とある。「自分で自分の胃袋のでかいのに呆《あき》れている」と書いている。日記は、食事のことばかり出てくる「弁当日記」で、昭和十四年（五十七歳）十一月の『遍路日記』を見ると、つぎのようにある。

十一月二日「野良《のら》働きの人々がお弁当を食べている、私も食べる」。同三日「ふかしいもを買って食べ食べ歩いた、飯ばかりの飯も食べた」。同四日「宿のおばさんがお祭の御馳走《ごちそう》のお裾分《すそわけ》だといって、お鮨《すし》を一皿おせったいして下さった、おいしかった、私も今夜は二杯傾けた」。同五日「おべんとうはとても景色のよいところでいただいた」。この日の句は「食べて寝て月がさしいる岩穴」。同六日「椎名隧道《しいなずいどう》で飯行李《めしごうり》を開く」。同七日「夕食・莢豆《さやまめ》と芋の煮付、南瓜《かぼちゃ》の煮付、大根浅漬。朝食・味噌汁《みそしる》二杯、大根浅漬、御飯もお茶もたっぷり〳〵」。同八日「よく食べよく寝た、終夜水声。同行さんから餅《もち》やら蜜柑《みかん》やらお茶やら頂戴《ちょうだい》した」。

こういう食事の記載がえんえんとつづく。食事に関して書かれない日はない。行乞して、米やお金を貰《もら》い、その金で宿に泊るのである。お布施《ふせ》がないときは野宿した。

その日貰った「功徳《くどく》」を、「功徳は二十八銭、米九合余」と明細を記録し、宿の食事もひとつひとつていねいに書いている。「弁当のおもいのが嬉《うれ》しかった」「高知城の下でお弁当をひらく」「何しろ腹が空っては読経《どきよう》が出来ない！」「昼食は街のおでんやで、夕食は高橋さんの家で」。

行乞行脚《あんぎや》する山頭火が考えているのは、その日いくらのお布施を貰い、なにを食べ、弁当をどこで食べるか、ということである。一日中食べることばかり考えている。貰った銭に関しても細かく、主婦の家計簿のように収支を残している。無銭行脚だから、恵んでもらった金はすぐに底をつく。また貰う。少額であるものの、少額なりに金銭にこだわる性分である。多めの喜捨が手に入れば酒を飲む。

酔うてこほろぎと寝てゐたよ

の酒の句がある。行乞のあいまでも俳人の友人宅へ寄れば酒を飲むことができた。山頭火は酒のことをガソリンと言っていた。コップ酒で一気に飲みほすのが山頭火流だ。山頭火は、酒の飲み方を、
「一合ほろり、二合ほろほろ、五合とろとろ、一升どろどろ」
と言っていた。飲みはじめるときりがなかった。山頭火の俳句の師であった荻原井泉《おぎわらせいせん》

水《すい》は、「彼は酒によって自分を忘れようとするよりも、酒によって一層はっきりと自分を摑《つか》もうとしている」と好意的に言うけれども、泥酔《でいすい》した山頭火は、知人に嫌われるほうが多かった。山口県湯田にいたころの山頭火を、俳句仲間のひとりは、「深夜の泥酔、梯子酒《はしござけ》、無心、かかる面のみを見ていると愚人山頭火のだらしのなさがたまらなく不快になる」と書いている。酒をおごってもらいたくて友にたかり、あげくのはて泥酔して正体をなくす日々であった。

山頭火が出家して禅門に入ったのは四十二歳である。大正十三年、泥酔して熊本市公会堂の前を進行中の電車の前に立ちはだかった。電車は停止して大騒ぎとなり、近くの寺に連行されて寺男となった。出家したのは酒が原因であった。一鉢一笠の旅に出るのは四十三歳である。山頭火の放浪は、晩年の十四年間である。それ以前より酒ぐせは悪かった。

放浪の山頭火を支えたのは、井泉水が主宰する俳誌「層雲」の俳友たちであった。行乞しながら九州、四国、中国地方にいる俳友の家を訪ねた。俳句をたしなむ人は、医者や商店主が多く、金まわりがいい。破れ笠《がさ》をかぶって訪ねてくる山頭火をあたたかくもてなした。山頭火はタカリ俳人である。そのことは日記のなかで自分でも書いている。「無能無才、小心にして放縦、怠慢にして正直。あらゆる矛盾を蔵しているけれど、こうなる外なかったであろう。意志の弱さ、貧の強さ、ああこれが私の致命傷だ！」と。

だらしがないという自意識がある。

しかし、この弱音はしたたかな二枚腰であって、弱音の独白こそ山頭火の武器なのである。たかり酒で痛飲し、前後不覚になる日々は、山頭火の捨て鉢な挑戦である。友人に酒や金をたかった山頭火の口ぐせは「すまんすまん、またつぎの世で払わしてもらうよ」である。山頭火は、人にものをおごる人の心理を見抜いていた。いっさいの他人を呑《の》みこんでいる。山頭火は井泉水にこう言っている。

「自分は与えられる側ではあるけれども、与える先方の者よりも上だという意識がなければならない。さもなくば、本当の意味で『貰う』という事は出来ないものだ。自分の方が上だと信じていてこそ、初めて経の声もろうろうと出てくるのだ」と。

山頭火は、山口県佐波郡西佐波令村《にしさばりょう》（現防府市《ほうふ》）の大地主の子種田正一として誕生した。九歳のとき、母フサは自宅の釣瓶《つるべ》井戸に投身自殺した。引きあげられた死体を見た山頭火は強い衝撃をうけた。のち早稲田《わせだ》大学文学部に入学したが中退し、ツルゲーネフの小説を翻訳して発表したのが二十八歳であった。三十三歳のとき、種田家は破産して一家離散した。

母の自殺による衝撃が終生いえることのない傷となって、その後の山頭火の放浪に結びついた。と同時に山頭火が、経済的に恵まれた家の出自であることを忘れてはならない。山頭火は貧しさにあこがれたなまけ者の若旦那《わかだんな》であった。生活無能力者で、かつ健康すぎる肉体をもてあました食いしん坊である。
山頭火は、食べ物の句を数多く残している。山頭火の句は、ごはん句集、おかず句集といっていいほどである。以下、若いときの句から順にいくつかをあげてみる。

毒ありて活く生命にや河豚《ふぐ》汁（明治四十五年）
真昼しづかに飯が真白く盛らる、（大正六年）
飯の白さの梅干の赤さたふとけれ（大正七年）
噛《か》みしめる飯のうまさよ秋の風（大正十年）
ま夜なかひとり飯あた、めつ涙をこぼす（大正十一年）

ここまでが放浪以前の作である。放浪する前は、貧乏ではあるが、まだ、食べ物に対して斜に構えている。山頭火特有の悠々とした自由な気分がある。出家したてのころは、酒を断って、水のうまさをうたっている。

へうへうとして水を味《あじわ》ふ
しみじみ食べる飯ばかりの飯である
朝焼雨ふる大根まかう

あれこれ食べるものはあつて風の一日
ぬくい日の、まだ食べるものはある
いちじくの葉かげがあるおべんたうを持つてゐる
こころすなほに御飯がふいた
月夜、手土産は米だつたか

ここまでが昭和八年（五十一歳）までの句で『其中一人《ごちゆうひとり》』『行乞途上』に収められている。この句集の後記に、山頭火は、「私は酒が好きであり水もまた好きである。昨日までは酒が水よりも好きであった。今日は酒が好きな程度に於《おい》て水も好きである。明日は水が酒よりも好きになるかも知れない」と書いた。

夕立が洗つていつた茄子《なす》をもぐ
こうろぎよあすの米だけはある
手がとどくいちじくのうれざま
しようしようとふる水をくむ
酒をたべてゐる山は枯れてゐる
何もかも雑炊としてあたたかく

食べるものはあつて酔ふ物もあつて雑草の雨
草にも風が出てきた豆腐も冷えただろ
飲みたい水が音たててゐた

ここまでは昭和九年（五十二歳）までである。山頭火は、五十三歳のとき、死に場所を求めて関東、東北へむかうが頓挫《とんざ》し、いったん小郡《おごおり》の其中庵《ごちゅうあん》に戻って、睡眠薬カルモチンを大量に飲んで自殺をはかった。昏睡《こんすい》状態で庵《いおり》の縁側からころげ落ちて、雨にあたって蘇生《そせい》した。躰《からだ》が丈夫で死ねなかった。平泉では、

ここまでを来し水飲んで去る

と詠《よ》んだ。死にきれなかったときは、別れた妻を思い出して詠んだ。

わかれて遠い人を、佃煮《つくだに》を、煮る
洗へば大根いよいよ白し
影もぼそぼそ夜ふけのわたしがたべてゐる
生きてしづかな寒鮒《かんぶな》もろた

自殺未遂のあとは、食べ物の句に、カチンと固まった淋しい吐息の結晶がある。食べ物であるのに、味覚を超越した地平がある。

うどん供へて、母よ、わたくしもいただきまする

自殺した母の四十七回忌に詠んだ句である。山頭火は、この句一句を詠むために、ここまで生きてきたのではなかろうか。山頭火には食べ物の句はかなり多いが、軽視されてきた。漂泊の俳人には、ふさわしくないからである。私は、山頭火の代表句三句をあげるとしたら、まず、この句をとる。食は人間の欲そのものであり、山頭火の、食べ物の句を年代順に読んでいけば、そこに山頭火の精神の軌跡が鮮明にあぶり出される。

山頭火が、行乞のあいだ食べた弁当は、じつにうまそうだ。「弁当を食うために行乞している」感がある。山頭火は、「だれよりもうまい弁当を食べたい」という欲があった。

山頭火が死ぬ昭和十五年（五十七歳）の句には、

ほどよう御飯が炊《た》けて夕焼ける

目刺あぶればあたまもしつぽもなつかしや
干物干して蕾《つぼみ》はまだまだかたい
月夜の水に明日の外米浸《つ》けて寝る
月のひかりのすき腹ふかくしみとほるなり
日ざかりの空腹は鳴る
食べるものがなければないで涼しい水

がある。大食漢の山頭火は、日記のなかで腹がすくことの恐怖をたびたび書いている。飯を食わないことには行乞ができない。行き倒れを願いながら空腹に耐えられない。昭和十四年の其中日記には「ああ三日ぶりの御飯！　その白さ、そのあたたかさ、ああ、その味は貧乏しないと、飢えたものでないと、とうてい解《わか》るまい、涙がこぼれる味だ！」と傍点入りで書いている。そして「食べたいだけ食べた気持は、――のんびり、ゆっくり、がっかり、ぐっすり、だった！」とも書く。十一月十日には、「墓地はしづかなおべんたうをひらく」と詠み、昭和十五年二月二十七日には「貧乏でもかまわないけれど、米だけは不足なしに暮らしたい」と記した。

旅のあいだ、ところどころの町で庵を結んだ。四十九歳のときは小郡の其中庵、五十五歳で山口の風来居《ふうらいきょ》、五十七歳で松山の一草庵《いっそうあん》。庵を結べば、俳句仲間が酒や食事を持参して集まる。住みはじめた最初のころは、仲間は面倒を見るが、そのうち、山頭火のだらしのなさにあきれて、離れてしまう。それを見はからって山頭火は庵を捨てる。すると、残された者は、主《あるじ》のいなくなった庵を見て、たまらない淋しさに襲われることになる。

酒を飲みすぎたあとは虚無感に襲われ、自殺すれすれの境地になった。泥酔の無銭飲食で山口警察署に留置されたのは五十四歳のときであった。酒で事件をおこすたびに酒を断とうとした。それでも酒はやめられず「業《ごう》だな業《ごう》だな」と言って飲んだ。こういう捨て鉢で悪魔的な飲み方に、つきあう仲間たちは悩まされた。頭を丸めて坊主《ぼうず》姿になったときから、山頭火は、以前にもまして酒を飲むようになった。煩悩《ぼんのう》を断つ出家ではなく、煩悩を助長させる出家である。句がなければただのゴロツキである。日々の生活がすべて句に集約されていくわけだから、句を成立させるためにゴロツキになった。これは放浪者のすべてがそうであり、放浪者は自分勝手である。わがままである。わがままの果ての自我を見定めて、書くから、人々は眩惑《げんわく》され、畏怖《いふ》し、尊敬する。

山頭火は井泉水に「酒の味はよろしいけれども、水の味は更にいいがたいものがある」と言い、うまい水として「大山《だいせん》の水、鰐淵寺《がくえんじ》の水」をあげた。水の味に詳しい。銘水較《くら》べの座談会でもやれば山頭火は第一人者になっただろう。山頭火は、弁当は一番気にいった風景のもとで食べ、水も吟味を重ねた。旅をして喉《のど》がかわいても、すぐには水を飲まない。喉をからして、からして、からした果てにたどりついた泉の水を飲んだ。この水の飲み方は、酒好きが酒を飲む姿勢に似ている。自分の躰を、水や酒がうまい状態にもっていく。節制は、そのあとの食味を増すための用意である。美食を得るための行乞である。悟りがひらけるわけがない。行乞は、山頭火が、うまい飯を食い、うまい酒や水を飲むための技術であった。山頭火は、谷崎潤一郎の正反対に位置するもうひとつの快楽至上主義者である。

山頭火は「酒をやめようと思っているけれども、酒はどうしてもやめられない。句もやめようと思ったことがあるが、どうしてもやめられない」と言う。酒と句は同義である。

山頭火は「行乞しながら、雑念の多いときは、誦経《ずきよう》の声が濁っていて、もらいが少ない」と独白している。そういうときは犬に吠《ほ》えられたりする。ひどく番犬に吠えられたとき、その犬の目を見つめて、一心に観音経を読んだ。しばらくすると、その犬は尾を振って馴《な》れてきた。その家では、その犬が見知らぬ人に尾を振ることはかつてなかったので、米をいっぱい喜捨してくれた。

これは山頭火の自慢話である。説得力のある逸話だが、ようは「心を乱さずに読経すれば貰い物が多い」という功利的な説法である。これは、山頭火の食味、句に通じる。「何物も持たないがゆえに一切のものを有することができる」というのは禅の教義であり、山頭火はその教義を忠実に実行した。ただし、山頭火の場合は、手に入れたものは、禅世界による精神的充足ではなく、俗人のだれよりもおいしい現実の味覚であった。禅の寝業師であり、味覚の妖術師《ようじゅつし》だ。

「空腹は最大の御馳走」という諺《ことわざ》がある。これは食味に関する永遠の課題であって、腹がへっていればなんでもうまい。しかし、ただ空腹であるだけでは、不足である。どういう状況で、いつ、だれと、どのように飯を食うかという条件が必要だ。食べるほうの健康状態も微妙に影響する。観念としての味も重要である。喉がかわいても、まだまだ、と我慢する精神力も重要である。

人間は「食べなければ生きていけない」という動物としての性《さが》がある。その悲しい性もまた味である。酒も水も飯も行乞の果てが至上である。句もそうである。同じ句であっても、俳句仲間と楽しく吟行《ぎんこう》したときと、一人淋しく行乞したときでは味わいが違う。山頭火は、きわめつきの俳句中毒症患者であり、それは食に対しても同じであった。自分が置かれた場が重要なのである。

山頭火にとって、うまい飯を食べる「空腹」以外の条件は「たかり飯」である。酒も同様である。他人に恵んでもらう飯や酒のうまさを山頭火は知りぬいていた。恵む者の心理を見ぬいている。と同時に、恵まれるせつなさが、甘美な自己陶酔の味覚として、自分の喉にしみついていた。

死ぬ年の正月には「与へるもののよろこびの餅をいただく」がある。「よろこびの餅」とは、正月の「めでたい餅」という意味もあるのだろうが、与える側の心理が入っている。なんとふてぶてしい自信であることか。十月になると「貰うて食べ秋ふかく拾ふて喫ふ」がある。死を目前にして、貰い飯のうまさに一段とみがきがかかった。最後の五句のうちのひとつは、

もらうて食べるおいしい有りがたさ

である。十月二日の日記に「犬から貰う——この夜どこからともなくついて来た犬、その犬が大きい餅をくわえて居った、犬から餅の御馳走になった。／ワン公よ有難う」とあり、犬がくわえてきた餅の絵までが描かれている。十月五日の日記には「帰庵すると御飯を野良猫に食べられていた」とある。十月六日の日記には「けさは猫の食べのこしを食べた、先夜の犬のことをもあわせて雑文一篇に書こうと思う、いくらでも稿料が貰えたら、ワン公にもニャン子にも奢《おご》ってやろう、むろん私も飲むよ！」と。

山頭火が死んだのは、五日後の十月十一日早朝であった。

十月十日の夜、山頭火の一草庵では、俳句仲間「柿《かき》の会」の句会が催されていた。句会のとき、山頭火は蒲団《ふとん》をしいて休んでいたが、仲間は「いつもの悪酔いだ」と思

って隣室で句会を催していた。夜十時に散会して、夜二時に友人が訪問したところ、山頭火はすでに死んでいた。野良猫と犬の話はついに書かれることはなかったが、山頭火は十月五日の犬猫事件と題して最後の一句を残している。

秋の夜や犬から貰つたり猫に与へたり

志賀直哉——金目のガマのつけ焼き

白樺《しらかば》派の食卓はどのようなものであったか。たとえば若き日の志賀直哉と武者小路《むしやのこうじ》実《さね》篤《あつ》が食事をするとき、なにを食べていたか、は、ちょっと覗《のぞ》いてみたい、という気がする。有島武郎をしのんで、ひとふさの葡萄《ぶどう》を食べつつ、友情やら城《き》の崎《さき》温泉の話をして、人道主義の味つけをしたパンが、希望にみちたテーブルに載せられているという情景がうかぶ。まあ、白樺派にとっては料理の内容などはどうでもよく、料理を超越した幸福な時間と、理想を追求するまぶしい林間の光と風が味覚であり、その背景には良家のお坊ちゃんの品のよさが漂っている。

しが・なおや（1883～1971）宮城県生まれ。学習院、東大英文科で学ぶ。白樺派の代表的作家。その作品は日本語文体のひとつの理想とされる。『和解』『城の崎にて』『暗夜行路』など作品多数。

白樺派にとって、あえて不幸の要素を捜し出せば、情死した有島武郎をのぞいて、みな長生きをしたことである。武者小路実篤は九十歳、里見弴《とん》は九十四歳、志賀直哉は八十八歳まで生きた。長生きをしたことは、なんら批判される筋合いはないが、文学に殉教したというイメージは薄れる。いずれも天寿をまっとうし、文学理念を実生活のうえで実践、燃焼させた作家たちであり、晩年の風貌《ふうぼう》は他を圧して偉大である。それゆえに、なんとなく近づきがたい。

私は学生のころ、渋谷常盤松《ときわまつ》の自宅ちかくを散歩している志賀直哉を見た。ステッキをつき、黒い山高帽をかぶった志賀直哉は、長身でダンディで超然と空を見上げて歩いていた。白鬚《しらひげ》が日の光をあび、一点の曇りもない天の上の人に見えた。仰ぎ見る思いで見た。ボーゼンと立ち止まった私の横を、志賀直哉はスタスタと通り過ぎていった。

その前日、私は中央公論社が主催する文芸講演会で谷崎潤一郎を見たのだが、谷崎には脂《あぶら》ぎった妖気《ようき》が漂い、異界から来た手配師という気配があった。客席を品さだめするような視線があり、二十歳の私はぞくっとする色気を感じた。谷崎は、地獄を見せてくれる暗がりをしょっていたのに対し、志賀直哉には老いてなお青春の輝きがあった。二十歳の私が嫉妬《しっと》するほどきらきらとまぶしかった。『暗夜行路』の主人公時任《ときとう》謙作は、最後は「すべて自分から始まる。俺が先祖だ」という自我の地点に到達する。渋谷の青空の下を、志賀直哉もまた「俺が先祖だ」という顔をして歩いていたのだった。

そのころ志賀直哉は毎朝フォアグラとキャビアをパンに載せて食べていたのである。それに紅茶二、三杯。ひいきにしていた店は阿川弘之著『志賀直哉』によると、赤坂の鰻屋《うなぎや》重箱と板倉の野田岩、寿司《すし》は銀座の久兵衛と喜楽鮨《ずし》、天ぷらは新宿綱八と渋谷の天松、洋食は芝公園のクレッセント、渋谷の双葉亭、銀座のメゾン・シド、関西割烹《かっぽう》は銀座の浜作本店、西新橋の京味、江戸料理は築地《つきじ》錦水《きんすい》、京都へ行くと大市のすっぽん、朝《あさ》粥《がゆ》の瓢亭《ひょうてい》、中国料理は六本木の上海《シャンハイ》酒家、新橋の江安餐室《さんしつ》、田村町四川《しせん》飯店、神宮前の皇家飯店である。相当の健啖家《けんたんか》である。豆腐が嫌いで、和食よりは洋食を好み、自ら「食道楽じゃないが、食いしん坊だ」(「風報」座談会・昭和三十三年)と語っている。ウィスキーはオールド・パーを好んだ。

昭和十年(五十二歳)の「文藝」に載った「白樺」座談会にはアブサンの話が出てくる。有島生馬《いくま》がフランスからアブサンを買ってきて志賀直哉によこした。これはフランスの画家や詩人が好む強い酒だということで仲間うちで薄めて飲んだ。コップに水をついでその上に箸《はし》を二本渡して角砂糖を乗せ、アブサンをそそぐと牛乳のように白く濁った。飲んでみると口あたりがいいので、だんだん濃くして、みんな酔ってフラフラになり、歩くと骨の節がゆるんでガクガクしたという。白樺派の連中はよく飲み、よく食った。

志賀直哉は自ら料理を作った。

「風報」の座談会では、尾崎士郎、尾崎一雄、水野成夫《しげお》を相手にイノシシ料理の講釈をしている。

「イノシシ肉は酒で煮る。そしてタンサン水をいれると肉がやわらかくなる。ゴボウのささがきと蕪《かぶ》とを一緒に味噌《みそ》で長いこと煮る。長く煮るほどうまくなる。そして焼海苔《やきのり》を一緒に食うと大変うまい。このことは偶然里見と食っていて発見したよ」

イノシシ煮の調理法は里見弴仕込みである。タンサン水がないときはソーダの粉末を入れるが、「泡が出て困る」と直哉はこぼしている。直哉のイノシシ好きをきいた知人が、皮がついたままのイノシシまるごと一頭を届けてくれた。近所の牛肉屋でさばいてもらって、安井曾太郎《そうたろう》や福田蘭童《らんどう》をよんで、大勢でワイワイと食べた。それでも一頭ぶんだから肉があまり、谷崎潤一郎に届けたところ「いい肉だ」とほめられたという。

タヌキも食った。直哉は「あれは肉をよくさらすんだ。タヌキ汁というのは臭くない」と強弁して、石川県山代《やましろ》温泉の流儀だ、と講釈している。料理の話になると直哉はムキになる。ひいきにしていた力士時津山へ牛肉を届けたことも自慢している。

直哉はこの席で「たいがいのものは塩辛くないとうまくない」という持論を展開した。体力が弱ってくると塩分が足りなくなるからだ。「よく薄味でないとしゃれていないというようなことを言うだろう。あれは、体を使わない人とか、活動をしない人間は、あまり塩辛かったり、甘かったりするとだめなんだ。味覚は関東がおくれてるという気があるのかもしらんが、そうじゃない」。宮城県石巻《いしのまき》生まれの直哉は、関東、東北の濃い味の意味を「活動する人間の力」と位置づける。関東の人間は、関西の人より二割多く働くためそのぶん塩分が濃くなり、関西の薄味は「活動しない人」の味覚なのである、と。こういうふうに直哉にぴしゃりと言われると、妙な説得力があり、その強引な弁説のなかに、私は白樺派の腕力を見る。

　白樺派は、理想をめざす仲良し友だち会の雰囲気から弱そうなイメージがあるが、そのじつ戦闘的だった。「同人」の座談会を読むと、「気にくわぬ作家を投げとばした云々《うんぬん》」の自慢記事が出てくる。直哉が嫌ったのは太宰治で、『斜陽』の文体に「あれには閉口した」とケチをつけた。もちろん太宰は腹をたてて反論したが直哉は無視した。そうこうするうちに太宰のほうが自殺してしまった。無頼派のほうが弱い。

　鰻好きで、なにかというと鰻の出前をとっていたが、鮎《あゆ》も好んだ。瀧井《たきい》孝作が釣りたての非常にうまい鮎を届けたときは、すぐ焼いて食った。「そのとき、妙なことを発見したんだが、あったかいうちに食えといって、食ったんだよ、うまかった。ところがもう一尾焼いたのを持ってきたんだが、テレビを見ていて、焼きたてがちょうど三十分おくれたわけだ。冷めきりはしないが、それだけ冷めたんだね。ところが、焼き立てよりはそのほうがうまかった。ちょっと冷めたほうが」。自分の味覚に絶大な自信を持っている。また、こうも言う。「前に西園寺《さいおんじ》さんが文士を大勢招《よ》んだことがある。そのとき鮎が出た。それで、昔はただ塩焼きで食っていたから、西園寺さんは蓼酢《たです》につけずに食っていると、女中が知らないと思って、それをつけて食うのだと教えたという。どうも蓼酢というのは昔はなかったと思うな」。味覚に対し厳格である。同席した尾崎士郎が「塩焼きのほうがはるかにうまいな」とあいづちを打っている。

昭和二十八年、「週刊朝日」で徳川夢声と行った対談では、ガマを食った話が出てくる。直哉は夢声に「へんなこときくけど、ガマ食ったことあるかい、きみ」と訊《き》き、夢声が「ないです」と答えると「うまいぜ。骨ばなれがいいし、食用ガエルよりはたしかにうまい。食用ガエルみたいに、へんに水っぽいような味がないの」と言って、夢声をケムに巻いている。親類に躰《からだ》の弱い子供がいて、その子は、金目のガマを味噌汁にして食っていた。その子がガマを二匹とってきたのを、つけ焼きで食べたらうまかった、という。なみの悪食ではない。性根がすわっている。

ガマまで食っていたのだから、八十八歳までシャンと胸をはって生きた。強靭《きようじん》な肉体に強靭な精神が宿る。けなされた太宰が直哉に「も少し弱くなれ。文学者ならば弱くなれ」とからんだ気分にも同情する。太宰は「おまへの流儀以外のものを、いや、その苦しさを解《わか》るやうに努力せよ」とののしった。

ところが、明治・大正・昭和の文学を、個人主義、自由主義の地平からとらえ、「魂の救済」装置としての文学を考えれば、白樺派はしたたかにこの作業をなしとげた。太宰は足もとにも及ばない。

阿川弘之の回想では、「白樺派の芸術家のうち食に一番無頓着《むとんじやく》だったのは武者小路実篤で、生涯執着しつづけたのは梅原龍三郎《りゆうざぶろう》、梅原につぐのが里見弴と志賀直哉」（『志賀家御馳走帖《ごちそうちよう》』）ということになる。

昭和三十三年の雑誌「心」に、志賀・梅原・辰野隆《たつのゆたか》・里見弴・他二名の「旅と食べ物」という座談会がある。この年、七十五歳の直哉は、意気盛んで、座談の中心になってしゃべっている。そのうちの印象に残るものを列記する。

①フォアグラが好きでフランスでは厚切りをよく食べた。梅原龍三郎がフランスの土産として持ってきたフォアグラの缶があった。歌舞伎《かぶき》の左團次《さだんじ》を家に呼んだときそのフォアグラを出したところ、左團次は喜んで一人で食った。

②イギリスに行ったとき、体調をこわしてしまい、そのとき朝海公使の家で出された鰻の蒲焼《かばや》きの焼きかげんが上等だった。

③水野成夫が御馳走してくれるので、電話でフグがいいかスッポンがいいかと聞かれ、両方とも好きだと言ったところ、両方とも御馳走になってしまった。

④東京の勝鬨橋《かちどきばし》の近くで食べたフグ刺しはひどい味だったが、門司《もじ》で食べたフグは大変よかった。フグ刺しは一枚ずつとって食べるのではなく、箸でぐるぐるかき集めて食うに限る。

⑤高山《たかやま》で里見弴と食べた精進料理の角正がまあまあよかったが、むしろもう一軒の川魚料理の店がいい。角正は精進料理なのにヤマメの塩焼きを出す。
⑥東京の青山通りから高樹町《たかぎちょう》へ行くと中川という肉屋があり、羊肉でもなんでも肉をよくそろえている。
⑦ローマで食ったスペイン料理ふうのタコがうまかった。イカは熱海《あたみ》ではうまいものとまずいものがあるが、ローマのイカはまずいほうのイカで閉口した。
⑧マドリードのホテルで支配人にすすめられて食べたエビがうまかった。リスボンの裏町のバーでも同じエビが出て、剃刀《かみそり》みたいな殻で指をけがする。バーでは殻を捨てずに床にかきよせて山にしてあり、あれは見栄《みえ》だ。
⑨子どものとき腹が痛くてしようがないときに、おはぎをうんと食べたらなおった。かけつけてきた医者が嫌な顔をした。
⑩笹《ささ》の葉の鱒《ます》の押し鮨は、ジストマがいるというが魚の味とコメの配合がうまい。
⑪金沢のバイ貝は黒くていけるが、大阪の店で出された白いバイ貝はうまくない。
⑫四国のスダチがいい。柚子《ゆず》より小さくて味がきめこまかく、柚子より上等だ。それを、「柚子よりスダチ」という。(冗談)
⑬南方へ行って二人でワニを撃った。一人は本物のワニを撃ったが、もう一人は海亀《うみがめ》を撃った。これはアリゲーターではなくてマチゲーターというワニである。(冗談)

⑭熱海にいたころ、沢にクレソンが生えているのを発見した。土地の人は知らないから採らない。そのクレソンのことを物知り顔に教えてくれた友人がいたが、自分は、ずっと以前から知っていた。味噌汁の具にしたが、うまくなかった。

⑮芥川龍之介と連れだって、知人宅へ中国絵画を見に行ったとき、予定より手間どって、相手先では昼食の用意がなかった。そこでありあわせのイワシの新鮮なやつの塩焼きとオムレツを出された。自分は「うまいなあ」と思って食った。イワシが非常にうまかった。そうしたら、芥川は、あとで、軽蔑《けいべつ》されたように思ったらしく「イワシを出しやがった」と文句を言った。

と、まあ、とどまるところを知らない。じつによく食べている。そして、この座談会の席上で直哉がしゃべっている料理の話に共通点があることに気がついた。それは、ひとつひとつの料理話が、短篇小説になっていることである。うまいまずいを論じながらも、直哉の視点はその背後にいる人間を見ている。座談会のなに気ない短い会話の奥に物語の芯《しん》がひそんでいる。これはかなり凄《すご》い。エピソードに無理な意味づけをしない、節度ある傍観者の目がある。そのくせ人の心をうつ急所を押さえている。

直哉の文学は、いささかの不正も虚偽も許さない強い正義感と自我意識が通貫している。そこがとっつきにくいところである。父との確執を課題とした自伝的長篇『暗夜行路』がその代表である。しかし、直哉文学の神髄は、それ以前に書かれた短篇小説にあり、長篇『暗夜行路』の精神的課題は『和解』に提示され解決しているものだ。直哉の実生活での父との葛藤《かっとう》は、『和解』『大津順吉』『或《あ》る男、其《その》姉の死』の作品群で克服され、その集大成ともいうべき『暗夜行路』は、母の過失、妻の過失をおりこんだ妄想の自伝となっている。

直哉の小説世界は、日常の嫌悪《けんお》感《かん》に始まって対立と苦悩を生み、解決にいたる。薄気味の悪いガマを照り焼きにして食べたところ、じつはうまくて活力が出た、という話と似ている。直哉は、尾道《おのみち》、松江、赤城《あかぎ》山、京都、奈良、と住む家を変え、「その行くところ住むところに従い秀作を書く」といわれた。行くさきざきで、土地の食材を使って自ら調理した。料理の腕があがるのは当然である。「男子厨房《ちゅうぼう》に立つ」先駆者であった。

料理を自ら行う者は、食欲への狂気をはらみつつも自省と調和が求められる。なぜならば料理は現実に食うものであるからだ。耽美《たんび》派谷崎は、食への好奇心と猟奇性においては直哉を凌駕《りょうが》するが、庖丁《ほうちょう》を持たせれば志賀直哉のほうが達人であった。

直哉の短篇『剃刀』は、麻布《あざぶ》六本木に店をかまえる腕自慢の床屋が、客ののどを剃刀でかき切ってしまう話である。文章が簡潔だから、いっそう怖い。「彼は剃刀を逆手に持ちかへるといきなりぐいと咽《のど》をやつた。刃がすつかり隠れるほどに」という描写がゾクっとくる。描写に耽美派のような甘い暗がりがないから、いっそう怖い。客である若者ののどに刃がかかり、ジッと淡い紅《くれない》がにじみ、みるみる血が盛りあがり、そして「スイと一ト筋に流れた」とある。自ら庖丁を持った人でなければ書けない。

短篇『范《はん》の犯罪』は、范という中国人の奇術師が演芸中に出刃庖丁ほどのナイフで妻の頸動脈《けいどうみやく》を切断し、妻はその場で死んでしまったところから始まる。范はすぐ捕えられるがその殺人は故意からくるものか、過《あやま》ちからくるものか、范自身にもわからない。どちらとも考えられる人間の心理の迷路をそのまま活写した作品で、人間の内側の覗き方に直哉の力量がある。捕えられた范は裁判官より、演芸の前に「何か争いでもしたか」と訊問《じんもん》され「下らない事です」としたうえで、つぎのように答える。「食ひ物の事でです。腹が空《す》いてゐると私は癇癪《かんしやく》持になるのです。で、その時妻が食事の支度でぐづぐづしてゐたのに腹を立てたのです」

直哉もまた癇癪持ちだった。直哉の父は、料理がまずいと、いきなり膳《ぜん》をひっくりかえし、茶碗《ちやわん》を投げるような人で、その血をひく直哉も、気にいらないと皿小鉢を叩《たた》き割るようなところがあった。

こう見ていくと、短篇小説の随所に出てくるディテイルは、料理と微妙な関連がある。『清兵衛《せいべえ》と瓢簞《ひようたん》』は、少年のきまぐれな出来心のなかに、かろやかな腕自慢があって、尾道の裏通りでふるいつきたくなるような瓢簞を見いだす描写がよく、『城の崎にて』に漂う「生と死はさほど差がない」という諦観《ていかん》は、生き物を庖丁で調理した者のみが感得する無常観に裏うちされている。

直哉は小説の構想がまとまることを、「かたくりがかえる」と言った。脳のなかで白く濁っていたかたくりの水分に、熱が入ると、しだいに固くなり透明になる。それをさして言ったのだから、直哉にとって、小説は観念の料理という意識があったはずである。白樺派は、自己肯定と自己嫌悪が共存している。友人耽溺《たんでき》でありつつ友人離脱の意識が強い。仲はいいが一人一人はまったく別の個性である。直哉にはとくにそれが強い。直哉は、明治四十四年の日記に「ミダラでない強い性欲《せいよく》を持ちたい」と記している。「ミダラでない強い性欲」という矛盾する志向は、そのまま食欲にも通じる。直哉にとってミダラでない強い食欲が理想であった。里見弴への手紙のなかに「憂鬱《ゆううつ》という味は、浮かれているときより、気持がいい」と書かれている。直哉は、食い意地がはりつつも、まずいものを味わう力があった。白樺派のイメージから、理想主義、人道主義のわくにはめられやすいが、そのじつ、直哉の小説は、意図的に感動や教訓を与えようとしない。湿りけのない自己省察がある。

ここで、私は、小学校のときに読んだ『小僧の神様』を思い出し、もう一度読みかえしてみた。

秤屋《はかりや》に奉公する小僧仙吉は、番頭たちがうわさする鮨屋の鮨を食べてみたいと思い、倹約した電車賃四銭を持って鮨屋へ行き、ひとつ取ろうとすると「一つ六銭だよ」と言われて、落とすように鮨を置いて出ていった。そこにいあわせた貴族院議員のAは、かわいそうに思い、ある日、たまたま行った秤屋で小僧を見つけ、鮨屋へ連れていってたらふく食べさせてやり、姿を消す。小僧は、不意にあらわれたその客のことをお稲荷《いなり》様の化身だと思うようになった。いっぽう小僧に鮨をごちそうしたAは、変に淋《さび》しい気になる。いいことをしたはずなのに、このいやな気持は、なにから来るのだろうかと感じ、その後、秤屋の前を通るときは妙に気がさして、その鮨屋にも行く気がしなくなる。そのいっぽうで、小僧は、悲しいとき、苦しいときに必ず、Aのことを思い出し、思うことによって慰めになった。

ここまでは覚えていた内容通りだった。この小説にはさらにつづきがある。「作者はここで筆を擱《お》くことにする。実は小僧が『あの客』の本体を確めたい要求から、番頭に番地と名前を教へてもらつて其処《そこ》を尋ねて行く事を書かうと思つた。小僧はそこへ行つて見た。ところが、その番地には人の住ひがなくて、小さい稲荷の祠《ほこら》があつた。小僧は吃驚《びつくり》した。――とかう云《い》ふ風に書かうと思つた。しかしさう書く事は小僧に対し少し惨《ざん》酷《こく》な気がして来た。それ故《ゆえ》作者は前の所で擱筆《かくひつ》する事にした」

この作品は、直哉が、じっさいに鮨屋に入ってきた小僧が鮨を置いていった体験をへて書いたものであった。その小僧を見て「かわいそうだ」と思ったのは直哉自身であり、気まずそうに店を出ていった小僧のなかにも、もう一人の直哉がいる。

直哉は、癇癪持ちの半面、他人への思いやりが厚く、常盤松の家へ来た客へ、「飯を食っていけ」とすすめたという。

二十歳のとき、私は散歩中の直哉を見て、「文学の神様だ」と思った。それは、青くさい文学小僧であった私が仰ぎ見た一瞬の感動であった。そのことを思い出すと、あのときの直哉は、私にとっても「小僧の神様」だったのだ、という気がする。

高村光太郎——咽喉《のど》に嵐《あらし》

光太郎の木彫小品に「ざくろ」がある。

ざくろが割れてはぜ、数粒の種が見える。木彫で、よくもこれだけ精密にざくろの実を再現したものだと驚嘆する傑作だ。光太郎の彫刻のなかでも記念すべき佳作だが、仔《し》細《さい》に観察すると、荒削りで、鑿《のみ》のあとが鮮明である。本物以上にざくろであって、怪しい殺気がある。薄赤に着色されたざくろの種は、生命力にあふれ気品高い芳香を放ち、みずみずしい。そのくせ手に触れると爆発しそうな強い意志がある。木彫の柔らかさがありつつ、中味はカチンとした真空なのである。私はセザンヌが描くリンゴを思い出し

たかむら・こうたろう（1883〜1956）
東京生まれ。彫刻家・高村光雲の子。詩人で彫刻家。詩集『智恵子抄』で国民的詩人に。敗戦後、戦争詩に没入した自らを恥じて、岩手・花巻郊外に7年間孤棲した。

た。この「ざくろ」には不思議な感情の疼《うず》きがある。
　これほどの「ざくろ」を彫る高村光太郎は、どのような食生活をおくっていたのか。佐藤春夫の『小説智恵子抄』には「光太郎はもともと悪衣悪食を恥じない人」とある。光太郎自身は、「自分は貧窮のなかで育ち、外国留学も小額な学費で生活し、智恵子と結婚してからも貧乏生活であったが、父（大彫刻家・高村光雲）が高名であったため、世間ではあべこべにとられて二重の苦しみを味わった」と述懐している。光太郎は、近代文学者のなかでは一番の大男（筆者の推測では約一七七センチ）であり、かつ健啖家《けんたんか》であり、食欲旺盛《おうせい》であった。「生活費をかせぐために詩を書いた」とうそぶくほどの人物である。実際には詩は売れず、かろうじて翻訳で生活をたてた。光太郎にとって至高の芸術は彫刻であり、その他の詩作や翻訳は、身すぎ世すぎだというのだから、他の詩人がきいたらびっくりする話である。しかも、その詩は、反俗で自意識過剰で骨太である。『智恵子抄』に「晩餐《ばんさん》」という詩がある。

暴風《しけ》をくらつた土砂ぶりの中を／ぬれ鼠《ねずみ》になつて／買つた米が一升／二十四銭五厘《りん》だ／くさやの干《ひ》ものを五枚／沢庵《たくあん》を一本／生姜《しようが》の赤漬《あかづけ》／玉子は鳥屋《とや》から／海苔《のり》は鋼鉄をうちのべたやうな奴《やつ》／薩摩《さつま》あげ／かつをの塩辛湯をたぎらして／餓鬼道のやうに喰《くら》ふ我等の晩餐

（中略）
われらの晩餐は／嵐よりも烈《はげ》しい力を帯び／われらの食後の倦怠《けんたい》は／不思議な肉慾《にくよく》を
めざましめて／豪雨の中に燃えあがる／われらの五体を讃嘆《さんたん》せしめる
まづしいわれらの晩餐はこれだ

大正三年の作で、この年三十一歳の光太郎は智恵子と結婚した。凶暴なまでの愛欲生活で、暴風雨のなかで大食いしてひたすら性行為に燃える。それを光太郎は「まずしい晩餐」と称するのである。光太郎は「欲望の強さが私を造型美術に駆りたてる」と述懐するのだから、食欲も性欲も暴風の激しさであった。智恵子と結婚した光太郎は、自分たちを世間から遮断しようとした。

二十代後半の光太郎は、白秋や木下杢太郎《もくたろう》らのパンの会に参加して遊びまわり、反逆、自嘲《じちよう》、頽廃《たいはい》の日々を過ごした。二十八歳のときの詩「夏の夜の食慾」に「食慾は廃頽する」という一節がある。

浅草の洋食屋は暴利をむさぼつて／ビフテキの皿に馬肉《ばにく》を盛る／泡のういた馬肉《さくら》の繊
細、シチユウ、ライスカレエ／癌腫《がんしゆ》の膿汁《うみ》をかけたトンカツのにほひ

と巷《ちまた》の堕落を嘲弄《ちょうろう》しつつも、

私の肉体は魂を襲撃して／不思議な食慾の興奮は／みたせども、みたせども／なほ欲し、あへぎ、叫び、狂奔する

と言うのである。二十九歳のとき、コカコーラが出てくる詩を書いた。（「狂者の詩」）

吹いて来い、吹いて来い／秩父《ちちぶ》おろしの寒い風／山からこんころりんと吹いて来い／世は末法だ、吹いて来い／己《おれ》の背中へ吹いて来い／頭の中から猫が啼《な》く／何処《どこ》かで誰かがロダンを餌《えさ》にする／コカコオラ、THANK YOU VERY MUCH

大正元年にコカコーラを詩に書きこむのはいくらモダンボーイといえど、光太郎ぐらいのものだろう。そういったモダンな生活は、智恵子と結婚してからは一変したかに見える。しかし、それは放蕩《ほうとう》が形をかえ、自分本位の放蕩へつきすすんでいった虚構世界の結果なのである。ひたすら智恵子への熱愛に燃え、光太郎は、貧しいなかでも食欲と性欲はまるで衰えない。暴風雨をついて米を買いに行くことはあっても、コカコーラを飲んで、頭の中から猫が啼く現象はなくなる。昭和十四年の詩「へんな貧」に、

この男の貧はへんな貧だ。／有る時は第一等の料理をくらひ、／無い時は菜つ葉に芋《いも》粥《がゆ》。

とあるのは、自分のことである。

詩集『智恵子抄』で有名な一節は「智恵子は東京に空が無いといふ、／ほんとの空が見たいといふ」（「あどけない話」）の部分だが、光太郎の生涯を通底しているのは食欲と愛欲への希求である。愛欲は「をんなは多淫《たいん》／われも多淫／飽かずわれらは／愛慾に光る」（「淫心」）二人であり、夏の夜のむんむんと蒸しあがるなかで、光太郎と智恵子は、「魚鳥と化して躍る」のである。また詩「夜の二人」では、

私達の最後が餓死であらうといふ予言は、／しとしとと雪の上に降る霙《みぞれ》まじりの夜の雨の言つた事です。／智恵子は人並はづれた覚悟のよい女だけれど／まだ餓死よりは火あぶりの方をのぞむ中世期の夢を持つてゐます。

光太郎も智恵子も餓死におびえている。餓死におびえるのは、べつに光太郎夫婦に限ったわけではなく、だれでも同じであるのだけれど、餓死の予言を雨から聞くという状

態は、それほどに夫婦が飢える強力な肉体を有していたことの証明である。

死ぬ寸前の智恵子に、光太郎はひとつのレモンを手渡した。すると智恵子は、「がりりと嚙《か》んだ／トパアズいろの香気が立つ」（「レモン哀歌」）と光太郎は書いている。「あなたの咽喉《のど》に嵐はあるが／かういふ命の瀬戸ぎはに／智恵子はもとの智恵子となり／生涯の愛を一瞬にかたむけた」と。

智恵子の初盆に、光太郎は迎火を焚《た》かず坊主《ぼうず》も呼ばなかった。戒名は智恵子と思えない。光太郎は智恵子の写真の前に水を供え、智恵子が好きだった桃とメロンとレモンを置いた。「それを時々彼女と一緒に食べた。お盆の三日間に丁度みんな食べてしまつた」（『智恵子の初盆』）。

こういった光太郎の食生活を知ると、木彫「ざくろ」が秘めているカチンと緊張した凄味《すごみ》ある甘さがすこしずつ見えてくる。

光太郎に『春さきの好物』という随筆がある。光太郎は、家の周囲に生えている草や木の芽はなんでも食べた。春のハコベは味噌汁《みそしる》に入れ、ヨメナはひたしものにし、とんぼ草（スベリヒユ）は白胡麻《ごま》であえた。タンポポ、ツクシは早春の味として珍重し、カタバミの葉やイタドリは生で食べ、ユキノシタの葉はもんで青汁にして飲んだ。タラの芽、ウコギの芽はもとより杉の芽をつんで食べた。杉の芽は「少少脂《あぶら》の匂《にお》ひはするが甚だ清冽《せいれつ》でいい」という。野の草の味を教えたのは智恵子で、キノコのオニフスベは「非常にうまいと死んだ妻に説かれてゐながらつひに食べる勇気が出なかった」。オニフスべは、「清汁《すましじる》に入れて、嚙むとぽつりと皮の割れる工合が松露《しょうろ》以上だといふので、この秋には見つけて食べてみよう」という。

智恵子が死んでから、光太郎の嗜好《しこう》は自然食が主なものになっていく。

「つぶれてしまつた亡妻の実家が以前酒造りの家だつたので、春にはよく新酒をもらつた。あの麴《こうじ》くさい、少し薄にごりのした、甘味のある、強い新酒の野趣は格別である。まるで玉の割つてない正味の出来たての田舎酒をちろりで燗《かん》して、春の夜のまだ少し冷えるやうな夜ふけに一杯やる気持は忘れられないが、今は昔語になつてしまつた。此頃《このごろ》の酒などは飲んでる人間があはれに見える。私はほんとの酒が再来するまで飲まない事にきめてしまつた。つめたい水の方がいくらうまいか知れないのである」

昭和十五年、五十七歳の述懐である。

六十二歳のとき花巻郊外太田村で農耕自炊の生活に入った。ジャガイモ畑の開墾で手に血まめができ、それがつぶれて膿《う》み、切開手術をした。エンドウ、インゲン、ヒエを作った。そのころ、宮沢賢治の詩「雨ニモマケズ」に出てくる「一日ニ玄米四合ト／味噌ト少シノ野菜ヲタベ」に関して考察した随筆がある。「この食生活がむちゃくちゃな計算に基いたのではなく、カロリー、ヴヰタミン、栄養素の配合などを十分考へたうへでの最低量」と評価しながらも「かういふ最低食生活をつづけながら激しい仕事をやつてゐたら、誰でも必ず肋膜《ろくまく》にかかり、結局肺結核に犯されて倒れるであらう」と、持論を述べる。光太郎は、「粗を尊し」とする日本古来の考え方を批判し、「玄米とゴマ塩と梅ぼしと沢庵とさへあればいい」とする通俗医学を攻撃する。牛乳と肉食をすすめ、食生活を改善して三代かかれば、日本人の肉体は世界水準に達するという。現在の若者たちの体軀《たいく》が大きくなっていることを考えれば光太郎の予見はまことに正しかった。

戦時中に書いた『乏しきに対す』では「私は空腹になると手がふるへる。細かい字などは書けず、細かい彫刻などするのに困るやうになる。以前はその時已《や》むを得ず何でも有り合せのものを食べた。何もないときには茶をがぶがぶ飲んだ。少しでも胃に何か入ると手のふるへが止つた」という。これほどの空腹恐怖症であった光太郎だが、そのうち「手がふるえるのは空腹の初期だけである」ということを知り、震えても、あわてずにもっと腹をへらすようになる。

「二十分も放置してゐると手の震へは止まる。その上空腹感までもなくなる」というのである。実際の空腹よりも、「空腹の恐怖感のほうが人を苦しめる」と。光太郎の体軀がいかに強健であったか、がわかる。光太郎は、飢えてガツガツと大量に食べたが、同時にガツガツと空腹も食う。さらにこう書く。

「実をいふと食物についての耐乏生活を語る資格は私にない。私には子供がないからである。世人が食物の欠乏に悩むといふ場合、多くは育ち盛りの子供を持つてゐることによるのである。空腹を子供に訴へられる親の場合を思ふと私の耐乏談義などは一言もない」

光太郎が食事に対して語るとき、そこには虚飾がない。美食への飢渇《きかつ》もなければ、粗食をたたえる清貧主義もない。あるのは、人間が、生きていく限り、なにかを食わねばならぬという厳然とした事実である。食に対して実直にたちむかった。

日記に東北地方の山菜ミズが出てくる。山奥の谷川の水場に繁《しげ》っている山菜で、光太郎はミズを好んだ。おひたし、塩づけ、汁の実にして食べた。光太郎は、東北に来てはじめてミズを知りそのうまさをたたえる。おいしさを素直に日記に書く。ミズは「水々しいうすみどりの葉と茎とを持ち根に近く美しいうす紅色のぼかしとなる」と。野菜に対する光太郎の描写は、さながら彫刻をつくるような鮮烈な色彩がある。それは彫刻家の目で野菜を観察するからであり、智恵子と共有した「咽喉《のど》の嵐」が、野菜の命にせまるのである。

畑でとれたさやえん豆を「私は口笛を吹きながらその筋をとる」という。「もぎたての近在ものが笊《ざる》に盛られた溌剌《はつらつ》さは、まるで地引網で引き上げた雑魚《ざこ》のやうにはね返りさうだ」と。

「筋さへ取れば洗ふのは至極簡単。此《これ》を稍《やや》塩を強く利《き》かした塩うでにして、さつとあげて卓上でオリーヴ油と、モルトヴェニガアと、胡椒《こしょう》とで食ふ味はまつたく初夏の最上の贈りものだ。油は甘みを出し、酢は味を引きしめる。さやゑん豆は醬油なんかで煮てはいけない。此のサファイヤ色の灯のともつたのに限る」

調理法はパリ仕込みの本格派だ。六十歳をすぎた一人暮らしの男が、子供のように嬉々《きき》としてさやえん豆を食べる。食い散らす力に満ちている。欲望はすべて人並み以上に強く、自己の欲望にいらだちながら、野獣のような欲望を飼いならす。詩集『智恵子抄』を読み返してみると、光太郎の肉体に宿っていた鋼鉄のバネと、自分の魂のために女を愛する自意識の凶暴さにあきれるばかりである。二十代で『智恵子抄』を読んだときは、愛の絶唱と純粋さへ目が行き、ここまで読み切れなかった。自分が歳《とし》をとって、光太郎のわがままに気づくのである。光太郎は、智恵子との生活でも快楽派の首領《ドン》であり、欲望のためにはなにをしでかすかわからぬ鎌《かま》いたちのような刃がある。その意味では智恵子は愛の罠《わな》にかかった生贄《いけにえ》のような存在であった。食への執着をみればそれがわかる。四十二歳のときに書いた詩「葱《ねぎ》」がある。

立川の友達から届いた葱は、／長さ二尺の白根を横《よこた》へて／ぐつすりアトリエに寝こんでゐる。／三多摩平野をかけめぐる／風の申し子、冬の精鋭。／俵を敷いた大胆不敵な葱を見ると、／ちきしやう、／造形なんて影がうすいぞ。／友がくれた一束の葱に／俺が感謝するのはその抽象無視だ。

智恵子は光太郎が作った木彫小品を懐《ふところ》に入れて持ち歩いた。「ざくろ」も、智恵子は持ち歩いて愛撫《あいぶ》した。光太郎は、木彫を完成させると、だれよりもさきに智恵子に見せた。智恵子は、だれよりも光太郎の木彫を理解し熱愛した。光太郎は、智恵子の死後、「彼女の居ないこの世で誰が私の彫刻をそのように子供のように受け入れてくれるであろうか」と述懐している。

智恵子も画家である。平塚雷鳥《らいてう》主宰の女性誌「青鞜《せいとう》」では創刊号から何度も智恵子の絵が表紙を飾った。智恵子が精神の破綻《はたん》をきたすようになった一因は、猛烈な絵画への精進と、光太郎との日常生活をこなすあいだにおきた矛盾撞着《どうちゃく》である。智恵子は純真でありつつ気が強い性格だ。光太郎は「智恵子の配偶者が私のような美術家ではなく、美術に理解ある他の職業の者、殊《こと》に農耕牧畜に従事しているような者ならば、あるいは天然の寿を全うし得たかも知れない」と言っている。その思いは智恵子が死んだあともえんえんと光太郎の胸から離れない。

智恵子の死後、智恵子が造った梅酒を発見した光太郎は、智恵子の深い愛に一段と哀惜を深める。詩「梅酒」は、その思いがつづられる。

死んだ智恵子が造つておいた瓶の梅酒は／十年の重みにどんより澱《よど》んで光を葆《つつ》み、／

いま琥珀《こはく》の杯に凝つて玉のやうだ。／ひとりで早春の夜ふけの寒いとき、／これをあがつてくださいと、／おのれの死後に遺《のこ》していつた人を思ふ。

と。そして、

厨《くりや》に見つけたこの梅酒の芳《かお》りある甘さを／わたしはしづかにしづかに味はふ。

のである。ここにおいても、光太郎と智恵子を結びつけるのは「咽喉《のど》の嵐」であり、だからこそ、読む者の魂を撃つ。それから九年後の昭和二十四年、光太郎は「もしも智恵子が」を書いた。年がたつたびに智恵子への思いは深まるばかりだ。花巻郊外で一人自炊生活をする光太郎は、「もしも智恵子が私といつしよに／岩手の山の源始の息吹《いぶき》に包まれて／いま六月の草木の中のここに居たら」と夢想するのである。

杉の枯葉に火をつけて／囲炉裏の鍋《なべ》でうまい茶粥《ちゃがゆ》を煮るでせう。／畑の絹さやゑん豆をもぎつてきて／サフアイヤ色の朝の食事に興じるでせう。

このとき、光太郎六十六歳である。光太郎の食欲はつねに智恵子と同居している。詩集『智恵子抄』は「老いらくの恋」なのである。杉の枯葉に火をつけながら、光太郎は智恵子を思い出す。

光太郎が詩「あどけない話」に「智恵子は東京に空が無いといふ、／ほんとの空が見たいといふ」と書いたのは昭和三年のことである。この詩にはさらにつづきがある。

私は驚いて空を見る。／桜若葉の間に在るのは、／切つても切れない／むかしなじみのきれいな空だ。／どんよりけむる地平のぼかしは／うすもも色の朝のしめりだ。

光太郎には、東京の空は「むかしなじみのきれいな空」なのである。「うすもも色の朝のしめり」なのである。光太郎には、智恵子が言う「ほんとの空」が見えない。光太郎は、智恵子の純な目を通して、自分を批判させている。智恵子にとって「ほんとの空」は故郷の「阿多多羅《あたたら》山の山の上の青い空」なのであるが、自分を批判する智恵子の純真さのなかに、智恵子の狂気を予知している。この詩を発表した翌年に智恵子の実家長沼家は破産し、家は離散した。

智恵子は都会になじまず、家の周囲に生える雑草の写生に没頭し、庭でトマトの栽培をし、野菜を生食し、ベートーヴェンの第六交響曲を聴き、充《み》たされない心を充足させた。光太郎が木彫「ざくろ」を第二回大調和美術展に出品したのは同じく昭和三年である。木彫「ざくろ」は、智恵子が都会の自然になじまず、悶々《もんもん》としていたときに出品されたのである。

思いあまった光太郎は、智恵子を故郷の阿多多羅山に連れて行くが、智恵子の精神的障害はすでに進行している。智恵子が言う「ほんとの空」は幻視であり、芸術的欲求であることに光太郎はうすうす気づいている。あまりに純真で痛々しい幻視である。もはや、阿多多羅山にも「ほんとの空」はない。とすると、この「ざくろ」は、光太郎が智恵子の飢渇をいやそうとした「ほんとの空」の代償を予感したのではないか。智恵子はセザンヌに憧《あこが》れている。光太郎の頭に、セザンヌが描くリンゴがあったかどうか。

木彫「ざくろ」はざくろ以上にざくろであるが食べることはできない。木彫「ざくろ」が芸術的にすぐれているほど智恵子は虚構の美、未知の天空に飛んでいく。木彫「ざくろ」は光太郎の精神の結晶でありつつ、芸術の魔界に誘う麻薬なのだ。木彫「ざくろ」が秘めている魔的な固い息はそこに起因している。果実は天の光が結実した賜物《たまもの》であり、そこに「ほんとの空」がひそんでいる。木彫「ざくろ」は危険な愛の予兆であった。

七十歳になった光太郎は、最後の彫刻作品として、十和田湖畔に裸婦像を制作した。彫刻制作をすすめたのは佐藤春夫だった。佐藤春夫は「あの森厳崇高な自然に対して置かるべき芸術品は貴下の制作より外無い」と書き送った。光太郎は現地を視察して「智恵子の裸形をこの世にのこして／わたくしはやがて天然の素中《そちゆう》に帰らう」と決意する。光太郎渾身《こんしん》の裸婦像である。

光太郎は智恵子への独占欲が強く、光太郎ひとりの智恵子であるのにあえて裸像をさらそうとした。智恵子は光太郎のなかで昇華し、すでに信仰の対象になっている。光太郎は書く。「銅とスズとの合金が立つてゐる。／どんな造形が行はれようと／無機質の図形にはちがひがない。／はらわたや粘液や脂や汗や生きものの／きたならしさはここにない」と。

智恵子は無機質の図形になった。「はらわたや粘液や脂や汗」がない、と書くのは、光太郎は自分に言い聞かせているのである。七十歳になって彫刻を作りつつも、光太郎は智恵子の粘液が頭から離れない。木彫のざくろが食べられないように、銅とスズの裸身は抱くことができない。光太郎は、彫像にむかって「地上に割れてくづれるまで／この原始林の圧力に堪へて／立つなら幾千年でも黙つて立つてろ」と呼びかけた。

私は月夜の晩に十和田湖畔へ行ってみた。闇《やみ》の湖面を背景に月光を全身に浴びて、二人の裸婦は、黄金の光をはねかえして、無機質の内面をむき出しに、意志そのものとして立っていた。

北原白秋——幻視される林檎《りんご》

きたはら・はくしゅう（1885〜1942）
福岡県生まれ。「明星」の同人としてスタートするが、1908年に「パンの会」を結成、耽美派詩人として人気を博す。童謡・民謡にも傑作が多い。代表作は詩集『邪宗門』『思ひ出』。

詩人の食卓を点検するのはやっかいだ。歌人の場合もそれは同じで、たとえば石川啄木の歌を読めば、啄木は幻視の貧困を食べていたことがわかる。同じパンを食べても、啄木にはそれが孤独のかたまりに見え、白秋には歓喜の悦楽に見える。白秋が唇を甘く濡《ぬ》らしてすするココアは、啄木が飲めばテロリストの悲しき心になってしまう。

白秋に「米《こめ》の白玉《しらたま》」という三章からなる長歌がある。これは、白秋が二番目の妻章子《あやこ》と「貧窮の極餓死を目前に控へ」るなかで作った歌である。このとき白秋は貧乏のどん底で、米櫃《こめびつ》の米がつきた。

ましら玉、しら玉あはれ、白玉の米、玉の米、米の玉あはれ。そを一粒、また二粒、三粒、四粒と数ふれば白玉あはれ。搔《か》きよせて十粒に足らず、ひろへれど十粒を出《い》でず。今は早や我は餓《う》ゑを、我が妻もかつゑはてむを、ましら玉しら玉あはれ。さはへど米のしら玉、貧しとてすべな白玉、その玉を雀子《すずのこ》も欲《ほ》れ、ひもじきは誰もひとつよ、……

と長歌はつづいていく。

米つぶがなくなって貧乏のどん底ではあるが、白秋は、米つぶを、しら玉と見る。雀《すずめ》ならば七、八粒である程度は腹がふくれるが、あいにくとこちらは人間である。白秋は三十二歳、啄木は白秋より一歳下で、森鷗外邸の観潮楼歌会で知りあったが、このとき啄木はすでに死んでいる。

白秋は南葛飾《かつしか》の小岩村に住んで、そのあばら家を「紫烟草舎《しえんそうしゃ》」と称していた。貧乏ではあるけれど、二番目の妻章子は貧乏を苦にしない辛抱強い性格で白秋を支え、その安《あん》堵《ど》感《かん》とやすらぎがこの歌の底にある。

谷崎潤一郎（三十一歳）が、吉井勇（三十一歳）と長田秀雄（三十二歳）を連れて、小岩村の白秋を訪ねてきた。（谷崎潤一郎『詩人のわかれ』）

谷崎は吉井、長田らと吉原で遊び、朝帰りに鰻《うなぎ》の白焼を食べ、ふと、小岩村にひきこんだ友人の白秋を思い出して、余った白焼を蒲焼《かばやき》に焼きなおさせて、その折りを手土産にして、白秋の家をめざしたのである。三人はタンボのなかにぽつんと建っている家を見つけ、白秋に会い、白秋を誘い出して、柴又《しばまた》の料理屋「川甚」へ行き、夜の九時ぐらいまで飲んだ。酔った勢いで、「このまま東京へ行こう」と誘うと、白秋はがんとして家へ帰ると言う。それでも強引に誘うと、白秋は柴又駅から一駅だけみんなと電車に乗って、江戸川で降り、そこから、提灯《ちょうちん》を下げながらとぼとぼと一里半の道のりを歩いて家へ帰っていった。次第にタンボの闇《やみ》へ消えていく白秋を見ながら、吉井勇は「あいつあえれえ所がある」と言った。その吉井勇の目に涙がいっぱいあふれていた。

白秋は九州柳川《やながわ》の海産物問屋の息子として育ち、子どものころはなに不自由なくすごしてきた人だから、こういう貧相な白秋を見るのは、谷崎や吉井勇はしのびなかったのであろう。白秋をはげまそうとして、わざわざ田舎までやってきたのに、白秋は酔っても昔のようにつきあおうとはしなかった。

これが啄木ならば、さまになる。しかし白秋は二十四歳で『邪宗門』を出し、一躍人気詩人となり、「パンの会」では木下杢太郎《もくたろう》、吉井勇、長田幹彦らと両国の料亭や小伝《こでん》馬町《まちょう》の洋食屋をのし歩いていた。親分肌で、人の面倒見がよく、陽気で、よく食べよく飲んだ白秋のおちぶれかたは、友人の涙を誘わずにはいられない。パンの会の会歌とな

ったのは、

空に真赤《まっか》な雲のいろ。
玻璃《はり》に真赤な酒のいろ。
なんでこの身が悲しかろ。
空に真赤な雲のいろ。

という白秋の詩をもとにした小唄《こうた》であった。この「空に真赤な」は詩集『邪宗門』に収録されており、白秋は赤いものが好きだ。『邪宗門』には、色赤きびいどろ、血に染む聖礫《くるす》、色赤き花、刺すがごと火の酒、赤き花の魔睡、紅《くれない》の戦慄《わななき》、朱の光、と鮮紅色の幻想にあふれ、玻璃につがれた赤葡萄酒《ぶどうしゅ》を真赤な夕陽にかざす官能の愉楽こそが白秋の持ち味だ。

白秋がおちぶれたのには、わけがある。最初の妻俊子との生活の破綻《はたん》が、白秋をこうまで変えてしまった。俊子は、二十五歳の白秋が青山原宿にいたころの隣家の人妻であり、恋仲となったあげくその夫より姦通《かんつう》罪《ざい》で告訴され、ともに市ケ谷の未決監に拘置された相手である。白秋はこの事件で世間の烈《はげ》しい指弾をうけ、精神は錯乱状態になった。俊子の夫に示談金を払って、二十八歳で結婚したものの、奔放な性格の俊子は、破産して同居していた白秋の家族とあわず、白秋は入籍後一年で追い出すようにして俊子と別れた。身も心も疲れはてたすえ、白秋は小岩村に逃げ、地味ではあるが貧乏に耐えられる章子と生活を始めたところだったからである。

　白秋が訴えられた明治四十五年には、まだ姦通罪があった。

　読売新聞は「詩人白秋起訴さる　文藝《ぶんげい》汚辱の一頁《ページ》」と報じた。この事件の背後には、俊子の夫が白秋をゆするために仕組んだ企《たくら》みがあるものの、誘惑にのった白秋は、みごとにはめられた。読売新聞の記事には、白秋は、

「文庫、明星の投書家で早稲田《わせだ》に一軒の家で忠実な老婆《ろうば》と共に非常な道徳堅固な生活を続けてゐた。女も酒も近づけなかつた。それが三、四年前に或《あ》る友人に伴《つれ》られて吉原へ遊んだ。それから道楽者になつて泥酔《でいすい》しては前後を忘却することもあるやうになつた。或時は電車線路に横臥《おうが》して運転手を驚かしたこともあつた」

とある。白秋に酒と女を教えた「或る友人」とは啄木のことである。悪い遊びを覚えるなかで『邪宗門』を書いた。九州の柳川は、白秋に言わせれば「さながら　水に浮いた灰色の柩《ひつぎ》」のような町であった。灰色の柩から上京した純情無垢《むく》の文学青年が酒と女をおぼえ、柩の蓋《ふた》をあげて曲節《メロデア》の悩みの群れ、官能の愉楽、神経のにがき魔睡の扉を開いたのである。「阿刺吉《あらき》、珍酡《ちんた》の酒」「麻痺薬《しびれぐすり》の酸《す》ゆき香《か》に日ねもす噎《む》せて」「近き野に

喉絞《のどし》めらるる淫《たわ》れ女《め》のゆるき痙攣《けいれん》」の味を知ってしまった。ようするにグレてしまった。しかも、そのグレかたは尋常ではなく、目もくらむばかりの極彩色にはぜ、紅色の夕暮れのなかの魔睡へひきずりこみ、「鈍き毛の絨毯《じゆうたん》に甘き蜜《みつ》の闇《やみ》」を知るのである。白秋の持てる可能性が一気に爆発したのは、この初期である。白秋が世間的に広く名をなすのは、晩年の童謡集であり、白秋の才は齢《とし》をとるごとに熟成浄化されていくけれど、白秋の絶頂は、この初期にあったといってよい。

若き日の白秋がなにを食べたか、という記録は藪田《やぶた》義雄《よしお》の『評伝』にも前田夕暮の『白秋追憶』にも具体的料理名は出てこないが、パンの会の仲間と東京の西洋料理店をあちこちと廻っているところから類推できる。赤葡萄酒に洋食、だけでなく、浅草や吉原の鰻屋、朝帰りに食う豆腐、娼妓《しょうぎ》連れで寿司《すし》・天ぷら、鷗外邸歌会で出るドイツ料理も食べたであろう。白秋は健啖家《けんたんか》であった。

『邪宗門』の最初の詩「邪宗門秘曲」に、「芥子粒《けしつぶ》を林檎《りんご》のごとく見すといふ欺罔《けれん》の器《うつわ》」が出てくる。これは切支丹《きりしたん》でうすの魔法のガラス器であって、その器に芥子粒ひと粒を入れると、芥子粒が拡大されて林檎のように見える、というものである。白秋は幻想としての林檎を見る。これは詩人の想像力であって白秋は幻の林檎を食べた。いや、林檎だけでなく、あらゆる空想を食う幻獣の様相を呈し、その幻影は『邪宗門』全篇を覆《おお》っている。たとえば「腐れたる林檎の如《ごと》き日のにほひ」という一節をとっても、白秋以前に、このような詩を書ける人は一人もいなかった。
二十六歳のときの詩集『思ひ出』は上田敏に激賞された作品だが、そのなかに「カステラ」という詩がある。

カステラの縁の渋さよな、
褐色《かばいろ》の渋さよな、
粉のこぼれが眼について、
ほろほろと泣かるる。
まあ、何とせう、
赤い夕日に、うしろ向いて
ひとり植ゑた石竹。

これは「初出」のほうの詩で神西《じんざい》清編『北原白秋詩集』では、もう少し長い。浅草で遊んだとき、白秋は啄木とカステラを食ったかもしれず、赤い夕日に照らされる石竹を背景に、カステラの粉のこぼれに涙するのである。こういう詩を書く人は食い意地がはっている。食べ物に対する観照が細部に入りこみ、鋭角で貪欲《どんよく》な目がある。白秋の詩に出てくる食べ物は、それじたい生命力があり馥郁《ふくいく》とした光と匂《にお》いを放っている。

白秋は啄木の対極にいたが、啄木の歌を高く評価しており、啄木の歌にある暗喩《あんゆ》や象徴性は歌の命だとみていた。そこのところは白秋も同じなのだが、感性と資質が違った。歌は白秋にとっては、悲しき玩具《がんぐ》ではなく、扉をこじあける暗号である。白秋は、自分の絵が色彩の強い印象派の油絵ならば、自分の歌はその裏面にかすかに動いているテレピン油のしめりだ、と言っている。

では、白秋にどのような歌があるのかというと、俊子とともに姦通罪として収監されて、二週間後に出獄したときに、

監獄《ひとや》いでぬ重き木蓋《きぶた》をはねのけて林檎函《りんごばこ》よりをどるここちに

と詠《よ》んでいる。さらに一首ある。

監獄《ひとや》いでてじつと顫《ふる》へて噛《か》む林檎林檎さくさく身に染《し》みわたる

白秋は林檎がことのほか好きだったようだ。このとき白秋は二十七歳。ここに出てくる林檎は、『邪宗門』に出てくる幻影の林檎ではなく、現実にさくさくと噛んで身に染みわたる林檎である。

白秋の出獄に関しては弟鉄雄の奔走があり、差し入れは毎日気をつかって白秋の好物を入れていた。白秋の頼みで、同じものを俊子にも差し入れた。毎回豪華な洋食やスープや果物までが届けられた。出獄時には弟鉄雄が差し入れた林檎を齧《かじ》ったのであろう。齧ったとたんに、忌《い》むべき監獄は追憶の林檎函に化けてしまう。

白秋の詩と歌は、最初の妻俊子といる時代が旺盛《おうせい》で、濃厚に匂う色彩がある。俊子は外国人のような美人で、天衣無縫の女で、遠慮のない言動から白秋の家族とおりあいが悪かったが、『邪宗門』から出たような魔性の女だった。俊子との確執のなかで書いた「金」は、「貧シサニ金ヲ借リ、／ソノ金ガ返サレズ。／キノフモケフモ、ソノ金ガ／燦然《サンゼン》ト天《テン》ニ光ル」精神状態であり、「貧者」という詩では「サハサリナガラ食《タ》ベズニハ／生キテヰラレズ、御仏《ミホトケ》ヨ、／生キムガタメニハ蝗《イナゴ》デモ／取ツテ食《タ》ブベシ、カガヤカニ」といった生活だった。また「ヤサイ」という詩がある。

ギンノサカナノトビハヌル
ヤサイバタケニキテミレバ、
ギンノサカナヲトラヘムト、
ヤサイアワテテハヲミダス。

これらの詩は『白金之独楽《はっきんのこま》』に収められており、刊行された大正三年に白秋は俊子と離婚している。よく知られる歌謡「城ケ島の雨」も俊子と三浦の見桃寺《けんとうじ》にいた頃に作ったものである。

葛飾小岩村にひきこんだ白秋は、章子と極貧の生活をおくりつつも、畑を耕して「キャベツ畑の雨」という詩を作った。

冷《ひ》びえと、雨が、狭霧《さぎり》にふりつづく、
キャベツのうへに、葉のうへに。
雨はふる、冬のはじめの乳緑《にゅうりょく》の
キャベツの列《れつ》に、葉の列に。

で始まる詩だが、ここでは白秋は田園詩人と化してしまった。章子は、白秋が、

この妻は寂しけれども浅茅生《あさぢふ》の露けき朝は裾《すそ》かかげけり

と歌った人で、白秋は、章子との田舎生活で、キャベツを食い、濡れたキャベツのなかに「真実の色と香」をかぎわける、清貧の詩人になってしまった。「やっぱり、酒を

飲んで鰻や肉を食わなきゃ不良の白秋ではない」という気分で、谷崎や吉井勇は訪れたのである。

章子との生活のなかで書かれた『雀の卵』の巻頭で、白秋は「貧窮の極餓死を目前に控へて、幾度か堪へて、たうたう堪へとほしたのも、みんなこれらの歌ばかりであつた」と述懐している。章子は俊子のような見栄《みえ》っぱりではなく、しっかり白秋を支えた。しかし章子との破綻は突然やってくる。

小田原伝肇寺《でんじようじ》に新築した家「木菟《みみずく》の家」をめぐって、金策にまわった章子の意地っぱりな性格が白秋の家族と衝突した。白秋の一家は血族としての団結がひと一倍強い。弟鉄雄から見ると、章子と生活した白秋が、従来のような詩を書けなくなったいらだちがあった。そんななかで、章子は新聞記者池田林儀《しげのり》と恋仲になる。白秋は「姦通した」と怒るが、事実は謎《なぞ》のままである。白秋が本当に怒ったのは、章子が、その事情を、谷崎潤一郎のところへ持ちこんで相談してしまったことである。気の毒なのはなかに入った谷崎で、白秋とは、この一件以来、義絶の仲となった。

白秋と章子との生活は四年で幕をとじるが、章子は一冊の詩集『追分の心』をのこしている。そのなかに「港のわかれ」と題したつぎのような一節がある。章子と恋仲になった池田林儀がベルリンへむけて出港するときの詩である。

リンゴのやうな灯《ひ》がついた
あれ見よと君は指さす
リンゴやリンゴ赤いリンゴや
ゆく君がもゆる瞳《ひとみ》か

三番目の妻菊子は家庭的で、フランス料理が得意な女性だった。三十六歳にして、白秋はようやく生涯の伴侶《はんりょ》とめぐりあう。新築なった「木菟の家」へ室生《むろう》犀星《さいせい》と萩原朔太郎《はぎわらさくたろう》が訪ねてくる。そのことを白秋は『山荘主人手記』で、「人の来《きたり》て我に告げしは、かの犀星、白秋の贅《ぜい》には驚きぬ。月にいかばかりの費すらむ。食事も仏蘭西《フランス》風ぞ、ゼリイもつくぞ、さてパンのみかじりて米の飯などはとらぬといふぞ」と自慢している。

菊子と結婚してから白秋はすべてがうまくいった。菊子と結婚してすぐ軽井沢へ行き、有名な、「からまつの林を出でて、／からまつの林に入りぬ……」の詩「落葉松《からまつ》」を書いた。翌年、長男隆太郎が生まれ、童謡と子ども用のお話に積極的に創作意欲を燃やし「からたちの花」のような名作を生んでいく。

そのいっぽうで、前妻の章子は品川区大井の置屋に身を沈め、晩年は食魔と化して、格子《こうし》つきの座敷で糞尿《ふんにょう》にまみれて悶死《もんし》するのだが、そこのところは瀬戸内春美（寂聴）『ここ過ぎて——白秋と三人の妻』に詳しい。菊子は白秋にとって最良の妻であったが、俊子、章子という両極端の女性との生活のはてに菊子と落着したわけで、白秋にとっては三人とも、必要欠かせざる相手だった。白秋が、最初から菊子と結婚していれば、どうなったかはわからない。

藪田義雄の『評伝』によれば、白秋は酒好きではあったが、いわゆる通人ではなく、へんにとり澄まして器ばかりで食わせる料理などよりも、大皿や鉢に盛りあげて、めいめいが取りわける食べ方を好んだという。柳川近くの有明海でとれる蟹《かに》や蝦蛄《しゃこ》は、殻を人の倍ぐらいの速さでむいて大量に食べた。酒を飲むと、おはこの余興がとび出した。それは「線香花火」と「蠅《はえ》踊り」の芸で、座敷の中央に白秋が飛び出して、だれかがマッチをする真似《まね》をする。と、やにわに、シュッシュッと火花が飛びちる音を口で出しながら、両手を交互に突き出したり縮めたりして、線香花火の真似をする。火花が燃えつきて、消え失《う》せるところが絶妙だったという。蠅の形態模写をする「蠅踊り」は玄人《くろうと》の域で、そこにいあわせた者は抱腹絶倒となった。白秋は、南方系特有の熱情家の血があり、宴会好きだった。

友人や弟子と二、三軒飲みまわって、どこの店も看板になり、屋台のおでん屋の前にさしかかった。おでんはすっかり売り切れていて、親爺《おやじ》が恐縮していると、白秋はおかまいなく長い菜箸《さいばし》をとって鍋《なべ》の底をかきまわして、底にゆで玉子がひとつ沈んでいるのを見つけて、突つきまわして、とうとう仕留めてしまった、という。

最初の逢引《あいびき》は、まだ他人の妻であった俊子が赤ん坊を背負ってやって来た。代々木の森の楡《にれ》の木の下で、手製のサンドイッチをひろげ、洋酒のグラスを傾けたというから、若いころから図太く大胆なところがある。俊子の肺病の療養で小笠原《おがさわら》へ行ったときは「小笠原のトマトは鶏肉のような味がする」と書いており、食味にはひと一倍敏感だ。煙草《たばこ》ビールは一夏に何十ダースと注文し、煙草は敷島が好きで一日に十箱以上吸った。煙草は、三分の一を吸うと捨てて、すぐつぎの一本に手をつけて、休む間がなかった。卓上の吸いがら入れに、トルコ帽のように積まれた吸いがらの山を見て客は目を見はった。御馳走《ごちそう》の食べ過ぎで糖尿病の気があったが、牛肉を好み、新宿の太田屋という牛鍋屋が行きつけの店で、仲居とも顔馴染《かおなじみ》だった。
長男の隆太郎を連れて菊子と信州を旅したとき、白秋は、つぎのような詩を作った。

天幕の外の、
遠いアルプス、
風だ、四月の、
いい光線だ、
(見よ、菊子よ)
新鮮な林檎だ、

旅だ、
信濃《しなの》だ。

またしても林檎が出てくる。この詩のなかで、白秋は、妻の菊子の名を入れるほど幸せであった。一本気で、むら気で、敏感な白秋は、生涯の転機にたつと、そのたびに林檎を歌い、その林檎は、幻視でありつつも実像であり、実像でありつつ限りなく幻視に近く、林檎は、揺れて震える詩人の心の炎の結晶であった。晩年の白秋は目を病んで、薄明のなかで口述筆記をしたが、そこに、どのような林檎を見ていたのであろうか。

昭和十七年、白秋は腎臓《じんぞう》病と糖尿病を悪化させて入院するが、無理やり退院して、自宅の病床で創作をつづけ、童謡本三冊ほか十数冊にわたる著作の整理編集に没頭する。恐ろしいほどの執念と気魄《きはく》である。仕事をしながら、酸素吸入のパイプを投げすてて、

「たった一度でいい、この胸に穴を開けてでも、ほんとうの呼吸がしたい」

と喘《あえ》ぐように叫んだ。

最期《さいご》の十一月二日、呼吸困難とチアノーゼが出て、強心剤の注射をすると、脂汗《あぶらあせ》を流しながら「なに負けるものか、負けないぞ」と叫んだ。発作は言語を絶するもので、「兄さん頑張れ」「お父さんしっかり」という周囲の声も悲壮を極めた。

その発作が収まると、白秋は突然、「なにか食べよう」と言い出した。菊子夫人が林

檎のしぼり汁を差し出すと、「これはまずい、丸のまま持って来い」と言った。

まもなく運ばれた二片の林檎を、「うまい、うまい」と一気に食べたが、このときの白秋は流動食でさえ喉につかえてうけつけない症状だったので、居合わせた者は、ひとしく感嘆の声をあげた、と主治医の米川稔は書き残している。

隆太郎が、新鮮な空気を入れようとして東の窓を開けると、白秋は、

「ああ蘇《よみがえ》った。隆太郎、今日は何日か。十一月二日か。新生だ、新生だ、この日をおまえたちよく覚えておおき。わたしのかがやかしい記念日だ、新しい出発だ。窓をもう少しお開け。……ああ素晴らしい」

と言い、息をひきとった。五十七歳の生涯であった。

石川啄木——食《くら》うべき詩

少年時代の石川啄木がどれほどわがままで自分本位の性格であったかは、啄木の妹三浦光子の回想『悲しき兄啄木』に詳しい。貧乏寺の四人兄妹の唯一《ゆいいつ》の男子だった啄木は、甘やかされて育ち、夜中にゆべし饅頭《まんじゅう》を食べたいと言いだすと、なにがなんでも食べずにはガマンができず、家中の者をたたきおこした。母はやむなく起きだしてゆべし饅頭を作って与えた。啄木の母は、啄木のあまりに自己中心的な性格を病いとしてうけとめ、茶断ち、玉子断ち、鶏《とり》断ちをしたほどだ。

ある夏の日、啄木は家へ帰るやいなや、母に巻き寿司《ずし》を作れと言った。巻き寿司一本

いしかわ・たくぼく（1886～1912）岩手県生まれ。与謝野鉄幹に認められ、明星派の歌人としてデビュー。貧困と焦燥をうたった短歌はいまだに多くの人に愛誦されている。歌集に『一握の砂』『悲しき玩具』などがある。

を切らずに食べさせてくれと頼んだ。その理由を母が問うと、学校の友だちが弁当に巻き寿司を一本持ってきたのがたまらなく欲しくてならなかったからだと言った。母は泣きながら巻き寿司を作った。

盛岡の中学に入ると、啄木の友人がだれかれとなく渋民《しぶたみ》村の寺へおしかけてきて、啄木の父は自宅のことを「石川ホテル」と呼んで笑ったという。啄木は友人にむかって「ぼくの家にはなにも御馳走《ごちそう》はないけれども、岩手山と北上川が御馳走だ」と自慢した。函館《はこだて》へ逃げてからは妻の義弟である宮崎郁雨《いくう》にたかり、東京へ出てからは金田一京助へたかった。啄木にとって幸運だったのは、郁雨にしろ京助にしろ、啄木とは比較にならぬ上等の人物だったことである。郁雨と京助は啄木の才能を高く評価し、たび重なる借金の申し出に応じ、はげましては食事をおごった。

金田一京助の『啄木との交友』によると、二人で本郷のやぶそばや天ぷら屋へ行き、また別の店ではトンカツ、ビフテキを食べ、ビールを飲んで気勢をあげたことが出てくる。京助はおごってやったとは書いていないが、京助が払ったのに決まっている。啄木のローマ字日記を読むと、京助はじめ北原白秋、木下杢太郎《もくたろう》、平出修《ひらいでしゅう》、吉井勇といった友人との食事がよく出てくる。友人という友人から金を借りまくり、とくに一番多く借りた相手は京助だった。借りた金で吉原へ行って牛肉を食い、浅草では酒を飲んで女を買った。寿司屋へ行き、天ぷら屋へ行き、西洋料理店へ行った。他人の金で、すさまじい放蕩《ほうとう》ぶりである。

啄木は金を借りた相手に感謝をすることはない。それのみか、金を借りた相手をののしり、憎んでいる。金を借りることのうしろめたさが逆作用となって、痛罵《つうば》になるのだが、その根底に、自分は天才詩人であるから、他人はほどこしをして当然だという思いあがりがある。

現在残されている啄木の借金メモは、二十三歳のときのものだが、友人という友人に借りまくった総計が千三百七十二円五十銭になっている。白秋に十円、杢太郎に一円、吉井勇に二円、と借りた総計が千三百七十二円五十銭になるわけで、大口は郁雨の百五十円と京助の百円である。二十四歳のとき、啄木は朝日新聞社に就職して、そのときの月給が二十五円だった。いまの価値ならば二十五万円ほどだろう。（以後出てくる数字は当時の一円を一万円と計算すればだいたいの見当がつく）

月給二十五万円の男が一千三百万円余の借金をしていた。メモにあるだけで、これだけの金額に達するのだから、実額はこれ以上になる。啄木に金を貸した人で、このメモに出てこない人はさぞかし腹がたつだろう。

さらに二十六歳で死ぬまでには、郁雨、京助はじめ多くの友人から多額の借金をしている。私は学生時代、金田一京助の国語学の授業をうけたが、金田一家では、「石川の名をきくと、大泥棒の石川五右衛門《ごえもん》のことだ」と言ったそうである。金田一家ではそれぐらい毛嫌いされていたが、若き日の京助は啄木の理解者として援助をおしまなかった。京助にしたところで、啄木に金を貸すほどの余裕はなかった。

啄木には月給二十五円のほかに、東雲堂からの歌集印税二十円、ほかいくつかの原稿料が入る。貧乏といっても、赤貧洗うがごとしといった極貧ではない。むしろ平均以上の収入である。その金は、酒代と料理代と浅草の売春婦代に消えてしまう。二十五歳のときに、朝日新聞社の給料は二十七円になった。そのほかに二十円の賞与も出た。

啄木の借金メモを見て気がつくのは、北海道や東京での借家家賃を払っていないことである。家賃は払わぬものと最初から決めている。さらに料亭、料理屋の代金も払わない。書店へも買った本の代金をつけたままだ。これは極道者のやりかただ。たちが悪いのは、二カ月滞在した東京牛込《うしごめ》の大和館で、七十円をふみ倒した。二カ月間で七十円という多額になったのは、処女詩集『あこがれ』刊行のため来客を接待した飲食費をふくむためである。

啄木の借金は、生活苦というよりも、詩人としての高い矜持《きょうじ》と負けず嫌いで見栄《みえ》っぱりの浪費の結果で、金を借りるためには見えすいた嘘《うそ》をつく。そのくせケチで、人に金を貸すときは大げさに嘆いてみせる。啄木に、金をよこせと言ったのは啄木の母である。

啄木は母からの金の無心に大げさに驚いて見せ、一円を送った。ローマ字日記には「予の心は母の手紙を読んだときから、もうさわやかではなかった」とある。「予にはこの重い責任を果たすあてがない。……むしろ早く絶望してしまいたい」とある。たった一円で大げさすぎる。寺山修司は、啄木の歌、

たはむれに母を背負ひて　そのあまり軽《かろ》きに泣きて　三歩あゆまず

に関して「これは母を背負ひて捨てにゆく歌だ」と解釈した。啄木は終生母を恐れていたのである。

啄木の特質は、自分が加害者でありながら被害者になる技術である。それは歌集『一《いち》握《あく》の砂』を読めばすぐにわかる。では、加害者と被害者をつなぐものはなにか。それは匂《にお》いである。啄木は匂いに敏感であった。

『一握の砂』は、歌集の巻頭に「宮崎郁雨と金田一京助に捧《ささ》ぐ」と献辞があり、最初の歌は、有名な、

東海の小島の磯《いそ》の白砂《しらすな》に　われ泣きぬれて　蟹《かに》とたはむる

だが、なに、泣きたいのは郁雨と京助のほうだろう。この歌集のなかに、料理と食事に関する歌がいくつか出てくる。今回読みなおして気がついたのは、そのほとんどが匂

いなのだ。

それとなく　郷里《くに》のことなど語り出《い》でて　秋の夜に焼く餅《もち》のにほひかな
そことなく　蜜柑《みかん》の皮の焼くるごときにほひ残りて　夕《ゆうべ》となりぬ
新しきサラドの皿の　酢《す》のかをり　こころに沁《し》みてかなしき夕《ゆうべ》
ひとしきり静かになれる　ゆふぐれの　厨《くりや》にのこるハムのにほひかな
ある朝のかなしき夢《ゆめ》のさめぎはに　鼻に入り来し　味噌《みそ》を煮る香よ
垢《あか》じみし袷《あわせ》の襟《えり》よ　かなしくも　ふるさとの胡桃《くるみ》焼くるにほひす
或《あ》る時のわれのこころを　焼きたての　麵麭《パン》に似たりと思ひけるかな

歌に登場する食べ物は、餅、蜜柑、サラダ、ハム、味噌汁、胡桃、パン、であって、いずれも上等の食品である。白秋が歌えば贅沢《ぜいたく》で絢爛《けんらん》たる食卓になるだろうが、啄木が歌えば悲しく孤独なものとなってしまう。

妹光子の回想によれば、啄木の少年時代は啄木が言うほど貧しいものではなく、「実際田舎のお寺には新鮮な野菜と果実の外はなにもありませんでした。小屋の屋根の上に一杯這《は》い上って、ゴロゴロと転がっている西洋南瓜《かぼちゃ》を見て、いろりの傍で南瓜のごろ煮を食べたら美味《おいし》かろうなどと言われたこともありましたっけ。たわわになっているリンゴを籠《かご》一杯取ってきて、思い思いに食することもありました」（『兄啄木の思い出』）というぐあいで、リンゴが実る季節には、啄木の部屋から手をのばせばリンゴがとれた。味噌は檀家《だんか》が届けてくれる。妹の光子は、啄木が誇張して書く窮乏さは、事実に反するとしている。豊かではないが、啄木が言うほどひどくはなく、むしろ周囲の農家のほうがずっと貧しい生活だった。

二十一歳のとき代用教員として渋民村に帰ってきた啄木は、自ら「日本一の代用教員だ」と自負して、夜も昼も村の青年にとりまかれて、饗応《きようおう》されていた。光子は、啄木にいじめられて育ったのに、藤森成吉が書いた芝居『若き啄木』のなかで、逆に「意地の悪い妹」として登場させられることに腹をたてている。生活破綻《はたん》者であった啄木の父一《いつ》禎《てい》は、子どものころの啄木を溺愛《できあい》してわがまま放題にしたが、その後、息子に腹をたてて家出をした。

啄木はどのような情景でも匂いを嗅《か》ぎわける達人だった。貧乏に関しては、家の周囲に漂う貧困を嗅ぎ、その気配を敏感にすくいとる。啄木の一所不在性とたかりの性癖は、父一禎が漂わせていた匂いだった。啄木のたかりは、生家が寺であることからくる「檀家からの寄付はあたりまえ」という考えと無関係ではない。

匂いは抽象的で漠としたものでつかみにくい。目にも見えない。でありながら確実に存在するものである。『一握の砂』に、

新しきインクのにほひ　栓《せん》抜けば　餓《う》ゑたる腹に沁《し》むがかなしも

という歌がある。インクの匂いも、啄木の手にかかれば、このように腹に沁みこんでくる。匂いという表現を直接使わない場合でも、

いささかの銭《ぜに》借りてゆきし　わが友の　後姿の肩の雪かな

といった歌の中核には、うら淋《さび》しい友の匂いが漂っており、それは自己の日常の姿につながる。

啄木の日記は、金のことばかり書かれている。啄木は小説を書きたかった。しかし、啄木の小説は、ことごとく頓挫《とんざ》し、失敗している。それは、小説の原稿を売ることだけを考えて、書ききる根気に欠けていたためだが、啄木の手腕は、場の匂いをかすめとるところにあるため、小説という方法は啄木にはむいていない。啄木をつき動かす力は瞬間の想念であって、具体的な物語ではなかった。

「たはむれに母を背負」うのは幻想である。啄木が実際にそんなことをするはずがない。「母を背負」うという幻想は突如ひらめくものの、さてそこからさきにどう展開するの

か、となると、三歩あるいて立ち止まるだけである。

啄木に『食《くら》ふべき詩』という小論がある。このなかで啄木は「郷里《くに》から函館へ、函館から札幌へ、札幌から小樽《おたる》へ、小樽から釧路《くしろ》へ――私はさういふふうに食を需《もと》めて流れ歩いた」と、食を求めて北へ北へと走っていった自分を回顧し「北方植民地の人情は、甚《はなは》だしく私の弱い心を傷つけた」と書く。あれほど世話になった北海道は、啄木に言わせれば「北方植民地」なのである。小樽の街に、

かなしきは小樽の町よ　歌ふことなき人人の　声の荒さよ

の歌碑があるが、これは、小樽の町をさげすんだ歌である。自分の町を悪く言われても、相手が啄木ならば我慢ができる。啄木が言う「食うべき詩」は、詩は、日常の食事のように食うべきものでなければならないとする。「実人生となんらの間隔なき心持をもつて歌ふ詩といふ事である。珍味ないしは御馳走ではなく、我々の日常の食事の香《こう》の物《もの》の如《ごと》く、然《しか》く我々に『必要』な詩といふことである」。これは自分の短歌への弁護である。幼いとき、渋民村の寺へ来た友人に「岩手山と北上川が御馳走だ」と言ったのに似ている。啄木は想念を食えと言っている。そのいっぽう「我は詩人なり」という不必要な自覚はいけないとし、「詩はいはゆる詩であつてはいけない」「正直なる日記でなけ

ればならぬ。したがって断片的でなければならぬ。——まゝ、まとまりがあつてはならぬ」と言う。

たしかに啄木の日記は正直すぎる。正直すぎるから啄木の二重人格がくっきりと浮かび出るのだが、この一文を書いた明治四十二年の当用日記を見ると、一月一日は前夜から本郷割烹《かっぽう》店で平野万里《ばんり》と食事をし、その後一杯の酒と雑煮を食べ、千駄《せんだ》ヶ谷《や》の与謝野鉄幹宅へ行っている。一月二日は吉井勇らと本郷三丁目のとある割烹店へ行き、酒を飲んで吉井勇が酔った。一月三日は金田一京助ら友人が入れかわり来てビールで宴会、である。森鷗外に招かれた観潮楼歌会では立派な洋食を食べ、北原白秋を連れて飲み歩く。啄木が死んで、弔問に訪れた白秋は、金田一京助にむかって「女と酒を私に教えたのは、この人、この人」と言った。啄木が酒と女との遊蕩《ゆうとう》を覚えたのは、啄木が「北方植民地」とさげすんだ北海道である。

与謝野鉄幹、晶子宅へは啄木はちょくちょく顔を出して食事を出されたが、ローマ字日記のなかでは、与謝野宅を出た啄木は二、三歩あるいて「チェッ」と舌打ちし「よし！　彼等とぼくとは違ってるのだ。フン！　見ていやがれ、馬鹿《ばか》野郎め」と書いた。

与謝野鉄幹は、盛岡に帰った啄木が、歌稿の束や巻紙一本の手紙を送ってくるが、郵税不足のため金を払わざるを得ず「妻が子供に飲ます牛乳に入れる砂糖を五銭以上は買い得なかった程、私達は極度の貧乏をしていたころなので、その不足税を度々払うことに妻の困っているのが気の毒であった」(『啄木との交友』)と書き残している。

日常生活で、周囲にいる人間すべてに被害を与えた啄木が、いまなお、多くのファンを持ち、読みつがれているのはなぜか。ひとつは啄木の歌がだれにでも読みやすいからであるが、それだけが理由ではない。

啄木の歌には、道を踏みはずした人間のやるせない直情が通底している。負け犬の哀愁を帯びつつ、本当の気分では負けていない。その悲しいほどの強がりと透明な嘘が、読む者の心を抱きしめるのである。

啄木は、小説を書こうとしてついに書けなかった。「その時、ちやうど夫婦喧嘩《げんか》をして妻に敗《ま》けた夫が、理由もなく子供を叱《しか》つたり虐《いじ》めたりするやうな一種の快感を、私は勝手気儘《きまま》に短歌といふ一つの詩形を虐使《ぎやくし》する事に発見した」(『食ふべき詩』)と言う。

啄木の歌は、だれにでもある実生活の挫《ざ》折《せつ》した隙間《すきま》に、殺気をもって斬《き》りこむのだ。誇張された想念は、ここでは圧倒的な力を発揮する。啄木はハイカラである。辛酸をなめつくす貧困のなかからは、啄木のようなハイカラな歌は生まれない。よく知られる「ココアのひと匙《さじ》」の詩がそうである。


はてしなき議論の後の／冷めたるココアのひと匙を啜《すす》りて、／そのうすにがき舌触《したざわ》りに、／われは知る、テロリストの／かなしき、かなしき心を。

この情景でテロリストが啜るのは、断じてココアでなければならない。テロリストなのだから、もっと安い渋茶であるとか、昆布茶、塩湯、甘酒、味噌汁、あるいは白湯《さゆ》のほうが分相応という理屈は成立するが、この詩では、テロリストがココアを啜るからこそ、テロリストの孤独な匂いが伝わるのである。

啄木の分不相応な贅沢と傲慢《ごうまん》、あるいは過度の貧乏幻視は、あたかも言葉の化学反応のように結合して、透明の結晶となった。ペン書きで、一字一字丁寧に書いた啄木の生原稿を見ると、カチンと冷えきった一本気の決意を強く感じる。啄木の原稿は完璧《かんぺき》である。一字の訂正もない。ローマ字日記のなかに「予の現在の興味はただ一つある。それは社に行って二時間も三時間も息もつかずに校正することだ」とあるのを見つけて、私は慄然《りつぜん》とした。校正は印刷された文のアラをさがす作業である。啄木の友人への接しかたと同じではないか。私も校正をしたことがあるからわかるのだが、他人の原稿を校正する自己嫌悪《けんお》は「テロリストのかなしき心」に似ている。

ローマ字日記には、他人に知られたくない秘密が書かれ、それゆえに啄木の本心が暴《あば》き出されるのだが、「腹が減っているので電車のなかで膝小僧《ひざこぞう》がふるえた」という一節はじっさいその通りだったのだろう。女を買って朝帰りするとき「三円の金を空《むな》しく使った」とむやみに後悔するのも正直な独白だ。剃刀《かみそり》で胸に傷をつけ「そして左の乳の下を切ろうと思ったが、痛くて切れぬ」という情けなさも、いかにも啄木らしい。金田一京助が剃刀をとりあげて、そのあとは京助に連れられて、いつもの天ぷら屋へ行くのである。

電車のなかで小さい娘を見て、家に置いた娘の京子のことを思い出す。下宿さきの家には母と娘だけで妻の節子は出かけている。「予はその一日を思うと、目がおのずからかすむを覚えた。子供の楽しみは食いもののほかにない。その単調な、うすぐらい生活にうんだとき、京子はきっとなにか食べたいとせがむであろう。なにもない。〝おばあさん、なにか、おばあさん！〟と京子は泣く。なんとすかしてもきかない。〝それ、それ……〟といって、ああ、タクアンづけ！／不消化物がいたいけな京子の口から腹に入って、そして弱い胃や腸をいためているさまが心にうかんだ！」

この日記を書いたのは、啄木が仮病を使って、会社を五日間休んだ翌日である。

そのいっぽうで、「今夜だけ遊ぼう！」と、金田一京助と連れだって浅草へ出かけ、町の女に「なにかおごって」とせがまれて、寿司屋へ入るのである。

啄木が死ぬのは明治四十五年（二十六歳）のことで、この年、啄木に先だって母カツが死んだ。節子夫人の金銭出納簿には、朝日新聞社の佐藤編集長が社内有志十七名の見舞金として、三十四円四十銭を持ってきたことが、収入の部分に記載されてある。森田草平を介して、会ったことがない漱石夫人からも十円と征露丸が届けられた。

金銭出納簿には、とうふ二銭、あげ三銭、梅ぼし五銭、薬、ダッシ綿十銭、と日々の支出明細が記されているが、ひときわ目につくのは、かば焼き三十二銭、おすし二十五銭、おさしみ十五銭、といった贅沢品である。喀血《かっけつ》をくりかえす啄木へ、節子夫人がなけなしの収入のなかからそれらを食べさせていた。チョコレートや煙草《たばこ》もよく買っている。その他に目立つのは薬代と氷代とコーヒーである。

節子夫人の金銭出納簿は、明治四十四年九月以降、啄木が死ぬまでの八カ月間のもので、この時、啄木は妻の義弟である郁雨と義絶し、郁雨からの援助がなくなり、生活費は朝日新聞社からの俸給二十七円のみとなり、創作活動も中止されたため生活は困窮をきわめた。啄木は、死の八カ月前になって、それまでは短歌の中のみで誇張していた貧困のどん底につきおとされたのである。八カ月間の出納簿の収入で最大の額は、死んだ四月十三日の香奠《こうでん》百二十円であった。節子夫人は、三浦光子へ出した手紙のなかで、死を目前にした啄木の、歌人の自尊心をかなぐりすてた実像を語っている。

「アンズの干して砂糖につけたのを買ってきましたら、おいしいと言ってよく食べていました。そして夜になったら今晩はみな早く寝ろ寝ろと言うのです。若山（牧水）さんが大塚に居られるので車をやりましたら、すぐ来られて室に入られると、君はいつも太っていてうらやましいな——と言ってニッコリ笑いました。イチゴのジャムを食べましてね——あまりに甘いから田舎に住んで自分で作って、もっとよくこしらえようね、など言いますので、こういう事をいわれますと、ただただ私もなきなきいたしました」

啄木は結核になやまされ、死の境界をさまよいながら、あれほど憎んだ故郷の渋民村をなつかしんでいた。啄木が記憶のなかで切り捨て、忘れようとしていた渋民村は、確実でまぶしい現実としてよみがえるのである。啄木を見舞った光子へむかって、啄木は「死ぬ時は渋民へ帰って死にたい。それからあそこでいちごを作って食べたいね」と話したという。

谷崎潤一郎――ヌラヌラ、ドロドロ

たにざき・じゅんいちろう（1886～1965）東京生まれ。耽美主義・悪魔主義の作家としてデビュー、震災で関西に移住後は日本の伝統的美を追求した。代表作に『痴人の愛』『春琴抄』『細雪』『鍵』などがある。

谷崎潤一郎は料理を舌で食べる域を越えて、躰《からだ》のすべての器官を触手として舌なめずりした。味覚は舌だけの感覚ではなく官能的で甘美な旋律がともなう悪魔的な儀式でなくてはならない。性的快楽が死の誘惑と隣りあわせであるように、食欲は腐臭や汚物と表裏一体であり、かつ極上の饗宴《きょうえん》が求められる。谷崎にとって理想の料理は、阿片《あへん》よりも恐ろしい悪徳が暮春の夕暮れのように漂い、それは料理というよりも魔術の領域である。

谷崎が三十二歳のとき（大正八年）に書いた二十八章だての小説『美食倶楽部《くらぶ》』は、

谷崎の、料理に対する狂気の嗜好《しこう》が端的に示され、最後は謎《なぞ》の料理が提出され、読者がその謎の迷宮へほうり出される仕掛けになっている。

話はこうだ。

美食倶楽部を構成する五人にとって、料理は芸術行為であって、詩や音楽や絵画よりも芸術的効果が著しく、美食に飽満すると、「素晴らしい管絃楽《かんげんがく》を聞く時のやうな興奮と陶酔とを覚えてそのま、魂が天へ昇つて行くやうな有頂天な気持ちに引きあげられる」。美食の快楽には、肉の喜びばかりでなく霊の喜びが含まれている。

彼らはいずれも美食のため、大きな太鼓腹を抱えていて、脂肪過多のためでぶでぶに肥え太り頰や腿《もも》のあたりは東坡肉《トンポウロウ》の豚肉のようにぶくぶくして脂《あぶら》ぎっている。つまり、晩年の谷崎潤一郎が五人いると想像すればよろしい。餌食《えじき》のために腹がいっぱいになったときが、彼らの寿命がつきるときかもしれず、その時が来るまで、彼らは、「げぶげぶともたれた腹から噫《おくび》を吐きながら」飽食の日々をすごしている。東京の市中にある有名な料理屋はことごとく喰い飽きてしまい、倶楽部の一員が「すつぽんの吸ひ物をたらふくたべたい」と言い出すと、夜汽車で京都へ出かけて上七軒町《かみしちけんちよう》のすっぽん屋へ行き、翌日「すつぽんのソツプがだぶだぶに詰め込まれた大きな腹を、再び心地よく夜汽車に揺《ゆ》す振らせながら東京へ戻つて来る」のである。鯛《たい》茶漬を喰いたさに大阪に出かけ、河豚《ふぐ》料理を食べに下関へ行き、秋田名物の鰰《はたはた》の味が恋しさに北国の吹雪の町へ遠征するが、彼らは平凡な美食には麻痺《まひ》しており、銀座四丁目の夜店に出ている今川焼を試し、烏森《からすもり》の芸者屋町に来る屋台の焼米《シュウマイ》を試してみても納得がいかない。「われわれはもっと大規模な饗宴の席に適しい色彩の豊富《ふさわ》な奴《やつ》を要求するんだ」と彼らは話しあう。

そんなとき、倶楽部の一員であるG伯爵《はくしゃく》は美食倶楽部がある駿河台《するがだい》から今川小路のほうへ歩いていく道すがら、淋《さび》しい濠端《ほりばた》の町の奥から、紹興酒の匂《にお》いとともに胡弓《こきゅう》の響きが流れてくるのに気がつく。胡弓の不思議な奇妙な旋律が、まるで食物の匂いのようにG伯爵の食欲を刺激し、「胡弓の糸が急調を帯びて若い女の喉《のど》を振り搾《しぼ》るやうな鋭い声を発すると、それが伯爵には何故か竜魚腸の真赤な色と舌を刺すやうな強い味《あじわ》ひ」とを思い出させ、「それから忽《たちま》ち一転して涙に湿《しめ》る濁声《だみごえ》のやうな、太い鈍い、綿々としただらかな調に変ずると、今度はあのどんよりと澱《よど》んだ、舐《な》めても舐めても尽きない味が滾々《こんこん》と舌の根もとに滲《し》み込んで来る、紅焼海参《オンシヤアハイセン》のこつてりとした羹《あつもの》を想像」する。そうして「最後に急霰《きゅうさん》のやうな拍手が降つて来ると、有りと有らゆる支那料理の珍味佳肴《かこう》が一度にどツと眼の前に浮かんで果ては喰ひ荒された ソツプの碗《わん》だの、魚の骨だの、散り蓮華《れんげ》だの杯だの、脂で汚れたテーブルクロースだの迄《まで》が、まざまざと脳中に描き出された」。

谷崎の料理への嗜好は甘美な音楽の旋律を伴い融合する。料理は官能への刺激と腐蝕《ふしょく》であり、食欲と肉欲をつなぐ旋律の蜜《みつ》が天上からしたたり、寄り添うのである。さらに谷崎の視線は、美食に耽溺《たんでき》する者の醜悪な体軀《たいく》を見逃さない。飽食したあとのテーブルに散らばる食い残しの皿、汚れたテーブル、弛緩《しかん》して酒で濁った眼のなかに、廃園の庭にも似た憂鬱《ゆううつ》を見る。食後の倦怠《けんたい》とたるみきった満足感は、性交後の皺《しわ》だらけのベッドのようで、そういった飽食がもたらす怠惰と腐臭もまた食ってしまう舌なのである。

谷崎はヌラヌラとしたものを好んだ。ヌメヌメドロリとし、触ってふにゃりとするものを好んだ。谷崎が書く小説は、風景も情事も会話もヌラヌラとしている。ギョロ目の視線が描く対象をなでまわしている。原稿を書く指先も舌のように湿り、指さきから唾液《だえき》が糸となって線を引いている。

小説『美食倶楽部』は、G伯爵が不思議な胡弓の音につられて入りこんだ館《やかた》が「浙江《せっこう》会館」という浙江省の中国人の秘密倶楽部であり、そこで共される魔術的料理のかずかずが登場する。G伯爵がチラリと盗み見ると「粘土を溶かしたやうな重い執拗《しつこ》いソツプの中に、疑ひもなく豚の胎児の丸煮が漬けてある。併《しか》しそれはたゞ外だけが豚の原形を備へて居るので、皮の下から出て来るものは豚の肉とは似てもつかない半平《はんぺん》のやうな、フワ〳〵したもの」で「皮も中味もヂエリーの如《ごと》くクタ〳〵に柔かに煮込んであるのか、匙《さじ》を割り込ませると恰《あたか》も小刀《ナイフ》で切取るやうに、そこからキレイに捥《も》ぎ取られる」といった、谷崎好みの料理である。大きい水盤のような瀬戸の丼《どんぶり》には「飴色《あめいろ》をしたソツプがたつぷりと湛《たた》へられてどぶり〳〵と鷹揚《おうよう》な波を打ちながら湯煙りを立てゝゐる。その一つの丼の中には蛞蝓《なめくじ》のやうなぬる〳〵とした茶褐色に煮詰められた大きな何かの塊まりが、風呂《ふろ》に漬かつたやうになつて茹《ゆ》だり込んでゐる」という状態は、小説『卍《まんじ》』の性愛の沼に共通する温度感で、このあたりまでの中国料理は、谷崎は、すでに食べた経験があるだろう。

私は谷崎の生家があった日本橋蠣殻町《かきがらちょう》の界隈《かいわい》が好きで、いまでもよく散歩する。蠣殻町生家の隣には古い中国料理屋があるし、むかいには居酒屋がある。ここから人形町にかけては、大正の残り火を宿す老舗《しにせ》の洋食屋、鳥鍋《とりなべ》屋、中国料理屋、寿司《すし》屋、天ぷら屋が軒を並べている。東京のなかでも食べ物屋がきわだってうまい一帯である。路地を歩けばぷーんと胃を刺激する料理の匂いが寄り添ってくる。そこの商人の息子だから、谷崎の舌は子どものころから奢《おご》っていた。

G伯爵は「浙江会館」の秘密料理のかずかずに驚嘆するが、阿片喫煙室へ連れこまれ、部屋の穴から宴会を覗《のぞ》きつづける。G伯爵は、この場では、この料理を味わわせてもらえない。「浙江会館」での見聞をもとに、自ら調理再現して五人組の倶楽部仲間に食べさせるのである。

そこで、出される料理は例えば「鶏粥魚翅《けいしゆくぎよし》」であった。これは中国料理にある鶏のお粥《かゆ》でもなければ、鮫《さめ》の鰭《ひれ》でもない。「どんよりとした、羊羹《ようかん》のやうに不透明な、鉛を融《と》かしたやうに重苦しい、素的《すてき》に熱い汁」で、芳烈な香気が漂っている。

このスープを口にした会員は、「何んだ君、こんな物が何処《どこ》がうまいんだ。変に甘つたるいばかりぢやないか」と腹をたてるが、その言葉が終るか終らないうちに、突然驚愕《きようがく》の眼をみはる。

「甘い汁が、一旦《いつたん》咽喉へ嚥《の》み下される事はたしかである。けれども其《そ》の汁の作用はそれで終つた訳ではない。口腔全体へ瀰漫《びまん》した葡萄酒《ぶどうしゆ》に似た甘い味が、だんだんに稀薄《きはく》になりながらも未だ舌の根に纏《まつ》はつて居る時、先に嚥み込まれた汁は更に噫《おくび》になつて口腔へ戻つて来る。奇妙にも其の噫には立派に魚翅と鶏粥との味が付いて居るのである」。噫が舌に残っている甘さに混和すると、忽ちにしてなんとも言えない美味を発揮するというのだから、谷崎流は、料理の「メビウスの輪」であり現実の味覚を超越している。こうなると、料理は、料理人の手を離れて、空想力の虚空《こくう》を跳梁《ちようりよう》するしかない。

G伯爵の味覚の襲撃は、このくらいのところでは止まらない。これにつづく「火腿白菜《かたいはくさい》」は、舌をもって味わうばかりでなく、眼をもって、鼻をもって、耳をもって、肌膚《きふ》をもって味わう料理である。

まず部屋の電気が消され、闇《やみ》のなかに立たされた会員のもとへ忍びやかに歩いてくる女の足音が聞こえる。なまめかしくさやさやと鳴る衣擦《きぬず》れの音がして、女は客とさしむかいに立ち、しなやかな指でコメカミをグリグリとさわり、眼蓋《まぶた》を撫《な》で、頬をさすり、指を唇のなかへ入れ、唇全体がびしょびしょになるまで唾吐《つばき》を塗りこくる。女の指にからみついた涎《よだれ》はだらだらと流れ、そのうち、舌にまとわりつく自分の唾吐が、奇妙な味を帯びてくるのである。客が陶酔の果てに女の指を嚙《か》むと、アスパラガスの穂先のようにグサリと嚙み切れる。指と思ったのは白菜だと知るのだが、どこからが白菜で、どこから女の指なのか、その境目はわからない。嚙みつぶしたはずの女の指は、依然として「ぬら〳〵した汁を出しながら、歯だの舌だのへ白菜の繊維を絡《から》み着かせる」のである。

また「高麗女肉《こうらいじよにく》」という料理が出る。仙女の装《よそお》いをした美姫《びき》が部屋へ担《かつ》がれてきて、華やかに笑いながら横たわっている。「彼女の全身に纏はつて居る神々《こうごう》しい羅綾《らりよう》の衣は、一見すると精巧な白地の緞子《どんす》かと思はれるけれど、実は其れが悉《ことごと》く天ぷらのころもから出来上つて居る」。会員はこの女肉にからまっている衣だけを味わう。

谷崎は、これらの奇怪な料理を紹介したあとで、八つの謎の料理を提示する。それは、

鴿蛋温泉　葡萄噴水　咳唾玉液　雪梨花皮　紅焼唇肉　胡蝶羹　天鵞絨湯　玻璃豆腐

という料理である。

「賢明なる読者の中には、此等《これら》の名前がいかなる内容の料理を暗示して居るか、大方推量せられる人々もある事と思ふ」として、この小説は終る。私は、この八つの謎の料理がいかなる内容のものであるかを推理し、それを『素人庖丁記《しろうとほうちょうき》』に書いたから、ここで

はふれない。読者ひとりひとりが、この料理名よりそれぞれの内容を仮想構築して、夢中散歩の食卓で食えばいいのである。

小説『美食倶楽部』を読めば、谷崎の料理観が、空想楼閣の食卓に配せられた見果てぬ夢であったことがわかる。料理というものは具体的でありながら、追っていくほど抽象性をおびて、エロティシズムと融合する。グロテスクで悲惨なものに限りなく近づきながらも、なおかつ人間の腹をぐうぐう鳴らすものである。人肉に近似しつつ人肉でなく、有毒性を喚起させつつ毒でなく、犯罪性を帯びつつ犯罪ではない薄暗がりの地平に成立する。性愛の混沌《こんとん》に関しても同様の朦朧《もうろう》としたぬめりがあり、虚実皮膜の甘い蜜を、谷崎は絶妙な舌使いでなめまわしてみせる。

谷崎のヌルヌル好みは、他の小説にも反映しており、瘋癲《ふうてん》病院に収容される青年を描いた犯罪小説『柳湯の事件』はその典型である。この青年は蒟蒻《こんにゃく》のブルブルとふるえる触感を好み、心太《ところてん》、水飴《みずあめ》、チューブ入りの煉歯磨《ねりはみがき》、蛇、水銀、蛞蝓《なめくじ》、とろろ、肥えた女の肉体を好むのである。里芋のヌラヌラ、水洟《みずばな》のヌラヌラ、腐ったバナナのヌラヌラを好み、町の銭湯のなかに同棲《どうせい》する女の死体があるという幻覚に襲われ、実際に客を殺してしまう。

三島由紀夫は、谷崎の小説を評して、つぎのように書いている。

「氏の小説作品は、何よりもまづ、美味《おい》しいのである。支那料理のやうに、フランス料理のやうに、凝りに凝つた調理の上に、手間と時間を惜しまずに作ったソースがかかつてをり、ふだんは食卓に上らない珍奇な材料が賞味され、栄養も豊富で、人を陶酔と恍《こう》惚《こつ》の果てのニルヴァナへ誘ひ込み、生の喜びと生の憂鬱、活力と頽廃《たいはい》とを同時に提供し、しかも大根《おおね》のところで、大生活人としての常識の根柢《こんてい》をおびやかさない」

谷崎の好物は、中国料理や牛肉煮込み、天ぷら、鰻《うなぎ》といったこってりとした脂っこいものであったことは、谷崎の友人の多くが証言している。かなりの大食いで、食べるスピードが早かった。谷崎が四十七歳のとき寄宿した俳優の上山草人《かみやまそうじん》は、「御大《おんたい》は江戸前の食道楽でかつ健啖家《けんたんか》であった」とし、鍋料理を二人でつついたときの話として「鍋のなかの見事な切れには相手に食わせまいとつばきをかけるのだが、両人はそんなことには辟易《へきえき》せず先を争って頬ばった」「文豪はよだれが多く、ものを食べるときズルズルと音がする。これは文豪の乱れた前歯からよだれが流れるためだ。熱心に筆をとっているときズルリ〳〵とそのよだれをすする音は、自分では気付かないかもしれないが大変なものである」と記している。このとき書いていたのは『陰翳礼讃《いんえいらいさん》』だった。

川口松太郎は、谷崎は「ハイカラな人で、小荒いチェックの背広に背バンドをつけ、上着と同じチェックのハンティングをかぶり、神経がぴりぴりしていて鋭い刃物を思わせた」とし、花柳界で遊ぶときも、「ほどよく酒を飲み、女とダンスを踊り、手ぎわよく切りあげてさっと帰り、久保田万太郎がぐでんぐでんになるまで酔いつぶれるのに較《くら》べると役者が一枚上手にみえた」と回想している。

私は昭和三十九年に、中央公論社が主催した文芸講演会で、谷崎潤一郎を見た。このときの谷崎は七十八歳だから、死の前年であった。付人に手をとられてヨロヨロと歩く姿は、死を目前にした老作家の肉体であったが、花束を渡す淡路恵子の手を握るしぐさは、ぬるりとした凄味《すごみ》のある濃い視線だった。老いてなお、これほどにエロスへの邪悪な志向があるものか、と身震いした覚えがある。妖怪《ようかい》を見る思いであった。

女も料理も世間もなめつくし、この世の快楽を食いつくし、自ら欲望醸造魔として屹《きっ》立《りつ》する殉教者がそこにいたが、と同時に、シャイで粋《いき》な老名誉教授の風格をたたえた枯淡さがあることに私は驚いた。現実の谷崎は、しゃれた江戸趣味の、ものわかりのよさそうな老人であった。大学の同級生であった津島壽一《じゆいち》（のち蔵相）は、学生時代、谷崎に「江戸ッ子は朝風呂に入るものだ」と言われて、本郷の銭湯に誘われた思い出を語っている。谷崎は「朝風呂のあとで江戸ッ子は豆腐を食べるものだ」と言い、下谷《したや》根岸の「笹《ささ》の雪」へ連れて行かれた。津島壽一は、そのことを父に報告し、「あそこは吉原帰りの人が朝めしを食べるところだ」と注意された。

松子夫人の回想録『湘竹居追想《しょうちくきょ》』や、孫の渡辺たをりの回想によれば、日本料理をよく食べ、真冬のすっぽん、二月のいかなご、春の筍《たけのこ》や鯛を好んだ。初夏の鮎《あゆ》、鱧《はも》、ぐじ、秋の加茂茄子《なす》、松茸《まつたけ》も好んだ。魚や肉だけでなく野菜にもうるさく、大根、ほうれん草、青葱《あおねぎ》、茗荷《みょうが》も京都産を好み、酒、果物、味噌《みそ》も吟味したものを選んだ。ようするに上等のものはなんでも好んで食べる贅沢《ぜいたく》な食通だ。日本橋蠣殻町の商人の子として生まれた血のなせるわざで、日本橋に大店《おおだな》を張る家の子は、みな、こういった粋な味を好んだのである。谷崎の場合は、その嗜好が、文学的空想力によって果てしなく肥大していった傾向が強く、エロティックな好奇心がそれに加わる。

松子夫人は「兎《と》に角《かく》、女性の足と手を一番先に凝視したことは間違ひなく、関心を持つ女人には、輝く眼が、足や手足を愛撫《あいぶ》してゐるかのやうに私の眼にはうつつた」と指摘している。女人の手や足への憧憬《しょうけい》は、フェティシズム、あるいはマゾヒズムと分析してしまうと身もふたもなくなるが、最晩年の小説『瘋癲老人日記』で、颯子《さつこ》の足の仏足石を作り、その下に骨を埋めようとするくだりや、小説『美食倶楽部』で女の指さきを食う料理を思いうかべると、あくなき欲望が残酷な歓喜をともなって揺曳《ようえい》する襞《ひだ》が表出するのである。

谷崎が、最初の妻千代子夫人を佐藤春夫に譲渡したのは四十五歳のときであった。千代子夫人の妹せい子との恋愛がその発端であった。二度目の夫人丁未子《とみこ》とも二年余で別れ、三度目の妻松子夫人と同棲を始めたのは四十七歳であった。

千代子夫人と結婚した佐藤春夫は「谷崎にとってお千代は実に大切な邪魔者であった」と書いており、これには谷崎も返す言葉がないだろう。谷崎は、千代子の妹せい子と不倫関係になってから、千代子夫人と離婚するまでに九年を費やしている。『痴人の愛』『卍』『蓼《たで》喰ふ虫』はこの間に書かれている。千代子夫人との軋轢《あつれき》のなかで、現実の生活と同時進行する形で、代表作とも言える三作が書かれている。本来なら地獄絵となるだろう壮絶な夫婦関係のなかで、その危険な状況を子細になめつくし、「女房の懐《ふとこ》ろには鬼が住むか蛇が住むか」(『蓼喰ふ虫』)と言ってみせる。

ここに人並みはずれた格別の技量と精神力があるのだが、谷崎がめざした文学が、官能的エロスの全面的な是認であり、それまで文壇をおおっていた灰色の自然主義へのまっこうからの挑戦であることを考えれば、谷崎の反社会的反道徳的行為は、当然の帰結と考えられる。人の快楽を是認し、人の悪を是認し、自らの肉欲のなかにひそむ怪物を飼いならす決意は、とどのつまり、人間の自由の獲得であった。谷崎が自ら構築する文学世界は、現実生活者の谷崎を挑発し、現実の生活がさらに作品に乱反射していく。

だからといって、だまされてはいけない。

谷崎が小説『美食倶楽部』で提示した料理は、谷崎自身によってわずかに批判されているのである。それは「浙江会館」に集まる中国人は「頽廃と懶惰《らんだ》との表情に満ち満ちて」おり、食い過ぎの客は「廃人のやうな無意味な瞳《ひとみ》を見開いたまゝ、うつら〳〵と煙草《たばこ》を燻《く》ゆらして」いるのである。この頽廃が、料理の官能をいっそうひきたてる構図が見える。

谷崎は、並の遊び人に比べれば、女性へも料理へもかなりの情熱を燃やしたが、それはつまり好奇心が強かったというだけのことで、谷崎は文学世界で、現実の自己を十倍にも二十倍にもふくらませてみせたのである。

三島由紀夫の言葉を借りれば「谷崎文学は見かけほど官能性の全的是認と解放の文学ではなく、谷崎氏の無意識の深所では、なほ古いストイックな心情が生きのびて」いるところがあり「女体を崇拝し、女の我儘《わがまま》を崇拝し、その反知性的な要素のすべてを崇拝することは、実は微妙に侮蔑《ぶべつ》と結びついてゐる」ことは見のがせない。

美食に関しても同様であって、生活人としての谷崎は、どこにでもいる「上等な食いしん坊の常識人」であり、そこに異常性は見あたらない。ヌラヌラしたものが好きなのは、虫歯が多く固いものを嚙めなかったことにもよる。

谷崎は、懐石料理屋「辻留《つじとめ》」主人の辻嘉一《つじかいち》著『懐石料理』の序詞を書いている。それは、

「日本人は食物にかけてはコスモポリタンであるが、それでも老年に及ぶに従ひ、結局自分の祖国の料理を、而《しか》も最も日本的なる素朴で幽玄な懐石料理を好むやうになる。私が辻留の板前を賞美する所以《ゆえん》はそこにある」

とだけあり、これが全文で、しごくそっけない。半分は本心だろうが、義理でたのまれてしぶしぶ書いた気分が伝わってくる。

谷崎松子は『倚松庵《いしょうあん》の夢』のなかで、死の六日前の最後の食事を記している。「ブウチャンがお祝いのシャンペンを手ずから冷やして、先《ま》ず主人にすゝめられた。この人たちの仲間の観世栄夫《かんぜひでお》が仕事で来られないのを大層残念がり、代りに孫の桂男《かつらお》についでやれと云《い》い、おめでとうと、口々に祝われながら飲み干し、次々に出るお料理に、一々おいしい〳〵と讃嘆の声をあげ、食べっ振りも傍で見惚《みと》れるばかりの見事さで、まだ衰えぬ健啖ぶりを喜んだ。殊《こと》に、ぼたん鱧《はも》（鱧をよく骨切りしたものに葛粉《くずこ》を叩き込みゆで上げ、おつゆの身にしたもの）が大の好物で、味わう暇があるかと思うほどの速さで平らげた」と。

萩原朔太郎——雲雀《ひばり》料理

はぎわら・さくたろう（1886〜1942）群馬県生まれ。日本に口語体詩を定着させた詩人。『月に吠える』は文学史上に残る傑作である。その他『青猫』『氷島』などの詩集、アフォリズム集『新しき欲情』がある。

萩原朔太郎は、二十代後半に、父から「お前は飼い殺しにしてやる」と言われた。こういう青年はその後どのような食生活をおくることになるか。朔太郎のデビューは遅い。晩熟の詩人である。詩集『月に吠《ほ》える』が出版されたのは、三十一歳である。それまでの朔太郎は、本は読みあさるものの、定職もなく、ブラブラしていた。前橋市医界の重鎮である父密蔵は、朔太郎に「なにもしなくていいから、羽織ゴロだけにはなるな」と命令した。羽織ゴロとは小説家・詩人のことである。市の雑役夫になりたいという朔太郎の申し出も認めようとしなかった。朔太郎は、よく言えばデビューまでの思索期間が長いということになるが、現実には無為の時間をもてあまし、退屈の焦燥から、意味もなくひたすら町を歩きまわる生活無能力者であった。朔太郎は、そのことを恥じ、現実から逃避しつつ異界をまさぐっていた。

詩集『月に吠える』に「雲雀料理」のメニューが出てくる。

五月の朝の新緑と薫風《くんぷう》は私の生活を貴族にする。したたる空色の窓の下で、私の愛する女と共に純銀のふおうくを動かしたい。私の生活にもいつかは一度、あの空に光る、雲雀料理の愛の皿《さら》を盗《ぬす》んで喰べたい。

詩篇「雲雀料理」もある。

ささげまつるゆふべの愛餐《あいさん》、／燭《しよく》に魚蠟《ぎよろう》のうれひを薫《くん》じ、／いとしがりみどりの窓をひらきなむ。／あはれあれみ空をみれば、／さつきはるばると流るるものを、／手にわれ雲雀の皿をささげ、／いとしがり君がひだりにすすみなむ。

いずれも飢《き》渇《かつ》からくる妄想である。

いくら萩原家が裕福であるとはいえ、無職の息子である朔太郎に、こんな食事ができるはずがない。ここには、父に「飼い殺しにしてやる」と言われた長男の全力のひらきなおりがある。

前橋中学を落第し、早稲田《わせだ》中学補習科を退学し、五高を落第し、六高を退学し、慶應予科を退学し、どこへ行っても退学と落第をくりかえしたあげく、人妻佐藤ナカに烈《はげ》しい愛を賭《か》ける朔太郎は、親から見ればたしかに「飼い殺しにしたくなる」息子であったろう。

朔太郎は洋食好きで「青年時代は一切洋食でなければ食はず、バタ臭くない物は、人間の食物でないとさへ思つて居た」と書いている。西洋人の暮らしにあこがれた朔太郎は「第一に食物が羨《うらや》ましかつた。三度三度洋食を食べ、バタを食べ、牛乳、乳酪、腸詰、アイスクリームのやうなものを常食にしてゐるといふことが、発育期の僕には涎《よだ》れが出るほど羨ましかつた」(『西洋の羨ましさ』)と。

詩人として売れてからは、なじみのレストラン新昇ビヤホールでドビュッシーの音楽を聞きながら、ビフテキを肴《さかな》にして日本酒を飲んだ。また、芥川龍之介に田端の京都料理店自笑軒《じしようけん》へ連れていってもらうと、「これは非栄養料理だ」とののしって、芥川に「野蛮だなあ」とあきれられたこともある。芥川と同様、自笑軒の料理を愛好した友人の犀星《さいせい》とは、そのことで烈しく喧嘩《けんか》をした。

『月に吠える』の前の習作ノート『愛憐詩篇《あいれん》』には、「緑蔭《りよくいん》」と題して、「朝の冷し肉は皿につめたく／せりいはさかづきのふちにちちと鳴けり」とあるから、たしかに洋食願望が強い。贅沢《ぜいたく》である。しかし、朔太郎の母が作って与える洋食は、せいぜいハム入りの半熟オムレツぐらいのものであった。

詩集『月に吠える』は詩壇の代表的詩人がこぞってほめ、白秋や鷗外も絶賛した。朔太郎は一躍詩壇の寵児《ちょうじ》となり、六年後に第二詩集『青猫』を出版した。憂愁と倦怠《けんたい》の色が濃い、いわゆる「青猫スタイル」の作品である。

この間、朔太郎は加賀前田家士族の娘稲子と結婚、長女葉子が誕生し、一定の熱狂的ファンも獲得して、「閑雅な食欲」の生活になる。詩のファンから、筋子の粕《かす》漬け、ふぐの粕漬け、なまこ、からすみ、ベーコン、じゅんさい、といった山海の珍味が自宅に送られてくる。

『青猫』に「閑雅な食慾《しょくよく》」という詩がある。

松林の中を歩いて／あかるい気分の珈琲店《かふえ》をみた。／遠く市街を離れたところで／だれも訪づれてくるひとさへなく／林間の　かくされた　追憶の夢の中の珈琲店《かふえ》である。／をとめは恋恋《れんれん》の羞《はじら》いをふくんで／あけぼののやうに爽快《そうかい》な　別製の皿を運んでくる仕組《しくみ》／私はゆつたりとふおうくを取つて／おむれつ　ふらいの類を喰べた。／空には白い雲が浮《うか》んで／たいそう閑雅な食慾である。

「閑雅な食欲」という表現は、大正時代のモダンボーイのあいだで、一種の流行語のようになった理想の料理である。時代の気分をうまくすくっていた。シャレた料理を食べようとする若き男女は、朔太郎が書く「閑雅な食欲」をまねして、林のなかのカフェへ行った。しかし、この詩の奥にかくされただるい牙《きば》とひらきなおりは、すでに『月に吠える』で露呈された現実逃避の虚無意識の延長上にある。『月に吠える』は、父から「飼い殺しにしてやる」と言われた息子の、ざっくりと割れた感性、孤独がむれた陰影、内面へのびる触手が書かせた産物であった。自分という現象のみが朔太郎の探求の対象になる。現実など、どうだっていいのだ。「閑雅な食欲」は、痛ましい幻覚である「雲雀料理」の変型にすぎない。

『青猫』のなかに、もうひとつ「その手は菓子である」という詩篇がある。これは、女性の手を食べてしまいたいという願望につらぬかれている。

……(前略)……親指の肌へ太つたうつくしさと　その暴虐《ぼうぎゃく》なる野蛮性／ああ　そのすべすべとみがきあげたいつぽんの指をおしいただき／すつぽりと口にふくんでしやぶつてゐたい　いつまでたつてもしやぶつてゐたい／その手の甲はわつぷるのふくらみで／その手の指は氷砂糖のつめたい食慾／ああ　この食慾／子供のやうに意地のきた

ない無恥の食慾。

「閑雅な食欲」は、女の指を食いたいという〝無恥〟と一体化している。朔太郎は、通常の裏側の皮膜の世界に棲《す》んでおり、価値観もまた異質の温度がある。言葉のきらめきはあくまで虚構の生理的暗部に咲く花であって、おり重なる恐怖のうす暗がりの森のなかに、「閑雅な食欲」をそそるカフェがあるのだ。

朔太郎は無類の酒飲みだった。飲みはじめると、とまらない。人妻のナカに恋したときは、バーで酔ってやけくその葉書を書いたりした。「僕は明日結婚する、誰とでもいい、エレナ（ナカの洗礼名）を暗殺しろ」と。稲子との結婚は大叔父にすすめられたもので、自暴自棄だ。多田不二《ふじ》には「相手の女は不美人です」と手紙を書いている。それでも、結婚する前は二週間酒をやめた。

そんな稲子との生活がうまくいくはずもなく、不仲がつづいて結婚後十年で離婚する。「閑雅な食慾」に関して、朔太郎は自ら説明を加えている。

「日曜日に、いつも私はそこを訪ねた。何よりもその食慾が、私を力強く誘惑した。おいしく、甘く、クリームでどろどろに溶《と》かされてゐる鳥肉や卵の味が、どうしても私の味覚から忘れられなかつた。これほどにもおいしい洋食が、世の中にあることを知らなかつた。しかし皿の中には、たつた一口ほどの肉しか盛られてゐなかつた。だから私の食慾は満足せず、いつも残りの皿やナイフを意地きたなく嘗《な》めまはした。私の学生の財布としては、たいへんに高価すぎる上等の料理だから」(『叙情詩物語』)

「閑雅な食欲」の実態はこうである。朔太郎は、どこまでも満たされない食欲は、妻と別れ、母と暮らすようになっても変らない。朔太郎は、はしご酒である。夕方になると、ふらりと家を出て、深夜まで飲みつづけ、泥酔《でいすい》して帰る日がつづいた。酒場に入った朔太郎は、ほとんど物を食わずに、飲むばかりである。本格派の酒飲みのいっぽうで、洋食をこれほど賛美しているのだから、少しは食べたほうがいいと思われるが、食べない。とすると、朔太郎の洋食願望は、ただ精神的飢渇を満たすだけのもので、現実とはかけはなれてくる。ここでも自己分裂をしている。なにが欲しいのか自分でわからない。その分裂した自己の裂けめに、閃光《せんこう》として射《さ》しこむ魔的な光景が朔太郎の詩なのである。

詩が、ないものねだりであり、架空の産物であり、嘘《うそ》に嘘を重ねた虚構の王城であることは、なにも朔太郎に限ったことではない。しかし食欲が虚構の果ての幻影となると、これは少々問題がある。なぜなら、食欲は生理現象としておこるもので、なにかを食わなければ人は生きていけないからだ。

朔太郎は生涯を通じて孤独だった。それは結婚をしていようが一人暮らしになろうが、関係がない。妻と別れた朔太郎は、二人の子を預けて、妹と二人暮らしをし、東京の借屋を転々とし、身辺雑事は女中にまかせて、毎晩のように飲み歩いた。そのうち母や子と同居するようになってもこの習慣は変わらず、夜、家に帰ると、母が作った握り飯が、布団《ふとん》の枕《まくら》もとに置いてあった。朔太郎は、「夜中にただ独り、つめたい握飯を食う心境は独身者でなければ解《わか》らない悲哀である」と書いている。

朔太郎の母は、朔太郎が生活無能力者であることを案じて、過保護ともいえるほど面倒を見ている。母親の過保護が朔太郎をいっそう放蕩《ほうとう》生活へかりたてた。母は、愚痴をこぼしつつも朔太郎を溺愛《できあい》した。朔太郎が好む洋食ならば、母はできる限り作ろうとしたし、経済的に一定の収入もあった。それでもなお朔太郎は酒場へむかうのであり、しかもそれが妻と離別した淋《さび》しさなどという次元ではないだけに、母としてもどうしたらいいのかわかるはずがない。朔太郎は「夜中につめたい握り飯を食う淋しさ」を自ら希求していたのである。悲哀が願望であり、その悲哀を嘆いている息子に、母は対応のしようがあるはずもない。

昭和二年（四十二歳）、朔太郎は「死なない蛸《たこ》」を書いた。水族館の水槽に飢えた蛸が飼われており、蛸は死んだと思われている。忘れられた薄暗い水槽のなかで蛸は死なず、幾日も幾日も恐ろしい飢餓を忍ばねばならなかった。どこにも餌《えさ》はなく、蛸は自分の足をもいで食う。すべての足を食べつくすと胴を裏がえして内臓を食い、蛸はすべてくまなく食いつくし、ある日水族館の番人がそこへ来たとき、水槽のなかは空っぽになっていた。

けれども蛸は死ななかつた。彼が消えてしまつた後ですらも、尚《な》ほ且《か》つ永遠にそこに生きてゐた。古ぼけた、空つぽの、忘れられた水族館の槽の中で。永遠に——おそらくは幾世紀の間を通じて——或《あ》る物すごい欠乏《けつぼう》と不満をもつた、人の目に見えない動物が生きて居た。

この蛸は朔太郎自身であり、朔太郎は自分自身を食いつくして、消えた空漠のなかに自分が存在する世界を夢想している。これは、「飼い殺しにされた」自分への絶望的な観察だ。だからといって、それを言った朔太郎の父を批判するわけにはいかない。すべては朔太郎に発し、朔太郎が恐れつつも願望していた状況だったのである。

朔太郎のお気にいりは、新宿「二幸」下の大衆酒場であり、いつも一杯十五銭のコップ酒や生ビールを飲んだ。新宿には朔太郎が言う「文化女郎屋」があり、二階がダンスホールで、チャブ屋（売春小料理屋）になっていたが、そういうところはあまり好みではなかった。朔太郎が酒場へ出むくのは、詩人仲間と会って話をかわすためで、詩人が集まる「どん底」へもよく出かけ、そういった場末のあやしげな酒場が好きだった。三好達治によると、女給相手の雑談はじつにへたくそだったという。へたくそな雑談に酔うと、磯節《いそぶし》や大漁節を大声で歌った。田中冬二は、おでん屋で賑《にぎ》やかに歌う朔太郎を想《おも》い出している。何軒かはしごして泥酔するのが日課で、恩地孝四郎は、新宿駅ガード下を酔眼の朔太郎が、髪の毛を乱していかにも危なそうによろよろと歩いているのを目撃している。小田急線の駅で電車から降りるとき足を踏みはずしてけがをしたこともあった。

酔ってよれよれになって終電車の吊《つ》り革にぶらさがる朔太郎を「あんなものは文学でもやってなければ大馬鹿《おおばか》野郎だ」と嘲笑《ちようしよう》する人もいた。新宿に飲みあきると渋谷へも足をのばした。そのくせ怖がり屋で、道路を横切るときは、同行者の背中や手にしがみついた。

そういった危うい純粋さを慕う詩人もいた。朔太郎は、詩以外のことには無頓着《むとんちやく》で、酔ってもまるごと詩人であったために、詩人の後輩からは純情な一途《いちず》さが愛されたのである。

丸山薫は、「女たちは、どこか風変りで、脾弱《ひよわ》くて上品なこの中老人にひどく安心し、面白がって取巻いているように見受けた」と回想している。

無類の煙草《たばこ》好きで、いつも「朝日」をふかしていた。「朝日」の吸い口をくちゃくちゃに嚙《か》むから、すぐ煙が出なくなる。それで灰皿に突きさすようにこすりつける。煙草の三分の一も吸わないうちに吸い口がくちゃくちゃになり、唇に吸い口のかすをこびりつけたまま議論をしていた。家でも煙草は放さず、指は黄色く染り、服はすぐに焦《こ》がしてしまった。娘の葉子は、朔太郎が色黒なのは煙草のヤニのせいだと疑っていた。

連日飲み歩けば、さしもの朔太郎も疲れてくる。時には帰らない夜もある。それで夕方になると、「すまないけど、おっかさん、またおむすび、たのむよ」と夜食のおむすびを予約して家を出る。母は「毎晩、いったい、どこへ行くんだね」と朔太郎をひきとめるが、それを無視して、出かけてしまう。そのへんのことは萩原葉子『父・萩原朔太郎』に詳しく書いてある。

「父はまた、ごはんをぽろぽろこぼすくせがあった。それが酔うといっそうひどくなるので、お膳《ぜん》の上や畳のまわりは、ごはん粒やおかずで散らかってたいへんなのだった。茶碗《ちゃわん》を持つときは、左の頰にくっつけたまま、不器用な恰好《かっこう》で食べる。だからほっぺたと茶碗のあいだから、いつもぽろぽろとごはん粒が散らかってしまった」「ある晩、父の坐《すわ》る場所に新聞紙をたくさん敷いて、ここに坐っておくれ、と言った」

これでは、幼児と同じである。朔太郎の家では、「父という幼児」を飼っているようなものだ。見るに見かねた母は、朔太郎の前掛けを作った。ノレンの残り布を縫いあわせた前掛けで、やせた躰《からだ》に大きな前掛けをぶらさげた朔太郎は、なんともぶざまな恰好になった。母は前掛けを何枚も作り、「朔太郎の前掛け」と書いた引出しいっぱいにしまっておくようになり、それに馴《な》れた朔太郎は、自分から前掛けをつけて食事をするようになった。

風呂《ふろ》嫌いで、幾日も風呂に入らなかった。母が「頼むから、風呂に入ってくれ」と言っても入らなかった。家で酒を飲みはじめると、次第にお酒をびしゃびしゃとお膳にこぼしはじめ、お菜《かず》を膝《ひざ》の上から畳一面にこぼす。葉子は、そのことを「父が立ったあとは、まるで赤ン坊が食べ散らかしたようなのであった。祖母は後始末がやりきれないと怒るが、私は、こうして酔って童心になりきった父の方がかえって好きだった」と述懐している。

葉子が小学校二年のとき（妻稲子と離婚する前年）、稲子は「あじの干物《ひもの》が茶簞笥《ちゃだんす》に入っている」と言い残して外出した。昼になると朔太郎は、さがしあてたあじの干物を汚れた網に乗せて焼き、葉子に食べさせようとした。葉子は、それに手をつけず、醬油《しょうゆ》を冷や飯の上にたらして食べ、友だちの家へ遊びに行った。しばらくたつと、朔太郎は、熱病患者のように無気味に顔がはれ上っていた。あじにあたり、全身に火がついたようだったという。それ以後の朔太郎は、さらにやせ衰えていった。

朔太郎が再婚するのは五十二歳である。相手は福島の詩人大谷忠一郎の妹美津子で二十七歳だった。媒妁《ばいしゃく》は北原白秋夫妻で、結婚式は目黒雅叙園で行われた。新婚旅行は熱海《あたみ》、伊豆、織部《おりべ》、伊香保《いかほ》、安中《あんなか》、前橋へ三カ月余りの旅をして、朔太郎はそのときは楽しそうだったが、結婚は一年間しかつづかなかった。葉子は「祖母は非常に我ままであったし、それに他人を愛するということの全くないに等しい人だった」という。朔太郎の母は、朔太郎と美津子のあいだに割って入り、美津子につらくあたった。朔太郎の母にしてみれば、幼児同様の息子を見るに見かねたということもあっただろう。美津子は朔太郎の母に追い出されるように家を出た。朔太郎は離婚後も秘密のアパートを借りて、そこで美津子と逢《あ》っていた。アパートは、中野、四谷《よつや》、巣鴨《すがも》、小石川を転々とし、朔太郎は原稿用紙を持ちこんで執筆したが、半日ぐらい書いては、ビリビリと裂いて、酒を飲んだ。

朔太郎は、また酒びたりの日々に入っていく。昭和十七年、風邪をこじらせた朔太郎は急性肺炎で五十五歳の生涯を終えた。

朔太郎は有数の詩論家であり、だるい牙と青光りする陰影の詩で一世を風靡《ふうび》し、冴《さ》えた言葉使いは芥川龍之介を脅《おび》えさせるほどの力があったが、実生活はこういう状態だったのである。

朔太郎は、最初の妻稲子が「せめて菊池寛ぐらいの文士になれたら」と口論のたびに嘲笑したことを書いている。朔太郎は「しかしぼくは、一生菊池寛のような名士になれそうもなく、また自分でもなりたいと思わない。だがそれにもかかわらず、別れた妻の言葉を思い出すごとに、何かの切々たる哀傷が心に迫り、人生孤独の無情感が、灼《や》きつくごとく胸にうずいてくるのはどうしたわけか」と述懐している。寒い夜に買い物をして家へ帰るとき、蕪村《ぶそん》の句「葱買《ねぎか》つて枯木《かれき》のなかを帰りけり」を口ずさんで心をなぐさめる。

朔太郎は、挙動不審と被害妄想の生涯をおくった。被害妄想が書かせるのか、書こうとする意志が挙動不審を生むのか。おそらく響きあう音階のようにこの精神状態はからみあい、朔太郎の血脈を流れていったのだろう。通常の思考の回路を無視したところに朔太郎は立っている。料理の好みもしかりである。

朔太郎は藤見酒が好きだった。

家の藤棚が重い花房を下げるころになると、佐藤惣之助《そうのすけ》をよんで、藤見の宴会を開いた。この日ばかりは、いつもは機嫌が悪い朔太郎の母も、文句ひとつ言わないで、たすき掛けでまめに働いたという。佐藤は話がうまく、釣りの話で座をわかせ、酒を飲むピッチが早い。朔太郎はもっぱら聞き役で、だらだらと飲んだ。佐藤は食い道楽で、日本のすみずみの珍しいイカモノを食った話を、口八丁に話すが、朔太郎は、やせて食が細い。詩のイメージの世界では、あれほど華やかな食卓を描いた朔太郎だが、現実の大食漢の前では手も足も出ないのだった。朔太郎は、じゅんさい、ふぐの粕漬け、筋子をちょっとつまむぐらいのものだ。

死ぬ日は、家の庭に藤の花がずっしりと咲いていた。しかし酒は飲めない。かけつけた看護婦が酸素吸入器をはこんでくるが、朔太郎は首を左右に振って、吸入器をいやがり、やせた胸は苦しげに波うつばかりだったという。突然「……今日の睡眠薬は効くのが遅いな」とつぶやき、柱時計の針をじろりと見て、そのまま心臓が停止した。死後、遺言のような俳句が出てきた。そのひとつは、

行列の行きつくはては飢餓地獄

というものであった。

菊池寛——食っては吐く

きくち・かん（1888〜1948）香川県生まれ。芥川龍之介らと第3・4次「新思潮」同人に。通信社記者を経て作家となる。1923年に「文藝春秋」を創刊した。戯曲『父帰る』、小説『恩讐の彼方に』などがある。

人には食事をおごるタイプとおごられるタイプがある。菊池寛はおごる達人であった。食事をおごる人は金持ちで、おごられるほうは貧乏人というイメージが一般的にあるが、本当のところは、おごるタイプは貧乏人で、おごられるほうは金持ちの出なのである。

他人に食事をおごる人は、そのぶん優位にたっており、「おごって気分がいいんだから、そうさせればいい」と、おごられるほうは考えがちだ。そう考えて、おごられるひけめを克服しようとする。これは、おごる人間の心の痛みを知らないのである。それは菊池寛を見ればわかることで、寛は、少年時代は極貧のなかで育った。貧乏のつらさを身にしみて知っている。だから他人におごってあげたいのである。

寛の随筆『勝負事』のなかに、小学時代の思い出が出てくる。寛は、高松の小学校庶務課に勤める父の四男として生まれた。先祖は高松藩お抱えの儒学者であったが、没落して家禄《かろく》を失った。修学旅行に行きたいのだが、家は五円の旅費を払えないので行けない。手をかえ品をかえて両親に嘆願するが、ないものは出せない。寛は父の枕元《まくらもと》で泣いた。父は頭から蒲団《ふとん》をかぶっていたが、あまりに泣きつづけるので、むっくりと起き直り、「わしを恨むなよ。恨むなら祖父《じい》さんを恨め」と言った。寛の祖父は、賭博《とばく》に狂って先祖代々の家屋敷までとられてしまった。それで菊池家では勝負事は厳禁となったのである。

学業にはげみ、いくつかの苦難をのりこえて一高文科に入学し、芥川龍之介、久米正雄、成瀬正一、佐野文夫らと知りあった。

上京するとき、かつて東京にいた従姉《いとこ》に、「東京へ行ったら親子丼というものを食べてみろ。それはおいしいものだから」と言われた。寛は湯島切通しの岩崎邸の筋向いにある小さな洋食屋で、玉ネギ入りの親子丼を食べた。それを驚くほどおいしいと感じ、金ができるとその店へ行っては親子丼を食べた。

貧乏学生でありながら食い気ははっている。

蕎麦《そば》屋へ行くと、「もりかけ三銭」と貼《は》ってあった。それが、もり三銭、かけ三銭という意味だとはわからず、寛は長い間、「もりかけを下さい」と注文していた。こう言うと、蕎麦屋は、たいてい「かけ」を持ってきたという。図書館の、昼でも蝙蝠《こうもり》が出そうな暗い食堂で、六銭のカツレツや三銭のさつま汁を食べた。

そのころは永井荷風や上田敏によって享楽《きょうらく》主義が主張され、一高には文芸的なボヘミアニズムが流行し、奔放自由の風潮があった。寛の享楽生活は、安いおでんや洋食を、わずかの金で食い歩くというぐらいのものである。『半自叙伝』によると、一白舎のカツレツというものが一番うまかったという。厚切りにした十二銭のカツレツであった。芥川はそのころ原書を持ち歩き、寛は芥川からヴェデキント『春のめざめ』の英訳を借りて読んだ。しかし芥川は、食いものあさりに夢中になる寛をよく思っていなかった。寛も芥川の典雅な気取り方に反感を持っていた。

その後、作家としてすすむ芥川と寛の生き方が、すでにこのころに決まっている。芥川はおごられるタイプで、寛はおごるタイプであった。寛は、のち文藝春秋社をおこして成功するが、かりに経済的に成功しなくても、寛はおごるタイプなのである。それは、貧乏で修学旅行にも行けなかった少年時代の無念と表裏一体である。

寛は洋食や中華料理のこってりとしたものを好んだ。だから三十歳をすぎてから狸《たぬき》のように太った。牛肉好きで本郷の江知勝《えちかつ》、豊国へ行った。小島政二郎《まさじろう》の案内で上野の清《せい》涼亭《りょうてい》へ行った。清涼亭では十八歳の佐多稲子が女中をしていた。天ぷらは天民《てんたみ》。浅草の松吉。京橋の鰻《うなぎ》屋小満津《こまつ》。こういった店へ寛は、芥川、久米、小島と一緒に行ったが金を払うのはほとんど寛であった。

日本橋白木屋横にある中華亭へ、寛と芥川と小島が行った。中華亭は日本料理の店であった。このときは芥川が金を払うと言った。芥川が金を払ってつり銭をうけとると、寛が銀貨をざらざらとつり銭盆へ落とした。それはチップで、だれかが御馳走《ごちそう》したときは別のだれかがチップを払うのだ。寛が置いたチップは五十銭玉が三つだった。それを見た芥川は、寛に、「もう五十銭置けよ」と言った。

芥川から見ると一円五十銭のチップを置くのはおかしい。東京には五十銭の半端《はんぱ》なチップを置くしきたりはない。一円か二円か、それでなければ五円になる。小島はそのことを説明した。すると寛は「どうしても二円置く気にはなれない」と強弁した。一人五十銭だから三人で一円五十銭だ、と言い張った。芥川が「それなら一円にしろ」と言うと寛は「一円では女中がかわいそうだが、かといって酒の相手をさせたわけではないから、二円やるほどの世話にはなっていない」と、がんとして芥川の言うことをきかなかった。

寛にはこういう合理的なところがある。

文藝春秋社をおこしてからの寛のところへは、多くの文士が金を借りにきた。たとえば小林秀雄は自分の情人を使って梅原龍三郎《りゅうざぶろう》のパステル画を売りつけにきた。金を渡すときは、ポケットから皺《しわ》だらけの金をわしづかみにして出すことで有名だった。これに関しては、一見鷹揚《おうよう》で無造作に見せつつも相手を見てちゃんと計算していた、という説がある。寛は、随筆『私の日常道徳』で「人から無心を言われるとき、私はそれに応ずるか応じないかはその人と自分との親疎《しんそ》によって定める。向うがどんなに困っていても一面識の人ならば断る」と言っている。また「私は生活費以外の金は誰にも貸さないことにしている。生活費なら貸す。だが友人知己それぞれ心の裡《うち》に金額を定めていて、この人のためにはこの位出しても惜しくないと思う金額だけしか貸さない。貸した以上、払ってもらうことを考えたことはない。また払ってくれた人もない」と言っている。

自分でこう言っているのだから、「いちおう計算していた」というのはむしろ本人の言いぶんであり、悠々と太っ腹である。他人に金を貸せば、そのときは感謝されるが、借りた側は負担に感じて、あとで疎遠になる。寛のことだから、それぐらいのことは百も承知で、むしろ、借りる側の精神的負担を軽くするために太っ腹を装《よそお》っていた。金を貸すほうが気をつかっている。

自宅で食事をするのは、年に一回ぐらいだった。しかし毎週土曜日の夕食は家族を連れて出かけた、と菊池包子《かねこ》夫人は回想している。外では派手だが自宅では地味であった。食事は煮物でも焼きものでも、さめてから食べた。これは高松では飯は夜炊《よるだ》きする習慣があり、朝食は冷飯だったからだ。包子夫人は出来たてのあたたかい料理が好きなので、寛の食事は貧乏性に思えた。

関東大震災のあと、愛人の芸者が、寛とのあいだにできた子と実母を連れて駒込神明《こまごめしんめい》町《ちょう》の家へ転がりこんできた。それで一緒に暮らしてみると、食事があまりに粗末なのに幻滅して、家を出ていってしまった。

今日出海《こんひでみ》は、寛が日本文芸家協会会長になったとき、書記長をひきうけた。寛は文藝春秋社の帰りに協会に寄って、そこで新聞の連載小説を書いていた。小説を書き終ると、赤坂の鳥亭からハヤシライスを取り寄せて日出海に御馳走した。日出海は「酒も飲まず、中庭に竹が植わった陰気な座敷で、寛と差し向かいでハヤシライスを食べるのは侘《わ》びしい限りだった」と回想している。普段でも御飯の上に汁やお茶をかけて、茶漬けのようにして食べるのが好きだった。日出海は、それを猫飯と呼んでいた。

味にうるさくはないが食べる量は多い。一高を退学して京都大学へ移ったときは、傘屋の二階に下宿して、六畳一間の下宿代金は月一円五十銭だった。食事は飯屋でとって朝が六銭、昼と夜が八銭ずつ。一日で二十二銭だが、日ぎめにすると一日二十銭にまけてくれた。それでも腹がへるので、飯時分になると友人綾部《あやべ》健太郎の下宿に食べに行った。素人《しろうと》下宿では大きなお櫃《ひつ》で飯を出した。箸《はし》がないから寛は火箸を代用して飯を食ったという。しかし、下宿では、寛が来るたびに飯が減るのでタダ食いがばれ、綾部もいにくくなってその下宿を出てしまった。飯を大量に食うのは、貧乏家庭に育った少年時代の後遺症である。この綾部と寛は終生の友となった。寛は飯の恩を忘れない。

　京都大学時代、将棋に熱中し、将棋が強い「床春」という床屋の主人に手ほどきをうけた。後年文名をなした寛は、わざわざ床春を訪ねると、留守だったため手土産の一升瓶を置いて帰った。その後、また床春を訪ねた。床春はすでに床屋はやめていたが、大層喜んで、三畳間にあげて歓待した。寛はもともと、こういった人情味がある人物で、だからこそ田舎者と言われながらも、ぐいと人の心をつかんだ。

　里見弴《とん》は、戦時中に寛に「映画のセリフを直してくれ」と頼まれた。弴はなにも仕事がないときだからひきうけると、車で弴の家までおくってきて、車のなかでポケットから金を出して、弴に渡したという。里見弴は有島家の出で、麹町《こうじまち》の広大な屋敷を一時文藝春秋社に貸したほどの資産家である。そういった弴だが、金がないときだから大いに助かったと述懐している。金の渡し方がフランクで相手に負担を感じさせない。

　また弴の知人の戦争未亡人の家へ、両手で抱えるほどのカステラを持っていき「これを、お子さんにあげてくれ」と差し出したという。里見弴はそういったひとつひとつの例をあげて、「やさしい気持の人だった」「まるでつきあい方はへただが、ぶつかっていく人だった」と述懐している。

　小島政二郎は、寛とはじめて会ったとき、上野にある山本というコーヒー店へ入った。寛に誘われて、芥川、久米、南部修太郎と文展へ行った帰りであった。小島、南部といった「三田文学」では割り勘が常識になっていた。江戸の戯作《げさく》者山東京伝《さんとうきょうでん》が割り勘が好きだったことから、割り勘のことを京伝払いと言うようになった。みんなで紅茶とシュークリームを注文して、食べ終ってから、南部が「京伝払いにしよう」と言った。ところが翌月の「新潮」で、寛が「三田の連中は貴公子だと思っていたが、たかがコーヒー代ぐらいで京伝払いとはなさけない」と書いているのを見て、小島は口惜《くや》しがった。小島はそのときはカーッときたが、それでも寛の持つ人間的魅力に牽引《けんいん》された。寛は、都会的な礼儀作法がなく、人の前で平気でおくびはするし、話しかけても興味のないことは返事もしないし、食べかけの菓子は残すし、帰りたくなればケロリとして「失敬」と席を立った。

寛は小島に対して、「東京の菓子はまずいね」と言った。小島は負けずに「越後屋《えちごや》がうまい、漱石もほめている」と言い返した。越後屋はいやな菓子屋で平民には売らない店であることを知っていながら、小島は「今度買って食べさせる」と言ってしまった。すると寛はつぎに会ったとき「越後屋の菓子はいつ食べさせるのだ」としつこく訊《き》いた。小島は「じつは売ってくれない」と弁解したが、「嘘《うそ》いってらあ。菓子屋が菓子を売らないことはない。きみはいつ買いに行ったんだ」と問いつめた。このへんの執着心は人一倍強い。

久米正雄は、寛を「人事百般の先達」だとして「おでんの立食いを教えてくれたのは寛であった」と言う。おでん屋台に関しては、寛は学生のころからかなりの通であった。一高の二年のころ久米と神田通りを歩いていた寛は、ふと立ちどまって「そこの横町にうまいおでん屋があるから寄ろう」と言った。久米が言われるままについていくと、おでん屋の爺《じい》さんが寛の顔を見てにこにこして「おや菊池さんですね。ずいぶんしばらくじゃございませんか」となれなれしく声をかけた。そのおでん屋は寛が受験生時分からの馴染《なじみ》だった。赤門前の一高堂は入る前から知っていた。久米は寛に連れられて、真砂《まさご》町、上野広小路、人形町などのおでん屋に行った。最後はつきあうのが面倒になったほどだという。

文名をなしてから久米が寛に会ったとき、寛は「このごろは、おでんがうまくなくなった」とこぼした。久米は「いや、おでんがまずくなったのではなく、君の舌が進歩したんだ」と言い返した。そして、「菊池と二人で五、六年前の話をしていると、いつの間にか涙さえ浮かんでくる」と言った。

寛は、晩年カフェの女に入れあげて、荷風と女を競ったため、『断腸亭日乗』にひどく悪く書かれている。寛流のバーバリズムは都会育ちの荷風とはあわなかったが、寛は、カフェのようにウェイトレスが寄ってきてちやほやする店は嫌いだった。寛が好んだのは銀座の千疋屋《せんびきや》で、それはウェイトレスが整然とビジネスライクな態度で客に接するからである。

寛は薬好きだった。

温泉旅館へ泊っても風呂《ふろ》に入らないほど風呂嫌いで、着物の紐《ひも》をひきずって歩き、身なりをかまわない。そのくせ、肥満からくる心臓弁膜症を恐れていた。豪放磊落《らいらく》な人物にありがちな細心な臆病《おくびょう》さを持っていた。包子夫人は寛のことを「大きいかと思うと小さく、小さいかと思うと大きい」と評している。寛は、髭《ひげ》を剃《そ》れば、目に見えぬ傷からバイ菌が入るかもしれないと心配して、オキシフルでふいた。チフスを怖がって、食後には必ず石炭酸のダイモールを飲んだ。

朝起きて顔を洗わない。歯をみがかない。手も洗わずに、いきなり朝食をガツガツと食う。そのところは野人だが、菓子を出されると「楊子《ようじ》をくれ」と言う。自分の手が汚いことを知っているので素手で菓子をつかめない。汽車のドアを開けるときは、把手《とって》を紙でまいて握った。

好物の生ガキを食べるときは二つ食べてからダイモールを飲み、また二つ食べてダイモールを飲んだ。それをくりかえした。そして最後は吐いた。食べすぎで吐くのではなく、胃をすっきりさせるために吐いた。

寛によれば、料理がうまいのは喉《のど》三寸であるから、食べたものを胃に負担させないためには吐いてしまったほうがいい。そのほうが肥満防止になるという考え方だ。カキを食べたときは、吐いてから嘔吐物《おうとぶつ》を点検して、消化されたカキがダイモールの石炭酸で消毒されているのを確認して、悦にいって小島に自慢した。

芥川、小島、寛の三人で文芸講演会に行ったとき、芥川から愛用の睡眠薬ジアールを示された寛はすぐに興味を示した。芥川は睡眠薬常用者で、カルモチンを使っていたが、「ジアールのほうが半量で効く。副作用が翌日まで残らない」と説明し、「ためしに少しやるよ」と寛に渡した。

講演が終って食事をすませ、芥川が眠っていると、明け方に電話で起こされた。寛がジアールを飲みすぎて変になったという。寛はキンキン声を出して夜着を蹴《け》とばしてクルリと起き、寝かされるとまたクルリと起きる。芥川が声をかけてもだれだかわからない。芥川が調べると、半錠でいいところを九錠も飲んでいた。完全にラリっていた。宿の女中は、てっきり寛が睡眠薬自殺をはかったと思ったらしい。医者を呼んで暴れる寛を押さえつけて注射をうってから、ようやくおさまった。やることがすべて度がはずれている。

そのぶん度胸がいい。永井龍男《たつお》が文藝春秋社で「オール讀物」を編集していたとき、友人の深田久彌《きゆうや》の小説を独断で載せた。それは大杉栄の葬式で右翼団体が遺骨を奪取した事件を書いたものだった。その右翼の猛者《もさ》が社へ乗り込んで日本刀を出して「殺す」と脅迫したが、寛は一歩もひかず「殺してみろ」と言って追い返した。

社内改革をして数人をクビにすると、クビにされた一人が銃を持って暴れ、銃口を寛にむけた。他の社員は机の下に隠れたが、寛は「撃ってみろ」と胸を張り、相手は撃てなかった。

全盛期は中央公論社へ殴り込んだ。喧嘩《けんか》の始まりは広津和郎《かずお》が「婦人公論」に連載した小説『女給』だった。これは銀座のカフェ「太訝《タイガ》」の一女給の身の上を書いた話で、ここに出てくる主人公小夜子《さよこ》の客は、明らかに寛をモデルにしたものだった。「文壇の大御所」という表現になっており、菊池寛をモデルに擬して、世間の目をひき、それを売り物にした。寛は激怒して、中央公論社の嶋中雄作にあてて「僕の見た彼女」という抗議文を送った。すると、それは雑誌に掲載され、題が「僕と小夜子の関係」と変えられていた。寛はカンカンに怒り、一人で中央公論社へ乗りこんで、「中央公論」編集長を呼びつけて殴った。ついでに嶋中にも飛びかかろうとしたが周囲の者に押さえられた。この事件は新聞に報道され世間を騒がせた。中央公論社は暴行罪で告訴し、寛は名誉毀《き》損《そん》罪で告訴した。出版社社長が他社へ殴り込むというのは前代未聞《ぜんだいみもん》の事件であった。

寛の破天荒さは、現在の出版社からは、ちょっとはかりかねる。他人への親切の度合も大きいし、喧嘩も派手だ。寛は『私の日常道徳』でつぎのように言う。

一、私は自分よりは富んでいる人からは、何んでも欣《よろこ》んで貰《もら》うことにしている。何《なん》の遠慮もなしにご馳走にもなる。総じて私は人が物を呉《く》れるとき遠慮はしない。お互いに、人に物をやったり快く貰ったりすることは人生を明るくするからだ。貰うものは、快く貰い、やる物は快くやりたい。
一、他人にご馳走になるときは、出来るだけたくさん食べる。そんなとき、まずいものをおいしいと云《い》う必要はないが、おいしいものは明らかに口に出してそう云う。
一、人といっしょに物を食ったとき、相手が自分よりよっぽど収入の少い人であるときは、少し頑張ってもこちらが払う。相手の収入が相当ある人なら、向うが払うと云って頑張れば払わせる。

これが会食に関する寛の極意である。宴会の達人が言うのだから説得力がある。寛の小説の特長は、結果が明るいことだ。これは読み終って気分がいい。極悪な殿様や役者が登場するが、読み終えて、ナルホド、とすとんと落ちる。そこのところは、寛の天真爛漫《らんまん》な性格の反映である。

寛は子どものころ、貧乏であったが、釣りが好きだった。寛が釣りをするときは、右のポケットには餌《えさ》を入れ、左のポケットには釣ったハゼを入れていた、というエピソードが子ども時代の友によって伝えられている。

寛は寿司《すし》が好物だった。

昭和二十三年、寛は胃腸を害して療養していた。食っては吐き、ダイモールを飲むのだから、胃腸にいいはずがない。さしもの健啖家《けんたんか》も宴会食の連続とダイモールによって胃腸に障害をきたした。

治療のかいあって早春に退院して、三月六日退院記念の宴会をやった。普通の人だったら、退院してもお粥《かゆ》を食べて静養するところだが、主治医を呼んで宴会をするところに寛の面目がある。

寛は上機嫌で主治医に寿司をふるまい、自分も食べた。その晩九時ごろ気分が悪くなり、ちょっと中座したかと思うと、狭心症の発作がおこってコトンと急逝《きゅうせい》した。享年《きょうねん》五十九歳であった。

岡本かの子——食魔の復讐《ふくしゅう》

おかもと・かのこ（1889～1939）東京生まれ。与謝野晶子に師事。歌人として活躍後、『鶴は病みき』で小説家としてデビュー。仏教研究家としても活動した。作品に『母子叙情』『金魚撩乱』『生々流転』などがある。

岡本かの子は嫌われ者だった。

かの子ほど同業者や仲間うちから嫌われた女性も珍しく、世間は、薄気味が悪い女占い師を見るような目でかの子を見ていた。ヘラでけずり落したくなるほどの白粉《おしろい》の厚化粧、脂肪でふくらんだブヨブヨの贅肉《ぜいにく》、首がないから蛙《かえる》顔が躰《からだ》にくいこんでおり、極東手品団女団長のようなギンギラの衣装をつけ、十本の指に八本の指輪をつける悪趣味は、おぞましい異物として世間の目に映った。

その容貌《ようぼう》怪異にくわえて、性格の無恥傲慢《ごうまん》さからくる自己愛とわがままなふるまい、無反省ぶりが世の顰蹙《ひんしゅく》を買ったのである。

かの子は神奈川県の大地主の長女として、別邸がある東京赤坂で生まれ、多くの従僕にかしずかれわがまま放題に育ち、跡見女学校時代は無口で「蛙《かわず》」と呼ばれた。十六歳のとき、大貫野薔薇《のばら》の雅号で「女子文壇」に歌や詩を投稿しはじめた。蛙顔の女が野薔薇と名のるのだから、すでにこのへんから恐ろしい。十七歳のとき、兄大貫晶川《しょうせん》の親友谷崎潤一郎に会い、以後、師とあおぐが、谷崎は一目見たときからかの子を嫌っていた。谷崎は、のちの「文藝」座談会で、「かの子は昔から嫌いだった」として「じつに醜婦でしたよ。それも普通にしていればいいのに白粉デコデコでね。着物の好みもじつに悪い」と嫌悪《けんお》まる出しで斬《き》り捨てている。

晩年のかの子の作品に理解を示し、かの子が恋心を抱いた亀井勝一郎《かめいかついちろう》でさえ「十年の甲羅を経た大きな金魚のやうに見える。断髪が両側から頰にかぶさつて、そこに輝く苦しげな瞳《ひとみ》をみてゐると、古代の魔術師のやうにも見える。あきらかに宗祖の姿だ。菩提《ぼだい》樹《じゅ》の下に座りつづけてゐる老獪《ろうかい》で惨忍《ざんにん》な神々のひとりである」(『追悼記』)と書いている。亀井勝一郎は、うっかりかの子の作品をほめたところ、かさにかかって言い寄ってくるかの子の貪欲《どんよく》な情炎に恐れおののいている。

かの子はたしかに不美人ではあるけれど、人々のかの子への嫌悪感は、かの子の言動からくる反発心が重なって、加速していった様子がある。

かの子は漫画家岡本一平と結婚して長男太郎を産むが、若い学生堀切茂雄と恋愛して同居させ、三角関係の共同生活をする。茂雄と別れ、茂雄が肺を病んで死ぬと、慶應病院の医師新田亀三と恋におちいり、新田を追って北海道まで行って連れ戻し、既に弟といつわって家に住まわせていた恒松《つねまつ》安夫（終戦後の島根県知事）と一緒に生活をする。夫のほかに二人の恋人と暮らすという異常な生活が世間から奇異の目で見られた。三人の男を従えるという生活は、死ぬ一年前のかの子四十八歳までつづいた。恒松安夫に恋人ができ、かの子の怒りを買って、岡本家を追い出されるまでである。

脂《あぶら》ぎった容貌怪異な中年女が、どうしてこのような逆ハーレム生活ができたのかは、ますますもって世間の好奇心をあおった。かの子の生涯は瀬戸内晴美（寂聴）『かの子撩乱《りょうらん》』に詳しいが、そのなかに森田たまの次のような談話がある。四年間の外遊から帰ったかの子は、町で会った森田たまに、日本人の不作法ぶりを訴えた。

「いまわたしが銀座を歩いて来たら、みんなこっちを見てふりかえるのよ。本当に不作法でいやだわ。外国じゃこんなことは絶対になくってよ」

その日のかの子の服装は真紅のイブニングドレスだった。

また円地文子『かの子変相』に次のような逸話が紹介されている。会合の帰り、円地文子はかの子と同じ自動車に乗ったが、かの子はルームライトだけの暗いなかで、他聞を憚《はばか》るようにささやいた。

「ねえ円地さん、小説を書いていると、器量が悪くなりはしないでしょうねえ」

かの子は家事が終生不得意だった。料理もまるでできない。岡本一平は、かの子と結婚するとき、かの子の母より「岡本さん。この子をお貰《もら》いになってどうする気です。取り出せばいいところのある子ですが、普通の考えだとずいぶん双方で苦労しますよ」と言われた。(『花嫁かの子』)

岡本一平は、かの子のプロデューサーであり、かの子にとって不利なことはいっさい発言していない。お嬢様としてなに不自由なく育ち、大勢の使用人に囲まれ、ひらめの刺身やエビといった上等品しか食べたことのないかの子が、下町生活の岡本家の食卓をまかなうのは、絶望的に不可能なことであった。

「かの女は炭の種類の見分けがつかなかった。狡《ずる》い炭屋があって湯殿《ゆどの》のかまどを沸《わか》す炭を注文したら、座敷用最上等の桜炭《さくらずみ》をそれだといって売り込まれた。かの女は騙《だま》されたまま一カ月もそれを使っていた」

と、一平はかの子をかばっている。かの子が岡本家の流儀や下町気質にとけこもうとしても、新婚当時はうまくいくはずもなく、ちぐはぐになった。このころのかの子の歌がある。(大正七年『愛のなやみ』)

かの子よ汝《な》が枇杷《びわ》の実《み》のごと明るき瞳《ひとみ》このごろやせて何かなげける

かの子よ汝《な》が小鳥のごときさへづり絶《た》えていやさら淋《さび》しき秋かな

「かの子よ」とは自分に問いかけているのである。かの子の自己愛《ナルシシズム》は、こういった逆境に対すると電流のようにビリビリッと立ちあがる。いかにわが身がいとおしくても、こんな歌は恥ずかしくて尋常の神経では詠《よ》めない。同じく『愛のなやみ』には、

じやがいもの真白き肌《はだ》に我指《わがゆび》の傷の血しほの少しにじむも

があり、じゃがいもひとつむくにも、これほど不器用であった。

我ながら心憎《こころにく》くも肉つきぬまたも病《やまい》の来ずやねたみて

という具合にぶくぶく太っていく。

三十代後半から、かの子は仏教研究家として名を知られるようになり、いくら太って醜くなっても一平に甘やかされる結果、「わたしのペットは私の心臓です」と、太った躰のなかでうごめく内臓まで愛惜するようになる。よくもまあ、こんな女に「あなたは美しい。観音さまだ」とかしずけるものだが、かの子の暴君的なサディスティックなふ

るまいは、醜女嗜好《しこう》で被虐癖《ひぎゃく》の男にはたまらない陶酔を与えたのかもしれない。

四十歳になったかの子は、夫一平・息子太郎のほか、恋人の恒松・新田を連れて渡欧する。一平の漫画が売れて金まわりがよくなったためである。かの子が、どのような奇怪な呪術《じゅじゅつ》を駆使して、三人の男を奴隷《どれい》同様に飼育管理し得たのか、それは当事者になってみなければわからないが、なにやら女谷崎とも言うべき、耽美《たんび》快楽のほの暗い沼が感じられる。

この二年余の生活がかの子を大きく変えた。かの子はパリの一流料理店から、下町の料理店までを食べ歩き、料理の通人となる。

外遊中のかの子の写真を見ると、怪奇映画に出てくる呪《のろ》いの雛《ひな》人形を思わせる。女力士のように太り、離れた目玉が憑《つ》かれたように虚空《こくう》を見つめ、肩にめり込んだ首に首飾りを巻き、不似合いな毛皮コートを身につけている。それと成金趣味の夜会用羽根扇子。帰国後に書いた小説『食魔』を読めば、かの子がヨーロッパでいかに料理に開眼《かいげん》したかがわかる。この小説はいきなり西洋野菜のアンディーブを、ざっと截《き》り捌《さば》くところから入る。

『食魔』は、腕ききの料理人の話なのだが、その料理人にフランス帰りの婦人がからみ、フランス料理に対応する形で、男の自宅の粗末な大根料理が影となってにじむ、出色の料理小説である。さらに京都の京極でモダンな洋食店を開くアメリカ帰りの料理人の孤独と倦怠《けんたい》が、主人公の野心ともつれあい、奇怪な心情のあやがぐいぐいと食魔の罠《わな》へひきこんでいく。かの子が二年半のヨーロッパの生活で体得した筆力は並のものではなかった。私は舌を巻いて、それから震えた。

かの子の文体は、料理そのものに素手でざらりと触るようになった。料理に関する借りものの講釈を捨てて、あたかも狙《ねら》った男に対するように、わしづかみで料理を自分の体内へひきずりこんでみせるのだ。料理の甘くときめく匂《にお》いに年増《としま》夫人のやわらかく好色な指がからみついていく。小説の主人公である腕ききの料理人は、片方の手で、闇《やみ》の欲情を調理しながら、闇に身をまかせて、心を弄《いじ》られるもう片方の手を痺《しび》れさせ、最後に大根のチリ鍋《なべ》を煮詰まらせて、鍋底は潮干の潟《かた》にあくたを残すのである。料理のとろとろとした甘さが、最後は無残に鍋底に焦《こ》げつく無常を見定める。新婚のころは、じゃがいもの皮をむくだけで、うっすらと血のにじむ指をいとおしんでいたかの子は、見るまに、唇を油でぬらすおぞましい食魔に変身し、逞《たくま》しい好奇に彩《いろど》られた地獄の食卓へ辿《たど》りつく。うまいものをいかにうまいかと語る人はいる。しかし、うまいものを食べつくしたはての空漠の袋小路を、皮剝《かわはぎ》の肝をあぶるように妖《あや》しく調理してみせる腕の人は、そうそういるものではない。

かの子は料理のエッセイも書くようになった。たとえば兎《うさぎ》料理に関して、

「一つはフランスのロアール地方の兎料理である。この辺の農家は檻内の闇箱（蓋《ふた》のあ

る暗い箱、日光を当てずに餌《えさ》ばかり与へて肥《ふと》らせるため）に必ず三、四匹飼つて不時の来客や家庭内の特別饗宴《きようえん》のために備へてゐる」

まず肉に塩胡椒《こしよう》をふりかけ、脂でいためてから白葡萄酒《ぶどうしゆ》入りの汁で煮込む。兎肉の臭《にお》いを消すためにショウガ、ニンニクを使うのがいい、とする。もうひとつは日本流の食べ方で「兎肉を小切れにぶつ切りにし、いつたん胡麻油《ごまあぶら》でいためておく。それを皿へ、大根の銀杏《いちよう》切り、葱《ねぎ》の五分などと共に持出《い》でて、スキ焼鍋で煮ながらぼつぼつ食べる」。なかなか微に入り細に入っている。最後に「これはほんのヒントである。家々によつて創意ありたい。安くて、変化があつておいしくなければ家庭料理はなかなか続かないものである」とつけ加える。

あるいは「大根礼讃《らいさん》」を説く。「大根がうまく使へるやうになつたら一人前の料理です」と。また「食物に関して男子への注文」との論文では、男性が脂肪ばかりの肉料理を腹いっぱい食うのは「食魔」状態であって、そういう男性を身内に持つ女性ははらはらする、という。「濃厚料理《しつこい》は体内に於《おい》て生木のやうに永く燻《くすぶ》つてカロリーを持続的に発生させる」「食欲は性欲、睡眠欲とともに人類三大本能の一つであるから、節度を保つには高度の意志が必要となつてくる」「暴飲暴食で死ぬのは人間の一番下等な本能欲に殉じた事であまり名誉ではない」という。

ならば自分はどうなんだ、と皮肉のひとつも言いたくなるが、この一文を書いた一年二カ月後に、かの子は脳充血で死んだ。

かの子が死んだのは昭和十四年二月十八日だが、遺稿として『鮨《すし》』が「文藝」に、『家霊』が「新潮」に発表された。この二作はいずれも料理小説であった。

『鮨』は、ひと握りの鮨のなかに、五十歳を過ぎた初老の男のひそやかな半生があり、それはうっとりと切ない記憶と重なっている。通人の物語でもなく美食小説でもなく、鮨の握りに、酸《す》っぱい孤独と哀愁がざーっと吹きぬけていく。ものを食うつらさとやるせなさが、そのくせ甘くジンジンと滲《し》みてくる。味の彼方《かなた》を記憶がマントをひるがえしながら旅をしている。西洋かぶれの奇矯な行動で知られた女性が、よくもまあ、これほど男の心情の襞《ひだ》を描ききったものだ、と驚嘆するが、神経の小骨までデリケートな男の細部を見通しながら、かの子は男たちを操っていったのだろうか。

話はこうである。

東京の下町と山の手の間にある鮨屋「福ずし」の娘ともよは、いろいろの変った客を見なれていたが、常連のなかで、五十歳過ぎの濃い眉《まゆ》がしらの男が気になってしかたがない。地味で目立たない客で、謎《なぞ》めいた目の遣《や》り処《どころ》があり、憂愁の蔭《かげ》を帯びている。ともよは、ふとしたことで、この男と鮨にまつわる因縁を聞くことになり、そのひそやかな内奥《ないおう》を知ってから、男はぷっつりと店に来なくなる。読み終ると、目の前で鮨の握りが白々とした余韻をたたえてコロンと倒れるのである。鮨の小説では志賀直哉の『小僧の神様』があるが、それと双璧《そうへき》をなす傑作料理小説である。ざくろの花のような色の赤貝の身や、二本の銀色の縦縞《たてじま》のあるさよりが、話のなかでピチピチとはねている。林房雄は、この作品を「鮨屋の娘の形のとらえがたい恋は美しい命へのあこがれである」と絶賛した。

『家霊』はどじょう店の話である。山の手で、繁盛《はんじょう》しているどじょう屋の娘くめ子は、母にかわって帳場に坐《すわ》るようになる。そこへ老人の彫金師が来てごはんつきのどじょう汁の出前を注文する。この老人はいつもつけで食べており、それが百円になっても払わない。古くからいる店の者は、すげなく追い返す。そこから、その老彫金師の魔術的弁説と巧みな身ぶりの職人話が始まり、くめ子は老彫金師にほだされて、また、つけでどじょう汁を食わせるはめになる。それ以降、老人はだんだんとやせ枯れながらも、毎晩必死にどじょう汁をせがみに来る。

ただそれだけの話であるが、読む者がくめ子の立場に置かれれば、やはり、くめ子同様、老彫金師の呪縛《じゅばく》にあってたかりに応じるだろう。背後には、どじょう屋に棲《す》みつく家霊がよどみ、くめ子の母もまたその薄暗い女の諦念《ていねん》を呼吸し、払うはずがないつけで食わせていたのである。この老彫金師の気迫にはただならぬ妖気《ようき》があり、それがこの小説の核である。

老人が店にたかりに来たのは押し迫った暮れ近い日である。風が坂道の砂を吹き払って、凍《い》て乾《かわ》いた土へ下駄の歯が無慈悲に突きあたり、その音が髪の毛の根元に一本ずつ響くといったような寒い晩である。

いかにもどじょう汁が似合う晩を設定し、追い返された老人が彫金の芸を見せ、「ですから、どぜうでも食はにや遣《や》りきれんのですよ」と凄《すご》んでみせるのだ。「柳の葉に尾《お》鰭《ひれ》の生えたやうなあの小魚は、妙にわしに食ひ物以上の馴染《なじみ》になつてしまつた」と。老彫金師は、さらに言う。「人に嫉《ねた》まれ、蔑《さげす》まれて、心が魔王のやうに猛《たけ》り立つときでも、あの小魚を口に含んで、前歯でぽきりぽきりと、頭から骨ごとに少しずつ嚙《か》み潰《つぶ》して行くと、恨みはそこへ移つて、どこともなくやさしい涙が湧《わ》いて来る」と。

ただのたかり屋ではない。老彫金師は、勘定のつけがたまると、代金のかわりにかんざしを彫って持参して、それをくめ子の母親に渡していたが「勘定をお払ひする目当てはわしにはもうありませんのです。身体《からだ》も弱りました。仕事の張気も失《う》せました」と老いた自分を嘆き、「ただただ永年夜食として食べ慣れたどぜう汁と飯一椀《わん》、わしはこれを摂《と》らんと冬のひと夜を凌《しの》ぎ兼ねます。朝までに身体が凍《こご》え痺《しび》れる。わしら彫金師は、一たがね一期《いちご》です。明日のことは考へんです。あなたが、おかみさんの娘ですなら、今夜も、あの細い小魚を五六ぴき恵んで頂きたい。死ぬにしてもこんな霜枯《しもが》れた夜は嫌です。今夜、一夜は、あの小魚のいのちをぽちりぽちりわしの骨の髄に嚙み込んで生き伸びたい」と嘆願する。

私は、どじょう汁に対して、これほど緻密《ちみつ》で念入りな描写を他に読んだことがない。どじょう汁の鍋に湯気まで迫りながら、味の背景、場の設定、嚙みしめる歯の音、音の奥でむせび泣く命のはかなさにまで観察がおよんでいる。

それでは、かの子は、それほどどじょう汁が好きであったのかというと、どじょう汁はかの子より一平の好みであった。一平の回想によると、下町の味を教えてやろうと思って、かの子を浅草駒形《こまがた》のどじょう汁屋へ連れていった。かの子は、おかしなくらい真剣な顔で食べたが、そのあと嘔吐《おうと》してしまった。「やはり丸どぜうは性にあはなかつたのだ。わたしが気の毒がるのを、なにいいのよ、ととりなしてくれた」として、「棘《とげ》を愛し、与へられた苦しみには価値転換をもつて復讐する本能を持つ女史は、このときとはつきりいへまいが、大体このへんの作品を思ひついたのだらう」と言う。

与えられた苦しみに価値転換をもって復讐する、とは谷崎潤一郎の方法である。谷崎は「醜女で趣味が悪い」と、かの子を嫌った。かの子は谷崎を慕っていた。作品を見てもらうために原稿に反物一反を添えて送ったのが、江戸ッ子の谷崎の癇《かん》にさわった。そのことはあとで谷崎も言っている。反物を送ったのはかの子自身ではなく、気をつかった一平が送ったというのが本当のところだが、いずれにせよ、谷崎は、デブで醜女で勝気なかの子が性にあわなかった。谷崎は、かの子を、嫌う以上に軽蔑《けいべつ》し憎んでいる。「醜女で趣味が悪い」という苦しみを価値転換すれば、「美人で趣味がいい」ことになる。現実の生活で、かの子はその転換を実行した。いくら世間から嘲笑《ちょうしょう》されようと、かの子にとって、自分は「美人で趣味がいい」女なのであり、かの子に奉仕した一平ほか若い恋人たちも、その価値転換のなかに、自虐《じぎゃく》を超越した快楽の地平を夢みていたのではないだろうか。このねじれた薄桃色の嘘《うそ》も文芸の魔道なのである。

かの子を「谷崎の作中人物が小説を書き出したようなものだ」と分析したのは三島由紀夫である。谷崎にしてみれば、小説のなかの魔物が現実にいて、しかも醜女で、自分にすり寄ってくる気配があれば近寄りたくはない。谷崎はあれほど怪異耽美の世界を描きながらも、世間的には常識人であった。そこが谷崎の余人をもって模倣しえぬ力である。醜女で無口だったかの子が、一平という絶妙の怪女使いを得て、「美しい。観音さまだ」とあがめられ、ますます妄想の世界へのめりこんでいった構図は、それじたいが虚構の絵巻であった。だからこそ、かの子はこれほどの料理小説を書けた。かの子は、この二作を、谷崎へむけて書いたに違いないのである。

谷崎の料理小説は悪魔的で、快楽の極限が椀のふちにまで波うち、嘔吐と紙一重の美食を薄皮一枚へだてて観察するけれども、かの子の料理小説は、味そのもののなかにひそむ不思議な因縁を、鉈《なた》でざっくりと割ってみせる。かの子という腐乱して悪臭にみちた肉体から滴《したた》る、甘く純粋なしずくが、紫色の電光を帯びて作品のなかで光をはなつ。亀井勝一郎は、かの子の晩年の小説を「滅びの支度」と言った。かの子も『日記』で

「取りかたづけることは小説を書くことであった」と言っている。

村松梢風《しょうふう》の『近代作家伝』に、岡本かの子の玉子焼の話が出てくる。かの子のところを訪れた青年が、かの子に玉子焼をご馳走《ちそう》になった。儀礼的に「おいしい」とお世辞を言ったところ、かの子はその気になって、「あらそう。じゃ、もうひとつ作ってあげましょう」と言って、また別の玉子料理を作った。青年は、なりゆき上これもほめざるを得ず、また「おいしい」と言うと、かの子は、「じゃ、またひとつ」と言って際限もなく玉子料理を作った。

かの子が作る玉子料理がどれほどまずかったかは想像にかたくないが、うっかりほめて、それをえんえんと食べさせられた青年は地獄の苦しみであったろう。

しかし、運の悪い青年のなかには、そのただならぬぞっとするまずさのなかに、苦しみを快楽として価値転換しうる復讐力を持った者がいるかもしれず、それがいままで味わったことのない美味と転じるのである。世に珍味として賞賛される高級品はこれと似たところがある。かの子は、どじょう汁を食べてから吐いた。吐いて、喉《のど》にざらつく小骨を舌でもてあそび、『家霊』という絶妙な料理小説を書いたことを思えば、夫の一平も籠絡《ろうらく》された他の恋人たちもこれに似た舌を駆使して、かの子から滴るものの甘さをすすっていたことになる。

内田百閒——餓鬼道肴蔬《こうそ》目録

うちだ・ひゃっけん（1889〜1971）岡山県生まれ。漱石の門弟。小説の他にユーモア味溢れるエッセイで知られた。『冥途』『旅順入城式』『百鬼園随筆』『阿房列車』などが代表作。

内田百閒は缶詰を好んだ。

それは缶詰が文明開化の食べ物であるからで、バターの缶詰、ハムの缶詰、コンビーフの缶詰、ソーセージの缶詰、といろいろ試したあげく、缶詰の中身にしみたブリキの移り香さえ風味のひとつに数える。

ことに福神漬の缶詰が好きで、「缶詰でない福神漬は食べられない」と言いきる。少年のころ海水浴に連れて行かれたときに、浜辺で開けた福神漬の缶詰の味が忘れられないのである。缶詰のなかへ箸《はし》を直接突っこんで食べるのがよく、平ったい缶詰では趣がつて百閒の顔写真を眺めることにこだわりがある。「わざわざ細長い缶を探して、又出来る事なら缶の外側がどこか少少銹《さ》びてゐる位なのを賞味した。鉱力《ぶりき》の移り香はさう云《い》ふのでないとついてゐない」と言う。こういう一節を読むと、うーむと唸《うな》って百閒の顔写真をジロジロと見たくなり、口をへの字に結んで、あたりを睥睨《へいげい》している顔に接し、ひたすら頭がさがる。偏屈で、借金魔で、三畳間に住み、世間を斜めに見物して、芸術院会員への推薦を、「イヤダカラ、イヤダ」と断ったへそ曲りの老人が、なにを考えているかというと、こういうことを考えていたのである。読むほうは、あきれながら、しらずしらずのうちに百閒の虜《とりこ》になっていく。

京橋の明治製菓本社を訪れた百閒は、応接間の椅子《いす》に坐《すわ》って待たされているとき、壁ぎわのガラス戸棚に、いろいろの缶詰が並んでいるのが目に入った。そこに西日が射《さ》していた。

「缶詰は古くなければ意味はない。西日が射したり翳《かげ》つたりするから、縁の下などに蔵《しま》つてある物より中身はませてゐるに違ひない。缶切りできりきりと蓋《ふた》を切つて、普通に置いてあつた缶詰なら底から開けるに限る、さうして食つてみたら、何が這入《はい》つてゐるのか知らないが、きつとうまいだらう」(『喰意地』)

と考えた百閒は、応接間にひとりぽつねんと待っていながらも、あれこれと食い意地をはたらかせ、「想像の舌は長くて何処《どこ》迄《まで》も届く」として、意識のなかで食おうとする。

また道を歩いていて、魚屋の店頭で鯛《たい》を見れば、持って生まれた想像力を駆使して、その鯛をいろいろと調理して食ってしまう。

あるいは、婆《ばあ》さんが川で洗濯をしているときに流れてきた「桃太郎」の桃は、いったいどれぐらいの大きさの桃であったかと詮索《せんさく》する。狷介《けんかい》な老人のなかに興味しんしんの少年が棲《す》んでいる。蒲鉾《かまぼこ》や半ぺんならば、一畳敷あったっていいとする発想は、じつのところ私と似ている。私は、料理雑誌の仕事で、一畳敷のタタミイワシを作ったことがあるが、百閒がずっと前に似たようなことを考えていたのを知って唖然《あぜん》とした。

百閒の随筆を読むと、「あ、これは自分と似ている」という個所にぶつかるのは、たぶん、私だけではないだろう。日常生活のなかの、どうでもいい隙間《すきま》を書くと、百閒は絶妙の腕力を発揮する。その共感から、読者はハタと膝《ひざ》を打ち、「自分は百閒の精神構造と同じだ」と、快哉《かいさい》を叫ぶのだ。

百閒は、下宿屋の正月料理を嫌う。それは元旦《がんたん》二日はいいが、それからずっとひきつづいて松がとれても、まだ日々のお膳《ぜん》は変らず、暮れに作っておいたお煮〆《にしめ》が出るからである。食べたくなくなって箸をつけずに下げたものが、また列を並べなおされて出され、それも他人が残したものが廻ってくるのが気味が悪い。そういったことから逃れるには、そういう残りものを思いきりよく食いきってしまうしかない、と観念する。

朝食は牛乳とビスケットだけである。ビスケット好きは、師の夏目漱石ゆずりだろうが、百閒は英字ビスケットばかり食べた。「アイやエルは劃《かく》が少いので口に入れても歯ごたへがない。ビイやジイは大概腹の穴が潰《つぶ》れて一塊りになつてゐるから口の中でもそもそする」というのが百閒の感想である。

リンゴを買いにいくと、店頭に一つ十五銭から三銭までのものが並んでいる。どこが、どう違うのかわからない。それで、値段が違うリンゴを一つずつ買って、食べくらべてみようとする。ひとつずつとって四つも五つも積み重ねたところ、どのリンゴがいくらであったかわからなくなり、筆を借りて、リンゴに値段を書きこもうとした。店の番頭は、同業の廻し者と思ったらしく、血相を変えて、言いあいになり、百閒は腹をたてて店を出た。それでも虫が納まらないので、店へ手紙を書いて、不都合をなじった。以来、その店の前へ来ると、いつまでも気づまりな思いをした。

これは、百閒が、借金とりから身を隠して、早稲田《わせだ》近辺の砂利場の下宿にいたときの話である。お金がないものだから、いろんな物が食ってみたくなった、と百閒は言う。一見矛盾する感情を書くところがしたたかだ。百閒は一日十時間ほど眠ったが「私は忙しくて忙しくて堪《たま》らないから寝てゐるのである」と言う。この感じもわかる。「さあ忙しくなつたから早く寝よう、と云ふのが私の家では少しも不思議ではない」。

百閒は、昭和十九年に、『餓鬼道肴蔬目録』を書いた。これは、料理のメニューだけをただ並べたものである。原文では一行ずつ改行で書かれているが、料理名を列記するとつぎのような内容である。

――さはら刺身　生姜醤油《しようがじようゆ》／たひ刺身／かぢき刺身／まぐろ　霜降りとろノぶつ切り／ふな刺身　芥子《からし》味噌《みそ》／べらたノ芥子味噌／こちノ洗ひ／こひノ洗ひ／あはび水貝／小鯛焼物／塩ぶり／まながつを味噌漬／あぢ一塩／小はぜ佃煮《つくだに》／くさや／さらしくぢら／いひだこ／べか／白魚ゆがし／蟹《かに》ノ卵ノ酢の物／いかノちち／いなノうす／寒雀《かんすずめ》だんご／鴨《かも》だんご／オクスタン塩漬／牛肉網焼／ポークカツレツ／ベーコン／ばん小鴨等ノ洋風料理／にがうるか／このわた／カビヤ／ちさ酢味噌／孫芋　柚子《ゆず》／くわゐ／竹の子ノバタイタメ／松茸《まつたけ》／うど／防風／馬鈴薯《ばれいしよ》ノマッシユノコロッケ／ふきノ薹《とう》／土筆《つくし》／すぎな／ふこノ芽ノいり葉／油揚げノ焼キタテ／揚げ玉入りノ味噌汁／青紫蘇《あおじそ》ノキヤベツ巻ノ糠《ぬか》味噌漬／西瓜《すいか》ノ子ノ奈良漬／西条柿《がき》／水蜜桃《すいみつとう》／二十世紀梨《なし》／大崎葡萄《ぶどう》　註　備前児島ノ大崎ノ産／ゆすら／なつめ／橄欖《かんらん》ノ実／胡桃《くるみ》／椎《しい》ノ実／南京豆《ナンキンまめ》／揚げ餅《もち》／三門ノよもぎ団子／かのこ餅／鶴屋《つるや》ノ羊羹《ようかん》／大手饅頭《まんじゆう》／広栄堂ノ串刺吉備《くしざしきび》団子／日米堂ノヌガー／パイノ皮／シユークリーム／上方風ミルクセーキ／やぶ蕎麦《そば》ノもり／すうどん
註　ナンニモ具ノ這入ツテヰナイ上方風ノ饂飩《うどん》ナリ／雀鮨《ずし》／山北駅ノ鮎《あゆ》ノ押鮨／富山ノますノ早鮨／岡山ノお祭鮨　魚島鮨／こちめし／汽車弁当／駅売リノ鯛めし／押麦《おしむぎ》デナイ本当ノ麦飯

と、えんえんと出てくる。このあとさらに、「ソノ後デ思ヒ出シタ追加」の品がつづいていくのである。詳しくは『御馳走帖《ごちそうちょう》』（中公文庫）を見ていただきたい。

戦争のまっただなかで、「贅沢《ぜいたく》は敵だ」のスローガンが街中に出まわる最中に、百閒は、「食ベルモノガ無クナツタノデセメテ記憶ノ中カラウマイ物食ベタイ物ノ名前ダケデモ探シ出シテ見ヨウ」と思いついて、この目録を書いた。このとき、百閒は五十五歳である。すさまじい精神力である。飽食の時代に、書かれたのではない。戦争のまっただなかで、ひたすら、料理名だけを書いていくこの不屈の執着心は、想像力と空想のなかに自己を遊ばせる百閒の意地が屹立《きつりつ》している。

百閒は、明治二十二年、岡山市の酒造業、志保屋の長男として生まれ、祖母や母に溺《でき》愛《あい》されて育った。ウシ年生まれだったので、牛の玩具《おもちゃ》をたくさん買ってもらったが、そのうち、「本物の牛を買ってくれ」と言い出し、とうとう牛を買ってもらった。座敷に近い庭に牛小屋を作って、十数キロ離れた農家から黒い牡牛《おうし》をひいてきた。わがまま放題だった。

二十一歳で夏目漱石を訪れ、漱石門下となった。そこで鈴木三重吉、森田草平、芥川龍之介と知り合うが、そのころから食い意地がはっていた。漱石夫人の回想記を読むと、やたらとガツガツ食事をたかる百閒の評判はよろしくない。

漱石門下には、心中未遂をした森田草平や酒乱の鈴木三重吉がいて、それにくらべれば、ひたすら飯を食うだけの百閒は、まだ、ましなほうだったかもしれない。結果的には、岩波の漱石全集編纂《へんさん》校閲に力を発揮したのだから、漱石への恩を返したのは百間ということになる。

二十九歳のときは、芥川の推薦で海軍機関学校ドイツ語教授となり、翌々年三十一歳で法政大学教授もかねるから、金廻りは悪いほうではなかった。しかし、借金癖はぬき去りがたく、法政大学の給料日になると、百間に金を貸した相手がどっと押しよせて、給料日が恐ろしくなった。本来ならば、給料日は、金が入るのだから嬉《うれ》しいはずなのに、百間にあっては迷惑で苦しい日になる。

世間では名士で、かつ大学教授としての報酬を人並み以上に得ながらも、借金に追われたのは生来の浪費ぐせからで、四十五歳で法政大学教授をやめると、借金はいっそうかさむようになった。それでも、四十四歳のときに出版した『百鬼園随筆』が重版十数版に及び、小説や童話集も出版され、原稿執筆の依頼はつぎつぎと来るから、かなりの収入があった。

百間の友人は、始終、金がないとぼやく百間を批難するようになる。怠け者だ、贅沢だと悪口を言う。漱石門下の森田草平はその筆頭で「原稿を書け書け」と忠告する。しかし、百間は「自分の文章をひさいで、お金を儲《もう》けるとは、なんと浅間《あさま》しい料簡《りようけん》だろう」と述懐する。

週刊朝日に書いた『無恒債者無恒心』という一文のなかで、そこで書いている原稿料を支払われることが迷惑だと書く。原稿を書けば、原稿料が入ることが債権者に知られるから、取り返しにこられるのがいやなのだ。この、わかるようなわからぬような弁明が百閒随筆の芯《しん》なのだから、しかたがない。百閒の借金は確信犯である。啄木の借金とは質が違う。百閒は、自分が贅沢をするために金を借りるのだ。そのほうが、金を貸すほうの気分が楽だから、というのが百閒の弁明だ。

百閒は、金持ちから金を借りるのはよくないと言う。自分と同じ程度の貧乏人から借りたほうが有り難味が増す、と言う。そのへんの理屈は「人はよく、お金の有り難味と云ふ事を申すけれど、お金の有り難味の、その本来の妙諦《みょうてい》は借金したお金の中にのみ存する」からであり「自分が汗水たらして、儲からず、仍《すなわ》ち他人の汗水たらして儲けた金を借金する。その時始めてお金の有り難味に味到する」というのである。よくわからぬ点もあるが、読んでいくうちに、なんとなくわかる気がするところが百閒の筆力である。お金というのは、百閒にとっては、現象にすぎない。お金は価値そのものではないのである。

このへんのところは、岡山の素封家に生まれ育って、なに不自由ない少年期を過ごした百閒が、唯一《ゆいいつ》手に入らなかったものが、貧乏であった、ということにつきる。借金は、そのための手だてである。貧乏にあこがれたお金持ちの少年の背後には、芸術への希求心がかいま見える。しかし、貧乏にあこがれても、もともと贅沢好きの性根は治るはずもなく、そこに、口をへの字に曲げた偏屈で、ゆがんだ、そのくせ妙に透明で純粋な百閒の像が浮かびあがってくる。

借金は百閒にとってゲームだった。お坊ちゃんが、借金というものをしてみたくてたまらない、というところから発している。そのゲームをしているうちに、現実ににっちもさっちもいかなくなり、どうにも借金生活から逃げられなくなった。借金中毒症とでもいったらいいのだろうか。かくして、百閒ほど自尊心の強い男が、「他人に頭を下げ、越《こ》し難《がた》き閾《しきい》を跨《また》ぎ、いやな顔をする相手に枉《ま》げてもと頼み込んで、やつと所要の借金をする」のである。「所要の半分しか貸してくれなくても不足らしい顔をすれば、引込めるかも知れないから、大いに有り難く拝借し、金額に相当する感謝を致《いた》して引下がる」のである。百閒はそれを「心的鍛錬」と言う。

百閒は、贅沢ではあったけれど、きわめつきの美食家ではない。「私は食ひしん坊であるが、食べるのが面倒である。御馳走のないお膳はきらひだが、そこに有りさへすれば無理に食べなくてもいい」とする。また「腹がへつてゐる状態が好き」だとも言う。だから、無理やり、他人に食べさせられるのを嫌った。

新聞社が、百閒と女性教育家との対談を企画した。百閒は、夕食は、午後七時に自宅で食べる習慣があったので、夕飯つきの対談ではなく昼間を希望した。場所は丸の内のエイワン支店の一室に決まった。ところが、迎えの自動車が早く来すぎて、昼食の蕎麦《そば》

(これは定番で十二時きっかりに食べる)を食べる前に家を出て、早く対談場へついてしまった。百閒へ気をつかった係の記者が「蕎麦を取りよせましょうか」と申し出たが、騎虎《きこ》の勢いであっさり断ったところへ、対談相手の女性教育家が来て、さっさと西洋料理を食べ始める。すると、我慢する気ではあっても、それがうまそうで、その料理が気になってしかたがない。相手の女性が、なぜ食べないのかと聞くと、「こういう時世だから」と口走って、気まずくなって女性は昼食を半分残し、百閒は、後で赤面することになる。

百閒随筆の骨格は、日常生活に通底する物語性にある。随筆の形をとりながら内容は小説的である。百閒の脳裡《のうり》にあったのは、ひとりは漱石であり、漱石は越えようにも越えられない存在であった。漱石門下の仲間の芥川は若くして自殺した。百閒も、特異な幻想をつづった短編集『冥途《めいど》』を発表するが、漱石、芥川を越えられない。教師生活をしていた百閒は、私小説的随筆を書くことでしかこの両者に立ちむかう手だてはなかった。そのため、日記も随筆も、かぎりなく小説に近づきつつ、小説ではない。

百閒は自分のわがままを書く。ズイズイと書く。わがままに対してあくまで傍観者である。威張っている自分の態度を、自分の文章が批判している。それも、自己批判、自己嫌悪《けんお》を直接書いてしまうと、それは結果的に自分をかばうことにつながるため、あるがままの気分を書く。そこに、ユーモアが生まれ、すがすがしい苦味が出る。百閒が好んだビールの味である。軽い味に見えて、そのじつ奥にこくのある諦観《ていかん》がある。これは名人芸である。真似《まね》できそうで、到底真似ができるものではない。百閒は、漱石と芥川の副作用なのである。でなければ、「牛の本質は藁《わら》である」なんていう壮大なホラ話は書けるはずがない。

百閒は心臓と腎臓《じんぞう》が悪く、主治医の小林博士から、牛肉を食べるなと言われて「牛の本質は藁である。藁を牛の体内に入れて蒸すと牛肉になる」と解釈し、牛肉のすき焼を藁鍋《わらなべ》と言いかえ、しきりに藁鍋を食った。「小林博士がいけないと云はれたのは、広く獣肉の事であつて、其中《そのなか》でも猫や虎《とら》の肉が、腎臓には悪いと云ふのであらう」。

田舎に引っ込んだ学生が、一貫もの猪肉《いのししにく》を送ってきた。さっそく客を集めた。百閒の居間は三畳で、そこに卓袱台《ちゃぶだい》を置くから、客は一度に二人から三人までである。順番に客を呼んで、延べ十三人で六晩かかった。そのため、この期間は仕事が手につかず、「つくづく猪は害獣である事を知つた」。

百閒の思い込みは縦横無尽である。百閒は友人知己を饗応《きょうおう》するのが好きだった。『御慶』という随筆がある。「人を大勢よんで御馳走するといふのは、我儘《わがまま》の行きづまりである。さう云ふ事をしてはいけない事を知つてゐる。しかし、よびたいから、よばうと思ひ立つた」。これが百閒流である。三畳間で、客をつぎつぎともてなしているうちに、熱を出して寝こんでしまった。その反省から、一網打尽の正月宴会を企画した。会場は東京ステーションホテル。昭和二十六年のことであった。百閒は六十一歳になっている。案内状を出し、出欠を確認しメニューも選んだ。二十五人の来客があった。いつものことだが金がないので、出版社へ行き、印税を前借りした。「今のお金でないから、ちつとも惜しくない。借りたのだから、人のお金である。それを以《も》つて今の用に充《あ》てる」のである。

宴会が始まると、最初のうちは、範を垂れてやるという気持で、お行儀よくしていたが、飲むと酔っ払ってきて、席のだれかれに大声で声をかけた。「何を云つたかは覚えてゐないのみならず、現にさう云つてゐるその時から、何を云ふなぞと云ふそんなつもりはなかつた。酔つた時は何でもいいので、何か云つてさへゐれば、それで何となく面白い」。これも百閒である。

百閒の料理に対する描写は、明快で、いかにもおいしそうだ。牛肉を焼くシーンは「竹の皮包みの中から、白い脂《あぶら》の切れを取り出して、焼けた鍋の上を、しやあ、しやあと引いた。薄青く立ち騰《のぼ》る煙の匂《におい》を嗅《か》いだ」とあり、しゃあ、しゃあという音がたまらなくうまそうだ。

油揚げは「じゅん、じゅん、じゅんと焼けて、まだ煙の出てゐるのをお皿に移して、すぐに醬油をかけると、ばりばりと跳ねる」と書く。擬音の使い方が新鮮でピカピカだ。アイスクリームを飲む、と書く。コーヒーをカヒー、ボーイをボイと書くのは昭和初期の流儀だが、チース、トメト、カビヤ、ソツプ、ヰスキーという書き方にも時代のおしゃれな余韻がある。

百閒には『随筆億劫帳《おつくう》』という著作があり、この「億劫」という概念が、百閒の独壇場であった。億劫に関しては、漱石も芥川も書いていない。億劫だからやらなかったこと、は、つまりどうでもいい領域でありながら、億劫こそ、人間のなかに大部分の水分となって昼寝している怪物なのである。百閒はそれを書いた。百閒は、少年の好奇心と億劫がりを共存させていた。東京ステーションホテルの大宴会も、自分の興味とサービス精神から始めて、テーブルの並び順、名札の書き方、メニューの印刷、と、細部にこだわりつつも、最後は自分がさきに酔っ払って正体をなくしてしまう。それが壮大な弁明につながる。

明治製菓の応接室で、戸棚の缶詰を見つめているうちに、もっと詳しく中身を知りたくなり、立ちあがって見に行こうとすると、人の声がして扉が開く。目的はとげられず、空漠の孤独に包まれる。

それは、百閒の代表作となった『阿房《あほう》列車』シリーズでもそうで、なんの予定もたてずにふらりと旅に出た百閒は、いつのまにか東京へ着いて、中央線の電車に乗り換えて、市《いち》ケ谷《や》駅でひとりで降りて、「貧相な気持で家へ帰つて来る」のである。わがままと自由のはての寂寥感《せきりょうかん》を書く。百閒は、お金だけでなく、享楽《きょうらく》も、旅の愉《たの》しみも、御馳走も、人の心もすべて前借りしてしまって、あとで苦労する。そのやせがまんに百閒ファンは共鳴するのだが、威張る自分を戯画化する視線は、到底、人の及ぶところではなかった。百閒の目線が、自分と同じ底辺に漂っているため、「自分と似ている」などと思うのは、とんだ思いあがりであって、百閒は読者に照準をあわせているが、思いは別のところにある。だまされてはいけない。なにしろ、おからを肴《さかな》にしてシャンペンを飲む人なのである。

『百鬼園戦後日記』を読んでいたら、百閒が酒を注文して（借りて）いた麴町《こうじまち》の飯田屋《いいだや》というなじみの酒屋は、私が会社づとめのころ、連日のように酒の配達を頼んでいた店だったので、そこのところが晴れがましく、痒《かゆ》いような気分だ。

芥川龍之介——鰤《ぶり》の照り焼き

あくたがわ・りゅうのすけ（1892〜1927）東京生まれ。漱石門下の秀才として、若くして文壇にデビュー。数々の短編小説の傑作を残した。『羅生門』『鼻』『地獄変』『河童』など作品多数。

芥川龍之介は若くして漱石に認められ、学生のころから文壇のスターになった作家であり、その理知的な作風と風貌《ふうぼう》から、料理に関して執着があるとは思えない。自己の芸術至上生活に悩み三十五歳にして自殺したことを考えれば、食事の嗜好《しこう》に関して詮索《せんさく》するのはいささか気がひける。

しかし、芥川の文壇へのデビュー作といえる『芋粥《いもがゆ》』は食べ物の話なのである。大正五年、芥川は第四次「新思潮」創刊号に『鼻』を発表して漱石の絶賛を受け、つづいて「新小説」に『芋粥』を掲載し、文壇に登場した。芥川は二十四歳で、この年帝大英文科を二十人中二位の成績で卒業した。この年、漱石は、芥川への絶賛をのこして死去した。

『芋粥』は平安朝の「某《なにがし》と云《い》ふ五位」の男の物語である。この男は芋粥を腹いっぱい食べることを唯一《ゆいいつ》の望みとしていたが、藤原利仁《としひと》という男がその願いをかなえてくれる。ところが大量の芋粥を食べて、うんざりとする幻滅を味わう。話の筋は、中学生のころ教科書で読んだ記憶がある。得意気に人生の極意を説いている寓話《ぐうわ》という感じがあって、読んだときに、老成した教訓が鼻につく。いかにも教科書むきの作品だ。そういう記憶をもとに、もう一度『芋粥』を読みなおしてみると、私の思いこみは、とんでもない間違いであることがわかった。

これは絶望の小説なのである。

芥川は、遺書のなかで、自殺する動機を、「何か僕の将来に対する唯《ただ》ぼんやりした不安である」と書いている。その「生きることのぼんやりとした不安」が、すでに『芋粥』のなかにあった。

主人公の男は、食べたいと願っていた芋粥を食べすぎた結果幻滅するのではない。そのところを、せつないほど絶妙に芥川は書き切っている。主人公の「某と云ふ五位」は、芋粥を腹いっぱい食べられると決ると、「芋粥を食ふ時になるといふ事が、さう早く、来てはならないやうな心もちがする」のである。「せつかく今まで、何年となく、辛抱して待つてゐたのが、いかにも、無駄な骨折《ほねおり》のやうに見えて」しまい、一旦《いったん》なにかの故障があって芋粥が食べられなくなればいいと考える。それでも親切を装《よそお》った藤原利仁に、意地悪く笑いながら「遠慮は御無用ぢや」と強引に食わせられるのである。

『芋粥』は、「飽食の幻滅を知る」話ではなくて「飽食を強要される恐怖」を描いた作品である。主人公の「某と云ふ五位」が芋粥を腹いっぱい食べたいと願う心のなかに、最初から腹いっぱい食べることの不安がひそんでいる。中学生のときは、そこまで読みきれなかった。さらに、「食べたい」と思いつつも「食べたらそれっきり」という不安は、そのまま芥川の嗜好性につながる。

芥川が嫌悪《けんお》した飽食は、耽美《たんび》派の享楽《きょうらく》性への嫌悪と微妙につながっている。せんじつめれば、六歳年上の谷崎潤一郎だ。谷崎は自然主義（鷗外・漱石）のゆきづまりのあとに登場した放蕩《ほうとう》作家である。自然主義の暗い陰惨さをすりぬけて官能と頽廃《たいはい》の耽美世界に生き、食べたいものを食べつくした。漱石が芥川をほめ、のちに谷崎と芥川が論争することは当然の帰結なのである。

谷崎潤一郎は、芥川の死後、「いい喧嘩《けんか》相手を見つけたつもりで柄にもない論陣を張ったりしたのが、甚だ友達がいのない話で、故人に何とも申訳の言葉もない」として、芥川のことを「いたましき人」と追憶している。

論争は、小説の筋の面白さを主張する谷崎に対し、芥川は詩に近い小説の純粋性を称揚した。谷崎と芥川は大学の先輩後輩の間がらであったが、放蕩の資質がちがう。女性に関しては芥川は谷崎に負けず、妻のほか女流作家・歌人や妻の友人の人妻などと浮名を流した。作風も谷崎以上に猟奇的、怪奇的な題材がある。唯一ちがうのは食に対する姿勢である。

谷崎は、論争中に芥川が訪ねてきて「自分は、誰か先輩のような人からウンと自分の悪い所をコキ卸してもらいたいんですよ」と涙を流して訴えられたことを記している。さらに、「まるで色女のような親切さ」で谷崎のワイシャツのボタンをはめたという。谷崎が捜していた本や画集を送ってくるため、イコジな性格の谷崎は「親切には感謝したけれどいやしくも論戦している最中に品物を送ってこられたのが――おまけに今迄《まで》ついぞ一度もなかったことなので、――ちょっと気に喰わなかったのである」として、ツムジをまげて再び『饒舌録《じょうぜつろく》』のなかで食ってかかった。聡明《そうめい》で、勤勉で才気煥発《かんぱつ》な芥川だが、谷崎は「芥川君にはそういう誤解を起こさせるような、気の弱い如才のない所があった」と書き残している。

芥川の文章は一語一句をゆるがせにしない潔癖性があり、みがきぬかれた文体はきしみあいスックと立ちあがっている。しかし、理知的がゆえにダシがきいていない。芥川の指先は味覚を感知しなかった。作家もまた人間であり、食ったほうが強い。鋭利でありながらもろい精神は必然的に自己破滅へむかう。谷崎も芥川も私小説を嫌った。晩年の谷崎が、私小説の体裁を匂《にお》わせながらも私生活を作品の餌食《えじき》としたのに比べ、芥川は私生活を私小説の食い物にされた。芥川にあっては生活そのものが作品に殉教する結果を生むのである。

芥川は神経衰弱、胃アトニー（神経性）、狭心症、胃酸過多、痔《じ》、腸の不調という病気をかかえていた。病気の巣窟《そうくつ》のようだが、これらの多くは神経性のものである。自殺寸前に書かれた『歯車』に出てくる幻視は、「閃輝《せんき》暗点」という眼の病気で、眼科医の椿《つばき》八郎の診断によると、「眼科領域の病気であり、精神病とはなんら関係のない別個なもの」である。芥川は、目の前に見える半透明の歯車を、精神病の予兆と勘ちがいした。

芥川の生母フクは、芥川の生後八カ月めに突然発狂し、芥川が十歳のときに死んだ。以後、芥川は自分が母と同じ病気になるのではないかと恐れていた。精神病がもっぱら遺伝によると考えられていた時代であったからこの不安は芥川にとって重くのしかかる深刻なものであったろう。この被害妄想が芥川の胃を弱めていった。

芥川は十歳のころは水泳や柔道好きの健康優良児であり、一週間におよぶ徒歩旅行をしたり、十七歳では槍《やり》ヶ岳《たけ》登山もしている。槍ヶ岳登山のときは、佃煮《つくだに》と味噌汁《みそしる》ばかりの粗食に閉口している。駅弁は玉子焼と豆腐の煮物がどうにか食べられたとあり、つまり家では、けっこうきちんとしたものを食べていた。芥川自身、作家の条件として、①数学を学ぶべし。②体操を得意とせよ。③国語、作文をバカにすべし、と三点をあげており、身体《からだ》には自信があったことがうかがえる。

夫人の芥川文の『追想』には、芥川の食生活がいくつか記されている。芥川家は質素で一汁一菜であったが、芥川は鰤の照り焼きが大好物で、それがあれば他にはなにもいらないというほどだった。芥川家の宗旨は日蓮宗《にちれんしゅう》でお会式《えしき》の日は一家をあげて料理を作った。手数がかかる精進料理で、

白和《しらあ》え（こんにゃく、人参《にんじん》、ごま）
のっぺい汁（野菜、湯葉、すだれ麩《ぶ》）
揚げもの（野菜類）
栗《くり》の含煮《ふくめに》　茶飯

という献立であった。

来客が多いため日曜日を面会日と決め、来客には鶏肉《とりにく》を使って親子丼を作り、お重に入れて吸物と新香を添えた。来客が多いときは三代りもこしらえることがあった。

煙草《たばこ》好きで、佐藤春夫の証言によると一日に敷島を百八十本吸ったという。

大晦日《おおみそか》には火鉢の引出にしまってある一年分のカツオブシの削り残しを鍋《なべ》に入れて、朝からコトコト煮出して濃厚なだしを作り、これを正月の雑煮や煮物に使った。芥川が

育った家の鼈甲漬《べっこうづけ》というものがある。大根をよく干してサイコロ型に切り、ミリン、醤油《しょうゆ》、酢、砂糖に漬けこむ。歯あたりがよく酒の肴《さかな》に喜ばれた。正月料理は小松菜、大根、里芋、竹ノ子、鶏肉と白隠元。栗きんとんは作らなかった。几帳面《きちょうめん》な芥川の養父が物指しではかって切った餅《もち》が揃《そろ》えられ、夜は年越蕎麦《そば》を蕎麦屋に頼んで出前させた。夜遅く、小梅と昆布を入れた福茶を飲んだ。

典型的な東京人の食卓で、格別御馳走《ごちそう》ではないが、晩年に書いた『大導寺信輔《しんすけ》の半生』にあるような貧乏人の家庭ではない。伝説となった芥川家の貧しさは、芥川が誇大に書いたことで、そこには「純文学は貧乏から生ずる」という芥川の固定理念がある。

家での芥川の生活は九時か十時ごろ起きて朝食を食べ、すぐ二階へ上って原稿を書く。酒はほとんど飲まず、食べ物に特別やかましくない。文夫人は「ごはんのときも本を読んでおりました。本は多く洋書でした」と追想している。

文壇仲間の会合にはちょくちょくと顔を出した。『日記』には田端にあった料理屋の自笑軒《じしょうけん》。上野広小路で買った桃。昼食のかわりにアイスクリームを買った、とある。万世橋のレストラン・ミカド。神田神保町《じんぼうちょう》のカフェ。新橋駅の西洋料理店東洋軒へ入り「二階の窓から見ると、駅前の甘栗屋《あまぐりや》が目の下に見えて、赤い提灯《ちょうちん》と栗をかきまぜる男が甚だ風流だった」と記している。

北原白秋と本郷三丁目の平民食堂百万石《ひゃくまんごく》へ行く。「白秋酔って小笠原《おがさわら》島の歌をうたう」

とある。台東区の料亭伊香保《いかほ》。更科《さらしな》そば。料亭鉢《はち》の木《き》。日本橋の鳥料理初音《はつね》。と、まあ『日記』をざっと見れば、けっこういろいろの店へ行っていることがわかる。

二十九歳のとき上海《シャンハイ》へ行き、到着早々、乾性肋膜炎《かんせいろくまくえん》を患《わずら》い、三週間入院し、退院後北上して四カ月の旅を終えた。『上海游記《ゆうき》』によると不眠と神経症に悩まされ、毎晩欠かさずにカルモチンを飲んだのは、ロンドン留学中の漱石と同じである。ビスケットばかり食うところも漱石と同じだ。夜明け前に目がさめ、王次回《おうじかい》が『疑雨集《ぎうしゆう》』のなかで「薬餌無徴怪夢頻《やくじちようなくかいむしきりなり》」（薬も効かなくておかしな夢ばかり見る）と書いているのを思い出し「痛切である」と述べている。

上海の料理店は汚くて居心地が悪いとしながらも「料理は日本よりも旨《うま》い。いささか通らしい顔をすれば、私の行つた上海の御茶屋は、たとへば瑞記《ずいき》とか厚徳福《こうとくふく》とか云ふ、北京《ペキン》の御茶屋より劣つてゐる。が、それにも関《かかわ》らず、東京の支那料理に比べれば、小有天なぞでも確かに旨い。しかし値段の安い事は、ざつと日本の五分の一である」と記している。

フカヒレスープを中国美女と食べ、罪悪と豪奢《ごうしゃ》が入りまじった女を見て、谷崎潤一郎氏の小説を髣髴《ほうふつ》させるとため息をつく。かなり食べている。二、三人の芸者と一緒にスイカの種をつまんだりしている。旅行中はいろいろの中国料理を食べており、決して食が細いというわけではない。

しかし、とろろを嫌った。ここのところは「ヌラヌラしたものを好んだ」谷崎と好対照である。正月四日の朝はとろろを食べるのが芥川家のしきたりだったが、芥川はとろろという語感から連想するものが嫌いで決して食べなかった。また、貝を食べなかった。生ものはいっさい食べず、「お粥と半熟玉子、これは安全だ」と言って毎日食べた。佐佐木茂索《もさく》から羊羹《ようかん》を貰《もら》うと「羊羹と書くと何だか羊羹に毛が生えている気がしてならぬ」と礼状を書く。「神経衰弱だと云えばそれまでだが」とつけ加えてはいるものの羊羹という文字づらから気味悪がるのは、たしかに神経症である。（私なりのコーシャクをすれば羊羹は、もとは羊肉のシャブシャブであり、それが日本に伝わって、いまの羊羹になった経緯があり、芥川の直観は正しい）

また、文夫人が森永のジンジャーケーキを食べている芥川に「このお菓子には生姜《しょうが》が入っていますね」と言うと、すぐ下痢をしてしまった。「常日頃《つねひごろ》生姜は腸に悪いといっていた主人は、その言葉だけですぐに下痢をおこしてしまうのです」。（『追想　芥川龍之介』）神経症からくる胃腸障害がひどかった。

大正十五年、神崎清にあてた手紙に、神崎清が帰った翌日から腹を下してひとかたならぬ苦しみを体験し、痔が悪化して「僕はもう尾籠《びろう》ながらかき玉のような便をするのに心の底から飽きはててしまった」とある。自分の下痢便を「かき玉のような」と表現するのは、裏をかえせば芥川は、かき玉を食べるたびにそこに下痢便を連想していたことになる。それに、あの眉目秀麗《びもくしゅうれい》な芥川が痔に悩んでいたことはどうも連想しがたい。菊池寛によれば芥川は自分をまねて「顔を洗わなかった」と言っているし、中野重治《しげはる》は「この人は湯などに入らぬのか、じつに汚い手をしていた。顔なども洗わなかったのかも知れない。その手が、顔同様、もともとは美しい手なのだったから、よごれ加減がいっそう目立って私には不思議だった」と書いている。

芥川の小説は狂気と死の意識が通底しているが、手にもそれと似た気配がある。このことは食卓が同じトーンであったことと、生理として一致する。田端の家は暗くて陰気なため貸別荘を借りて「西洋皿と缶詰」だけの簡単な生活をする。芸術作品を書くためには、食べ物など缶詰でいい、とする決意はいかにも芥川らしい潔癖性があるものの、こういった研究室で精製された人工ダイヤのような作品は、当然ながら単一トーンの壁を突き破れない。初期の作品にある「気のきいた狂気」は、最後は私小説の軍門に降《くだ》り、破滅の閃光《せんこう》を放つのである。狂気への不安は、芥川の意識が明晰《めいせき》なだけに、不安に揺れても崩れることはなく文体は屹立《きつりつ》している。芥川の自殺は、友人や妻の文は十分に予測していたことで、文夫人は松林を歩きながら「ちょうどいい枝ぶりではありませんか」と先手を打って言った。いっぽう芥川は、友人へ「蛇のように冬眠したい」と手紙を書きおくる。

『大導寺信輔の半生』にカステラの話が出てくる。

「母は『風月』の菓子折につめたカステラを親戚《しんせき》に進物にした。が、その中味は『風月』どころか近所の菓子屋のカステラだつた」

芥川はこの一件を恥じ、義母を憎んでいる。安物のカステラをブランドの菓子折につめて送ることは、芥川の自尊心を傷つけた。中学生の芥川の記憶に、この一件は火傷《やけど》のようにへばりついた。この潔癖性は芥川の純粋性を示すと同時に、弱さをも露呈している。倫理的に敏感すぎる。それは過度に内向して反省する自虐《じぎやく》性と冷笑に通じる。また、この小説では、「信輔は全然母の乳を吸つたことのない少年だつた」とし「彼は毎朝台所へ来る牛乳の罎《びん》を軽蔑《けいべつ》した。又何を知らぬにもせよ、母の乳だけは知つてゐる彼の友だちを羨望《せんぼう》した」とある。これもまた過剰な情緒反応である。

中学生時代の芥川の心情を左右した事件は、ひとつは「偽《にせ》のカステラ」であり、もうひとつは「偽の乳」なのである。とすると芥川は本来は食べることに敏感で、それを裏切られたため缶詰だけの生活にあこがれたということになる。缶詰の簡易生活は、合理性ではなく復讎心《ふくしゆうしん》につながっていく。

芥川は生涯を通じて六百句の俳句を作った。しかし芥川が自ら『澄江堂句集』として残した句は七十七句にすぎない。そのなかでよく知られているのは、

木がらしや目刺《めざし》にのこる海のいろ

である。この句は『季寄せ』にも掲載されているし、芥川自身、小島政二郎《まさじろう》宛《あて》の手紙に書き添えている自信作であった。

大正七年の作だが、芥川三十五年の生涯に照らしあわせてみると怖い句である。芥川にとって、海はひからびた目刺の上に横たわっている。海が死体となってさらされている。この句を作る一年前、友人の恒藤恭《つねとうきょう》へ宛てた手紙に、

魚の目を箸《はし》でつつくや冴返《さえかえ》る

があり、芥川は魚を食べながら、自分の死を予感しているふしがある。芥川は料理に関して禁断の領域に入り込むような畏怖《いふ》を抱いている。食べることの罪を意識している。

遺書の『或《ある》旧友へ送る手記』には、

「我々人間は人間獣である為《ため》に動物的に死を怖れてゐる。所謂《いわゆる》生活力と云ふものは実は動物力の異名に過ぎない。僕も亦《また》人間獣の一匹である。しかし食色にも倦《あ》いた所を見ると、次第に動物力を失つてゐるであらう。僕の今住んでゐるのは氷のやうに透み渡つた、病的な神経の世界である」

とある。芥川自身、食色に倦いた自分の生命の薄さを予知している。それにかわるも

のとする氷のように澄み渡った世界には、カステラも牛乳も目刺もない。

芥川に『蜜柑《みかん》』という小品がある。小説というよりエッセイに近い作品で発表当時から評判がよく、芥川の人間的なあたたかさがにじみ出ている。話はこうである。

主人公である「私」は横須賀《よこすか》線の二等客車で田舎者らしい小娘と会う。その娘は皸《ひび》だらけの両頰を気持悪いほどほてらせて「私」の席の前に坐《すわ》り、その下品な顔だちに不快を感じる。不潔な服といい、愚鈍なふるまいといい、「私」はいちいちいらだって、新聞を広げてその娘と視線があわないようにした。そのうち、小娘は列車の重いガラス窓をあけようとして、鼻洟《はな》をすすりこむ音が小さな息の切れる声と一緒にせわしなく耳に入ってくる。「私」は腹の底に険しい感情をためていく。そのうちトンネルに入ると、窓があいたため煤《すす》が混じったどす黒い煙が車内に入ってきて、「私」は息もつけないほど咳込《せきこ》む。この娘を頭ごなしに叱《しか》りつけたくなる。電車はトンネルをぬけて、貧しい町はずれの踏切りにさしかかり、そこに三人の男の子が立ち並び、いっせいに手を振りながら声をあげている。

「するとその瞬間である。窓から半身を乗り出してゐた例の娘が、あの霜焼けの手をつとのばして、勢《いきおい》よく左右に振つたと思ふと、忽《たちま》ち心を躍らすばかり暖な日の色に染まつてゐる蜜柑が凡《およ》そ五つ六つ、汽車を見送つた子供たちの上へばらばらと空から降つてきた。私は思はず息を呑《の》んだ。さうして刹那《せつな》に一切を了解した。小娘は、恐らくはこれから奉公先へ赴《おもむ》かうとしてゐる小娘は、その懐《ふところ》に蔵してゐた幾顆《いくか》の蜜柑を窓から投げて、わざわざ踏切まで見送りに来た弟たちの労に報《ほが》いたのである」

芥川は汽車の窓からばらまかれた蜜柑に、「朗らかな心もちが湧《わ》きあがってきた」と書いている。文夫人の『追想』によると、芥川は伯母（養母）にはよく気がついて土産を買ってきた。銀座からの帰り、インヴァネスの下の着物の袖《そで》から、右に二つ、左に三つと上等のリンゴをとり出して「ばあちゃん」と言いながら、一つまた一つと火鉢のふちや食卓の上に並べた。伯母はその上等のリンゴが好物で、並べられるリンゴをあかずに眺めていたという。

芥川の精神は病んではいたが、と同時にこういう優しい心づかいがあった。インヴァネスからリンゴを二つ三つととり出すとき、芥川の心のなかには、蜜柑をばらまいた小娘に抱いた朗らかさがあったはずである。芥川の句で、私が好きな作をもう一句。

あさあさと麦藁《むぎわら》かけよ草いちご

この句にも、心優しい芥川の息があって、私の心はふと立ちどまる。

江戸川乱歩——職業は支那ソバ屋なり

江戸川乱歩（1894〜1965）三重県生まれ。筆名は、エドガー・アラン・ポーにちなむ。日本の近代推理小説の祖。『二銭銅貨』は今なおミステリーの必読書とされる。『押絵と旅する男』『鏡地獄』『芋虫』など名作多数。

乱歩の自伝資料を集成した『貼雑年譜《はりまぜねんぷ》』は、乱歩が「他人に見せるものではなく、自分と家族の備忘」として書き残した門外不出の労作で、出生から晩年まで九冊の記録である。小学時代・中学時代のノート、住居移転図、新聞記事、ハガキ、名刺、新聞広告といった資料がびっしりと年代順に並べてある。

小学生のころから黒岩涙香《るいこう》の翻案探偵小説を好み、十一歳にして雑誌を作り、十六歳にして学寮を脱走して停学処分となる乱歩は、幼少よりすでにデカダンスの予兆をはらんでいた。きわめつきの活字マニアで、自分の文章が活字化されることが好きだった。

しかし、作家としての成功は二十八歳のときに「新青年」に発表した『二銭銅貨』まで待たねばならない。この間、貿易会社や造船所へ勤めてはやめ、古本屋を開いたり雑誌編集者を勤めたりで、乱歩は職業を転々とした。三十歳で『D坂の殺人事件』『心理試験』『屋根裏の散歩者』『人間椅子《いす》』、三十二歳で朝日新聞に『一寸法師』を連載して作家の地位を確立したが、それでも生活上の不安から、のちに下宿の緑館を開業した。

このころの乱歩は、人みしりをする陰気な性格で、ごく限られた知人にしか心を許さなかった。乱歩の初期の作品に登場する暗く孤独で猟奇的な夢想家は、それぞれが乱歩の分身である。

下宿緑館を開業するかたわらで、「日本始まって以来の物凄《ものすご》い小説!!」と銘うたれた『陰獣』を書き、ベストセラーとなった。『貼雑年譜』に当時の新聞広告があるので宣伝文を引用すると「世界的鬼才」「いとも甘美なる犯罪の戦慄《せんりつ》!!」「暗闇《くらやみ》に蠢《うごめ》く陰獣の正体は?」「猟奇の徒よ!　来りてこの不思議なる魅力に酔ひ給《たま》へ!!」といった過激なコピーで、こんな宣伝を見れば書店へすぐ買いに行きたくなる。

空想的犯罪生活者の執拗《しつよう》な復讎心《ふくしゆうしん》を書いたこの小説は、乱歩に名状しがたい猟奇作家のイメージを与えた。それにつづいた『蜘蛛《くも》男』『虫』『猟奇の果』『吸血鬼』『黄金仮面』『白髪鬼』『恐怖王』『鬼』といった作品群は、タイトルを見ただけで薄暗がりの異界にひきずりこまれる。怪奇と不思議と戦慄の物語世界が、日常の町かどの暗がりに突如として現れる。猛毒の注射針を持った怪人魔術師がおり、四十九人の処女をつぎつぎと狙《ねら》う殺人鬼がおり、白昼に殺害される富豪ありで登場人物はいずれも異様で怪し気な気配をしょっている。読みはじめたらやめられなくなる痛快活劇だ。これだけの度胆《どぎも》をぬく設定を思いつく人だから、日常生活もさぞかし耽美《たんび》的で、通常の人とは違う食卓だろうと予測するのだが、資料をあたってみると、がっかりするほど常識的な生活人である。これは谷崎潤一郎が常識的な生活者であったことと奇妙に符合する。

まして探偵小説となると、いかなる奇怪異常の犯罪でも、その秘密を解きあかす筈があり、読者はそこで納得するわけだから、根っからの異常者に異常小説は書けない。合理主義の枠内からはみ出ることはない。

乱歩は「私は音痴ではなく味痴のほうで、六十になつても玉子焼が好物なのだから味覚を語る資格はない」（東海しにせ会発行「あじくりげ」）と言っている。少年のころの乱歩は駄菓子屋で買う酢コンブを好んだ。晩年はコンブとワカメ、浅草海苔《のり》も好んだ。隆子夫人は三重県鳥羽《とば》市の出身で、隆子夫人の実家から送ってくるワカメを唐辛子と砂糖醤油《じょうゆ》につけて乾《ほ》してカリカリにして食べた。ワカメの茎の、海の塩あじのついた生のままを二杯酢にして食べた。また北海道産のコンブの肉の厚い極上を火で焙《あぶ》って狐色《きつねいろ》にこがし、それをお茶漬けの具とした。

味噌汁《みそしる》は三河の八丁味噌で、それだけだと淡味《うすあじ》なので甘みのある信州味噌をまぜた。

ダシはニボシ。具はワカメ、葱《ねぎ》、豆腐、大根の千六本を使った。おどろくほど淡泊である。

若いころは酒を飲まなかったが、戦後は宴会につきあうようになり酒を覚えた。「日本酒だと一合で赤くなり少しドキドキし、二合で大ドキになり、三合ではドキンドキンになつてひどく苦しい」と述懐している。

「喉《のど》のかわいたときのビールは、むろんよろしい。ビールでは、わたしには、つまみものよりも薄く切つた脂《あぶら》の多いトンカツに生キャベツが適薬である。風呂《ふろ》から上つてこれをやるのは格別」というから、じつにそっけなく、書生の食事である。堀口大學《だいがく》の家を初めて訪ねたとき、地方の名酒がとどいていて、堀口の手燗《てかん》で飲んで、ゴロリと横になってグッスリと眠ってしまった。「先方には失礼だがさういふことは善酔した場合に限るので、多くは大ドキがいつまでもつづいて、家へ帰っても苦しくて寝つかれないのが普通だ」（「酒」所載『酒とドキドキ』）となる。ただし「飲むときは大いに食うほう」である。牛鍋《ぎゅうなべ》でもなんでもいい。晩年、小料理屋で宴会があるときは、洋酒を置いてないため、近所の酒屋からサントリーの旅行瓶を買ってきて、自分だけハイボールにして飲んだ。和食にウィスキーを持ちこんだのだから、これは先駆者である。

晩年、探偵作家クラブの行事が毎週のように催されていたときは、会のあと、日影丈吉、中島河太郎、大河内《おおこうち》常平といった常連を連れて「銀座のおそめ、げん、うさぎ、おシマさんのゲイバー、神田のドラゴンと足をのばし、最後は新宿へ出て、プロイセンか和で小憩して、それから花園街の青線にくりこむという強行ルートであった」（千代有三『はなやかな孤影』）。それでも酒が好きというほどではなく、もっぱら女たちにご馳《ち》走《そう》して談話を楽しんでいるだけであった。

山岡荘八は、「乱歩先生は最も敬愛する人」としたうえでつぎのような思い出話を書いている。酔っ払った山岡荘八は芸妓《げいぎ》屋で乱歩にからんで、「今夜はここへ泊れ」と言ったそうだ。すると乱歩の顔色が変った。時計はすでに午前零時をまわっていた。「『これは困った。家へ帰って坐《すわ》らなければならない』と生まじめな顔で乱歩先生は言われた。つまり一定の時間以後に帰宅されると、その遅刻した時間だけ、奥さまの前で正座する約束になっていると言うのであった」（山岡荘八『正歩の大人』）

このエピソードを読んで、私は、大下宇陀《うだ》児《る》が「乱歩は、案外、マゾのほうだよ」と言ったことを思い出した。

山田風太郎の回想では、酔って三人の知人と花園遊楽街へ行き「ちかくの某店の二階によりて痛飲。女全裸となりて酒のみ、先生大いに恐悦せらる。その稚気敬愛すべし」（『十五年前』）とある。

角田喜久雄《つのだきくお》は、乱歩の追悼座談会で、乱歩と飲みまわって夜明け前の四時ごろ帰るとき「門前で降りるときなんか、（おやすみ）と言っても、むすっとして返事もしない。

表にいるときは賑《にぎ》やかで女の子の肩をこう抱いて、この上なしの上機嫌なのに、帰るというころになるとがらりと変ってしまう」と述懐している。乱歩には二面性があった。背徳的な世界を求めてデカダンスを宣言し、好き放題をやりながらも、若い作家をつかまえて「家庭をこわしたらいかんぞ」と忠言する。そのいっぽうで男色趣味を公言して隠さない。開高健が、乱歩の男色趣味に関して「江戸川さんは追っかけるほうですか、追っかけられるほうですか」と訊《き》くと「ぼくは美少年だったからね」と答えてみせた。こういう趣味のある人は、世間には秘密にして陰湿になるが、乱歩は隠さず、堂々としていた。

こういった逸話は晩年の乱歩であって、若いころの乱歩は「自分は恋愛不能者であった」(「旬刊ニュース」)と告白し「世にいふ恋愛なるものは、行きあたりばったりの、おざなりの、一種のあきらめのほかのものではない」と述懐している。エゴイストで執着心が強く、自己の欲望に忠実な乱歩が、なぜ料理という快楽に興味を示さなかったのだろうか。それがよくわからない。

それで『貼雑年譜』をもう一度詳しく点検してみると、料理に関する図版があることに気がついた。

それは大正八年に隆子夫人と結婚式の真似事《まねごと》をしたときの図である。乱歩が自分で描いた絵で、不思議なことに天井からの俯瞰図《ふかんず》である。細長いテーブルの左端に乱歩夫妻が坐り、他に十人の客がいる。テーブルの上に皿やフォークがある。その絵の横に「この時太郎の職業は支那ソバ屋なり」と乱歩の自筆がある。太郎は乱歩の本名である。乱歩は支那ソバ屋の屋台をひいていた。そのことは、乱歩が書いている。

「近所のたべ物屋に借金もきかなくなり、三日ばかり炒豆《いりまめ》ばかりで暮らした末、たうとうチャルメラを吹いて、車をひいて歩く支那ソバ屋をはじめたものだ。これはなかなか収入があつたけれども、冬の深夜の商売なので、長つづきせず、ほんの半月ほどでやめてしまつたが、さういふ窮乏のさなかに私は結婚したのである」(『小説を書くまで』)

乱歩は支那ソバを作って売ったのである。たかが支那ソバとはいえ、商売となると一定の経験と技がいる。料理オンチにできる業ではない。まして凝り性の乱歩である。生活のためだが、それなりの腕と工夫が必要だ。

乱歩は料理オンチを自認しているけれどもそのじつ料理には一定の自負心があった。美食家あるいは健啖家《けんたんか》が超えられないひとつの壁は、自分で料理を作るか、にある。いかに舌が肥えていても、その人が自ら包丁を持ったことがあるか、どうか。

ここで、私は、乱歩が三十一歳(大正十五年)で発表した初の長編小説『闇に蠢《うごめ》く』にいきつくのである。

『闇に蠢く』は人肉喰いの猟奇小説である。小説の最後は、踊り子お蝶《ちょう》の墓があばかれ、そのそばに女の連れであったビールだるのように太った男が血みどろになって倒れ、もういっぽうの大樹にはやせた男(主人公の画家)が首をくくっている。太った男は、のどくびを無残にかみくだかれ、踊り子お蝶の死骸《しがい》の胸が引き裂かれて、心臓がなくなっている。

「首をくつてゐるやせた男は、口から胸にかけて恐ろしい血のりだつた。ダラリとたれた大きな舌には、おびただしい血塊が、朝日を受けて、金色《こんじき》に輝いてゐた」

でこの小説は終っている。

終りの一節は、雑誌「苦楽」に一年間の連載を始める当初からあったはずであり、この怪奇の終章へむけて、乱歩は幾多の伏線をはりめぐらせて、読者をじりじりさせながら、ひきずりこんでいく。

しかも、この小説は自分が書いたものではなく、船の二等室で拾った包み紙のなかに入っていた原稿であり、「原作者がこれを読まれたなら御一報願いたい」「小説への謝礼を私するつもりはない」「どうにかして原作者を捜し出したいほかになんの意味もない」と断る用意周到ぶりである。そのうえで、その原作を乱歩が解説する形をとっている。

主人公の画家は、浅草の踊り子お蝶と恋仲になり、お蝶とともに信濃《しなの》山中のS温泉籾《もみ》山《やま》ホテルへ行く。S温泉でお蝶は行方不明になり、沼で溺死《できし》したと判定されるが、いくら捜しても死体は出てこない。そうこうするうちに怪しい前科者(じつはお蝶の前夫)が現れ、不穏な気配のまま乱歩流のもってまわった迷路へもつれこむ。結論を言えば、一見お人好《ひとよ》しに見える籾山ホテルの主人（それは谷崎を思わせる）が人肉喰いにとりつかれた犯人であった。主人公の画家もホテル主人の罠《わな》で人肉喰い中毒者になっていく。

ここで書かれることはただひとつ「人間の肉を食べたい」という熱にうかされた欲望である。その反道徳的な衝動を、どういう設定で合理的に納得させ得るかが、乱歩が自分に課したテーマであった。人肉喰いの官能と麻痺《まひ》の耽美世界をいかに妖《あや》しく描き出せるか、も勝負をかけた課題であったろう。

乱歩の文体は読みやすい。わかりやすい。谷崎流の華麗な美文ではないが、ヌラヌラした文字ざわりは、谷崎よりも平易でありつつ、谷崎以上の怪異性に満ちている。文体は、宇野浩二を模しており、話はあちらへ飛び、こちらへ飛び、曲りくねって、読者をいつのまにかスルリと謎《なぞ》の迷宮の道連れにする。語り手である「主人公」は、読者と一体化しつつ、読者の心を見すかしている。なにもかも自白する容疑者が、じつは一番重要なことを隠しているのである。読む側も、語り手である「主人公」の汗ばんだ心の揺れを見る。

小説『闇に蠢く』が人肉喰いをテーマにしていることは、読者は三分の二ぐらいを読みすすまないとわからない仕掛けになっている。

前半には、ホテルの主人の部屋に、気味の悪い食料品のびんづめが並んでいて、暇さえあれば一つ一つつまみ出しては口に入れ、ニチャニチャと食べながら歩くシーンがあるが、それが人肉の肉片を塩づけにしたものであることは、終章近くなってわかるのである。

籾山ホテルの主人と、お蝶の前夫である極道者はかつてボートで漂流して、仲間の一人を喰ったという過去がある。極道者はそのことをもとに籾山ホテル主人を恐喝しに来たのであった。それが、籾山ホテル主人のしたたかな陰謀で画家とともに地下穴に落とされる。入念緻密《ちみつ》に仕組んだ構成は、乱歩の以後の作品形成の先駆《さきが》けとなった。

人肉を喰うという発想は、それじたいはだれもが思いつく。その意味ではパターン化した恐怖であり、書きかたによってはただ気味が悪いだけの陳腐な小説になる。それを、探偵小説の形で書ききったのは、大衆作家として立つ乱歩の自信につながったはずである。この長篇小説が多くの読者を獲得したのは、乱歩の素材料理法がしたたかに凄腕《すごうで》であったからである。妖しい踊り子お蝶の謎の失踪《しっそう》をめぐる探偵小説でありながら、話の筋の流れに人肉のダシがきいている。それは、あたかも乱歩が売り歩いた支那ソバのようではなかったか。

『闇に蠢く』は、乱歩を長篇大衆作家として世に認めさせた作品だが、同時に純文学作家としての乱歩を挫折《ざせつ》させた。この作品以前の乱歩は短篇作家であり、乱歩の才が光るのは『D坂の殺人事件』『屋根裏の散歩者』といった小説群である。乱歩自身は、「探偵小説は純文学のひとつ」という論を持っていたけれども（当時、純文学という用語はなかったが、志向としての純文学）、初期の乱歩はドストエフスキーに傾倒していた。

乱歩の創作活動は、大正時代の一瞬の爛熟期《らんじゆくき》にあり、西欧の頽廃主義《デカダンティスム》と悪魔主義《サタニスム》が怒濤《どとう》のように入ってきた時代である。乱歩の作品で最も文学性が高い『押絵と旅する男』は、『闇に蠢く』の二年後に書かれた作品である。文学性は高いが読者は少数である。純粋乱歩ファンは、この初期の作品群をもって、乱歩の小説は完了したとする人が多い。でありながら、乱歩を世俗的に成功させたのは、『闇に蠢く』につづく異常怪異の悪魔的作品群である。さらに少年向けの『少年探偵団』シリーズが、乱歩に日本推理小説界の始祖としての地位を確立させた。

乱歩は大きく分けて二度の変身をとげたことになる。通俗作家として成功した乱歩は、変身願望、覗《のぞ》き趣味、人形愛、倒錯性欲、美少年趣味といった「狂気の幻」を追う。これはどんな人間のなかにも少しずつひそむ悪徳欲求であるから、人々は、見てはいけないものを見たい一心で、乱歩作品に熱狂した。ありとあらゆる背徳小説を書いても、乱歩は、二度と「人肉喰い」を書こうとはしなかった。のみならず、料理に関しても小説のテーマにしようとはしなかった。

男色や女色に関してはあけっぴろげな乱歩である。それは『少年探偵団』の小林少年が、リンゴのような頰をした十三、四歳であるところにも表れている。『少年探偵団』の明智《あけち》小五郎は知的で快活な青年探偵であるが、最初に『D坂の殺人事件』でデビューした明智小五郎はよれよれの兵児帯《へこ》をしめた風采《ふうさい》のあがらぬ遊民であった。乱歩の変貌《へんぼう》とともに明智小五郎も変っていく。戦後、ラジオから流れてくる歌「ボ、ボ、ボクラは少年探偵ダーン」の明るいメロディに馴《な》れた私は、同じ作者が、かつて「人肉喰いの小説」で日本中を震えあがらせたことを、知らなかった。

乱歩周辺の友人の回想によれば、戦後の乱歩は、まるで人が変ったという。あれほど人間嫌いで、人と会うのを避けていた乱歩が、すすんで会合や宴会に出席し、快活になり、親分肌になった。探偵作家クラブを創設して初代会長となった。自分が生きているうちに「江戸川乱歩賞」を設定して一部の人の顰蹙《ひんしゆく》をかうようにもなった。

乱歩の長男平井隆太郎の回想によれば「風邪を引くと神楽坂《かぐらざか》通りの築土軒という洋食屋からメンチボールをとりよせていた」というし「神楽坂の田原屋でビフテキを食わせてくれた」「特急つばめの食堂車で洋風朝食を食べたとき、父はオートミールにミルクをかけてこれは毛唐の朝粥《あさがゆ》だと教えてくれた」という。贅沢《ぜいたく》で食通である。乱歩が、食べ物に関してあれこれ講釈をしないのは、もともとなんでも食べる好き嫌いのない人だということの証明であろう。乱歩は健全な家庭人であり、小説とはまったく別の正常人であることがわかる。

しかし小説がなければ乱歩は犯罪者となっていた可能性もあり、乱歩は、自らのうちに巣食う「狂気の幻」を、すべて小説のなかに消化した。小説の主人公に、自分にかわってあらゆる犯罪と殺人を代行させた。狂気と犯罪の薄皮一枚の地点にいて、暗黒の母胎を覗きこんでいた。つねに犯罪すれすれの無限の薄皮があった。とすると、『闇に蠢く』にたっぷりと描かれた人肉喰いもまた、乱歩のあくなき嗜好《しこう》の対象であったことが見えてくる。

男色や女色は現実に入りこんでも犯罪にはならないが、人肉喰いは、やってしまえば犯罪になる。乱歩が、『闇に蠢く』以後は意図的に食べ物のことを書かず「味音痴だ」と公言したことは、自らのうちに潜む衝動をおさえこもうとした結果ではないか、という仮説もなりたつのである。

乱歩は、あらゆる趣味を隠そうとせず、売名的だと批判されれば、「宣伝好きな性格」と答えてはばからなかった。エドガー・アラン・ポーの小説『盗まれた手紙』を応用すれば、わざと隠さずにしておくことによって隠そうとした秘密が乱歩にあったはずで、それが料理であったかもしれない、と私は妄想するのである。そういった妄想を生ませる吸引力もまた乱歩文学のなせる業で、あれだけ読みやすい文体を駆使する人だから、屋台で売った支那ソバはさぞかしうまかったろう。

乱歩が逝去《せいきょ》したのは、昭和四十年、七十歳であった。

臨終にかけつけた角田喜久雄は、「医師から臨終を宣告され、枕元《まくらもと》に集まった夫人や御子息夫妻が名を呼ぶと、急にぱっちりと目をあけ、たしかに見えるに違いない目で、その人達を次々にひっそりと見廻しながら、目尻《めじり》ににじみ出た涙をぽろりと頬におとしたと思うと、次第に瞼《まぶた》を閉じてそれ切りになった」として「その時、乱歩さんの胸をかすめたのは一体何であろうか。デカダンと自負し、エゴイストと自称した乱歩さんの真底にあるのはやっぱり唯《ただ》の、ありふれた凡人共の、妻を愛し子を愛する悲しい人間性ではなかったのだろうか」と追悼している。

宮沢賢治——西欧式菜食主義者

みやざわ・けんじ（1896〜1933）岩手県生まれ。作家・詩人のほかに農業指導者、地質学者、音楽家、画家などいろいろな才能を併せ持っていた。著書に『銀河鉄道の夜』『風の又三郎』、詩集『春と修羅』など。

賢治の詩で広く知られているのは「雨ニモマケズ／風ニモマケズ」である。私は、この詩を暗誦《あんしょう》している。小学校の授業で、掛け算の九九のように覚えさせられた。詩の途中に「一日ニ玄米四合ト／味噌《みそ》ト少シノ野菜ヲタベ」とあって、そこから、賢治は、粗食で質素な生活者であり、贅沢《ぜいたく》を嫌った人だ、と知った。

この詩は昭和六年十一月、賢治三十五歳のときの作品で黒い小手帳にメモの形で書き残されている。手帳（「雨ニモマケズ手帳」という）は、賢治の死後に弟の清六によって発見され、茶色ズックの大トランクに入っていた。同じトランクから両親あての遺書、弟や妹へあてられた遺書も発見された。賢治が死ぬのは、実際にはこれを書いたのより二年後のことになるが、「雨ニモマケズ手帳」の第二頁《ページ》には「廃軀《はいく》ニ薬ヲ仰ギ、熱悩ニアヘギテ」とあり、賢治は、これが最後と思って、手帳にこのメモを書き残したのである。病床でのひそかな悲願自戒の詩であり、これもまた遺書といっていいだろう。

「雨ニモマケズ手帳」は花巻市の「宮沢賢治記念館」に展示してあり、その複製が記念館で売られている。

この詩は手帳に五見開き（十頁）にわたって書かれているが、最後の見開き頁を見て、私は愕然《がくぜん》とした。最終見開きの右頁には、詩の終りの部分「ホメラレモセズ／クニモサレズ／サウイフモノニ／ワタシハナリタイ」の字句があるが、左頁一面に「南無妙法蓮華経《なむみようほうれんげきよう》」と大書きがあり、その文字を囲むようにして「南無無辺行菩薩《ぼさつ》　南無上行菩薩　南無多宝如来《によらい》　南無釈迦牟尼仏《しやかむにぶつ》　南無浄行菩薩　南無安立行菩薩」の経文がびっしりと書きこまれている。「雨ニモマケズ……」の詩は、賢治が「南無妙法蓮華経」を唱える廃軀の独白として書かれている。賢治が書いた精神の軌跡を忠実にたどるならば、「南無妙法蓮華経」まで読みすすみ、賢治の本意を理解しなければならない。

私は「雨ニモマケタ／風ニモマケタ」小学生であり、日本は「戦争ニモマケタ／生活ニモマケタ」状態にあったから、あたかも進軍ラッパのようなこの詩の序唱が、なにか虚空《こくう》へむかって吠《ほ》える飢《き》渇《かつ》の叫びのように思えたのも正直な記憶である。

賢治の食卓は、じっさい質素なものであった。賢治の肉親や友人がつづった数多くの記録をあたっても、出てくるのはつつましい料理ばかりである。

妹の岩田しげは、山歩きから帰ってきた賢治が、足の傷や靴擦れを苦にせず、「さっそくお膳《ぜん》に向って実においしそうに玉菜と油揚の煮付で、兄独得のモリモリした食べ方で何杯も何杯もお替りをしました」と回想している。大正十年、二十四歳のときに上京して国柱会に入会活動したときは、七輪と鍋《なべ》でカユを作った。カユの作り方が下手でこがすと、昼食をぬき、夜は焼き芋やゆでたジャガ芋ですごした。国柱会は日蓮《にちれん》宗と神武天皇の「世界一家六合一都」を結合した宗教団体であった。

花巻に戻って農学校教師となったときは、トマトを好み、来客には農場のトマトをふるまった。農学校をやめて羅《ら》須《す》地《ち》人《じん》協会という教育塾を開いたときは、ザルのなかに炊《た》いた飯を入れて、井戸穴の底につるして冷やしていた。同僚の白藤慈秀は、賢治が「料理とは結局水に味をつけたものです」と講釈するのを聞いている。そのときの賢治の朝食は、レタスにソースをかけたものがあるだけで、味噌汁の具はなにも入っていなかったという。

賢治を訪ねた叔母が、賢治が油揚げに醤油《しょうゆ》をかけて冷や飯をかきこむのを見て、「もう少し栄養のあるものをとらないと体に悪い」と心配すると、「ぼくはナスの漬け物さえあればなにもいらない」と答えた。

あまりの粗食を気づかった母親が手作りの料理を差し入れても、それをつっかえす始末だった。弟の清六の回想（『兄のトランク』）では、東京へ逃げた賢治は、「二度ほど豆腐をたべ、三日仕事をさがし、一回卒倒した」とある。また、清六が津軽半島の三十一聯隊《れんたい》に入ったときは、清六のもとへ賢治が訪れて「酒保で売っているピーナッツやぱんをたべ贋物《にせもの》の安葡萄酒《ぶどうしゅ》を飲みながら」広野の饗宴《きょうえん》を楽しんだ。

賢治の菜食主義は求道的《ぐどう》である。

もって生まれた天然の倫理感と、国柱会布教活動にもとづく宗教的自制心がその根底にある。友人の保阪嘉内へあてた手紙のなかに「私は春から生物のからだを食ふのをやめました」とある。「もし又私がさかなで私も食はれ私の父も食はれ私の母も食はれ私の妹も食はれてゐるとする。私は人々のうしろから見てゐる。『あ、あの人は私の兄弟を箸《はし》でちぎつた……』」とその場を連想するのである。

賢治に『一九三一年度極東ビヂテリアン大会見聞録』という作品がある。賢治によると、菜食信者には同情派と予防派がある。

「これをテーゼによらず一方法によつて分類すると三つになる。図解するとかうである」

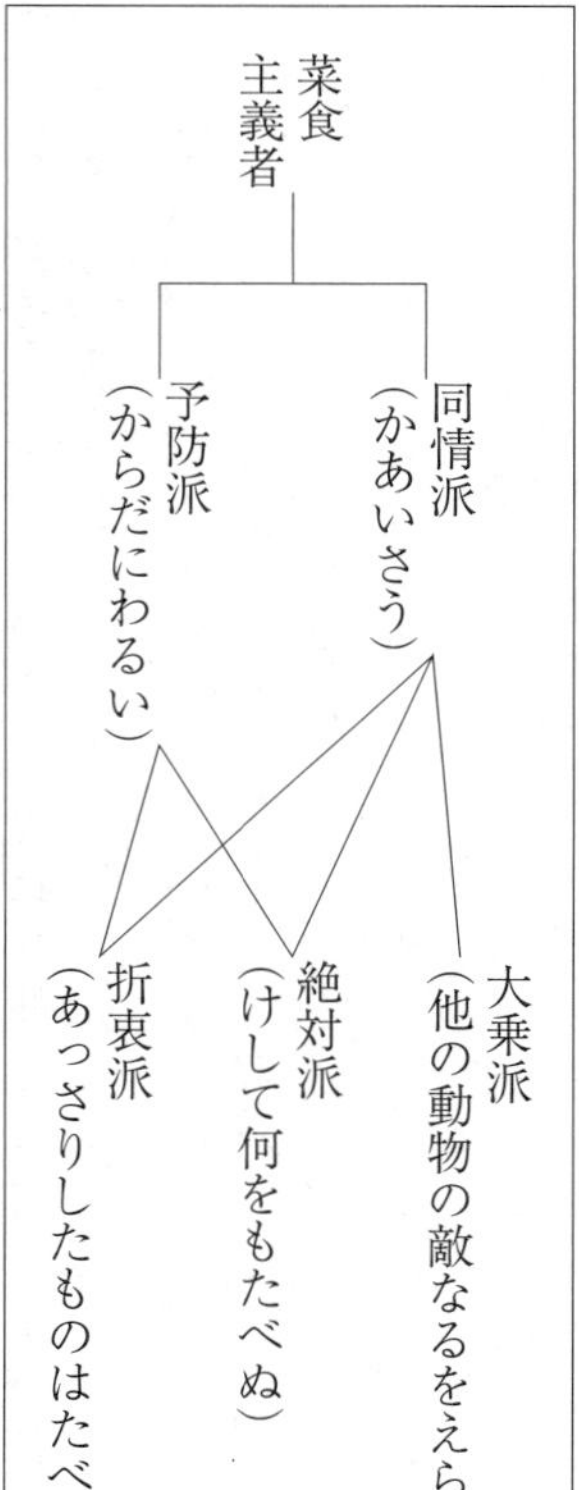

賢治がこのなかのどの派に属するかはいちがいに言い難い。同情派を装《よそお》いつつ予防派でもあり、ガリガリの絶対派ではない。幼いころは牛乳が嫌いで、飲ませられるとべそをかいたが、ビスケットやキャラメルやアイスクリームは好物であった。

賢治は西洋かぶれである。羅須地人協会では、焼きトマトをふるまった。トマトは、この時代には新しい野菜であり、まして焼く食べ方を知っているのは、かなりの西洋通である。畑には、レタス、セロリ、アスパラガス、パセリといった珍しい西洋野菜を栽培した。庭にはチューリップ、グラジオラス、ヒヤシンスの花壇を作った。花の球根は横浜の貿易会社を通じて外国からとりよせた。家の壁にはわせたツルバラも外国の産であった。

クラシック音楽が好きで、レコードの新譜をつぎつぎと買った。ワグナー、ドビュッシー、シュトラウス、ドボルザーク、ことにベートーヴェンがお気にいりだ。羅須地人協会の生徒たちを集めて、レコードをかけ、スクエア・ダンスをする。

蕎麦《そば》好きで、町の蕎麦屋「藪《やぶ》」をブッシュと呼んでいた。農学校の生徒たちを集めて自作の演劇を上演すると、出演した生徒たち三十人を自宅へ呼んで、御馳走《ごちそう》をふるまい、当時は珍しかったサイダーを出す。

北上川の河原をイギリス海岸と名づける。白麻の背広を着て、ソフト帽を被《かぶ》り、自作のネクタイをしめ、エスペラント語に堪能《たんのう》だ。

そのへんの西洋趣味は、『銀河鉄道の夜』をはじめ、賢治の童話に数多く登場する。盛岡岩手のことをエスペラント語風の読み方でイーハトヴと呼ぶ。賢治の手にかかると盛岡は「モーリオ」、仙台は「センダード」、東京は「トキーオ」となる。

賢治の西欧文化への執着が、なぜキリスト教に結びつかなかったのかが不思議に思えるほどだ。賢治はひたすら西欧の文化にあこがれ、岩手をスコットランドの田園に見たてようとした。そのいっぽうで熱狂的な日蓮宗の信者である。

自己分裂している。

東京にあこがれ、九回も上京しながら、花巻の地方性に執着する。衣服などどうでもいいと言いながら高級なインヴァネスを着る。芸術をめざしつつ純農民になりたがる。生徒にむかって「純粋な百姓のなかから芸術家はできない」と言い放つ。傲慢《ごうまん》と自戒が共存している。自己犠牲と奉仕を至上としながらも、他人の親切をうける度量に欠ける。卑下しつつ他人の上にたつ。自己を捨てながら自己愛のかたまりだ。ネガティブな自己中心主義者である。

それらの分裂した自我が、賢治のなかで統一され、賢治文学の魅力となっていくのだが、自虐《じぎやく》的粗食は、裏返しの自己愛という意味で美食と裏腹である。もとより貧乏がなせる粗食ではない。

賢治を生んだ宮沢一族は、呉服商に始まり質屋ほかいろいろの事業を手がけた素封家であり、賢治の西洋趣味の贅沢は、宮沢家の富あってのことである。秀才の一族であり、賢治を生んだ宮沢家は、頭脳的にも経済的にも花巻を代表する一大勢力であり、賢治は「典型的なお金持ちのお坊ちゃん」として育った。

賢治は家業の質屋兼古着屋にも反発するが、そのじつその恩恵はたっぷりと享受《きようじゆ》する。教師の給料では行けない高級料亭へ、多くの生徒を連れて平気で行く。温泉の飲み屋でサイダーを飲んだときは、五十銭の代金に十円のチップを払ってみせる。盛岡のレストランでは、ずしりと銭の入ったハトロン封筒から銀貨を出して積みあげて、ウェイトレスが来ないうちに店を出る。料亭の芸者で指輪がない女を見つけると指輪を買ってやる。

親切心の背後に金満家の自負があった。気の毒な人に物を与えるのが好きである。半面、人から施しを受けることに耐えられない。カレーライスの供応を不本意ながら受けてからは、どこへ行くにも、ポケットにパンを入れるようになった。熱心な浄土真宗の家庭に育ちながら日蓮宗に改宗し、父に対してまで改宗を迫る。浄土真宗の家ならば「雨ニモマケタ　風ニモマケタ　シヤウガナイケド　生キマセウ」という詩になったはずなのだ。ある日突然別の宗派に移り、息子から過激な折伏《しゃくぶく》を受けた父親から見れば、さぞかし嫌味な子であったろう。

賢治は、金持ちの家に生まれたことへの反感から貧困にあこがれた。賢治は、貧困を金で買おうとした。文芸への欲求は堕落への恐怖がともなった。死後の世界を夢みつつ現世の甘い生活（賢治式ユートピア）を実践する。父への憎悪《ぞうお》と愛は隣りあわせだ。賢治の意識のなかには十歳上の啄木がいる。文名も破滅的放蕩《ほうとう》も啄木には及ばない。不良にあこがれる腺病質《せんびょうしつ》の田舎者である。芸術の領域では農民であることを武器とし、農民のなかでは芸術をかかげる。身の置きどころがない。

そこに透明な精神のアザが生まれる。

賢治の詩は詩でありつつメモであり、童話は書くが小説は書かない。その童話は少年少女むきとしては高級で難解であり、哲学的であろうとする。賢治の作品は、どこにも属さぬ領域にあり、謎《なぞ》を秘めつつ硬質である。

つねに食べることを考え、食う自己を嫌っている。こういった賢治の精神的病理は、福島章《あきら》氏によれば「分裂気質、分裂病質であり、躁鬱《そううつ》病と循環気質、粘着性との親近性」（『宮沢賢治　芸術と病理』）と診断される。福島氏は賢治が一生を独身で過ごしたのは「内心において妹とし子と深く結びつき、彼女に対する愛情に固着したため」とし、幼児的万能感をそこに見ている。

賢治は肉も食べたし、高級料亭にも出入りしたし、酒も飲んだ。自ら醸造したワインを客にふるまった。天ぷら蕎麦と鰻《うなぎ》が好物であったことも、友人知己の回想に記されている。花巻の酔日という料亭で飲み、芸者とも談笑し、最高級レストラン精養軒へ通った。酒は弱いほうではなかった。常習的な喫煙者ではないが、学校ではときどき高級煙草《たばこ》「敷島」やオゾンパイプをふかしていた。

その賢治が、かたくななまでの粗食にこだわり始めるのは、妹とし子が死んだ年（賢治は二十六歳）以来である。

とし子が死んだときの詩「永訣《えいけつ》の朝」の最後行は「おまへがたべるこのふたわんのゆきに／わたくしはいまこころからいのる／どうかこれが天上のアイスクリームになつて／おまへとみんなとに聖《きよ》い資糧をもたらすやうに」とある。最愛の妹とし子に食べさせるために、賢治はアイスクリームを買って、溶けないよう走って持ち帰ったという。また、マグロの刺身も買ってとし子に与えていた。死んだ妹への追悼はアイスクリームである。

賢治の妹としに対する近親愛的関係に触れることは、賢治信奉者のあいだでは禁忌となっているようだが、宮澤淳郎『伯父は賢治』には、昭和六十二年に発見されたとしのノートの要約が載っている。

「(自分の)病気の原因は一朝一夕のものではなく、五年前(大正四年、としが日本女子大予科へ入った年)から私の心身に深く食いこんでいた。……私は自分のうちの暗い部分を無意識のうちに恐れていたに違いない。この部分こそは——今はあえて言おう——私の性に対する意識であったのだ。(中略)私の心には常に『あの事』について懺《ざん》悔《げ》し、早く重荷をおろして、透明な朗らかな意識を得たいという願いがあった」

「あの事」とは男性との性的行為を暗示し、具体的にだれをさし、「なにがあったか」は記されていないが、としは「五年前に遭遇した一つの事件が教える正しい意味を理解し、償うべきものを償い、回復すべきものを回復したい」と書いている。

としは「あの事」の相手をOさんと書いており、「Oさん＝お兄さん」とも考えられるが推測の域を出ない。福島章氏は、賢治ととしの近親愛的関係を「精神的＝情緒的問題であって肉体の問題ではない」としつつ、賢治の童話に反復して出てくる兄妹の愛情関係を分析している。

としを失って以来、賢治の食生活は「死の食卓」を幻視するようになる。食卓ばかりではない。風のなかに又三郎を幻視し、松の根元では死の夢を見、切り倒された松を見ては松の死を共感し、夜空をあおいでは死の銀河鉄道の響きを幻聴する。

三十二歳のとき急性肺炎を発病すると「淋《さび》シク死シテ淋シク生マレン」と記すようになる。死は現実として賢治にしのびよるが、妹としを失ったときに、賢治は精神的にはすでに死んでいた。精神は死んでも肉体は生きつづけ、賢治は死者の目で童話を書きつづけた。食卓が生命維持のためだけの最低限のものとなるのは当然の帰結だった。『注文の多い料理店』は、客のほうが料理店主から注文されるという、立場が逆転した視点になる。賢治は腹が減るとタクアンを丸ごと一本齧《かじ》り齧り冷や飯を食い、あるいは冷や飯に醤油だけをかけて食事とした。

ビヂテリアンの陶酔は、自らを「人間と畜生の間にいる修羅」と見たてた賢治にとって麻薬的快感があったはずである。賢治の農業詩のどこを読んでも性的官能が潜んでいるのはそのためだ。タマネギ畑が麻酔畑だ。まだ緑色のトマトの光のなかに賢治は生の輝きと死を予感する。

賢治は性に関しても極端な禁欲主義者であった。そのかわり、タマネギ畑で働くとき、吹いてくる風を膚《はだ》に浴びて性的快楽を得ている。食と性への極端な禁欲は、つきつめると畑と自然と山林が、その代償行為となる。

死とすれすれの地平で震える快楽は、生きながら無限に死へむかっていく。賢治は、その地平をめざし、後世の人は、それを「純粋無垢《むく》の精神」と呼ぶのである。

賢治の興味の中心は、農作物から鉱石へと移っていく。賢治記念館には、賢治が陶酔した宝石のかずかずが展示されており、蛋白石《たんぱくせき》（オパール）、孔雀石《くじゃくせき》、サファイヤ、トパーズ、ルビーの輝きは、賢治の世界観「四次元」とあいまって、死に近づいていくのである。現世のものではない妖《あや》しい世界への誘惑がある。それに、賢治が描く絵は、竜巻にしろ日輪にしろ、死の微光が見える。あれは死者の絵ではないか。水彩の「日輪と山」にしても、青い山にほおずき色の太陽がかかっている不気味な静謐《せいひつ》は死後の風景としか思えない。

農学校や羅須地人協会での農業改革運動は失敗に終った。賢治個人の人格を慕う学生はいても、農業政策は賢治個人の手におえるものではない。羅須地人協会で育てたトマト、レタス、セロリといった新野菜は、近隣の農民にはただ珍奇なものとして映り「金持ちの息子の道楽」として蔑視《べっし》された。賢治はそういった周囲の目を意識して、より農民になろうとしたが、その理想が現実の農業の変革にはむすびつかなかった。

してみると、「雨ニモマケズ」の詩は、進軍ラッパのような意志を秘めつつ、挫折《ざせつ》の詩であり、農業改革者としての賢治の敗北自戒の独白であったことが見えてくる。病気の子には看病してやり、疲れた母には稲の束を負ってやり、死にそうな人には、怖がらなくていいと言い、ケンカにはつまらないからやめろと言う。賢治にできたことは、ここまでである。

「ヒデリノトキハナミダヲナガシ」とされている行は、手帳には、はっきりと「ヒドリ」と書いてある。「ヒドリ」は「日取り」で、「日雇い」の意味ではないか。あるいは、なにかの予定の「日取り」で「葬式の日取り」かもしれない。賢治はこのメモでも、間違った部分は七カ所を自ら訂正している。誤字は多いが博識の人である。賢治が自ら「ヒドリ」と書いたのだから、「ヒドリ」とはなにかを調べようとするのが後世の人の礼儀というものだ。それをせずに勝手に「ヒデリ」と決めてしまうのは、賢治という詩人に対する崇拝と蔑視があったからではないだろうか。人は詩人を尊敬しつつ、片方の目で低く見る。

それにしてもである。「一日ニ玄米四合」というのは食いすぎではないだろうか。私のような大食漢でも一日二合が限界だ。これにより賢治は粗食派ではあるが、人並みはずれた大食い男であることがわかった。

川端康成——伊豆の海苔巻《のりまき》

川端康成はやせて躰《からだ》は小さく小食であった。それにはりめぐらされた神経がピリピリして鋭敏だったため、食に対してはさほど縁がないように思える。

ところが、こういう人ほど、食に対しての偏執は鬼気せまるものがある。食が細いゆえに、食へのこだわりが強く、食への興味と洞察は生涯の作品に見え隠れして通底し、七十二歳でガス管をくわえて自殺する道程にまで、それが見える。

康成の小食に関しては、三島由紀夫が「一度にたんと上れないところから、小さな弁当を四度にわけて喰べてをられた」と証言しているし、北条《ほうじょう》誠も「弁当を食べるときは

かわばた・やすなり（1899～1972）大阪市生まれ。横光利一らと新感覚派の代表作家として活躍。1968年、ノーベル文学賞受賞。『伊豆の踊子』『雪国』『千羽鶴』『山の音』など、著書多数。

一度に召しあがらず、ハシで四つぐらいに縦わりの筋をつけ、何回かにわけて楽しそうに食べておられました」と言っている。

康成ほど生涯を通じて風貌《ふうぼう》の変らぬ文士は珍しく、頬骨が張り、キリギリスのようにギョロリとした目玉は一高生のころから変らない。若いころは、額から霊気を発しているかのような妖気《ようき》があり、眼は虚空《こくう》を見つめている。晩年になると、妖気は内向し、白髪と皺《しわ》がノーベル文学賞受賞の老大作家としての風格を強めたものの、よく見れば尋常の顔つきではないことがわかるだろう。異様に耳が大きく、人を射る視線でありながら、相手を直視することはなく、SF映画に登場する謎《なぞ》の異星怪人といった面容である。虚空を食って文字を吐き出す小説製造アンドロイド。

こういう人がなにを食って生きていたのか。晩年は睡眠薬である。若いころは、他人の家の飯である。戦争中は、田の畔《あぜ》で、小さな芹《せり》を摘んだり、土筆《つくし》をとって食べた。中里恒子《つねこ》は「川端さんも奥さんも一緒に土筆の袴《はかま》を丹念にとって、土筆がいかにうまいかということに夢中になった」と回想している。中国の蘭亭《らんてい》に潜む仙人の食事である。

康成は生まれて満一歳のとき父が死に、その翌年母を失い、七歳のとき祖母を失い、十歳のとき姉を失い、十四歳のとき、最後の肉親である祖父を失って、孤児となった。母方の親戚《しんせき》にひきとられるが、食事は当然遠慮がちになる。友人の今東光《こんとうこう》によれば「身寄りはなく、結局親類の家を転々として育ち、ご親類には悪いが、天下の秀才にでもなれば大事にしてくれたろうが、小さいときはそれもわからず、川端の家はお荷物残してくたばりやがって、という感情があるのも当然で、どこの家でも、決していい待遇はしなかった」というのが実情で、その結果、「陰」の性格になり、今東光は、康成を「居候《いそうろう》の名人」と言っている。

一高時代は、休みになると学生たちはワァーッと故郷に帰るのに、康成は帰る故郷がないので今東光の家へ来て過ごした。このことは、それから数十年たっても変らず、元旦《がんたん》に今東光の家へ来て、「おめでとう」と言うわけでもなく、「腹へったよ」「おにぎり食わしてくれよ」と言った。今東光は、この話を康成の奇人ぶりをたたえる意味で語っているのだが、そのころの康成はすでに文壇で名をなしており、運転手つきの自家用車でやってきて「運転手にも食わせろ」と言った。

こういった恩に報いるため、今東光が昭和四十三年の参院選に立候補すると、康成は選挙事務長になり、街頭演説までした。

康成の出世作『伊豆の踊子』は、日本を代表する青春小説であり、何度も映画化されている。映画化されることによって、淡くせつない恋物語としての側面が強調され、『雪国』とともに康成の代表作として定着したのだが、それは、康成を理解するうえで、不幸であった。

康成は、武田泰淳《たけだたいじゅん》が指摘するように「辛抱づよいニヒリスト」であり、その萌芽《ほうが》が、すでに『伊豆の踊子』のなかに出ている。今回読み直してみて気づいたのだが、この小説は、主人公の「私」が、他人に貰《もら》った海苔巻を食うところで終る。

この小説は、一見すると青春小説の体裁をとっているけれど、通底するものは、孤絶した自我である。まず、二十歳の「私」が一人で温泉旅行に行くことじたいが孤絶している。そして旅さきで出会った踊子に、ほのかな恋心を抱くのは、孤絶した自己からの脱却であり、旅する以前からの予感である。恋を期待しながらも、その恋が成就《じょうじゅ》しないことは最初からわかっている。踊子は、最初から「成就しない恋の対象」として「私」のなかにある架空の「物」でしかない。

この構図は、晩年の康成が書いた小説『眠れる美女』(こちらのほうが名作)で、性的機能を失った老人が、睡眠薬で眠っている少女と一夜をすごし、危うい誘惑に駆られながら添い寝をくりかえすことと、構造は同じである。ここにおいて少女は、満たされぬ欲望の対象としての「物」にすぎず、「物」としての女に反射されるかたちで、主人公の孤絶がまぶしく鮮明になる。康成の小説が、女たちにとって侮蔑《ぶべつ》と感じられるのは、そのためである。『伊豆の踊子』を仔細《しさい》に読めば、宿のおかみさんが「あんな者(旅芸人)に御飯を出すのは勿体《もったい》ない」と「私」に忠告するし、清水が湧《わ》いていると「さあお先にお飲みなさいまし。手を入れると濁るし、女の後は汚いだらうと思つて」と、踊子の兄栄吉の義母(おふくろ)が言う。村の入口には「物乞《ものご》ひ旅芸人村に入るべからず」

の立札がある。「私」は学生のくせに散財家で、旅芸人たちに要所要所で金を渡す。旅芸人栄吉の「おふくろ」は、「私」に鳥鍋《とりなべ》の食事をすすめ、「一口でも召し上って下さいませんか。女が箸《はし》を入れて汚いけれども、笑ひ話の種になりますよ」と言う。別れるときは、栄吉は敷島四箱と柿《かき》とカオールという口中清涼剤を「私」にくれるのである。

小説の終りで、「私」は船室で会った、入学の準備に東京へ行く少年が差し出す海苔巻を、泣きながら食う。「私はそれが人の物であることを忘れたかのやうに海苔巻のすしなぞを食つた」のであり、そのうえ「少年の学生マントの中にもぐりこんだ」のであり、「私はどんなに親切にされても、それを大変自然に受け入れられるやうな美しい空虚な気持」になり、涙を出まかせにするのである。しかしまあ『伊豆の踊子』は、むしろ『伊豆の海苔巻』としたほうがより鮮明になる内容である。『伊豆の踊子』では、この小説はあれほど評判にはならなかったろうし、そこに康成の構成力がある。

これと同じ精神の迂回《うかい》は『雪国』にも見える。

主人公の島村は舞踏評論家で贅沢《ぜいたく》な男であり、相手の駒子《こまこ》は芸者である。結ばれないことは最初からわかっている。逢瀬《おうせ》を重ねるうちに駒子は純な愛をつのらせ、島村は、別れるために長逗留《ながとうりゆう》を打ち切ろうとする。

雪国の温泉町での芸者との恋、あるいはひとり旅の旅さきでのゆきずりの恋は、カラオケボックスで流れる安手の歌謡曲の内容と大差がない。恋する相手は、いずれも主人公よりも下位にいる女たちであり、成就されない安全な恋である。この二つの小説が評判になったのは、読者の心のなかにある通俗の願望をうまくすくいあげたためだが、これらの小説を純文芸の位置に高めたのは、恋と苦悩の刃《やいば》の上を、孤絶した自我が妖《あや》しい波をたてながら渡っていくからである。それが康成の真骨頂であり、その奥に透明なニヒリズムがカチカチと音をたてている。それは、孤児として育ち、友人たちに寄宿した康成の精神と無縁ではない。

康成は下戸である。

『雪国』の主人公島村は酒を飲む。酒を飲まなければ、芸者の相手にはなれない。駒子は、島村の宿について来ると、どこからか冷酒をコップに二杯ついで戻ってきて「さあ、飲みなさい、飲むのよ」と強要し、島村はつきつけられた冷酒を無造作に飲む。この場面はズキリと鮮烈だ。男ならこんな酒が飲んでみたいとだれもが思う。これは、酒のなかでも一番身にしみる酒であり、『伊豆の踊子』と共通している悲しい喜びは、他人におごられるところである。

康成はおごられ上手である。ノーベル賞作家に対してこんなことを言うのは気がひけるが、天性のたかり屋である。そして、そのたかり性のなかに、極上の官能と味覚と快楽があることを示した稀有《けう》な才能の具現者である。そのたかりかたは、相手をそうさせずにはおかない積極的な受け身である。「芥川賞が欲しい」という太宰治に対してあれほど冷酷になれたのは、受け身に関しては康成のほうが一枚上手であったからだ。孤児として育ち、食客の辛酸をなめてきた康成からすれば、金持ちの息子である太宰がどれほど貧乏の底に落ちこもうがそんなことはどうでもいいことであった。

康成は辛酸をなめつつも、孤絶した食客の悲しい味覚を獲得していた。食客でありながら卑屈にならず、その悲しさを味わいつつ、傲慢《ごうまん》なほど胃袋に消化していく自立するニヒリズムである。

康成夫人である川端秀子《ひでこ》は、「康成の借り倒し伝説」は「根も葉もない噂《うわさ》だ」と、回想記『川端康成とともに』で否定している。大宅《おおや》壮一の『放浪交友記』で「よく醬油《しょうゆ》が きれたと言っては借りにきた」だの「酒屋の払いをのばす」だのとあるのは誇張で、康成は、借金を踏み倒したことなど一度もない、と憤慨している。貧乏生活だったと言われたことに関しても「鯛《たい》だとか伊勢海老《いせえび》などをよくとりましたから、きっと魚屋は呆《あき》れていたと思います。でも刺身でもいつもとてもいいのをくれました。肉はもうヒレ肉しか食べませんし、貧乏しているといってもそんな生活でした」と言う。「商人を踏み倒したことは一度もない、と川端は書いていますが、これは本当のことです。私がその支払いの当事者ですから間違いのないところです。それなのにどうして執拗《しつよう》に借り倒し伝説が出て来るのか分りません」「その伝説の源は、金銭には無頓着《むとんちゃく》でむしろ蔑視《べっし》していたと言った方がよくて、およそ蓄財などに関心がなかった私たちの生き方にあったのだと思います」と秀子夫人が言うのだから、これは信じるしかないが、「金銭に無頓着でむしろ蔑視していた」性格は、康成の食客時代に養われた自己防衛策であることも事実なのである。

金銭に無頓着な点は、今東光が「ノーベル賞にきまったというニュースを聞くと同時に、川端は富岡鉄斎の七千万円の屛風《びょうぶ》を買いおった。それだけじゃない。埴輪《はにわ》の首を一千万円で買うやら、他に何点かを買って、結局一億以上になりましてねえ、それでノーベル賞の賞金は二千万足らずでしょう？　どないなりまんねん」(『噂』)と語っている。さらに「フランスに絵の売物が出た。とてもいいものだ。日本に買っておいたほうがいい——と言ってね、自分が貰うことになっているノーベル賞の小切手を担保にして、その絵を日本へ送ってもらうように頼めんだろうか」と、今東光の弟の今日出海《ひでみ》文化庁長官に言ってきた、という。また三島由紀夫は「一時は、本宅は貸家で、軽井沢には、持家の別荘を三軒もつてをられたさうだ。こんな人はさう数多くあるまい。骨董《こっとう》屋なども、氏にかかつては、いろいろ苦労をするだらうと思はれる」(『永遠の旅人』)と書いている。

康成が骨董屋から美術品を預かり、代金はなかなか支払わなかったという噂は、私も鎌倉《かまくら》の道具屋から聞いたが、真偽のほどはわからない。ようするに、金銭に対する無頓着ぶりは昔からのことで、康成は、自分が好きなものに対してはきわめて貪欲《どんよく》である。

「貧乏でありながらも鯛や伊勢海老を注文した」という秀子夫人の回想でも、それはわかる。

『雪国』の初めは「国境の長いトンネルを抜けると雪国であつた」という有名な一節だが、その列車に乗っている主人公の島村は、左手の人差指をいろいろに動かして眺め「結局この指だけが、これから会ひに行く女をなまなましく覚えてゐる、はっきり思ひ出さうとあせればあせるほど、つかみどころなくぼやけてゆく記憶の頼りなさのうちに、この指だけは女の触感で今も濡《ぬ》れてゐて、自分を遠くの女へ引き寄せるかのやうだと、不思議に思ひながら、鼻につけて匂《にお》ひを嗅《か》いでみたり」するのである。康成は、島村の好色の目を、あますところなく描いている。島村は、「雪国」という異界に欲情している。

康成は戦時中は、かなり贅沢な食生活をしていた。それは昭和十九年の『日記』に詳しく書かれている。康成は四十五歳で、作家として名をなし、改造社版全九巻の選集もすでに刊行されていた。

貰い物が多い。ざっと見渡すだけで、平井氏より米五升、焼がれい。児玉《こだま》氏より車海老、白子乾。石井氏よりみごとな鮑《あわび》。白坂氏より花梨糖《かりんとう》。森永食品会社より羊かん四本、キャラメル八箱。平井氏より牡丹餅《ぼたもち》。末松さんより鯉《こい》、さつま芋。小島氏より牛肉二百匁《もんめ》。紅茶と葛湯《くずゆ》。切干芋、鰯《いわし》の生干。砂糖三貫目、餅米一俵。京都よりの土産、俵屋に買わせたる物。米一升。島木さんから飴玉《あめだま》と海苔。この年の『日記』は、来客名と貰い物ばかり列記しているから嫌でも目に入る。

七月二十七日の記録では、芥川賞選考委員で会食し、食事は「鯨のカツレツ、不思議な野菜サラダ、咽《のど》を通らず。他の諸君ハ食べてゐる。自分ハ食ひ物の贅沢をしてゐるらしく思はれる」と記載し、選考会の他の委員に比して「食ひ物、殊《こと》に菓子など、我が家のやうに貰ふところないらし」とある。

牛肉五百匁を二楽荘より貰い、前日貰った蟹《かに》は他人へ譲った。最後に「昼、牛肉の鋤《すき》焼《やき》。夜、スープ（白坂さんより貰ひもの）、鰹《かつお》煮つけ（昨日配給）、支那風野菜サラダ（白坂さんより）、煮豆。贅沢と言ふべし」。

翌二十年一月の夕飯は、「蕪《かぶ》のスウプ煮、上出来。鶏と葱《ねぎ》の串焼、葱ハ美味、鶏ハうまくゆかず、タレか火の加減。お三時、サツマ芋煮る」。

人気作家であるから、なにかと依頼をする人が土産品を持ってくるのだが、食糧が極度にない戦時下にあって、これだけの贅沢をしている。小食ではあるが美食を好み貪欲である。力がある。この他に家庭菜園を作り、きゅうり、ナス、トマト、ジャガイモを栽培していた。

秀子夫人の回想記では「家庭菜園で作ったトマトはお百姓さんの作るものよりいい出来でした」とある。さらに、康成の特技は「百貨店見物」で、高いものでも安いものでも、気にいると、ごそっと買いこんで、他人にどんどんあげたという。車があったら便利だと思いこむとベンツを買った。衝動買いのいい例が逗子《ずし》マリーナ・マンションで、仕事場として買ったのだが、それらは月賦《げっぷ》買いだったため秀子夫人は「主人の亡《な》くなった後は巨額の借金が残ることになりました」という。金銭的には無計画な人で、逗子マリーナ・マンションでの自殺も、発作的な死に見える。

康成の小説は、一見抒情《じょじょう》的で、王朝文学の流れをくんだ日本の伝統美を謳《うた》いあげるように見えつつも、初期の作品から死とニヒリズムを内包しており、ガス管をくわえてのむごたらしいほどの死は、予測し得た帰結と言える。三島由紀夫は、孤児にひとしい生いたちの康成が「その感受性のためにつまずかず傷つかずに成長するとは、ほとんど信じられない奇蹟《きせき》である」と記しているけれども、三島は康成が死ぬ一年半前に自決してしまったから、康成の無残な最期《さいご》を知らない。

康成が書きつづけた短篇小説集『掌の小説《てのひら》』には、いくつかの食べ物の小説があり、それらは、いずれも死の予感に満ちている。

『貧者の恋人』は、レモンで化粧することを唯一《ゆいいつ》の贅沢としている女の話で、女の恋人は、「レモンの林は見もしないが、蜜柑《みかん》山の色づいてゐるところは紀伊で見たことがある」と言い、「月明りに蜜柑が狐火《きつねび》のやうにぽつぽつ浮んで、まるで夢のともし火の海なんだ」と言う。男の目には、蜜柑が狐火に見えるのだ。

『ざくろ』では、出征する男が恋する娘に会いに行き、ざくろを渡されて、傷心のあまりざくろを落として、去ってしまう。娘は、男の嚙《かじ》りあとの残ったざくろを嚙《か》みしめて、酸味を歯にしませながら「それが腹の底にしみるやうな悲しいよろこび」であることを感じる。この「腹の底にしみるような悲しいよろこび」は、『伊豆の踊子』の海苔巻に通じる喜悦の味覚の芯《しん》である。孤児として育ち、食客として泰然自若としていた康成の末梢神経を、針でつつくようにチクチクと刺した悲しい喜びである。

『わかめ』は、渚《なぎさ》の籠《かご》に入った「ぬめぬめと厚いわかめ」を一株ずつ取り出して「親指の爪《つめ》で根本をぷつつと切つてむらなくひろげ」て干し、「(野戦病院の)傷病兵に食べさせてあげよう。今日もいい日だつた」という無気味な小説であり、『卵』は、卵をいっぱい積んである家からふうっと昇天する夢を見る娘の話である。娘の夢の話を聞いた母親は、割った生卵を見て、「私はなんだか気味が悪くて飲めませんね。あなた召しあがれ」と夫にすすめるのである。

康成の小説には、食べ物を正面から扱った作品は少ないが、重要な部分には、ひかえめでしたたかな悲しさを含んだ食べ物が、できもののようにプツッと膿《うみ》を出す。

五十歳のときの小説『山の音』の最終シーンは鮎《あゆ》である。老いの自覚と死の予感が忍びよるこの小説では、登場人物たちは、産卵して見る影もなく容色が衰えた鮎の姿に、自分自身をかいま見る。

晩年、六十二歳のときの小説『古都』は、睡眠薬を飲みながら書いた、とあとがきで告白している。「眠り薬に酔つて、うつつないありさまで書いた。眠り薬が書かせたようなものであつたらうか」として、小説『古都』を「私の異常な所産」としている。書き終えて十日ほど後、康成は睡眠薬の禁断症状をおこして入院する。

「伊豆の海苔巻」に始まった悲しい喜びは、晩年は、睡眠薬をかじる苦く悲しい喜びにつながっていく。行きつくさきは自殺しかない。それも、ガスの悪臭を含んだ痙攣《けいれん》するほどの悲しい喜びである。

鎌倉で康成の近くに住んでいた山口瞳《ひとみ》は、康成の死を「発作的な死」としながらも「発作的と同時に計画的な一面がある。たとえば、ガス自殺を完全に行うために、ウイスキーを飲む稽古《けいこ》をしておられたような節があるからだ」(「文學界」)としている。

康成が睡眠薬を用いたのは、戦時中からである。それは『日記』に出てくる。『伊豆の踊子』に、見果てぬ夢を抱いた青年は、老いて、少女に睡眠薬を飲ませて、「眠れる美女」に添い寝するのである。『眠れる美女』は『伊豆の踊子』の解決篇でありつつ、なにひとつ解決するものはない。そこには、以前にも増して空漠の孤絶が、まるで、自殺した康成の肉体のようにゴロンと横たわっているだけである。六十四歳の小説『片腕』は、「私」が、一晩の約束で、娘から片腕をかりうけ、その腕をつぶさに愛玩《あいがん》する怪奇譚《たん》である。ここにいたっても「私」は他人にたかる存在である。ノーベル賞受賞の記念講演『美しい日本の私』は、その内容を読めば、美しい日本などはどこにもなく、芥川の「末期《まつご》の目」に通じる自殺願望があり、一休の偈《げ》に触発された魔界へ突入する覚悟を告白したものに他ならない。

小食でかつ美食家であった康成は、最後はマンションの一室で、シューシューと鳴るガスをたっぷりと吸い、極限の悲しい喜びの味を満喫しながら死んだ。

梶井基次郎——檸檬《レモン》の正体

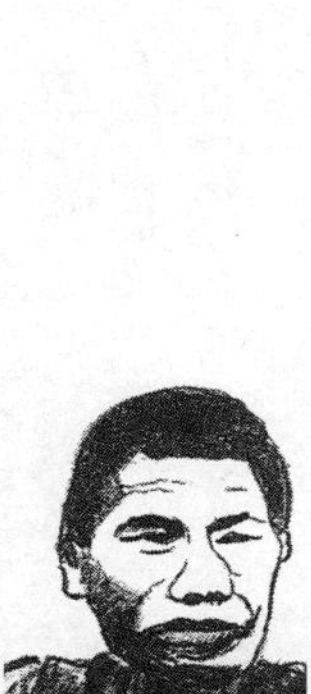

かじい・もとじろう（1901〜1932）大阪市生まれ。三高在学中から文学に志し、繊細な描写で注目されたが、肺結核で早世した。その作品のほとんどは、１冊の本にまとめられている。

梶井基次郎は、たった一冊の短篇小説集『檸檬』を残して、三十一歳で逝《い》った作家である。一冊の小説に対して、評伝、解説、論考の類《たぐい》は三百余にのぼることから見ても、『檸檬』は「昭和の古典」と言ってよい作品となった。では、梶井にとって、レモンとはなんであったか。

梶井は果物好きで、とりわけ、レモンが好きであったことは、友人の浅見淵《ふかし》の回想によってもわかる。東大の制帽を冠《かぶ》り、やぶれ袴《ばかま》をはいた梶井が銀座の店でレモンティーを飲んでいる図は、いかにも不似合いで異様である。武骨なゴリラ顔で、大阪市西区の工場地帯に生まれた梶井である。小説『檸檬』によって、澄明《ちようめい》な感性の作家として一躍名をなしたけれど、世間の評価をうけたときはすでに寿命がつきていた。

この世に写真がなければ、梶井基次郎は、九歳上の芥川龍之介に負けない世俗的人気を得ていたはずである。小説の価値は、顔の美醜とは関係がないことだけれども、梶井は、『檸檬』のイメージとはあまりにかけ離れた醜男《ぶおとこ》であり、むしろ、それゆえに『檸檬』はきわだってくる。

梶井は、新鮮な果物と一片のレモンを浮かせたプレーン・ソーダを熱愛した。貧乏学生で、四畳半の下宿生活をしていたときも果実店でレモンを買い求めることが多かった。『檸檬』が、武蔵野《むさしの》書院から創作集として刊行されたのは昭和六年のことで、そのとき梶井は三十歳であった。四百字用紙十三枚の小説である。丸善の本の上に置いた一個のレモンを「総《すべ》ての善いもの総ての美しいもの」に匹敵すると思う逆転した価値倒錯意識が、レモンがじつは爆弾であり、十分後に丸善の美術本の棚が大爆発をおこすという幻想にいきつく。レモンの色彩は「ガチャガチャした色の諧調《かいちよう》をひつそりと紡錘形《ぼうすいけい》の身体の中へ吸収してしまつて、カーンと冴《さ》えかへつて」いるのである。

梶井の小説には、肉食者の脂気《あぶらけ》がなく、菜食者的な匂《にお》いが、淡々として澄んだ静けさのなかにある。しかし、これは、じつは、しょっちゅうビフテキばかり食べていた梶井が意図的に仕組んだ自己の虚構化に他ならない。

梶井が『檸檬』を最初に構想したのは、大正十一年、二十一歳のときであり、草稿「小さき良心」、文語詩「秘《ひそ》やかな楽しみ」がそれであった。大正十三年の「文藝」に「瀬山の話」（瀬山はセザンヌのもじり）として推敲《すいこう》改作され、最終的に、現在知られる『檸檬』となるまで九年間にわたって改作がくりかえされた。最初は七十枚に及ぶ草稿であった。十三枚の『檸檬』は、最初の草稿のなかに出てくる一挿話部分である。

最初の構想を捨てて、短篇として圧縮してきた過程が、梶井の文学生活であったといってよい。それだけに、爆発の悪意をはらんだレモンは、梶井の精神史そのものである。

梶井はフランスのウヴィガンのポマードを好んでつけている。ポマードを髪にぬり終ると残り香がもったいないといって、ハンカチにうつした。このことは、梶井に惚《ほ》れられた宇野千代も、湯ケ島温泉の宿に、「ウヴィガンの香水の空壜《あきびん》があったのを異様なこととして覚えている」と回想している。

梶井は小岩井農場の高級バターを好み、紅茶も当時としては高級のリプトンだった。銀座のライオンでビフテキを食べ、ビールを飲み、上等のチーズを買った。金の出どころは貧乏な母親からの送金だった。酒を好み、銀座ライオンで酔うと新橋の橋げたをわたり、電車の名札を奪って運転手に追いかけられたりした。

京都にいた二十歳ごろは、酒の上の狂態が激しく、料理屋では床の間の懸物に唾《つば》を吐きかけてまわり、盃洗《はいせん》で自分の男根を洗ってみせたり、甘栗《あまぐり》屋の釜《かま》に牛肉を投げこんだり、支那そば屋の屋台をひっくりかえしたりした。酒乱の気が強い。酔ってやくざ者と喧嘩《けんか》をやり、顔をビール瓶で殴られて、生涯、頰に傷を残した。

梶井の躰《からだ》に結核の影がしのびよったのは、十七歳のころである。十九歳のとき、同級の飯島正に、京都三条大橋の上で「ああ、肺病になりたい」と、天をあおいで胸を叩《たた》いてみせた。この年の五月に肋膜炎《ろくまくえん》で発熱し、当人にはうっすらと自覚があった。梶井の兄弟姉妹は、ほとんど結核性の病気を経験している。

十九歳の梶井は、連日、新京極や寺町のカフェに入りびたり、煙草《たばこ》を吸い、酒を飲んで夜ふかしして遊んだ。梶井がよく行ったのは新京極の江戸カフェであった。飯島正は、梶井に江戸カフェへ連れて行かれ、小さなコップに透明な酒をついで差し出され、「とても軽い酒だよ。君にも飲める」と言われた。飯島が、すすめられるままぐっと一息に飲みほすと、喉《のど》もとがまるで爆発するような熱さになった。それはアブサンであった。飯島正は「僕はあとにもさきにも、アブサンは梶井君に飲まされた一杯しかない」と回想している。「爆発するレモン」を予感させるアブサンである。

二十二歳になると小喀血《かっけつ》がつづき、結核に冒されていることをはっきりと自覚する。酒の遊興による乱行が度を越えた。東大入学のため上京するが、生活資金は小間物屋を始めた母親にたより、あいかわらずの贅沢《ぜいたく》生活だ。

大正十四年（二十四歳）の日記には連日の御馳走《ごちそう》が記されている。

五月五日。銀座ライオンでビールを飲み、ビフテキ、エビフライ、ビフカツを食う。

五月八日。銀座橋善で飯を食い、ライオンでビールとチーズ。

五月十日。ビフテキ。

五月十一日。神楽坂《かぐらざか》田原屋でビフテキ、かにコキール。（帰りに腹痛し、くそをしたくなり牛込《うしごめ》駅へかけこむ）

これは母親からの仕送りが入った直後で、さすがに金がなくなると、下宿で自炊をした。一流品好みで、明治屋のコーヒー、新橋エスキモーで冷コーヒーとアイスクリーム、フランスの石鹸《せっけん》、駿河屋《するがや》の羊羹《ようかん》、ウヴィガンの水油とポマードを買い、千疋屋《せんびきや》、精養軒へ行き、六本木ビリヤードで遊ぶ。普通の学生の分際で行けるところではない。当時の銀座はモボ・モガが闊歩《かっぽ》し「銀ブラ」という言葉が流行した。大阪生まれの梶井は、あっというまに東京のモボに変身した。

そのいっぽうで音楽会や展覧会によく行った。芸術志向とアカデミズム願望は人一倍強い。会ったことのない作家武者小路《むしやのこうじ》実篤《さねあつ》を訪問して自分を売りこむ。文芸同人誌「青空」を創刊し、文学青年仲間を集めていく。三好達治と同じ下宿に住み、上昇志向が強烈である。それは、二十五歳のとき、新進作家川端康成の知遇を得るために、湯ケ島温泉にまで訪ねていき、康成が宿泊する湯本館近くの湯川屋に滞在することにまでつきすすんでいく。

見ずしらずの著名作家に、物おじせずに近づいていく度胸は、大阪人特有の粘着力である。東京っ子ならば、物おじして、ここまで図々《ずうずう》しくはふるまえない。『檸檬』はこういった生活のなかで書き直されていくのである。震える不安を内に秘めたふてぶてしい自己肯定がある。

と同時に、結核による残り少ない生へのあせりがある。ビフテキや美食を好むのは結核退治のためという名目があったはずだ。

大正十五年、梶井は東大で三年生をむかえた。二十五歳である。同人誌「青空」を持って下宿近くの島崎藤村宅を訪問した。藤村は五十四歳で、文壇の重鎮であり、文学青年とはめったに会わない。それを知りつつ、東大の学帽をかぶって押しかけた。

梶井が吐く痰《たん》に血が混ざっている。梶井の友人は梶井が結核であることを知っている。いつもにごった咳《せき》をしている。体温計を持ち歩いて、熱をはかる。結核が不治の病気であった当時にあっては、梶井の友人は、本心では梶井から伝染することを恐れている。しかし友人たちはそれは言えない。

「青空」同人淀野《よどの》隆三の下宿へ行くと、淀野は梶井へは店屋物をとって自分の食器を使わせなかった。大阪北野中学時代からの同級生矢野潔の家へもよく押しかけた。矢野には、体質虚弱の妻薫がいた。結核が感染しないかと心配した矢野は、梶井が帰ったあと、フォークやスプーンを熱湯で消毒した。そういったことは、梶井をいたく傷つけた。

梶井の物言いや行動は、酒を飲んでいないときは、ひどくおとなしい。他人に気をつかう。友人思いである。京都三高で中谷《なかたに》孝雄らと会うまでの梶井は、孤独癖が強い、憂愁を秘めた哲学志向であり、まっとうな青年であった。学生でありながら愛人平林英子と同棲《どうせい》している中谷孝雄は、梶井にとって危険な存在に思えた。それがあっというまに染まって、狂気じみた乱暴狼藉《ろうぜき》の人に変った。そのことへの激しい自己嫌悪《けんお》がある。

東京へ来てからの梶井は、京都のころの狼藉はおさまったものの、「偉大であること」への憧憬《しょうけい》は変らない。食事も、生活も、友人も、一流好みである。友人へ気をつかうぶん、自尊心が強い。

そんななかで、どうしようもなく梶井の意識を襲ってくるのは結核の影である。「青空」の同人が下宿に集まる。梶井はコーヒーをいれる。コーヒーカップが足りない。それでも、梶井は自分が飲んだコーヒーカップを、さっと簡単にふいてつぎの人へ出した。仲間は、不安ではあったが、気にかけないふりを装《よそお》ってコーヒーを飲んだ。そこには文学仲間の同志意識がある。梶井が抵抗していることがわかった。飲まないわけにはいかない。「この程度で結核はうつらない」と梶井は言いたかったはずだ。

同人仲間と町へくり出すときは、友人たちは心配して熱をはからせた。梶井は体温計を「悪魔の小道具」と呼んだ。熱をはかり終ると、すぐに振って、先に立って部屋を出た。

こういった梶井の心境は小説『のんきな患者』に投影されている。主人公の吉田は肺を病んでいる。寒《かん》になると高熱を出し、ひどい咳をする。胸の臓器を全部押しあげて出してしまおうとしているかのような咳だ。

「四五日経《た》つともうすつかり瘦《や》せてしまつた。咳もあまりしない。しかしこれは咳が癒《なお》つたのではなくて、咳をするための腹の筋肉がすつかり疲れ切つてしまつたからで、彼等が咳をするのを肯《がえ》んじなくなつてしまつたかららしい」

吉田が学生時代、家へ帰ると、母親から「人間の脳味噌《のうみそ》の黒焼を飲んでみないか」と言われた。母親の話によると、青物を売りに来る女に肺病の弟がいて、それを村の焼き場で焼いたとき寺の和尚《おしよう》が取出した、という。

これは、あくまで小説のなかの話だが、あるいは梶井の母が同様のことを言ったのかもしれない。夕方になると、梶井は発熱し、冷たい汗が腋《わき》の下を伝っていった。血痰が出た。その様子は、小説『冬の日』に出てくる。

「落葉が降り溜《たま》つてゐる井戸端の漆喰《しつくい》へ、洗面のとき吐く痰は、黄緑色からにぶい血の色を出すやうになり、時にそれは驚く程鮮《あざや》かな紅《くれない》に冴えた。堯《たかし》が間借二階の四畳半で床を離れる時分には、主婦の朝の洗濯は夙《と》うに済んでゐて、漆喰は乾いてしまつてゐる。その上へ落ちた痰は水をかけても離れない。堯は金魚の仔《こ》でもつまむやうにしてそれを土管の口へ持つて行くのである。彼は血の痰を見てももうなんの刺戟《しげき》でもなくなつてゐた。が、冷澄《れいちよう》な空気の底に冴え冴えとした一塊の彩《いろ》りは、何故《なぜ》かいつもぢつと凝視《みつ》めずにはゐられなかつた」

飯倉《いいくら》片町の下宿二階に隣りあって暮らしていた三好達治は、つぎのような思い出を書いている。(『梶井基次郎君のこと』)

「ある晩、彼が唐紙越しに私を呼んだ。——葡萄酒《ぶどうしゆ》を見せてやらうか……美しいだらう……さういつて、彼は硝子《ガラス》のコップを片手にささげるやうにして、電灯に透して見せた。葡萄酒はコップの七分目ばかりを満して、なるほど鮮明で美しかつた。それがつい今しがた彼がむせんで吐いたばかりの喀血だつたのは、しばらくして種を明かされるまで、ちよつと私には見当がつきかねた」

梶井には無類の自尊心がある。

飯倉片町の堀口庄之助宅へ下宿したときは、自宅にいるようにふるまった。嫌いな鮭《さけ》が出ると箸《はし》で押しやって食べない。友人を呼んではコーヒーばかり飲むため、便所がコーヒーくさくなった。出歩くのも好きで、新婚の矢野潔の下宿へ行き、留守中にあがりこんで戸棚の食べ物を勝手にとり出して食べた。帰宅した新妻の薫は、泥棒とまちがえて家主を呼んでしまった。二階に泊ったときは煙草の火で畳を黒々と焦《こ》がした。図々しくて、だらしがない。

血痰を吐きつつも酒を飲む。麻布《あざぶ》の仲町貞子の下宿へ行ったときは、三十九度を示している検温器を出して振りながら、来るなりごろんと横になった。貞子の家に金がないときは、貞子と一緒に質屋へ行き三十円ほど金を借り、果物を二種類買って円タクで帰った。貞子の家人がいらだって、「果物を二通り買ってくるとせっかくの味がわからなくなる」と言うと、梶井は、二種類の果物を、がぶ、がぶと、さもうまそうに交互にむさぼり食べた。

結核の病状がすすみ、転地療養のため湯ケ島温泉へ行ったのは二十五歳のときであった。湯本館に川端康成がいるのを確かめてから訪ねていった。康成は二歳上の人気作家であり、梶井は同人誌「青空」を持参した。康成に宿泊料の安い湯川屋を紹介された。梶井は、康成の作品集『伊豆の踊子』の校正をして、とりいった。康成は文壇に確固たる位置をしめており、かつ、気鋭の批評家である。新人発掘の名手と言われており、おさげ髪の秀子夫人を連れていた。

康成は、同人誌「青空」が送られてくることは知っていたが読んでいる形跡はなかった。梶井の手前、康成はぱらぱらと目を通し、外村茂《とのむらしげる》がいいと言った。梶井の作品には興味を示さなかった。康成には、梶井は「人のいい親切な男だ」としか映らない。それでも、梶井は、連日のように康成を訪ねていった。

梶井は『伊豆の踊子』を校正しながら、編集校閲者の執拗《しつよう》さで、作品のこまかい部分に立ち入り、ごまかしを指摘した。康成はいささか狼狽《ろうばい》したという。梶井の『檸檬』は、そんな過程のなかで、冷やかな殺気を結晶化させていくのである。

梶井は外村茂や淀野隆三に、宇治の玉露や駿河屋の羊羹と豆平糖を送ってくれるよう頼んだ。ここでも贅沢である。三好達治や何人かの友人が、梶井を見舞いにやってきた。

ある日、梶井は川端秀子夫人から、青森より送られてきたというリンゴをもらった。梶井は夜通し、そのリンゴの肌をみがいて床の間に飾った。泊りにきていた三好達治がそのリンゴを見つけて、ひとつをかじった。すると梶井は、ものも言わずいきなり三好達治の顔を殴りつけた。

尾崎士郎と宇野千代夫妻が、康成を訪ねて湯本館に泊ったのもこのころである。梶井は千代に片想《かたおも》いをして、尾崎士郎と衝突した。千代は、梶井に「一種の色気」は感じたものの「面喰いの私が梶井さんとそうなるわけがない」と尾崎士郎に言っている。梶井の一人相撲であった。

純情と言えば純情だが、梶井の衝動は、身のほどをわきまえていない。宇野千代は美《び》貌《ぼう》の人気作家で、尾崎士郎もしかりである。この二人は康成の友人である。梶井はまだ無名の文学青年にすぎず、容貌魁偉《ようぼうかいい》で、血痰を吐きちらす病人である。一流好みで上昇志向が強いとはいえ、それがいかに無理な話か、わかりそうなものだが、わからない。

梶井の結核はかなり進行して三期に入っている。宇野千代は「この人は危い」と思ったと『私の文学的回想記』で言っている。

梶井と大勢の仲間で散歩をしているとき、川の流れの激しいところを通りかかった。だれかが「こんな瀬の強いところでは泳げないなア」と言うと、梶井は「泳げますよ。泳いでみせましょうか」と言うが早いか、さっと着物を脱いで橋の上から川へ飛びこんだ。千代は「あなたは病気だから、そんな乱暴はしないほうがいいのよ」と注意した。

仲間で西瓜《すいか》を食べたことがあった。真二つに切ってあった。すると梶井が一番最初にスプーンを入れて食べはじめた。他の者は、結核菌がうつるのを恐れてスプーンをとろうとしない。しかし、梶井は白々しい空気を察知しながら、一人でモクモクと西瓜を食べつづけた。そこにいあわせた広津和郎《かずお》は、梶井の並々ならぬ強さに感じいった。

こういった梶井の格闘ぶりを知ると、丸善の本の上に置かれるレモンは、三十一年間の梶井の血痰が、黄色い皮のなかに、悪意を秘めて、カーンと封鎖されている様相が見えている。

梶井は、「桜の樹の下には屍体《したい》が埋まつてゐる!」と喝破した。「屍体はみな腐爛《ふらん》して蛆《うじ》が湧《わ》き、堪《たま》らなく臭《くさ》い。それでゐて水晶のやうな液をたらたらとたらしてゐる。桜の根は貪婪《どんらん》な蛸《たこ》のやうに、それを抱きかかへ、いそぎんちやくの食糸のやうな毛根を聚《あつ》めて、その液体を吸つてゐる」と。

「桜の樹の下には屍体が埋まっている」というモチーフは、ボードレール『パリの憂愁』に「腐肉のため肥えふとった華麗な花々の絨毯《じゅうたん》」の記載があり、またムンクの絵に、死体が埋まる「新陳代謝」の樹がある。そういったヒントを、湯川屋で三好達治と話し、一晩で書きあげた。

それに似て、レモンイエロウの絵具をチューブから搾《しぼ》り出したような単純な色で、紡錘形のかっこうをした梶井の『檸檬』は、得体の知れぬ不吉な魂が、血痰のねじで精密に組みたてられているかに見える。

梶井が死ぬ前年、昭和六年の日記には、食事の内容ばかりが克明に記されている。朝は味噌汁《みそしる》と漬物と飯。夜は牛肉、鶏のスキ焼き。療養のため、肉類を欠かさない。あとは肝油である。鮭筋子、カマス干物《ひもの》、卵、アナゴ、若狭《わかさ》ガレイ、と食欲は旺盛《おうせい》であった。

家人に嫌がられながらも、マムシの心臓と肝臓を食った。生肝だから腎臓《じんぞう》炎にかかった。生肝を飲んだ残りの肉は干物にして、少しずつ焼いて食べた。においがくさいので、兄の謙一から、火鉢で焼くのはやめてくれ、と言われた。それでも梶井は、焼酎《しょうちゅう》に入れて飲むことはやめなかった。

死ぬ寸前は牛乳一合と、パンとバターが主なものとなった。母梶井ひさの「看護日誌」によると、知人より鯉《こい》を貰《もら》って、生血を飲ます、とある。あとは刺身と味噌汁にした。おかゆ、うど、奈良漬に酵素をかけながら食べた。そして、牛乳、果汁、片栗《かたくり》湯。

作品集『檸檬』は、死ぬ前年の昭和六年五月に刊行され、評判を呼んだ。小林秀雄は

「文芸時評」でこの小説を「素朴な資質のメタフォル」であるとし、梶井を「繊細に武装した野人であり、飽く迄《まで》も肯定的な審美家」とたたえた。

多くの讃辞《さんじ》があふれるなかで、京都時代からの友人である中谷孝雄は、「反発をおぼえた」という。（『梶井基次郎のこと』）

「それというのも、私はこの作品に書かれていることは大抵、見たり聞いたりして知っていたばかりか、前に私は梶井からかなり手垢《てあか》によごれた檸檬をもらったことがあった。私はその時の梶井の態度にいささか不快を感じた。こんな薄よごれのした果物を人にくれるもないものだった。私はこの作品を読み、その時のことを思い出して、この作品の主人公が黄金色に輝く爆弾（檸檬）を据えつけたのは、丸善の棚にではなく、ひょっとすると私にであったのではないかと、ぞっとするようなショックを感じた」と。

小林秀雄——ランボオと穴子鮨《ずし》

　味覚にあれほど鋭敏であった小林秀雄は、料理に関しての文章をほとんど書いていない。全集をひっくりかえしてみても、『初夏』と題する身辺雑記のなかに、鎌倉《かまくら》の自宅の庭に生えていた「食べられる草」を夫人に食べさせられた話があり、また新橋でビールを飲んで横須賀《よこすか》線で帰るとき、鎌倉まで小便をガマンできず、連結台でジャアジャアやったとある。『蔦《つた》温泉』と題した文章のなかに、深田久彌《きゅうや》と十和田湖を旅して、食用蛙《がえる》を見つけ、「深田は釣るといふ。僕は釣りは嫌ひだから食べるだけにする」という一節がある。そのほか、湯ケ島の宿で稲荷《いなり》鮨を食べる随筆があるが、稲荷鮨は主要なテー

こばやし・ひでお（1902〜1983）東京生まれ。近代文学における評論の第一人者。文学に限らず、音楽・絵画・歴史に至るまで、さまざまなジャンルで発言した。『無常といふ事』『モオツァルト』『本居宣長』などがある。

マではない。
　秀雄の随筆で、わずかに食に関する記載があるのは『蟹《かに》まんぢゆう』である。書き出しはこうである。
「どこそこの何がうまいと聞いても、不精だから、自ら進んで食ひに出かけるといふ様な事はない」（ここまでを①とする。これはマッカな嘘《うそ》である）つづいて、
「『美味求真』の考へも情熱もないから、美食家にはなれない。だけど、意地は汚い方だらうと思つてゐる」（これを②とする。始末におえない言い方で、これが秀雄流だ）
「この原稿も、三度も催促の電報が来たからといふより、滅法うまい酒を、書けばくれるといふので書くのである」（これを③とする。これは本当のことだろう。威張っている）
　この書き出しの①②③のなかに、料理のみでなく、秀雄の逆説家としての批評スタイルがすべて出揃《でそろ》っている。秀雄は知性で武装した批評家であり、『様々なる意匠』で「あらゆる天才等の喜劇を書かねばならない」と決意し、戦後は「すべて不可解な私の存在」がテーマとなった。
　画家の那須良輔《なすりようすけ》は、秀雄が「食欲ってものはね、最も低級な欲望なんだ」と語ったことを記している（『好食相伴記』）。「高級な精神」をめざした秀雄は、「低級な食欲」に関して書くことを拒否した。食に人一倍こだわるのに、食のことは書かないというかた

くなな意志がある。これは、戦後の批評家のスタイルとなった。食べるのが嫌いなのではなく、食に関して書くのが嫌なのである。食への羞恥心《しゅうちしん》が強い。腕ききの板前に感動しても、それは食卓上だけのことで、「書く価値」には至らず、あるいは評価の対象にはならない。食に関して書くことは下等だという意識が強い。

小林秀雄は文芸批評家であり、食味評論家ではないと言ってしまえばそれまでだが、秀雄の批評は、文芸にとどまらず、音楽、絵画、骨董《こっとう》から人物評、人生観までにわたり、近代思想への懐疑と反感がその根幹にある。知識人でありながら知識を嘲笑《ちょうしょう》し、職人肌をたたえた。批評を芸術的な表現に高めると同時に、批評の意味をこわしたところに真骨頂がある。

それなのになぜ、料理のことを書かなかったのか。答えは簡単である。料理に逆説は通用しないからである。

こんな話がある。

学生時代の秀雄は、友人の河上徹太郎や青山二郎をひっぱりだして浅草公園裏で飲んでいたが、「俺はもう利口な奴《やつ》とつき合うのはあきあきだ、何の得にもなりやしない」と言った。さらにつづけて「こないだ、浅草でおしゃくがいってやがった。おにいさん、アイスクリームって塩で作るんですってね、本当？　だって」と。河上徹太郎は、このことを、「当時彼にとってこんな本当の言葉ってなかったのである」（『わが小林秀雄』）

と書いている。小林秀雄にとっては、「知の武装」は、浅草の無知なおしゃくの一言によってひっくりかえってしまう。いや、河上徹太郎が言いたいのは、世間の無知のなかに、知識をひっくりかえす力があることを見抜く小林秀雄の「より深い知」であろう。

浅草のおしゃくが言おうとしたのは、アイスクリームの素材として塩を使うという意味ではなくして、アイスクリームの冷却に塩を使うという意味ではないだろうか。小林秀雄は、誤解による感動の天才であり、意図的にそれをやろうとした。勘でものを判断し、江戸前の切口上で書く。それを危うく支えるのは、本能的な理性哲学である。

話は『蟹まんぢゆう』にもどる。

①②③の断り書きのあとに、「私にも、『美味求真』的行動をしたことが、たつた一ぺんある」として、河上徹太郎と一緒に、上海《シャンハイ》から揚州まで本場のまんじゅうを食べに行くことが書かれている。揚州の蒸しまんじゅうは、中に「舌を火傷《やけど》しさうなおつゆが入つてゐる」とあるから小籠包子《ショウロンパオズ》のことであろう。おつゆをこぼさずにパクリとやる食べ方を、それはおいしそうに書いている。

自らの好みに関してはこう書いている。

「私は複雑に加工された食べ物を好まない。酒好きだから、食べ物の標準も、自ら酒の味から発してゐるらしい。あゝ、いゝ酒だ、と思ふ時ほど、舌が鋭敏によく働く時はない様だ。複雑な料理を食はされる時は、どうもいつも面白くない。舌が小馬鹿《こばか》にされてゐる様なあんばいで、一種の退屈感さへある」

世間ではこういう人を食通という。小林秀雄が好んで行った店は、友人・知人の回想録によってのみわかる。いずれも、名だたる一流店ばかりだ。

那須良輔の『好食相伴記』によると、まず京都の嵯峨《さが》にある平野屋。湯豆腐や松茸《まつたけ》でも有名だが、すぐそばを流れる渓流で鮎《あゆ》の放し飼いをしている。秀雄は「十センチ前後の鮎が一番うまい」と言って毎年食べに出かけた。『本居宣長《もとおりのりなが》』を出版した昭和五十二年は十一月半ばになって、紅葉を見がてら出かけた。十一月は水が冷えこみ、鮎が生きている時期ではないが、平野屋は工夫をして、秀雄のために鮎を生かしていた。

松阪《まつざか》では牛肉で知られる老舗《しにせ》の和田金。ここのお女将《かみ》とは古くからの馴染《なじ》みであった。京都は名店三嶋亭《みしまてい》のすき焼。味つけは秀雄が自らやる。鍋奉行である。小林邸ですき焼をするときも、鍋《なべ》は自らとりしきった。他に大市のスッポン（べらぼうに高い店だ）。祇園《ぎおん》橙《だいだい》の鴨《かも》。つぼさかの茶漬けステーキ。丹波鳥幸の猪《いのしし》。東京日本橋のそば砂場。いずれも贅沢《ぜいたく》店の定番である。

旅館は大分県湯布院の玉の湯。玉の湯旅館へは、旅館で出す料理を絶賛して、毎年、通いつめた。好んだ食べ物はズワイガニ、フグ、鴨、アナゴ（とくに天ぷら）、マグロ、シンコ（こはだの子）、牛肉（とくにすき焼）、鰻《うなぎ》、柿《かき》である。

今日出海《こんひでみ》と二人でパリに行ったときは、ポルト専門の酒場へ通っていて、秀雄が飲むポルト酒は決まっていた。それがある日、「味が違う、まずい」と言って秀雄は怒り出した。老給仕人は「ここのポルト酒はパリ一だ。まずいとは何事か」と逆ねじを食わしてきた。が、結果はやはり先方の間違いで、数年後今日出海が一人で行ってみると、老給仕人は「君の友人の通人はどうしているか」と訊《き》いてきたという。

野々上慶一の回想『小林さんとの飲み食い五十年』には、九州別府の城下《しろした》ガレイが出てくる。日出《ひじ》の城跡のある海岸下に清水が湧《わ》く箇所が一カ所あって、そこに棲息《せいそく》するカレイである。いまでは、天下の美味として知れわたっているが当時は知る人は少なかった。秀雄はこのカレイを好み、シーズンになると大分のたつのやへ通った。

下関は岡崎のふぐ。鴨は琵琶《びわ》湖畔長浜の鳥新。天ぷらは、銀座橋善、浅草大黒屋、中清、本郷の天満佐。寿司《すし》は銀座久兵衛、日本橋すし春、鎌倉の大繁。

『小林秀雄が通った名店』のガイドブックができるほど豊富だが、これらの店は、いまでは、どのガイドブックにも紹介されている。

野々上慶一と、高名な懐石料理屋で食事をしたとき、いろいろと趣向をこらした料理が出たが、ほとんど箸《はし》をつけずに酒ばかり飲み、食事が終ると、「おい、慶ちゃん、まぐろを食いに行かないか」と言って、銀座裏のきよ田へ行った。きよ田は、味はたしかにうまいが、値段も高い高級店である。

住んでいた鎌倉では、寿司の大繁のほか、鰻のつるや、天ぷらのひろみ、カレーのマドラスほか、小料理屋のなか川。同じく鎌倉の住人であった永井龍男《たつお》は「鎌倉うちの食べ物屋については、それはそれは詳しかった。馴染みのすしや、そばやのほか、ビルの中に新規開店した店も知っていて、どこそこのパンはうまいから行ってみようという調子で、度々すすめられた」として「この人ほど日常茶飯事を語らない人も珍しいが、味については驚くほど熱心であった。昔から、鴨のために鮎のために旅に出るのを指折り数えて待つところがあった」という。

これぐらい並べれば、①の「自ら進んで食ひに出かけるといふ様な事はない」という述懐が嘘であることがわかる。嘘というより、謙遜《けんそん》、おとぼけと考えてもいいが、いずれにせよ、事実に反する。

学生時代は貧乏で、御飯のおかずに納豆ばかり食べていた。あちこちの納豆をほとんど試したあげく、湯島天神裏の納豆が一番うまいんだと言って、普通は二銭だった納豆のなかで、三銭する上等納豆を食べていた。納豆ひとつにも批評精神が通っている。と同時に、その批評精神は客観的分析というよりも、自分の嗜好《しこう》が本能的に合体しているところが秀雄流なのである。佃煮《つくだに》は浅草蔵前までわざわざ買いに行き、海苔《のり》でも鰹節《かつおぶし》でも、よく吟味したものを使っていた。

藤枝静男は、高校生のとき、二十六歳の秀雄を奈良の下宿に訪ねた。下宿の小女が朝食の膳《ぜん》を運んできた。そのときのことを『小林秀雄氏の思い出』としてつぎのように回想している。

小林さんが部屋の隅のブリキ缶からちぎれた海苔をつかみ出して藤枝の膳の上にのせてくれた。そして何とかいう東京の有名な海苔屋の名を言って「海苔の屑《くず》だ。なりは悪くてもうまいからお袋が買って送ってくれるんだ」と言った。「こっちのやつなんか食えない」。

そのあと、猿沢池の端へ行って「奈良茶めし」という看板がある店へ入ると、店の女中がしずしずと抹茶茶碗《ちゃわん》を捧《ささ》げて持ってきた。秀雄はたちまち変な顔をして「何だこれあ」と言った。土瓶蒸しが出ると「けち臭いな」と言って、乱暴に箸を突っこんで食べた。

秀雄は、この手の店を終生嫌った。築地《つきじ》の有名な懐石料理屋で、箸をほとんどつけずに終ったのもその一例である。

ぼくは、たまたまその懐石料理屋の支店へ行ったことがある。その店へも一週間ほど前に秀雄が来て、若主人（本店の息子）を呼びつけて、ケチョンケチョンにけなして帰ったという話をきいた。それは「父親にかわって叱《しか》る」といった叱言《こごと》だったというが、なに、父親がやっている築地本店のほうだってほとんど箸をつけなかった、ということがわかった。

鎌倉のなか川は秀雄がひいきにしている馴染みの店で、春には新空豆をつまみ、白魚の二杯酢で杯を重ねた。なか川の主人が秀雄に所望されて柳川鍋《やながわ》を出したところ、ぼろくそにけなされた。秀雄は「教えてやるから、俺の言う通りやってみな」と言い、以後なか川の柳川鍋は秀雄流に改善された。秀雄は若いころ浅草の駒形《こまがた》どぜう店に通っていて、どじょうにはうるさい。免許皆伝になったころ、生まれも育ちも神田の永井龍男が店に来て、柳川鍋を出したところ、龍男は差し戻して「柳川はこんなに甘いもんじゃない」と叱った。以後、なか川の柳川鍋は秀雄流と龍男流が揃うようになった。

秀雄は、自分の舌にあわないと、江戸前の気っぷで、すぐ文句をつける。日本橋の砂場で、あられ蕎麦《そば》を食べたとき、どうもいつもと味が違うと思って、主人にそう言った。すると砂場の主人は「先生それはおかしいよ。先生のからだの具合じゃないですか」と言い返された。

このことを、秀雄は野々上慶一に「いやア参ったね。舌なんてあてにならないものさ」と語ったという。

晩年の秀雄が湯布院の玉の湯旅館とともに通ったのは、奥湯河原の加満田旅館である。加満田旅館は、秀雄ほか多くの作家の宿だが、この旅館の切れ味のいい料理も秀雄の好みであった。

小林秀雄はきわめつきの食通で、しかも一流老舗好みである。自分では、食通ではないと言う食通を相手にするほど難しいことはない。相手が天下の小林秀雄とあっては、店は緊張の極致となる。食味評論家にけなされてもそれほど傷つかないが、秀雄にけなされたら、全人格を否定される烙印《らくいん》を押されたようなものだ。晩年の秀雄には、そういう神格化された権威があった。世間の秀雄に対する評価がそうさせたのである。

秀雄はランボオを書き、ヴァレリーを翻訳し、ドストエフスキーを語り、兼好、モーツァルト、ゴッホ、ゴーギャン、セザンヌをへて本居宣長にたどりついた。どの分野でも読者を納得させて批評の地位を確立したけれども、考えてみると、批評の対象とした人物もまた一流である。料理店の好みと一致している。

秀雄は、自分の気性にあった人物を口をきわめて絶賛する。しかし何者かを絶賛する対応として、何者かをけなす。ドストエフスキーを絶賛しながらトルストイをけなす。セザンヌを絶賛しつつも、ピカソは語れない。ここでは、秀雄の作品論にふれるわけではないから、そのへんのところはぶくが、秀雄流の「直感で結論を下し、あとで論理を構築する」という手法を応用すれば、食に対する態度は、批評文と同一である。秀雄は鋭敏な批評家であったがゆえに、料理へも批判精神が先行した。これは若年から苦心して自らを鍛えあげてきた者の宿命である。堕落がない。詩を語っても詩人にはなれず、音楽を語っても音楽家にはなれず、職人の板前をほめても職人にはなれない。秀雄が決定的に巧妙だったのは、たとえばドストエフスキーを語っても、それはドストエフスキーに身を借りて、自分の意識の位置を確認し、時代状況への批判となっていたことである。

私も、若いころは人並みに小林秀雄を読んで、新鮮な発見をした一人であることを告白しておこう。しかし、その後読みなおしてみるとアラがめだつ。とくに西行や兼好にそれが感じられる。秀雄が書く西行は史実に忠実ではない。西行に対しては、思いいれだけが先行し、動乱の世をいかに生きるかを、西行の身を借りて述べただけである。重要なことは、これが昭和十七年という戦時中に書かれたということである。兼好に関して「無常」を語っても、それは「無常」から「常なるもの」を見ようとする秀雄自身の自画像である。

戦時中という時代状況下では、花田清輝《きよてる》の『復興期の精神』のほうがはるかに質が高い部分もある。と、私の言い方も秀雄流になってきた。

秀雄はからみ酒だった。酒を飲むと、だれかれとなく議論をふっかけた。そのことは、『失敗』という随筆のなかで「何しろ（酒の上での）失敗は各所で各様に演じて来たので、どれを書いたらいいか迷ふ」と自ら反省している。昭和二十一年、明治大学教授をやめたときは、酔って水道橋のプラットフォームからガード下へ落ちて、九死に一生を得た。秀雄に酒席でからまれた井伏鱒二《いぶせますじ》は「彼は、常に小さな声で話をしようと心がけているらしいが、昂奮《こうふん》してくると、十倍ぐらい大きな声で饒舌《しゃべ》る。酒を飲むと四十倍くらい大きな声になる」と言っている。「先日、おでん屋において私の散文をけなしたときは、その声は向側の家まで聞こえていた」と。そして、「彼は心にわだかまりなくして、『麗《うるわ》しい』などという説明の文字は書けないであろう」と言う。これは、鱒二の、遠慮のない秀雄批判であろう。

秀雄は、気にいった料理店へ入り、料理が出てくるやいなや、だれよりも一番最初に手をつけて、「うまい！」と大声で言ったという。激情独断の人である。しかし、出された料理を見て、食べる前に「麗しい」と感じたことはなかった。

雑誌「文學界」の出張校正で共同印刷へ行き、工場から出されたトンカツを食べて「こんなまずいトンカツを作るには相当の技術がいるね」と河上徹太郎に言った。印刷工場の夕食に出る、インクの匂《にお》いがほのかにしみた安いトンカツの、せつなく悲しい味の麗しさは、秀雄とは無縁のものであった。一流好みであるから限界があり、そこに、畏敬《いけい》されても親しまれない秀雄の欠陥がある。

妹の高見澤《たかみざわ》潤子は、若き日の秀雄は「暴君で憎らしい兄」「怨恨《えんこん》の兄」としながらも、晩年の兄はやさしかったと言う。秀雄は午前中に仕事をすませて、早めに風呂《ふろ》に入り、晩酌を楽しみ、長い時間をかけて夕食をとった。「兄は食べ物や味にはやかましい方だったので、食卓にはおいしいものばかり並んでいる。兄は嬉《うれ》しそうに料理を説明しながら、錫《すず》のやかんから酒をついでくれた」と。

人は批評家となるために生きるわけではない。秀雄の逆説家としての論法は、秀雄が規定した「低級な欲望」である料理の前では通用しないのである。経験と江戸ッ子気質《かたぎ》の勘だけが、生《き》のまま、ピカッとあるだけだ。秀雄はパスカルに関して「パスカルは当り前のことを言うのに色々非凡な工夫を擬《こら》したに違いない」と書いたが、これは秀雄自身の書き方にも言えることで、料理に対しては、このやり方では嫌味になる。秀雄は、気にいった一流店にひたすらこだわるだけである。

文化勲章を受章したお祝いに、川口松太郎が「どこかで祝盃《しゅくはい》をあげよう」と申し出ると、秀雄は「そば屋がいい」と答えた。「もう少し上等のほうがよくはないか」と重ねて松太郎が言うと「室町の砂場へ行こう」と言って、日本酒を一本飲んだ。自分流を崩さない。その席で松太郎が「『無常といふ事』を読んだが、その意味がもひとつわからない。わかりやすく説明してくれ」と訊いた。すると、秀雄は、「砂場のそばがなくなった淋《さび》しさみたいなもんだ」と苦笑しながら言ったという。

酒を他人に酌されることを嫌った。自分のペースで独酌するのが秀雄流である。主治医の岡山誠一が食事のことで「刺激物はなるべく避けたほうがいい」と言うと、即座に、回答を用意していたように「ワサビはよろしいですね。あれは口中にパッと広がり、すぐに消えていきますから」と言った。これも秀雄流だ。

野々上慶一が鮨について、秀雄に尋ねた話がある。秀雄が訳した、ランボオの『地獄の季節』に有名な序文がある。二十三歳の秀雄が、メルキュウル版の手帳のような安本

『地獄の季節』を手にして、一日おきに吾妻橋からポンポン船に乗って、向島の銘酒屋の女のところへ行くシーンが描かれている。銘酒屋の女へ買っていく穴子のお鮨がつぶれやしないか、と秀雄は案じるのである。そこでは、ランボオの放浪に仮託された秀雄のやるせない放蕩《ほうとう》の日々が二重写しになる。

秀雄と鮨屋で酒を飲んでいた野々上が「あの穴子鮨は、どこの鮨屋なのか」と訊いてみた。すると、秀雄は「ミ・ヤ・コだったかなあ」と呟《つぶや》くように答えた、という。浅草の美家古寿司といえば慶応年間創業の老舗である。

貧乏学生だった秀雄は、酒場の女へ持っていく鮨を、一流の美家古寿司で買っていたのである。秀雄の一流へのこだわりは、すでにこのころから始まっている。さぞかし嫌味な学生だったろう。

山本周五郎——暗がりで弁当

山本周五郎がアドルムを常用していたと知って、私は愕然《がくぜん》とした。アドルムは、坂口安吾が常用して、睡眠薬中毒となった無頼派御《ご》用達《ようたし》のヨクナイ錠剤である。周五郎がアドルムを常用したのは昭和二十七、八年ごろまでで、新聞や雑誌の連載を多く書く絶頂期であった。周五郎が、代表作『樅《もみ》ノ木は残った』を書き始めるのは、昭和二十九年（五十一歳）であるから、その前年までアドルムを常用していたことになる。アドルム中毒になることを恐れたきん夫人が心配すると、周五郎は「自分は大丈夫だ。自分の精神を自分で制御できる者は、薬の中毒やアル中にはならない。要するに薬やア

やまもと・しゅうごろう（1903〜1967）山梨県生まれ。底辺に生きる庶民の生活を素材にした時代小説で知られる。映画化された作品も多い。『樅ノ木は残った』『青べか物語』など作品多数。

ルコールに飲まれてしまうような、心の弱い者が中毒患者になるのだ」と、きん夫人に答えた。（清水きん『夫 山本周五郎』）

安吾にきかせてやりたいが、安吾は二十錠で致死量に達するアドルムを五十錠も飲んだ。アドルムは、飲みはじめると、習慣性がつき、量が増えていく薬だから、安吾同様、体力剛健だった周五郎も、かなりの量を飲んだと思われる。周五郎は酒豪であり、酒量に関しては安吾より強い。客が来ると、茶のかわりにビールや水割ウイスキーを出した。

安吾の作品にアドルムは似合うが、周五郎の作品にはアドルムのアの字も似合わない。周五郎の時代小説は「武家もの」であって、英雄や豪傑はほとんど登場しない。無名の下級武士が手柄や功名を欲しがらず、一念不退転の決意のもとに戦場の露と消える。庶民派武士とでもいったらいいのだろうか、実直で頑固で、純情な武士が主人公である。そこには、周五郎の姿が投影されており、これは時代小説でなくても、周五郎文学の中核を貫いている一本の芯《しん》である。主人公は、地味で、目だたないように生き、それでいて意志が強い。周五郎ファンは、そこに自分に通じる一途《いちず》さを見て、はたと膝《ひざ》をうつのである。

昭和三十七年に周五郎は『豆腐屋のラッパ』という随筆を書いた。不景気になると、タクシーの運転手が「ラッパを吹いている豆腐屋が出はじめましたぜ」と言う。

「いままでは自転車かリヤカーに荷を積んで、とーふーいって、さっさといっちゃいますよ。呼び止めるのにいそがしいったらありゃあしねえ、あ、来たなと思ってとびだしてみると、もう二丁も先へいっちゃってるんですからねえ、よくあれでしょうばいになるなって思うくらいだが、そうじゃあまにあわなくなったんですね、このごろは念を入れて、ラッパを吹いてゆっくり通ってゆきまさあ、一人でもおとくいは逃がさねえっていうつもりでしょうね」

これは、実際に周五郎が体験した話だろうが、こういった町のちょっとした気配をすくいとるのが周五郎流だ。庶民の嗅覚《きゅうかく》を持った文章で、人間が失意のときなにを考え、どう生きてきたかという普遍的な話を、御隠居譚《たん》のように書いてきた。その周五郎までが、アドルム常用者と知ると、「までよ、までよ」と首をかしげざるを得ない。

周五郎は、人間をしみじみと書くのがうまいが、そのくせ人間嫌いで、つきあう人物を極端に少なくし、仕事場への訪問客にもめったに面会せず、つねに自分流で生きてきた。これは、人生派の作家にはよくありがちなことで、周五郎の小説を読んで感激した読者が「自分と同じだ」と思って押しかけるからである。編集者も、小説の内容から類推して、気楽に面会を求めて、安易に仕事を依頼しようとする。相手が安吾や太宰ならば面会人は身構えるが、周五郎ならば、饅頭《まんじゅう》一箱ぶらさげていけばいいと思う。

若いころの周五郎は、下積みが長かった。質屋へ徒弟として住み込み、関東大震災で店がつぶれると、関西の新聞社を転々し、雑誌の編集記者をした。そのかたわら「文藝春秋」に投稿してデビューした叩《たた》きあげの作家である。二十代は、生活のために娯楽小説を書きちらし、三十代では作家一本で量産するが、生活は苦しかった。四十歳で直木賞に推されたが辞退した。四十代は流行作家として多作し、代表作は五十代に書かれた。『樅ノ木は残った』は五十一歳から五十五歳までに書きあげ、『青べか物語』は五十七歳のときの作品である。周五郎は、「いい小説は五十歳をすぎないと書けない」と言う。

人気作家になってからの周五郎のところへは、多くの訪問客が押しかけるが、周五郎はガンとして会わない。原稿料は前借りか現金引き換えだった。座談はうまいのに講演は断り、気にいらぬ雑誌が配達されると「恵送お断り」と書いて送り返した。

偏屈でへそ曲りであった。

へそ曲りの性格は若いころからで、なんにでも反論を言う性向は、尾崎士郎より「曲軒」とあだ名をつけられたほどだ。お上が嫌いで、園遊会には出席しない。文学賞と名のつくものはことごとく断った。大手名門出版社よりも、名のない小出版社を好んだ。

こういう一本気なガンコ作家が、アドルムを常用していたのである。

周五郎の生活は、規則正しいものであった。五十一歳より、自宅から停車場三つはなれた仕事場で、自炊独居していた。起床は朝三時、就寝は夜八時と決まっていた。夜は原稿を書かない。朝三時に起きて朝食の準備にとりかかる。

「自炊などということも面倒くさい気ぶっせいなものに思えるであろうが、レタスを洗い、トマトを切り、人蔘《にんじん》と盛り合せてフレンチ・ドレッシングを掛ける、その色どりの美しさを見るのはたのしいし、ベーコンの焼ける匂《にお》い、卵をうまくフライにするこつ、トーストに溶けてゆくバター、これに牛乳を添えて卓子《テーブル》の上へ並べ、独り椅子《いす》に掛けて海を横眼に眺めながら、誰に邪魔される心配もなく、ゆっくりと時間をかけてたべるこころもちはなんと言いようもない」(『独居のたのしみ』)

昭和三十年四月の「週刊現代」に掲載された一週間の朝食メニューは、ベーコン・エッグス、生サラダ、ミルク、トースト一片が定番となっている。ときによりチーズが加わり、オートミル、黒パンなども食べている。夜は、月曜日は、かにの子の塩辛、鯛《たい》塩焼、ホウレン草のひたし、ポタージュ、黒パン一片、チーズ二種。火曜日は、すきやき、野菜甘煮《うまに》、生サラダ、めし半杯、チーズ二種。水曜日は、生サラダ、蕗《ふき》と椎茸《しいたけ》の甘煮、鰊《にしん》塩焼、すきやきの残りでめし一杯、京菜漬物。木曜日は、生サラダ、松葉がに、クリーム・トマト・スープ、チーズ二種、黒パン一片。金曜日は、生サラダ、むつ子の甘煮、イクラ、豆腐とのりのいり合せ、チーズ二種、トースト一片。土曜日は、生サラダ、鯖《さば》のみそ煮、イクラ、ポークカツ、チーズ二種、めし一杯。日曜日は、生サラダ、ポテトのグラタン、たかべの塩焼、鯉《こい》こく、チーズ二種、めし一杯。

夜はかなりの量を食べた。大食漢である。このほか、連夜のように、ワイン、日本酒、ウイスキーを飲む。煙草《たばこ》は一日にしんせい六十本。

晩年（五十七歳ころ）は、朝食前に行水を使い、あとしまつに雑巾《ぞうきん》がけをした。この作業に八十分ぐらいかかった。これはいい運動になった。十時まで執筆して、散歩に出かけて、十一時ぐらいにざる蕎麦《そば》半量。つゆに生卵を入れた。

執筆は午後四時が終りだった。

「四時になると家人が来て夕めしの支度をする。私はビールをコップに二杯飲み、このとき魚か肉の前菜を摘《つま》む。夕めしも生野菜の皿は欠かさないし、魚、肉、卵などの料理も少量ずつしかとらず、米のめしは五日に一度くらいであり、めし茶碗《ちゃわん》に半分以上は喰べない。寝るときには腹がすきかげんになっているようにあんばいする。そのほうが朝のめざめがこころよいからである。食事のあとシェリーかポルトを一、二杯、そしてウイスキー・ハイボールを二、三杯で仕上げをし、十時まえには寝てしまう」（『行水と自炊』）

判で押したように規則正しい生活だった。

夕食は、二人目の夫人であるきんが作った。きんは、周五郎の自宅の筋向いに住んでいた娘で、長い間、銀行に勤めていた。周五郎の前妻は、三歳の子を残して膵臓癌《すいぞうがん》で亡《な》くなり、きんは、見るに見かねて、周五郎家を助け、それが縁で結婚した。控えめで温厚な性格だったから、妻というより、残された子らの母親がわりとなった。

きんのことを、周五郎は、愛情をこめて、「きんべえ」と書いている。「きんべえは料理がうまい。ことにシチュー類になると、フランスレストランが出すものより、きんぺえのほうがずっとうまい」と。周五郎は、料理には非常にうるさい。きんが作る肉料理を好んだ周五郎は大福餅《もち》のように丸々と太り、四十八歳のころは「顔写真が出ると女性読者を失う」と言って、めったに写真を撮らせなかった。神奈川新聞記者が盗み撮りした写真には、金太郎のような周五郎が写っている。アドルムを常用していたころである。

周五郎は米を嫌った。

これも意外なことである。

「ふろあがりののんびりした体に、めしを詰め込んでげっぷをしながらでは、創造的精神ははたらかない」というのが周五郎の持論であった。「この国の広大な平野から、でき得るだけでいい、稲田を追放しよう」と周五郎は書いている。人間が年をとると、枯淡になり、隠居じみてくるのは、米のめしのうまさを再認識するのと並行するように思えたのである。人間は五十歳を越すころから、ようやく世間の表裏や人間関係の虚実を理解するようになり、小説作者にも脂《あぶら》が乗るときだから、風雅や「わび」「さび」といった境地に入ってはいけない、と言う。周五郎にとって枯淡は敵であり、枯淡の元凶は米ということになる。

当時は、米は「頭が悪くなり」「人間が衰弱する元凶」という誤った風潮があった。米は、たぐいまれなる栄養食であり、米を主食とする日本型食生活が日本人を世界最長寿にしたのであるけれど、このころは、それを言う人は少なかった。カロリーの高いものを食べすぎた結果、周五郎は六十三歳で死んだのである。

周五郎は、武家の末裔《まつえい》であることに誇りを持っていた。それがはたして事実であるか、に関しては、はなはだ怪しいのであるが、周五郎は子どものころ、貧しい生活のなかで、武家の食生活をしつけられた。切腹の作法もしつけられ、夢にまで見てうなされた。この経験が、周五郎の作品のなかに反骨精神として反映している。たとえば墓場へ行く。御影石《みかげいし》で笠《かさ》つきで、玉垣をまわし、名刺入れを備えた墓場へむかって、周五郎は安煙草の煙を吹きかけて、「きみは高利貸しだったろう」と問いかける。

「その墓石はおもおもしく、儀々しく、どっしりとして、いうまでもないだろうが、私の問いかけなどにはまったく答えない。私は貧民墓地のほうへ足をはこんだ。そのつつましやかで自己主張もせず、死んでまで肩身をちぢめているような墓域にはいると、不覚にも目が熱くなるのが例だ。／そして私は、あのゴージャス（豪華）な、人を見おろすような御影石の墓のほうに振り返る。『きみは死んで墓の下に埋められた』と私は声に出して言った、『――にもかかわらず、亡者になったいまでも、この貧民墓域の人たちに金を貸し、高利をむさぼっているんだろう、いっておくがな、きみには死の安息さえないんだぞ』」

これが、周五郎の世界だから、御影石のようにテラテラと光った自分の顔の写真を出されるのは、嫌だったはずである。

六十歳を越えると、さしもの周五郎も体調に異変を感じはじめた。暴食に暴飲が重なって消化不良と下痢にやられた。

「夜半になって私がベッドへもぐり込むとまもなく、私の両足がぴくぴくと痙攣《けいれん》し、鳥の翼のように羽撃《はばた》き、脛《すね》から爪先《つまさき》までがはねあがるのである。それは膝関節《しつかんせつ》から脛、次に足首から爪先へと、波動的にぴくんぴくんと移動してゆき、ときに両足ぜんたいが同時に羽撃きはねあがる」（『三十余年目の休養』）

死ぬ前年（昭和四十一年）の日記には「ながい年にわたる閉居生活がいかに身心を耗弱《こうじやく》させたか、ということに気づく」と書かれている。どんなににぎやかに遊び、陽気に飲んでいるときでも、周五郎の頭の中には休みなしに仕事のことがうごめいていた。プロの小説家としての意識が肉体と格闘している。アドルムを飲むのは、ほんの軽い気分だったのであろうか。

周五郎が質屋の徒弟として住み込むのは十三歳のときである。それまでは山梨県初狩村（現・大月市）の生家で育った。繭《まゆ》の仲買いなどをする家であった。貧しいが、「武士の子孫」ということで、神輿《みこし》を担《かつ》いだり山車《だし》を曳《ひ》いたりしてはいけないとしつけられた。食事は一汁一菜をよしとされた。しかし、周五郎は、母親に、

「ほんとに子供のようじゃない」

と言われるほど食いしん坊であった。おかずはうまい物が三品ぐらいなければ腹の虫がおさまらなかった。鯛の刺身より、脂の乗った小ぶりの目刺を好み、ヒラメはえんがわだけを集めて食べ、牛肉でも適当に脂肪がついていないと箸《はし》を出さなかった。ほかのことはともかく、食べ物のこととなると頑強にねばって、欲しいものをねだった。

この癖は晩年になっても変らず、きん夫人が仕事場へ運んだ料理でも、気にいらないと捨ててしまった。こういった食への執着が執筆へのねばり強い力となった。

周五郎はガンガン食って、ガンガン飲んで、哀《かな》しい静謐《せいひつ》な人情を書いたのである。これは無頼派には真似《まね》のできない芸当である。周五郎の目は、いつも弱者にむけられている。負け組にむけられている。『樅ノ木は残った』の主人公原田甲斐《かい》は、伊達《だて》騒動では、大悪人とされてきた人物である。悪臣の原田甲斐は、周五郎によって誠実な家臣となるドンデン返しが構想されている。これはかなりの力業で、ガンガン食わなければ書ききることはできない。

日本酒よりも洋酒を好んだ。とくに葡萄酒《ぶどうしゅ》には目がなく、若いころは「貧乏だからメドックと大抵きまっていたが、ロースト・チキンの片股《かたもも》とパンと玉葱《たまねぎ》などを買って帰り、間借り部屋でこれらを食べ、メドックを流しこみながら売れない原稿と格闘した」。

その後、マディラという葡萄酒にこった。

「口腔から喉頭《こうとう》まで、やわらかくしみこむような味わいで、香りもやわらかい」という。

あとはシャトー・マルゴオの安いほう、寿屋《ことぶきや》のヘルメス・デリカと変った。牛鍋《ぎゅうなべ》を煮ながら、赤葡萄酒とビールを入れる法にこった。鍋の中へビールをつぎたし、つぎたし入れて同席の者にすすめた。みんな「うまい、うまい」と言って食べた。

そのうちに、正直なカメラマンが来て、ひとくち食べて「これはなんだ」と言った。「苦くて食べられない」と。

周五郎は、十年後になって、周五郎と食べるすきやきは、みんなが「苦くて食べられない」と不平を言っていたことを知り、「裸の王様」の気分で『笑われそうな話』として書いた。客は、周五郎のことが怖くて「苦い」と言えなかったのである。それと似たことは、きん夫人も回想録に書いており、家に来る編集者たちに「米は、いちばんうまいかわりに、もっとも害をなすものであるから、さしひかえたほうがよい」と命令的に申しわたした。そう言われた編集者のひとりは、「先生が亡くなられたら、お米がすごくうまいんです。もうストップをかける人がいないと思うと、つい食がすすみます」と本音を言ったという。

周五郎は、我がつよく、やかましく、意地っぱりであった。

「主人《うち》に先だたれて、正直なところ内心、ほっとした点もあったんです。男の人って、もうコリゴリだと思いました。もう、ああいう生活のくり返しはいやだとも思います。／よく、軍隊生活をした人で、軍隊時代の回想を、なつかしそうに、またおもしろおかしく話す方がありますが、じゃ、『また軍隊生活をしたいですか?』と聞くと、いや、もうコリゴリと答える方がほとんどでしょう。わたくしも、同じように、男は二度とごめん蒙《こうむ》りたい、と言うんです。やかましい男性は、世の中にはたくさんおいでしょうが、主人《うち》と比べたら、まだマシなんじゃないでしょうか」

ときん夫人は回想している。

葡萄酒に関しては「どうしても洒落《しゃれ》て聞えるのでいやなのだが、ほんとうに好きというのは仕方がない」として、さらにウイスキーの牛乳割りをすすめている。このへんは、「武家物」作家山本周五郎というイメージからはかけ離れている。本名は清水三十六《さとむ》である。

山本周五郎という名は、十三歳で奉公に出た質屋の名前である。大正十五年に「文藝春秋」に処女作『須磨寺《すまでら》附近』の原稿を投函《とうかん》するとき、住所氏名欄に「木挽町《こびきちょう》山本周五郎方清水三十六」と書いたところ、係の編集者が間違って、作者名を山本周五郎として発表してしまった。以後は、育ての親の名を筆名とした。このへんが周五郎たる所以《ゆえん》である。筆名のなかに人情話があり、それがピリッと辛い。

周五郎の小説は、時代小説ならではの芸と技がある。庶民へのあたたかな目差《まなざ》しがあり、意地っぱりの心情にズンと胸を突かれる。それら一連のすずやかな小説は、ハッシユド・ビーフとワインのエネルギーによって書かれた。いや、これはあたりまえのことで、小説を書く行為は、こういう格闘なのである。

周五郎は昼の映画館が好きであった。それも封切りが上映される一流館ではなく、二番館や名画座を好んだ。それは映画を見るというより、館内の暗がりで、ぼんやりとする時間を愉《たの》しむためであった。昼の映画館には、映画でも見るよりしかたがない、という人々がいる。そのなかで、周五郎は観察する。

「昼ごろの館内で、映画が始まるとすぐに、カバンの中からそっと弁当を出し、周囲をはばかるように、音をひそめて食べる人がある。大概きちんとした背広にオーバー、中折帽という格好で、年は四十四、五から五十がらみの人が多い。これは横浜というこの地方都市だけのことかもしれないが、三度や五度ではなく、人はむろんいつも違うが私はたびたび見ているのである。館内が暗くなるのを待って、ひそかに弁当をひらくこれら中年の紳士たちを見ると、やはり私は胸が痛くなり、『政府はなにをしているか』などと怒りを感ずるのである」(『暗がりの弁当』)と。

これが周五郎の目である。そういうことが気になるのは、「どうやら私自身がこれまでもこれからも、ずっと、暗がりで弁当を食べる人間だからである」と言う。暗がりの弁当の味は、どんな腕の立つ料理人も作ることはできない。それは、人間の生そのものであるからだ。

林芙美子——鰻《うなぎ》めしに死す

はやし・ふみこ（1904〜1951）山口県生まれ。自伝的長篇『放浪記』でデビュー。庶民の生活をテーマにした作品で、読者の共感を呼んだ。作品に『晩菊』『浮雲』『めし』などがある。

私生児として生まれ、極貧のなかで生きてきた林芙美子が『放浪記』ではなばなしくデビューしたのは、昭和五年、芙美子二十六歳のときである。改造社版「新鋭文学叢《そう》書《しょ》」の一冊として刊行された『放浪記』はベストセラーとなった。多額の印税を得た芙美子は、同年中国大陸を旅行し、翌昭和六年から七年にかけて、あこがれのフランスへ出発し、パリに下宿した。

パリで芙美子は貴婦人に変身する。

このとき、芙美子は、画家手塚緑敏と三度目の結婚をしていたが、夫をおいて単身の渡欧であった。パリでの芙美子の写真を見ると髪は短くおしゃれにカットし、上等のマフラーをつけ、それ以前の芙美子と同一人物と思えないほどの変りようである。アール・ヌーボーの椅子《いす》に腰を下ろして、流行のネックレスをつけてみたり、あるいはモガ風の帽子をつけて毛襟のコートをはおってパリの町を歩いている。それ以前の芙美子は、髪はボサボサで、頬はこけ、安物の服を着て、いかにも田舎娘といった風情《ふぜい》だった。

パリ時代の服装で唯一《ゆいいつ》変らないのは、度の強い丸眼鏡である。そして、もうひとつの変化は、異常なほどの太りようである。パリの下宿前階段に立つ芙美子の写真は、妊婦と見まがうばかりに腹がふくらんでいる。

芙美子はパリでなにを食べていたのか。

パリでの芙美子日記を調べてみると、芙美子はパリの物価の高さを嘆きながらも、じつによく食べている。

パリに到着した十二月二十三日の朝は、ランボオの詩を思いながら赤いゆで玉子とコーヒーとクロワッサンを食べ、パン屋で「長い棒のやうなパンとバタ」を買って帰る。翌日は同じカフェで朝食をとり、買物鞄《かばん》を買って「ビヱモンと云《い》ふ伊太利米や、イクラや、玉子」を買い、下宿で食べる。パリへはロシア経由で来て、値が高くてまずいものばかり食べさせられていたため、パリでイタリア米を買い、自ら炊《た》いてイクラをおかずにして食べ、「米のうまいことをしみじみ知るなり」と書いている。暮れの十二月二十九日には、市場で黒大根を買ってなますを作り、鯛《たい》を買って塩焼きにして食べた。

年があけて昭和七年の元旦《がんたん》は、熱い御飯をたいて生玉子をかけて食べ、ソルボンヌ大学近くのコーヒー店で茶を飲み、ロイドの喜劇映画を見た。

一月四日はキャベツと塩豚の料理を見つけ「咽喉《のど》よりつばきの出さうな空腹をおぼえて一皿買つて」食べた。

日記を読みすすむと、バニラアイスクリーム（1／4）、居酒屋でスープと鶏《とり》の焼いたのと赤い葡萄酒《ぶどうしゅ》（1／5）、いちじくの砂糖煮（1／12）を食べ、フランスの料理にあきてきて「ああ焼きたてのうなぎでも食べたい」と思いつつ「食料品屋でマグロを買つて来て刺身にして食べるけれど、くちやくちやしてゐて古綿をたべるやうだつた」（1／19）。

サン・ミッシエルでポーランド料理（1／20）、サンドウィッチ（1／24）、旅先の宿でオートミル（1／25）、ベーコン、ビフテキ、玉子、オートミル（1／31）、リンゴ（2／2）、トキワで日本料理（2／12）、中国料理（2／13）、伊太利レストランでマカロニ（2／28）、甘鯛とペルノオ酒（2／29）、風邪をひいたので「アルコールランプで粥《かゆ》をたいて食べる」（3／5）、M氏の部屋ですきやき（3／8）、日本人倶楽部でうなぎ。「ふとんのやうに大きいうなぎが出る。向ふの卓子に藤原義江氏がスキヤキを食べてゐた」（3／14）、十五フランの鯛（3／16）、コアントロ（3／17）、オペラ通りのホテルリッツで豪華な食事（3／22）、大学食堂で二フラン七十文の昼食（3／25）、お茶漬けと中国料理（3／27）――とつづいていき、あとは馬鈴薯《ばれいしょ》の揚げもの、蟹《かに》缶、ポタージュ、バナナとショコラ、ビスケット、ほうれん草おひたし、カツレツ、魚バタいため、海老《えび》ごはんなどが出てくる。当時のパリではすでに醤油《しょうゆ》を売っており、芙美子はびっくりしながら買っている。芙美子は油っこいものを好み、日本料理店でうなぎやすきやきを食べ、和食への渇望《かつぼう》から、パン粉と塩とビールでキャベツを漬けてみたりしている。そして、「寝ても覚めても日本へ帰りたい」（5／17）と思う。「S氏を識《し》り、愛に溺《おぼ》れ、私はいったいこれからどうしてゆかうとするのだらう。私の気持のなかには、貧しい者特有の、卑下や、冷酷や、ずるさがふんだんにあるのかもしれない」（5／17）と述懐する。

芙美子のパリ行きに関しては、ちょっとした秘話があって、当時パリ在住の画家外山五郎を追いかけたという。日記に出てくるS氏とは、この外山五郎である。外山五郎のほか考古学者森本六爾《ろくじ》とも恋情が燃えあがった。

金と名誉を得た芙美子は、それまでの自分の貧しく報われない半生に復讐《ふくしゅう》するようにパリへ行き、映画、演劇、オペラ、音楽会へ通い、美術館をまわり、酒と恋と美食の日々をすごした。芙美子はパリでも紀行文や評論を書いて日本に送り、パリでの生活は、失恋もふくめて芙美子の「理想の生活」であったはずである。芙美子の『巴里《パリ》日記』は虚構が多く、必要以上に自分を貧しく描いているとされるが、それは『放浪記』作者としての職業意識がそうさせるのであって、芙美子にあっては、日記もまた創作である。

昭和七年五月、芙美子はナポリ経由で帰国の途につき、上海《シャンハイ》で魯迅《ろじん》と会った。六月二十五日に神戸港に入港すると、すぐ「波止場のそばの小さいうどん屋で、葱《ねぎ》をふりかけた熱いうどんを食べた。天にものぼるやうにおいしい。たつた六銭だつたのに吃驚《びつくり》してしまつた」と記している。行商の養父、母と転々と流れ歩いた日々の食事が芙美子の躰《からだ》にしみついている。パリで、コーヒーやクロワッサンを食べてみたものの、芙美子が「天にものぼるようにおいしい」と感動したのは波止場の葱うどんであり、芙美子はやはり、日本のどこにでもいた貧しい庶民なのであった。

帰国した芙美子は、すぐすきやきと天ぷらを食べ、つづいて新宿中村屋で帰国歓迎会が開かれた。芙美子は流行作家だから、洋食レストランや料亭へよく招かれたが、自分でも料理をよく作った。野菜やイカの天ぷらを揚げるのが得意で家に来た客に食べさせた。

昭和九年には朝日新聞に『泣虫小僧』を連載し、翌十年には『放浪記』が映画化され、芙美子は人気の絶頂をむかえる。昭和十一年には、日本へ立ち寄ったジャン・コクトオへ、歌舞伎《かぶき》座舞台で「文芸家協会」の花束を贈呈する。

戦争が始まると陸軍班「ペン部隊」となり、報道班員となって仏印（フランス領インドシナ）、ジャワ、ボルネオに八カ月滞在し、また満州慰問部隊をこなしたものの、敗戦をむかえると、反戦作家となって、四年間に六つの反戦作品を書いた。このところが無節操だとして批判されるところだが、芙美子にあっては政治や思想はさしたる問題ではなく、時代の瞬間の風に敏感に反応し、異常なほどの好奇心を燃やすのだ。書けばあたった。行商から、女給までの日々が第一期の放浪ならば、第二期は書くことの放浪だ。思想的節操には欠けるが、人間の悲哀への踏みこみは一貫している。「ペン部隊」になる以前は、共産党に資金寄付をした疑いで中野署に留置されたこともあり、自分をつき動かす衝動があれば、戦争だろうが不倫だろうが、かまわず突きすすんでしまう。こういう性格の人は、食に関しても貪欲《どんよく》で、食べたいと思うと自制がきかずに飽食する。戦争中は、さすがにやせた芙美子だったが、四十歳を過ぎたあたりからまた太りだした。料亭のお内儀《かみ》のような貫禄《かんろく》になる。

執筆は坐業《ざぎょう》である。一日中机にむかって書いているとストレスから物を食う。食っても運動しない。イライラするから酒を飲む。それでまた太る。芙美子を過度の肥満から救っていたのは睡眠不足である。頼まれた仕事は片っぱしから引きうけてしまい、連載が増え、眠る時間がなくなる。このころの芙美子は、一日の睡眠時間が二、三時間であった。自分の地位をおびやかす新人女流作家の執筆を妨害する言動が目立ち、毀誉《きよ》の声にさらされていく。極貧からなりあがった作家の性格が露呈されていく。

林芙美子は、昭和二十六年に突然死するが、その年の「新潮」十一月号に、檀《だん》一雄が『小説林芙美子』を書いている。檀一雄は喫茶店で林芙美子に会う。林芙美子はロシア人が着るようなぶ厚いシューバーを身につけてせわしなく飲み、店を出る。

「雪ダルマのやうに着ぶくれた、その矮小《わいしよう》の女の体が、寒い場末の夜の闇《やみ》にころげ出していつた。／あれが、林芙美子か——と私はとりとめもなく、今日迄《まで》読みためた彼女の文章の印象を、——いや、雑多なゴシップにまみれはてた彼女の名声を——手早く、今見た相手の現実の女の姿の上に重ねていつた。／短い、寸づまりの手。その手の甲に黒いソバカスの斑点《はんてん》が一ぱい散つてゐるやうな指。／その指で、もどかしげに煙草《たばこ》の灰を散らし、最後にウイスキーを流しこんだ紅茶を両手でかかへるやうにして啜《すす》りながら、時折じつと相客の私の方を、こもつてゐる煙草の煙の中にすかし見る。／かなりの近視に相違ない。その近視の眼は、はなはだ夢幻的に思はれた。泥沼の中の、不恰好《ぶかつこう》な赤黒マダラの小さい緋《ひ》ブナが、パクパクと喘《あえ》いで、鼻頭をつき上げて、それでも青空の夢を見てゐるやうだつた」

檀一雄は「これが、私の、林芙美子に対する、いつはらぬ、最初の印象である」と書いている。

葬儀委員長をつとめた川端康成は、葬儀の席で「故人は自分の文学的生命を保つため、他に対して、時にはひどいことをしたのでありますが、あと二、三時間もすれば、故人は灰になってしまいます。死は一切の罪悪を消滅させますから、どうか故人をゆるしてもらいたいと思います」と挨拶《あいさつ》した。

「文藝」臨時増刊号の『林芙美子読本』では、「林芙美子の文学をどう評価するか」と問うアンケート特集がある。そのなかに、「興味なし」（正宗《まさむね》白鳥）、「好きな作品はない」（白井浩司《こうじ》）、「それほど買っていない」（金子光晴《みつはる》）、「作家と思っていない」（秋田雨雀《うじやく》）、「いやな文学だ」（杉浦明平《みんぺい》）、「知性に乏しい」（岡本潤）、「貧乏や放浪を売物にしているようでいや」（小野十三郎《とおざぶろう》）という否定論がかなりある。『放浪記』でデビューしたてのときの、清く貧しく明るく、震えるような透明の眼の光は失われていき、文壇の女王然としたふるまいが目立っていた。

林芙美子は一メートル五十センチ足らずの小柄な体軀《たいく》だった。小柄だが躰は頑丈で、三十五歳までは病気らしい病気はしたことがなかった。しかし、三十六歳のときに「文藝春秋」に書いた『歴世』のなかで「時々朝の寝ざめに厭《いや》な動悸《どうき》を感じて、一日不愉快でたまらない事がある」と書き、心臓の異常に気がつきはじめる。昭和二十二年、大阪の作家織田作之助《おださくのすけ》が急死した。すると、「織田作」未亡人の昭子を自宅においてやり、一年以上面倒をみた。芙美子は小説家の女性には激しい敵意を見せる半面、主婦業の婦人へはやさしい側面を見せる。

林芙美子の数少ない親友である平林たい子は追悼文のなかで「林さんは女友達とはあまりよくない人だつた」とし、「お葬式に当然来る筈《はず》の昔からの先輩X女史やO女史の顔が見えないのも、私の心に少からずこたへてゐた」「これは女らしい女のさけがたい半面で一種の宿命みたいなものかもしれない」と書いている。

林芙美子の小説は、女性の生き方を問う作業であった。晩年の昭和二十四年から書きはじめた『浮雲』はその集大成ともいうべき作品だ。芙美子の文体はわかりやすくて、生活感がこもっている。実体験に根ざした女の本音があり、多くの読者の心をとらえた。そこが庶民派とよばれる理由だが、人気があって、注文が多いため、多作にならざるを得ない。新潮社の全集は二十三巻だが、全作品を入れると六十巻を超す。書くために生まれてきたような女性だった。昭和二十二年は『放浪記』第三部の連載を始め、新聞小説『うず潮』も連載し、この年に刊行された本は十八冊に及ぶ。旺盛《おうせい》な好奇心と体力が、これだけの多作を支えていたが、好物はしつこい味の牛肉と鰻であった。濃いコーヒーを飲み、一日五十本以上の煙草を吸う。板垣直子の評論によると、酒は言い伝えられているほど飲めなかった。ひたすら書くことに憑《つ》かれた小説妖怪《ようかい》と化し、太り、目もとはどす黒くたるんでいく。

元気なころの芙美子は、出版祝賀会で隠し芸の「ドジョウすくい」を踊って文壇雀《すずめ》に嘲笑《ちょうしょう》されたり、忘年会の席上で、テーブルに並んだサントリー角瓶を飲んで酔い「お酒をもっと出して下さい。私が全部おごりますから」と言って顰蹙《ひんしゅく》を買ったりした。そこから酒豪の評判がたった。死の二年前は、主治医の熊倉博士から心臓弁膜症と診断され、静養を要求されたが聞き入れなかった。原稿書きに追われ、寝室まで歩く時間もおしくて、そのまま書斎に寝ることも多かった。朝は四時に起きて、洗顔もせずに六時まで書きつづけ、六時半から家族の朝食の仕度にとりかかった。芙美子は料理が得意で、自ら料理を作ることが気晴らしになっていた。

現在、新宿区に林芙美子記念館がある。これは三百坪の地所に建つ芙美子の旧宅で「遠き古里の山川を思い出す心地するなり」とうたった落合の地に建てたものだ。「愛らしい美しい家を造りたい」と願った芙美子は、家の参考書を二百冊近く買って準備した。一棟は芙美子名義の主家（生活棟）であり、もう一棟は夫緑敏名義の離れ（アトリエ棟）で、京都民家の造りとなっている。玄関から庭にかけては孟宗竹《もうそうちく》が植えられた豪勢な邸宅だが、客間や茶の間とともに、しゃれた台所がある。ひときわ目につくのは人工石の研ぎ出しで造られた台所の流し台と床で、小柄な芙美子にあわせて低めに造られている。芙美子は、客が訪れると、わずかの間で手ぎわよく酒肴《しゅこう》を作ってびっくりさせたという。

芙美子が死んだ昭和二十六年、「婦人公論」八月号に女流作家座談会が載った。芙美子最後の座談会となったが、出席者は他に、平林たい子、吉屋信子《よしやのぶこ》、佐多稲子がいた。

芙美子が中心となってしゃべりまくり、文壇の女ボスぶりがよく出ている。この座談会を読むと、芙美子は吉屋信子に「恋愛したことがあるのなら白状しなさいよ」と迫り、昔の貧乏を自慢し、フランス時代を回顧し、「こう心臓が悪くちゃ、どこで死ぬやら……」と語っている。夕食を食べ終ってから「八時ごろ子供（養子の泰）と寝て、深夜一時に起きて濃いお茶飲んでタバコ吸って、朝まで書きつづける」生活であった。「いやなものは、と聞かれたら、家庭と言ったけど、なんだか息苦しくなるのよ」「と言って、家庭を解消してまた誰かといっしょになったって同じことだし……」と言いたい放題だ。芙美子は、嫌われ者だったが、半面「人に好かれたい」という気持が人一倍強い性格だった。限りなく無邪気かと思うと、限りなく意地が悪く、他人の個人事情にずかずかと入りこむ。

芙美子の絶筆は朝日新聞に連載中の『めし』であった。大阪を舞台とした小説で、平凡なサラリーマン夫婦の心理的亀裂《きれつ》を描こうとしている。中断された『めし』は、新潮文庫から出ていて、パラパラと頁《ページ》をめくっていたら、主人公が鰻めしを食べるシーンが出てきた。百円のまむし（鰻めし）を食べながらビールを飲むシーンが、うまそうに描かれている。塩昆布の茶漬けが出てくる。料理屋で出されるタケノコ、若芽の甘煮《うまに》、春菊のくるみあえ、鯛のさしみ、鶏団子のすまし汁が出てくる。サイダー、いちごのミルクまぶし、ぜんざい、フキを買って揚カマボコと煮しめる様子、駅前の三十八度線横丁のトンカツ、ブドウ酒、資生堂パーラーのアイスクリームも出てくる。芙美子は食べ物のシーンの書きかたがうまい。さらりと書くが、印象が強い。最後の一行は、初江がザルのなかの玉子を数えているシーンでとだえている。

芙美子が死んだ六月二十八日の、前日は「主婦之友」の企画「私の食べあるき」取材第一回だった。同誌に連載していた『真珠母』がうけていて、芙美子のほうから「名料理を食べ歩く」企画がもちこまれた。

そのときの様子は「主婦之友」昭和二十六年九月号に、婦人記者（高下益子）の手記「歿《なくな》られる三時間前　最後の夜の食卓を共にして」に記されている。

「ねえ、料理は呼吸《いき》してゐなくちゃいけませんよ。感じが死んでしまつてちやいけない。呼吸《いき》してゐる料理――それを読者の眼の前にひろげて見せなくちゃ……。一体に、家庭の台所には、庖丁《ほうちょう》の数が少すぎると私は思ひます。出刃と菜切《なっきり》庖丁ぐらゐで、刺身庖丁を備へてゐる家庭は少いでせう。私は御亭主が、台所の庖丁にもつと金を出すやうにしなければいけないと思ひますよ。刺身庖丁のせめて一本は、どこの台所にもあるやうにしなくちやね。家庭の料理がうまければ、御亭主はどん〳〵帰つて来ますよ。私は、台所に立つのが楽しみなんです。うまいですよ、私、料理は。私の舌で、呼吸《いき》してゐる料理を探してみませうよ。器にしても、料理を生かすのと殺してしまふのとありますからね。金をかけることとは違ひますよ。心ですよ」

と芙美子は力説し、銀座のいわしやへ行く。つみいれ、南ばん漬け、酢の物、蒲焼《かばやき》など、いずれも少量ずつ食べ、ビールを二杯飲み、

「こゝはもういゝです、書けますよ、もう分りましたからね。鰻食べたいな。この前の日曜日に、鰻を食べたくてね、探し回つたんだけど、東京中の鰻屋が休みなんですよ。残念しましたからね、今日、これから行《ゆ》きませうよ。私のおとくいの店が深川にあるんです。私が御馳走《ごちそう》しますよ。私がエンジヨイしようといふのだから、おつきあひしてくださいよ。ねえ」

とハンドバッグを持って立ちあがった。そのまま、車で深川の「みやがわ」へ行き、三串《くし》出た蒲焼を高下記者とわけ、朱の色の鮮やかな車海老《くるまえび》も一つずつわけた。酒はお猪口《ちょこ》に三、四度傾け、「主婦之友」に載った心霊術の記事が面白いから、霊媒実験に連れて行ってくれと話をした。

このとき、「みやがわ」の「う」の字の看板の前に立っている芙美子の写真が「主婦之友」の記事と一緒に載っている。丸々と太った芙美子が、不似合いの結城《ゆうき》の着物に身を包んでいる。この写真を見た医師が「芙美子のむくみは、ゆるされぬほどの重い症状だ」と語ったという。

この夜、帰宅する途中、芙美子は、「心臓に悪いからタバコはやめたんですよ」と高下記者に言ったが、家の前の石段を下りるとき高下記者の腕につかまってかなり苦しそ

うだった。芙美子は石段をひとつずつゆっくりと下りた。高下記者は、「どうせ死ぬんですからね。死んだら、あとのことはどうなるか、分かりはしないんですから」という芙美子の言葉を反芻《はんすう》している。

その日、芙美子の家へは植木屋が入っていて、植木屋のおやつ用に作ったお汁粉が残っていた。芙美子は、それをあたためさせて、家族全員と食べた。夜の十一時に姪《めい》が、芙美子の肩に電気器具をあててマッサージをすると、突然芙美子は苦しみ出し、吐瀉《としゃ》し、そのまま帰らぬ人となった。四十七歳であった。

堀辰雄——蝕歯《むしば》にともる洋燈

ほり・たつお（1904～1953）東京生まれ。芥川龍之介に師事。死をテーマにした、抒情的な作品が中心で、女性ファンも多い。代表作に『風立ちぬ』『聖家族』『美しい村』などがある。

堀辰雄が肋膜炎《ろくまくえん》にかかって休学したのは十九歳のときである。少年のようなきゃしゃな体格で、弱々しく、高原の自然をいとおしむ、純粋無垢《むく》の青年であった。本を読むことだけが愉《たの》しみの、ひそやかな知性の人であった。

やせぎすで精神病質の作家が、そのじつ美食家で食への執着心が人一倍強い例はいくらでも見られるが、堀辰雄にあっては、終生結核を患《わずら》っていたため、食べたくても食べられないという現実があった。結核は当時は不治の病とされ、かかったら五、六年で死ぬとされていた。だましだまし生きても十年である。小説『風立ちぬ』に登場する恋人節子も高原のサナトリウムで、若い生命を失う。節子のモデルは、辰雄の婚約者矢野綾《あや》子《こ》を連想させるけれども、内容は幻視の言葉で埋めつくされている。婚約者綾子とともに富士見高原療養所に入院したことと、綾子がこの療養所で死去したことは、『風立ちぬ』のヒントにはなったが、現実は当然ながらまるで違う。日記体で、私小説を装《よそお》った『風立ちぬ』は、辰雄が追い求めた死に至る抒情《じよじよう》世界の心象風景であり、婚約者綾子は小説に借用されただけである。

堀辰雄は四十八歳まで生きた。夭逝《ようせい》の作家に見えて意外と長生きをしている。結核を終生の病として患い、軽井沢に住み、自然と妻を愛し、贅沢《ぜいたく》をし、フランス風を好み、牛乳風呂《ぶろ》につかって詩的抒情世界で高等遊民生活をおくる日常は、人生体験派の作家からは療養文学と批判された。

堀辰雄の『雉子日記《きじ》』には、軽井沢追分で、空気銃で雉子狩りをする様子が描かれている。友人と二人で一日じゅう空気銃を持って森のなかをかけ歩くが、獲物は頰白一羽だけだった。翌日、友人と散歩していると、傷ついた雉子を見つけ、だれか別の人に撃たれて飛べなくなったらしいのを素手で生け捕りにした。

「雉子はまだ辛うじて生きてゐる。それを不自然な殺し方はしたくないので、宿の老犬ジャックを連れて、裏の林へ行つて、その雉子を放したら、昔猟犬だつたジャックはその逃げようとする雉子を巧みに追ひ廻しながら、要領よく嚙《か》み殺し、羽だらけになつた口に銜《くわ》へたまま、それを私達のところへ持つて来てくれた」

　これが堀辰雄流である。

　堀辰雄は、流儀にこだわる。スタイルが重要なのである。瀕死《ひんし》の雉子をさらに老犬に嚙み殺させる趣味は、『風立ちぬ』のモデルとされる矢野綾子を、恋人節子として変貌《へんぼう》させる手法と同じである。雉子にせよ人間にせよ、堀辰雄にとっては死に至る過程が幻視の対象なのであり、観察の目の背景には残酷な嗜好《しこう》がある。

「雉子は悪食だから、肉が臭いと聞いてゐたが、鍋《なべ》にしてもそれほどいやな臭《にお》ひはしなかつた。が、なんだか少し無気味で、あんまりうまいとも思はなかつた」

　と辰雄は書いている。

　堀辰雄は東京麴町《こうじまち》区平河町に生まれ、向島《むこうじま》で育った。おないどしで、近くの本所生まれの同級生舟橋聖一の回想によると、大学時代は二人で連れだって浅草へ行った。

「どぜうが好きで、よく、駒形《こまがた》のどぜう屋へ行つた。牛鍋は、ちんや、鰻《うなぎ》は山谷ときまつてゐた」「銀座へもよく行つた。不二家がたまり場であつた」

　という。同人誌「驢馬《ろば》」（二十一歳のときに創刊した雑誌）の同人である窪川鶴次郎《くぼかわつるじろう》は、「創刊の打合せは菓子屋の二階で鳥もつをつつきながらやつた」と回想しているし、「驢馬」の同人のひとり中野重治《しげはる》は、病気見舞いに鮒《ふな》を届け、家人に「万一ということがあるから生で食わぬよう」とくどく言った。

辰雄は向島の彫金職人の息子として育ち、下町の味に親しんでいた。西洋料理というよりも、どじょう鍋や鳥モツといった庶民的料理が性に合っていた。にもかかわらず軽井沢にこだわったところが、同時代の左翼文学作家から鼻であしらわれる原因になった。辰雄はかなりの読書家である。

若いころの読書ノートには、ジイド、ヴァレリー、コクトー、スタンダール、メリメ、アナトール・フランス、レニエを熟読したことが記されている。一番影響を受けたのは、レーモン・ラディゲの『ドルジェル伯の舞踏会』であった。

「ぼくがラジイゲの小説を読んで最も深く感動したところは、それが純粋の小説であるところにある。即《すなわ》ち、その中で作者は少しの告白もしてゐないのだ。さういふ少しの告白もない、すべてが虚構に属する小説こそ、僕は純粋の小説であると言ひたい」(『レエモン・ラジイゲ』)

というのが辰雄の立脚する地点であることを考えれば、『風立ちぬ』がいかにも本当らしい嘘《うそ》であることは当然のことである。傷ついた恋人を素手で捕え、それでは面白くないので磨きぬいた言葉にくわえさせてから小説に料理するという順序だてが必要になる。

『風立ちぬ』の「序曲」では、恋人節子が描きかけの絵を画架に立てかけた横で、「私」は白樺《しらかば》の木の下で果物をかじる。いきなり風が吹いて、画架がばったりと倒れる、といった設定は、それからおこる節子の死を予感させるものの、かじっていた果物がなんであるかはわからない。果物は、その場に似合う漠然とした果物であって具体性はない。ただひとつ言えることは、少年時代に食べた下町の食べ物からの脱却意識である。

辰雄がながいあいだ実父だと信じていた彫金職人の上条松吉は、養父であった。実父堀浜之助と別れた母志気《しげ》が、四歳の辰雄を連れて松吉と再婚したため、辰雄はかなり長い間、松吉を父と信じてきた。松吉が養父と知ったのは松吉の死後である。

辰雄の小説に向島は登場しない。軽井沢の話は書いても、向島の小説はついに書かなかった。養父松吉に関しては、わずかに『父と子』というエッセイがあるだけである。そこには少年時代のこんな回想がある。

母と父はよく言いあいをしていた。父は酒に酔って帰宅し、父母の言い争いが激しいので、寝ていた辰雄は目をさまして、しくしくと泣き出し、母があやしにきた。酒臭い父もそのあとから辰雄のそばにやってきた。

「父はよく枕《まくら》もとでお鮨《すし》の折《おり》などをひらきながら、『そんなことをするの、お止《よ》しなさいてば。……』と母が止めるのもきかずに、機嫌よささうに私の口のなかへ、海苔巻《のりまき》なんぞを無理に詰めこむのだつた。さうすると私はかへつて泣いてゐたのを見つかつたことをてれ臭さうにして、すぐもう半ば眠つたふりをしながら、でも口だけは仕方なしにいつまでももぐもぐやつてゐた。……」

辰雄は、このことを「私の知つた最初の悲しみであつた」と述懐している。とすると、軽井沢での、果物、ホテルのスープ、赤ワイン、冷えた牛乳という食生活は、少年時代の食事への復讐《ふくしゅう》ではないか。食事の中味そのものへの復讐であり、かつ食事をするスタイルへの復讐である。夫婦喧嘩《げんか》のあげく、口のなかへ無理やり海苔巻を突っこまれた少年は、まったく正反対の食事のスタイルを希求する。

佐藤春夫は、伝聞として、辰雄がラグビーの選手をしていたとし、辰雄の頑健な肉体が長年の闘病生活で衰弱した、と述懐している。どれくらいラグビーをやっていたかはわからないものの、辰雄の肉体が、世間で思われているほど虚弱なものでなかったことは確かで、だからこそ四十八歳まで生きられたのである。

また『幼稚園』というエッセイがある。おばあさんに連れられて初登園した日に、お午《ひる》の時間に一人だけ特別扱いされる異人さんのような少女がいた。それは大きなお屋敷のお嬢さんだった。

「その少女のところへは、お屋敷から大きな重箱が届いてゐた。さうして附添の小間使ひが二人がかりでその少女のお弁当の面倒を見てゐた。私はさういふ様子をちらりと目にすると、それきりそつぽを向いてしまつた」

辰雄は、自分のおばあさんが小さなアルミニウムの弁当箱をあけようとするのを邪慳《じゃけん》にさえぎり、とうとう弁当をあけず、幼稚園にも行かなくなった。そして、その高慢な少女のことがいつまでも記憶に残った。

ここでも辰雄の胸中でざわざわと騒ぐのは食事のスタイルである。辰雄が拒否反応をしたお金持ちの高慢な少女は、のちに辰雄が好む軽井沢別荘族の娘と同類である。と同時に、辰雄は自分のみすぼらしい弁当を恥と感じる。自分の弁当のなかのおかずの玉子焼きは出てくるが、娘の重箱に入っていたおかずの内容は示されていない。

辰雄の小説は、読書からの知識、教養に支えられたものばかりである。『不器用な天使』はコクトーからであり、『聖家族』はラディゲからであり、『美しい村』はプルーストからであり、『物語の女』はモーリヤックからである。そのうしろに芥川龍之介がいる。辰雄にとって芥川は師であり、理想的存在であった。芥川が自殺した昭和二年、辰雄は二十二歳だった。辰雄と同じ下町育ちで、似た資質の芥川は、私小説を嫌い、私生活と格闘したはてに自殺した。芥川の課題は辰雄の課題となった。しかし、「自分の先生の仕事を模倣しないで、その仕事の終つたところから出発するもののみが、真の弟子であるだらう」と辰雄は決意する。

辰雄が立ち向かうのは、フランス文学の流れをくみとりつつ、芥川が死の境目で見た透明な風が吹く世界を再構築する作業である。『風立ちぬ』は、その結実であった。

辰雄は理念の作家である。辰雄にある唯一《ゆいいつ》の障害は、自分が結核患者であり、軽井沢や清里の高原療養所で療養しているという現実である。辰雄にとっての目標は、生きることの格闘ではなく、死を許容し、死に至る美的世界を幻視する言葉を模索することであった。そのために言葉を食い、プルーストにもラディゲにも負けない虚構世界を療養の地に築きあげ花を咲かせてみせることである。模倣しつつ大嘘をつく。そのために、結核という病気は最強の武器になった。
辰雄は、学生のころ神西《じんざい》清より朔太郎の詩を教えられ、たちまちこの放浪詩人の俘《とりこ》となった。その朔太郎の『青猫』につぎのような詩がある。

松林の中を歩いて
あかるい気分の珈琲店《かふぇ》をみた。
遠く市街を離れたところで
だれも訪づれてくるひとさへなく
林間の　かくされた　追憶の夢の中の珈琲店《かふぇ》である。
（中略）
私はゆつたりとふおうくを取つて
おむれつ　ふらいの類《たぐい》を喰べた。
空には白い雲が浮んで
たいそう閑雅な食慾《しょくよく》である。

この「たいそう閑雅な食慾」が、辰雄がめざした理想の食卓である。ここには、少年時代の食事への、静かな復讐がある。

辰雄は、世間的にはフローラ型の作家とされ、女性の読者が多い。激しく生きる動物型作家ではなく、植物型であり、静寂主義である。親友の神西清によれば、植物型イメージは「これはむしろ堀辰雄自身がばらまいた名刺の肩書きのようなもの」であり、実像は「しばしば食虫植物のどんらんさを思わせた」という。

辰雄は意志強靭《きようじん》の人であった。

そのことは佐藤春夫も指摘しており、佐藤宅を訪れた若き日の辰雄が「書斎と執筆部屋を見せてくれ」と言って入りこみ、そのくせ、運ばれてくる紅茶に気をつかい、図々《ずうずう》しいのか繊細なのかわからないという。

深田久彌《きゆうや》は、少年時代の辰雄は「家では駄々っ子的な専制君主であつた。家では自分のことをアタイと呼んでゐた」（『思ひ出の一時期』）と証言している。

辰雄の小説に登場する食べ物は、当然ながら観念の小道具である。

「私は一ぺん糖分が夢にはよく利《き》くといふのでドロップスをどつさり頰張《ほほば》りながら寝たことがあるが、その朝、私はそのドロップスにそつくりな色の着いた夢を見たつけ……」

嘘でしょう、とからみたくもなるが、辰雄ならばあり得るかもしれない、と読者は感じる。こういったきらきら光る幻惑の断片が辰雄文学の魔術である。このドロップスが出てくるのは、『鳥料理』という小説で、辰雄は、夢のなかで出会った奇妙な料理店のことを書いている。最初の店はいい匂《にお》いが漂っており、中へ入ると「一すぢの白い烟《けむ》りが細ぼそと立ち昇つてゐる」。それは阿片窟《あへんくつ》であって、なにかしら惨劇のあとのようであり「おれは遅参者《ちさんしゃ》だ……一足遅れたばかりに、きつとおれを喜ばせたに相違《そうい》ない、何かの惨事に立会ひ損つた不運者だ」と感じる。

もうひとつの店は、可愛《かわい》らしい少女が、暗い怪しげなホテルへ入って行くのを目撃して、自分も入ってみると、ホテルの中に少女の影は見あたらない。老婆《ろうば》が、鶏の脚の骨ばかりの料理を持ってきて、にやにや笑いながらソオスをかける。そのとき奥の棚の上に葡萄酒《ぶどうしゅ》の壜《びん》があるのが目に入り、その酒を奪って「この壜がきつとあの少女なのかも知れん」と思って、がぶがぶと立飲みするのである。「私は無類の酒を飲んでゐる！一人の少女を飲んでゐる！」「夢は私のために一人の少女をあつさりと葡萄酒に変へてくれる」のである。

辰雄には、饗宴《きょうえん》に一歩遅れてきた遅参者の意識と、葡萄酒を少女だと妄想する願望が混在している。軽井沢の油屋旅館では牛鍋を食べている。友人の阿比留信と二人で牛鍋を食べているところへ立原道造がのっそりと入ってきて、辰雄は立原へ「君も食ふかい」と言ったものの、立原がちょっと席をはずしたときに「あがつてこないうちに食べちまはう」と言って、急にせかせかと箸《はし》を動かした。(阿比留信『一枚の絵ハガキ』)

戦争中はサツマイモばかり食べていた。辰雄の食料供給係を自認していた橋本福夫は、小豆、卵、小麦粉とともに、やたらとサツマイモを届けた。縁側に座って細いサツマイモをふかしたのを食べる辰雄の姿が目に浮かぶ、と橋本は回想しているが、小説にはサツマイモは出てこない。サツマイモは、軽井沢小説のスタイルには似合わないからである。

『甘栗《あまぐり》』という小説がある。大正十四年、辰雄二十歳の作品である。辰雄は、この二年前に母を関東大震災で亡《な》くしており、母への追慕がこの小説を書かせた。辰雄の初期の小説で、私小説に近い。

「私」は、海沿いの家へ遊びに来ている。友人の家で、「私」のほか朝子という娘もいる。二、三日と称してやってきたのに、もう十日以上も滞在しているため、「私」の母は心配して、土産に甘栗を持参してきた。

昼食をとろうとすると母はどうしても加わらない。汽車のなかで食べてきたという。しかし、なにを食べたかを言わないので、それが作り話であると類推できた。その母の気持を和らげるつもりで、「私」が「サンドイッチ?」と口をはさむと、母は「ああ」とうなずきながら無理に微笑しようとする。話は、こういったいくつかのとりとめもない会話のあと、母が甘栗を置いて帰っていくまでの様子を描いているのだが、「私」と母の間に流れる心理のさざ波は、あたたかく、まぶしく、そしてひたすら悲しい。

別れぎわ、「私」が煙草《たばこ》を吸うと、母は「おまえ、煙草を飲むのかい」と訊《き》く。

「母は大へん煙草が好きだつた。病身の方だつたので身体《からだ》に悪いと云《い》はれてゐたが、これればかりはと云つてゐた位である。それほど好きな煙草を五六年前に突然止《や》めてしまつたのは、全く私の為《た》めなのだ。その年私は中学の入学試験を受けねばならなかつた。母が一番心配した。そして私が運よく行くやうにと、ふだん信心してゐた観音様に煙草を断つたのである。……ある朝、私が勉強を怠けて茶の間に転がつてゐると、母が外出先から戻つてきた。顔がすこし青い。どうしたの、と訊くと、さういふ話だつた」

これは本当にあった話である。

「もう煙草は止めちゃほうかな」

「え？　何か言ったの」

と母が訊き返すところで、この話は終っている。この小説は胸がチリチリと痛み、やるせない余韻があとをひく。それは、辰雄の文体の感情の出しかたがひかえめだからである。ここに登場する恋人朝子と母との微妙な心理の葛藤《かっとう》に、すでに辰雄文学の萌芽《ほうが》が見られる。ここには父は不在である。いるのは母と恋人である。しかし、あまりに私小説すぎるため、以後、辰雄の小説が、よりフィクション化していった契機となったともいえる作品であり、私小説であるため、甘栗、サンドイッチ、煙草といった小道具が生きている。

その後、虚構化を強める辰雄の小説世界のなかで、食べ物は観念化し、食べ物にかわって実在するようになったのは結核である。

辰雄は「病気をあやす」と言っていた。辰雄は病気とは仲の良い親友であり、ストレプトマイシンが初めて輸入されたとき、神西清が「一度使ってみたらどうか」とすすめると、辰雄は「ぼくから結核菌を追い払ったら、あとに何が残るんだい」と反問した。

辰雄が昭和二年「驢馬」第十号に発表した詩がある。

硝子《ガラス》の破れてゐる窓
僕の蝕歯《むしば》よ
夜になるとお前のなかに
洋燈がともり
ぢつと聞いてゐると
皿やナイフの音がしてくる

そして翌年、「山繭」に発表した詩。

僕の骨にとまつてゐる
小鳥よ　肺結核よ
おまへが嘴《くちばし》で突つくから
僕の痰《たん》には血がまじる
おまへが羽ばたくと
僕は咳《せき》をする
おまへを眠らせるために
僕は吸入器をかけよう

このとき、辰雄は二十三歳である。コクトーばりのしゃれた詩だが、そのじつ、辰雄は、結核を自分のなかに飼いはじめている。結核は、喀血《かっけつ》し、伝染する、忌《い》み嫌われた病気であった。

料理の秘伝が、一見グロテスクで薄気味の悪い素材を組みあわせて、まったく別物の味覚に仕立ててしまうところにあるとすれば、辰雄の文学は、料理そのものである。辰雄は自分の内奥《ないおう》を告白することは好まない。ナマの肌を見せるのが嫌で、小説には、きらめく表現の文学的粉飾がなされている。

辰雄は病気を食って生きていた。

病原菌がまるで夜空の星となって光芒《こうぼう》を放つような『風立ちぬ』を書きあげてみせたのである。『風立ちぬ』に出てくる風のざわめき、雪明り、枯木の枝がふれあってきしむ音、無限の静けさ、さらさらと舞い落ちる落葉、愛と別れ、はすべて死と隣りあわせの薄暗がりでゆらめく虚構の粒子である。そのディテイルを一語一語書く見えざる力の源は、蝕歯のなかに洋燈がともるのを、じっと見すえる食欲であった。

坂口安吾――安吾が工夫せるオジヤ

さかぐち・あんご（1906～1955）新潟県生まれ。織田作之助、太宰治らとともに無頼派といわれた。現在も根強い人気がある。『堕落論』『白痴』『桜の森の満開の下』など。

坂口安吾の本を読むとヒロポンを飲みたくなって困る。安吾の時代はヒロポンやゼドリンの錠剤を薬屋で売っていた。どういうものかは飲んだことがないからわからぬが、安吾の著作を読むと、スッキリすると書いてあるので、「そんなにいいなら、やってみたい」という誘惑に駆られる。また、その後遺症がどれほど悲惨なものかは、坂口三千《みち》代《よ》『クラクラ日記』を読めばよくわかり、「やっぱりやめといたほうがいいか」と気がつくのである。ここのところは三千代夫人が正しいのだが『クラクラ日記』に克明に書かれている薬害は、覚醒剤《かくせいざい》ではなく、睡眠薬のアドルムである。アドルムは二十錠で致死量に達する劇薬で、安吾は一度に五十錠以上飲んだ。三千代は、安吾に命じられるまま、近所の薬屋という薬屋からアドルムを買いしめ、隣の町にまで買いにいった。

安吾はアドルムを飲むと、人が変り、バットを振りかざして暴れ出し、手がつけられなくなった。症状が悪化して、東大病院の神経科に入院させられた。薬がきれた禁断症状のつらさは、『クラクラ日記』に詳しく書いてある。安吾自身も書いている。

「私はアドルムといふ薬をのんで、ひどく中毒したが、なぜアドルムを用ゐたかと言ふと、いろいろの売薬をのんでみて、結局これが一番きいたからである」と。わかりやすい。

「現在日本の産業界はまだ常態ではないので、みんな仕事に手をぬいてゐる。当然除去しうる副作用の成分を除去するだけの良心的な作業を怠つてゐるわけで、それで中毒を起こしやすいのださうだ。（中略）私の場合は覚醒剤をのんで仕事して、ねむれなくて仕方がないので、ウィスキーとアドルムをのんでゐるうちに中毒した」

安吾が晩年住んでいた伊豆の伊東には、ヒロポン屋がいて、遊楽街を御用聞きにまわっていた。これは錠剤ではなく、静脈注射用であった。ヒロポン屋が来ると、店の女は二階へ上って自分で注射をうった。うったとたんに気持がシャキッとした。

ヒロポン注射をうつときは、ビタミンBをうってから、救心を飲む。そうすると中毒にならないという迷信があった。織田作之助にすすめられて注射をうった安吾は、「非常によろしくない」と分析している。「うったトタンにきいてくるが、一時間もたつと効能がうすれてしまう」からで、安吾は「錠剤でたくさんだ」としてゼドリンをすすめている。

精神科の医者が、体内に入ったヒロポンを溶解するにはウィスキーが一番効くと言った言葉を信用して安吾は「錠剤を用いる限りは、ウィスキーを飲んで眠って、十日のうち三日ぐらいずつ服用を中止していると殆《ほとん》ど害はない」とすすめている。本当だろうか。この時代の覚醒剤は、いま禁止されている覚醒剤とは種類が違うのだろうが、安吾は、覚醒剤の効用について、とくとくと説明している。

安吾によれば、覚醒剤の効用は蓄積することが大切であって、一日目は七ツ定量のところを九ツ飲み、二日目は七ツ、三日目、四日目、六ツ、五ツ、と下げていけばよく、ようは「休まずに飲めばいい」という結論だから、まるで栄養剤を服用するような気分でいる。「私は覚醒剤の害というものを経験したことはなかった。害のひどいのは催眠薬だ」と。

アドルムがきれると、「洟水《はなみず》がたえ間なく胃に流れこむので吐き気がする」という。ところが、アドルムは猛烈な苦味があって、素人《しろうと》には飲みにくい。それを五十錠も飲む。飲むと幻視、幻聴が現れる。薬がきれると狂暴になり、真冬でも素裸になって外へ飛び出した。口はもつれて、よくしゃべれない。ひどいときは、二階の窓から飛びおりる、と言いだした。三千代は、蒲団《ふとん》を階下へ運んで、安吾がケガをするのを防いだ。あるいは、階段から、家具を一階へ突き落とす。部屋の入口に家具を積みあげてバリケードを築き、閉じこもる。あやうく火事になりそうなところを、三千代が飛びこんで消しとめた。

三千代の『クラクラ日記』から類推すると、とうてい原稿など書ける状態にはない。それにしては、安吾が書くものは毅然《きぜん》として、骨太で、濃密である。文体はシャキッとしていささかの乱れもない。このへんのギャップが、わかるようで、じつはわからない。

安吾がヒロポンを常用しはじめたのは四十一歳である。それから四十八歳で死ぬまで安吾はえんえんと書きつづけた。『風博士』の刊行は四十一歳、全九巻の『坂口安吾選集』が銀座出版社から発行されたのも四十一歳のときである。東大病院神経科に入院した四十二歳のときは『にっぽん物語』がある。四十四歳で『安吾巷談《こうだん》』、四十六歳で『信長』、四十八歳で死ぬのは、『新日本風土記』の取材旅行から帰って二日目のことであった。

流行作家で強行スケジュールに追われて、薬を飲んだといえばわかる気もするが、安吾が書くものは小説にしろ評論、エッセイにしろ理路整然として乱れることがない。精神錯乱のなかで文章を書くのは不可能である。なぜなら文章は、精神の地図だからで、狂えば狂った地図になる。病んで書くことはできる。文章を書く行為が、すでに病んでいるといってもいい。しかし、錯乱すれば、文章は行きさきを見失う。

安吾はそれを強行突破した。

並大抵の体力では維持できないが、書いているときだけ話の筋が通り、それ以外のときは錯乱か酩酊《めいてい》という使いわけはできるものではない。それが安吾だといえばそれっきりだが、そう簡単にわかろうとしては困る。安吾は、半狂乱になりながらも、ヒロポン、アドルムの功罪を分析する冷静さがある人なのである。

安吾は、酒は酔うために飲むと言っている。ビールや日本酒は嫌いだった。ジンやウォッカやアブサンといった強い酒を好んだ。躰《からだ》は大きいが胃弱のため、大量に飲むと吐いた。格別に酒に強いというわけではない。メチル（アルコール）でもカストリ焼酎《しょうちゅう》でも、少量で酔うアルコールを求めた。銀座のルパンに行くようになってから上等のニッカやサントリーを飲んだ。このときは「うまくて仕様がない」ので、前後不覚になるほど泥酔《でいすい》した。焼跡の露にうたれて寝たこともあれば、コンクリートの上に寝て風邪をひいたこともある。強い酒ばかり飲むので、胃をやられて、三回吐血した。

それでも、安吾は、酒を味わうということはなかった。アドルム中毒からたちなおったときは、ただただ眠るためだけにウィスキーを飲んだ。睡眠薬の代用であった。

「睡眠薬といふものは、その酩酊の作用においてはアルコールより強烈なものである。アドルムの十粒も飲んで眠らずに起きてゐれば、一升の酒に足をとられたことのない男でも千鳥足になるし、ロレツもまはらなくなり、酔払ひよりもおしやべりになる」と安吾は書く。そして、ウィスキーをサカナに睡眠薬を飲んだ。安吾によれば一番強かったのは田中英光《ひでみつ》で、一日にサントリー三本をあけ、ひたすらカルモチンの錠剤をぽりぽりと噛《か》んでいた。田中英光が自殺したときはアドルム三百錠を飲んでいた。安吾の弁明は「自分などそれほどではない」と謙遜《けんそん》しているかのようである。

安吾は原稿を深夜に書いた。書きはじめると七日間ぐらいぶっつづけで書き、眠らなかった。そのために覚醒剤が必要だった。仕事が終って眠ろうとしても、なかなか眠れないので、睡眠薬を飲んだ。覚醒剤と睡眠薬を同時に飲むと、いったいどうなるのだろうか。プラス、マイナス、ゼロで、飲まないのと同じことになるのだろうか。

アドルム中毒がすすむと、安吾は、日に六回食事をするようになった。三千代が同じものを持っていくと「誠意がない」と怒った。「オレは残パン整理やゴミ箱ではない」と腹をたてた。夜中の二時になって酒を買ってこいと言いだす。三分で買ってこいと言った。三千代は、酒屋までは早く歩いても片道三分で往復六分かかり、酒屋をたたきおこすのに二、三分はかかるから「十分はかかる」と答えた。すると安吾は、ストップウォッチを取り出してタイムを押し、「どうしても三分だ」とはかり出した。

アドルムを飲むと時間の観念が失われてしまう。蒸し羊羹《ようかん》を一本買うために、ストップウォッチを取り出して「二十分で買ってこい」と言った。近くの車夫に頼んで、大急ぎで買いにやらせたが、車代とチップを入れて一本八百円についた。

中毒が昂《こう》じたとき、三千代に「心中しよう」と迫ったことがあった。カミソリを懐《ふところ》にしまって、検屍《けんし》があるから、と、下着を新しいのにかえた。すっかりその気になって、車夫を呼び、薬屋に二軒寄って、ありったけのアドルムを買った。そのうち、安吾は、三千代にむかって、「お前さんに死ぬまえに一遍チャプスイを食べさせてやろう」と言い出して、二、三軒の店を捜したが、どこにも見つからず、蒲田《かまた》駅近くの店で旨煮《うまに》を食べた。旨煮を食べ終った安吾は、立小便をしてから「オレが、アドルムの百錠やそこいらで死ぬと思うか」と言った。三千代は、あきれはてて、安吾を家へ連れ帰った。

安吾は健啖家《けんたんか》である。

檀一雄宅へ寄宿していたときに、ライスカレーを百人前注文する事件があった。伊東の競輪不正告発事件のあとだから、安吾は四十五歳になっている。このときはアドルム中毒からたちなおっていたが、税金滞納や競輪事件で被害妄想になっており、転々と居をかえて、東京石神井《しゃくじい》の檀宅に身を寄せていた。檀宅で睡眠薬を飲んだ安吾は、ライスカレーを百人前注文した。ライスカレーはあとから、あとから運ばれてきて、縁側にライスカレーがずらりと並び、檀はもくもくとライスカレーを食べたという。

檀一雄の『小説坂口安吾』によると、安吾が食事を饗応《きょうおう》するときは並はずれていた。キャビアのびん詰を見つけると、山ほど買って客に出す。「うまい」と言うとみやげに三つも四つもキャビアびん詰を持たせた。

「煙草《たばこ》を一本くれ」と頼むと、目の前に十箱がドサドサと放り出される。檀は、それは「油断がならない」と述懐している。流行作家で金が入るからこんなことができるのだろうが、安吾は「小林秀雄のように骨董《こっとう》を買う気持がわからない」と言った。そのぶん料理には気前がいい。

鍋《なべ》料理は相撲部屋なみの大鍋が用意され、ロース肉、ヒレ肉、ランプ肉が一貫ちかくあり、アスパラガスの舶載びん詰が二、三缶は開けられ、チーズに紅鮭《べにざけ》の燻製《くんせい》、新潟料理の鮭の醬油《しょうゆ》漬けがずらりと並んだ。そのくせ、「オレは胃が弱いから、肉はいけません」と言って、自分はジャガイモを蒸したものに塩をふりかけて食べた。檀が「オレも、そのジャガイモを食べてみたい」と言うと、さらに、ふかしたてのジャガイモが、湯気をたてて山ほど出てくる。

さしもの健啖家檀一雄がうんざりしていると、オジヤが出てくる。このオジヤに関しては、安吾が『わが工夫せるオジヤ』と題してエッセイに書いている。

まず、鶏骨、鶏肉《とりにく》、ジャガイモ、人参《にんじん》、キャベツ、豆類を入れて、野菜の原形がとけてなくなる程度のスープストックにする。三日以上煮る。三日以下では安吾流にならない。スープが濁ってもかまわないから、どんどん煮立てて野菜をとかし、ここへ御飯を入れて塩と胡椒《こしょう》で味をつけ、三十分も煮て御飯がとろけるまで柔らかくする。最後は、玉子をとじこんで蓋《ふた》をする。オカズはとらないが、京都のギボシという店の昆布をのせた。

パンは、トーストにしてバターを塗り、魚肉をサンドイッチにした。タラコ、イクラ、鮭焼きの醬油漬けや、味噌《みそ》漬けの魚をはさんだ。魚肉とバターが舌の上で混合する味をよろしいとした。このほか、バナナ一本を食べた。「だから瘦《や》せない」と自慢している。

安吾の料理好きは、当時からよく知られていたことで、昭和二十六年「オール讀物」の座談会では、牛の脳味噌料理の話を披露している。牛の脳味噌は、生のときは腥《なまぐさ》くて困るが、うまく調理すればこんな上等のものはないという。当時としては珍しいオックス・テイル・シチューをすすめ、「あれは皮がうまいな」と言っている。「鶏はくさりかけたときに料理して食う」「日本は下賤《げせん》なものが発達しており、漬け物がそうだ。宴会料理はだめ」「京料理で一品ずつ出されるのは、義務的に食わなきゃ悪い気がするから困る」「すすめるものは鯨」「蛇は食ったことがないけれど、うまそうだ」「塩辛トンボはあぶって食うと塩辛くてうまいが蟬《せみ》はまずい」「ゲンゴローがうまそうだ」と言いたい放題である。対談の相手は花森安治と横山泰三だが、安吾ひとりがしゃべりまくって、相手をケムに巻いている。このとき安吾は四十五歳である。

安吾は並はずれた料理好き、料理通であって、料理エッセイを多く残している。ふぐを食って、あたりそうになったときは「クソ、人糞《じんぷん》を食うといい」という話は力士の三《みっ》根山《ねやま》に聞いた講釈。ふぐの内臓のマコからピンセットで血管をぬく話。コンニャク論。長崎チャンポンが好きなこと。サバズシの思い出。田舎の山菜料理は好きだが、京料亭の精進料理はまずいという論。うどん好きのこと。きわめつけは、アンコウのドブ煮。安吾は、アンコウはアンゴだと言って、アンコウ鍋を「とも食い」と称して好んで食べた。安吾が「絶品だ」と言ってはばからないのは、銚子《ちょうし》港の船長から食べさせられた、このドブ煮なのである。

一メートル余のアンコウの、身のうまいところとキモだけをまず取りわける。残った身は、頭も骨も肉も臓物もいっしょくたにしてたたきつぶし、すりつぶし、つぶしにつぶし、しぼりにしぼって汁をとる。この汁に味噌を入れ、さきに取りわけておいた身と臓物を入れて煮て食べる。野菜はネギを入れる。汁も身も全部アンコウで、他に味噌を使う以外は一滴の水すらも使用することがない。これは「こってりと複雑微妙で、ちょっとしつこいけれど、そのしつこさがよい」という。

安吾の小説のようではないか。内容が濃くて、余分な要素でうすめられていない。安吾は天ぷらやふぐちりを食べているとき、その淡泊さにあきると「アア、アンコウのドブ煮が食いたいと思うときがある」と言っている。

安吾は、新潟という魚のうまい土地で育った。父は衆議院議員で、生家は邸内の広さが五百二十坪という豪邸だ。邸宅は九十坪ある寺のような建物で、松林の巨木に囲まれていた。家に反抗して飛び出したけれども、贅沢《ぜいたく》に育った食体験は消えない。

中学校時代の成績表には「粗暴」「稍《やや》軽騒」とある。作文は優秀だが「怠ル／勤ムレバ上達スベシ」という所見が書き込まれている。漢文の教師が、腕白ぶりに業《ごう》を煮やし、「自己に暗いやつだからアンゴと名のれ」と怒鳴り、黒板に「暗吾」と大書きした。その通りになった。のち、安吾は、「僕は荒行で悟りを開いたから、安吾にした」と語っている。安吾は、「安居《あんご》」で、心安らかに暮らすことを意味する。安吾のなかで、「暗吾」と「安居」の二人が格闘している。

安吾がヒロポンとアドルムに走ったのは、時代の不安という背景がある。友人の太宰は心中し、弟分の田中英光は自殺した。みんな荒れていた。『堕落論』が売れて、安吾流堕落のなかに自ら殉死したと見ることもできる。安吾の心も荒れていた。

しかし、安吾の料理を見ていくと、そこにあるのは、むしろ濃厚な合理性である。ドロドロしてコッテリしているが、純正なエキスである。とすると、安吾のヒロポンとアドルムは、安吾の合理精神からくるものとみたほうが正しいことがわかる。安吾は言う。「私は仕事中はねむらぬ。仕事のあとは出来るだけムダなくねむりたい」と。そのためにはヒロポンとアドルムが有効であった。安吾にとってヒロポンとアドルムは、快楽や安逸や堕落とはまるで無縁であって、合理的薬剤であった。安吾は無頼ではあったが人一倍の勤勉家で、ワーカホリックである。

安吾は、うまい物を食べようとして焼跡を歩きまわった。出来たての立派な天ぷら屋へ入って食べると、料理も酒も上等だからさぞかし高いだろうと思ったところ、思いのほか安かった。こういうときの安吾は狂喜する。

「料亭などというものは、大切なのは気質の問題で、やっぱり職人は芸とカタギの世界、良心が大切なこと我々と同じことだろう。自己満足の世界、愚か者の世界なのだ」。文化にはこういう裏づけがなければならない、というのが安吾の心情である。

アドルム中毒をなおすために、安吾は伊東に移り住み、温泉つきの家を借り、温泉療法を試みた。ぬるい湯へ一時間から一時間半かけてつかった。ぬるい湯へ長時間入っていると、自然に眠くなる。朝と夕方と真夜中と三回つかった。つかっていると頭が鎮静され、時空を忘れた茫々《ぼうぼう》たる無心のなかにさそいこまれた。温泉のおかげで、アドルム中毒からたち直れたかに見えた。

徹夜の仕事にうちこむと、視神経の疲れでまた眠れなくなった。すでに選集も刊行されているのだから、仕事を減らせばいい。印税も入ってくる。それでも、安吾は、原稿にとりかかる。強度の近視のところへ、遠視が加わり、眼鏡のブリッジを支えている鼻《び》梁《りょう》の疲れもあって頭に鈍痛が走る。医者に相談して洗眼器で目を洗った。入浴前に歯をみがいて頭をすっきりさせた。それでまた原稿にとりかかると、眠れなくなり、やめたアドルムに手が出た。アドルムを飲むと手に負えなくなるので、三千代は檀を呼びよせた。檀は体力があり、安吾が暴れても取りおさえることができた。檀は安吾とウィスキーを飲んだ。アドルムを飲まなくても眠れるように、何夜もウィスキーを飲みつづけた。

そのことは、安吾は、「困った時は友達にたのむに限る」と書いている。中毒症になると、孤独感におそわれて死にたくなる。三千代は檀と石川淳《じゅん》に電報をうった。「ずいぶん頼りない人に電報を打ったものだが、これが、ちゃんと来てくれて、檀君は十日もかかりきつて、せつせと始末をしてくれたのだから、奇々怪々であるが、事実はまげられない。平常は、この人たちほど、頼りにならない人はない。檀一雄は、私と約束して、約束を果したことは一度もない。たぶん、完全に一度もないが、本当に相手が困つた時だけ寝食忘れてやりとげるから妙だ」（『麻薬・自殺・宗教』）

私は、ここで、檀一雄の料理趣味を思い出さずにはいられない。晩年の檀一雄は、『檀流クッキング』を出版して、料理のプロになった。私は、檀一雄に何度ごちそうになったかわからない。旅さきで檀一雄の料理を手伝ったことも多い。

檀があそこまで料理に耽溺《たんでき》したのは、ただ食欲だけにあったのではなかった。檀流クッキングは限りなく安吾に近い。檀は安吾に劣らぬ女性遍歴があり、酒好きであった。それは、自らのうちに潜む麻薬願望と闘っていたのではなかったろうか。美食をつきつめていき、酒を飲み、愛欲に溺《おぼ》れて飽食をくりかえせば、最終の断崖《だんがい》の果てには、さらに魔的な迷宮がある。檀は、その地獄を、太宰と安吾に見ていた。檀にとって、料理は救済の砦《とりで》であった。

してみると、近ごろ評判の悪いグルメという状況は、あながち愚者の奢《おご》りとはあなどれなくなる。美食へ美食へとなびく人間の習性は、禁じられた欲望の防波堤の役割をはたしている。料理にうつつをぬかして遊蕩《ゆうとう》することは、麻薬誘惑からの自己防衛となる。

中原中也——空気の中の蜜《みつ》

なかはら・ちゅうや（1907～1937）山口県生まれ。高橋新吉の詩に啓発され、ダダイスト詩人として出発。しかし、その詩集が人気を博したのは死後だった。作品に『山羊の歌』『在りし日の歌』がある。

中原中也はみつばのおひたしばかり食べていた。あるいは葱《ねぎ》をきざんだものを水にさらして、ソースをかけて食べていた。自分ではこれぐらいの調理しかできなかったとも言えるし、ダダイストをめざす意志が意図的に風変りな素食を志向させたという側面もある。

昭和三年（二十一歳）、中也は下高井戸《しもたかいど》で関口隆克と自炊生活をしていた。関口はそのころも「中也はみつばのおしたしばかりを作って故郷を恋しがっていた」と回想している。

みつばのおひたしは、中也が、詩「骨」に書いている。

生きてゐた時に、
これが食堂の雑踏の中に、
坐《すわ》つてゐたこともある、
みつばのおしたしを食つたこともある、
と思へばなんとも可笑《おか》しい。

中也は十七歳のとき、三歳上の女優長谷川泰子《はせがわやすこ》と同棲《どうせい》していた。しかし十八歳のとき泰子は小林秀雄のもとへ走って同棲し、捨てられた中也は失意のなかにいた。昭和三年五月に泰子は小林秀雄とも別れるが、そんな騒動のなかで中也は連日みつばのおひたしばかり食っていたのである。そこには故郷山口への執着がかいま見られるが、通称ダダさんで通っている中也が故郷へ執着するのはみっともない。二十一歳にして故郷を歌えば、ダダさんが一番軽蔑《けいべつ》する田園詩人あるいは望郷詩人になってしまう。そこに中也の苦悩があった。

みつばのおひたしよりは、さらし葱のソースかけのほうがよほどダダさんらしい。さらし葱のソースかけなどという料理はいまだかつて聞いたことがない妙な食べ物である。

これがキャベツのソースかけ、あるいは葱におかか醬油《しょうゆ》という組みあわせならば、貧乏詩人の食卓として理解できるが、葱のソースかけはいくら無頓着《むとんちゃく》といってもわけがわからない。そこにダダイズムの神髄があると見ればよいのだろう。中也は未刊詩篇「冷酷の歌」で、

　萎《しお》れた葱か韮《にら》のやうに、ああ神様、
　私は疑ひのために死ぬるでございませう。

と歌っているから葱には格別の思いいれがある。中也は、料理には無頓着に見える。十七歳の中也と暮らしていた長谷川泰子は、下宿に訪ねてきた富永太郎と中也のために料理を作った。

「私は簡単ですから、イカ刺をよくつくり、ときにはお魚を煮たり焼いたりもしました。水を使ふ下ごしらへは、階下の古井戸のところですませ、あとは六畳の間でやりますので、そこの床の間に七輪などを置いて調理場がはりにしてをりました。富永さんも中原もとくに食べもののことは何もいひません」（『ダンディズム』）

泰子は、中也との二人でとる食事は淋《さび》しいもので、中也はちょっとした泰子の失敗をからかったという。泰子が怒ってごはんをよそっていると、中也は「ごはんをよそうの

は、怒ってない証拠だよ」と言い返した。
中也が信奉していたランボオの詩篇「飢餓の饗宴《きようえん》」につぎのような部分がある。

俺の飢ゑよ、アヌ、アヌ
　驢馬《ろば》に乗つて、逃げろ。
俺に食気《くいけ》が、あるとしたら、
食ひたいものは、土と石。
ヂヌ、ヂヌ、ヂヌ、ヂヌ、空気を食はう、
岩を、火を、鉄を。

大岡昇平は、この詩句は富永が訳して中也に示したものだと推測している。
中也の「ゆきてかへらぬ」に、

空気の中には蜜があり、物体ではないその蜜は、常住食すに適してゐた。

とあるのは、ランボオの「飢餓の饗宴」の中也なりの実践である。
長谷川泰子は『中原中也との愛の宿命』のなかで、「ダダイストを気取っていた中原には優しさがなく、いたわりもない交わりでした」として、中也は、金がなくなると郷里に金をせびりに行き、おきまりのういろうをおみやげに買ってきたという。「私には中原の妻というような気持はありませんでしたから、小林とは、中原の留守に赤坂の鳥料理屋で会ったりして」、小林秀雄に乗りかえた。そのとき、小林秀雄は二十三歳、泰子は二十一歳、中也は十八歳だった。

いくら「空気の中には蜜がある」と言おうと、現実には人は空気を食って生きていけない。泰子を侮辱する中也から泰子が離れていくのは当然である。泰子は、あんまり中也に侮辱されるので、怒って「ぶじゃくしないで」と言いまちがえると、その言葉尻《じり》をとらえて「ぶじゃく、ぶじゃく」としつこくからかわれたと回想している。

それに、中也は身なりが汚かった。永井龍男は、十八歳の中也は「よごれたゴムまりをぬれ雑巾《ぞうきん》でひと拭《ふ》きしたような顔をしていた」として、印象が不吉で、つばの狭い黒いソフト帽をかぶり、しつこくツバを吐く癖があり、人前をはばからずその場の灰皿に吐いた、という。「ゴールデンバットの脂《やに》にしみた指とかいうものが、少年であるにもかかわらず」不吉で傲慢《ごうまん》な印象であった。中也は、相手が弱いと見ると「傍で見ていても辛《つら》くなるほどの扱いを臆《おく》せずした。ネコが獲物のネズミをもてあそぶように、前から後から相手を翻弄《ほんろう》する」性格であった。

この中也の破滅的攻撃的性癖は、泰子に逃げられてからいっそう拍車がかかったかに見える。酒癖が異常に悪かった。

昭和四年（二十二歳）に、中也は同人誌「白痴群」を創刊した。同人は、河上徹太郎、村井康男、阿部六郎、安原喜弘《よしひろ》、大岡昇平、古谷《ふるや》綱武《つなたけ》、富永次郎といったメンバーだったが、中也は酔って同人仲間を罵《ののし》るようになった。温厚な富永次郎は、「帰れ」と罵られて「帰るとも」と背をむけた。大岡昇平にからみ、いきなり後ろから首筋を殴ったが大岡は二重廻しのポケットに手を入れたまま手を出さなかった。中也の罵りになれていたからである。

この年、小林秀雄の『様々なる意匠』が「改造」の懸賞論文に入選し、小林は一躍文壇の寵児《ちょうじ》になった。中也が一番憎む小林が売れっこになっていくのだから、中也の荒れ方は尋常ではない。

初対面の中村光夫《みつお》の頭をビールびんで殴った。文芸批評家として脚光を浴びる中村に嫉妬《しっと》したのである。いあわせた青山二郎がたまらずに「卑怯《ひきょう》だぞ」と怒鳴りつけた。ビールびんで頭を殴りつけられた中村は「中也の悲しみがわかるので、怨《うら》む気持になれない」と述懐している。中也は、自分の日記に「中村は老獪《ろうかい》な秀才でしかない」と書いている。その後会ったときは、中也は中村の首をしめた。

吉田秀和《ひでかず》は、中也の罵りは「目の前の相手を、一語一語、肺腑《はいふ》をつくように正確に攻撃する」として、中也に誘われて新宿に飲みに行ったとき吉田が二円しか持っていないことをなじり、「これじゃ、女給にチップも渡せないじゃないか」と怒ったことを回想している。友人に酒をたかって金が少ないと怒るのである。

坂口安吾も酒場でからまれた。安吾が飲んでいると、「ヤイ、アンゴ」と言って中也がとびかかった。

「とびかかつたとはいふものの、実は三米《メートル》離れてをり、彼は髪ふりみだしてピストンの連続、ストレート、アッパーカット、スイング、フック、息をきらして影にむかって乱闘してゐる。中也はたぶん本当に私と渡り合つてゐるつもりでゐたのだらう」(『二十七歳』)と安吾は辟易《へきえき》している。

中也が安吾にとびかかったのは銀座のウィンザアーという酒場で、青山二郎の義弟が経営していた。この店に来た文壇の作家や批評家に、中也はかたっぱしから喧嘩《けんか》をしかけたため、そのうちだれも寄りつかなくなって店は潰《つぶ》れてしまった。

ウィンザアーが潰れると中也は青山二郎の家に来て、そこに来る客と喧嘩を始めて、青山二郎はついに夫婦別れをした。つぎは酒場エスパニョールに行くようになり、そこでも喧嘩して、浅草へ行くと待合でも喧嘩して、相手がいないと待合の妓《おんな》を殴った。青山二郎はそのことを「だから中原は理解されなかったとか、生きている中《うち》は一つも評価されなかったとか言うのは対世間の問題で、当時の中原を知らない言い方である。彼は誰よりもえばりくさっていたし自由自在にふるまっていた。認められなかったのは中原ではなくて、むしろ中原をなぐっていた友達のほうである」と言う。中也は喧嘩はしかけるが、弱くて殴られるのは中也のほうだった。

中也は相手が弱いと見ると、すぐに毒づく攻撃性がある。そのことは、詩集『山羊《やぎ》の歌』のなかに、「私は強情だ。ゆふべもおまへと別れてのち、／酒をのみ、弱い人に毒づいた。」と独白する通りである。同じく詩集『山羊の歌』のなかで、「宿酔」という題で「朝、鈍い日が照つてて／風がある。／／千の天使が／バスケツトボールする。」と書いている。「私は目をつむる、／かなしい酔ひだ。／もう不用になつたストーヴが／白つぽく銹《さ》びてゐる。」と。

宿酔《ふつかよい》をくりかえし、自分の酒癖の悪さは十分に知りながら、それでも人恋しくて酒場に行かずにはいられない。

太宰治にもからんだ。そのことは檀一雄が克明に回想している。

太宰は、中也をひどく嫌悪《けんお》しながら忍従の祈願のようなもので中也に接していた。さしもの太宰治も、あの凄絶《せいぜつ》な中原の酒席のからみには耐えられなかった。

最初は中也と草野心平が檀一雄の家へやってきて、居あわせた太宰と一緒に「おかめ」に飲みにいった。酔いがまわるうちに中也は太宰にからみ、太宰はやりこめられる。

「何だ、おめえは。青鯖《あおさば》が空に浮かんだような顔をしやがって。全体、おめえは何の花が好きなんだい」

太宰は閉口して泣き出しそうな顔で口ごもったという。太宰は断崖《だんがい》から飛び下りるような思いつめた声で、

「モ、モ、ノ、ハナ」

と言い、悲しいうすら笑いを浮かべながら、しばらくじっと中原の顔を見つめていた。するとなりは、「チェッ、だからおめえは」と言って、あとは乱闘になった。檀は草野の蓬髪《ほうはつ》をつかんだままもみあってドウと倒れた。中也側についた草野を、中也は裏では「くだらぬ詩人」と罵倒《ばとう》しているのだから、草野も人がいい。檀は丸太を振りまわした。

二回めは、太宰と中也と檀が飲み、中也のからみに閉口した太宰はさきに自宅に帰るが、中也は太宰の家までおしかけ、眠っている太宰を、「おこせばいいじゃねえか」と勝手に二階に入りこんだ。中也についていった檀は、中也のあまりの狂態に腹を立て、中也を二階からひきずりおろして雪の上に投げつけた。檀は、「他愛のない腕力であった」と書いている。

中也は、

汚れつちまつた悲しみに
今日も小雪の降りかかる

という、自分の詩を低吟しながら河上徹太郎の家へむかったという。中也の飲み方はめちゃくちゃだ。三十歳で死ぬ運命を予見していたような飲み方だ。三十歳で死んだから世間は納得したが、このまま長生きしていたらそうはいかなかっただろう。食べ物に関しては葱のソースかけですますが、こと酒となると意地汚く醜悪きわまる。

小林秀雄は、中也が芝居『三人姉妹』のセリフの声色をして、それはそこにいる一座をしらけさせた、という。いやな感じでみな黙りこんでしまうのに中也はやめなかった。それは「おれがいまここにいるのはとんでもない間違いで、ことによると、おれという存在は全然存在していないのかも知れないぞ」というセリフだった。

最後まで中也の理解者であろうとした大岡昇平は、「私が最後に彼に反《そむ》いたのは、彼が私に自分と同じように不幸になれと命じたからであった」と言う。さらに「彼の不幸な詩が、今日これほど人々の共感を喚《よ》び醒《さま》すのは何故であるか」と。大岡は、それを「生涯を自分自身であるという一事に賭《か》けてしまった人の姿がここにある」とするのである。「いかにも不幸な人であったが、この不幸は他の同情を拒んでいる」。

中也は三十歳にして結核性脳膜炎で死ぬ。中也の弟の中原思郎は、晩年、頭がおかしくなって食欲が異常になった中也が銀座で銀杏《ぎんなん》をたくさん買ってきた姿を見ている。青山二郎は、中也がひどい胃拡張になって、近所の友人の家をまわって飯を食い歩いた、と証言している。結婚したばかりの妻から、アイロンを買ってきてくれと渡された金で飯を食いあさってしまって、妻と喧嘩になった。

小林秀雄は、晩年の中也と会ってビールを飲んだとき、中也が「ボーヨー、ボーヨー」と喚《わめ》いた、と思い出して、「ボーヨーってなんだ」と訊《き》くと、中也は「前途茫洋さ」と、目を据えて、悲し気な節をつけたと回想している。

「彼は、山盛りの海苔《のり》巻《まき》を二皿平らげた。私は、彼が、既に、食欲の異常を来《きた》してゐることを知つてゐた。彼の千里眼は、いつも、その盲点を持つてゐた。彼は、私の顔をチロリと見て、『これで家で又食ふ。俺は家で腹をすかしてゐるんだぜ。怒られるからな』」と言ったという。(『中原中也の思ひ出』)

かつて、ランボオが「食いたいものは、土と石」と言ったむこうをはって、「空気の中の蜜」を食おうとした中也は、晩年はいじきたないほど飯を食った。それを病気からくる精神異常とするのがおおかたの見方だけれど、外科医の息子として甘やかされて育った中也は、最初から食い意地がはっていた。それが形を変えて表れただけである。中也の父は美食家であり大食漢だった。弟の中原思郎は中原家の食事をこう回想している。

「夏の刺身は必ず氷の上に乗せてなければならなかつたし、それはピリと振動してゐなければならなかつた。その刺身が魚によつては西洋皿いつぱいに並べられ、酢蛸《すだこ》といへばドンブリ一杯あつた。それに副《そ》へたチシャッ葉は前方の視界に影響するのではないかと思はれるほど山盛りにしてあり、酒量は大したことはなかつたが、銘酒の製造元から取りよせた最上級のものでないと承知しなかつた。徳利、酒盃もいちいち曰《いわ》くつきのものので、貝を散りばめた漆塗りの箸箱《はしばこ》は硯箱《すずりばこ》に近いほどの大きさがあり、箱と揃《そろ》ひの箸はずしりと重く、食卓に置くときゴトリと音をたてた」

　こういう家の長兄として育てられた中也はもとより貧しい食事をめざすはずがない。中也は父の食卓よりさらに上級の食事を求めた。それは容易な作業ではない。そこにランボオがいたのである。中也にとって、さらし葱のソースかけは、ランボオの呪術《じゆじゆつ》によって至上の食卓になったはずである。

　中也の詩のなかには、はっとする食べ物の描写がある。「春の日の夕暮」には、「トタンがセンベイ食べて／春の日の夕暮は穏かです」とある。「月」には「今宵月は蘘荷《みようが》を食ひ過ぎてゐる」とある。これらの表現は感覚的でダダ的で音韻の響きの心地よさがあり、かつ触覚が敏感だ。「トタンがセンベイを食べる」のも「月が蘘荷を食い過ぎる」のも、食い意地がはっていなければつかまえられる視覚ではない。

　初期短歌には、「菓子くれと母のたもとにせがみつくその子供心にもなりてみたけれ」がある。「友食へば嫌ひなものも食ひたくて食うてみるなり懶《ものう》き日曜」がある。「怒りたるあとの怒よ仁丹の二三十個をカリカリと嚙《か》む」という啄木調もある。

「秋日狂乱」には「ではあ、、濃いシロップでも飲まう／冷たくして、太いストローで飲まう」とあり、これは、お金持の息子でなければわからない味である。「太いストロー」というところが贅沢《ぜいたく》だ。「雨の朝」には「麦湯は麦を、よく焦《こ》がしたほうがい丶よ」とあり、味覚は本格派だ。

「(そのうすいくちびると)」には「そのうすいくちびると、／そのほそい声とは／食べるによろしい。薄荷《はつか》のやうに結晶してはゐないけれど、／結締組織をしてはゐるけれど、／食べるによろしい。／しかし、食べることは誰にも出来るけれど、／食べだしてからは六ケ敷《むずかし》い。／味はふことは六ケ敷い、……／黎明《あけぼの》は心を飛翔《ひしよう》させ、／美食をすべてキナくさく思はせ、／人の愛さへ五月蠅《うるさ》く思はせ、――／それでもそのうすいくちびるとそのほそい声とは、／食べるによろしい。――あ丶、よろしい！」とある。中也には、「美食をキナくさく思わせる」術が必要であった。

しかし、ランボオの「食いたいものは土と石」に対して、中也の「空気の中の蜜」は似ているようで正反対である。空気の中の蜜を食おうというコンタンは、もうひとつさきの美食であり、そこに中也の破滅がある。食べ物を葱のソースかけにした結果、酒の肴《さかな》は、他人へのからみになった。他人が逃げて、からむこともままならなくなれば、そのぶん飯を食って胃拡張になるしかない。中也が、晩年、見ぐるしいほどの大食いになったのは、そのためである。

と同時に注目すべきは、中也の味覚に悲しさが光り輝いている点で、これが中也の凄《すご》腕《うで》の才覚なのだ。「渓流」という詩がある。

渓流《たにがわ》で冷やされたビールは、
青春のやうに悲しかつた。
峰を仰いで僕は、
泣き入るやうに飲んだ。

ビシヨビシヨに濡《ぬ》れて、とれさうになつてゐるレッテルも、
青春のやうに悲しかつた。

こんなおいしそうなビールの味は、いまのコピーライターには書けない。なぜなら、ビールの味は、元気で、健康的で、明るく、嬉《うれ》しく、楽しく飲むと決められているからである。ビールに、負の要素を加えるだけで、こういう味が出る。

中也の詩が、不幸でありつつも多くの支持者が得られるのはこのためなのである。そのへんが中也はしたたかにうまかった。

それからもうひとつ。これは生前の大岡昇平に教えられたことなのだが、中也の顔として知られている黒帽子の美少年像は、肖像写真が複写されつづけてレタッチされた結果、本物の中也とは、まるで別人になってしまったことである。三十歳の中也は「皺《しわ》が

多いどこにでもいるオトッツァン顔だよ」と大岡氏は語っていた。私は大岡氏の指示通り、「中原中也の顔写真変遷史《へんせんし》」のグラビア記事を作ったことがある。こうしてみると中也は、詩のなかに逆転した自己を投影しただけでなく、たった一枚の写真のなかに自己を閉じこめた魔術師であった。詩だけでなく、あの有名な顔写真も中也の作品なのである。

太宰治——鮭《さけ》缶に味の素

だざい・おさむ（1909〜1948）青森県生まれ。無頼派の代表的作家。人間の暗部を扱った作品が多く、命日の桜桃忌には多数のファンが集まる。『桜桃』『津軽』『晩年』『人間失格』など。

太宰治は、大食漢であり、人一倍食い意地がはっていた。それは、高校時代の友人や多くの作家仲間が追悼文のなかで言及している。

東京へ出てきたときは、下宿の棚の奥にカニやみかんの缶詰ほか保存食を宝物のようにしこたましまいこみ、客の接待用としてサイダーも保管してあった。客用としながらもじつは自分用で、思いたてばひたすらガツガツと食べた。その食い散らかしかたはなにかに復讎《ふくしゅう》するような異常さで、訪問した高校時代の友人は、見ているだけでつらくなったという。その食い意地のはった要因を、母不在の乳児期をおくった太宰の幼児性としてとらえることも可能だが、太宰が育った青森県津軽平野は、コメとリンゴ以外にはこれという食べ物が少なく、大食らいになるのも無理はない土地柄だったともいえる。それに、太宰は身長一七五センチメートルで、当時としては長身の大男だった。かなりの大食らいでも太らなかったのは、左側肺結核症と、パビナール注射による慢性麻薬中毒症のためであった。神経質な性格と不眠症も太宰の肥満を防いだ。太宰が太ってしまったら、さぞ読者は幻滅しただろう。

昭和十二年、井伏鱒二《いぶせますじ》、川崎長太郎らと三宅島《みやけ》旅行をしたとき、同行の浅見淵《ふかし》は太宰の大食ぶりを目にした。太宰は人の目をかすめていつも味噌汁《みそしる》六杯ずつを口にしている。太宰はそれを指摘されると「みつかったか」と照れて笑ったという（浅見淵『昭和文壇側面史』）。弘前《ひろさき》高校時代、太宰はいつも三杯分の味噌汁を魔法瓶につめて弁当と一緒に持参した。

津島美知子『回想の太宰治』に、晩年の太宰の食事が紹介されている。それによると、太宰は箸《はし》の使い方が上手で、長い指で長い箸の先だけ使って、ことに魚の食べ方がきれいで、それは幼いときから祖母のきびしい躾《しつけ》をうけていたためである。そのわりにはせっかちでニシンのような骨の多い魚は苦手だった。うまいものは何でも食べ、マグロのワタもよく食べたが、東京の魚屋で見かけるスケソウダラの薄切りを毛嫌いした。丸一尾のマダラを切りわけて津軽流に調理したかったが、東京ではそんな料理がかなえられるはずもない。青森からの客が鮭を一匹持参すると、太宰は大喜びしてなんだかんだと講釈したあげく、美知子夫人には一切れもよこさずに一人で鮭一匹全部を食べてしまった。

太宰には鶏の解体という隠れた趣味があり、三鷹《みたか》の農家から鶏を一羽買うと、自らひねって血をぬき、毛をむしり、肉は骨つきのままぶつ切りにして水たき鍋《なべ》にした。書生流に豪快に飲みかつ食う。そのことを、美知子夫人は「あの虫も殺さぬ優しい人がえいっとばかりひねってしまう」と回想している。

太宰にとって、うまいものはすべて津軽流で、素材も料理法も津軽流をよしとした。太宰飲んで遅く帰ってくるときは、美知子夫人が枕《まくら》もとにおむすびをにぎっておいた。太宰の旺盛《おうせい》な食欲を満足させるため、美知子夫人は毎日のように食料集めに奔走し、物を売るほうがいばる時代だったから、駅前マーケットの女主人から卵を買いすぎだと罵《のの》しられたという。配給米に籾《もみ》や赤い筋のついた米粒が交っていると、太宰は面倒がりもせず、いちいち箸先で拾い出した。

野生の筍《たけのこ》と新ワカメの汁も好物だった。また、実家から送られてくる〈源〉《ヤマゲン》印の梅干は、一つずつ種を抜いてまた果実をあわせ、そこへ紫蘇《しそ》の葉が巻いてある極上品であった。

東京では来客に出前の料理を出すが、これは太宰が気にいらぬことで、太宰の生家ではどんな客が何人来ても、まごつかずに食膳《しょくぜん》を調えるのが主婦の腕とされた。

太宰は青森県屈指の大地主の子であり、そのことを嫌って出奔しながらも、自分が享受《きょうじゅ》した習慣や食味に関してはこだわりつづける。そこにあるのは、津島家の六男坊のわがままな幼児性である。

弘前高時代の友人鳴海和夫の回想によれば、太宰は「弘前のような田舎の町でつけた江戸前だから野暮ったさを笑われた」という側面がある。東京へ出てきて、角帯の締め方や遊びをおぼえて、「通なお人」「粋《いき》なお人」になろうと修業するのだが、津軽育ちの野暮ったさはそうそう消えるものではない。このことは人一倍自負心が強く見栄《みえ》っ張りの太宰にとってはかなりつらいことだったろう。素袷《すあわせ》の美を説き、浄瑠璃《じょうるり》の稽古《けいこ》に通って江戸前の通人になろうとし、そのあげく「酒呑《の》みは酒さえ味わっていればいい。意地汚く料理に手を出すな」と無理な流儀を通した。太宰は標準語も通じぬ田舎者であることを恥じ、東京よりもさらに文化が高い西洋文学を学び、古典へも目をむけ、めいっぱいの背のびをする。料理の嗜好《しこう》に関しても、津軽への反発と執着が同居した。

太宰は小学生のときから「自分は選ばれた人間だから、つねに優れていなければならない」という使命感を持ち、その恍惚《こうこつ》が、東京という現実のなかで不安におびえる。

太宰はひとに御馳走《ごちそう》することが好きだが、ひとから御馳走されるのが嫌いだった。旧家名門に育った自負心がそうさせるのだが、原稿が売れずに困窮生活をしているときは、かなりの屈辱の思いをしたはずだ。そこから被害妄想が生まれる。

三島由紀夫の太宰嫌いが、東京人の太宰嫌いを端的に表している。三島由紀夫は言う。「第一私はこの人の顔がきらひだ。第二にこの人の田舎者のハイカラ趣味がきらひだ。第三にこの人が、自分に適しない役を演じたのがきらひだ。女と心中したりする小説家は、もう少し厳粛な風貌《ふうぼう》をしてゐなければならない」（『小説家の休暇』傍点筆者）

三島は逆反射する太宰の像に自分の行く末を見ている。「田舎者のハイカラ趣味」を「東京者のナルシシズム趣味」と置きかえ、「女」を「思想」と置きかえれば、そのまま三島の自己批判となる。

太宰治は食通であろうとした。

貧乏であるのに出版記念会を上野の精養軒でひらいた。『人間失格』のなかでは「人間は、めしを食べなければ死ぬから、そのために働いて、めしを食べなければならぬ、といふ言葉ほど自分にとつて難解で晦渋《かいじゅう》で、さうして脅迫めいた響きを感じさせる言葉は、無かつたのです」と気取ってみせる。

一流店好みである。

私は檀一雄から、太宰治の思い出話をいろいろと聞いた。ひとつはカニである。檀一雄はカニを食うたびに太宰を思い出すようであった。檀一雄が太宰と新宿を飲み歩いているとき、太宰は夜店にうずたかくつみあげたカニの山から、一匹のカニを手掴《てづか》みに選びとり、歩きながら、カニを手でむしってムシャムシャと食ったという。九州育ちの檀一雄がまだ見たこともない異形の毛ガニであった。太宰の毛ガニ好きに関しては、美知子夫人も「第一の好物」と書き残している。

また檀一雄が亡《な》くなる一年半前、私は檀一雄と（編集者として）一緒に、津軽を旅した。檀一雄はミガキニシンを一束買って新聞紙で包み、私に「どこかの店で味噌をひとつまみもらって来い」と言った。ミガキニシンをちぎって味噌を少しつけて食う。「これは太宰の好物でね」と檀一雄は遠くを見る目になった。先日青森へ行ってこの話をしたところ、ミガキニシンとキュウリに味噌をつけて交互に食べるのは、いまでも青森ではよくやる酒の肴《さかな》だ、と聞いた。

檀一雄からは天ぷらの話も聞いた。

太宰が熱海《あたみ》の旅館に行ったまま金がないので困っているため、「金を届けてくれ」と檀一雄は頼まれた。頼んできたのは内妻の初代さんだった。檀一雄が「旅費がない」と言うと初代さんは「このなかから使ってくれ」と言って七十何円かの金を差し出した。檀一雄が金を持って熱海の宿へ行くと、太宰は檀一雄を近くの小料理屋へ連れだし、そこの主人も連れて高級天ぷら屋へ行った。檀一雄は不安になったが、太宰の講釈をききながら上等の天ぷらを食べ終り、勘定をきくと二十八円七十銭というべらぼうに高い値段だった。

檀一雄はそのときの太宰の様子を「血の気がうせていくようだった」と言う。そのまま三日間飲んで遊女と遊び、金がなくなったところで、太宰が、「菊池寛のところへ行って金を借りてくる」と言い出し、檀一雄を人質にして出かけて行った。

翌日か翌々日には帰ってくると言って出かけたものの、太宰は十日たっても帰ってこない。その間、檀一雄は旅館の主人に見張られて軟禁状態になった。ミイラとりがミイラになった。檀一雄としては初代さんに合わせる顔がない。業《ごう》をにやした料理屋主人が見張り役としてついて檀一雄は太宰を捜しに戻った。それで、なにはともあれ荻窪《おぎくぼ》の井伏鱒二宅へ行くと、太宰は井伏鱒二と将棋をさしていた。檀一雄が激怒して大声をあげると太宰は狼狽《ろうばい》しつつも、低い声で、「待つ身が辛《つら》いかね、待たせる身が辛いかね」と言ったそうである。太宰の借金は、宿代、居酒屋の代金、遊女屋の立替金をあわせて三百円ほどだったという。

私はこの話を聞いてうーんと唸《うな》った。このような男とだけは友人になりたくない。三百円の代金は一部を佐藤春夫が払い、一部を井伏鱒二が立て替え、残りは初代さんの着物を入質してまかなった。

太宰治が『走れメロス』を書くのはこの四年後のことである。『走れメロス』は小学校教科書に載り、ひろく日本中の生徒に読まれた。処刑される運命にあるメロスは、自分の身がわりに友人セリヌンティウスを人質として置き、妹の婚礼へ出るため三日間の猶予《ゆうよ》をもらう。メロスにはさまざまの難儀がふりかかるが「信頼されていること」に力づけられて走って刑場へ戻る。「信じられてゐるから走るのだ。間に合ふ、間に合はぬは問題ではない」と死力をつくすメロスの直情には、小学生時代の私は、背筋に金属の物差しをあてられたように緊張したものだ。

檀一雄は「おそらく、自分の熱海行きがこの小説の発端じゃないかな」とエビ天を食べながら言ったものだ。

この「熱海事件」があった昭和十一年（二十七歳）は、太宰はパビナール中毒で入退院をくりかえした年である。パビナール中毒による妄想症状から、第三回芥川賞受賞を確信していたにもかかわらず、除外された衝撃から選考委員の佐藤春夫につっかかった。檀一雄が太宰のいる村上旅館を訪ねたのは十二月下旬だった。正確を期すために山内《やまのうち》祥史《しょうし》作製の年譜を見ると、檀一雄を人質として宿に残した太宰は、永井龍男に会って菊池寛への借金を申し込んだが、永井龍男はとりあわなかった。宿に残された檀一雄は料理屋「大吉」の主人に連れられて帰京し、井伏家を訪れると太宰は縁側で将棋をさしていた。このときの「大吉」の請求額は百円前後だったという。

翌十二年三月、内妻初代の姦通《かんつう》事件を知った太宰は、水上《みなかみ》温泉で初代とカルモチン心中を図るが未遂に終り、六月に離別する。

太宰は酒に強かった。飲みはじめると一升酒以上を飲んだ。飲んで人にからむことは少なく、酒飲みとしては上品だった。水を飲むようにタンタンと飲んだ。檀一雄によれば玉の井の角の二軒目にコップ酒屋があり、女を買う前にアサリ貝の塩汁を肴にして飲んだ。ヤケクソのように飲んだというが、飲むと明るくなった。東北の人に多い強い酒飲みである。

これより、太宰は肺結核ではあるが元来は肉体屈強の人であったことがわかる。太宰と三島が取っ組みあいのケンカになれば、廻し蹴《げ》り一発で太宰の勝ちだろう。私の記憶では三島の身長は一六〇センチに満たないから一七五センチの太宰とは格段の差がある。小男の三島は強がろうとし、大男の太宰は軟弱を志向した。

檀一雄は、栄寿司《ずし》という店で太宰が鶏の丸焼きを指でむしって裂きながら、ムシャムシャと食っては飲んだ狂乱の姿を見て、「大きく開く口のなかから、太宰の金歯が隠見して、頭髪をふり乱して鶏をむしり裂く姿は悪鬼のようだった」という。

太宰はよく食い、よく飲んだ。中原中也は悪い酒で、太宰と飲むとからむのが常であった。太宰は酒でからまれるのが嫌いで、中也を避けた。太宰は陰々滅々とした酒ではあっても、酒を飲んだ勢いで他人にからむことはしなかった。

太宰に『酒ぎらひ』という一文がある。「どうも家に酒を置くと気がかりで、そんなに呑みたくもないのに、ただ、台所から酒を追放したい気持から、がぶがぶ呑んで、呑みほしてしまふばかりで、常住、少量の酒を家に備へて、機に臨んで、ちよつと呑むといふ落ちつき澄ました芸はできない」という。これは酒飲みの自己弁護で太宰特有の書き方だが、太宰は他の酒飲みと同じく自宅の外で飲むことを好んだのである。あまり酒を飲むので、心配した美知子夫人が注意すると「ではクスリを飲むことになるが、いいか」と脅した。

太宰の主治医であった中野嘉一《かいち》は、太宰の慢性麻薬中毒症に対して、カルテにPsycho-path（精神病質者）と書いた。太宰の場合は、パビナール一日三十筒〜四十筒も注射しており「例えば注射を打ってくれとか、退院を強要して不法監禁だ、告訴するとかいったおどかし文句を吐いたこともある。示威的演劇的な素振りも多く、鉄格子《てつごうし》の上のほうまで登ってエテ公（猿）のように手をひろげてあばれたりすることもあった」（『太宰治—主治医の記録』）と記されている。

本来酒好きだった太宰は、パビナールを断ってからは酒に切りかえた。量を多く飲むのは当然の帰結である。当時の文士は、坂口安吾も織田作之助も田中英光もアドルムや覚醒剤《かくせいざい》ヒロポン、ゼドリンを乱用した。軽い酩酊《めいてい》状態になると、意志の抑制がとれて文章がはかどったという。クスリの代用となると一升酒かウィスキー一本になる。坂口安吾は太宰にカストリ酒を飲ませようと新橋のカストリ屋へ連れていったが、太宰は一杯しか飲まなかった。このころはメチル（アルコール）も流行していて、武田麟太郎《たけだりんたろう》はメチルで死んだ。メチルという危険な安酒を好まぬのは太宰が贅沢《ぜいたく》だったからだ。

太宰が情死したとき、新聞に「太宰の月収二十万円、毎日カストリ二千円を飲み、五十円の借家にすんで雨漏りも直さず」とあったのを読んだ坂口安吾は「文士は芸人であり、職人であり、芸道は元来非常識である」としたうえで「泥酔《でいすい》して、何か怪《け》しからぬことをやり、翌日目がさめて、ヤヤ、失敗、と赤面、冷汗を流すのは我々いつものことであるが、自殺といふ奴《やつ》は、こればかりは、翌日目がさめないから始末が悪い」(『太宰治情死考』)と書いた。太宰の自殺は、自殺というよりは小説という道を進む者の身もだえであるから、それなら静かに休ませてやるがいい、と安吾は言ったのである。

太宰の自殺は六回ある。①二十歳のとき、学業不振を苦にしたカルモチン自殺未遂。②二十一歳のとき鎌倉《かまくら》海岸でカフェー・ホステスとカルモチン心中(女性だけ死亡)。③二十五歳のとき都《みやこ》新聞社入社試験不合格で鎌倉山で縊《い》死未遂。④二十七歳のとき内妻初代と水上温泉で心中未遂。⑤三十八歳、睡眠薬の飲みすぎ。⑥三十九歳、山崎富栄と玉川上水で心中。自殺願望は六回目にしてはたされるが、こういった自己破壊衝動をささえるのは屈強な肉体である。健康体でなければ六回も自殺はできない。よく飲みよく食ったからこそ五回もの自殺未遂ができた。死んでみせるのもまた体力である。あれほどすべての面で太宰に対抗心を持った三島が、唯一《ゆいいつ》太宰を超えられなかったことは、三島が三十九歳で自殺できなかったことである。

太宰はウィスキーもよく飲んだ。旅行に同行した伊馬春部《いまはるべ》がサントリーのポケット・ウィスキーをとり出すと「日本酒は喜劇、ウィスキーは悲劇」と言いつつ、一駅を通過することに一杯飲み、大磯《おおいそ》あたりでは酩酊してしまった。太宰はよく笑う人であった。酒が入ると長身を折り曲げて、眉《まゆ》を波うたせて顔中くしゃくしゃにして笑ったという。檀一雄や伊馬春部といった友人たちの回想記をよむと、豪放磊落《らいらく》な太宰の一面がそこかしこに出てきて、太宰が書く小説との誤差にとまどうのである。「健全なカラダに健全なココロが宿る」というが「健全なカラダには心中のココロも宿る」のである。

そう言えば、檀一雄にもうひとつ聞いた話があった。それは味の素である。太宰は味の素の愛好家で「ぼくが絶対に確信を持てるのは味の素だけだ」と言っていた。鮭缶を丼《どんぶり》のなかに空け、その上に無闇《むやみ》と味の素を振りかけて食ったという。

太宰は新しもの好きだ。鮭缶に味の素を山ほど振りかけて食べてみせるのは太宰のダンディズムであったろう。女に対して、つぎからつぎと手をつける性的好奇心と、料理や食味に対して新しい珍しいものを求める好奇心は表裏一体である。しかし料理や酒とは心中できない。女と心中する行為は一見めめしく軟弱だが、体力屈強な無頼派の真骨頂でもある。太宰は自らの屈強な肉体にいらだち、もてあましていた。

編集者の目から太宰のことを綴《つづ》った野原一夫『回想 太宰治』には、太宰が通った店がいくつか紹介されており、そのひとつは吉祥寺《きちじょうじ》駅近くの「コスモス」だ。五、六人がやっと坐《すわ》れるほどのスタンドと小さな座敷ひとつの店で、ここでビールを飲み干した太宰は「ビールは、ぐーっと一息に限る。舐《な》めるように飲んでるヤツがいるけど、気味が悪いね。しかしビールなんてうまいもんじゃない」と言ったという。三鷹の若松屋という屋台の鰻《うなぎ》屋。太宰に会いたいときは、三時すぎに若松屋へ行けばよかったそうで、太宰は鰻の肝でコップ酒を飲んでいた。このころの太宰は東京生活に馴《な》れ、江戸前がなじんできた。

それでも、実家の津島家の肉親は太宰の自殺を心配して、出入り業者の中畑慶吉に偵察を依頼していた。中畑慶吉は二カ月に一度ぐらい酒二本と牛肉をぶらさげて三鷹警察署に立ち寄り「三鷹のこういう所に住んでいる太宰という文士がおります。彼は自殺の憂《うれ》いがなきにしもあらずなので、いつ、あなた方の手でお世話になるかもしれません。よろしく警戒下さいますよう」と依頼した。案の定太宰は自殺して玉川上水から死体があがった。心中場所は「見ると下駄を思いきり突っ張ったあとがあります。しかも手をついて滑り落ちるのを止めようとした跡もくっきりとついておりました。一週間もたち、雨も降っているというのに歴然とした痕跡《こんせき》が残っているのですから、よほど強く〝イヤイヤ〟をしたのではないでしょうか」と中畑慶吉は証言している。

心中する夜、近所の鰻屋へ山崎富栄が鰻の肝をたくさん買いにきた。その鰻屋は寿司屋に変っており、瀬戸内寂聴は、その寿司屋を訪れて、店の主人のつぎのような談話をひき出している。（瀬戸内晴美・前田愛『名作のなかの女たち』）

「（富栄さんに）今夜はずいぶんたくさん買うんだねえ、と言ったら、今夜はちょっと精力をつけなきゃならないことがあるのよって言ったんです。そうしたらその翌朝に死んで、そのためにそのお代をもらいそこねちゃった。しょうがない、あれは香典だね」

檀一雄——百味真髄

だん・かずお（1912～1976）山梨県生まれ。自らの私生活に材をとった作品で評判となる。その生活ぶりから、無頼派と目された。『リツ子・その愛』『リツ子・その死』『真説　石川五右衛門』『火宅の人』など。

私が檀一雄の担当編集者となり、一年間の連載記事を始めたのは昭和四十四年である。私は二十七歳であった。以後、亡《な》くなる昭和五十一年まで、私は檀一雄と日本各地を取材旅行し、檀氏にくっついて料理を食べまわった。檀氏の料理好きはつとに有名で『檀流クッキング』（中公文庫）は、いまなお売れ続けるロングセラーである。『檀流クッキング』はカツオのたたきから始まって、具入り肉ちまき、タンハツ鍋《なべ》、大正コロッケ、ウナギの酢のもの、シソの葉ずし、東坡肉《トンポウロウ》、トンコツ、ツユク、ヒヤッ汁、カレーライス、イモ棒、イワシ煮つけ、トウガン丸蒸しスープ、キンピラゴボウ、ボルシチ、牛タン塩漬け、タイ茶漬、麻婆豆腐《マーボー》、パエリヤ、と縦横無尽である。和洋中の家庭料理九十七種類の調理法が紹介されている。『檀流クッキング』は、その名の通り、すべて檀流であって、一般庶民むきの安価なものばかりで、「食通」の自慢料理ではない。

たとえば、カレーライスではタマネギをスライスして大量にいためるのだが、「トロ火でなるべくゆっくりいためる方がよい。（中略）テレビでも見ながら、時折まぜてやるだけで、一時間あまりいためる」とある。昔、単行本で読んだときは、たしか「ビールでも飲みながら、ゆっくり一時間」と書いてあった気がする。以来、私は、タマネギをいためるときは、缶ビールを飲む習慣がついてしまった。できあがるカレーもおいしいのだが、作る途中に、タマネギをいためつつ、プーンとたちのぼる甘い匂《にお》いを嗅《か》ぎながら飲むビールが絶妙にうまいのである。

あるいは前菜用レバーがある。はじめて石神井《しゃくじい》の檀邸へうかがったとき、ヨソ子夫人がこれと水割りウィスキーを出してくれた。檀氏は酔っ払って寝ており、二時間待ったもののついに起きてこなかった。そのあいだ、私は水割りウィスキーを五杯飲み、酔っ払ってしまった。最初は遠慮したが、白桔梗《ぎきょう》の花のように美しいヨソ子夫人が、「檀は食べたほうが喜びます」と言ったので、いっぱい食べて飲んでしまった。前菜用レバーはめちゃくちゃうまかった。

鳥レバーや内臓を醬油《しょうゆ》と酒で煮込んで薄切りにした料理だが、そのへんのものとは、味が格段に違った。『檀流クッキング』には、煮込むときにニンジンのシッポや皮、ネギの青いところ、タマネギ、ニンニク、ショウガ、そのほかくず野菜をなんでも放りこめ、とある。

この鳥モツ煮は、その後檀氏より直接調理法を伝授された。そのときは、醬油と酒で煮込んだ鳥モツに、ゴマ油と一味唐辛子をはけでぬり、パン焼き用のオーブン・トースターで焼きあげるように改良されていた。さらに、オーブン・トースターの中に鉛筆の削りかすを二、三片入れると、燻製《くんせい》の香りがつく、と教えられた。私は、自宅に帰って、ヨット鉛筆、トンボ鉛筆、三菱鉛筆、ステッドラー鉛筆の四種でためしてみて、燻製用には三菱鉛筆の削りかすがいいことがわかり、檀氏に報告した。

『檀流クッキング』は、わが家唯一《ゆいいつ》の料理書として台所に置かれ、私は本にある全料理を作ってみた。『檀流クッキング』は、調理する楽しさに満ちている。こういう料理指南は、それ以前の料理本にはまったくなかった。

檀氏と旅行へ行くと、顔見知りの大衆居酒屋を借り切り、昼から料理を作りはじめる。宮崎へ行ったときは、朝、市場へ出かけて、竹の手さげ籠《かご》四つほどの大量の素材を仕入れた。私は両手いっぱい、檀氏も両手いっぱいにぶらさげてくる。それで二十種類ぐらいの料理を作った。夜は、市長だの中学校の先生だのホテルの主人だの、町の旦那《だんな》衆を集めて大宴会がはじまる。取材なんかそっちのけだった。こういうことばかり一年間つづいたから、私も檀流クッキングの一端は覚えた。

檀氏が愛好する博多《はかた》の「テール山本」や、柳川の鰻屋《うなぎ》「本吉屋」や、新宿十二社《じゅうにそう》「山珍居」も懇意となった。檀氏が人並みはずれた快男児であることは、多くの友人が語っている。檀氏は、人と人を友人にする達人であって、檀氏とつきあう人は、みな仲良くなってしまう。不思議な触媒力があった。檀氏には、いろいろの友人を紹介され、いまなお親しくしている人が多い。檀氏の担当となって二年目に、「見どころのある男がブラジルから帰ってくる。図体《ずうたい》は私に似てゴッツイが、心根のやさしい男だ」と紹介されたのが、長男の檀太郎さんだった。以来、私は太郎さんと親しくつきあっている。

檀一雄をかくも料理にかりたてたものは、なんであったか。そのことは檀氏が『わが百味真髄』の巻頭に書いている。

「その原因は、私がまだ数え年十歳にもならない少年の頃、誰も、私に、私の喰べるものなどを、つくってくれようとするものがなかったからだ。／いや、私をカシラに、まだ小学校にも入らぬ三人の妹達がいて、この四人が、餓《う》えるわけにゆかなかったからだ。／実は私の生母が、私の数え年十歳の秋に、突然家出をしたからである。オヤジは、年少の時から、箸《はし》のあげおろしさえ知らないような田舎地主の息子であり、その就職先の学校の町のことだから、自分で魚や野菜の買出しなど出来るわけがなく、郷里は遠いから、祖母や女中があわてて、かけつけてくるわけにもゆかず、結局、しばらくは仕出屋の弁当を取っていたが、オヤジはそれでがまん出来たにせよ、小さい妹達は、半分餓えるようなものだ」

このときから檀一雄の料理作りは始まった。作りはじめると面白くなった。山のワラビ、ユリの根、キノコ、山の芋など、山中を歩いておいしい食べ物の原料が地に満ちていることを知った。毒草と知らずにうまそうな草を調理して吐いたこともある。

してみると、「子の味覚は母が作る」という俗信は間違っていることがわかる。檀氏の場合は、母の不在が味覚を作った。いや、それはむしろ、檀氏に、母の不在を克服する力があった、と見るほうが正しいかもしれない。母の不在は料理に関しては檀氏を自立させたけれども、そのいっぽうで、月並みな市民生活への嫌悪《けんお》をも強めさせた。「天然の旅情」に誘われて浪漫的放浪をくりかえし、平穏な家庭生活は崩れた。

「私の放浪癖は、私の、自分で喰べるものは自分でつくる流儀の生活をいっそう助長したし、また反対に、私の、自分で喰べるものは自分でつくる流儀の生活が、私の放浪癖を尚更《なおさら》に助長した」のである。

男が自分で料理を作ると家庭生活はアブナイ。妻がいなくても生活できるからである。料理癖は、家庭人としての夫が自立するシグナルなのである。檀一雄は言う。

「そうして、女性は、日ごとに娼婦《しょうふ》化し、日ごとに労働者化してしまうがよろしいだろう」

この言葉は『わが百味真髄』の前書きであるが、料理本の巻頭の言葉としてはトゲがある。料理本を読むのは女性も多い。その読者へむけて、こう言い放つ気分には、母不在であった過去へのひらきなおりがチラリとかいま見える。料理好きは母不在というマイナス面が逆転したものであると本人が言うのだから、ふとした瞬間にその気分が噴出する。

檀一雄が自分の生い立ちを書いた作品集『母の手』に、「母についての最初の思い出というのは何であろう」という一節がある。ある時の母は井戸端にしゃがみこんで、愛の歌をひそかに紙片に書きしるしていた。幼い「私」が夜半目をさますと、裸の母の上に父が馬乗りになり短刀をかざしていたことがあった。その母は若い愛人をつくり「カンナンナンジヲタマニス」と書いたノートを残して「私」から去って行く。母はその後、何人かの男を遍歴した。

檀一雄は「私が母のことを書くにあたって、あらかじめ特筆しておきたい一点がある」として、「幼少から私は母を自分の部外者とみなしていた」と言う。母に捨てられたが、自分の意識でも母を捨てた。その結果、料理の腕をあげ、また、肉親を客観化する視点を獲得した。檀氏にとって料理と女はここの部分で表裏一体となって合体する。

私が檀氏を訪ねた時期は、火宅の因となった女性とは別れて石神井の自宅へ戻ってきたときで、小説家として『火宅の人』にとりかかっていた。

サンケイ新聞に『檀流クッキング』を連載しはじめ、『わが百味真髄』を講談社より出版し、「料理の先生」としても名を知られるようになっていた。檀氏と連れだって旅をすると、「ああ、有名な料理の先生ね」と言われて、編集者の私は、「いや小説家です」と、訂正することもたびたびであった。

愛人をつくって家をとび出し、家を火宅とする小説『火宅の人』は、死去する前年の昭和五十年に刊行された。『火宅の人』は、出版されるとベストセラーになり、映画化された。それ以前の檀氏は、小説『リツ子・その愛』『リツ子・その死』のほか、太宰治や坂口安吾の友人としての印象が強かった。戦後無頼派作家の側面と料理愛好家の側面が世間的にはむすびつかないところがあった。しかし、檀氏には、「母は部外者」という意識があり、その出発点から考えればこれは当然の帰結なのである。私は、生きた文壇史上人物への思いだけで檀氏に接していた。

それは私がまだ若僧であったということにもよるが、檀氏はあまりに快活で、男っぽく、気前がよく、人にやさしい豪放な人だったからである。檀氏は見事なほど他人を悪く言わない。人に気をつかい、酒を飲めばアッハッハと大声で笑い、九州男児そのものであった。檀氏に接する人は、みなその人柄にひかれていた。南国人特有の、豪快さのなかに流れ星のような孤独を秘めている人であったが、それは快男児の味つけのようなもので、豪快さは人並みはずれていた。

九州へ取材に行くと、酒を飲んでいつまでも東京へ帰らない。私がさきに帰ろうとすると、石神井の自宅へ日向夏《ひゅうが》みかんの箱を届けてくれと言った。そのころは宅配便はまだなかった。箱に手書きで「A君へ日本酒を三本あげなさい」と書いた。言われた通り届けると、ヨソ子夫人が日本酒を三本くれた。そんなことばかりつづいた。いまから思えば、私のような若僧にかくも誠実に対応してくれたことに冷汗が出る。檀氏はそういう人だった。

昭和四十五年、ポルトガルへ行き、四十七年に帰国し、ポルトガルの話をいろいろと聞かされた。愉快だったのはヨソ子夫人の話であった。檀氏の健康を気づかって、ヨソ子夫人がサンタ・クルスへ行った。サンタ・クルスでは、例によって檀氏は自ら料理を作って村の人にふるまっていた。新鮮な魚がバケツ一杯で二百円であった。檀氏がいつものようにバケツ一杯の魚を買おうとすると、ヨソ子夫人は「多すぎるから半分にしなさい」と言ったという。「女はどこへ行っても主婦なんだ」と檀氏は言った。しかし、それはヨソ子夫人への嫌悪ではなく、むしろヨソ子夫人を面白がって、可愛《かわい》いと感じているのだった。ひさしぶりに妻の気分に気づいた楽しさが言葉のはしはしにあふれていた。

檀氏が九州の能古島《のこのしま》へ移住したのは、亡くなる約一年半前の昭和四十九年であった。その年の八月、私は「円空仏」の取材で檀氏に津軽と北海道の旅を依頼した。編集者として檀氏の旅行に同行したのは、私が最後である。旅のあいだ、私は太宰治の思い出話を聞いた。ミガキニシンを一束買った檀氏は、それを古新聞でくるんで、カバンに入れて持ち歩いた。店で売っているミガキニシンに味噌《みそ》をつけて、そのままかじるのである。「太宰は、これが一番好きだったンだ」と胸にしみいる声で言った。夜汽車で固いミガキニシンをかじりながら、檀氏は太宰のことをしきりに語りつづけた。

太宰と言えばもうひとつ記憶がある。檀流クッキングでは、素材は、すべて天然のものを使う。だから「味の素なんか使わない」と檀氏は言っていた。そこへ、味の素からテレビCM出演の話が来た。檀氏はテレビCMに出て、その後は、「太宰も味の素を使っていた」とおごそかに言った。太宰が味の素を愛用していたのは事実である。檀氏には、そういう天真爛漫《らんまん》のところがある。CM出演の話が来て自分の方針が変ってしまったことを、アッハッハと笑いながら愉快そうに話した。北海道のホテルに泊ったときは、フロントで署名するとき、職業の欄に「檀ふみの父」と書きこんだ。ホテルのフロントは、「嘘《うそ》でしょう」と信用しなかった。

函館《はこだて》では、「若松食堂がうまい」と言って、路地から路地を連れまわされた。やっと見つけて入った店は、古ぼけた定食屋であった。イワシの醤油煮とサバの味噌煮と、ホヤ酢の皿をとったが、檀氏には、以前のような食欲はなく、一口食べただけで残りは私が食べた。檀氏は食堂で料理を残すと持ち帰るくせがある。だから私が残らず食べた。

その前に、銀座の高級料亭Kで対談をしていただいたことがある。檀氏は、料理にまったく手をつけなかった。対談終了後、新宿二丁目のモツ煮込み屋へ行って、「こっちのほうがうまい」と言った。料亭Kは、日本一との評判が高い有名店だから、私は檀氏のかたくなさにヒヤリとした。定食屋では残した五目飯まで新聞紙に包んで持ち帰るのに、高級料亭の料理は意図的に残した。その意志は感情的なほど強固なものであった。

太宰の話をもうひとつ思い出した。飯田橋の飲み屋でアサリ貝の塩汁を飲んだことがある。檀氏は、「昔は、太宰と玉の井の飲み屋でこればかり飲んだ。そして女の店へ突撃していくのだ」と言った。さらに、ニューヨークの中央停車場の地下にあるクラムチャウダーの店がうまいと。私は檀氏の死後、ニューヨークへ行きその店をさがして食べてみた。テイク・アウト用の値の安い店で、私は檀氏を思い出しながら、ガツガツと立ち食いした。涙が出てきた。

太宰の話はまだある。思い出すと、つぎからつぎへと記憶がよみがえる。太宰の思い出はすべて料理がらみなのである。それは安吾に関してもそうであった。

そこで、私は「待てよ」と考えるのである。檀氏がかくも料理にこだわったのは、「母不在のため、しかたなく料理を作った」と言っているが、本当にそうなのだろうか、という疑問である。母親がわりに妹たちへ料理を作っていたとすれば、料理を作るのにあきるのではないだろうか。どこの家庭の母親もそうであるように。

してみると、料理を作るきっかけは母不在であったとしても、後半生の料理への執着は別のところにあったのではないか。それは料理が持っている不思議な力である。坂口安吾は「檀君が料理をやらかすのは、あれで発狂を防いでいるようなもんだから、せいぜい御馳走《ごちそう》をつくって、人を喜ばせるんだね」と言った。この言は的を射ている。檀氏にとって料理は慰安であった。作る料理にはどれも死んでしまった友の記憶が重なっていく。太宰や安吾の面倒をみた檀一雄は、この二人の前では常識人を装《よそお》うほかはなかった。

生まれ育った家庭環境は、檀氏よりも太宰や安吾のほうがいい。幼くして母に捨てられた檀氏のほうがグレて暴れていいはずだ。にもかかわらず、この二人の狂気の前で檀氏は生いたちの悲哀を封印せざるを得なかった。不良性放浪性の面では檀一雄は太宰や安吾にひけをとらず、むしろ上まわっていた。だからこそこの二人を押さえることができたのである。

料理は人を慰安する。

素材を煮込んだり、蒸したり、焼いたり、いろいろといじっている混沌《こんとん》の時間は、狂気を押さえつけ、ひたすら内部に沈静させる力がある。料理に気持をこめることは他の欲望をしずめるための手段である。高級料亭の気どった料理にはその心がない。

安吾は、ヒロポンとアドルムに屈し、太宰は情死した。檀氏は、これには屈したくなかった。女に手を出して家を火宅にしても、家族のことは忘れられない。三島由紀夫は、檀一雄に貫流しているものは「或《あ》る生理的な痛みのようなものである。この痛みは思想を蝕《むしば》み、理性を蝕む。その悲哀は衝撃的であり、神経系統をおしゅるがす」と指摘している。安吾も料理の達人であった。安吾は、大量に豪勢な料理を作り、料理に耽溺《たんでき》することによって狂気をそこへ流しこもうとしたが、結局はアドルムとヒロポンに負けた。檀氏は薬物の誘惑の一歩手前でふみとどまり、また、情死の一歩手前でふみとどまろうとした。それが『火宅の人』なのである。

檀一雄は「放埒《ほうらつ》」な人であった。その「放埒」は、親からさずかった強靭《きょうじん》すぎる体軀《たいく》をもてあましながら、空漠の時空のなかで自己を誘導する作業なのである。だらしなく生きながら、だらしなく生きる自己を操作するもうひとつの意志がある。その意志は、本来的な欲望と衝突して軋轢《あつれき》がおこる。そのさきには死しかない。

そういった格闘を中和する友人はすでに死んでおり、その後は求めようともしなかった。太宰と安吾には檀一雄がいたが、檀一雄には檀一雄がいなかった。檀氏にとって、檀一雄的存在は料理ではなかったか。檀氏にとって、料理は自己救済であった。安吾が指摘するのはそこのところなのである。

だからこそ檀一雄の料理は多くの人にふるまわれ、人々を楽しく幸せにした。私が檀一雄邸をはじめて訪問して、いきなり鳥モツ煮を出されてとまどったとき、ヨソ子夫人はすかさず「檀は食べたほうが喜びます」と言った。ヨソ子夫人はそのことを見ぬいていた。

檀氏は、「なぜ料理を作るのか」と人に問われて、「母がいなかったから」と自分なりのアリバイを作った。まさか「狂気防止のため」とは言えなかったろう。そんなふうに説明されればますますわからなくなり、しかもうまくなさそうだ。

『火宅の人』で檀一雄はつぎのように書いている。

「それが破局に向うことも知っている。かりに破局であれ、一家離散であれ、私はグウタラな市民社会の、安穏と、虚偽を願わないのである。かりに乞食になり、行き倒れたって、私はその一粒の米と、行き倒れた果《はて》の、降りつむ雪の冷たさを、そっとなめてみるだろう」

この雪もおいしそうだ。

いや、これは料理小説ではなく修羅の記録なのであるから、こんなところで食欲を感じてはいけない。にもかかわらず、こんなふうにしてなめてみる雪の味は、ツーンと背中の裏側を突いてくる透明な味覚がある。

檀氏の料理話には、いつもその場にある風や光や影の粒子が書きこまれている。

「サルビアの花が真っ赤に咲きだしてくると、どうしたわけか、少年のころに喰べ馴《な》れていた真夏の食物の味と匂いが、しきりに思いだされてくる。／例えば、トウガンだとか、ニガゴリだとか」(『廃絶させるには惜しい夏の味二つ』)
こんな哀調を帯びた料理話を書ける小説家は、いまはどこを見渡してもいはしない。

深沢七郎——屁《へ》のまた屁

深沢七郎は私の恩師である。

さらに言えば、深沢さんは私を破門した。そのことは小説『桃仙人』に書いたとおりである。だから深沢さんのことを書くのはつらいが、どうしても深沢七郎のことは避けて通れない。深沢七郎は、私が小説家となった「元凶」だからである。

深沢さんとは何度も何度も何度も食事をともにした。深沢さんは復讐《ふくしゅう》のように食べた。量が多かった。しょっちゅう食べたのは、漬け物と飯である。きゅうりの漬け物、茄子《なす》の漬け物、大根の漬け物、白菜のぬか漬け、ウリの奈良漬け、と漬け物は定番のおかず

ふかざわ・しちろう（1914〜1987）山梨県生まれ。日劇ミュージック・ホールのギタリストのかたわら書いた『楢山節考』でデビュー。民俗に素材をとった作品が多い。『笛吹川』『みちのくの人形たち』など。

だった。「本当にうまい漬け物はウンコの味がする」というのが深沢さんの口癖であった。深沢さんは「自分は母から出た屁のようなものだ」と言っていた。「小説は自分の屁だ」というのも深沢さんの持論だったから、小説は屁のまた屁ということになる。深沢さんはウンコ話が好きで、自分の野糞《のぐそ》を月夜の明りでいつまでも見ているような人であった。これは自己愛である。深沢さんの農場は「ラブミー農場」といった。これも直訳すれば自己愛農場というほどの意味である。

私は、深沢さんの代筆をして小説を書いてしまったこともあるし、深沢さんの小説『秘戯』には本名で登場する。『秘戯』では、実名のほかに、私には「歌麿《うたまろ》」というあだ名がつけられた。私が深沢さんに連れられて博多《はかた》へ行き、鳥の水タキを食べ、恐ろしい人形を見るという小説である。深沢さんに連れられてある人の家へ人形を見に行ったことは実話だが、あとは創作である。小説『秘戯』ほか六篇が収められた『みちのくの人形たち』は谷崎賞を受賞し、受賞記念パーティでは、私は深沢さんと一緒に「唐獅子牡丹《からじしぼたん》」のやくざ踊りを踊った。それは、川端賞の受賞を断った深沢さんが、谷崎賞をうけることになったための「お詫《わ》びの踊り」という意味であった。踊りの稽古《けいこ》のため、何日かラブミー農場へ通い、振りつけをした。稽古のあとは、漬け物を肴《さかな》に赤ワインを御馳走《ごちそう》してくれた。深沢さんは酒を飲まないが、客には勝沼産の一升瓶ワインをふるまうのだった。唐獅子牡丹の刺青《いれずみ》は赤瀬川原平さんがラクダのシャツに描いた。踊りのあとラブミー農場特製のキンピラゴボウを客に配った。一本が割箸《わりばし》のように太いキンピラゴボウであった。料理が並べられているホテル宴会席へ、山ほどのキンピラゴボウを持ちこんだのは、いまから考えると奇妙であった。これも「深沢式パフォーマンス」として顰《ひん》蹙《しゅく》を買ったけれども、当時、深沢一家の子分としてキンピラゴボウを配った私は、少しも変だとは感じなかった。なぜならラブミー農場で朝掘りしたゴボウは、コリコリとしてじつにおいしかったからだ。いま思い出しても食べたくなるほどの骨太の味であった。

深沢さんは、ゴボウにうるさく、出来のよくないゴボウを「やくざゴボウのタコの足」と節をつけてうたっていた。一本が太く長くならずにタコの足のように曲って、短く、何本にもわかれてしまうゴボウのことである。害虫に葉を食べられて、葉のスジだけになってしまう白菜やキャベツへは「やくざ菜っパの傘のほね」とうたった。その日、宴会席へ持参したゴボウは、深沢さん自慢の一品であったのだ。

深沢さんは小説を書くかたわら農業に従事し、自家製の味噌《みそ》を作った。大豆は、オクオージロという品種を使った。日に干しても青い色の豆であった。味噌は豆と麴《こうじ》で作るのだが、麴は電気毛布に巻いて発酵させた。オクオージロは害虫がつきやすく枝も張りすぎて収穫量も少ないが、味がよかった。深沢さんは、晩秋に収穫した大豆のサヤつきを、棒をくるくるまわしながら叩《たた》くのが楽しそうだった。原始時代のような素朴な叩きかたであった。乾いたサヤつきの大豆を叩き終ると箕《み》でゴミを落とす。こういった一連の作業をする深沢さんは、嬉《うれ》しくてしかたがないといった様子だった。深沢さんは、石和《いさわ》で印刷業などを営む商人の息子だが、昔から近所の農家の仕事を見て、それをやりたくてしかたがなかったのだと言った。

深沢さんが作った味噌は昔味噌と名づけられて四キロ箱千五百円で売られた。私は多摩地区販売員となり三百箱以上売った。そのころ私が住んでいた団地の六畳間は、段ボールにつめた味噌箱でいっぱいになった。深沢さんの味噌は、味がいいうえ、ラブミー農場ブランドということもあって飛ぶように売れて、注文が殺到した。私は、深沢さんの道楽に参加させてもらえるだけで嬉しかったが、ある日、五万何千円かの現金を渡された。現金が入った袋のなかに明細表があり、売り上げ金のうち十四パーセントの計算になっていた。びっくりして「そんなものはいりません」と申し出ると、深沢さんは不機嫌になった。深沢さんにとっては、味噌を作る過程も楽しいのだが、それを売って儲《もう》けることも楽しみなのであった。販売を手伝った他の友人にきくと、みな十四パーセントを貰《もら》って、困惑したが、結局は受けとったという。それで私もいただくことにした。

深沢さんは、「これは農家の商法です」と言った。「士族の商法」に対して深沢さんが考えた言葉であり、武士は威張って商売をし、商人は頭を下げて利に走る。それに対し、農家は本能的な欲のために商売をする。そのため利益を追うのに無鉄砲なところがあり、そこのところがジーンと胸がしびれるほど好きなのだと。生きるための知恵ではなく、欲のための知恵である。そんな底力のある自分勝手のやり方が深沢さんのめざすところであった。

「深沢文学は薄気味が悪い。怪奇的要素が強い。近代的価値観と違った意識構造だ」と評価されているけれども、深沢さんがめざした世界が「農家の商法」だと知れば、それらは、すっきりと明快になる。深沢さんが川端賞を断るとき、その理由を「文学賞をとることは人殺しだ」という発言をして話題になった。それは、自分が受賞することによって他の作家が受賞できなくなる、というほどの意味だが、この言い方は深沢さん流のオトボケである。そのころ、深沢さんは、「中央公論」に載った『みちのくの人形たち』や「文學界」に載った『秘戯』を、それぞれ雑誌からコピーして経本形式の本を作製し、一冊千円で通信販売していた。ストリッパーの広瀬モトミさんのキスマークが表紙に印刷されていた経本には、三千部以上の注文があった。私は経本ののりづけを手伝った。これも「農家の商法」である。直接生産、直接販売で、料金先払いの現金書留支払方式だから税務署にも見つからない。作家で自前の出版社を持つ人はたまにはいるが、この深沢方式ははじめてであった。深沢さんは「わずかな賞金を貰ったって、また雑誌に出れば経本が売れなくなる」と考えた。文学賞を貰うという名誉よりも、自分が始めた商売の邪魔にならないことを深沢さんは選んだのであった。同じ作品で、一年後に谷崎賞を受賞したときは、自前の経本を売りつくしてしまったあとであった。

深沢文学と農業は表裏一体である。深沢さんは、いわゆる農民文学というものを嫌った。農民文学は、知の産物であり、農民の生活の苦しさや農村の閉ざされた因習を解放しようとする。深沢さんは、それとはまったく逆に、否定された古き因習や偏見のなかに自分の血を捜そうとした。

昔味噌のあとは、ダンゴ屋と今川焼屋を始めた。深沢さんはお金に執着心が強く、現金商売を好んだ。それは、深沢さんが銭の亡者《もうじゃ》という意味ではない。深沢さんは、気前がいい人で、ちょっとでも「これはいいですね」と言うとくれてしまう人だった。湯飲みでも、野菜でも、服でも家具調度品でも、うっかりほめると「持ってきなさい」とよこしてしまう。そのため、ラブミー農場へ行くと、いつも山ほどの土産をいただいて帰るのであった。

私は深沢さんに貰ったハンテンを着て仕事をしている。家で運動をするときも深沢さん愛用の七郎杖《づえ》を使うし、正月の着物は深沢さんが注文して作ってくれたものである。前の会社をやめて五反田《ごたんだ》に小さな出版社を作ったときは、一升瓶のワインを三ダース貰った。いまなお家中に深沢さんからのいただきものが多く残っている。深沢さんはケチな人ではなかった。そのくせ金銭にうるさかった。

ラブミー農場を訪問し、そこから会社へ電話をかけた者は即日出入り禁止であった。他人の家の電話を勝手にかける者は、「銭箱から金を盗むようなものだ」と深沢さんはいつも言っていた。一緒に旅をしたとき、深沢さんはホテルの千円の朝食を食べながら「これは原価は百六十円です」とすかさず計算をした。会話のなかにしょっちゅう値段の話が出てきた。

ダンゴ屋と今川焼屋のときも、「アンコがどの店よりもたっぷり入ったのが深沢式」と自慢したけれども、深沢一家（深沢さんのところに出入りする私や赤瀬川原平さんや篠原勝之《しのはらかつゆき》さんのことを深沢さんはそう呼んでいた。私たちは深沢さんのことをオヤカタと呼んでいた）には、原価計算の話ばかりをした。物の価値を金銭で評価するのはしごく当然のことなのだが、それを文学のなかに「農家の商法」感覚で持ちこむのが深沢流なのである。

深沢さんの今川焼屋へ行くと、お茶をきゅうすになみなみとあふれるほどついで「なんでも量を多く作ってしまうのが深沢式だ」と自慢した。それも早く食べる。昼飯のときはザブッと一口で茶漬けをかきこみ、それを何杯も食べる。モタモタしている弟子はすぐクビになった。百姓は一日野良《のら》仕事をするため、より多く、より早く食べるのである。

今川焼屋のときは、「女のほうが買い方が気前いい。男はケチで平均四個だ」と観察していた。商売をしながらも、根本はマルゴト作家であった。小説のネタを仕入れるために農業や商売をした、というのが本音だろう。しかし、農家や商売の真似《まね》ごとも深沢さんにとっては表現のひとつであって、好きだからやっているのである。

農業を始めたのは、昭和四十年（五十一歳）からで、最初から自給自足のコマギレ栽培であった。コマツナをひとうね、ダイコンをひとうね、ゴボウ、ホウレンソウ、コカブ、ナス、キュウリ、サトイモ、レタス、ピーマン、パセリ、三十種類ぐらいを作付した。そのうち、作ったものを売って金を儲けなければ百姓の心情はつかめないと気づいて、味噌やらなにやらを売るようになった。

今川焼が人気となり、向島《むこうじま》に開いた夢屋に客が立ち並ぶようになると、すぐにあきてしまって店を閉めた。今川焼屋のあとは寿司屋《すし》を開こうとした。一つの握りがおむすびくらい大きい寿司を握りたいと、いろいろ研究した。これは、仕込みが大変なため立ち消えになったが、一時は店内装飾まで考える熱の入れようだった。ラブミー農場を始めたときは百羽のニワトリを放し飼いにした。農場のそこかしこに卵が落ちていた。だから朝食には必ず新鮮な卵が出たが、それも、すぐにあきてしまった。

なぜ、こんなに食にこだわるのだろうか。そのことを深沢さんに訊《き》くと、

「ぼくは自分が食いしん坊ですからね。それに人に無理に物を食べさせて喜ぶところがあるのです」

と答えた。半分は本音だけれど半分はオトボケだろう。

商売を始めたのは、のちに養子となる同居人のヤギさんに仕事を覚えさせよう、とい

う気持があったはずだ。ヤギさんは、深沢さんの親戚《しんせき》の息子で、深沢さんが亡《な》くなるまで家と農場を手伝っていた心やさしい青年である。昔は帝国ホテルのコックをしていたから、料理の腕前はプロである。深沢さんが心臓発作をおこすと病院に連れて行き、旅をするときは車を運転し、深沢さんの手足となって働いた。

今川焼屋をはじめて一年目、深沢さんは、「儲かったから御馳走しよう」と言って、東京銀座の東華飯店へ案内してくれた。この店の餃子《ギョーザ》は大型で長さが十センチぐらいあった。この店は、深沢さんが日劇ミュージック・ホールでギター弾きをしていたころ、よく通った店だという。深沢さんは、「今日のおごりはミスター・ヤギだよ」と嬉しそうに言った。餃子をたらふく食べながら、「いまの餃子は猫の糞みたいに小さくてだめだ」と持論を述べ、上機嫌であった。

深沢さんはタケノコが好きで、ラブミー農場に竹を植えて、春にタケノコパーティを開いた。そのときは秩父《ちちぶ》の黒豚肉を山ほど仕入れてきて焼いて食べた。買い出しにいくのはヤギさんの役目だった。深沢さんは、自分は食べないのに「もっと食え、もっと食え」と深沢一家にふるまった。一升瓶のワインも、浴びるほど飲まされた。深沢さんはギターで「楢山節《ならやまぶし》」を演奏しながら、いつもの屁の話をした。人間が生まれるのは屁と同じ生理作用で、母親の胎内に発生して放出されるのだ、と。だから人間が生まれるのは大したことではない。

「屁をひって三つのトクあり。腹スキズキとココチヨシ、人に嗅《か》がしてココチヨシ、屁はケツの穴のソージです」

したがって、人間は、この世に生まれた害虫である。公害という現象は自然淘汰《とうた》であって、人間が増えすぎたため公害をおこして除去しようとする無意識の本能だ、とも言った。そういう深沢式世界観は、ズキズキするほど新鮮であった。

「小説『楢山節考』は自分の家が印刷屋なので、自分で作って記念品のようなものとして友達に配ろうと思って書いた。それが出版社から出て、アブクゼニが入った」

「子どものころ人差指にイボがあった。近所の家の女の子の手を出させて、イボイボ渡れ、いっぽん橋渡れと言って、移してしまった」

何度も聞かされた話は〈いじり焼き〉である。

「自分が死んだら、ケツの穴から口へ串《くし》を刺して豚のマル焼きのように、こんがりとキツネ色に焼いてほしい。野原で、いじりながら焼くから、これを〈いじり焼き〉という。生前、よい行いをした人は、村の人は恩を感じていじりに来てくれる。ところが、徳がない人へはいじりに来てくれないので、尻《しり》の肉の部分が焼けずに残って、ボコッと落ちてしまう」

深沢さんは、マザコンで、人一倍母親を大切にしていた。『楢山節考』のおりん婆《ばあ》さんは自分の母親をイメージした人である。それほど大好きな母親が死んだとき、友人に

「今日、食事を一緒にしよう」と電話をかけて、家族を驚かした。母親が病気のあいだ、深沢さんはほとんど食事をせず、食べることは悪いことだと恥じていた。母親が臨終という「大事業」をしたあとは、気分がすっきりして、急に腹がへってしまった、という。

深沢さんの母親は肝臓癌《かんぞうがん》で一年間寝たきりで、食をうけつけなくなった。深沢さんは、やせおとろえた母を背負って庭の木や花を見せて歩いた。そのとき、母親を背負う深沢さんも、やせおとろえていた。自分の死を悟った母親のなかに楢山参りを決心したおりん婆さんを見、「食うことは恥ずかしい」として歯を欠こうとするおりん婆さんには自分自身を見ていた。

『楢山節考』は「恐ろしい小説」という面のみが評価されており、たとえば、三島由紀夫は「総身に水を浴びたように感じた」と言っている。しかし、バシャーッと水を浴びる感動には、人間のやさしさが根底にある。仏教的な諦観《ていかん》が通底しており、早く死にたがっているおりん婆さんも、捨てにいく息子もじつに心やさしいのである。私はこの小説を、音楽を聴くように何度も何度も読み返していた。すると、この小説で気になるのは食事のシーンなのであった。米のことを白萩様《しらはぎ》と書いてある。米のひとつぶひとつぶが白萩の花のようだから白萩様なのである。私は、

「白萩様というのは山梨かどこかの方言でしょうか」

と訊いた。深沢さんは、

「私の造語です」
と、いとも簡単に答えた。
『楢山節考』は食べ物がおいしそうです」
と言うと、深沢さんは驚いた様子で、
「それを言ったのは、叔母ときみの二人だけです。叔母は、食うことばかり書いている
ところが七郎さんらしいと言った」
と言い、それから、なにかと私に心を許してくれるようになった。深沢七郎作品をと
く鍵《かぎ》は、ひとつは音楽であり、ひとつは食事なのである。深沢さんがギターを弾くよう
になったのは十四歳からだが、「ギターを弾くことは病むことだ」とも言っていた。「人
間は、飯を食うのにしかたなく生まれたからだ」とも言っていた。
深沢さんは、一時、人間滅亡教教祖を自称しており、『人間滅亡的人生案内』という
本を出した。そのなかに、「女に人間的魅力を感じない。女に感じるのは性欲だけだか
ら、こういう自分をどう考えたらいいか」という質問があった。深沢さんの答はこうで
あった。
「オンナとはクチビル、オッパイ、ヘソのまわり、性器、しずかにさわれば、ウーとか、
スウーとか音をたてる。とてもオモシロイ肉体なのです、だから、オンナを好きなので
す。誰がオンナのすることや考えてることなどに気をはらうものがありましょうか。サ

カナにはホネがあるので食べるときはそこをとり去ってうまいところだけ食べます。だから貴君もオンナの胸くその悪い点はそんなふうにして下さい」

深沢さんは終生独身で女嫌いであった。ただし、日劇ミュージック・ホールのダンサーと白石かずこさんのことは敬愛していた。あと老婆《ろうば》好きだったのは、母親のイメージが重なるからであろう。

晩年、心臓病が悪化すると、塩ぬきの料理ばかりになり、「こんな思いをするなら、死んでもいいから、食べちゃえ」という気になって、見舞い客に、秘密で醬油《しょうゆ》を持って来させた。深沢家は昔から食いしん坊の一家で、深沢さんは庶民を自認しつつも「自分の家だけが贅沢《ぜいたく》だ」と思っていた。ところが近所の農家へ行くと、どこの家も食事が贅沢なので驚いた。「庶民の家の食事は金持ちの食事より贅沢だ」というのが深沢さんの認識だ。それはキンピラゴボウひとつとってもそうであった。ラブミー農場では薪《まき》で飯を炊《た》いていた。木の電柱がコンクリート製の電柱にとってかわられ、廃材となると、それを貰ってきて薪とした。それも、電柱一本を丸ごと薪にして、飯を炊くのであった。飯炊き釜《がま》の炉から、長い電柱がズンとつき出ていた。

農家は畑に野菜の種をまきながら、種が育って生育するときを考えている。深沢さんにあっては、種をまきながら、その野菜を食べることを考えている。深沢さんにとって「百姓」はうってつけの仕事であった。農業に従事する小説家は、おうおうにして農業の意味を考えがちだけれども、深沢さんにとっては、農業の方法だけが重要であった。自分がまるごと「百姓」になり、百姓の思考で小説を書くと深沢七郎になる。そのため深沢さんは、知識人になることを極力避けた。批評家から「ピエロじみている」と言われるほどバカを装《よそお》ってみたり、奇矯な行動をとったのもそのためである。そのうえで「農家の商法」に徹した。現代にあっては農業志向の人が増えつつあっても、深沢的思考で小説を書くことは、ほぼ不可能といっていいだろう。

池波正太郎——むかしの味

いけなみ・しょうたろう（1923〜1990）東京生まれ。劇作家を経て、長谷川伸に師事。時代小説に転じた。「鬼平」「剣客商売」など人気シリーズが多くある。映画化された作品も数多い。

池波正太郎は料理のなかに小説を見ていた。料理を作るように小説を書いた。だから池波さんの剣客小説は読んでおいしいのである。料理は舌で食うが、小説は頭で食う。想像力で食う。舌の音痴な者には上等の料理の味がわからないが、それは想像力の弱い人間が小説を読んでも感動できないのと似ている。

池波さんの剣客小説には江戸の料理がふんだんに出てくる。藤枝梅安シリーズの料理に関しては『梅安料理ごよみ』（佐藤隆介、筒井ガンコ堂編・講談社文庫）がある。鶏卵、鰻《うなぎ》、鰹《かつお》飯、蝦蛄《しゃこ》の煮つけ、軍鶏《しゃも》、豆腐の葛餡《くずあん》かけ、蜆《しじみ》汁、蕎麦《そば》、根深汁、猪鍋《ししなべ》、掻《かき》鯛《だい》など、梅安が食べた料理が詳しく解説されている。そのほかに『むかしの味』（新潮文庫）、『散歩のとき何か食べたくなって』（新潮文庫）といった料理エッセイ本もある。池波さんは健啖家《けんたんか》で、豪快に食べた。『散歩のとき何か食べたくなって』は雑誌「太陽」に二十年前に連載されたもので、そのとき私は「太陽」編集部員であった。直接の担当は同僚の筒井ガンコ堂であった。池波さんが好んで行かれた資生堂パーラーや、神田連《れん》雀町《じゃくちょう》の汁粉屋竹むら、洋食の松栄亭、深川のどじょう屋伊せ喜などへは、私も何度も何度も出かけた。蕎麦のまつやもそうだった。私はいまでも蕎麦は神田のまつやが一番だと決めており、これは池波さんの影響だ。まつやに行くたびにあるじと池波さんの思い出話をする。

まつやの目と鼻のさきに、有名な蕎麦店、藪《やぶ》がある。藪の蕎麦は上等だけれども、「近所の人はどの蕎麦屋へ行くか」というのが池波さんの目のつけどころだった。「超有名店のすぐ近くに本筋《ほんすじ》の店がある」というのが池波さんの口ぐせだ。ガイドブックに紹介されていない、町の住人が行く店を、池波さんは「本筋の店」として大切にした。

そういうわけで、『散歩のとき何か食べたくなって』に出てくる店は、私は全部行ってしまった。『むかしの味』に出てくる店もほとんどすべて行っている。それは、「本を読んで」というわけではなく、いつのまにか自分の好みが池波さんと同じになっているのだった。池波さんの小説のファンは、みな同じ傾向があるのではないだろうか。

池波さんと資生堂パーラーへ行ったことがある。池波さんは、コロッケ、チキンライス、エビフライ、ハンバーグ、ヒラメのバター焼など数点を注文して、全員で少しずつ分けて食べる。ハヤシライスやカレーライスも全員でひと口ずつ分けて食べる。これはやってみるとじつにおいしく、私も友人たちと食べるときはこの池波式になった。こういう食べ方を覚えるとコース料理をシズシズとスープから始めるのがばからしくなる。池波さんは気にいった料理店を大切にしたけれども、自分流の食べ方も貫き通した。

銀座資生堂パーラーはとくに池波さんの思い入れが深い店である。池波さんが資生堂パーラーへ初めて行ったのは十三歳のときであった。浅草生まれの池波さんは、小学校を卒業すると兜町《かぶとちょう》の株式仲買店の少年社員として働きに出て、井上留吉という幼なじみに「おどろいたよ。チキンライスが銀の容物《いれもの》に入って出てくるんだぞ」と教えられた。月給五円の少年が七十銭もするチキンライスを食べるために銀座へ出かけていく。

少年社員の時代から物語が始まっている。

池波少年は、豪勢な資生堂パーラーで堂々とチキンライスを注文し、そのおいしさに目を丸くした。下町に育った子供たちは、大人の真似《まね》をしたいときは、まず、食べるものから入った。十銭二十銭と小遣をためこみ、上野松坂屋の食堂でビーフステーキを食べ、「世の中にこんなうまいものがあったのか」と驚いたこともあった。

銀製の容器に盛られたチキンライスは、どんなに十三歳の少年を驚かしたことだろう。

こういった味の興奮は成人してからは二度と味わえるものではない。池波さんは、資生堂パーラーのチキンライスを食べることによって、少年時代を思い出そうとしていた。初恋の相手を捜す行為に似ている。

資生堂パーラーには池波少年と同じ年ごろの坊主頭《ぼうず》の少年給仕がいた。白い制服に身をかためた少年給仕はぎこちなく注文をきいた。二度目に行ったとき、少年給仕は「マカロニ・グラタンいかがです？」とすすめた。三度目は「今日は、ミート・コロッケがいいです」とすすめた。池波少年は、すすめられるままの料理を食べた。足かけ三年ほどの間、少年給仕の山田君との交友がつづいた。ある年のクリスマスの日に池波少年は、岩波文庫の『足ながおじさん』を買って、「プレゼント」と言って渡した。すかさず、山田少年も小さな細長い包みを「ぼくも！」と言ってよこした。テーブルの下で包みを開けてみると「にきびとり美顔水」が入っていた。

この話は泣ける。お涙ちょうだいの話でないのに泣ける。そのシーンを思いうかべると、胸にジュッと音がする。透明でせつなくて純情で、話が甘い。山田少年とは、その後水兵となった姿を一度見かけただけで音信不通となったという。兜町の少年社員井上留吉とも音信不通で行方はつかめない、という。池波さんの料理話にはみんな物語がある。料理のなかに人間の息がふわりとかかっている。

池波少年はもともと食い気がはっていた。浅草の町内にはどんどん焼の屋台が出て、パンカツを売っていた。一銭のパンカツは、食パンを三角に切ったものにメリケン粉をといて塗って焼き、ソースをかけたものであった。パンカツの上に牛の挽肉《ひきにく》を乗せて巻いた上等品は五銭だった。池波少年は、どんどん焼のおやじに「こういうの、やってごらんよ」と言って「鳥の巣焼」というものをすすめた。おやじが感心してそのメニューは屋台の定番となった。つぎに、「ポテト・ボール」というのもすすめた。キャベツとジャガイモをいためたものであった。これも屋台のメニューとなった。池波少年は屋台のおやじに料理の腕を認められて、店番をやらされるまでになった。この屋台のおやじは「役者」とあだ名されるほどの色男だったが、池波少年に店番をやらせてヤクザのお妾《めかけ》さんの家へ行き、それがヤクザにばれて指をつめさせられた。

樋口一葉の『たけくらべ』に出てくる悪ガキを思いおこさせる話である。池波さんは、この屋台のおやじのことを思い出して小説の登場人物にとり入れている。料理の背景にある夕暮れどきのジンとしみる気配が、物語の始まりだ。池波さんは、料理の周辺に漂う気配を食べていた。町の匂《にお》いも食べていた。晩年の池波さんは「町に匂いがなくなった」となげいていた。昔は、浅草には浅草の、銀座には銀座のバタくさい匂いがあった。

池波さんは板前やコックから目をはなさない。料理人が内に秘めている謎《なぞ》めいた気配は、その料理がおいしいほど、特有のこくのある匂いを発散する。池波さんは板前に剣客の気配を見さだめていた。池波さんの小説に登場する剣客の名が実在の料理人であることが多いのはそのためである。池波さんは、腕一本でのしあがってきた初代を好んだ。初代が亡《な》くなって息子がつぐと、不安になってその店へ通って二代目を激励したが、すでに店への興味は失ってしまった。

池波さんの小説が料理的であるのは、料理のなかに秘められた事件の気配を嗅《か》ぎとるうまさにあるが、と同時に物語の展開にも料理に共通する作り方がある。池波さんの話の作り方は、まずAという事件（素材A）がおこる。つぎにBという話の流れ（素材B）がくる。さてそのころCという状況（素材C）がある。この素材A、素材B、素材Cは、別の視点でとらえられ、素材Aが素材Bに流れこみ、素材Cと合体するという形で成立する。小説の主人公の目で、一本まっすぐにすすむ話ではない。事件が核心にせまると「さて、そのころ……」とかわされる。一瞬じらされるが、その間《ま》のもたせ方が絶妙で、ゆっくりと煮込む部分は煮込み、さっと揚げるところは手早く揚げ、さっぱりと味つけするところは技をきかし、辛みをつけ、ちょうどいい味かげんで皿の上に盛られる。その手ぎわの技は、料理に共通する。場面によってはアブラ味を加える。

池波さんはカツレツの白いアブラを好んだ。法師温泉で夕食に出される田舎風カツレツは半分残しておき、ソースをかけて一晩ねかせておく。朝になるとカツレツの白いアブラとソースが溶け合い、まるで煮凝《にこご》りのようになっている。「これを炬燵《こたつ》へもぐりこんで熱い飯へかけて食べる旨《うま》さはたまらないものだ」と言う。このあたりの料理話はとろりとうまい。池波さんは、女性も、脂《あぶら》ののった人が好きだったようで、剣客小説に登場するいい女にはくらいつきたくなるようなアブラ味がある。

池波さんは生一本《きいっぽん》のおやじがいる老舗《しにせ》を好んだ。時間がしみた味を好んだ。老舗には、事業を拡大して支店を増やしていく店があるけれども、事業拡大にはまるで興味を示さず、むしろ嫌った。池波さんが好む味は、昔気質《かたぎ》の店がかもしだす色気、人情、殺気、工夫、すがすがしさ、味の展開、余韻といったものが中核にあり、こういった老舗のシステムは、書く小説にも共通している。池波さんが、料理のつけあわせにこだわったのも、これと無関係ではない。血わき肉おどる剣客小説は、つけあわせの妙で読者をひきずりこむものだ。

池波さんが好んだ洋食店に日本橋のたいめいけんがある。たいめいけんはつけあわせにこだわっている店である。ビーフシチューを食べるときは、つけあわせはいつもニンジンとジャガイモというのではだめで、月によってシイタケとかカリフラワーのチーズ焼とか変っていなければいけない、という主人の話に共感する。池波さんは、たいめいけんでは、ワインでなく日本酒でポークソテーやグラタンを食べた。これも池波流である。帆立貝のコキールで日本酒を飲んでいると、亡くなった先代が調理場から現れて、「後で薄いカツレツめしあがりますか?」と声をかけてくるような気がしたという。そのカツレツにもたっぷりとつけあわせがついている。たいめいけんのつけあわせはいまでも上等で安い。キャベツサラダにしたところで、一皿五十円で、格別においしい。

仕掛人梅安が活躍した時代は魚料理が主役だった。あとはシャモと野菜。これらを鍋料理にした。池波さんは一人前用の鍋で、御自分でも調理して食べていた。神田連雀町界隈《かいわい》(神田須田町《すだちょう》一丁目と淡路町二丁目のあいだ)には、蕎麦のまつやのほか、あんこう鍋のいせ源や鳥屋のぼたんなど、梅安がぬっと出てきそうな老舗がそろっている。そのなかでも、ことに池波さんの好みは汁粉屋の竹むらであった。江戸の汁粉屋はいまの同伴喫茶のようなところもあって、店によっては酒も出したという。それで、小説のなかでは「同心が娘を呼び出して、娘の唇を丹念に吸いながら、固く張った娘の乳房をまさぐる」なんて色っぽいシーンが出てくる。汁粉屋へ行って、甘い栗《くり》ぜんざいをすすりながらそんなシーンを思いめぐらすのが池波さんの真骨頂であった。

池波さんの小説には水を浴びたような色っぽい女が出てくる。若い女が蕎麦屋の主人の「金太郎蕎麦」という小説がある。威勢がいい女で、肌ぬぎになって出前をすると、背中に金太郎の彫物《ほりもの》が見え、人気を呼んだ。こんな女を作りあげるのも、連雀町界隈でまつやの蕎麦の出前を見たときなのだろうか。連雀町界隈にはそういった江戸の余熱がある。

では、江戸料理を再現している店はどうかというと、まるで興味を示さない。和食の高級料亭にも興味を示さない。宴席で呼ばれることはあったろうが、そういった店の料理が小説に応用されることはなかった。料理話にとりあげることもしなかった。鮎《あゆ》の塩焼がどうのこうのだの、旬《しゅん》の味がどうのこうのとか、食べ方の作法はどうする、といった気どった偉そうな食通話は池波さんには似合わない。池波さんの興味の対象は、江戸の町衆の食事であって、だからこそ、江戸の庶民が好んだB級和食をよしとしたのである。

池波さんの料理話には出てこないが、たとえば神田まつやでは、酒の肴《さかな》に焼売《シューマイ》を注文した。二十年前は、まつやは、注文されれば焼売も出した。池波さんにはそういうハイカラな気質がある。これは浅草少年団として育った下町特有の新しがり屋気分で、どんどん焼きのおやじに料理のアイデアを出すのも、同じ気質からきたものだろう。十三歳にして銀座資生堂パーラーへ行く好奇心は、剣客少年の気合いがある。異界の誘惑に足をふみいれる度胸、少年ならではの殺気、ドキドキと心臓を高鳴らせて悠然と立ち振る舞う骨太さは、鬼平の少年版である。そして、料理人が立ち振る舞う殺気の彼方《かなた》に、深い諦観《ていかん》と一筋の物語を読みとる。

京都の松鮨《まつずし》へ行ったときの話が『むかしの味』に出てくる。これは剣豪小説のようである。このとき池波さんはまだ三十代で、鬼平や梅安を書く前であった。この店のおやじは変り者でうるさいという評判を聞いていた。池波さんは料理屋には物怖《ものお》じしない

性質だからエイッと入って行った。午後三時ごろであった。暖簾がかかっているのは営業中を意味するので、半間《はんげん》の戸を開け、

「よござんすか？」

と声をかけると、付け場にいたあるじがちらりと池波さんを見て、「どうぞ」と言ったという。

いいなあ、このシーン。

「小柄だが眉《まゆ》が濃く、筋の通った立派な鼻が印象的なあるじだった。当時のあるじ・吉川松次郎は五十少し前だったろう。その顔貌《がんぼう》の印象は、亡き十五代目・市村羽左衛門《いちむらうざえもん》の晩年の面影を偲《しの》ばせた」と、池波さんは書いている。以後、この店の主人が亡くなるまで、池波さんは松鮨の客となった。京都の知人に案内されて行くのではなく、単身で入っていくのは、十三歳のときの資生堂パーラーと同じ度胸がいる。保証を得て行くのではない。一人で入り、自分の感性で相手を見る。

池波さんに教えていただき、筒井ガンコ堂とともによく通った店は、横浜中華街の大通りから一筋離れたところにある徳記《とくき》である。徳記はいまでこそ有名店になったが、そのころ徳記のことを書く人は池波さん以外はいなかった。池波さんは、「亡師の長谷川伸《はせがわしん》がラーメンと言わずラウメンと言っていた店をさがしていて、やっと見つけた」と言った。それは「むかしの味がする手打ち麵《めん》」であった。横浜育ちの長谷川伸は、清風楼

の焼売をみやげに持っていくと「むかしの味がするね」と言って喜んだ。ついでに「むかしの味がするラウメンの店はどこか」と池波さんに訊《き》いた。池波さんは二つの店をあげた。長谷川伸はその店へ行き、あとで池波さんに会ったとき「ダメだ」とにべもなく言った。それで池波さんは、あちこちのラーメン店を食べ歩き、ついに徳記を見つけた。そのとき長谷川伸はすでに故人となっていた。

「長谷川伸先生に食べさせたかった」と池波さんはしみじみと言った。池波さんはそういう人である。うまいまずいではなく、「むかしの味」と言われればそれにこだわる。そのうち、池波さんの嗜好《しこう》も、むかしの味を求めるようになった。池波さんは、若いころ、老人たちが何事につけ「むかしとはくらべものにならない」という言葉に反発をおぼえた。それが次第に、自分でも「むかしがよかった」と言いたくなる年齢になった。自分でも「むかしがよかった」と思うのだから、「むかしのむかしはもっとよかったろう」と考える。「むかしがよかった」と回顧するのではなく、逆に先鋭的に「むかしのむかし」をさぐろうとする。これは流浪《るろう》する剣客の視線である。志向はいささかも未来へ向かわない。過去へ過去へとさかのぼり、かすかな記憶だけがぴりぴりと震えている。ここのところが、池波さんが美食家とは明らかに違うところである。浅草少年団のハイカラ好みと、むかし主義が池波さんのなかでせめぎあい、そこからドラマが始まるのである。

たとえばサンドイッチである。

池波さんは京都のイノダのコーヒーを好んだ。イノダのコーヒーは、池波さん以外にも多くのファンがいる。池波さんが言うところの本筋のコーヒーであり、イノダは京都人が誇る名店である。ところが、池波さんがこだわるのは、イノダのサンドイッチのほうである。池波さんは「イノダのサンドイッチは、近ごろ流行の、まるで飯事《ままごと》あそびのサンドイッチではない。むかしのままの、／『男が食べるサンドイッチ』／なのだ」と言いきる。「ロースト・ビーフ、野菜、ハム、カツレツ、その他のサンドイッチを弁当にして列車へ乗り込み、冷えた缶ビールと共に味わうたのしみは、何ともいえない」と。日本にサンドイッチが入ってきたのは、そんなにむかしのことではない。してみると、池波さんのいうむかしは、単に時間的にむかしというわけではなく、記憶の奥にあるむかしである。飢渇《きかつ》からくる幻視のむかしである。幻想でありながら、ぼんやりと記憶の奥に漂うむかしである。実際に「むかしの味」を食べながらも、「さらなるむかし」に思いをはせる。これが時代小説というものである。料理は舌で味わうが、時間は記憶の彼方で味わうしか方法がない。

池波少年は小学校二年のときに、神田万惣《まんそう》のホットケーキを食べた。そのとき両親は離婚しており、池波少年は独り身となった父親と三カ月に一度は会っていた。父親に映画に連れて行かれ、帰りに「何を食べたい」と訊かれて、「ホットケーキ」と答えた。

父親は、「そうか、それなら万惣のホットケーキがいい」と言って連れて行った。池波少年は、果物屋がホットケーキを出していることに驚きながら、万惣のホットケーキを食べた。それは、それまで食べたどこのホットケーキとも違っていた。この味は、それからの池波さんの心をとらえ、晩年になっても食べに行った。

少年のとき池波さんがびっくりした味は、それぞれの物語が背景にある。色男のおやじが屋台を出していたどんどん焼き、銀座資生堂パーラーのチキンライス、そして万惣のホットケーキ、どれにもじんわりと人情がしみている。しみったれた話だろうが、高かろうが、それらはいずれも料理に寄りそい、抱きしめて、料理をひきたてている。料理は料理人が作るものだが食べるほうにだっていろいろの事情がある。池波少年には、食事にはいつもなにかの事情がついてまわった。池波少年はたぐいまれな食いしん坊であったから、いっさいの事情を味つけとして「うまい、うまい」と食べてしまった。力業の少年であった。

成人して小説家となった池波さんが、おいしい料理を作る職人の気分で小説を書いたことは、ごく自然のなりゆきであった。食べ物のことを書くと、小説は品がなくなりがちである。池波さんにあっては、品がなくなるどころかますますおいしく、よい匂いのする小説を書いた。これは、池波さんが小説を書く好奇心と同じレベルで料理に接していたからである。

『散歩のとき何か食べたくなって』のあとがきで、池波さんは、「人間は他の動物と同様に、食べなくては、生きて行けない」と書いている。そのうえで「現代人の食生活は、複雑で予断をゆるさぬ時代の変転につれて、刻々と変りつつある」として「私どもの食生活の将来について、一種の怖《おそ》れを抱いたことも事実だった」と独白している。日本人の食生活は、一見贅沢《ぜいたく》に見えて、明治以来、最悪の状態になっている、と池波さんは暗に警告しているかのようだ。

三島由紀夫——店通ではあったが料理通ではなかった

みしま・ゆきお（1925〜1970）東京生まれ。16歳の作品『花ざかりの森』でデビュー。大蔵省勤務を経て作家に。華麗な文体と題材で流行作家となった。『仮面の告白』『潮騒』『金閣寺』『憂国』「豊饒の海」四部作など。

大田区馬込《まごめ》にある三島由紀夫の家を訪ねたことがある。三島氏が自決する一年前、昭和四十四年のことであった。ビクトリア朝風のコロニアル形式の造りで、三島氏が「悪者の家」とうそぶいていたバロック趣味の洋館であった。玄関のわきにあった石榴《ざくろ》の木が、ひび割れた果実をつけていた。

一階の応接間のテーブルで、紅茶を供された。ロイヤル・コペンの花柄茶碗《ちゃわん》につがれたフォーションの紅茶は、窓から漏れる葉影を反射して虹色《にじいろ》に光っていた。私は三島由紀夫の熟読者であったので、紅茶茶碗の表面で揺れ動く光と影を、三島氏の小説『暁の寺』に出てくるエキゾティックな心理モザイクを見る思いで見つめていた。若僧編集者の私は緊張しきっていた。

紅茶の味などは覚えていない。

三島氏は、カチンカチンの「意志」を塗りかためたガラス細工のような視線で、目がピカッと光っていた。自宅を訪問する前日は後楽園ジムでボディビルをするところを撮影した。カメラマンは石元泰博氏であった。三島氏は、撮影をする前に、バーベルを何度も持ちあげた。それを繰り返すと筋肉がパンパンに張ってくる。バーベルを持ちあげるたびに、水枕《みずまくら》に水を注ぎ入れるような感じで胸がふくれてきた。

「今朝は四百グラムのビフテキを食べてきた。つけあわせはジャガイモ、玉蜀黍《とうもろこし》、それからサラダを馬の如《ごと》く食べた」

と三島氏は言った。

「いつも、朝食はビフテキですか」

と聞きながらメモをとると、

「朝食といっても昼すぎに食べるのだ」

と乾いた声で言った。これにはいささかびっくりした。三島氏が、合気道初段、剣道五段の武闘派であることは知っていたが、三島由紀夫は私よりずっと小柄で、身長一五八センチぐらいの小男であった。朝からそんなに大量の食事をするとは、ちょっと考えられなかった。それで会社へ戻って資料を調べたところ、『私の健康』というエッセイに「朝は、ハーフ・グレイプフルート、フライド・エッグス、トースト、ホワイト・コーヒー等。朝食は午後二時ごろ。午後七時か八時に昼食」と書いてあるのを見つけた。その日は、ボディビルをするために、起きたてにビフテキを食べてきたのである。エッセイには、「週に最低三回は360グラム見当のビフテキを欠かさない」「夜中に夕食。これは軽い茶漬風のもの。仕事の前だから、あまり重いものは喰べない」「酒は家ではほとんど呑《の》まない。外でもお付合程度。煙草《たばこ》はピースを一日三箱位。油っこい洋食のあとでは、葉巻がもっとも旨《うま》い」「酔ひすぎたあとは、熱い番茶をガブガブ呑んで、急速に酔ひをさまし、仕事にかかる」「毎朝食後アメリカ製の、何やらゴチャゴチャいろんなものが入ったビタミン錠剤を嚥《の》む」と書いてあった。

それ以前に、私は舞踏家の土方巽《ひじかたたつみ》氏の稽古《けいこ》場で三島氏に会ったことがある。三島氏は澁澤龍彥《しぶさわたつひこ》氏と議論をしていて、澁澤氏はしわがれ声で三島氏に何やら言って飲みかけの赤葡萄酒《ぶどうしゅ》をぶっかけた。私がまだ学生のころであった。そのころの三島氏はボディビルをしていなかったから、ヒョロリとやせてひ弱そうだった。

三島氏が、学習院初等科に通学していた時代は、運動がまるで苦手な虚弱児童であった。躰《からだ》が弱すぎたため、二年生のときは江の島の遠足に行くことを許可されなかった。『アラビアン・ナイト』の挿絵を見て、頽廃《たいはい》の味にとりつかれた早熟な少年で、勉強だけはやたらとできた。十五歳のとき自らつけたペンネームは青城散人《あおじろさんじん》で、顔が青白いことをもじったものである。三島由紀夫という筆名はその一年後に、三島へ行ったときに、〈三島へ行く男〉をもじってつけたものである。

三島氏に関して、寿司《すし》屋のエピソードがある。誰が言いだしたのかは忘れてしまったが、この話は三島氏の性向を知るうえでよく語られた。それは、寿司屋のカウンターに座った三島氏が、マグロのトロばかりをえんえんと注文しつづけて寿司屋を困らせた、というのである。この逸話は、三島嫌いの人のあいだで、三島批判の噂話《うわさばなし》としてよく持ち出された。「寿司屋にはコハダもあれば、ヒラメ、イカ、エビ、シャコといろいろのネタがあるのだから、いくらトロがうまいからといって、トロばかり注文するのは、物を知らない」「寿司屋としても、いろいろのネタを平均して揃《そろ》えていて、トロばかり注文されると、トロがなくなって、あとの客に出すぶんがなくなる」のだと。

ここから「三島ってのはそういう男ですよ」という話がもっともらしく語られた。三島氏が、大映映画『からっ風野郎』に出演したころの話で、馬込にキンキラの家をたて、あらい黒じまのワイシャツに派手な黄色いネクタイをしめ、斜に構えて不良ぶっていたころのことである。三島氏は、従来の作家のように、苦渋に満ちた深刻のポーズをするのが嫌いで、意図的に非常識なことを行っていた。不良で、挑発的で、そのくせ才能がはちきれんばかりの三島氏を妬《ねた》んだ人はかなりいた。この話が本当であったとしても、三島氏を弁護すれば、マグロは冷凍して保存するため、寿司屋は一人の客にいくら注文されても、きらすことはめったにない。東京の寿司屋の定番には、赤身のマグロだけを丼《どんぶり》にした鉄火丼や、トロだけの握りの桶《おけ》だってあるのだ。

しかし、三島氏が味音痴であることは確かなようで、そのことは自ら認めている。三島氏は酒を林房雄に教わった。三島氏は、林房雄に「僕には味の感覚は全然欠けてゐるんです。食ふものの美味《うま》い不味《まず》いは全然わからない」と白状した。すると林房雄は「さう早く物事を決めてしまつちやいけない」と忠告した。「今にきつとわかるやうになる。美味いものでなくちや我慢できなくなりますよ」と。

三島由紀夫は、料理に関する小説をほとんど書いていないが、二十五歳のとき、「サンデー毎日」別冊に小説『食道楽《くいどうらく》』を発表した。

これは、戦前は金持ちであった未亡人が、おちぶれて闇屋《やみや》となり、辣腕《らつわん》の実業家を誘惑する話である。未亡人はかつては軽井沢に別荘を持つ身であったが零落している。実業家と軽井沢のホテルの料理話を通じて昵懇《じっこん》となり、ついには再婚する。しかし、その実業家はじつは、そのホテルのコックあがりであったというドンデン返しがついている。この小説には、コックへの蔑視《べっし》がある。未亡人が、料理通としてあこがれていた大実業家が、ホテルのコックあがりであったという皮肉は、いかにも三島氏が考えそうな苦い筋だてだ。

三島氏は二十七歳になる直前に、サンフランシスコへ行った。その三カ月前、サンフランシスコ講和条約が締結されたばかりで、日本はまだ敗戦の重荷にあえいでいた。三島氏は、サンフランシスコの日本料理店でまずい味噌《みそしる》汁をすすった。

「身をかがめて不味い味噌汁を啜《すす》つてゐると、私は身をかがめて日本のうす汚れた陋習《ろうしゆう》を犬のやうに啜つてゐる自分を感じた」

という。まずいものを味わって、はじめてうまいものに目がいくというのである。

それまで三島氏は文学的美食家ではあった。

「美食の本能が文学にばかり偏して、大御馳走《ごちそう》のごとき絢爛《けんらん》華麗な作品にしか魅力を感じなかつた。戦争中の栄養失調時代に、リラダンの小説はいかなる美食であつたか！」

「その舌の発達の、一つの段階は、わづか六ケ月であるが、外遊の経験であると思ふ。貧乏旅行のこととて、金のかかる御馳走には一切縁がなかつたが、ハワイで食はされた缶詰のエビに憤慨するだけの余裕が生じた」（『わが半可食通記』）

ニューヨークへ行くと、もっとまずいものに出会った。インスティテューション・フード（公共機関の食べもの）である。政府機関や財団の食堂で食べさせられる食事だった。これに関しては「文句なく不味い。天地神明に誓つて不味い」と断言する。

「カフェテリヤや自動式食堂《オートマット》やドラッグ・ストアのめし、これも天地神明に誓つて不味いが、最低の安飯だから、味の文句を云《い》ふはうがまちがつてゐるので、安いにしては日本の外食券食堂より栄養価が豊富だと思つてあきらめるほかはない」(『紐育レストラン案内』)

まずいものを書くと、三島氏の文は一段とさえる。日本食のまずさには身をかがめて落ちこむものの、洋食のまずさに出会うと嬉々《きき》として、そのまずさを書きとめる。

この貧乏旅行の反動によって、日本に帰ってきてからは、週二、三回は都心でうまいものを食わなければ気がすまないという強迫観念が生じた。

馴染《なじみ》になった料亭と好んだ料理は、

「東京会館プルニエ」の舌平目のピラフ。

「日活国際会館」のシュリムプ・カクテルとフランス・パン、クロワッサン。

「並木通りアラスカ」のスネイル。

「霞町《かすみちょう》ラインラント」のアイスバイン(豚の足)。

「アイリーンス・ハンガリヤ」のチキン・パプリカ。

「東華園」の料理。

そのほか「浜作第二の板場」「江安餐室《さんしつ》」「ジョージス」「天一」「はげ天」「烏森《からすもり》の末げん」「田村町の中華飯店」「西銀座花の木」などがある。洋食が好みで、和食でも、こってりとした揚物を好んだ。寿司屋は入っていない。イタリア料理は好みでなかった。

いずれも一流店であるが、『うまい店案内』を見て、かたっぱしから通ったという印象がある。料理そのものへのこだわりは少ない。これは、小学生のときから虚弱体質で食が細かったことと、戦時中の食料不足のもとで育ったことと無関係ではない。学習院高校を首席で卒業した昭和十八年は、日本は戦争のさなかであった。東大へ入学したとき、同級生とビールを飲みゲーゲー吐いた。運動がまるで苦手で勉強ひと筋の秀才学生が、食に関してはまるで無関心であることは、三島氏に限らずよくある現象である。

三島氏の母は料理が得意であった。母親の手帳には京都瓢亭《ひょうてい》の献立だの星ヶ岡茶寮のメニューがこと細かに書いてあり、それを真似《まね》して料理を作った。三島氏の父親が宴会から帰ると、料理研究熱の高い母親は、根掘り葉掘り、その日の献立を聞き出したという。三島氏が成人して宴会に出るようになると、三島氏もそのとき献立を聞かれた。しかし、三島氏は、食べた料理を、食べたそばから忘れてしまって、母に伝えることはできなかった。

「僕は母のお料理を、『おいしい』と言はなければあとがこはいから、『おいしい、おいしい、ほつぺたが落ちさうだ』といつも言ひ言ひ喰べてゐるが、鯛《たい》の昆布しめを出されて、『糸を引くから腐つてゐる』などと云ひ出す僕だから、たとへ酷評を下しても一向おふくろにはこたへないのである」(『母の料理』)

料理好きの母に育てられた虚弱体質少年は、拒食症的性向になった。「食べろ、食べろ」と言われると、それが強迫観念になって、ますます食べるのが嫌になる。義務として、あたかも、宿題をこなすように食べる。三島氏が誇らし気に、「朝食に四百グラムのビフテキを食べた」と言ったときも、そういった意識の延長があった。おいしいから食べるのではなく、テーマとして食べるのである。

三島氏はボディビルを始めてから、一日おきに怖《おそ》ろしい空腹に襲われるようになった、という。そういうときは、料理屋へ行く前に、生唾《なまつば》を呑み込みながら、いろいろとメニューを想像して楽しむまでになった。

ボディビルを始めてから、酒を飲まなくなったかわりに西洋菓子を好み、よく、ラム酒を浸《し》ませたシュザンヌを食べた。少年時代の三島氏はカステラは真中の黄色いところは残して食べた。上側と下側の焼けた部分だけをむしって食べた。砂糖がジャリジャリするところが好きであった。このことは寿司屋でえんえんトロ握りだけを注文する味覚構造と共通する。

三島氏は、自決する四年前の昭和四十一年、『お茶漬ナショナリズム』という一文を「文藝春秋」に書いた。これは、お茶漬けの味を考えつつ日本文化を論じた内容である。この手のエッセイは、お茶漬けという日本固有の料理のなかに、日本人の伝統的な美意識をしみじみと語るものになりがちだけれども、三島氏のものはまるで違った。

外国へ行くと、当地在住の日本人に「ぜひ家へお茶漬を喰べにきて下さい。海苔《のり》もありますよ、千枚漬もありますよ」と言われる。すると、進歩的文化人も反動政治家も、猫がマタタビの匂《にお》いをかがされたように、咽喉《のど》をゴロゴロ鳴らして喜んでしまう。三島氏は、これがみっともない、と指摘するのである。舌を鳴らしてお茶漬けをかきこみながら、日本はどうだこうだと議論をする連中を、三島氏は「お茶漬ナショナリスト」と批判する。そして日本へ帰ってきて「やっぱり日本はいい。和食がうまいから」と言いはるのは、西洋を鏡として日本文化を考える感覚で、「和食もうまいが洋食もうまかった」と対等に考えるべきだとする。お茶漬けの味とビフテキの味を比べてみるのはナンセンスで、どちらが上とも下とも言えたものではない。これは、日本人が、外国を鏡として自国の文化を認識する弊害からぬけきれていないためである。比較をするのは一切やめるべきであると。

三島氏の頭には明治の帰朝者の気概がある。お茶漬けの味という食味レベルのナショナリストではなく、日本人の精神的内面的価値に立脚したナショナリストになれ、と。三島氏は、ハンブルクの港へ行ったとき、入港してきた巨大な貨物船の船尾に、へんぽんとひるがえっていた日の丸を見て感激した。感激のあまり、その場にいたただ一人の日本人として、胸のハンカチをひろげて、ふりまわした。やっかいな日本のインテリは、こういう話をするとニヤリとして三島氏を哀れむが、この「日の丸ノスタルジー」と「お茶漬ナショナリズム」と、どちらが国際性があるか、と三島氏は問うのである。

「口に日本文化や日本的伝統を軽蔑しながら、お茶漬の味とは縁の切れない、さういふ中途半端《はんぱ》な日本人はもう沢山だといふことであり、日本の未来の若者にのぞむことは、ハンバーガーをパクつきながら、日本のユニークな精神的価値を、おのれの誇りとしてくれることである」というのが三島氏の結論であった。

味覚に隷属《れいぞく》する日本人の文化意識を三島氏は嫌悪《けんお》した。ここにおいても、三島氏にとって、味覚は、精神より低次元に位置するものである。これは、三島氏のみならず、文化国家ではどこも同じで、ようするに、食堂のオヤジよりも学校の先生のほうが偉い。しかし、現実には、日の丸ノスタルジーを持つのは、おうおうにして食堂のオヤジであり、お茶漬けに涙するのは学校の先生である。さらに言えば、無教養な定食屋オヤジのなかに人間の価値を見出《みいだ》すことが文化国家の力であることを考えれば、三島氏の論はどうどうめぐりとなる。そこに三島氏のいらだちがあったはずである。料理は、いっさいの欲望に自覚的であった三島氏にとって一番やっかいな相手であった。

三島氏は、「虚飾と純粋」をあわせ持っていた人である。人並みはずれた嘘《うそ》と、人並みはずれた真実を、魔法使いのように使いわけた。じつは、これは料理の手法なのである。三島氏は、知の料理から出発した。カステラでは、上と下の焼けた部分、ジャリジャリと甘い味がするところだけを好んだように、いっさいの事物のなかで知だけを食べた。そのため虚弱体質児童となった。ここから、三島氏の克己が始まる。三島氏は、知の料理にうんざりすると、肉体を鍛えた。ボディビル、合気道、剣道、ボクシング。

三島氏は努力を惜しまない生一本《きいっぽん》の性格である。うるさ型で辛口の小林秀雄に「きみは天才だ」とまで言わせた人である。克己心の強い天才であった。ボディビルを始めると決めると、バーベルを買い揃え、ベンチをあつらえ、一週に三回練習にはげんだ。最初の数カ月は苦痛で立てなくなったが、それを乗り切った。そのくせ努力家と見られるのが嫌で、堕落にあこがれた。「堕落と克己」もあわせ持っていた人である。小説『禁色《きんじき》』を書き終えたとき、「これで二十代の仕事を総決算する」と言ったことは、いかにも三島氏らしい。リオのカーニバルへ出かけたとき、案内をつとめた朝日新聞の茂木通信員は「おおっぴらな同性愛に驚いた」と報告している。「公園にうろついているような十七歳前後の少年を、昼前からホテルの部屋に連れてきていた」（ジョイ・ネイスン『ある評伝・三島由紀夫』）ともいう。『禁色』を書くときは、銀座のゲイクラブに入りびたっていた。

自分の嗜好《しこう》に関しては、どこまでも突進した。突進してエキスを吸収すると引き返した。結婚したのは三十三歳である。

ボディビルによって強健な肉体を獲得すると、つぎは集団を獲得しようとした。精神、意識、言葉、と、その対極にある肉体を獲得すると、行為のみが最後の目標となる。「楯《たて》の会」を結成して、「心臓のざわめきは集団に通ひ合ひ、迅速な脈搏《みやくはく》は頒《わか》たれてゐた。自意識はもはや、遠い都市の幻影のやうに遠くにあつた」（『太陽と鉄』）

三島氏は、ここにくるまで、まったく無駄のない時間を費やしていた。同時代の人から見ると、小説を書いたかと思うとボクシングを始め、不道徳のよろめき夫人をたたえたかと思うと日本人精神論を説き、歌謡曲を吹きこんだかと思うと自衛隊に体験入隊する三島氏は、行きつ戻りつする、わけのわからない分裂行為者に見えた。しかし、それは「虚飾と純粋」「堕落と克己」を内包する三島氏が時計の振り子のように行きつ戻りつして重心を見つける命がけの作業だったのである。いっさいの誘惑に対して、三島氏はぎりぎりの絶望の淵《ふち》を彷徨《ほうこう》しながら戻ってきた。三島氏が唯一《ゆいいつ》、ぎりぎりまでむかわなかったのは料理である。三島氏はニューヨークではパーク街とレキシントン街の間のアル・シャハトやアストリア・ホテルのピーコック・アレイで極上のロースト・ビーフを食べ、アルメニア料理のサヤット・ノーヴァで羊の挽肉《ひきにく》料理を食べ、三番街の「キング・オブ・ザ・シー」では生牡蠣《なまがき》に舌つづみをうった。かなりの有名店で精力的に食べている。

自決する昭和四十五年は、「マキシム・ド・パリ」「帝国ホテル」「ホテルオークラ」「山の上ホテル」「銀座吉兆」「両国イノシシ料理店」「銀座第一楼」に行っている。十一月二十二日は新橋「末げん」で夫人、子供二人と弟の家族らと最後の夜食会。十一月二十三日は森田必勝《まさかつ》と海老《えび》料理店「鶴丸」。十一月二十四日（自決前夜）は「楯の会」隊員四人と新橋「末げん」で鳥鍋《とりなべ》料理を食べた。三島氏は店通ではあったが料理通ではなかった。三島氏がボディビルや映画や歌謡曲にまで突入した勢いで料理の悪魔的領域にまで耽溺《たんでき》していれば、はたして、あの自決はあったかどうか。それを詮索《せんさく》するのは今となっては無駄なことである。三島氏はつねに「何物かへの橋」を渡っていたが、ついに「そこを渡れば戻ることができない橋」を渡ってしまった。

三島氏の自決は、思想をアリバイにした死であった。太宰の自殺は女がアリバイであり、芥川の自殺は文学がアリバイであった。三島氏は、長生きして、自らの肉体が醜く崩れることを恐れていた。そこには美食にはまって太った谷崎潤一郎のことが頭にあったかもしれない。しかし、かりに、三島氏が自決せずにすんでいれば、三島氏は谷崎潤一郎をこえる料理小説を書けたはずである。三島氏が華麗な文体と想像力で展開する料理はいかなるものになったであろうか。考えるだけで胸が震える。

（完）

あとがき

この本を書く最初のきっかけになったのは畏友《いゆう》の坂崎重盛翁《おう》が露伴の『遅日雑話』を持ってきたことに始まる。読んでみると、露伴がコーリフラワー（カリフラワー）をほめているのを知って、「おや？」と思った。明治の文人は料理にうるさい。露伴の好物が「牛タンの塩ゆで」と知って、ますます嬉《うれ》しくなった。重盛翁は『文人悪食《ぶんじんあくじき》』というタイトルまで決めて、このタイトルで一冊書かぬかと発案し、つぎに子規の『仰臥漫録《ぎょうがまんろく》』をくれた。この食魔日記は七回読み返した。子規は死の床にあって、蒲団《ふとん》の外に足をのばせない苦痛のなかで食って吐き、歯ぐきの膿《うみ》を出してまた食い、便を山のように出した。食えば腹が痛んで苦悶《くもん》し、麻痺剤《まひざい》を使って苦痛に耐え、「餓鬼」としての自分の正体を見定めるように貪《むさぼ》り食った。文人の食卓はひとすじ縄ではいかない。悪食が体内で濾過《ろか》されて作品となる。よーし、やろうと決めて、漱石、鷗外、芥川を調べてみた。

漱石は砂糖まぶしのピーナッツをたべて死んだ。ピーナッツは漱石の好物であったが、胃腸の消化に悪く、夫人により食べることを禁止されていた。漱石はそれを隠れて食べて死に至った。鷗外の好物は焼き芋で、鷗外の母はそれを「書生の羊羹《ようかん》」と言って笑ったが、鷗外は「完全栄養食だ」と言って自説を変えなかった。芥川龍之介は「羊羹の文字は毛が生えているようだ」と字づらから羊羹を嫌った。これも芥川らしい。いろいろと調べていくうちに、「近代文学史を料理によってたどってみよう」という壮大な構想にたどりつき、文芸誌「鳩よ！」大島一洋編集長に売り込んだ。「料理による近代文学史」と言えば大げさだが、文士の食の嗜好《しこう》は作品の生理と密接な関係がある。日々の食事は文士の秘密日録の部分である。文士によっては大っぴらに料理話を書く人もいるが、「料理話は低級の話」として書くことを嫌った人も多い。小林秀雄や川端康成がそういう性分だった。しかし、よくよく調べてみるとこういう人のほうがやっかいな食通で、人一倍料理にこだわっていたこともわかった。

　小林秀雄は二十三歳のときメルキュウル版のランボオ『地獄の季節』を手にして、しょっちゅう吾妻橋《あづまばし》から銘酒屋の女のところへ通った。女への手みやげは浅草美家古寿司《みやこずし》の穴子鮨《ずし》だったというから、若くして口がおごっていた。あるいは堀辰雄のように、東京下町育ちで庶民の料理になじんでいるのに、軽井沢でフローラ型の作家に変身し、病原菌を夜空の星の光芒《こうぼう》として書きあげてしまった人もいる。

　志賀直哉は金目のガマの「つけ焼き」を食った。さらに仲間を集めてアブサンを飲んだことを知れば、白樺《しらかば》派はやわなお坊ちゃん集団ではなく、無頼派、堕落派よりも喧嘩《けんか》早かったことがわかる。太宰治は鮭《さけ》缶に味の素を山ほど振りかけて食べた。なにを飲み食いしていたかで見えてくるものがある。「文士が通った店」という類《たぐい》の本があるが、それは文士の日常生活の余話という扱いである。そうではなく、文士の嗜好を料理でたどってみれば、いままで漠然と考えてきた作品の別面が見える。

藤村は粗食淫乱《いんらん》の人であった。宮沢賢治は菜食主義者だと思っていたら、肉も食べたし酒も飲んだし煙草《たばこ》も吸い、高級料亭に行って芸者に指輪を買ってやった。一葉は師が作った一椀《わん》の汁粉のなかにひそやかな恋心の炎を燃やした。鏡花は大根おろしを煮て食べた。獄中の北原白秋は林檎《りんご》を幻視し、江戸川乱歩は人肉喰いを夢想した。

文士は五官で感じた世の仕組みを文字ですくいとる達人だから、舌も喉《のど》の回路も常人とは違う。遊蕩《ゆうとう》しつくした荷風は、最期《さいご》は下宿さきで店屋もののカツ丼の飯つぶを吐いて死んだ。『放浪記』でデビューした林芙美子は醜く太り、鰻《うなぎ》飯を食べすぎてトン死した。晶子は寝しなにコップ酒をあおるのが好きだった。文士の食事には、みな物語があり、それは作品と微妙な温度感で結びついている。

この本を書くには資料集めから始めて五年かかった。近代文学館、大宅《おおや》文庫、助手の石山千絵、西秋書店ほか多くの古書店のおかげである。

七百余の文献を参考とした。ノートに書いた草稿は二倍の量があったが、学術論文ではないのでこの分量でおさえた。やり終えてからくたくたに疲れて、フーッと溜《た》め息がでた。貴重文献を残してくれた出版界の諸兄先輩に感謝するばかりだ。

参考文献

漱石氏と私　高浜虚子（大正七年アルス）
漱石の思ひ出　夏目鏡子述・松岡譲筆録（昭和三年改造社）
夏目漱石　小宮豊隆（昭和十三年岩波書店）
夏目漱石　正・続　森田草平（昭和十七年・十八年甲鳥書林）
決定版夏目漱石　江藤淳（昭和四十九年新潮社）
父・夏目漱石　夏目伸六（昭和三十一年文藝春秋新社）
猫の墓　夏目伸六（昭和三十五年文藝春秋新社）
父の法要　夏目伸六（昭和三十七年新潮社）
父・漱石とその周辺　正・続　夏目伸六（昭和四十二年芳賀書店）
漱石とその時代　第一部・第二部　江藤淳（昭和四十五年新潮社）
夏目漱石　赤木桁平（大正六年新潮社）
漱石先生　松岡譲（昭和九年岩波書店）
漱石山房の記　内田百閒（昭和十六年秩父書房）
漱石文藝讀本　夏目漱石著・松岡譲註（昭和十三年新潮社）
漱石・人とその文学　松岡譲（昭和十六年潮文閣）
漱石の病跡　病気と作品から　千谷七郎（昭和三十八年勁草書房）
ロンドンの夏目漱石　出口保夫（昭和五十七年河出書房新社）
夏目漱石研究　作家研究叢書　伊藤整編（昭和三十三年新潮社）
夏目漱石必携　吉田精一編（昭和四十二年学燈社）
講座夏目漱石　五巻　江藤淳・平川祐弘ほか編（昭和五十六年・五十七年有斐閣）
夏目漱石　朝日小事典　江藤淳編（昭和五十二年朝日新聞社）
夏目漱石辞典　古川久編（昭和五十七年東京堂出版）
夏目漱石読本（文藝臨時増刊昭和二十九年六月）
漱石・作品論と資料（國文學解釈と鑑賞昭和三十一年十二月）
漱石全集　三十五巻（昭和五十三年～五十五年岩波書店）
新文芸読本　夏目漱石（平成二年河出書房新社）
軍医としての鷗外先生　山田弘倫（昭和九年医海時報社）
鷗外森林太郎　森潤三郎（昭和九年昭和書房）
晩年の父　小堀杏奴（昭和五十六年岩波文庫）
森鷗外覚書　成瀬正勝（昭和十五年万里閣）
森鷗外の系族　小金井喜美子（昭和十八年大岡山書店）
森鷗外　森於菟（昭和二十一年養徳社）
森鷗外　石川淳（昭和五十三年岩波文庫）
父親としての森鷗外　森於菟（昭和三十年大雅書店）
鷗外の子供たち　森類（昭和三十一年光文社）
鷗外の思ひ出　小金井喜美子（昭和三十一年八木書店）
父の帽子　森茉莉（昭和三十二年筑摩書房）
若き日の森鷗外　小堀桂一郎（昭和四十四年東京大学出版会）
鷗外　闘う家長　山崎正和（昭和五十五年新潮文庫）
医師としての森鷗外　伊達一男（昭和五十六年續文堂出版）
文豪森林太郎（新小説臨時増刊大正十一年八月）
鷗外先生追悼号（三田文学大正十一年八月）
森鷗外先生追悼号（明星大正十一年八月～十二月）

森鷗外読本（文藝臨時増刊昭和三十一年七月）
特集森鷗外（日本文學昭和三十五年八月）
鷗外全集　三十八巻（昭和四十六年～五十年岩波書店）

父・こんなこと　幸田文（昭和四十二年新潮文庫）
蝸牛庵訪問記　小林勇（昭和三十一年岩波書店）
台所のおと　幸田文（平成七年講談社文庫）
おとうと　幸田文（平成三年新潮文庫）
ちぎれ雲　幸田文（平成五年講談社文芸文庫）
小石川の家　青木玉（平成六年講談社）
幸田露伴特輯号（文學昭和二十二年十月）

子規居士と余　高浜虚子（大正四年日月社）
正岡子規　藤川忠治（昭和八年山海堂）
正岡子規研究　篠田太郎他（昭和八年楽浪書院）
子規を語る　河東碧梧桐（昭和九年汎文社）
友人子規　柳原極堂（昭和十八年前田書房）
正岡子規　高浜虚子（昭和十八年甲鳥書林）
正岡子規　斎藤茂吉（昭和十八年創元社）
子規の回想　河東碧梧桐（昭和十九年昭南書房）
歌人子規とその周囲　小泉苳三（昭和二十二年羽田書房）
子規について　高浜虚子（昭和二十八年創元社）
正岡子規　松井利彦（昭和四十二年桜楓社）
正岡子規　人物叢書　久保田正文（昭和四十二年吉川弘文館）
正岡子規　坪内稔典（昭和五十一年俳句研究社）
正岡子規　大岡信（昭和五十一年花神社）
子規と漱石　和田利男（昭和五十一年めるくまーる社）
子規と虚子　山本健吉（昭和五十一年河出書房新社）
子規の書画　山上次郎（昭和五十六年二玄社）
正岡子規　粟津則雄（昭和五十七年朝日新聞社）
正岡子規　岡井隆（昭和五十七年筑摩書房）
子規全集　十五巻（大正十三年～十五年アルス）
正岡子規全集　五巻（昭和六年～九年改造社）
子規全集　二十五巻（昭和五十年～五十三年講談社）
子規追悼号（ホトトギス明治三十五年十一月）
子規居士七周忌記念号（ホトトギス明治四十一年九月）
子規居士没後十周年記念号（アララギ大正元年九月）
子規居士十三回忌記念号（ホトトギス大正三年十月）
子規居士五十回忌記念号（ホトトギス昭和二十六年十二月）
正岡子規研究号（アララギ昭和二十七年一月）
特集・正岡子規（文學昭和二十九年四月）
特集・正岡子規（俳句昭和三十七年九月）

父藤村と私たち　島崎蓊助（昭和二十二年海口書店）
藤村の思い出　島崎静子（昭和二十五年中央公論社）
島崎藤村の秘密　西丸四方（昭和四十一年有信堂）
島崎藤村事典　伊東一夫編（昭和五十一年明治書院）
藤村私記　島崎蓊助（昭和四十二年河出書房）
島崎藤村全集　十三巻（昭和五十六年～五十八年筑摩書房）
島崎藤村読本（文藝臨時増刊昭和二十九年九月）
島崎藤村先生のことども（新潮昭和十八年十月）
島崎藤村の死　中村星湖（改造昭和十八年九月）
藤村覚え書　広津和郎（改造昭和十八年九月）
一人の甥に與ふる手紙　島崎静子（中央公論昭和十八年十月）

樋口一葉文学読本・春夏秋冬　伊藤整編（昭和十三年第一書房）
樋口一葉　和田芳恵（昭和十六年十字屋書店）
評伝樋口一葉　板垣直子（昭和十七年桃蹊書房）
明治文壇の人々　馬場孤蝶（昭和十七年三田文学出版部）
一葉の憶ひ出　田辺（伊東）夏子（昭和二十五年潮鳴会）
一葉の日記　和田芳恵（昭和三十一年筑摩書房）
樋口一葉研究　塩田良平（昭和三十一年中央公論社）
樋口一葉研究　作家研究叢書　吉田精一編（昭和三十一年新潮社）
評伝樋口一葉　村松定孝（昭和三十四年実業之日本社）
樋口一葉読本　その生涯と作品　和田芳恵編（昭和三十三年学習研究社）
樋口一葉　人物叢書　塩田良平（昭和三十五年吉川弘文館）
樋口一葉とその周辺　大音寺前考証　上島金太郎（昭和四十四年笠間書院）
樋口一葉研究　松坂俊夫（昭和四十五年教育出版センター）
全釈・一葉日記　西尾能仁（昭和四十八年～五十一年桜楓社）
樋口一葉の世界　前田愛（昭和五十三年平凡社）
商人としての樋口一葉　後藤積（昭和五十四年中央公論事業出版）
一葉・明治の新しい女　西尾能仁（昭和五十八年有斐閣）
一葉の憶ひ出　近代作家研究叢書　田辺夏子・三宅花圃（昭和五十九年日本図書センター）
樋口一葉全集　六巻（昭和四十九年～平成六年筑摩書房）
一葉女史特輯（中央公論明治四十年六月）
一葉特輯（新潮昭和十六年七月）
一葉特集（文化人昭和三十年一月）
特集樋口一葉の総合探求（國文學昭和三十二年十一月）
人、泉鏡花　寺木定芳（昭和十八年武蔵書房）
泉鏡花　生涯と芸術　村松定孝（昭和二十九年河出書房）
泉鏡花　村松定孝（昭和五十四年文泉堂出版）
泉鏡花　人と作品　福田清人・浜野卓也（昭和四十一年清水書院）
泉鏡花研究　村松定孝（昭和四十九年冬樹社）
人間泉鏡花　巖谷大四（昭和五十四年東京書籍）
泉鏡花　日本文学研究資料叢書　東郷克美編（昭和五十五年有精堂出版）
文芸読本　泉鏡花（昭和五十六年河出書房新社）
泉鏡花事典　村松定孝編著（昭和五十七年有精堂出版）
天才泉鏡花（新小説臨時増刊大正十四年五月）
泉鏡花の研究（國文學解釈と鑑賞昭和十二年九月）
泉鏡花追悼（文藝春秋昭和十四年十月）
泉鏡花の研究（國文學解釈と鑑賞昭和十八年三月）
泉鏡花号（國文學解釈と鑑賞昭和二十四年五月）
泉鏡花（國文學解釈と鑑賞昭和五十六年七月）
泉鏡花（文學昭和五十八年六月）
鏡花全集　三十巻（昭和十七年～五十一年、六十一年岩波書店）
下六番町の先生　久保田万太郎（中央公論昭和十四年十月）
鏡花の人となり　登張竹風（文藝往来昭和二十四年三月）
鏡花の思ひ出（対談）　深田久彌・細田燕治（北國文化昭和二

十六年七月）
尾崎紅葉と泉鏡花　村松定孝（明治大正文学研究尾崎紅葉号昭和二十七年十二月）

有島武郎の思出　田所篤三郎（昭和二年共成舎）
晩年の有島武郎　渡辺凱一（昭和五十三年渡辺出版）
評伝有島武郎　佐渡谷重信（昭和五十三年研究社出版）
有島武郎全集　十巻（昭和四年〜五年新潮社）

君死にたまふことなかれ　深尾須磨子（昭和二十四年改造社）
晶子曼陀羅　佐藤春夫（昭和三十年講談社）
鉄幹と晶子　菅沼宗四郎（昭和三十三年中央公論事業出版）
みだれ髪を読む　佐藤春夫（昭和三十四年講談社）
どっきり花嫁の記　はは与謝野晶子　与謝野道子（昭和四十二年主婦の友社）
むらさきぐさ　母晶子と里子の私　与謝野宇智子（昭和四十二年新塔社）
小説みだれ髪　和田芳恵（昭和四十二年光風社書店）
晶子遺文　大野翠峰編（昭和四十二年与謝野晶子の会）
与謝野晶子　人と作品　福田清人・浜名弘子（昭和四十三年清水書院）
鉄幹と晶子　須永朝彦（昭和四十六年紀伊国屋新書）
鉄幹・晶子とその時代　矢野峰人（昭和四十八年弥生選書）
想い出　与謝野迪子（昭和四十九年中央公論事業出版）
評伝与謝野鉄幹晶子　逸見久美（昭和五十年八木書店）
晶子の周辺　入江春行（昭和五十六年洋々社）
定本　与謝野晶子全集　二十巻（昭和五十四年〜五十六年講談社）
与謝野晶子追悼特集（冬柏昭和十七年六月〜八月）
特集　与謝野晶子氏を想ふ（短歌研究昭和十七年七月）
特集　与謝野晶子女史追悼（書物展望昭和十七年七月）
母与謝野晶子　森藤子（婦人公論昭和十八年二月〜五月）
母・晶子　森光（明星昭和二十二年六月〜二十四年二月）
若き日の与謝野晶子さん　宗審治（短歌人昭和二十九年三月〜十月）
与謝野鉄幹と二人妻　坂本政親（國文學昭和三十八年十二月）
永井荷風読本　佐藤春夫編（昭和十一年三笠書房）
永井荷風　吉田精一（昭和四十六年新潮社）
荷風雑観　佐藤春夫（昭和二十二年国立書院）
永井荷風研究　作家研究叢書　中村真一郎編（昭和三十一年新潮社）
浅草の荷風散人　小門勝二（昭和三十二年東都書房）
銀座の荷風散人　小門勝二（昭和三十三年東都書房）
荷風耽蕩　小門勝二（昭和三十五年有紀書房）
小説永井荷風伝　佐藤春夫（昭和三十五年新潮社）
回想の永井荷風　荷風先生を偲ぶ会編（昭和三十六年霞ヶ関書房）
散人　荷風歓楽　小門勝二（昭和三十七年河出書房新社）
永井荷風　日本文学研究資料刊行会編（昭和四十六年有精堂）
荷風の青春　武田勝彦（昭和四十八年三笠書房）
わが荷風　野口冨士男（昭和五十年集英社）
永井荷風伝　秋庭太郎（昭和五十一年春陽堂）
荷風日記研究　大野茂男（昭和五十一年笠間書院）

永井荷風ノート　坂上博一（昭和五十三年桜楓社）
荷風外伝　秋庭太郎（昭和五十四年春陽堂）
文芸読本　永井荷風（昭和五十六年河出書房新社）
永井荷風　福田清人・網野義紘（昭和五十九年清水書院）
永井荷風追悼号（三田文学昭和三十四年六月）
特集永井荷風（學燈昭和三十四年六月）
永井荷風追悼特集（中央公論昭和三十四年七月）
孤高と孤独（新潮昭和三十四年七月）
永井荷風読本（文藝臨時増刊昭和三十一年十月）
狂気の文学者永井荷風　中村光夫（文藝春秋昭和三十四年七月）
永井荷風のこと　平野謙（小説新潮昭和三十四年七月）
荷風の知られざる在米時代　太田三郎（群像昭和三十四年七月）
想ひ出の中の荷風　藤蔭静枝・永井智子（婦人公論昭和三十四年七月）
永井荷風（文學昭和四十年九月）
永井荷風（太陽昭和四十六年六月）
永井荷風　象徴と憧憬（現代詩手帖昭和五十一年四月）
永井荷風の世界（國文學解釈と鑑賞昭和五十九年三月）
斎藤茂吉ノオト　中野重治（昭和十六年筑摩書房）
茂吉の体臭　斎藤茂太（昭和三十九年岩波書店）
楡家の人びと　北杜夫（昭和三十九年新潮社）
快妻物語　斎藤茂太（昭和四十一年文藝春秋）
精神科医三代　斎藤茂太（昭和四十六年中央公論社）
回想の父茂吉・母輝子　斎藤茂太（平成五年中央公論社）
どくとるマンボウ追想記　北杜夫（昭和五十一年中央公論社）
茂吉の周辺　斎藤茂太（昭和六十二年中公文庫）
斎藤茂吉追悼号（アララギ昭和二十八年十月）
斎藤茂吉全集　三十六巻（昭和四十八年〜五十一年岩波書店）
俳人山頭火の生涯　大山澄太（昭和四十六年弥生書房）
種田山頭火　漂泊の俳人　金子兜太（昭和四十九年講談社）
山頭火の宿　大山澄太（昭和五十一年弥生書房）
山頭火　境涯と俳句　村上護（昭和五十三年昭和出版）
どうしやうもない私　わが山頭火伝　岩川隆（平成元年講談社）
山頭火の虚像と実像　上田都史（平成二年講談社）
山頭火文庫　十二巻（平成元年〜二年春陽堂書店）
志賀直哉対談日誌　瀧井孝作（昭和二十二年全国書房）
志賀直哉の生活と作品　阿川弘之（昭和三十年創藝社）
志賀直哉読本　阿川弘之（昭和三十四年学習研究社）
志賀直哉　対話集　志賀直哉（昭和四十四年大和書房）
志賀直哉私論　安岡章太郎（昭和四十三年講談社）
志賀直哉（現代日本文学アルバム）平野謙他（昭和四十九年学習研究社）
志賀さんの生活など　瀧井孝作（昭和四十九年新潮社）
あの日この日　上・下　尾崎一雄（昭和五十年講談社）
志賀直哉とその時代　平野謙（昭和五十二年中央公論社）
志賀直哉・一冊の講座　池内輝雄他（昭和五十七年有精堂）
志賀直哉全集　十六巻（昭和五十八年〜五十九年岩波書店）
志賀直哉　阿川弘之（平成六年岩波書店）

志賀直哉読本（文藝臨時増刊昭和三十年二月）
山荘の高村光太郎　佐藤勝治（昭和三十一年現代社）
光太郎智恵子　澤田伊四郎（昭和三十五年龍星閣）
高村光太郎　その詩と生涯　伊藤信吉（昭和三十三年新潮社）
高村光太郎と智恵子　草野心平編（昭和三十四年筑摩書房）
光太郎回想　高村豊周（昭和三十七年有信堂）
晩年の高村光太郎　奥平英雄（昭和三十七年二玄社）
高村光太郎読本　草野心平編（昭和三十四年学習研究社）
小説高村光太郎像　佐藤春夫（昭和三十一年現代社）
小説智恵子抄　佐藤春夫（昭和三十二年実業之日本社）
高村光太郎読本（文藝臨時増刊昭和三十一年六月）
高村光太郎　人と作品　福田清人・堀江信男（昭和四十一年清水書院）
高村智恵子　その若き日　松島光秋（昭和五十二年永田書房）
ふるさとの智恵子　佐々木隆嘉（昭和五十三年桜楓社）
高村光太郎全集　十八巻（昭和三十二年〜三十三年、五十二年筑摩書房）
白秋追憶　前田夕暮（昭和二十三年健文社）
回想の白秋　井上康文編（昭和二十三年鳳文書林）
北原白秋　恩田逸夫（昭和四十四年清水書院）
北原白秋ノート　飯島耕一（昭和六十年小沢書店）
文芸読本　北原白秋（昭和五十三年河出書房新社）
追憶の白秋　岩間正男（昭和五十六年青磁社）
北原白秋追悼号（短歌研究昭和十七年十二月）
北原白秋追悼号（多磨昭和十八年六月）
特集北原白秋生誕百年（國文學解釈と鑑賞昭和六十年十二月）
白秋全集　十八巻（昭和四年〜九年アルス）
白秋全集　第一期二十四巻（昭和五十九年〜六十一年岩波書店）
北原白秋氏の追憶　中村星湖（學苑昭和十八年七月）
北原白秋の生涯と生活　藪田義雄（國文學解釈と鑑賞昭和二十七年九月）
啄木追懐　土岐善磨（昭和七年改造社）
石川啄木　金田一京助（昭和九年文教閣）
父啄木を語る　石川正雄（昭和十一年三笠書房）
文献石川啄木　正・続　斎藤三郎（昭和十七年青磁社）
定本石川啄木　正・続　金田一京助（昭和二十二年角川書店）
悲しき兄啄木　三浦光子（昭和二十三年初音書房）
石川啄木伝　岩城之徳（昭和三十年東宝書房）
人間啄木　伊東圭一郎（昭和三十四年岩手日報社）
函館の砂　啄木の歌と私と　宮崎郁雨（昭和三十五年東峰書院）
石川啄木必携　岩城之徳（昭和五十六年学燈社）
石川啄木全集　八巻（昭和五十三年〜五十五年筑摩書房）
石川啄木読本（文藝臨時増刊昭和三十年三月）
石川啄木のすべて・人と作品（國文學解釈と鑑賞昭和三十七年八月）
倚松庵の夢　谷崎松子（昭和四十二年中央公論社）
湘竹居追想　潤一郎と「細雪」の世界　谷崎松子（昭和五十八年中央公論社）

明治の日本橋・潤一郎の手紙　谷崎精二（昭和四十二年新樹社）
谷崎家の思い出　高木治江（昭和五十二年構想社）
文芸読本　谷崎潤一郎（昭和五十二年河出書房新社）
祖父谷崎潤一郎　渡辺たをり（昭和五十五年六興出版）
資料谷崎潤一郎　紅野敏郎・千葉俊二編（昭和五十五年桜楓社）
谷崎潤一郎全集　二十八巻（昭和四十一年～四十五年中央公論社）
特輯谷崎潤一郎論（中央公論大正五年四月）
特輯最近の谷崎潤一郎氏（新潮大正十三年二月）
谷崎潤一郎特輯（評論昭和九年八月）
谷崎潤一郎読本（文藝臨時増刊昭和三十一年三月）
特集谷崎潤一郎（國文學解釈と鑑賞昭和三十二年七月）
谷崎潤一郎の胃袋　田中純（小説新潮昭和二十九年一月）
谷崎さんと生麩　福田蘭堂（小説新潮昭和三十年七月）
谷崎潤一郎佐藤春夫夫人譲渡事件　十返肇（文藝昭和三十一年二月）
父谷崎潤一郎と私　谷崎恵美子（婦人公論昭和三十四年九月）
父・萩原朔太郎　萩原葉子（昭和三十四年筑摩書房）
萩原朔太郎・人と作品　松井好夫（昭和三十八年金剛社）
文芸読本　萩原朔太郎（昭和五十一年河出書房新社）
萩原朔太郎雑志　富士川英郎（昭和五十四年小沢書店）
伝記萩原朔太郎　上・下　嶋岡晨（昭和五十五年春秋社）
特集・萩原朔太郎（現代詩手帖昭和三十八年九月）
萩原朔太郎・その魂の漂泊（國文學解釈と鑑賞昭和五十二年六月）
萩原朔太郎・詩の生理（國文學昭和五十三年十月）
特集・萩原朔太郎　欧化と回帰（ユリイカ昭和五十五年七月）
萩原朔太郎詩集（昭和三年第一書房）
萩原朔太郎全集　十五巻（昭和五十年～五十三年筑摩書房）
菊池寛伝　鈴木氏亨（昭和十二年実業之日本社）
眼中の人　小島政二郎（平成七年岩波文庫）
半自叙伝　菊池寛（昭和二十三年文潮社）
私の人生観　小林秀雄（昭和二十九年角川文庫）
人間・菊池寛　佐藤みどり（昭和三十六年新潮社）
菊池寛　人と作品　福田清人・小久保武（昭和四十三年清水書院）
小説菊池寛　杉森久英（昭和六十二年中央公論社）
菊池寛全集　十巻（昭和三十五年文藝春秋新社）
菊池氏の印象　芥川龍之介・久米正雄（新潮大正八年一月）
菊池寛　正宗白鳥（中央公論昭和三年四月）
菊池寛　河上徹太郎（群像昭和二十三年五月）
菊池寛　人と文学を語る（文藝春秋別冊昭和二十三年七月）
菊池寛　広津和郎（作品昭和二十四年十月）
人物菊池寛　今日出海（新潮昭和二十七年一月）
菊池寛　小島政二郎（文藝春秋昭和二十七年四月、二十八年四月）
逸話に生きる菊池寛　菊池寛生誕百年記念（昭和五十二年文藝春秋）
母の手紙　岡本太郎（昭和十六年婦女界社）

かの子の記　岡本一平（昭和十七年小学館）
かの子撩乱　瀬戸内晴美（昭和四十年講談社）
岡本かの子　人と作品　福田清人・平野睦子（昭和四十一年清水書院）
岡本かの子の世界　熊坂敦子編（昭和五十一年冬樹社）
かの子撩乱その後　瀬戸内晴美（昭和五十三年冬樹社）
岡本かの子全集　十八巻（昭和四十九年〜五十三年冬樹社）
岡本かの子全集　十二巻（平成五年〜六年ちくま文庫）
特集　岡本かの子追悼（文學界昭和十四年四月）
特集　岡本かの子氏の追憶（短歌研究昭和十四年四月）
滅びの支度　亀井勝一郎（文藝昭和十四年六月）
岡本かの子　山本健吉（三田文学昭和十五年四月）
岡本かの子の人と芸術を語る（対談）亀井勝一郎・岡本一平（季刊文学昭和二十四年十月）
一平・かの子　父母を語る　岡本太郎（歴史昭和二十七年二月）
一平とかの子　岡本太郎（随筆昭和二十七年七月）
母かの子について　岡本太郎（文庫昭和三十一年一月）
岡本かの子の思ひ出　平林たい子（中央公論昭和二十五年五月）
若き日の一平とかの子　恒松安夫（文藝春秋昭和三十年三月）
かの子覚書　平林たい子（自由昭和三十四年十二月〜三十五年二月）
のんびりした話　森田草平（昭和八年大畑書店）
漱石と十弟子　津田青楓（昭和二十四年世界文庫）
私の人生料理術　高橋義孝（昭和三十二年角川書店）

百鬼園先生雑記帳　平山三郎（昭和四十四年三笠書房）
回想　内田百閒　平山三郎編（昭和五十年津軽書房）
百鬼園の猫　平山三郎（昭和五十四年信濃愛書之会）
わが百鬼園先生　平山三郎（昭和五十四年六興出版）
百閒先生の面会日　村山古郷（昭和五十五年角川書店）
百鬼園写真帖　旺文社編（昭和五十九年旺文社）
内田百閒と私　中村武志（平成五年岩波書店）
特輯　内田百閒研究（アラベスク昭和十年八月）
父・内田百閒　伊藤美野（文芸広場昭和五十七年四月〜七月）
特集　内田百閒（ユリイカ昭和五十九年二月）
特集　内田百閒いわく「美食は外道なり」（サライ平成三年二月）
特集　内田百閒　百鬼園出発進行！（鳩よ！平成五年五月）
芥川龍之介の回想　下島勲（昭和二十二年靖文社）
二つの絵　芥川龍之介の回想　小穴隆一（昭和三十一年中央公論社）
芥川龍之介　吉田精一（昭和三十三年新潮文庫）
芥川龍之介　芸術と病理　岩井寛（昭和四十四年金剛出版社）
追想芥川龍之介　芥川文述・中野妙子記（昭和五十年筑摩書房）
芥川龍之介全集　十二巻（昭和五十二年〜五十三年岩波書店）
芥川龍之介追悼号（文藝春秋昭和二年九月）
芥川龍之介特集（改造昭和二年九月）
特輯芥川龍之介「死」とその芸術（中央公論昭和二年九月）
芥川龍之介特輯（三田文学昭和二年九月）
芥川龍之介特輯（文學昭和二年九月）

芥川龍之介の総合探求（國文學昭和三十二年二月）
芥川龍之介特集（國文學解釈と鑑賞昭和三十三年八月）
芥川龍之介君のこと　島崎藤村（文藝春秋昭和二年十一月）
歯車　広津和郎（文藝春秋昭和二年十一月）
芥川龍之介を憶ふ　佐藤春夫（改造昭和三年十二月）
芥川龍之介の死　小宮豊隆（中央公論昭和四年六月）
芥川龍之介の晩年　中村光夫（文藝昭和十一年四月）
父龍之介の映像　芥川比呂志（文藝春秋昭和二十一年八月）
父と私達（座談会）　芥川比呂志他（文學界昭和二十五年十月）
探偵小説三十年　江戸川乱歩（昭和二十九年岩谷書店）
乱歩還暦特集記念号（探偵倶楽部昭和二十九年十月）
江戸川乱歩還暦記念号（別冊宝石昭和二十九年十一月）
わが夢と真実　江戸川乱歩（昭和三十二年東京創元社）
乱歩随筆　江戸川乱歩（昭和三十五年青蛙房）
探偵小説四十年　江戸川乱歩（昭和三十六年七月桃源社）
父・乱歩の憶い出　平井隆太郎（日本昭和四十年十月号）
江戸川乱歩の世界（幻影城7昭和五十一年七月）
江戸川乱歩（別冊幻影城昭和五十一年八月）
江戸川乱歩　レンズ仕掛けの猟奇耽異（ユリイカ昭和六十二年五月）
貼雑年譜　江戸川乱歩（平成元年講談社）
江戸川乱歩ワンダーランド（平成元年沖積舎）
新文芸読本　江戸川乱歩（平成四年河出書房新社）
特集江戸川乱歩　怪奇楽園の散歩者（鳩よ！平成五年三月）
江戸川乱歩全集　二十五巻（昭和五十三年～五十四年講談社）
宮沢賢治追悼　草野心平編（昭和九年次郎社）
宮沢賢治　佐藤隆房（昭和二十六年冨山房）
宮沢賢治覚え書き　小田邦雄（昭和十八年弘學社）
宮沢賢治作品と生涯　小田邦雄（昭和二十七年新文化社）
野の教師　宮沢賢治　森荘已池（昭和三十五年普通社）
宮沢賢治　芸術と病理　福島章（昭和四十五年金剛出版社）
わが賢治　草野心平（昭和四十五年二玄社）
賢治随聞　関登久也（昭和四十五年角川書店）
宮沢賢治とその周辺　川原仁左エ門編著（昭和四十七年国書刊行会）
宮沢賢治の肖像　森荘已池（昭和四十九年津軽書房）
私の中の流星群　草野心平（昭和五十年新潮社）
賢治博物誌　板谷英紀（昭和五十四年れんが書房新社）
宮沢賢治の思索と信仰　小野隆祥（昭和五十四年泰流社）
新修　宮沢賢治全集　十七巻（昭和五十四年～五十五年筑摩書房）
宮沢賢治研究1・2　草野心平編（昭和五十六年筑摩書房）
伯父は賢治　宮澤淳郎（平成元年八重岳書房）
年表作家読本　宮沢賢治　山内修編著（平成元年河出書房新社）
兄のトランク　宮沢清六（平成三年ちくま文庫）
宮沢賢治覚書　草野心平（平成三年講談社文芸文庫）
素顔の宮沢賢治　板谷栄城（平成四年平凡社）
証言　宮澤賢治先生　佐藤成（平成四年農山漁村文化協会）
総特集　宮沢賢治（ユリイカ臨時増刊号昭和五十二年）
宮沢賢治必携（別冊國文學昭和五十五年春号）

文芸読本　川端康成　三島由紀夫編（昭和三十七年河出書房新社）
川端康成　その人・その作品　進藤純孝（昭和四十四年冬樹社）
川端康成の世界　川嶋至（昭和四十四年講談社）
小説川端康成　沢野久雄（昭和四十九年中央公論社）
川端康成　芸術と病理　稲村博（昭和五十年金剛出版）
川端康成研究　林武志（昭和五十一年桜楓社）
伝記川端康成　進藤純孝（昭和五十一年六興出版）
事故のてんまつ　臼井吉見（昭和五十二年筑摩書房）
文芸読本　川端康成（昭和五十二年河出書房新社）
川端康成　隠された真実　三枝康高（昭和五十二年新有堂）
証言「事故のてんまつ」　武田勝彦・永沢吉晃編（昭和五十三年講談社）
川端康成　精神医学者による作品分析　栗原雅直（昭和五十七年中央公論社）
川端康成　近代作家研究叢書　古谷綱武（昭和五十九年日本図書センター）
川端康成全集　三十七巻（昭和五十五年～五十九年新潮社）
川端康成読本（新潮臨時増刊昭和四十七年六月）

梶井基次郎　中谷孝雄（昭和三十六年筑摩書房）
私の文学的回想記　宇野千代（昭和四十七年中央公論社）
梶井基次郎　小山栄雅（昭和五十年皆美社）
文芸読本　梶井基次郎（昭和五十二年河出書房新社）
梶井基次郎と湯ケ島　安藤公雄編（昭和五十三年皆美社）
梶井基次郎全集　三巻（昭和四十一年筑摩書房）
梶井基次郎追悼号（作品昭和七年五月）
特集・梶井基次郎（ユリイカ昭和四十八年二月）
特集・梶井基次郎の世界（國文學解釈と鑑賞昭和五十七年四月）
末期の眼　川端康成（文藝昭和八年十二月）
梶井基次郎特輯（評論昭和十年八月）

小林秀雄ノート　佐古純一郎（昭和三十年一古堂書店）
小林秀雄　江藤淳（昭和三十六年講談社）
わが小林秀雄　河上徹太郎（昭和五十三年昭和出版）
高級な友情　小林秀雄と青山二郎　野々上慶一（平成元年小沢書店）
小林秀雄・一冊の講座（昭和五十九年有精堂）
兄小林秀雄　高見澤潤子（昭和六十年新潮社）
特集・小林秀雄　人と作品（國文學解釈と鑑賞昭和三十六年十一月）
特集・小林秀雄（國文學昭和五十一年十月）
小林秀雄追悼記念号（新潮臨時増刊昭和五十八年四月）
追悼特集・小林秀雄（文學界昭和五十八年五月）
小林秀雄全集　十三巻（昭和四十二年～四十三年、五十四年新潮社）

夫　山本周五郎　清水きん（昭和四十七年文化出版局）
わが山本周五郎　土岐雄三（昭和四十五年文藝春秋）
人間山本周五郎　木村久邇典（昭和四十三年講談社）
素顔の山本周五郎　木村久邇典（昭和四十五年新潮社）
研究・山本周五郎　木村久邇典編（昭和四十八年学芸書林）

山本周五郎の世界（昭和五十六年新評社）
山本周五郎全集　三十巻（昭和五十六年～五十八年新潮社）
林芙美子　人と作品　福田清人・遠藤充彦（昭和四十一年清水書院）
林芙美子　平林たい子（昭和四十四年新潮社）
人間・林芙美子　竹本千万吉（昭和六十年筑摩書房）
林芙美子追悼特集号（文學界昭和二十六年八月）
林芙美子追悼特集（文藝昭和二十六年九月）
林芙美子読本（文藝臨時増刊昭和三十二年三月）
林芙美子（現代のエスプリ昭和四十年十月）
林芙美子さん　永遠の詩と人と生活　藤岡洋次郎（作家昭和二十六年八月）
林芙美子の回想　高橋新吉（新詩人昭和二十六年八月）
林芙美子さんを悼む　平林たい子（婦人公論昭和二十六年八月）
女流座談会（婦人公論昭和二十六年八月）
林芙美子さんのこと　河盛好蔵（展望昭和二十六年八月）
林芙美子さんの思い出　壺井栄（文藝昭和二十六年八月）
我が友林芙美子　平林たい子（主婦之友昭和二十六年九月）
歿られる三時間前　最後の夜の食卓を共にして　高下益子（主婦之友昭和二十六年九月）
思ひ出の林芙美子　名村笑子（婦人朝日昭和二十六年九月）
小説林芙美子　檀一雄（新潮昭和二十六年十一月）
林芙美子全集　二十三巻（昭和二十六年～二十八年新潮社）
わが師わが友　大岡昇平（昭和二十八年創元社）
堀辰雄　人と作品　丸岡明（昭和五十八年日本図書センター）
堀辰雄・妻への手紙　堀多恵子編（昭和三十四年新潮社）
堀辰雄研究　作家研究叢書　丸岡明（昭和三十三年新潮社）
堀辰雄　人と作品　福田清人・飯島文・横田玲子（昭和四十一年清水書院）
堀辰雄文がたみ　高原　内山登美子（昭和四十四年宝文館出版）
文芸読本　堀辰雄（昭和五十二年河出書房新社）
堀辰雄覚書　中島昭（昭和五十九年近代文芸社）
堀辰雄追悼号（文藝昭和二十八年八月）
堀辰雄読本（文藝臨時増刊昭和三十二年二月）
病床の堀さん　加藤周一（文學界昭和二十五年十月）
堀辰雄のこと　中野重治（中央公論昭和二十八年七月）
堀辰雄さんを偲ぶ　佐多稲子（婦人公論昭和二十八年七月）
堀辰雄看病記　堀多恵子（文藝春秋昭和二十八年八月）
堀辰雄全集　十巻（昭和五十二年～五十五年筑摩書房）
晩年の坂口安吾　江口恭平（昭和三十九年作家社）
クラクラ日記　坂口三千代（昭和四十二年文藝春秋）
太宰と安吾　檀一雄（昭和四十三年虎見書房）
小説坂口安吾　檀一雄（昭和四十四年東洋出版）
坂口安吾　奥野健男（昭和四十七年文藝春秋）
安吾追想　坂口三千代（昭和五十六年冬樹社）
坂口安吾全集　十二巻（昭和五十七年～五十八年講談社）
酒のあとさき　坂口安吾（光昭和二十二年四月）
ちかごろ酒の話　坂口安吾（旅昭和二十二年六月）
ぼくはもう治っている　坂口安吾（読売新聞昭和二十四年四月

十一日）
温浴　坂口安吾（群像昭和二十五年二月）
わが工夫せるオジヤ　坂口安吾（美しい暮しの手帖昭和二十六年一月）
麻薬・自殺・宗教　坂口安吾（文藝春秋昭和二十五年一月）
長崎チャンポン　坂口安吾（文藝春秋昭和二十六年八月）
明日は天気になれ　坂口安吾（昭和三十年池田書店）
居酒屋の聖人　坂口安吾（日本學藝新聞昭和十七年九月一日）
日本の生活を叱る　坂口安吾（オール讀物昭和二十六年七月）
特集　坂口安吾の想い出（文學界昭和三十年四月）
坂口安吾追悼（文藝昭和三十年四月）

中原中也の手紙　安原喜弘編著（昭和二十五年書肆ユリイカ）
中原中也研究　中村稔編（昭和三十五年書肆ユリイカ）
在りし日の歌　大岡昇平（昭和四十二年角川書店）
私の上に降る雪は　中原フク述・村上護編（昭和四十八年講談社）
中原中也　大岡昇平（昭和四十九年角川書店）
わが中原中也　河上徹太郎（昭和四十九年昭和出版）
中原中也全集　五巻（昭和四十二年角川書店）
中原中也追悼（文學界昭和十二年十二月）
中原中也研究（文藝昭和二十四年八月）
中原中也の死　高橋新吉（文藝昭和十二年十二月）
中原中也の手紙　河上徹太郎（文學界昭和十三年十月）
愛は死と共に　山崎富栄（昭和二十三年石狩書房）
斜陽日記　太田静子（昭和二十三年石狩書房）

小説太宰治　檀一雄（昭和二十四年六興出版社）
人間太宰治　山岸外史（昭和三十七年筑摩書房）
苦悩の旗手太宰治　杉森久英（昭和四十二年文藝春秋）
桜桃の記　伊馬春部（昭和四十二年筑摩書房）
若き日の太宰治　相馬正一（昭和四十三年筑摩書房）
太宰治との七年間　堤重久（昭和四十四年筑摩書房）
回想の太宰治　津島美知子（昭和五十三年人文書院）
回想太宰治　野原一夫（昭和五十五年新潮社）
太宰治―主治医の記録　中野嘉一（昭和五十五年宝文館出版）
太宰治の「カルテ」　浅田高明（昭和五十六年文理閣）
太宰治とその時代　松本健一（昭和五十七年第三文明社）
太宰治全集　十二巻（昭和五十年～五十二年筑摩書房）
太宰治　井伏鱒二（平成元年筑摩書房）
文芸読本　太宰治（昭和五十年河出書房新社）
太宰治特集号（文藝昭和二十八年二月）
太宰治読本（文藝臨時増刊昭和三十一年十二月）
太宰治昇天　石川淳（新潮昭和二十三年七月）
不良少年とキリスト　坂口安吾（新潮昭和二十三年七月）
志賀直哉と太宰治　中野好夫（文藝昭和二十三年八月）
太宰治情死考　坂口安吾（オール讀物昭和二十三年八月）
太宰治の死　志賀直哉（文藝昭和二十三年十月）
生命の果実　田中英光（別冊文藝春秋昭和二十四年八月）

昭和文壇側面史　浅見淵（昭和四十三年講談社）
檀一雄年譜・著作目録　石川弘（昭和四十七年皆美社）
人間の死にざま　五味康祐（昭和五十五年新潮社）
人間檀一雄　野原一夫（昭和六十一年新潮社）

檀一雄追悼特集（新潮昭和五十一年三月）
檀一雄全集　八巻（昭和五十二年〜五十三年新潮社）
食卓の情景　池波正太郎（昭和四十八年朝日新聞社）
鬼平料理帳　佐藤隆介編（昭和五十七年文藝春秋）
食卓のつぶやき　池波正太郎（昭和五十九年朝日新聞社）
梅安料理ごよみ　佐藤隆介・筒井ガンコ堂編（昭和五十九年講談社）
鬼平犯科帳の世界（オール讀物昭和六十二年十二月）
池波正太郎特集（小説新潮平成元年二月）
鬼平犯科帳の世界（オール讀物平成元年七月増刊）
追悼池波正太郎（オール讀物平成二年六月）
追悼池波正太郎（小説現代平成二年六月）
追悼池波正太郎（小説新潮平成二年六月）
池波正太郎の世界（オール讀物臨時増刊平成二年六月）
散歩のとき何か食べたくなって　池波正太郎（昭和五十六年新潮文庫）
池波正太郎自選随筆集　上・下（昭和六十三年朝日新聞社）
まんぞく まんぞく　池波正太郎（平成二年新潮文庫）
夜明けのブランデー　池波正太郎（平成元年文春文庫）
むかしの味　池波正太郎（昭和六十三年新潮文庫）
食卓のつぶやき　池波正太郎（平成元年朝日文芸文庫）
特集・三島由紀夫（國文學解釈と鑑賞昭和四十三年八月）
特集・三島由紀夫のすべて（國文學臨時増刊昭和四十五年五月）
三島由紀夫読本（新潮臨時増刊昭和四十六年一月）
三島由紀夫大鑑（新評臨時増刊昭和四十六年一月）
伜・三島由紀夫　平岡梓（昭和四十七年文藝春秋）
裁判記録「三島由紀夫事件」　伊達宗克（昭和四十七年講談社）
美と殉教・三島由紀夫（國文學解釈と鑑賞昭和四十七年十二月）
伜・三島由紀夫　没後　平岡梓（昭和四十九年文藝春秋）
文芸読本　三島由紀夫（昭和五十八年河出書房新社）
三島由紀夫おぼえがき　澁澤龍彥（昭和五十八年立風書房）
兄・三島由紀夫のこと　平岡千之（小説新潮スペシャル昭和五十六年一月）
三島由紀夫全集　三十六巻（昭和四十八年〜五十一年新潮社）
日本現代文学全集（講談社）
群像日本の作家（小学館）
新潮日本文学アルバム（新潮社）

解説

坪内祐三

難しい本の解説を引き受けてしまった。

嵐山光三郎『文人悪食』。

難しいというのは、解説者のつけ入るすきがないからである。

具体的に言おう。

嵐山光三郎は作家であり批評家であり、かつては編集者でもあった。

かつて編集者だったことのある物書きに二つのタイプがある。締め切りにきわめて正確なタイプとルーズなタイプ。なぜなら……。いやいや私が語ろうとしているのは、そのことではない。

かつて編集者だったことのある物書きに二つのタイプがある。物書きになったとたんに、編集者的感受性を失ない、ストンと、全身物書きになってしまう人と、物書きになっても編集者的感受性やセンスを失なわない人の二つのタイプが。

嵐山光三郎は後者である。物書きになっても嵐山光三郎の眼の奥底には編集者としての視線がキラリと光っている。嵐山光三郎はタイトルやキャッチコピーのつけ方が抜群に上手《うま》い。それから作品の構成（いわゆる目次立て）も。

つまり、改めて言い直せば、嵐山光三郎は作家であり批評家であり編集者でもある。そして『文人悪食』は、その三者が強力なタッグを組んだ傑作である。そこに「解説者」という名の第三者（いや第四者か）が何か言葉をさしはさむすきはない。

「解説者」である私は、ただただ、「露伴は、江戸人の胃袋を持ちつつ、近代にめざめた人である」というフレーズや、「うまいものをいかにうまそうに書くかは作家の腕の見せどころである。しかし、まずい料理をいかにまずく書くかも、また、見せどころである」という一節や、「料理にはうまいものもあれば、まずいものもある。食通本は、味覚の細部にたちいって味の好悪《こうお》を断じるが、そういった料理本に決定的に欠落するのは、食べる側の精神的状況であり、状況なくして料理はない。それを、もののみごとに描き出してみせるのが、茂吉の食べ物の歌なのである」という一節の切れ味の鋭さを堪《たん》能《のう》するほかない。それからまた、正岡子規について語った、こういう箇所を。

〈子規にとって食事は自分の欲のなかへの探険であり、食えば地獄の悶絶《もんぜつ》に至ることを知りつつ、強靭《きょうじん》な精神力で食べることに執着する。食べて、やせ衰えた体軀《たいく》の声をきく。胃と喉《のど》は「食いたい」と叫んでいる。なさけない悲しい胃に殉教しようとする精神は、子規にあっては、知に飢えた脳が文献、学術図書を読もうとしているのに類似している。

知の飢えが人を学問へと誘いこみ、文献、書物を読めば「あれも読みたい、さらにさきを知りたい」と思い、とめどない探究力が学者を知の迷路へひきずりこむのに似て、子規は人間の欲の根源のなかへ瀕死《ひんし》の肉体をほうりこむ〉

いわば美味《おい》しい料理の美味しさを見事に言語化しているその文章を前に、それ以上、どのような言葉を付け加えることが出来るだろう。「解説」なんてヤボな作業を行なうことが出来るだろうか。

説明の順序が後先になってしまうけれど、この本の「解説」をさらに難しいものにしているのは、この本が、「食」についての本であることだ。

「食」について書かれた本は、普通、三種類ある。文献派と実践派Aそして実践派Bである。実践派Aは「食べる」派、実践派Bは「作る」派のことだ。三種のうちの二種のブレンドはよく見られる。

そして嵐山光三郎はここでもまたその三拍子が揃《そろ》っている。文人たちの食にまつわる厖大《ぼうだい》な文献を渉猟する嵐山光三郎は、場数と年季をつんだ「食べる人」であり、またかなりの腕を持つ「作る人」でもある。この点においてもこの『文人悪食』は自己完結している。「解説者」という第三者が中途半端《はんぱ》な説明や感想や批評を述べることは出来ない。

さらに嵐山光三郎は、「文人」たちの「悪食」の残映を求めて「歩く人」でもある。

この点に至って、「解説者」である私は、とても楽な気持ちになれる。つまり、「解説者」である私は、「解説者」という立場を忘れて、「歩く人」嵐山光三郎に自分の姿を重ね合わせ、嵐山光三郎と同じ風景を眺める。例えば夏目漱石が愛用していた精養軒について語った、こういう一節。

〈某日、私は上野精養軒本店へ行って、いくつかの洋食を注文した。エビフライ千五百円。牛ヒレステーキ千六百円。オードブル千二百円。ハヤシライス千円。現在の精養軒は、かつて西洋料理の殿堂として君臨した地位は失っている。大衆レストランといったほうがいい。ウェイトレスは、自分の店がなにを売っているかを知らない。ドーンと投げつけるように料理を置いていく。値が安いのだからその程度はしかたがないが、ウェイトレスは、かつて精養軒がどれほどの評価をうけた名店であるのかを知っているのだろうか。オードブルには生気がない。四百五十円の冷しポタージュのなかに、わずかに年輪のある味の余韻が感じられた。テーブルの上で栄光が風化していく。しかし、このつれなさもまた漱石がロンドンで体験したものと思えば納得がいく〉

あるいはまた、谷崎潤一郎の生まれ育った界隈《かいわい》について語った、こういう一節。

〈私は谷崎の生家があった日本橋蠣殻町《かきがらちょう》の界隈が好きで、いまでもよく散歩する。蠣殻町生家の隣には古い中国料理屋があるし、むかいには居酒屋がある。ここから人形町にかけては、大正の残り火を宿す老舗《しにせ》の洋食屋、鳥鍋《とりなべ》屋、中国料理屋、寿司《すし》屋、天ぷら屋が軒を並べている。東京のなかでも食べ物屋がきわだってうまい一帯である。路地を歩けばぷーんと胃を刺激する料理の匂《にお》いが寄り添ってくる。そこの商人の息子だから、谷崎の舌は子どものころから奢《おご》っていた〉

『文人悪食』を読み進めて行くと、嵐山光三郎は、また、「聞く人」でもある。巻末に収められている檀一雄や深沢七郎、池波正太郎、三島由紀夫らは、嵐山光三郎が平凡社の編集者時代、直接付き合いのあった作家たちである。檀一雄の語る太宰治の思い出をはじめ、彼らからじかに聞いたマル秘エピソードが紹介される。「解説者」である前に一人の文学史ゴシップ収集家として、私は、それらのエピソードに目を輝かせた。特に、中原中也について大岡昇平が語ったこのエピソード。

〈これは生前の大岡昇平に教えられたことなのだが、中也の顔として知られている黒帽子の美少年像は、肖像写真が複写されつづけてレタッチされた結果、本物の中也とは、まるで別人になってしまったことである。三十歳の中也は「皺《しわ》が多いどこにでもいるオトッツァン顔だよ」と大岡氏は語っていた〉

ところで、この『文人悪食』を読み終えた読者は、他ならぬ嵐山光三郎という「文人」の「悪食」ぶりを知りたくなってくるだろう。例えば「粗食淫乱《いんらん》は、青年の特質である。貧乏青年は、藤村に限らず、みな粗食淫乱である」と書く嵐山光三郎の、青年時代の「悪食」ぶりを。

嵐山光三郎の名作『素人庖丁記《しろうとほうちょうき》』四部作（すべて講談社文庫）を精読して私が調査した所によれば、嵐山青年は、牛乳を盗み飲みしていたことがある。

〈朝六時ごろ下宿から自転車で出かけ、通りがかりの家の牛乳箱を開け、配達されたばかりの牛乳ビンを一本失敬して、走りながらフタを開けて、ゴクゴクと飲んだ。配達されたばかりの牛乳ビンは、ビンの外側に水滴がついていて、ヒヤリとする海賊の風があった〉

新聞紙をあぶって食べたこともある。

〈ハサミで名刺大に切り、それをしょうゆにつけてから電気コンロであぶって食べた。焼酎《しょうちゅう》のサカナには、こんがりと焼いた新聞紙がよくあった。しょうゆにつけて二分ぐらいたつと、新聞紙のインクの匂いが消えるのでありました〉

けれど時には天然物のタケノコの蒸し焼きにありつけることもあった。もっとも、そのタケノコというのは……。

〈事情があって下宿を一ヵ月ほど留守にし、帰ってきたらタケノコが畳のすきまから首を出していた。そのまま生やして天井まで届けば柱が一本増えて便利だと眺めていたが、酔って帰った晩に踏みつけて折ってしまったから、焼いて食うことにした〉

ひと言つけ加えておけば、「粗食淫乱は、青年の特質である」の「淫乱」の方は、『素人庖丁記』四部作を精読してもその痕跡《こんせき》さえ窺《うかが》い知ることが出来なかった。その点に関して興味のある読者がいたら、嵐山光三郎の自伝的青春小説『口笛の歌が聴こえる』（新潮文庫、ただし品切れ）を古本屋ででも見つけて独自に調査していただきたい。

（二〇〇〇年六月、評論家）

この作品は平成九年三月マガジンハウスより刊行された。

嵐山光三郎著

文士の料理店《レストラン》

夏目漱石、谷崎潤一郎、三島由紀夫――文と食の達人が愛した料理店。今も変わらぬ美味しさの文士ご用達の使える名店22徹底ガイド。

夏目漱石著

吾輩は猫である

明治の俗物紳士たちの語る珍談・奇譚、小事件の数かずを、迷いこんで飼われている猫の眼から風刺的に描いた漱石最初の長編小説。

夏目漱石著

硝子戸の中

漱石山房から眺めた外界の様子は？　終日書斎の硝子戸の中に坐し、頭の動くまま気分の変るままに、静かに人生と社会を語る随想集。

森鷗外著

阿部一族・舞姫

許されぬ殉死に端を発する阿部一族の悲劇を通して、権威への反抗と自己救済をテーマとした歴史小説の傑作「阿部一族」など10編。

森鷗外著

山椒大夫《さんしようだゆう》・高瀬舟

人買いによって引き離された母と姉弟の受難を描いて、犠牲の意味を問う「山椒大夫」、安楽死の問題を見つめた「高瀬舟」等全12編。

幸田文著

父・こんなこと

父・幸田露伴の死の模様を描いた「父」。父と娘の日常を生き生きと伝える「こんなこと」。偉大な父を偲ぶ著者の思いが伝わる記録文学。

芥川龍之介著
河童・或阿呆《あるあほう》の一生
珍妙な河童社会を通して自身の問題を切実にさらした「河童」、自らの芸術と生涯を凝縮した「或阿呆の一生」等、最晩年の傑作6編。

江戸川乱歩著
江戸川乱歩傑作選
日本における本格探偵小説の確立者乱歩の処女作「二銭銅貨」をはじめ、その独特の美学によって支えられた初期の代表作9編を収める。

宮沢賢治著
注文の多い料理店
生前唯一の童話集『注文の多い料理店』全編を中心に土の香り豊かな童話19編を収録。イーハトヴの住人たちとまとめて出会える一巻。

天沢退二郎編
新編 宮沢賢治詩集
自己の心眼と森羅万象との絶えざる交流と融合とによって構築された独創的な詩の世界。代表詩集『春と修羅』はじめ、各詩集から厳選。

川端康成著
伊豆の踊子
伊豆の旅に出た旧制高校生の私は、途中で会った旅芸人一座の清純な踊子に孤独な心を温かく解きほぐされる――表題作等4編。

川端康成著
名人
悟達の本因坊秀哉名人に、勝負の鬼大竹七段が挑む……本因坊引退碁を実際に観戦した著者が、その緊迫したドラマを克明に写し出す。

林　芙美子著
浮雲

外地から引き揚げてきたゆき子は、食べるためには街の女になるしかなかった。恋に破れ、ボロ布の如く捨てられ死んだ女の哀しみ……。

坂口安吾著
白痴

自嘲的なアウトローの生活を送りながら「堕落論」の主張を作品化し、観念的私小説を創造してデカダン派と称される著者の代表作7編。

坂口安吾著
堕落論

『堕落論』だけが安吾じゃない。時代をねめつけ、歴史を嗤い、言葉を疑いつつも、書かずにはいられなかった表現者の軌跡を辿る評論集。

吉田凞生編
中原中也詩集

生と死のあわいを漂いながら、失われて二度とかえらぬものへの想いをうたいつづけた中也。甘美で哀切な詩情が胸をうつ。

太宰　治著
津軽

著者が故郷の津軽を旅行したときに生れた本書は、旧家に生れた宿命を背負う自分の姿を凝視し、あるいは懐しく回想する異色の一巻。

太宰　治著
グッド・バイ

被災・疎開・敗戦という未曽有の極限状況下の経験を我が身を燃焼させつつ書き残した後期の短編集。「苦悩の年鑑」「眉山」等16編。

文《ぶん》人《じん》悪《あく》食《じき》

新潮文庫　あ - 18 - 5

平成十二年九月一日発行
平成二十六年八月二十日十三刷

著者　嵐《あらし》山《やま》光《こう》三《ざぶ》郎《ろう》

発行者　佐藤隆信

発行所　株式会社新潮社

郵便番号　一六二―八七一一
東京都新宿区矢来町七一
電話　編集部(〇三)三二六六―五四四〇
読者係(〇三)三二六六―五一一一
http://www.shinchosha.co.jp

価格はカバーに表示してあります。

乱丁・落丁本は、ご面倒ですが小社読者係宛ご送付ください。送料小社負担にてお取替えいたします。

印刷・錦明印刷株式会社　製本・錦明印刷株式会社

ISBN978-4-10-141905-3 C0195